원전으로 읽는 우리 고전 4

이씨 집안 이야기

이씨세대록 ❶

원전으로 읽는 우리 고전 4

이씨 집안 이야기

이씨세대록 ①

장시광 옮김

이담북스

역자 서문

<쌍천기봉>을 2020년 2월에 완역, 출간했는데 이제 그 후편인 <이씨세대록>을 번역해 출간한다. <쌍천기봉>을 완역한 그때는 역자가 학교의 지원을 받아 연구년제 연구교수로 유럽에 가 있을 때였다. 연구년은 역자에게 부담 없이 번역에만 전념할 수 있는 환경을 만들어 주었다. 덕분에 역자는 <쌍천기봉>의 완역 이전부터 이미 <이씨세대록>의 기초 작업을 동시에 수행할 수 있었다. 이 번역서 2부의 작업인 원문 탈초와 한자 병기, 주석 작업은 그때 어느 정도 되어 있었다. <쌍천기봉>의 완역 후에는 <이씨세대록>의 기초 작업에 박차를 가했다. 당시에 유럽에 막 퍼지기 시작한 코로나19는 작업에 속도를 내도록 했다. 한국에 우여곡절 끝에 귀국한 7월 중순까지 전염병 덕분(?)에 집안에만 틀어박혀 있을 기회가 많았기 때문이다.

<쌍천기봉>이 역사적 사실에 허구를 덧붙인 연의적 성격이 강한 소설이라면 <이씨세대록>은 가문 내의 부부 갈등에 초점을 맞춘 가문소설이다. 세세한 갈등 국면은 유사한 면이 적지 않지만 이처럼 서술의 양상은 차이가 난다. 조선 후기의 독자들이 각기 18권, 26권이나 되는 연작소설을 흥미롭게 읽을 수 있었던 데에는 이처럼 작품마다 유사하면서도 특징적인 면이 있기 때문이었을 것으로 짐작된다.

역자가 대하소설에 흥미를 가지게 된 것도 이러한 면과 무관하지 않다. 흔히 고전소설을 천편일률적이라고 알고 있는데 꼭 그렇지만은 않다. 같은 유형인 대하소설이라 해도 <유효공선행록>처럼 형제 갈등이 두드러진 작품이 있는가 하면, <완월회맹연>이나 <명주보월빙>처럼 종법제로 인한 갈등을 다룬 작품도 있다. 또한 <임씨삼대록>처럼 여성의 성욕이 강하게 부각되어 있는 작품도 있다. <쌍천기봉> 연작만 해도 전편에는 중국의 역사적 사실을 토대로 군담이 등장하고 <삼국지연의>와의 관련성도 서술되는 가운데 남녀 주인공이 팔찌를 매개로 하여 갖은 갈등 끝에 인연을 맺는 과정이 펼쳐져 있다면, 후편에는 주로 가문 내에서 발생할 수 있는 다양한 부부 갈등이 등장함으로써 흥미의 제고와 함께 가부장제 사회의 질곡이 더욱 적나라하게 드러나게 하는 효과를 내고 있다.

이 책은 현대어역과 '주석 및 교감'의 2부로 구성되어 있다. 책의 순서로는 현대어역이 먼저지만 작업은 주석 및 교감을 먼저 했다. 주석 및 교감 부분에서는 국문으로 된 원문을 탈초하고 모든 한자어에는 한자를 병기했으며 어려운 어휘나 고유명사에는 주석을 달고 문맥이 이상하거나 틀린 부분은 이본을 참조해 바로잡았다. 이 작업은 현대어역을 하는 것보다 훨씬 공력이 많이 든다. 이 작업이 다 이루어지면 현대어역은 한결 수월해진다.

역자는 이러한 토대 작업이 누군가에 의해서는 반드시 이루어져야 한다고 생각한다. 물론 미흡한 점도 있을 것이다. 그러나 이러한 작업이 많아질수록 연구는 활성화하고 대중 독자들은 대하소설에 어렵지 않게 접근할 수 있을 것이다. 일은 고되지만 보람을 찾는다면 바로 그러한 이유에서일 터이다.

<쌍천기봉>을 작업할 때와 마찬가지로 이 작업도 여러 분에게서

도움을 받았다. 해결되지 않은 병기 한자와 주석을 상당 부분 해소해 주신 황의열 선생님께 고마운 마음을 전한다. <쌍천기봉> 작업때도 많은 도움을 주셨는데 어려운 작업임에도 한결같이 아무 일 아니라는 듯이 도움을 주셨다. 연구실의 김민정 군은 역자가 해외에있을 때 원문을 스캔해 보내 주고 권20 등의 기초 작업을 해 주었다. 대학원생 남기민, 한지원 님은 권21부터 권26까지의 기초 작업을 해주었다. 감사드린다. 대학원 때부터 역자를 이끌어 주신 이상택 선생님, 한결같이 역자를 지켜봐 주시고 충고를 아끼지 않으시는 정원표 선생님과 박일용 선생님께는 늘 빚진 마음을 지니고 있다. 못난자식을 묵묵히 돌봐 주시고 늘 사랑으로 대해 주시는 양가 부모님께감사드린다. 끝으로 동지이자 아내 서경희에게 사랑과 감사의 마음을 전한다.

차례

제1부

현대어역

이씨세대록 권1

이미주는 재종형제와 혼인하고
이흥문은 가출하여 미인도를 얻다

중국 명나라 정통(正統)[1] 시대에 대승상 용도각 태학사 겸 구석 중서령 성도백 정국공 충현왕의 성은 이고 이름은 관성이며 자(字)는 자수고 별호는 운혜 선생이니 태자태사 충무공 이현의 첫째아들이다. 그 어머니 유 씨가 꿈에 장경성(長庚星)[2]을 삼키고 공을 낳았다.

공은 어려서부터 기개가 비범하고 풍채가 뛰어났다. 문장은 팔두(八斗)[3]와 나란히 했고, 맑고 검소한 사람됨은 주아부(周亞夫)[4]를 본받았으며 매사에 강개한 것은 한나라 때의 급암(汲黯)[5]을 따랐다. 천지의 흥망과 고금의 역리(易理)[6]에 정통한 것은 촉한 때 와룡(臥龍)[7] 선생에게 지지 않았고 충성을 다해 나라를 보필하며 만사에 엄

---

1) 정통(正統): 중국 명나라 제6대 황제인 영종(英宗) 때의 연호(1435~1449).

2) 장경성(長庚星): 저녁 무렵 서쪽 하늘에 보이는 '금성'을 이르는 말. 태백성.

3) 팔두(八斗): 여덟 말이라는 뜻으로 문장이 뛰어남을 이름. 중국 남조의 사령운이 삼국시대 위나라의 조식을 두고 한 말에서 유래함.

4) 주아부(周亞夫): 중국 전한의 관료(?~B.C.143). 문제(文帝) 때 흉노(匈奴)가 침입하자 세류영(細柳營)에서 주둔하며 흉노를 크게 물리쳤는데 이때 군영의 기율을 엄격하게 해 문제의 칭찬을 받기도 함. 문제(文帝)가 죽은 후 거기장군이 되고, 경제(景帝)가 즉위한 후 태위가 되어 오초칠국(吳楚七國)의 난을 진압하고 승상이 됨.

5) 급암(汲黯): 중국 전한 무제 때의 간신(諫臣, ?~B.C.112). 자는 장유(長儒). 성정이 엄격하고 직간을 잘하여 무제로부터 '사직(社稷)의 신하'라는 말을 들음.

6) 역리(易理): 역(易)의 법칙이나 이치.

7) 와룡(臥龍): 중국 삼국시대 촉한 유비의 책사인 제갈량(諸葛亮, 181~234)의 별호. 자(字)는 공

숙한 것은 소 상국8)을 본받았다. 효성을 다하는 것은 증자(曾子)9)를 압도했으니 참으로 고금에 드문 기이한 인물이었다.

공은 열네 살에 알성과(謁聖科)10)에 장원급제하여 바로 이부에 들어가 상서가 되고 스물이 갓 넘어 승상 벼슬을 했다. 이른 나이에 높은 지위에 올랐으니 그 영화로움은 다른 사람이 미칠 바가 아니었다. 그러나 공은 모든 일을 거울같이 하고 상과 벌을 분명히 했으며 국가 큰일을 당해도 위축됨이 없고 신분이 낮은 사람에게는 공손하여 마치 높은 사람을 대접하는 것처럼 자신을 낮추었다. 그래서 천하 사람들이 조정이 있는 북쪽을 향해 공을 칭송했다.

그런데 불행히도 공이 그 부친 태사공의 초상을 만나 금주 고향에 간 후 천자께서 북쪽 땅에 잡혀 계셨으니11) 신하로서 망극한 일이었으나 허다한 관료들 가운데 한 명도 외로운 임금을 생각하는 자가 없었다. 이에 공이 의로운 기운을 떨쳐 천하를 돌며 호걸들을 만나 천자를 구하기로 약속하고 의병을 일으켜 에센12)을 쳐 황상을 맞아 돌아왔다. 천자께서는 공의 덕이 고금에 없는 일이라 하여 공을 충현왕에 봉하셨으나 공이 죽기로 다투어 왕의 벼슬을 사양하고 예전처럼 나랏일에 마음을 다했다. 천순(天順)13) 원년에 동오왕 주창을

명(孔明)이고, 또 다른 별호는 복룡(伏龍). 유비를 도와 오나라와 연합하여 조조의 위나라 군사를 대파하고 파촉을 얻어 촉한을 세움.

8) 소 상국: 소하(蕭何, ?~B.C.193)를 이름. 진(秦) 말기에서 전한 초기에 걸쳐 활약한 정치가. 유방의 참모로서 그가 천하를 얻도록 도왔으며, 전한의 초대 상국을 지냄. 한신(韓信), 장량(張良)과 함께 한의 삼걸(三傑)로 꼽힘.

9) 증자(曾子): 증삼(曾參)을 높여 부른 이름(B.C.506~B.C.436?). 중국 노(魯)나라의 유학자로, 자는 자여(子輿). 효성이 깊은 인물로 유명함.

10) 알성과(謁聖科): 황제가 문묘에 참배한 뒤 실시하던 비정규적인 과거 시험.

11) 천자께서~잡혀 계셨으니: 오이라트족의 침략으로 정통제(正統帝)가 직접 친정을 나가 포로로 잡힌, 이른바 토목(土木)의 변(變)을 이름.

12) 에센: 몽골족의 하나인 오이라트족의 족장 이름(?~1454). 역사적으로 자기 부족을 토벌하러 온 정통제를 1449년에 잡아서 1450년에 조건 없이 풀어 준 사실이 있음.

처 큰 공을 이루었으나 끝까지 왕의 벼슬을 사양하고 본직에 있으니 천자께서 비록 만승(萬乘)[14]의 위엄이 있으나 그 뜻을 앗지 못하고 사후에 추증(追贈)[15]하셨다.

공에게는 아우 두 명이 있으니 하나는 무평왕 한성으로 별호는 운학이다. 성품과 행실이 단아하고 문장과 절개가 일세에 독보했으나 불행히도 흉노를 치다가 군량이 다해 성을 지키지 못하고 적에게 공격을 당해 사절(死節)[16]했다. 정국공은 설움이 뼈에 사무쳐 아우의 부인 설 씨와 그 두 아들, 세 딸을 불쌍히 여겨 그들을 지극히 대우해 주었다. 다른 한 명의 아우는 태자소부 북주백 이연성으로 자는 자경이니 얼굴은 봄에 핀 꽃과 같고 성품과 행실이 강직하고 분명하여 고금에 무쌍한 이름난 재상이었다. 공이 소부와 함께 편모 유 부인을 그림자가 응하듯이 섬겼다.

공의 부인 정 씨는 각로 추밀사 정연의 딸이니 얼굴과 덕성이 일세에 희한한 성녀(聖女)였다. 공이 부인과 여러 세월을 함께 지냈으나 한 번도 낯빛을 고쳐 서로 힐난하는 일이 없었으니 그 부부 두 사람이 서로의 마음을 아는 것이 이와 같았다.

공에게는 다섯 아들과 두 딸이 있었다. 첫째아들은 부마도위 영주백 하남왕 일천 선생 몽현이니 자는 백균이다. 얼굴이 아름다워 가을 하늘에 달이 뜬 듯하였고 성품이 엄숙하고 정대해 군자의 틀을 지녔다. 상원부인은 인종(仁宗) 희황제(熙皇帝)[17]의 딸인 효성 계양

---

13) 천순(天順): 중국 명나라 영종(英宗) 때의 연호(1457~1464). 정통(正統) 연호를 쓰던 영종이 토목의 변으로 오이라트족의 에센에게 잡혀 있다가 복위한 후에 정한 연호임.

14) 만승(萬乘): 만 대의 병거(兵車)라는 뜻으로, 천자 또는 천자의 자리를 이르는 말.

15) 추증(追贈): 나라에 공로가 있는 벼슬아치가 죽은 뒤에 품계를 높여 주던 일.

16) 사절(死節): 절개를 위하여 목숨을 버림. 또는 그 절개.

17) 인종(仁宗) 희황제(熙皇帝): 인종은 중국 명(明)나라의 제4대 황제(재위 1424~1425)의 묘호이며 희황제는 연호인 홍희(洪熙)를 줄이고 뒤에 황제(皇帝)를 덧붙인 이름. 성조(成祖) 영락제

공주 하남비 주 씨니 얼굴과 덕성이 여자 중에서 요순(堯舜)[18]이오, 고금에 대적할 쌍이 없는 현명한 여자였다. 일곱 아들과 두 딸을 두었다. 차비(次妃) 장 씨는 예부상서 장세걸의 딸이니 이 또한 당세에 독보적인 숙녀로 세 아들과 세 딸을 두었다. 열 명의 아들과 다섯 딸이 다 각각 곤륜산의 아름다운 옥이요 바닷속의 구슬 같았다. 둘째아들 병부상서 우승상 문정공 연왕 몽창은 자가 백달이고 별호는 죽청이니 이 참으로 천고에 세상을 뒤덮을 만한 재주를 지닌 사람으로서 운주유악(運籌帷幄)[19]하는 재목이었다. 얼굴은 강산의 정기를 담았으며 엄숙하고 시원스러운 풍채는 기린과 봉황 같았다. 부인 소 씨는 이부상서 소문의 딸이니 큰 덕은 당대에 떨치고 얼굴은 고금에 무쌍하니 이 이른바 군자의 얌전한 짝이었다. 다섯 아들과 두 딸을 두었다. 공의 셋째아들 개국공 호부상서 몽원은 자가 백운이고 별호는 이청이니 참으로 조정의 좋은 손님이요 난세에 빼어난 명장이었다. 부인 최 씨에게 세 아들과 두 딸을 두었다. 넷째아들 안두후 태상경 몽상은 자가 백안이고 별호는 유청이니 부인 화 씨에게 네 아들을 두었다. 다섯째아들 강음후 추밀사 몽필은 자가 백명이고 별호는 송청이니 부인 김 씨에게 여덟 아들과 두 딸을 두었다. 공의 큰딸 빙옥은 건극전 태학사 문복명의 부인이니 두 아들과 한 딸을 두었고 작은딸 빙성은 예부상서 좌복야 신국공 요익의 부인이니 여섯 아들과 네 딸을 두었다.

(永樂帝)의 장자(長子)로, 이름은 주고치(朱高熾).

18) 요순(堯舜): 중국 고대의 요(堯)임금과 순(舜)임금. 두 임금은 성군(聖君)으로 덕이 높은 인물로 유명함.

19) 운주유악(運籌帷幄): 운주(運籌)는 주판을 놓듯 이리저리 궁리하고 계획함을 의미하며, 유악(帷幄)은 슬기와 꾀를 내어 일을 처리하는 데 능함을 의미함. 중국 한(漢)나라 고조(高祖)의 모사(謀士)였던 장량(張良)이 장막 안에서 이리저리 꾀를 내었다는 데에서 연유한 말.

이들은 하나같이 고금에 무쌍한 군자와 숙녀였는데 그중에서 특이한 사람은 하남공과 문정공의 자식들이었다. 하남공 등의 일은 전편인 <쌍천기봉>에 있고 이 소설에는 그 자손의 일을 기록했으므로 하남공 등의 일이 자세하지 않으니 후인은 <쌍천기봉>까지 자세히 보아 이씨 가문의 일을 알도록 하라.

화설. 하남공 이몽현의 첫째딸 미주 소저는 자가 화벽이니 차비(次妃) 장 씨가 낳은 딸이다. 아름다운 얼굴은 차분하고 얌전하며 탐스럽고 아름다워 그 어머니의 얼굴과 흡사했다. 성품과 행실이 단엄하여 옛날 반비(班妃)[20]의 고집이 있으니 그 부친 하남공이 기특하게 여겨 사랑이 다른 자식들보다 넘쳤다. 나이가 열다섯이 되었는데, 이때 하남공이 금주에서 그 조부의 삼년상을 갓 지내고 아직 경사에 가지 못했으므로 금주 시골에서 좋은 남자를 얻지 못해 동상(東床)[21]의 아름다운 신랑을 맞지 못한 상태였다.

이때 병부시랑 철연수는 상서 철염의 아들로서 위인이 너그럽고 현명하여 속세의 이름난 공과 재상에 비할 바가 아니었다. 부인 영 씨에게 장가들어 위로 미혜 소저를 낳고 아래로 아들 셋을 두었다. 첫째아들 수는 자가 창징이니 풍채가 멋스러워 세상에 드문 아름다운 선비였으므로 철 시랑이 매우 사랑했다.

철수의 할머니 경 부인이 일찍이 태사 이현에게 입양되어 길러져 태사와 부녀의 의리가 있었다. 그래서 태사의 종제(終制)[22]에 가려

---

20) 반비(班妃): 중국 한(漢)나라 성제(成帝)의 궁녀인 반첩여(班婕妤)인 듯하나 미상임. 반첩여는 시가(詩歌)에 능한 미녀로 성제의 총애를 받다가 궁녀 조비연(趙飛燕)의 참소를 받고 물러나 장신궁(長信宮)에서 지내며 <자도부(自悼賦)>를 지어 자신의 처지를 하소연함.

21) 동상(東床): 사위. 중국 진(晉)나라의 태위 극감이 사윗감을 고르는데 왕도(王導)의 집 동쪽 평상 위에 엎드려 음식을 먹고 있는 왕희지(王羲之)를 골랐다는 고사에서 온 말.

하다가 병이 들어 못 갔다. 이듬해 기사(忌祀)23)에 갈 적에 시랑이 마침 감기가 낫지 않아 모친을 모셔 가지 못하고 부인이 홀로 창징과 함께 금주에 이르러 제사를 지내니 서로 슬픔이 새로웠다.

일가가 한 당에 모여 말하고 있는데, 철 공자가 미주 소저를 보고는 크게 놀라고 흠모해 가만히 생각했다.

'내가 저를 떠난 지 오 년인데 그사이에 어찌 저와 같이 빼어나게 되었는가? 할머님과 이 승상은 같은 부모에게서 난 동기가 아니고, 하물며 저와 나는 골육으로 일러도 재종형제니 조금도 꺼릴 것이 없다. 그러니 홍승(紅繩)24)을 다른 남자와 맺게 할 수 있겠는가?'

이처럼 헤아리고 한 가지 생각을 하고는 기뻐했다. 원래 미주 소저는 철 공자 보는 것을 좋게 않게 여겼으나 할아버지의 우애가 지극함을 알았으므로 이날 잠깐 나와 경 부인을 보고 즉시 들어갔다.

철 공자가 소저를 더욱 흠모해 물러와 하남공 등의 자식들인 흥문, 성문 등과 함께 이별의 회포를 풀며 말하다가 물었다.

"표매(表妹)25)가 저렇듯 장성했는데 순향(荀香)26)을 어디에 정한 데가 있는고?"

흥문이 말했다.

"할아버님께서는 밤낮으로 근심 가운데 계시고, 시골엔 재주 있는 선비가 없어 아버님께서 아직 생각도 못하고 계십니다."

---

22) 종제(終制): 어버이의 삼년상을 마침. 해상(解喪).

23) 기사(忌祀): 기사. 해마다 사람이 죽은 날에 지내는 제사.

24) 홍승(紅繩): 붉은 끈. 부부의 인연을 맺는 것.

25) 표매(表妹): 원래 외종사촌누이를 가리키나 여기에서는 철수와 이미주가 재종 관계에 있으므로 이와 같이 칭하였음.

26) 순향(荀香): 순욱(荀彧)의 향(香)이라는 뜻으로 훌륭한 남자를 이름. 중국 후한(後漢) 때 미남으로 알려진 순욱이 향을 좋아하여 그가 앉았던 자리에는 향내가 3일 동안이나 풍겼다는 고사(故事)에서 온 말.

철 공자가 가만히 웃고는 다행으로 여겨 기뻐했다.

이튿날 흥문과 함께 소저의 침소를 찾아가니 소저가 기뻐하지 않았으나 억지로 앉을 자리를 주었다. 각각 앉은 후에 철 공자가 말했다.

"누이와 함께 어렸을 때 서로 손을 이끌어 놀더니 불행히도 경사와 서울에 떨어져 있은 지 오 년이 지났구려. 누이는 옛날의 정을 생각하고 계시는가?"

소저가 속으로 깊이 생각하다가 사례해 말했다.

"제가 또 어렸을 때의 일을 잊은 것이 아니나 인사를 민첩하게 차리지 못해 오라버니의 후의(厚意)를 저버렸으니 부끄럽습니다."

공자가 웃고 말했다.

"할아버님과 할머님이 이제는 같은 부모에게서 난 동기와 다르지 않으시니 우리의 정인들 어찌 다른 사람들과 같겠는가? 누이는 모름지기 골육이 아니라 하여 나를 서먹하게 여기지 마시게."

소저가 옷깃을 여미고 얼굴을 가다듬어 말했다.

"자고로 남녀가 유별하니 제가 오라버니를 서먹하게 여기는 것이 아닙니다. 피차 예의를 진중히 지켜 마땅히 친해야 할 사람과 친한 의리를 잃지 않음이 옳고, 서로 일정한 때도 없이 모여 희롱하는 말과 케케묵은 말을 하는 것은 옳지 않습니다."

철 공자가 웃고 흥문을 돌아보아 말했다.

"아우는 깊이 살펴 이 어리석은 형을 진정으로 사랑하나 영저(令姐)[27]는 많이 불쾌해하시니, 아우와 나는 골육이 나뉘지 않은 것 같음을 깨닫는구나."

흥문이 사례해 말했다.

---

27) 영저(令姐): 상대의 누이를 높여 이르는 말.

"누이가 형을 푸대접하시는 것이 아니라 타고난 성품이 예를 중시하시므로 말씀이 이와 같으시나 구태여 형을 소홀히 대하는 것이 아닙니다."

공자가 웃음을 머금고 소저를 돌아보니 소저는 눈길을 낮추고 앵두 같은 입술을 다문 채 조용히 앉아 있었다. 단정하고 엄숙함이 자리에 빛나고 맑은 피부는 옥처럼 깨끗했으며, 팔자 눈썹과 연지 바른 뺨에 파인 보조개는 천하에 절색이었다.

공자가 더욱 흠모하고 사랑했으나 그 엄정함을 두려워해 자리에서 일어났다.

공자가 집에 돌아와 경 부인에게 자기 소원을 이루어 줄 것을 청하니 부인이 놀라고 의아해하며 말했다.

"아이가 망령되구나. 할미와 이 승상이 비록 같은 부모에게서 난 골육은 아니나 서로 동기의 정이 극진하고, 네 아비와 미주의 아비는 어려서부터 친척의 정이 데면데면한 사촌과 다르거늘 네 어찌 이런 말을 하는 것이냐?"

생이 꿇어 애걸하며 말했다.

"요사이 풍속이 재종형제 사이의 혼인이 흔하고 하물며 할머님과 이 승상은 동복 남매가 아니시고 소손(小孫)과 저는 촌수가 여섯이 되거늘 어찌 혼인을 할 수가 없겠나이까? 원컨대 할머님은 이 부마의 뜻을 시험해 보소서."

경 부인은 부마의 성품이 맹렬함을 꺼렸으나 진실로 재종형제의 혼인이 풍속이 되었고 승상과 자기는 골육의 동기가 아니요, 미주와 창징은 재종형제니 혼인을 이루어도 무방하다고 여겼다.

그래서 이날 정당(正堂)에 모여 승상과 말할 때 이러한 말을 했다. 승상이 다 듣고는 한심함을 이기지 못했으나 우애가 지극했으므로 야박한 낯빛을 보이지 않으려 하여 공손히 대답했다.

"오늘 누님의 말씀을 들으니 제가 난 지 오십 년에 누님과 의리를 맺은 동기인 줄 아득히 알지 못하다가 이제야 깨닫나이다. 창징이 미주를 마음에 두었다면 형세상 미주를 다른 집안에 보내지 못할 것이니 제 아비를 불러 물어보소서."

말을 마치고는 좌우 사람을 시켜 하남공을 불렀다. 하남공이 앞에 이르자 경 부인이 창징의 마음을 전하고 공에게 말했다.

"이 늙은이가 오라버니와 평범한 동기 사이가 아니니 자손을 서로 바꿔 혼인을 맺는 것이 어떠하냐?"

하남공이 다 듣지 않아서 문득 옥 같은 얼굴에 잿빛을 올린 듯하고 눈길이 점점 가늘어지더니 부인의 말이 그치자 관(冠)을 벗고 고개를 조아려 말했다.

"이 어리석은 조카가 어려서부터 숙모님의 은혜를 입어 우러러봄이 어머님께 지지 않더니 오늘 하신 말씀에는 제가 귀를 씻고 싶은 심정입니다. 그래서 품은 마음을 당돌히 고하려 하니 평소 숙모님께 입었던 큰 은혜를 저버리는 도리라 먼저 죄를 청하나이다."

철 부인이 부마의 행동을 보고 마음이 편안하지 못해 말했다.

"조카가 말을 한다는데 이 늙은이가 어찌 벌을 주겠느냐? 모름지기 마음속에 평안하지 못한 일이 있다면 어서 말하도록 하라."

하남공이 마음속에 성난 기운이 급해, 홀연 미미히 웃고 띠를 어루만져 몸을 고쳐 정돈하고는 무릎을 모아 단정히 꿇고 고했다.

"자고로 남녀가 유별하고 윤리가 막대함은 천하에 같습니다. 부부가 비록 친함이 극진하나 그 가운데 윤리가 분명하니 서로 다른 가문 여자와 남자로 있으면서 이름과 얼굴을 알지 못하다가 부모가 명령해 중매로 구혼하고 초례(醮禮),[28] 납빙(納聘)[29] 후에 한 방에서

동거합니다. 이 조카가 평생 이 한 가지를 알아 깊이 경계하였습니다. 그래서 사마상여(司馬相如)와 탁문군(卓文君)30)이 음란하고 정숙하지 못함을 분개했으나 이 또한 다른 집안의 사람이니 차마 어찌하겠습니까? 지금 풍속이 비록 재종형제 사이에 혼인을 하는 이가 있으나 이는 곧 사리(事理)를 모르는 무리가 거짓으로 온태진(溫太眞)31)의 옥경대(玉鏡臺)32)를 빙자하여 도리에 어그러진 일을 행하는 것이니 조카는 원래 이 일을 공자(孔子)께서 지어내신 것이라도 제 뜻에 맞지 않으면 행하지 않을 것입니다. 숙모님과 아버님은 근본이 같은 골육이 아니시나 서로 동기로 친하게 지낸 지 하마 몇 세월입니까? 소질(小姪)이 평소에 운계33) 형 알기를 데면데면한 사촌으로 알지 않고 형이 저를 진심으로 사랑하심이 운예연경의 자(字)로 다르지 않으셨으니 차마 자식을 창징에게 시집보내 인륜을 어지럽히지 못할 것입니다. 숙모님의 하교가 있으시나 능히 받들어 행하지 못하오니 오직 벌을 기다릴 뿐입니다."

철 부인이 부마의 허다한 말을 듣자 크게 부끄러워 이에 사죄해 말했다.

---

28) 초례(醮禮): 전통적으로 치르는 혼례식.

29) 납빙(納聘): 혼인할 때에, 사주단자의 교환이 끝난 후 정혼이 이루어진 증거로 신랑 집에서 신부 집으로 예물을 보냄. 또는 그 예물. 보통 밤에 푸른 비단과 붉은 비단을 혼서와 함께 함에 넣어 신부 집으로 보냄.

30) 사마상여(司馬相如)와 탁문군(卓文君): 사마상여(B.C.179~B.C.117)는 중국 전한(前漢)의 성도(成都) 사람으로 자(字)는 장경(長卿). 사마상여가 탁왕손(卓王孫)의 딸 과부 탁문군을 거문고를 타며 유혹하자 탁문군이 그 소리에 반해 한밤중에 탁문군과 함께 도망쳐 그의 아내가 된 일화가 있음.

31) 온태진(溫太眞): 중국 동진(東晉)의 명신(名臣)인 온교(溫嶠, 288~329)를 이름. 태진(太眞)은 그의 자(字).

32) 옥경대(玉鏡臺): 옥으로 만든 경대. 온교가 북쪽으로 유총(劉聰)을 정벌하러 갔을 때 옥경대 하나를 얻었는데 종고모로부터 그 딸의 사위를 구해 달라는 부탁을 받자, 온교는 그 종고모의 딸에게 혼인할 마음이 있어 옥경대를 주고 정혼했다 함.

33) 운계: 철수의 아버지인 철연수의 자(字).

"어린아이가 그릇되게 사리에 어긋난 말을 하기에 이 늙은이가 저를 편애하는 탓에 경솔히 발설해 조카에게서 그릇 여김을 받으니 후회하나 어찌할 수가 없구나. 조카는 이 늙은이의 죄를 용서하라."

부마가 급히 일어나 대답했다.

"전에는 미주와 창징이 누이, 오라비로 칭하다가 이름을 고쳐 부부라 하는 것이 불가함을 아뢰려 한 것이 자연히 말이 번다함을 면하지 못하였습니다. 그래서 사죄를 기다리고 있는데 숙모님이 이렇듯 지나치게 후회하시어 저의 죄를 더하게 하시나이까?"

부인이 말했다.

"조카의 말이 사리에 당연하니 늙은이에게 지식이 없어도 이를 깨닫거니와, 미주를 흠모하는 창징의 마음을 꺾지 못할까 두렵구나."

하남공이 철 부인의 약함을 애달파했으나 공은 본디 천성이 인자하고 효성스러워 윗사람을 범하는 일이 없고 부친의 지극한 효성을 알고 있었으므로 부인에게 너무 쌀쌀맞게 대하는 것이 옳지 않아 이에 웃고 말했다.

"이 조카가 불행하여 머리 누른 딸을 두지 못해 미주의 옥 같은 얼굴이 가문을 더럽히는 일이 되어 몹시 놀랐으나 어찌할 수가 없나이다. 창징의 행동이 방자하여 지친(至親)을 사모해 음란한 생각을 했으니 참으로 한심함을 이기지 못하겠습니다. 숙모님은 사사로운 정을 꺾어 훗날 이런 일이 일어나지 않도록 경계하소서."

말을 마치고 급히 물러났다.

승상과 유 부인이 한마디를 안 하고 있다가 유 부인이 바야흐로 철 부인을 경계해 말했다.

"내 너를 낳지 않았으나 다섯 살 때부터 너를 길러 정이 얽혀 있으니 그 정이 어찌 낳은 자식들보다 덜하겠느냐? 너의 손자를 나의 외손으로 알다가 이름을 고쳐 손자사위라 하는 것은 절대 불가한 일이다. 허나 창징의 마음이 그러한 후에는 미주를 그릇 만들었으니 너는 창징을 훈계하고 그 때가 오기를 기다리라.”

부인이 밝게 깨달아 절하고 명령을 들으니 승상이 바야흐로 입을 열어 말했다.

“오늘 몽현이의 말이 진실로 일의 이치가 그러하므로 제가 몽현이를 꺾어 누이의 뜻을 받들지 못했으니 저의 불초함을 스스로 부끄러워하나 미주가 이제는 어디로 가겠나이까? 누이는 모름지기 어머님의 명대로 그 때가 오기를 기다리소서.”

부인이 이에 사례했다.

부마가 물러나 중당(中堂)에 와 먼저 눈에 차가운 빛이 크게 일어나 한참을 말을 안 하니 흥문 등이 두려워 숨을 낮추고 부마를 모셨다. 한참 후에 공이 좌우를 시켜 미주를 불렀다. 미주가 앞에 이르자 부마가 소리를 엄히 하고 말했다.

“네 낯 고운 것이 본디 중요하지 않거늘 네가 몸가짐을 조신하게 하지 않아서 더러운 소리가 내 귀에 들려왔으니 이씨 가문의 맑은 덕이 너 때문에 실추되었다. 네 염치에 사람 무리에 끼어 다니지 못할 것이니 네 심당(深堂)에 들어가, 머리를 깎지는 못하겠으나 비구니의 법을 본받아 있으라.”

말을 마치자 그 유모와 시녀에게 명령해 후당 회원정에 소저를 넣게 하고 바깥문을 굳게 잠가 쌀을 주어 그 안에서 먹게 하고 소매를 떨쳐 나왔다.

이때 문정공 이몽창이 조카들이 전하는 말을 통해 이 일을 듣고 놀라 곡절을 모르고 들어가 말리려 하더니 길에서 부마를 만났다. 부마가 아직도 매운 노기를 주체하지 못했으므로 공이 감히 묻지 못하고 함께 서당으로 나왔다. 부마의 노기가 점점 낮 위에 오르니 문정공이 만면에 온화한 기운을 가득히 하고 조용히 물었다.

"형님이 무슨 불쾌한 일을 보셨기에 얼굴색이 평소와 다르신 것입니까?"

부마가 본디 죄지은 사람은 시원히 치고서야 분을 푸는 성품이었으므로 오늘 창징의 행동을 괘씸하게 여겨 만일 자기 아들이었다면 바로 죽일 뜻이 있었다. 그러나 그렇게 하지 못하고 큰 분노를 참느라 문득 기운이 올라 혼절해 거꾸러졌다. 문정공이 급히 흥문 등과 함께 구호하자 공이 정신을 겨우 차렸다. 문정공이 이에 곁에 나아가 간했다.

"형님께서는 평소에 매사에 진중하고 엄숙하시더니 오늘은 무슨 중대한 일이 있었습니까? 조카 중에 죄를 지은 아이가 있다면 시원히 다스리시면 될 것인데 이렇듯 과도하게 행동하신단 말입니까?"

부마가 오랫동안 잠자코 있다가 탄식하고 말했다.

"내 비록 성품이 편협하나 만일 아이들 가운데 도리에 맞지 않는 행동을 하는 아이가 있다면 무겁게 다스렸을 것이다. 또 그렇게 해서 부모님께 꾸중을 들었다 한들 이렇게까지 하였겠느냐? 그런데 이제 창징이 미주를 사모하여 행동이 이렇듯 하니 내 평소에 그러한 일을 괘씸하게 여기더니 내 앞에 이를 줄을 알았겠느냐? 분을 풀 길이 없어 미주를 가둔 것이고 창징의 행동을 놀라워해 노기가 자연히 쉬 풀리지 않아 이런 것이다."

문정공이 다 듣고는 놀라고 어이가 없어 웃으며 말했다.

"오늘날 창징의 행동은 참으로 괘씸하다 할 만합니다. 저 무식한 아이가 아버님과 숙모님이 골육이 아니라 하여 이런 마음을 먹었으니 참으로 탄식할 만하고, 운계 형은 현명하여 누이 등을 친누이와 같이 생각해 조금도 마음을 달리함이 없더니 철수가 어찌 이럴 줄 알았겠습니까? 그러나 이는 미주의 탓이 아니고 이런 것도 운수니 형님은 과도히 행동하지 마시고 중도(中道)를 생각하소서.”

부마가 말했다.

“미주를 규방에서 늙힐지언정 창징에게는 주지 않을 것이다.”

공이 당황해서 웃고 다투지 않았다.

이때 창징이 할머니에게서 부마가 한 말을 전해 듣고 크게 실망하고, 부마가 미주 가둔 것을 보고는 마음이 급해 미주와 인연을 못 이룰까 우려했다. 그러나 창징도 예의를 알았으므로 들어가 소저를 보지 못해 마음이 울적했다. 이후 부마가 자기를 보아도 알아도 알지 못하는 것처럼 하며 이전의 사랑에서 덜함이 없었으니 창징의 마음이 참으로 편치 않았다.

며칠 뒤에 창징이 부인을 모시고 경사로 갈 적에 마음이 더욱 어지러우니 홍문이 가만히 위로하며 말했다.

“우리 누이가 이제 어디를 가겠습니까? 형은 무사히 돌아가 행실을 옥같이 닦고 누이가 다른 가문에 갈까 걱정을 하지 마십시오.”

철수가 이 말을 듣고 바야흐로 잠깐 기뻐해 마음을 놓았다. 이날 밤에 창징이 하남공 등을 모시고 잘 적에 부마가 곁에 앉혀 창징의 손을 잡고 탄식하며 말했다.

“오늘 조카와 이별해 만날 기약이 아득하니 참으로 슬프구나.”

그러고서 지극한 정으로 사랑함이 평소와 같았다. 창징이 자기 소행을 생각하자, 더욱 부끄러워 한참 지난 후에 자리를 떠나 죄를 청해 말했다.

“조카가 방자하여 죄를 지은 것이 심상치 않으니 숙부께서는 큰 은덕을 드리워 조카의 죄를 용서하시기를 바라나이다.”

부마가 말을 다 듣고는 안색이 갑자기 변해 말했다.

"아름답지 않은 말을 들으니 무익하구나. 내 본디 너를 내 자식과 다르지 않게 여겼더니 네가 그런 뜻을 둘 줄 어찌 생각이나 했겠느냐? 나에게 여러 명의 아이가 있으니 한 딸이야 규방에서 늙혀도 무방하다. 서로 오라버니와 누이로 칭한 후에야 골육 아닌 것을 생각하겠느냐? 내 또 너를 전후에 다르게 알지 않을 것이니 너도 나를 평소와 같이 아저씨로 알고 두 번 괴이한 마음을 먹지 마라."

공자가 공의 말을 다 듣고는 그 뜻이 굳음을 한스러워했으나 그 엄정함을 두려워해 감히 내색하지 못하고 절할 뿐이었다.

이튿날 부인과 창징 일행이 움직여 경사로 갔다.

승상이 미주 소저를 처음으로 얻어 자못 사랑이 깊었다. 미주가 여러 날 나오지 않으니 이는 불과 창징이 있음을 꺼려서인가 하여 창징이 떠나자 이날 미주를 찾았다. 그러자 부마가 앞에 나아가 고했다.

"미주는 세상의 버려진 사람이니 제 어찌 해를 보겠나이까?"

승상이 듣고 정색하며 말했다.

"네 원래 어려서부터 성품이 너무 각박하고 고집이 세 전혀 권도(權道)34)를 생각하지 않으니 이 무슨 도리냐? 창징이 비록 방자해 음란한 뜻을 두었다 한들 미주에게 무슨 죄가 있다고 당치 못할 벌을 쓴 것이냐? 내가 아버님이 돌아가신 슬픔을 만난 후에는 만사가 뜬구름 같으니 네가 하는 일을 시비하지는 않겠으나 네 행동이 자못 괴이하구나."

부마가 밝게 깨달아 절해 명령을 듣고 좌우를 시켜 미주 소저를

---

34) 권도(權道): 목적 달성을 위하여 그때그때의 형편에 따라 임기응변으로 일을 처리하는 방도.

불렀다.

이때 소저는 철 공자의 사연을 듣고 어이없어하고 처음에 철 공자 본 것을 뉘우쳐 부친의 처사를 옳은 일로 헤아려 자기 생전에는 뜻을 고치지 않으려 했다. 그러나 한 번 욕이 미쳐 동해의 물을 기울여도 모욕을 씻지 못함을 한스러워해 식음을 물리치고서 죽기를 원했다. 그러다 아버지의 명을 듣고 정당(正堂)에 이르니 승상이 머리를 쓰다듬어 사랑하는 것이 마치 강보의 갓난아이 같았다. 이에 승상이 말했다.

"창징의 방자함이 괘씸하나 네 몸에는 조금이 해로움이 없으니 심려를 쓰지 말고 네 몸은 철씨 집안 사람인 줄 알아라."

소저가 머리를 숙이고 낯에 연지를 바른 사람처럼 하고 말을 하지 않았다.

이날 밤에 부마가 장 부인의 침소에 이르니, 부인이 딸을 안고 눈물을 비처럼 흘리며 말끝마다 철 공자를 한하고 딸을 심규(深閨)에서 늙히겠다고 이르니 그 부부, 부녀의 뜻이 진실로 같았다.

부마가 문을 열고 들어가니 부인과 소저가 놀라 일어나 맞이해 자리를 정했다. 부마가 딸을 나오게 해 쪽 찐 머리를 쓰다듬고 손을 잡아 사랑하며 부인에게 말했다.

"한 딸이 무엇이 아까워 심규에 늙히는 것을 원망하는 것이오? 어버이를 모신 처지에 부질없이 눈물을 내지 마시오."

부인이 탄식하고 말했다.

"자식이 여럿이나 미주를 처음으로 얻어 밤낮으로 장성하기를 기다리다가 겨우 길렀는데 제 일생을 마쳤으니 어찌 불쌍하지 않나이까?"

부마가 소저에게 말했다.

"고요히 있으면서 부모를 봉양하며 효도를 마치는 것이 더욱 기쁜 일이니 아이는 무익한 염려를 마라."

부마가 한참을 앉아 있다가 그 모녀가 서로 따르며 밤을 지내는 것을 보고 공주 침소에 이르렀다.

공주가 맞아 자리를 정하니 부마가 옷을 벗고 당건(唐巾)[35]을 반을 벗은 채 침석 위에 누워 말을 하지 않으니 공주가 그 평안하지 않은 마음을 알고 한참 지난 후에 물었다.

"이제 미주를 철씨 집안에 보내려 하십니까?"

부마가 대답했다.

"내 어찌 친척의 의리를 어지럽히겠소? 제 일생을 심규에서 마치게 하는 것이 옳소."

공주가 다 듣고 조용히 간했다.

"철아의 뜻이 비록 방자하나 어찌 미주를 심규에서 늙히겠나이까? 시부모님께서 반드시 낭군의 뜻을 받아들이지 않으시겠거니와 이는 결코 옳지 않나이다."

부마가 정색하고 대답하지 않았다.

이때 공의 장자 흥문은 자가 성보공주 소생였다. 날아갈 듯한 풍채는 옥을 다듬어 메운 듯하고 한 쌍의 봉황 눈에는 맑고 빼어난 정기를 머금었으며, 두 뺨은 붉은 연꽃이 소나기에 젖은 듯하고 귀밑은 좋은 구슬을 늘어뜨린 듯했으며 입은 연지를 바른 듯 붉었다. 신장은 칠 척 오 촌이요 어깨는 빛깔 고운 봉황이 앉은 듯했으니 참으로 세상을 뒤덮을 만한 재주를 가진 영웅이었다. 할아버지인 이 승상은

---

35) 당건(唐巾): 중국에서 쓰던 관(冠)의 하나. 당나라 때에는 임금이 많이 썼으나, 뒤에는 사대부들이 사용하였음.

종손(宗孫)이 이처럼 기이하므로 매우 사랑하였고 모든 숙부가 기대했으나 부친 하남공은 매양 흥문을 호방한 선비라 하여 생전에 한 번도 낯빛을 열어 기쁜 얼굴로 보지 않으니 승상이 이에 일렀다.

"사람의 아비가 되어 자식에게 너무 풀어질 것은 아니나 자식을 가지고 그르며 옳은 일에 곡직을 헤아리지 않고 저렇듯 매서우니 관대한 도량이 아니구나."

이에 공이 승상의 명을 듣고 사죄했으나 천성을 능히 고치지는 못했다.

이때 소흥 기생 홍선이 흥문을 위해 정절을 지키다가 나이 열넷에 이르자 부채를 품고 흥문을 찾아 금주에 왔다. 공자가 본디 호방함이 특출난 데다 오늘 홍선이 옛사람으로서 자색이 특출해 꽃이 봄을 맞은 듯, 달이 보름이 찬 듯하여 옷을 차려입고 전아한 자태로 이르니 사랑하는 마음이 지극했다. 그러나 그 부친을 두려워해 홍선을 밖에 머무르게 하고 가만히 숙부 문정공을 보아 연고를 고하니 문정공이 놀라서 웃고 말했다.

"제 비록 창녀나 신의가 이처럼 굳으니 그 의리를 저버리지 못할 것이다. 조용히 형님께 아뢰어 잘 처리하도록 하마."

공자가 사례하고 물러났다.

문정공이 그 형의 위엄을 알았으므로 한 계교를 생각했다.

하루는 희춘대에 형제가 모여 한담을 하는데 문정공이 홀연히 입에서 두 구의 글을 읊었다. 그 뜻은 전에 소흥에 귀양 가 외롭게 지냈다는 말이요, 자기 때문에 아녀자가 원망을 품었다고 한 것이었다. 하남공이 귀를 귀울여 듣다가 물었다.

"아우가 오늘 읊은 글에 무슨 연고가 있는 것이냐? 어찌 소회가 은은한 것이냐?"

공이 슬피 대답했다.

"제가 예전에 부모 형제를 떠나 소흥에 유배되어 고향을 생각하는 마음이 날로 깊어지는 즈음에 부질없는 일을 하여 일생 저의 신세를 마쳤으니 자연히 심사가 사나워 그랬습니다."

부마가 웃으며 말했다.

"옛일을 일컫는 것이 새로이 한심하니 아우가 어찌 일컬어 온화한 기운을 감하게 하는 것이냐? 다만 두 번째 말은 무슨 일을 일컬은 것이냐?"

공이 문득 사례하고 말했다.

"제가 말을 내면 부형께서 꾸짖을까 두렵습니다."

부마가 미소짓고 말했다.

"아우가 나이 삼십이요, 벼슬이 높으니 설사 그른 일이 있은들 그토록 중죄를 얻겠느냐?"

공이 대답했다.

"형님이 만일 노하지 않으신다면 고하겠습니다."

부마가 허락하니 공이 사례하고 고했다.

"전에 여 태수가 그 딸로써 성문의 혼인을 정하고 작은 잔치를 열어 저와 두 아이를 대접하였습니다. 여 태수가 이르기를, '영랑(令郞)36)은 숙녀를 얻었으나 대공자는 무료하니 기녀 홍선을 주겠다.' 하니 흥문이 사양했으나 제가 이르기를, '대장부가 미인을 사양하겠느냐? 어서 일어나 태수께 사례하라.' 하자 흥문이 마지못해 일어나 사례하던 중 적삼 소매에서 부채가 떨어졌습니다. 태수가 술기운에 부채를 홍선에게 던져 신물(信物)37)이라 하니 그때 저나 흥문이나

---

36) 영랑(令郞): 상대의 아들을 높여 부르는 말.
37) 신물(信物): 뒷날에 보고 증거가 되게 하기 위하여 서로 주고받는 물건.

한때의 희롱으로 알았습니다. 그런데 지금에 이르러 홍선이 부채를 품고 여기에 왔으니 흥문이는 형님이 아실까 두려워 홍선을 내쳤습니다. 홍선은 자신의 사정이 진퇴양난이라 하늘을 향해 부르짖기를 마지않으니 그 몸은 미미하나 일이 윤리와 기강에 관계한 것이라 제가 사람 저버린 죄악이 어디에 미쳤다 하겠습니까?"

부마가 다 듣고는 미미히 웃으며 말했다.

"내 당초부터 흥문이의 행동에 이런 일이 있을까 했다. 흥문이가 제 낙락(落落)38)했다면 창물(娼物)이 어찌 따를 것이며 제 안 주는 부채를 태수가 어찌 앗아서 창녀에게 주었겠느냐? 이 아이가 열 살이 겨우 찬 것이 그런 더러운 짓을 했구나. 아우가 평소에 말이 드물더니 어찌 흥문의 달램을 듣고 여러 가지로 둘러대며 나를 속이는 것이냐? 흥문이 홍선을 버리나 거두나 내가 어찌 알 바이겠느냐?"

말을 마치자 온화한 기운이 변해 낯빛이 엄숙하여 눈 위에 찬 바람이 부는 것 같았다. 문정공이 급히 관(冠)을 벗고 고개를 조아려 말했다.

"이 아우가 비록 사리에 밝지 못하나 흥문이의 부형이 되어 흥문이의 달램을 듣고 저를 그릇되게 하려 해 형님께 사사로운 청을 하는 것이 아닙니다. 범사에 남편이 한 명의 아내와 한 명의 첩을 두는 것은 성인도 허물로 여기지 않으셨으니 구태여 홍선을 흥문의 혼인 전에 첩의 자리에 봉해 고당(高堂)에 두시라고 하는 것이 아닙니다. 홍선이 비록 이름은 창기나 다른 사람을 좇지 않고 초나라 여자의 정절39)을 흠모하여 여기에 왔으니 아직 한쪽 구석에 두시는 것이 옳

---

38) 낙락(落落): 어떤 일을 할 마음이 없어짐.

39) 초나라 여자의 정절: 중국 춘추시대 노나라 희공(僖公)이 초나라 여자를 적실로 삼고 제나라 여자를 첩으로 삼았는데 제나라의 협박으로 제나라 여자를 적실로 삼고 초나라 여자를 서궁(西宮)에 유폐(幽閉)하자 초나라 여자가 정절을 지킨 일을 이르는 듯함.

습니다. 그런데도 형님께서 이런 말씀을 하시니 제가 평소에 형님 앞에서 방자함이 넘치고 형님께 미쁨이 없던 줄 알게 되었습니다. 제가 죽어도 죽을 곳이 없는 듯합니다."

부마가 마음속으로 흥문을 괘씸하게 여겼으나 우애가 본디 지극했으므로 잠깐 낯빛을 온화하게 해 말했다.

"나의 성품이 이런 번다한 일을 결코 좋게 여기지 않는다. 흥문이는 호방한 탕자의 무리니 또 어찌 아내를 얻기 전에 창녀를 주어 외입하도록 하겠느냐? 그러나 아우의 말이 이와 같으니 허락은 하겠으나 마침내 부질없는 일이구나."

공이 인사하고 사례해 말했다.

"열녀와 절부(節婦)는 사대부 가문에도 흔치 않으니 더욱 창녀 무리에게 쉬운 일이겠습니까? 그러나 이 사람은 크게 어질어 보통 사람과 같지 않으니 해로움은 없을까 합니다."

부마가 웃고 대답하지 않았다.

이날 밤에 부마가 공주 침소에 들어가니 자식들이 모여 저녁 안부를 묻고 있었다. 부마가 흥문 공자를 못마땅하게 여겼으나 아우가 간예했는데 아우 안 듣는 데서 자식을 꾸짖는 것이 아우에게 역정을 내는 듯하여 흥문을 경계해 말했다.

"네 이제 어린 나이로 첩을 두는 것이 참으로 외람된 일이다. 그러나 네 숙부가 과도하게 꾸짖음을 말리므로 내 허락하니 아내를 얻기 전에 가까이할 생각을 하지 말고 네 나이가 찬 후에 거두도록 하라."

비록 입으로부터 나온 말은 온화했으나 안색이 엄숙하여 평안하지 않은 마음이 은은히 나타나니 공자가 등에서 땀이 흐를 지경이었다. 공자가 고개를 조아리고 사례한 후 물러났다.

공주가 한참 후에 물었다.

"아까 말씀이 어인 연유에서 나온 것입니까?"

부마가 잠시 웃고 연고를 이르니 공주가 속으로 공자의 호방함을 불쾌해했으나 문정공이 간예한 일이므로 말을 하지 않았다.

공자가 비록 홍선을 잊지 못했으나 부친의 훈계를 두려워해 홍선을 후당에 두고 감히 가까이하지 못해 마음이 우울했다.

이튿날 개국공 이몽원[40] 등이 사연을 듣고 크게 웃으며 말했다.

"홍문의 풍채는 참으로 이위공(李衛公)[41]을 부러워하지 않을 만하구나. 이제 이와 머리가 채 마르지 않았는데도 미녀가 스스로 따르니 장래에 일곱 부인과 첩 열두 명을 갖추겠구나."

부마가 말했다.

"아우가 무슨 까닭인지 홍선이를 하도 간절히 권하기에 허락했으나 장래에 이런 일이 있다면 어찌 두 번 용서하겠나이까? 더욱이 일곱 아내라는 말은 제 생전에는 귀에 들리지 못하게 할 것입니다."

승상의 막내동생 북주백 이연성이 웃고 일렀다.

"백달[42]이 제 마음을 미루어 흥문에게 기녀를 모아 준 것이냐?"

부마가 또한 웃고 대답했다.

"숙부님 말씀이 참으로 이치가 있으니 제 소년 적 버릇을 가지고 조카에게 행하라 하니 괴로움을 이기지 못할 것입니다."

문정공이 웃고 대답했다.

"숙부님 말씀이 실상에 맞지 않으니 원통하고 억울합니다. 지금

---

40) 이몽원: 이관성의 셋째아들.

41) 이위공(李衛公): 중국 수말당초(隋末唐初)의 장군인 이정(李靖, 571~649)으로, 자는 약사(藥師). 그가 위국공(衛國公)에 봉해졌으므로 세상에서 이위공이라 칭함.

42) 백달: 이몽창의 자(字).

저에게 있는 바는 소 씨 한 사람뿐입니다."

북주백이 웃고 말했다.

"네 지금은 이리 단정한 체하나 상 씨는 어떤 사람이며 조 씨는 네게 누구며 옥란과 위란은 어떤 남자의 첩이었느냐?"

공이 웃고 대답했다.

"상 씨는 초례, 백량(百兩)[43]으로 부모님이 맡기신 바요, 조 씨는 제가 스스로 구해 얻은 것이 아니요, 옥란과 위란은 한때의 풍정으로 얻었으나 이제는 어디에 있나이까?"

북주백이 웃음을 머금고 말했다.

"너의 일이 다 옳으니 시비를 하지 않으마."

안두후 이몽상[44]이 성문의 손을 잡고 일렀다.

"고어에 이르기를, '저가 내 앞에 있으니 고개를 돌려 눈물을 흘리노라.'라 했으니 흥문은 천한 사람과도 언약을 벌써 이루었거늘 네 여 씨는 어느 날 만나겠느냐? 마음이 참으로 슬프겠구나."

성문이 부끄러움을 머금고 손을 맞잡고 있거늘 개국공이 정색하고 말했다.

"네 나이가 강보의 어린아이가 아니거늘 어찌 아저씨가 묻는 말에 대답하지 않는 것이냐?"

공자가 급히 죄를 청하고 대답했다.

"제가 여 씨와 작은 언약이 있으나 피차 다른 집안 사람으로서 남녀가 유별하니 천인(賤人)에 빗대어 이별과 만남의 이르고 늦음을 한하겠나이까?"

강음후 이몽필[45]이 웃으며 말했다.

---

43) 백량(百兩): 백량. 100대의 수레라는 뜻으로 신부를 맞아들임을 말함.
44) 이몽상: 이관성의 넷째아들.

"여 공이 운남의 한 가에 있으니 너를 어찌 생각할 수 있겠느냐? 형님은 바삐 다른 데에서 아름다운 며느리를 가리소서."

문정공이 말했다.

"자고로 각 집에 아내를 두니 제 나이 아직 어리고 하물며 언약을 굳건히 하고서 또 바꿀 수 있겠느냐? 성문이의 머리가 흰 실이 되어도 여 씨를 만나는 날 혼인을 시킬 것이다."

공들이 모두 웃고 말했다.

"그렇게 한다면 성문이 초조해 죽을 것입니다."

공이 또한 웃고 말했다.

"성문이가 만사에 다 사리에 어두우나 아내를 생각해 병이 나지는 않을 것이다."

부마가 말했다.

"성문이는 크게 어진 사람이거늘 너희가 어찌 시비를 하는 것이냐? 불행히도 흥문이 대종(大宗)46)을 받들 것인데 저렇듯 사람같지 않으니 이를 한하노라."

북주백이 말했다.

"피차 유유상종함을 좋게 여기니 몽현이는 매사에 예의를 받들고 고집이 세니 성문이의 진중함을 사랑하고 몽창이는 흥문이의 화려함을 좋게 여기는구나. 하늘이 어찌 제 소원을 아들에게 이루어 주지 않았는지 한이로구나."

하남공과 문정공이 각각 웃고 사례했다.

이후 하남공이 흥문을 위해 널리 어진 며느리를 고르려 했으나 시골에서 숙녀를 얻지 못해 며느릿감을 정하지 못했다.

---

45) 이몽필: 이관성의 다섯째아들.
46) 대종(大宗): 동성동본의 일가 가운데 가장 큰 종가의 계통.

이후 두어 해 만에 황제께서 북쪽에서 경사로 돌아오시고 승상이 다시 국사를 다스리게 되었다. 승상이 가족을 고향에 두지 못해 하남공에게 명해 일가를 경사로 모셔 오라 했다.

하남공이 밤을 낮 삼아 금주에 이르러 할머니와 어머니를 모시고 여러 제수를 모셔 길을 나니 행렬의 화려함이 끝이 없었다. 그러나 하늘이 필주 소저에게 재앙을 내렸으니 이를 어찌 면할 수 있겠는가.

사오 일을 가 한 곳에 이르러 여러 집에 머물 데를 잡아 부인네가 한 방에 들어 잠을 잤다. 이때 장 부인은 세 딸과 함께 소 부인과 한 집에 들어가 저녁을 먹고 등을 켰다. 셋째딸 필주 소저는 나이가 네 살이었는데 딸들 가운데 빼어나고 행동의 영민함이 유다르니 부마가 매우 사랑했다. 소저가 이날 모친의 무릎 아래서 밤늦도록 놀았는데 장 씨와 소 씨 두 부인은 자리에 나아가 잠이 깊이 들었다.

원래 이 땅에 한 사람이 있는데 미친 병을 얻어 낮에는 인사를 모르고 늘어져 있다가 밤에는 인가에 다니며 아무 사람이나 끌어다가 물이나 산에 버렸다. 이날도 두루 다니다가 마침 장 부인 숙소에 이르러 문을 뚫고 들어가 필주를 이끌고 나가 정처 없이 갔다.

필주는 어린 것이 넋을 잃고 이끌려 가더니 한 산에 다다랐는데 스무 명 남짓한 사람들이 창검을 들고 횃불을 밝혀 내달아 오고 있었다. 그 미친 사람은 요괴에 들려 밝은 곳을 싫어했으므로 필주를 놓고 달아났다. 일행 중 늙은이 하나가 나아가 필주를 안으며 일렀다.

"어떤 아이기에 야밤에 여기에 이른 것이냐?"

필주가 울면서, 자다가 어떤 사람이 이끌고 여기에 이른 것이라 하니 그 사람이 불쌍히 여겨 필주를 데리고 제집에 이르러 아내에게 말했다.

"우리가 비록 심부름하는 노비나 늙도록 자식이 없으니 이 아이를 길러 후사를 의탁하세."

노파가 기뻐하며 아이가 좋아할 만한 것을 주고 달래며 사랑하니 필주가 비록 영리했으나 네 살 어린아이가 무슨 철이 있겠는가. 노파가 자기를 사랑하므로 부모를 잊고 여기에 있게 되었다.

장 씨와 소 씨 두 부인은 잠결에 정신을 수습하며 아이들이 일시에 우는 소리에 놀라 불을 켜고 보니 필주가 간 곳이 없는 것이었다. 크게 놀라 주인을 불러 물으니 주인이 역시 놀라 대답했다.

"이 땅에 왕 공자라 하는 사람이 있는데 미친 지 삼 년입니다. 매양 밤이면 두루 돌아다니면서 아무나 끌어다가 천 리나 만 리나 떨어진 곳에 버립니다. 또 애꿎은 사람이 이 어려운 지경을 지내고 혹은 찾아오는 이도 있으니 왕 공자가 사람을 죽이지는 않나이다."

부인이 크게 놀라고 슬퍼 마냥 울었다.

날이 밝자, 숙부들과 부마가 이 사실을 알고 놀라움을 이기지 못했다. 부마가 즉시 왕 공자를 불러 앞에 앉히고 간절히 달래며 소저 둔 곳을 물으니 왕 공자가 눈을 허옇게 뜨고 부마를 보며 아무 말도 하지 않았다. 이에 주인이 나아가 부마에게 고했다.

"이 사람은 과연 자기가 밤에 저지른 일을 낮에는 아득히 알지 못하나이다."

부마가 하릴없어 다만 할머니와 어머니를 모시고 길에 오르려 했다. 장 부인이 곡기(穀氣)를 끊고 울면서 흥문을 시켜 부마에게 청해 딸을 찾아서 함께 가자 하니 부마가 허락하지 않으며 말했다.

"여자가 어찌 홀로 길 가운데에 머무를 수 있겠소? 하물며 슬하에 여러 명의 자녀가 있거늘 한 딸아이가 무엇이 중하기에 이처럼 과도하게 슬퍼하는 것이오? 이것은 자기의 운액이라 인연이 있다면 저를 살아서 만날 것이니 다시는 어지러운 말이 내 귀에 들리게 하지 마시오.”

장 부인이 하릴없어 다만 딸아이의 이름을 부르짖으며 애통해하니 소 부인이 위로했다.

“제가 예전에 천신만고 가운데 경문이를 잃고도 구차하게 살았고 영문이를 죽이고도 지금까지 살아 있습니다. 이제 형님에게는 여러 조카가 있어 저의 사정에 비하면 몇 배가 나은데 어찌 이처럼 통곡하시는 것입니까? 필주는 나이가 어리나 자못 오래 살 복이 온전한 아이라 쉽게 죽지는 않을 것입니다.”

부인이 눈물이 샘솟듯 하여 말을 못 하더니 흥문 등이 덩을 내어 와 행차를 재촉했다. 부인이 마지못해 다만 방을 부쳐 소저의 차림새와 행동을 적고 만일 소저를 찾아 주는 이가 있다면 천금을 주겠다 하고 일행과 함께 경사로 갔다.

승상이 이미 문정공과 함께 문을 정돈하고 담장을 깔끔하게 꾸며 집안을 청소해 두었으니 붉은 용마루는 엄숙하고 화려하여 옛날의 모습에 지지 않았다.

이날 시랑 경혁[47]과 철 상서 부인[48] 등이 모여 정 부인과 여러 사람을 보고 반김을 이기지 못했다. 모든 아이들이 나열해 친하고 소원함을 구분하지 않았으나 미주 소저는 깊이 숨어 나오지 않았다.

사람들이 철 시랑 형제를 보고 이별의 회포를 이르니 철 시랑이 하남공을 대해 몇 번을 사례하며 말했다.

“어머님이 할아버님에게서 은혜로 길러졌으니 어찌 서로 골육이

---

47) 경혁: 이현의 양자로 들어왔으며 철 부인인 경혜벽의 동생임.
48) 철 상서 부인: 경혁의 누나 경혜벽으로서 상서 철염의 아내임.

아닌 줄 구분하겠는가? 이러므로 우리가 은혜를 품고 정분을 머금어 아우 등을 동기와 다른 줄 알지 못했더니 불초한 자식이 방자한 짓을 해 친척의 의리를 어지럽혔네. 오늘 아우를 대하니 부끄러움을 이기지 못하겠네."

하남공이 웃고 손을 모아 대답했다.

"이 아우가 본디 위인이 편협해 이러한 일을 꺼리므로 숙모님의 명령을 받들지 못해 지금까지 매우 부끄러워했거늘 형의 사례를 어찌 감당할 수 있겠습니까?"

시랑이 웃으며 말했다.

"전날에 미주를 내 딸처럼 여겨 아우가 남하할 때 내가 스스로 그 머리를 쓰다듬으며 이별을 안타까워했지. 칠 년을 떠났다가 여기에 이르렀으나 아까 내당(內堂)에 이르러 아이들을 다 보았는데 불초한 자식 때문에 미주를 보지 못했으니 더욱 자식을 한스러워하네. 아우가 끝내 어찌하려 하는가?"

부마가 어물어물하며 대답하지 않으니 시랑이 또한 다시 묻지 않았다.

원래 철 공자가 할머니 경 부인을 모시고 돌아와 경 부인이 일의 전말을 시랑에게 이르니 시랑이 놀라고 무안하여 공자를 크게 꾸짖었다. 그리고 일이 이에 이른 후는 다른 데에서 아내를 얻지 못해 세월이 지나기를 괴롭게 기다리다가 부마가 상경한 것을 보고는 혼인시킬 마음이 날로 바빴다. 그러나 시랑이 자고로 부마의 고집을 익히 알았으므로 혼사 일을 묻지 않았던 것이다.

하루는 시랑이 조용한 때를 틈타 승상을 모시고 말하다가 나직이 고했다.

"접때 창징이 망령된 생각을 내어 미주를 사모하니 드디어 백균[49]

의 분노가 일어났습니다. 이 조카가 자식을 엄하게 가르치지 못한 것이 부끄러우나 일이 이미 이에 이른 후에는 미주를 다른 곳에 시집 보내는 것이 형세가 매우 난처하고 망측한 줄 헤아려 제가 지금까지 창징이 약관이 넘도록 그저 두었습니다. 숙부님께서는 장차 어찌하려 하시나이까?"

승상이 한참을 생각하다가 말했다.

"내가 또 그렇게 여겼으나 아들의 성품이 너무 각박하고, 고향에서 길이 멀어 혼사 문제를 제기하지 않은 것이다. 이제 상경한 후에조차 일을 더디게 하겠느냐? 미주가 열일곱 살이 되었으니 미주를 잠시라도 두는 것이 급하니 빨리 좋은 날을 택해 혼인시킬 것이다."

시랑이 매우 기뻐하며 절하고 물러났다.

승상이 이날 밤, 자식들이 문안 인사를 하는 때에 하남공에게 일렀다.

"너는 이제 미주를 어찌하려 하느냐?"

하남공이 손을 맞잡고 방석 밖에 꿇어 대답했다.

"저의 좁은 소견으로는 미주를 심규에 두는 것밖에는 다른 생각이 없나이다."

승상이 묵묵히 오랫동안 말이 없다가 일렀다.

"이씨 조상 중에 홀로 늙은 사람이 있더냐? 그 사이의 곡절을 숨기지 말고 자세히 이르거라."

하남공이 새로이 옥 같은 얼굴이 붉어지고 두 눈이 가늘어 노기가 북받쳤으나 다만 편안히 꿇은 채 말을 하지 않았다. 승상이 또한 다시 묻지 않고 고요히 죽침에 비겨 그 하는 양을 바라보았다.

---

49) 백균: 이몽현의 자(字).

한참 지난 후에 공이 노기를 잠깐 진정해 두 번 절하고 죄를 청해 말했다.

"불초자가 사리에 밝지 못해 아버님께 체면을 잃은 것이 자못 중대하니 벌을 기다리나이다. 미주의 혼사에 이르러는, 제가 운계 형 알기를 동기와 다름이 없이 하고 부르기를 사촌형이라 하다가 이제 고쳐서 사돈이라 하는 것은 결코 옳지 않습니다. 차라리 한 딸을 버릴지언정 운계 형과 사촌의 정을 오로지하고자 합니다."

승상이 다 듣고는 낯빛을 바로 하고 소리를 엄정히 하여 말했다.

"전후(前後)에 일이 어쩔 수 없었다는 것은 내 이르지 않아도 네가 다 알 것이다. 작은 고집 때문에 당당한 사족 부녀가 홀로 늙는 예법은 없다. 또 재종형제 사이에 혼인하는 일이 태곳적부터 없었으나 일의 형세가 이러한 후에는 권도(權道)를 행하는 것이 옳다. 또 시풍이 그러하고 하물며 두 사람은 골육이 아니니 둘을 혼인시켜도 무방할 것이다. 네가 아비 소견을 이치에 맞다고 여긴다면 둘을 혼인시키고 또 네 마음에 그르다고 여긴다면 내 너에게 억지로 권하지는 않겠다."

공이 꿇어 승상의 말을 듣고 불쾌했으나 삼십 년 수행에 효를 으뜸으로 했으므로 이에 평안히 승상의 명령을 듣고 말했다.

"저의 무식한 소견으로 일을 한갓 편협하게 생각했습니다. 아버님의 밝은 하교를 들었으니 불초자가 사리에 어두우나 어찌 명령을 받들지 않겠나이까?"

드디어 물러났다. 승상이 그 고집과 그런 독한 성격을 가지고서 자기의 명령을 저렇듯 순순히 따르는 것에 기뻐해 잠깐 웃고 말을 하지 않았다. 소부공 이연성이 자리에 있다가 승상에게 고했다.

"몽현 조카가 그런 노기 중에도 형님 말씀에는 한마디를 안하고 형님 명령을 따르니 제가 의혹하나이다."

승상이 웃으며 말했다.

"몽현이는 천 사람이 권하고 만 사람이 달래도 말을 듣지 않을 것이나 나의 말은 기름이 끓는 가마에 들라 해도 들을 위인이다."

소부가 웃으며 말했다.

"형님이 이르지 않으셨다면 미주가 어여쁜 얼굴로 세월을 헛되이 보냈을 것입니다."

하남공은 이때 마음속에 불쾌함이 가득했다. 그러나 부친의 경계가 자못 분명하며 엄정하고, 자기가 부친의 명을 순순히 따랐는데 다시 고집을 부리는 것이 옳지 않았으므로 흔쾌히 택일해 철씨 집안에 이를 고하니 시랑 부부가 매우 기뻐했다.

이때 철 공자는 밤낮으로 번민하며 하남공의 고집을 돌려 미주 소저를 아내로 맞을 날이 없을까 마음을 죄고 있었다. 그러다가 혼사가 순탄하게 되어 일이 바란 것 이상으로 성사되자 기뻐하며 만사에 흡족해했다.

길일이 다다르자, 장 부인이 자식들 중에 첫 혼인을 시키는 것이라 모든 일을 지극히 차렸다. 미주 소저는 새로이 한스러워하고 분노하여 모친을 보고는 죽기로써 철씨 집안에 가지 않을 뜻을 고하며 애걸하니 장 부인이 말했다.

"시아버님이 혼인을 주장하셔서 네 부친이 감히 말을 못 했으니 우리 마음이 분하다 하여 이를 어디에 비칠 수 있겠느냐?"

소저가 하릴없어 근심과 분함 때문에 식음을 전폐하고 몸을 침상에 던져 죽더라도 철씨 집안에 가지 않으려 했다. 드디어 병이 생겨 기거를 하지 못하게 되니 부마가 근심해 시랑에게 말했다.

"딸아이의 병이 깊으니 혼례는 길일에 하겠지만 시부모 보는 예는 병이 낫기를 기다려 하는 것이 어떠합니까?"

시랑이 허락하니 부마가 기뻐했다.

길일에 철생이 길복을 입고 이씨 집안에 이르러 전안(奠雁)[50]을 마치고 내당에 이르렀다. 장 부인이 소저를 온갖 말로 타일러 소저가 겨우 예복을 몸 위에 걸쳐 교배석(交拜席)에 이르니 수척한 얼굴이 더욱 아리따워 흰 달이 구름 속에 싸인 듯하고 기이한 용모는 비할 곳이 없었다. 철 공자의 늠름하고 준수한 풍채는 참으로 소저와 한 쌍의 좋은 짝이었으므로 집안 어른들과 시부모가 또한 기뻐해 희색이 가득했다.

교배를 마치자, 문정공 등이 신랑을 이끌어 외당으로 나갔다. 미주 소저는 병중이라 기운이 허약하여 몸을 수습하지 못하니 유모가 소저를 붙들어 침방에 가 구호했다.

이날 밤에 일가 사람들이 정당(正堂)에 모여 각각 화주(花酒)[51]를 날리며 즐길 적에 철 부인이 미주의 특이함을 기뻐하며 말했다.

"미주가 어찌 내 며느리가 될 줄 알았겠는가? 과연 천하의 일이 뜻밖인 줄 알겠구나."

북주백 부인[52]이 말했다.

"형님 말씀이 참으로 옳으시니 창징이 집안의 사위가 될 줄 생각이나 했겠습니까?"

개국공이 철생의 손을 잡고 희롱하며 말했다.

"신랑이 너무 쌀쌀맞음을 도리어 의심하니 너는 어찌 아직까지

---

50) 전안(奠雁): 혼인 때 신랑이 신부 집에 기러기를 가져가서 상위에 놓고 절하는 예.
51) 화주(花酒): 화주. 꽃을 담가 만든 술. 국화로 만든 국화주(菊花酒), 소나무 꽃으로 만든 송화주(松花酒), 배꽃으로 만든 이화주(梨花酒) 등이 있음.
52) 북주백 부인: 북주백인 이연성의 아내 정혜아를 이름.

신방에 가지 않은 것이냐?"

생이 웃음을 머금고 말을 하지 않으니 장 부인이 말했다.

"딸아이의 병이 깊어 손님을 대할 예를 차리지 못할 것이라 신랑이 외헌에서 밤을 보내는 것이 옳습니다."

안두후가 크게 웃으며 말했다.

"철수의 심장이 장차 어지러워 고요하지 못할 것인데 형수님은 어찌 야박한 말씀을 하시는 것입니까? 하물며 철수는 미주에게는 정을 둔 사람이라 철수가 들어가야 미주의 병이 나을 것입니다."

그리고서 철수를 밀어 침소로 보내니 좌중의 부인네가 웃음을 머금고 문정공 등은 미미히 웃었으나 하남공이 홀로 말을 하지 않았다.

철생이 반평생 사모하던 숙녀를 오늘 교배석에서 대하니 기운이 날아갈 듯하여 신방에 이르렀다. 소저가 이날 병이 더해 이불에 감겨 누웠고 유모가 침상 아래에서 대후(待候)[53]하고 있다가 생을 보고 방에서 나갔다. 생이 소저의 곁에 나아가 물었다.

"소년의 굳센 몸으로 어디를 그리 오래 앓는 것이오?"

소저가 정신이 없는 중에 이 소리를 듣고 놀라며 부끄럽고 분하여 천천히 이불을 헤치고 일어나 침상에서 내려 멀리 단정히 앉으니 생이 급히 말려 말했다.

"병든 사람이 움직여 몸조리를 잘하지 못하면 어찌하겠소? 평안히 조리하시오."

소저가 대답하지 않고 유모를 불러 앞에 없음을 절절히 꾸짖으니 유모가 조용히 웃고 또 나갔다. 생이 이에 나아가 소저의 손을 잡고

---

53) 대후(待候): 웃어른의 명령을 기다림.

사죄했다.

"소생이 접때 무례하여 소저에게 죄를 얻었으나 만일 그렇지 않았다면 오늘 부부의 인연을 맺는 경사가 있었겠소? 소저는 생이 백년을 의탁할 사람인 줄 헤아려 생에게 너무 분노하지 마시오."

소저가 이에 갑자기 낯빛을 바꾸고 생의 손을 떨치고 물러앉아 말을 안 하니 생이 웃고 또 사죄를 일컬으며 말했다.

"소저가 생을 용렬히 여겨 이렇듯 행동하나 마침내는 이 철수를 버리지 못할 것이오."

소저가 끝내 답을 하지 않고 비단 병풍에 몸을 기대 단정히 앉아 있으니 탐스러운 모습이 방 안에 빛났다. 생이 더욱 사랑하여 소저의 곁에 나아가자 소저가 그때마다 생을 낙엽처럼 밀치니 생이 웃으며 말했다.

"그대 힘이 남보다 뛰어남을 자랑하나 남편 공경할 줄은 모르는구려. 이제 앞으로 어찌하려 하는 것이오?"

소저가 들은 체 않고 닭이 울자 옷을 여미고 모친 침소에 들어갔다. 모친이 이에 놀라서 물었다.

"오늘은 병이 나았느냐? 어찌 몸을 움직이는 것이냐?"

소저가 대답하지 않고 모친 침상에 누워 새로이 신음하니 부인이 그 뜻을 스쳐 알고 소저의 처지를 더욱 슬퍼했다.

부인이 정당에 들어가니 철 부인이 이 자리에 있었으므로 철 시랑 연수가 들어와 모친 철 부인을 뵙고 나서 장 부인을 향해 말했다.

"신부가 오늘은 병이 어떠합니까?"

부인이 몸을 낮추고 대답했다.

"오늘은 더한 듯하더이다."

시랑이 매우 근심하니 문정공이 웃고 대답했다.

"형이 어찌 범람하게 행동하시오? 사돈이 되어 며느리의 모친을 내외하지 않으니 그 무슨 도리오?"

시랑이 웃고 말했다.

"이전부터 때도 없이 뵈었으니 이제 고쳐 가다듬는 것이 어렵구나."

북주백 연성이 말했다.

"운계[54]는 어려서부터 예의와 염치를 몰랐으니 이제 와서 책망할 수 있겠느냐?"

시랑이 웃고 대답했다.

"이 조카가 예전에 숙부께 아름다운 여자를 천거했다가[55] 지금까지도 숙모께서 안대문에 저를 들이지 않으시니 후회막급입니다."

소부가 부채로 그 관(冠)을 치고 말했다.

"너는 갈수록 내 듣기 싫은 말을 어찌 하는 것이냐?"

시랑이 미소 짓고 짐짓 꿇어 사죄하니 자리에 있던 사람들이 모두 크게 웃었다.

이때 철 공자가 비록 이 소저를 얻었으나 그 병이 심각한 것에 우울해하고 소저의 기색이 너무 매섭고 독한 것을 불쾌해하여 흥미가 사라졌다.

저녁때 흥문에게 그 병을 물으니 흥문이 말했다.

"누이가 오늘은 아침부터 한낮에 이르기까지 한 술 물을 먹지 않고 침상에 몸을 던져 매우 많이 앓더이다."

생이 깊이 근심했으나 감히 들어가 보지 못했다.

부마가 딸의 병을 근심해 의약을 힘써 다스리니 소저가 며칠 후에

---

54) 운계: 시랑 철연수의 자(字). 이미주의 남편인 철수의 아버지.

55) 예전에~천거했다가: <쌍천기봉>에서 철연수가 이연성에게 부친 철염의 유모 손녀인 탁구를 소개한 일을 이름.

병이 나았다. 그러나 소저는 철생 보기를 싫어해 행여 부모가 침소로 가라 할까 하여 계속 자리에 누워 있었다.

하루는 철생이 참지 못해 장 부인이 정당에 간 때를 틈타 홍매정에 이르렀다. 소저가 비녀를 다듬어 꽂고 일어나 앉아 당시(唐詩)를 읊으니 얌전하고 깨끗한 태도가 더욱 아리따워 흰 달이 흐린 구름에 싸여 있는 듯했다. 생이 새로이 사랑하여 이에 물었다.

"근래에는 좀 어떠하오?"

소저가 돌아보고 문득 정색해 일어나 맞고는 동서로 자리를 나누어 앉으니 생이 웃고 말했다.

"그사이에 참으로 많이 자랐소. 어찌 일어나 남편 맞을 줄을 알며 방석을 밀 줄 알게 된 것이오?"

소저가 기운이 추상같아 손을 꽂고는 단정히 앉아 생의 말을 귀담아 듣지 않으니 생이 이윽고 말했다.

"당시에 소생이 말을 삼가지 못한 죄가 있으나 일찍이 향을 훔친56) 바가 업고 담을 넘는 일57)을 하지 않았소. 이제 양가의 부모께서 명령해 화촉 아래에서 예의로 소저를 만났건만 무슨 마음으로 이제 장차 소생을 버리려 하는 것이오?"

소저가 또한 대답하지 않았다. 생이 이에 문득 성을 내며 말했다.

"그대는 까닭 없이 이렇듯 무례한 것이오? 생의 힘이 그대만 못한 것이 아니라 그대에게 시원하게 욕을 보이고 싶으나 이곳이 장모님의 침소이므로 내가 꾹 참고 나가겠소. 그러나 내 머리가 흴 지경에

---

56) 향을 훔친: 남녀 간에 사사롭게 정을 통하는 것을 의미함. 중국 진(晉)나라 무제(武帝) 때의 권신(權臣) 가충(賈充)의 딸 오(午)가 한수(韓壽)와 몰래 정을 통하였는데 오(午)가, 그 아버지 가충이 왕으로부터 받은 서역(西域)의 진귀한 향을 한수에게 훔쳐 줌. 후에 가충이 한수에게서 향 냄새가 난다는 부하의 말을 듣고 딸이 한수와 정을 통한 사실을 알고서 두 사람을 결혼시킴.

57) 담을 넘는 일: 남녀가 몰래 만나는 것을 뜻함.

이르러도 그대를 사침(私寢)에서 만나는 날에는 좋지 않을 것이오."

이렇게 말을 마치고는 소매를 떨쳐 나왔다. 문득 보니 공주와 장부인이 어깨를 나란히 해 병풍 바깥에 서 있었으므로 생이 놀라 손을 꽂고 뵈니 장 부인이 미소하고 말했다.

"이미 왔으니 들어와 앉았다 가라."

생이 모시고 좇아 들어가니 소저가 더욱 불쾌하여 등을 돌아 앉았다. 주비가 이에 생에게 물었다.

"네가 전에는 친척이었으나 이제는 외객이거늘 어찌 이름도 통하지 않고 들어온 것이냐?"

생이 웃고 대답했다.

"아내를 따라 들어왔으니 장모님께 자연히 죄를 얻었나이다."

장 부인이 말했다.

"딸아이가 지금까지 회복하지 못했으니 사위는 모름지기 너무 괴롭히고 책망하지 말게."

"생이 또한 미친 사람이 아니니 어찌 병든 사람을 까닭 없이 괴롭히고 책망하겠나이까? 영녀(令女)가 남편에게 너무 순종하지 않으니 이를 참지 못하는 것입니다."

말이 끝나기 전에 시녀가 아뢰었다.

"철 시랑 어르신이 부르시나이다."

생이 급히 일어나니 공주가 바야흐로 소저에게 일렀다.

"딸아이가 어찌 어미를 보고도 일어나지 않고 벽을 향해 있는 것이냐?"

소저가 어물어물하며 대답하지 않으니 공주가 정색하고 말했다.

"철수가 당초에 너를 사모한 것은 그릇된 행동이다. 그러나 제 말따나 담에 벽을 뚫고 담을 넘은 일이 없거늘 네 이미 그 사람의 아래가 되어 이렇듯 무례함이 옳으냐?"

소저가 묵묵히 불쾌한 빛으로 노를 머금어 말을 하지 않으니 주비(朱妃)가 다시 말했다.

"네 고집이 이처럼 괴이하니 어찌 시부모님께 마음을 얻을 수 있겠느냐? 네 어려서부터 사랑을 받고 자라 배운 것이 없어 사람에게 교만하거니와 철 시랑은 엄숙한 군자니 어찌 너의 일을 아름답게 여기겠느냐?"

장 부인이 말했다.

"철수의 행동이 괘씸하니 딸아이가 노한 것이 괴이하다 하겠습니까?"

공주가 미소 짓고 말했다.

"남편이 비록 그르나 아내가 분노를 품어 그 명령을 거스르는 것이 어찌 옳은 일이겠습니까? 내 비록 화벽이를 낳지 않았으나 어려서부터 그 어미로 칭했으니 또 어찌 그른 곳을 가르치지 못하겠습니까?"

말이 끝나기 전에 부마가 이에 들어와 앉고 소저를 돌아보아 병을 물으니 소저가 대답했다.

"오늘은 퍽 나았으니 이러구러 병이 나을까 하나이다."

부마가 그 슬퍼하는 듯한 태도와 야윈 얼굴을 보고 기뻐하여 옥 같은 얼굴에 잠깐 웃음을 머금고 소저를 어루만지며 말했다.

"내 아이가 만사에 미진함이 없거늘 주비께서는 어찌 꾸짖는 것이오? 딸아이가 참으로 애처롭구려."

공주가 잠시 빙그레 웃고 옷깃을 여미고 말했다.

"미주는, 이르신 것처럼 만사에 미진함이 없으나 소천(所天)[58]을 업신여기니 첩이 어리석은 소견에 그 일을 미흡하게 여겨 두어 말로

---

58) 소천(所天): 아내가 남편을 이르는 말.

경계한 것입니다."

부마가 물었다.

"창징이 여기에 왔었소?"

공주가 수말을 전하자 부마가 다 듣고는 잠깐 웃고 말을 하지 않으니 대개 딸아이를 그르게 여기지 않았기 때문이다. 공주가 그 부녀의 뜻이 이처럼 서로 합치함을 탄식하고 부마가 너무 고집하는 것을 좋아하지 않았다.

이때 철 공자가 집으로 돌아가니 시랑이 말했다.

"네 아내가 오랫동안 병이 들었으니 자주 가서 문병을 할 것이지 어디를 갔던 것이냐?"

공자가 이때를 틈타 무릎을 꿇고 짐짓 대답했다.

"제가 아까 막 가서 이 씨를 보니 특별히 앓는 데가 없어 움직임이 평상시와 같았습니다."

시랑이 놀라서 물었다.

"백균이 나를 속일 리가 없거늘 네 말이 어찌 이러하냐?"

공자가 대답했다.

"이 씨의 고집이 대단하여 계속 누워 있었으니 그 부모가 어찌 이 씨의 말을 곧이듣지 않겠나이까? 그러나 특별히 앓는 데는 없었습니다."

시랑이 한참을 생각하다가 웃으며 말했다.

"네 아내는 백균이 낳은 자식이니 어찌 그 아비의 고집을 닮지 않았겠느냐? 내 마땅히 잘 처리할 것이다."

생이 기뻐 일어나 사례하고 물러났다.

시랑이 이날 이씨 집안에 가 승상 안전에서 하남공 등과 이야기를 하다가 이에 말했다.

"여자가 한 번 사람에게 몸을 허락하면 사생이 그 손에 있음은 자고로 떳떳하네. 그런데 백균이 그 딸로써 내 아들에게 시집을 보냈는데 문득 병을 일컬어 딸을 보내지 않으니 내 참으로 그 뜻과 같지 않네. 며느리의 병세가 위중하다 해도 내 집에 데려다 병을 조리하도록 하겠네."

하남공이 손을 꽂고 대답했다.

"제가 어찌 감히 작은 사정(私情)으로 딸을 보내지 않았겠습니까? 딸아이의 병이 자못 중하여 대례(大禮)를 이루지 못했더니 요사이엔 적이 차도를 얻었으니 마땅히 택일하여 댁에 나아가도록 하겠습니다."

이렇게 말하자 시랑이 기뻐하며 돌아갔다.

원래 철 시랑은 성품이 엄하고 부녀의 독한 태도를 용납하지 않는 인물이었다. 그래서 그 부인 영 씨가 덕이 있는 자상한 여자였으나 시랑이 작은 일에도 엄히 다스려 낯빛을 열어 대한 적이 없으니 장 부인이 이를 더욱 슬피 여겼다.

공주가 이러한 곡절을 알았으므로 미주 소저를 근심하여 이튿날 소저를 궁으로 데려가 이치로써 타일러 세수를 시키고 단장을 잠깐 다스려 소저를 예전에 있던 소영전으로 옮기게 했다. 그리고 철생을 청해 두 사람이 정을 맺도록 한 후에 소저를 시가에 보내려 했다. 소저가 매우 불쾌했으나 주비(朱妃)의 엄한 경계를 두려워해 부득이 침소에 이르렀다. 공주가 친히 이르러 진 상궁에게 명령해 자리를 깔라 하니 이불과 요가 자못 휘황했다.

이날 철생이 이르러 공주를 뵈었다. 주비가 기뻐하며 철생을 매우 사랑하고 또 낭랑하게 웃으며 일렀다.

"딸아이가 소천(所天)을 공경하려 하나 아마도 어려서부터 입버릇이 그런 것이니 사위는 개의치 말게. 딸아이가 본디 사랑을 받으며 자라 남편이 중한 줄을 채 알지 못하니 그대는 딸아이와 겨루려 말고 보호하여 백년화락을 변치 말게."

공자가 이 말을 들으니, 공주의 아리따운 모습은 등불 그림자에 빛나고 붉은 입 사이로 흰 이가 아름답게 비치는데 그로부터 나오는 너른 말이 시원함을 보고 온몸으로 그 말에 항복하여 웃고 대답했다.

"인연이 괴이해 소생이 옥주(玉主) 사위의 항렬에 있게 되었으나 소생이 강보의 갓난아이로 있을 적부터 옥주의 양육을 받았으니 이제 어찌 고쳐 가다듬어 저에게 공손히 대하시는 것입니까? 이 씨로 말하면, 나이가 어려 그런 것이니 행실이 괴이한 것을 따지겠습니까? 다만 세월이 오래도록 그러하다면 소생도 참기는 어려울까 하나이다."

공주가 낭랑히 웃고 궁녀를 명해 생을 침소로 인도하라 하니 수십 명의 궁녀가 붉은 등을 잡고 긴 단장을 끌어 생을 모시고 소영전에 이르렀다.

소저가 가볍게 일어나 맞으니 빼어나고 날랜 거동이 무산(巫山)의 선녀[59]가 속세에 내려온 듯했다. 생이 이날 처음으로 그 다듬은 얼굴을 보고 마음이 어린 듯해 팔을 밀어 앉기를 청하고 자기 또한 자리에 나아가 흔쾌히 일렀다.

"오늘은 몸의 병이 좀 나으셨소?"

소저가 몸을 굽혀 듣고는 대답하지 않으니 생이 다시 웃고 말했다.

"전에 금주에서는 생에게 낭랑히 대답하지 않으셨소? 이제 우리가 오륜(五倫)의 중대함을 얻었거늘 새로이 몸을 수습하시는 것은 무슨

---

[59] 무산(巫山)의 선녀: 중국 초나라의 회왕(懷王)이 꿈속에서 자신을 무산(巫山)의 여자라 소개한 여인과 잠자리를 같이했는데, 그 여인이 떠나면서 아침에는 구름이 되고 저녁에는 비가 되어 양대(陽臺) 아래에 있겠다고 함.

뜻이오?"

소저가 이 말을 듣고 마음이 갑자기 서늘해져 낯에 찬 기운이 올랐다. 생이 그 뜻을 알고 미미히 웃으며 의관을 풀고 자리에 나아가며 소저의 유모를 불러 소저를 붙들어 쉬게 하라 했다. 그러자 유랑이 나아가 긴 옷을 벗기고 소저에게 침상에 오를 것을 청하니 소저가 정색하고 움직이지 않았다. 이에 유모가 근심하여 말했다.

"만일 소저와 같다면 어느 부부가 화락하겠나이까? 공주 낭랑께서 노첩이 소저를 그릇 인도한 것인가 여기시니 노첩의 마음이 절박하지 않겠나이까?"

소저가 그래도 움직이지 않으니 진 상궁이 들어와 말했다.

"옥주께서 명하시어 만일 소저가 순종하지 않으신다면 비자(婢子) 등에게 다 죄를 주겠다 하셨으니 소저는 대자대비하소서."

생이 웃으며 말했다.

"내 마땅히 그대에게 가까이 가지 않을 것이니 저 궁인들의 불쌍한 사정을 살펴 침상에 오르시오."

말을 마치고 크게 웃으니 진 상궁이 그 호방한 풍모를 기뻐하며 웃고 말했다.

"낭군의 기상이 이러하시니 우리 소저가 어찌 두려워하시지 않겠나이까?"

생이 또 웃으며 말했다.

"궁희(宮姬)가 잘못 알았네. 저 이 씨는 만 길의 쟁기로 을러도 굴복하지 않을 것이니 나를 두려워하겠는가? 나의 풍채가 묻혀 자기만 못할 줄 여겨 그런 것이라네."

진 씨가 또한 웃으며 소저를 붙들어 침상에 올리고 휘장을 지우니 생이 기뻐하고 소저를 눌러 부부의 정을 맺었다. 소저가 심하게 거스르지는 않았으나 그 태산 같은 정을 용납하지 않으니 생이 정성스레 경계함을 마지않았다.

새벽에 생이 돌아가고 소저는 공주 침전에 들어갔다. 공주가 갈수록 온순할 것을 경계하니 이윽고 장 부인이 이르러 딸을 보고는 공주를 향해 사례했다.

"첩이 본디 조급하여 애초에 철수의 행동을 불쾌해하여 지금까지도 노를 풀지 못해 두 아이가 침방에서 같이 노닐지 못했더니 옥주께서 이렇듯 도리를 극진히 차려 주시니 첩의 어리석음을 깨달나이다."

공주가 웃고 말했다.

"미주가 당초에는 철 시랑과 숙부, 조카의 의리가 있었으나 이제는 시아버지의 중함이 있고 그 위인이 대하기 어려움은 부인이신들 어찌 모르시겠습니까? 지친(至親)이라 하여 잘 대우할 분이 아니니 만일 부부가 불화한 줄을 알아 불쾌한 마음을 둔다면 어찌 부끄럽지 않겠습니까? 시아버지가 불쾌한 후에 부부가 화락함이 어찌 부끄럽고 우습지 않겠습니까? 여자는 무릇 일이 고요함이 옳습니다. 그래서 첩이 작은 소견을 베풀었는데 미주는 영리한 아이라 밝게 깨달아 지아비는 온화하고 아내는 순종함이 가득하게 되었으니 첩이 이 때문에 기뻐하나이다."

장 씨는 공주의 말이 말마다 이치에 합당함을 보고 자기 모녀의 편협한 고집을 깨달아 재삼 사례하고 말했다.

"옥주께서 가르쳐 주지 않으셨다면 첩의 모녀가 다 그른 곳에 빠졌을 것입니다."

공주가 겸손한 모습으로 그 말을 감당치 못하겠다고 일컬었다. 장 부인이 바야흐로 소저를 경계해 남편에게 부드럽게 대하고 순종할 것을 힘쓰라 했다.

이날 철생이 또 이르러 소저를 대했으나 그 옥 같은 소리를 오래 못 들어 구름과 안개 속에 든 듯 답답해했다.

이후 사오일 후에 소저가 무릇 행렬을 갖추어 철씨 집안에 이르러 시부모를 뵈었다. 철 시랑이 잔치를 크게 베풀고 부모를 받들어 주인 자리에 앉도록 하고 빈객을 모아 자리를 정하고 폐백을 받들었다. 소저의 얼굴은 참으로 달이 보름이 찬 듯하고 키는 넉넉하고 용모는 가을 못의 연꽃이 이슬을 머금고 흰 달이 옥 같은 연꽃 사이에 떨어진 듯하여 엄숙하고 맹렬함이 비할 곳이 없었다. 철 상서 부부와 시부모가 소저를 처음으로 보는 듯 놀라고 기뻐하기를 비길 데가 없는 듯이 하고 빈객들은 침이 마르고 혀가 닳을 듯이 치하했다.

철 공은 종손부가 이처럼 특출한 것을 매우 기뻐하고 다행으로 여겨 생에게 명해 두 사람이 쌍으로 잔을 올리라 하여 잔을 받고는 웃으며 말했다.

"신부의 빼어남을 보니 너의 공이 작지 않은 줄 알겠구나. 장차 무엇으로 상을 더해 줄꼬?"

생이 웃음을 머금고 물러나니 손님들은 그 깊은 뜻을 모르고 우연히 하는 말로 들었다.

종일토록 즐거움을 다하고 석양이 되자 소저의 숙소를 해청당에 정해 보내고 차환(叉鬟)60)과 유모를 시켜 옆에서 좇아 섬기도록 했다.

이날 철생이 해청당에 이르러 소저를 보고는 웃고 말했다.

"그대가 생을 그토록 푸대접을 했으나 내 덕분에 이에 이르렀으

---

60) 차환(叉鬟): 주인을 가까이에서 모시는 젊은 계집종.

니 지금도 옛날 버릇을 부리고 싶소?"

소저가 옷깃을 바로 하고 대답하지 않았다. 생이 이에 크게 웃고 소저에 대한 애틋한 정이 날로 더했다.

소저가 이로부터 시집에 머무르며 시부모 섬기는 예와 사람을 대하는 행동을 기특하게 하니 시랑 부부가 푹 빠져 사랑하고 일가 사람들이 공경했다. 미혜[61] 소저가 위생의 처가 되었는데 소저를 지극히 사랑하고 심복하여 때도 없이 협문을 통해 이씨 집안에 왕래하여 두 집안 부모의 재미를 도왔다.

이때 철 상서가 소저의 특이함을 마음속 가득 기뻐하여 하루는 이씨 집안에 가 승상과 함께 말하다가 일렀다.

"이제 며느리의 용모와 기질을 보니 도리어 철수의 공을 일컬을 만하니 만일 철수가 아니었다면 저렇듯 기특한 며느리를 얻을 수 있었겠는가?"

승상이 이 말을 듣고 잠깐 웃으니 문정공이 넓은 소매로 입을 가리고 대답했다.

"숙부께서 창징을 아름답게 여기셔서 그 공을 지나치게 칭찬하시니 차후에 여러 아이들에게 매양 그런 행실을 가르치시는 것이 옳겠나이다."

하남공이 역시 웃고 대답했다.

"대강 창징이 숙부의 교훈을 들어 그런 방자한 뜻을 냈던가 싶습니다."

철 공이 웃고 말했다.

"며느리의 아름다움을 과도히 기뻐하노라 하여 말이 자연히 그렇

---

61) 미혜: 철연수의 누나 철미혜를 이름.

게 되었더니 너희가 어찌 당돌히 평가하는 것이냐?"

북주백이 혀 차고 말했다.

"형이 그 아들을 가르치지 못해 운계 등이 짐승의 마음에 개의 행실을 가졌으니 하물며 그 손자에게 이르러 알 것은 아닙니다. 지친(至親)을 비례(非禮)로 사모하여 얻은 것을 공으로 삼으니 백균 등은 고금의 지식에 달통하고 예의에 밝고 몸을 닦는 군자라 형의 거동을 비웃지 않겠습니까?"

상서가 웃고 말했다.

"우연히 말이 경솔하여 아우와 조카들이 나를 그릇 여기니 부끄럽다 하겠으나 나의 여러 아들에게는 아직 탁구62) 같은 처첩은 없도다."

소부가 이 말에 이르러는 웃고 잠잠하니 승상은 다만 한가히 웃을 뿐이었다.

이때 흥문 공자는 나이가 열여섯 살이니 훌륭한 풍채는 은은히 학을 탄 신선 같았다. 나이 약관(弱冠)이 지나니 신장이 칠 척을 넘고 맑은 눈에는 강산의 빼어난 정기가 모여 있었다. 그래서 경사의 사대부 가운데 딸을 둔 사람들이 다투어 구혼했으나 하남공은 처자(處子)의 어짊 여부를 알지 못해 혼처를 정하지 못했다.

추밀사 노강이 일곱 아들과 세 딸을 두어 다 성혼시켰다. 다만 차녀 몽화를 혼인시키지 못했으니 몽화는 나이 열다섯 살이었는데 얼굴은 꽃이 부끄러워하고 달이 피할 색이요, 솜씨는 기묘하여 못하는 것이 없었으니 노 부사가 크게 사랑하여 그에 걸맞은 신랑을 구했

---

62) 탁구: 북주백 이연성이 철연수의 소개로 몰래 만난 여자. <쌍천기봉>에 나오는 이야기임.

다. 그러다가 흥문을 보고 매우 사랑하여 구혼했다.

하남공이 규수의 어짊을 알지 못해 효희 군주에게 물었다. 효희 군주는 노 부사의 막내동생 예부시랑 노상의 부인으로 초왕비[63]의 장녀였는데 마침 여기에 와 있었다. 공이 그 우열을 물으니 군주가 칭찬하며 말했다.

"이 아이는 고금에 무쌍한 아이니 참으로 흥문의 쌍이라 할 만합니다."

공이 말했다.

"내가 본디 얼굴을 구하지 않으니 그 심성은 어떠한고?"

군주가 말했다.

"자못 총명하고 어지니 이씨 집안의 대종(大宗)[64]을 이 아이가 아니면 못 받들 것입니다."

공이 기뻐해 부모에게 고하니 부모가 허락했다. 노 부사가 크게 기뻐해 택일하니 혼인날은 중추(仲秋) 스무날 즈음이었다.

두 집안이 혼수를 차리는데 때마침 동오왕이 반란을 일으켜 승상이 문정공 등 다섯 아들을 거느리고 출정했다. 승상이 출정할 적에 유 부인에게 길일에 혼사를 지내시라 하고 총총히 병사들이 모여 있는 교장(教場)으로 갔다.

흥문이 아우들을 거느려 동강에 가 승상 일행을 송별하고 돌아오는데 날이 더웠으므로 한 언덕에 다다라 잠깐 쉬었다. 그런데 그 곁에 한 집이 있는데 매우 정결하였고 그 옆에 높은 누각이 있었다. 여자들이 주렴 사이로 밖을 구경하는데 한 처녀가 구슬과 비취를 무궁히 걸고 화장을 낭자하게 했다. 그 여자가 혹 머리를 내어서 보니 낯

---

63) 초왕비: 승상 이관성의 여동생 이위염.
64) 대종(大宗): 동성동본의 일가 가운데 가장 큰 종가의 계통.

은 검기가 옻을 칠한 듯하고 머리는 누렇기가 자황(雌黃)[65]을 바른 듯했다. 얼굴은 유달리 얽었고 혹은 계란만큼 돋아 빈틈이 없었으며 눈은 크기가 방울 같고 큰 입은 귀까지 돌아갔으며 몸은 세 아름이나 했다.

흥문이 우연히 눈을 들어서 보고 낯빛이 변해 아우들을 당겨 여자를 가리키고 말했다.

"천하에 피와 살을 가진 인간이 저와 같을 수 있겠느냐? 반드시 산에 사는 도깨비일 것이다."

모든 공자가 함께 보고 일시에 놀라고 있는데 성문이 말했다.

"이미 한 번 보기를 잘못했으니 빨리 가십시다."

흥문이 숨을 내쉬고 가만히 웃으며 말했다.

"어떤 복 없는 자가 저런 아내를 얻을꼬? 그 형상이 하도 기괴하니 자세히 보고 가야겠다."

그러고서 또 우러러보니 그 여자가 이따금 고개를 끄덕여 웃으면서 침을 흘려 말하는 모습이 더욱 괴이했다. 흥문이 더욱 흉측히 여기고 있는데 한 여종이 누대 아래로 내려와 일행을 모시던 자에게 물었다.

"뉘 댁 공자들이시오?"

공자를 모신 하리(下吏)가 대답했다.

"이 도위와 문정공의 공자 들로서 아까 동강에 가 어르신들을 배송하고 돌아오시는 길이라네."

여종이 도로 가서 그대로 아뢰며 공자들을 가리키며 말했다.

"저기 앉으신 분들 중에 큰공자가 소저와 정혼하신 상공이신가

---

65) 자황(雌黃): 황과 비소의 화합물. 천연으로 나는 것은 광택이 있는 노란색 결정체로 부스러지기 쉬우며, 채료나 약을 만드는 데 쓰임.

싶습니다.”

그 여자가 급히 몸을 돌려 머리를 쳐들며 즐겁게 웃으니 흥문이 괴이하게 여겨 하리에게 눈짓을 해 물으라 하니 하리가 나가서 집을 지키는 문지기에게 물었다.

“이것이 뉘 댁이오?”

문지기가 대답했다.

“노 부사 댁인데 부인과 작은소저께서 이 승상이 행군하시는 모습을 보시려고 이곳에 와 계시는 것이라오.”

하리가 이대로 고하니, 흥문이 당초에 그 여자를 비웃다가 이 말을 듣자 이 여자가 자기와 정혼한 여자인 줄 알고는 마음속 깊까지 다 얼떨떨하고 온 마음이 다 분해 낯빛이 바뀌어 소매를 떨치고 말에 올랐다. 가면서 들으니 그 소저가 자기를 가리키며,

“기이하구나! 기이하구나!”

하는 소리가 멀리 오도록 들렸다. 흥문이 한심해하며 집에 이르러 부모와 할머니를 뵙고 물러나 서당에 가 아우들에게 말했다.

“내가 중이 되어야겠다.”

모든 아이가 다 그 흉한 모습을 직접 보았으므로 다 새로이 놀랐으나 성문이 조용히 말했다.

“노 공은 어진 재상이니 그런 딸로 형을 속일 사람이 아닙니다.”

흥문이 성을 내며 말했다.

“사람의 정으로 자식의 불초함을 알지 못하는 것이다. 하물며 그 유모가 자기 소저라 했으니 어찌 그릇됨이 있겠느냐? 내 마음이 장차 미칠 것 같으니 모친께 고해 모친이 혼사를 물리신다면 내 집에 있을 것이고 만일 허락하지 않으신다면 천하를 정처 없이 돌아다닐 것이다.”

말을 마치고 궁으로 돌아가 모친을 보고 부친의 사생을 근심하니 주비가 온화한 모습으로 일렀다.

"네 부친의 재주로 그리 큰일은 아니니 우리 아이는 염려하지 마라."

공자가 사례하고는 이윽고 고했다.

"제가 부모님에게서 길러져 풍채 하등이 아니니 요조숙녀를 얻어 일생을 시원하게 보내려 했습니다. 그런데 오늘 노씨 여자의 행동을 보았는데 제가 차마 그런 흉악한 것을 얻어 백 년을 한데 있지 못할 것이니 시원하게 파혼하는 것이 어떠하십니까?"

주비가 다 듣고는 안색을 엄숙히 하여 물었다.

"노씨 집 규수를 네가 어디에 가 보았느냐?"

공자가 수말을 고하니 공주가 다 듣고 소옥에게 명해 공자를 잡아 내려 세우게 하고 꾸짖었다.

"네 사람의 자식이 되어 아비를 사지에 보내고 무엇이 즐거워 길을 산보하면서 남의 처자를 방자하게 엿보아 문득 너의 정혼한 여자라 하는 것이냐? 군자가 아내를 색(色)을 우선으로 해 고를 수 있겠느냐? 이 뜻이 괘씸하니 시원하게 맞아 보아라."

말을 마치고 재촉해 치라 하니 공자가 초조해 말했다.

"그 여자의 얼굴이 그러할 뿐 아니라 행동조차 방자하니 아우들이 다 증인이 되어서 보았나이다."

세문66) 등이 또한 다 말했다.

"그 여자의 얼굴이 참으로 무서우니 형이 저러는 것이 그르지 않거늘 모친께서는 어찌 형을 벌주시나이까?"

공주가 대답하지 않고 엄히 죄를 따져 이십여 대를 쳐 내치고 또

---

66) 세문: 이몽현의 둘째아들. 재실 장 부인 소생.

아래로 세 공자를 밀어 내리고 죄를 물었다.

"너희가 어찌 불초한 형을 따라 규방 여자의 흠을 말하는 것이냐? 그 죄가 중하니 벌 받는 것을 벗어나지 못할 것이다."

말을 마치고 십여 대를 쳐 내치려 했다.

이때 문정공의 아들 백문이 여섯 살이었다. 궁에 왔다가 흥문 등이 벌 받는 것을 보고 빨리 돌아가 성문에게 일렀다. 성문이 듣고 급히 이에 이르니 벌써 흥문은 매를 맞고 나오고 세 아우는 차례로 맞고 있었다. 성문이 급히 중간 계단에 꿇어 말했다.

"이 조카도 함께 경솔히 눈을 들었으니 같이 벌을 받겠나이다."

공주가 돌아보고 말했다.

"그렇지 않다. 이 아이가 무심코 본 것이야 그것을 어찌하겠는가마는 여자의 흠을 낭자히 베풀었으니 그것을 경계한 것이다."

성문이 꿇어 다시 간했다.

"그 여자의 모습이 해괴할 뿐 아니라 행동거지가 참으로 사납고 괴이하니 진실을 자세히 알지는 못하오나 형들이 놀란 것이 어찌 괴이하겠나이까? 더욱이 중문은 나이가 어리니 용서하소서."

공주가 그 신중한 모습을 기뻐해 중문을 용서하니 성문이 사례했다.

서당에 가 흥문을 보니 모든 궁관이 모여 공자를 구호하고 있었다. 성문이 나아가 맥을 살피며 문후(問候)하니 흥문이 소매로 낯을 덮고 오랫동안 말을 안 하다가 눈을 들어 성문을 보고 말했다.

"두 아우가 내 죄 때문에 책망을 들었구나. 아우들은 어디에 있느냐?"

기문67)은 견디지 못해 한구석에 거꾸러져 앓고 있고 세문은 낯빛을 바로 하고 나아가 말했다.

---

67) 기문: 이몽현의 셋째아들. 정실 계양 공주 소생.

"저희는 많이 맞지 않았으니 염려 마소서."

공자가 그 손을 잡고 아우가 단단히 참은 것을 기특하게 여겨 다만 일렀다.

"네 돌아가 모친께 고하지 않는 것이 어떠하냐?"

세문이 웃고 대답했다.

"저를 모친이 낳으셨으나 두 모친이 무엇이 다르다고 그 치신 것을 저를 낳아 주신 모친께 고하겠습니까? 형님이 저를 그런 무리로 아신 것입니까?"

공자가 잠깐 웃고 다시 눈을 감아 말을 하지 않았다.

이윽고 홀연히 이불을 들어 멀리 던지고 의복을 가지런히 해 승상부에 이르러 바로 백화각에 가 조모를 뵈었다. 정 부인이 그 얼굴빛이 좋지 않은 것을 의심해 말했다.

"내 아이가 어디를 앓는 것이냐?"

흥문이 대답했다.

"앓지 않는가 할머니께서 보소서."

그러고는 다리를 내어 보이니 뚫어진 상처가 있었다. 부인이 놀라 까닭을 물으니 공자가 하늘을 우러러 길이 탄식하고 꿇어 고했다.

"자고로 모시(毛詩)[68]에 이르기를, '꾸룩꾸룩 우는 물새가 하수의 모래톱에 있고, 참하고 얌전한 숙녀는 군자의 좋은 짝이로다.[69]'라고 하였습니다. 문왕(文王)[70]께서는 한 나라의 임금이요 적이 성군이었

---

68) 모시(毛詩): 모형(毛亨)이 풀이를 한 『시경(詩經)』 주석서의 이름. 후대에는 『시경』을 칭하는 이름으로도 쓰임.

69) 꾸룩꾸룩~짝이로다: 『시경(詩經)』, <관저(關雎)>의 구절.

70) 문왕(文王): 중국 주(周)나라 무왕(武王)의 아버지. 이름은 창(昌). 기원전 12세기경에 활동한 사람으로 은나라 말기에 태공망 등 어진 선비들을 모아 국정을 바로잡고 융적(戎狄)을 토벌하여 아들 무왕이 주나라를 세울 수 있도록 기반을 닦아 줌. 고대의 이상적인 성인 군주의 전형으로 꼽힘.

으나 숙녀를 이처럼 그리워하셨거늘 하물며 소손(小孫) 같은 일개 서생이야 이르다뿐이겠습니까? 소손이 불초하여 대종(大宗)을 받들기에 어울리지 않으니 그 처자를 소손보다 나은 이를 얻어 선조의 제사를 예(禮)로 받들도록 해야 할 것입니다. 그런데 오늘 노씨 집 여자의 행동을 보니 그 얼굴의 괴이함은 이르지도 말고 스스로 소손을 가리켜 제 정혼한 남자라 하며 침이 마르게 기리니 규방 여자의 모습이 전혀 없었습니다. 소손이 세상에 난 지 16년에 이런 여자를 보지 못했으니 놀라움이 오장육부를 움직였습니다. 그래서 이런 까닭을 생모께 고하니 어머니는 문득 제 말을 곧이듣지 않으시고 저를 심하게 쳐 내치셨습니다. 소손이 아픔을 잊은 채 노씨 여자의 흉한 모습이 눈앞에 머물러 넋이 달아나고 혼백이 몸에 붙어 있지 않으니 차마 저에게 장가갈 수 있겠나이까? 장가를 가도 아침저녁으로 그 여자를 보지 못할 것입니다. 할머님께서는 원컨대 저 집 혼사를 물러 주소서.”

부인이 놀라 엄히 경계해 말했다.

“노씨 집 여자의 아름다움은 빙아효희 군주의 이름가 자세히 일렀다. 빙아가 본디 단엄하고 진중하여 희롱하는 말을 하지 않으니 하물며 우리를 속일 것이며 그런 여자로 네 일생을 희지으려 하겠느냐? 네가 잘못 본 것이니 행여 망령된 생각을 그치라. 설사 그 여자가 그러해도 여자는 색이 중요하지 않으니 우리 집에 들어온 후에 그 위인은 내가 가르칠 것이다.”

흥문이 조모가 태연히 몸을 움직이지 않는 데 마음이 어지러워 애가 닳아 말했다.

“이렇다면 소손이 죽을 것입니다.”

부인이 이 말을 듣고 노해 말했다.

"네 아비가 평소에 너에게 무엇이라 경계했느냐? 네가 이제 혼사에 관여해 어른의 뜻을 거스르고 행동이 이처럼 거만하니 이 할미가 너를 잘 대우하지 않을 것이나 네 모친에게 갓 죄를 입었으니 너를 용서하겠다. 그러나 네 할아버지와 네 아비가 노 공과 면전에서 약속하여 혼사를 굳게 정하고, 출정하는 길에 혼례를 정한 날에 지낼 것을 어르신71)께 아뢰었다. 어르신께서는 예를 중시하시는 분이니 너의 허랑방탕한 뜻을 받아들여 대사(大事)를 없던 일로 하시겠느냐?"

말을 마치자 엄숙한 모습이 추상같았다. 공자가 황공하여 잠자코 물러나니 부인이 길이 생각하며 말을 안 했다.

공자가 물러와 스스로 맹세하며 말했다.

"나의 죄가 어느 곳에 미쳐 비록 죽을지라도 이 여자는 받아들이지 않을 것이다."

그러고서 서당에서 상처를 조리했다.

이때 정 부인이 공주를 보았으나 흥문의 말을 이르지 않고 공주도 또한 내색하지 않고 혼구(婚具)를 차리니 그 시어머니와 며느리의 어짊이 이와 같았다.

며칠 후에 납폐(納幣)72)를 행하게 되었다. 공주가 전에 옥제비 한 쌍을 얻었는데 만들어진 모습이 기묘하고 옥빛이 깨끗해 세상에 드문 보배이므로 공주가 이를 사랑해 일렀다.

"훗날 나의 총부(冢婦)73)에게 주어야겠다."

하루는 흥문이 이를 보고 좋게 여겨 주머니 속에 넣고 다니니 공

71) 어르신: 유 부인을 이름.

72) 납폐(納幣): 혼인할 때에, 사주단자의 교환이 끝난 후 정혼이 이루어진 증거로 신랑 집에서 신부 집으로 예물을 보냄. 또는 그 예물. 보통 밤에 푸른 비단과 붉은 비단을 혼서와 함께 함에 넣어 신부 집으로 보냄.

73) 총부(冢婦): 종자(宗子)나 종손(宗孫)의 아내. 곧 종가(宗家)의 맏며느리를 이름.

주가 말했다.

"네 나이는 어리지만 남자인데, 여자 쓰는 물건을 가지고 다니는 것이 옳으냐?"

공자가 이에 대답했다.

"눈에 어여쁘니 가졌다가 관(冠)을 쓰거든 돌려드리겠습니다."

그러고서 주머니 속에 넣었다.

공주가 소옥에게 명령해 옥제비를 가져오라 하니 소옥이 나가 공자를 보고 옥제비를 찾자 공자가 물었다.

"어머님이 무엇에 쓰시려 옥제비를 찾으시더냐?"

소옥이 대답했다.

"노씨 집안에 보낼 빙채(聘采)[74] 예단(禮單)에 넣으려 하시나이다."

공자가 낯빛이 변해 이윽고 잠잠히 있다가 일렀다.

"깊은 데 들어 있으니 가만히 찾아 주겠다."

이렇게 말하고는 소옥이 간 후에 가만히 생각했다.

'빙채의 예를 행하면 그 흉한 것이 내 처자가 될 것이요, 그 여자가 내 풍채를 보았으니 필연 나를 놓지 않을 것이다. 내가 차라리 피했다가 부친이 오시거든 돌아와야겠다.'

그러고서 새벽에 일어나 가벼운 은자(銀子)를 수습해 서동 운희를 데리고 천리마를 타고 훌쩍 나갔다.

이튿날 받들어 모시는 동자 등이 세수를 대령하고 방 안에 들어갔다. 그러나 공자가 없으므로 크게 놀라 안에 고하니 공주가 벌써 짐작하고 말했다.

"너희가 서당에 가 아들의 웃옷이 있는지 없는지 알아 오라."

---

74) 빙채(聘采): 빙물(聘物)과 채단(采緞). 빙물은 결혼할 때 신랑이 신부의 친정에 주던 재물이고, 채단은 신랑 집에서 신부 집으로 미리 보내는 푸른색과 붉은색의 비단임.

진 상궁이 서당에 가서 보니 다 없고 한 봉의 서간이 책상에 있으므로 가져다 공주에게 드렸다. 공주가 뜯어 보니 그 글의 내용은 다음과 같았다.

'불초자 흥문은 머리를 두드리고 고개를 조아려 두 번 절하고 어머님 앞에 올립니다. 할아버님과 아버님이 계셨다면 고금에 희한한 사나운 여자로 소자의 일생을 방해하지 않으셨을 것입니다. 할머님과 어머님이 혼사의 큰일을 고집하시니 소자가 차마 그런 여자를 얻어 일생 괴로움을 겪지 못할 것입니다. 혼인날이 지나기까지 아무 데나 가 있다가 오겠나이다.'

주비(朱妃)가 다 보고 흥문의 행동이 외람된 데 어이가 없어 잠자코 말을 안 했다.

드디어 승상부에 이르러 단장(丹粧)을 하지 않고 계단 아래에서 죄를 청했다. 유 부인과 정 부인이 놀라고 의아하여 급히 연고를 물으니 주비가 옷깃을 여미고 대답했다.

"전에 노씨 집 혼사를 시아버님과 남편이 정하시고 효희 군주께서 어짊 여부를 자세히 이르셨으니 노 씨를 보지 않아도 본 것과 같았습니다. 시어버님이 출정하실 적에 혼인 정한 날을 어기지 말 것을 어르신께 고하셨으니 소첩은 명령을 받들어 혼수를 차릴 뿐이었습니다. 그런데 불초자가 어느 날 어떤 여자를 보고 노씨 집 규수라 하여 죽어도 취하지 않을 것이라 일렀습니다. 그래서 소첩이 그 허랑함에 분하여 약간 벌을 주고 흥문이의 말을 듣지 않았습니다. 그랬더니 지난 밤에 소첩에게 이르지 않고 도주했으니 이는 가문의 도덕을 욕먹인 짓입니다. 그러니 소첩이 무슨 낯으로 높은 집에 편안히 있겠나이까? 소첩에게 벌을 내리시기를 바라나이다."

유 부인이 다 듣고 좌우 사람들에게 명령해 주비를 붙들어 자리에 올리게 하고 말했다.

"흥문이가 이미 자세히 보았는데 어찌 얻으려 하겠느냐? 며느리가 이 할미에게 일렀더라면 빙아에게 자세히 물어 참으로 그랬다면 혼인을 정하지 않는 것이 옳았겠구나."

공주가 자리를 피해 대답했다.

"그 여자가 설사 그러해도 자고로 미인의 운명이 기박함은 대대로 면치 못했습니다. 여자는 덕이 귀하고 색이 중요하지 않으니 어찌 파혼할 것이며 또 시아버님과 남편이 노 공과 면전에서 약속하셨으니 처자가 곱지 않다 하여 혼인을 물리치는 것은 합당하지 않으므로 고하지 않았나이다."

정 부인이 이어 대답했다.

"흥문이가 공주에게 책망을 듣고 첩의 침소에 이르러 혼인 물러주기를 청했으나 일이 그렇지 못해 함구했더니 흥문이가 이렇게까지 할 줄 어찌 알았겠나이까? 빙아를 불러 다시 물어보시는 게 좋겠나이다."

부인이 말했다.

"이제 어서 빙아를 청해 틀림이 없거든 빙채를 오늘 보내지 말아야겠다. 우김질로 신부를 취해 금실이 소원하게 된다면 큰 불행이 아닐 것이며 또 그렇듯 모양 없는 것을 종손부로 어찌 얻을 수 있겠느냐?"

드디어 가마꾼을 갖추어 보내 군주를 청했다. 군주가 이르자 유 부인이 바삐 흥문의 말을 이르고 사실인지 물으니 군주가 놀라 대답했다.

"노 씨는 보통사람이 아닙니다. 노 씨가 만일 조금이라도 아름답지 않다면 제가 어찌 차마 외가의 종사(宗嗣)를 그르게 하겠나이까?

홍문이가 본 여자는 노 부사 첩의 딸입니다. 노 공 부인이 투기가 심해 그 아이가 천연두를 앓을 때 잿물을 뿌려 그렇게 몹쓸 얼굴이 되었으니 홍문이 놀라는 것이 괴이하지 않나이다."

유 부인이 바야흐로 마음을 놓고 말했다.

"네 말과 같다면 기쁘겠지만 만일 투기를 그 어머니를 닮았다면 어찌할꼬?"

군주가 웃고 대답했다.

"진실로 그것은 알지 못하겠으나 설마 금수가 아닌 다음에야 공주의 큰 덕을 보며 따라 배우지 않겠나이까?"

유 부인이 또한 웃고 말했다.

"참으로, 투기하는 이를 보면 비웃을 것이지만 투기하지 않는 이를 손녀 아이가 잘못 볼 리 없을 것이니 혼인을 완전히 정해야겠구나."

이렇게 말하고 이날 빙채를 보냈다. 그러나 길일이 가까워 와도 공자가 오지 않으니 마지못해 노씨 집안에 다음과 같이 기별했다.

'신랑이 산소에 할 일이 있어 급히 가고 집에 혼인을 맡을 가장이 안 계시니 모두 돌아오기를 기다려 길례(吉禮)를 이루기를 원하나이다.'

노씨 집안에서 매우 서운했으나 하릴없어했다.

공주가 아들을 괘씸하게 생각해 식음을 물리치고 우울해했다.

이때 이 공자가 채찍을 휘둘러 금주 방향으로 향하니 지나는 곳의 산수가 매우 빼어났으므로 적이 마음이 시원해 말했다.

"내 두루 다니며 노 씨와의 혼인날이 지나면 집으로 가야겠다."

그러더니 또 다시 생각했다.

'내 일찍이 들으니 동정호의 풍경이 기특하다 했다. 이미 길에서 방황하고 있으니 구경이나 마음대로 해야겠다.'

그러고서 말을 몰아 장사(長沙)[75]에 이르러 악양루(岳陽樓)[76]와 회사정(懷沙亭)[77]을 보고 고소대(姑蘇臺)[78]와 산음(山陰) 우혈(禹穴)[79]을 구경하고 다시 등왕각(滕王閣)[80]으로 갔다. 그런데 길에서 헐벗은 걸인이 족자를 사라고 하는 것이었다. 생이 우연히 족자를 올리라 하여 보니 한 미인도였다. 먹의 빛이 찬란하고 생기가 넘쳐 광채가 우주에 쏘이는 듯했다. 고운 얼굴은 양태진(楊太眞)[81]과 조비연(趙飛燕)[82]이라도 미치지 못할 듯하였고, 윤택하고 풍만하며 자연스러운 모습은 장 씨 어머니보다 나은 곳이 있었다. 흥문이 크게 놀라 그 아래를 보니 다음과 같은 글귀가 있었다.

'소저 난화는 옥경(玉京)[83]의 선녀로다. 늙은 아비 상서 양 공은 그 얼굴이 없어질까 안타까워 너의 얼굴을 열에 하나를 그리노라.'

연월 쓴 것을 보니 올해였다. 이에 기뻐하며 생각했다.

'어느 곳에 이런 기특한 숙녀가 있는고? 내 마땅히 두루 물어 양

---

75) 장사(長沙): 중국 동정호 남쪽 상강(湘江) 하류의 동쪽 기슭에 있는 도시로 호남성(湖南省)의 성도(省都)임.

76) 악양루(岳陽樓): 중국 호남성 악양에 있는 누각.

77) 회사정(懷沙亭): 중국 호남성(湖南省) 상음현(湘陰縣)의 북쪽에 있는 강인 멱라수(汨羅水) 변에 있는 정자. 전국시대 초(楚)나라 굴원(屈原)이 나라의 장래를 근심하고 회왕(懷王)을 사모하여 노심초사한 끝에 <회사부(懷沙賦)>를 짓고 멱라수에 빠져 죽은 것으로부터 정자 이름이 유래함.

78) 고소대(姑蘇臺): 중국 춘추시대에, 오(吳)나라 왕인 부차(夫差)가 고소산(姑蘇山) 위에 쌓은 대. 부차는 월(越)나라를 무찌르고 얻은 미인 서시(西施) 등 천여 명의 미녀를 이곳에 살게 하였다고 함.

79) 산음(山陰) 우혈(禹穴): 중국 하(夏)나라 우(禹)임금의 장지(葬地). 지금 절강성(浙江省) 소흥(紹興)의 회계산(會稽山)에 있음.

80) 등왕각(滕王閣): 중국 당(唐)나라 태종(太宗)의 아우 등왕(滕王) 이원영(李元嬰)이 강서성(江西省) 남창시(南昌市)의 서남쪽에 세운 누각.

81) 양태진(楊太眞): 중국 당(唐)나라 현종(玄宗)의 후궁 양귀비(楊貴妃)를 가리킴. 태진은 양귀비의 여도사(女道士) 시절 호(號). 본명은 옥환(玉環). 안록산(安祿山)의 난 때 현종과 함께 피난하여 마외역(馬嵬驛)에서 목매어 죽었음.

82) 조비연(趙飛燕): 중국 전한(前漢) 때 성제(成帝)의 황후. 절세의 미인으로 몸이 가볍고 가무(歌舞)에 능해 본명 조선주(趙宣主) 대신 '나는 제비'라는 뜻의 비연(飛燕)으로 불림.

83) 옥경(玉京): 하늘 위에 옥황상제가 산다고 하는 가상적인 서울. 백옥경(白玉京).

공이란 재상을 찾아 인연을 이뤄야겠다.'

그러고서 주머니 속에서 금은을 내어 그 사람에게 주고 또 즐겨 생각했다.

'다행히도 이 그림이 내 손에 떨어지기를 잘했구나. 다른 호방한 남자가 보았더라면 양씨 여자에게 욕이 가볍지 않았을 것이다.'

이처럼 헤아리며 등왕각에 이르러 옛 자취를 보니 왕발(王勃)[84]의 글귀마다 전아하고 담박하며 격조가 독특하고 뛰어나 고금에 없는 글임을 알 수 있었다. 이에 생이 감탄하고 말했다.

"왕발에게 봄에 가득 핀 꽃을 보고 시를 지으라 한다면 '가을 물빛은 아득한 하늘과 함께 한 가지 색이로다.[85]'라 하는 글귀만 나오지는 않겠구나."

이렇게 말하고는 흥이 올라 붓 등을 내어 글 한 편을 지어 썼다. 그런데 홀연 정자 아래에서 한 남자가 자줏빛 옷을 입고 손에는 옥주미(玉麈尾)[86]를 들고 금관(金冠)을 쓴 채 천천히 올라오고 있었다. 그 풍채는 날아갈 듯해 보통 사람이 아니었다.

공자가 글 쓰던 것을 접어 소매에 넣고 일어나 그 남자를 맞아 예를 마쳤다. 그 사람이 한번 눈을 들어 생의 빼어난 풍모를 보고는 멍하게 있다 놀라서 물었다.

"귀객(貴客)은 어느 땅 사람이시오?"

생이 대답했다.

---

84) 왕발(王勃): 중국 당(唐)나라의 문학가.(650 또는 649~676) 자(字)는 자안(子安). 양형(楊炯), 노조린(盧照鄰), 낙빈왕(駱賓王)과 함께 초당사걸(初唐四杰) 중의 한 명으로 불림. 대표작으로 <등왕각서(滕王閣序)>가 있음.

85) 가을 물빛은~색이로다: 왕발(王勃)의 <등왕각서(滕王閣序)>에 나오는 구절로 원문은 '추수공장천일색(秋水共長天一色)'임.

86) 옥주미(玉麈尾): 사슴꼬리에 백옥으로 장식한 자루를 단 것.

"소생은 먼 곳에 사는 사람으로 산을 유람하는 길에 이곳을 지나게 되어 마침 옛 선인들이 남긴 자취를 한번 보려고 여기에 있었습니다. 당돌하나 어르신의 귀한 성명을 알고 싶습니다."

그 사람이 대답했다.

"만생(晚生)은 서울 이부상서 양세정이오. 고향이 남창이라 식구들이 이곳에 있어 요사이에 말미를 가져 잠깐 이른 것이라오. 그런데 오늘 무슨 행운인지 수재(秀才)[87]를 만나게 되었으니 평생 본 바 처음이오. 수재의 이름을 알고 싶소."

생이 자세히 살펴보니 부친의 벗으로서 일찍이 조부에게 공적인 일을 아뢰러 왔을 적에 엿본 적이 있었다. 그래서 거짓으로 대답했다.

"소생의 이름은 이성보고 금주 사람입니다."

양 공이 말했다.

"아니 그렇다면 경사 이 승상의 일가이신 게오?"

생이 말했다.

"이 부마의 친척입니다만 어르신께서는 어찌 아십니까?"

공이 말했다.

"만생이 경사에 있을 때 부마 형제와 교분이 깊었으니 어찌 모르겠소? 그러나 수재의 아름다운 얼굴을 보니 지금 시대의 빼어난 군자 같구려. 만생의 반평생 무딘 눈이 시원하오. 다만 붓 등이 수재의 앞에 어지럽게 널려 있으니 반드시 글을 쓰고 있었던 것이겠구려. 수재의 글 읊는 것을 구경하고 싶소."

생이 사양하며 말했다.

"시골의 어린아이가 어찌 감히 시를 희롱하는 일이 있겠습니까?

---

87) 수재(秀才): 미혼 남자를 높여 이르는 말.

부형께서 일찍이 멀리 계시므로 제가 배운 것이 넓지 못해 문자를 터득하지 못했나이다."

공이 웃고 말했다.

"비록 학생이 두 눈이 밝지 못하나 수재의 눈빛이 빛나고 눈썹 사이에 다섯 가지 빛이 찬란하니 가슴속에 비단을 감추고 있음을 어찌 알지 못하겠소? 모름지기 겸손해하지 않는 것이 어떠하오?"

생이 미소를 짓고 말했다.

"소생이 이른바 옥으로 만든 화살과 금으로 만든 활 같아 얼굴은 볼 만하나 가슴속에 비단이 있음을 어르신께서 어찌 아십니까?"

상서가 잠깐 웃고 말했다.

"옛 사람이 이르기를, '한 번 군자를 보는 것은 나에게 어느 때일까?'라 했소. 학생이 평범하고 보잘것없으나 수재를 여행 중에 만난 것은 기이한 일인데 어찌 이처럼 매몰찬 것이오?"

생이 또한 웃고 말했다.

"어르신께서 어린 학생의 무지함을 모르시고 과도하게 대접하시니 어리석은 마음이나마 힘을 모아서 붓을 들겠지만 어르신께서 먼저 시를 지으시면 소생이 운(韻)에 답하겠습니다."

상서가 답해 먼저 종이와 붓을 내어 붓을 날리니 그 기세가 비바람과 같았다. 다 쓰고 생에게 주며 말했다.

"엉성한 글귀라 볼 만한 것이 무엇이 있겠소? 그러나 장부가 서로 만나 술을 마시고 시를 읊는 일은 고금에 늘 있었으니 그대는 학생의 마음속이 막힌 것을 비웃지 말고 문장을 토해 학생의 어두운 눈을 시원하게 해 주오."

생이 시를 받아서 보니 격조가 맑고 새로워 세상에 드문 재주였다. 생이 이에 칭찬해 말했다.

"어르신의 글 쓰시는 재주는 소생이 본 바 처음입니다. 참으로 천하에 으뜸가는 분이신 줄을 깨닫겠나이다. 학생이 재주가 없고 자질이 둔하나 대인께서 여행 중에 보시고 학생을 진심으로 사랑해 주시니 어찌 은혜에 감동할 줄 모르겠나이까?"

드디어 푸른 옷 사이에서 가는 손을 내어 산호붓을 휘둘러 잠깐 사이에 사운율시(四韻律詩)[88]를 지었다. 붓끝이 머무는 곳마다 바람과 구름이 어지럽게 떨어지고 비단을 뿌린 듯했으므로 공이 문득 눈이 부시고 정신이 어린 듯하였다. 생이 다 쓰고 글을 받들어 드리며 말했다.

"소생이 어르신의 사랑하시는 뜻을 저버리지 못해 평생의 힘을 다 들여 시를 썼으나 볼 만한 것이 없나이다."

공이 급히 받아서 보니 이미 필법은 왕우군(王右軍)[89]을 깔보고 빛나는 문체는 곤륜산의 아름다운 옥을 흩어 놓은 듯, 너른 문장은 장강과 대해를 헤치는 듯했으니 이청련(李靑蓮)[90]의 문장보다 나았다. 공이 정신없이 칭찬하는 말을 했다.

"만생이 어려서부터 사람을 본 것이 적지 않고 본 사람이 자못 많으나 이런 기이한 재주는 흔치 않았으니 참으로 왕발(王勃)[91]의 등왕각서(滕王閣序)[92]를 귀하다 할 수 있겠소?"

---

88) 사운율시(四韻律詩): 네 개의 운각(韻脚)으로 된 율시(律詩).

89) 왕우군(王右軍): 중국 동진(東晉)의 서예가인 왕희지(王羲之, 307~365)를 이름. 자는 일소(逸少). 그가 우군장군(右軍將軍)의 벼슬을 했으므로 이처럼 불림.

90) 이청련(李靑蓮): 이백(李白, 701~762)을 말함. 청련은 이백의 호. 자는 태백(太白). 젊어서 여러 나라에 만유(漫遊)하고, 뒤에 출사(出仕)했으나 안녹산의 난으로 유배되는 등 불우한 만년을 보냄. 칠언절구에 특히 뛰어났으며, 이별과 자연을 제재로 한 작품을 많이 남겼음. 시성(詩聖) 두보(杜甫)에 대하여 시선(詩仙)으로 칭해짐.

91) 왕발(王勃): 중국 당(唐)나라의 문학가.(650 또는 649~676) 자(字)는 자안(子安). 양형(楊炯), 노조린(盧照鄰), 낙빈왕(駱賓王)과 함께 초당사걸(初唐四杰) 중의 한 명으로 불림. 대표작으로 <등왕각서(滕王閣序)>가 있음.

92) 등왕각서(滕王閣序): 중국 당(唐)나라의 왕발(王勃)이 지은 작품.

또 자세히 보다가 말했다.

"지금에 참으로 재주 있는 이가 흔치 않아 홀로 이 승상 운혜 선생 문필이 고금에 독보하고 그 아들들인 이 부마 등 다섯 사람의 문장이 세상에 뛰어나나 각각 단점과 장점이 있소. 그런데 족하(足下)의 필법이 이 부마와 많이 같으니 따라서 배운 적이 있는 것이 아니오? 요사이 벼슬하는 이 중에 이 부마 다섯 사람을 따라 미칠 자가 없는데 족하가 약관에 이런 큰 재주가 있음은 고금에 드문 일이오. 만생이 이제야 천하에 재주가 많은 줄을 알겠으니 사람이 이르기를, '지금 한 군자가 초야에 있어 문장은 종왕(鍾王)93)과 이두(李杜)94)를 압도하여 달빛 아래에서 글을 읊으니 흰 제비가 내려와 곡조에 맞춰 춤을 춘다.'고 하더니 족하가 그 사람이 아니오? 명검이 비록 연진(延津)95)에 묻혀 있으나 그 빛을 감추지 못하는 법이오. 만생이 한번 평범한 안목으로 족하를 보니 얼굴과 풍채가 천지의 맑고 밝은 기운을 오로지 얻었으므로 그 마음속이 평범치 않은 줄은 알았으나 이와 같을 줄은 뜻밖이오. 이로부터 만생이 채를 잡아 족하를 섬기기를 원하니 족하가 용납해 주겠소?"

생이 손을 꽂고 사례해 말했다.

"천한 아이가 어르신의 두세 번 권하심을 저버리지 못해 두어 구의 운을 지은 것은 자못 천박한 일입니다. 어르신께서 송죽(松竹)과

---

93) 종왕(鍾王): 종요(鍾繇)와 왕희지(王羲之). 종요는 중국 삼국시대 위(魏)나라의 대신·서예가 (151~230). 자는 원상(元常). 조조를 도운 공으로 위나라 건국 후 태위(太尉)가 됨. 해서(楷書)에 뛰어나 후세에 종법(鍾法)으로 일컬어짐. 왕희지는 중국 동진(東晉)의 서예가(307~365)로 자는 일소(逸少)이고 우군 장군(右軍將軍)을 지냈으며 해서·행서·초서의 3체를 예술적 완성의 영역까지 끌어올려 서성(書聖)이라고 불림.

94) 이두(李杜): 이백(李白, 701~762)과 두보(杜甫, 712~770). 모두 중국 성당(盛唐) 때의 시인. 중국의 최고 시인들로 꼽히며 이백은 시선(詩仙)으로, 두보는 시성(詩聖)으로 칭해짐.

95) 연진(延津): 연평진(延平津). 명검인 용천검(龍泉劍)과 태아검(太阿劍)이 빠진 것으로 전해지는 나루.

같은 기상을 지니고 조정의 대신으로서 상서를 지내시며 수풀 같은 학사 가운데 소생만 한 학사가 없을 것이라고 이토록 지나치게 소생을 칭찬하시어 어르신의 체면을 손상시키시는 것입니까?"

상서가 다시금 칭찬하며 말했다.

"만생이 비록 인물이 삼가는 일이 없으나 부질없는 일에 족하를 속이겠소? 호방한 사람은 한 말을 하고서 지기(知己)가 서로 합한다고 했으니 족하가 이렇게 여기는 것은 만생을 낮게 여겨서 그런 것이 아니오? 만생이 비록 학문이 넓지 못하고 의기는 전상국(田相國)[96]에 미치지 못하나 어진 선비 사랑하는 마음은 무창(武昌)의 돌[97]이 될 것이니 행여 족하는 살펴 주오."

그러고서 동자를 불러 본가에 가 차와 과일을 가져오라 하였다. 얼마 지나지 않아 머리를 곱게 짜고 다 각각 푸른 옷을 입은 여러 동자들이 많은 안주와 좋은 술을 메고 와 일시에 앞에 벌여 놓았다. 상서가 이에 말했다.

"마침 집이 가깝고 쓴 술이 익었으니 이에 가져다가 만생의 뜻을 만분의 일이나 표하려 하니 족하는 물리치지 마오."

생이 겸손히 사양하며 말했다.

"어르신께서 어린아이를 이처럼 후하게 대접하시니 하물며 산속에서 풀 따위로 연명하던 무리가 이를 어찌 사양하겠나이까?"

말을 마치고는 술잔을 내 오게 해 대여섯 잔을 기울였다. 옥 같은 얼굴에 붉은 기운이 가득히 오르니 이는 참으로 왕모궁(王母宮)[98]의

---

96) 전상국(田相國): 중국 전국시대 제(齊)나라와 위(魏)나라 재상을 지낸 전문(田文, ?~B.C.279)을 이름. 진(秦)나라에 가 상국(相國) 벼슬을 했으므로 이와 같이 불림. 시호는 맹상군(孟嘗君). 빈객을 좋아하여 귀천을 가리지 않고 불러들여 빈객이 3천 명까지 있었음.

97) 무창(武昌)의 돌: 망부석(望夫石)을 이름. 중국 무창 지방에서 멀리 간 남편을 산에서 기다리다 돌이 되었다는 여인의 고사에서 유래함.

복숭아꽃 일 천 점이 붉은 듯했다. 별 같은 눈길이 잠깐 나직하고 망건이 살짝 기울어지니 빼어난 풍채는 보는 사람의 눈과 귀를 놀라게 하고 시원시원하고 호탕한 기운은 봄의 버들이 휘날리는 듯하였다. 양 공이 더욱 사랑함을 이기지 못해 칭찬해 말했다.

"옛날에 반악(潘岳)99)이 곱기로 유명했으나 어찌 그대와 같았겠소? 알지 못하겠구려. 올해 나이가 몇이나 하며 아내는 얻었소?"

생이 손을 공손히 잡고 대답했다.

"천한 나이 헛되이 16년을 지냈고 아내는 얻지 못했나이다."

양 공이 스쳐 물었다.

"서로 한나절을 수작하여 마음을 비출 정도가 되었으니 묻겠소. 알지 못하겠구나, 저런 풍채와 기골로 어떤 여자를 맞으려 하기에 약관이 넘도록 홍사(紅絲)100)를 맺지 않은 것이오?"

생이 술에 취해 흥취가 일어나 웃고 대답했다.

"아름다운 여자는 재주 있는 선비의 좋은 짝이니 소생이 불민함은 생각지 못하고 문왕이 읊으신 글귀101)를 생각하나이다."

공이 웃고 말했다.

"족하의 말이 성인의 말이나 이른바 숙녀는 대(代)마다 나기가 쉽지 않으니 적이 족하의 뜻과 같지 못할까 두렵소이다."

---

98) 왕모궁(王母宮): 왕모가 사는 궁. 왕모(王母)는 요지(瑤池)에 산다는 서왕모(西王母)를 가리킴. 서왕모는 『산해경(山海經)』에서는 곤륜산에 사는 인면(人面)·호치(虎齒)·표미(豹尾)의 신인(神人)이라고 하나, 일반적으로는 불사(不死)의 약을 가지고 있는 아름다운 선녀로 전해짐.

99) 반악(潘岳): 중국 서진(西晉)의 문인(247~300)으로 자는 안인(安仁). 하남성(河南省) 중모(中牟) 출생. 용모가 아름다워 낙양의 길에 나가면 여자들이 몰려와 그를 향해 과일을 던졌다는 고사가 있음.

100) 홍사(紅絲): 붉은 실이라는 뜻으로 부부의 인연을 맺는 것을 말함. 월하노인(月下老人)이 포대에 붉은 끈을 가지고 다녔는데 그가 이 끈으로 혼인의 인연이 있는 남녀의 손발을 묶으면 그 남녀는 혼인할 운명에서 벗어나지 못한다고 함.

101) 문왕이 읊으신 글귀: 『시경(詩經)』의 <관저(關雎)>를 이름.

생이 대답했다.

"어르신의 말씀도 일리가 있으나 천하는 넓으니 소생을 위해 한 명의 숙녀가 없겠나이까?"

이처럼 서로 말하고 있는데, 석양은 벌써 서산에 떨어지고 옥토끼는 동쪽 고개에 비추며 서늘한 바람이 많이 불었다. 이에 공이 말했다.

"집이 누추하나 족하가 정해 놓은 곳이 없는가 싶으니 잠깐 함께 가는 것이 어떠하오?"

생이 사양하지 않고 공을 따라 십여 걸음은 가니 큰 집이 길 곁에 있었는데 크기가 궁궐과 같았다. 상서가 작은 초당에 이르러 앉고는 동자를 불러 저녁밥을 올리라 해 생에게 권하고 말했다.

"만생이 마침 병이 있고 두 자식은 경사에 있으니 족하를 모시고 자지 못함을 한하오."

그러고서 대여섯 명의 동자에게 명령해 생을 모시고 자라 하고 자신은 안으로 들어갔다.

원래 양 공은 본 조정의 사람이었다. 어린 나이에 과거에 급제하여 벼슬이 재상의 반열에 올랐더니 경태(景泰)[102]가 즉위(卽位)한 후에 벼슬을 버리고 이곳에 돌아와 복거(卜居)[103]해 갈건포의(葛巾布衣)[104]로 탁한 술을 마시고 산나물을 캐 먹으며 스스로 즐겼다. 황상(皇上)[105]께서 즉위하신 후에 공을 이부상서로 승진시켜 발탁하시

---

102) 경태(景泰): 중국 명나라 제7대 황제인 대종(代宗)의 연호(1449~1457). 이름은 주기옥(朱祁鈺). 제5대 황제인 선종(宣宗) 선덕제(宣德帝, 1425~1435)의 아들이며 제6대 황제인 영종(英宗) 정통제(正統帝, 1435~1449)의 이복아우임. 1449년에 오이라트족의 침략으로 정통제가 직접 친정을 나가 포로로 잡힌, 이른바 토목(土木)의 변(變)으로 황제로 추대됨. 정통제가 풀려나 돌아온 뒤에도 황위를 물려주지 않다가 정통제를 옹립하려는 세력이 일으킨 정변으로 폐위되고 폐위된 지 한 달 만에 급사함.

103) 복거(卜居): 살 만한 곳을 가려서 정함.

104) 갈건포의(葛巾布衣): 갈포(葛布)로 만든 두건과 베옷.

105) 황상(皇上): 복위한 영종(英宗)을 이름. 영종은 복위해 천순(天順, 1457~1464) 연호를 씀.

니 양 공이 상소를 올려 사양하였으나 끝내 거부하지 못했다. 경사에 이르러 임금께 사은(謝恩)하고 때를 보아 물러가려 했으나 승상이 공이 힘써 막으며 조정에 직간하는 신하가 없으니 벼슬을 버리지 말라고 설득했다. 양 공이 승상의 지극한 정성을 본 데다 충성이 대단했으므로 임금께 잠깐 말미를 달라 고하고 남창에 내려오며 식구들을 데리고 왔다.

두 아들과 두 딸이 있으니 큰아들 철과 둘째아들 선이 다 과거에 급제하여 한림학사로 경사에 있고 큰딸 요화는 선비 두생의 아내가 되었다. 둘째딸 난화 소저는 나이가 열다섯에 이르자 눈 같은 피부와 옥 같은 골격이 날아갈 듯하여 속세의 사람이 아니라 옥경(玉京)의 선녀가 내려온 것 같았다. 이 구태여 고운 것이 아니라 자연스러운 안색이 푸른 하늘의 흰 달과 향기 나는 물의 연꽃 같아 평범한 미색으로는 비할 수 없었다. 성품과 행실은 맑은 얼음 같아 옥에 티가 있음을 비웃었다. 양 공이 크게 사랑해 소저가 열 살이 넘으면서부터 그에 걸맞은 쌍을 구했으나 한 사람도 눈에 드는 이가 없으니 매양 탄식하며 말했다.

"자고로 미인은 운명이 기박하다 하니 너의 고운 미색이 팔자에 해로울까 한다."

공이 경사에 갔을 때 공자 세문을 보고 자못 마음에 두었으나 그 사람됨이 너무 차갑고 성미가 급한 것을 불편하게 여기고 소저보다 한 해 아래임을 꺼렸다.

당초에 화 부인[106]이 남창에 있을 때 소저를 어려서 보고 기특하게 여겨 부마에게 고하니 부마가 양 공의 맑은 명망을 좋게 여겼으

---

106) 화 부인: 이몽현의 동생 이몽상의 아내.

므로 혼인을 청했다. 그러나 양 공은 소저가 공주의 며느리가 되어 거느린 사람이 많고 궁녀가 좇아 섬기는 것을 괴롭게 여겨 정혼한 데가 있다고 핑계했다.

양 공이 이곳에 내려온 후 등왕각은 천하의 재주 있는 사람이 모이는 곳이었으므로 날마다 분주히 가서 왕래하는 소년들을 보았다. 그러나 한 사람도 얼굴이 빼어나고 사람을 놀라게 할 재주 있는 이가 없으므로 마음이 자못 즐겁지 않았다.

하루는 술에 취해 딸을 불러 앞에 앉히고 말했다.

"여자가 사람을 좇아 편히 사는 사람이 열에 하나니 네가 혹 어려운 시집에 들어가 마음을 허비한다면 네 지금의 얼굴이 없어지게 될 것이다. 이 아비가 어설픈 재주로나마 네 얼굴을 그려 없어지지 않게 해야겠다."

그러고서 색깔 있는 먹을 진하게 갈아 소저의 얼굴을 그리니 조금도 다르지 않았다. 소저가 무릎을 꿇고 사례해 말했다.

"아버님이 어린 자식을 과도하게 사랑하시는 은혜에는 감격하나 이 그림을 바깥의 사람이 본다면 좋지 않을까 합니다."

공이 웃고 말했다.

"집이 깊으니 누가 들어오겠느냐?"

드디어 자기 자는 방에 족자를 걸어 두고 때때로 바라보며 감탄했다.

서동 춘희는 겨우 열 살이었다. 그림의 고운 것을 한번 자세히 보려고 하루는 양 공이 나간 때를 틈타 족자를 훔쳐 가지고 밖에 나와서 그림을 보았다. 그런데 갑자기 제 어미가 급히 부르는 바람에 무심코 그림을 놓아 버리고 들어갔다 나오니 족자가 간 데 없었다. 춘희가 크게 놀라 문지기에게 물으니 문지기가 놀라 말했다.

"내 아까 자다가 깨니 어떤 걸인이 족자 같은 것을 들고 앞을 지나가기에 안에 들어가 내어 온 줄은 생각지 못하고 와 걸인을 급히 따라갔으나 간 곳을 모르겠더라."

춘희가 초조해 이제는 죽겠다 생각했다. 양 공이 돌아와 그 그림이 없어진 것을 보고 매우 놀라 춘희를 불러 물었다. 춘희가 크게 울고 떨면서 곡절을 자세히 고하니 공이 어이없어 꾸짖지 않고 문지기를 불러 잡사람을 들여 보낸 것을 크게 책망하고 그 걸인을 찾아 들이라 했다. 그리고 속으로 매우 뉘우치며 족자가 어느 사람의 손에 가 떨어진 줄을 알지 못해 소저의 근본 쓴 것을 더욱 후회했다. 소저는 온 마음이 다 떨려 식음을 물리치고 번뇌하기를 마지않았다.

이씨세대록 권2

이흥문은 미인도 속 주인공과 혼인하고
정실을 모함하는 노몽화에게 속지 않다

이때 양 공이 등왕각에 갔다가 이생을 만나 그 풍채와 재주를 흠모해 이생을 집에 데리고 와 객실에 머무르게 하고 내실에 들어가 부인 윤 씨에게 말했다.

"난화의 용모를 천하에 짝할 사람이 없을까 했더니 오늘 우연히 한 유생을 등왕각에서 만났소. 얼굴은 반악(潘岳)[1]을 변변찮게 여기고 글은 이청련(李靑蓮)[2]과 왕자안(王子安)[3]보다 낫더구려. 더구나 골격이 비상해 장래에 큰 그릇이 될 것이니 이 사람을 버리고 누구로 난화의 배필을 삼을 수 있겠소? 내 이제야 딸아이가 복이 많음을 알겠구려."

부인이 크게 기뻐 대답했다.

---

1) 반악(潘岳): 중국 서진(西晉)의 문인(247~300)으로 자는 안인(安仁), 하남성(河南省) 중모(中牟) 출생. 용모가 아름다워 낙양의 길에 나가면 여자들이 몰려와 그를 향해 과일을 던졌다는 고사가 있음.

2) 이청련(李靑蓮): 이백(李白, 701~762)을 말함. 청련은 이백의 호. 자는 태백(太白). 젊어서 여러 나라에 만유(漫遊)하고, 뒤에 출사(出仕)했으나 안녹산의 난으로 유배되는 등 불우한 만년을 보냄. 칠언절구에 특히 뛰어났으며, 이별과 자연을 제재로 한 작품을 많이 남겼음. 시성(詩聖) 두보(杜甫)에 대하여 시선(詩仙)으로 칭해짐.

3) 왕자안(王子安): 중국 당(唐)나라의 문학가인 왕발(王勃, 650 또는 649~676)을 이름. 자안(子安)은 그의 자(字). 양형(楊烱), 노조린(盧照鄰), 낙빈왕(駱賓王)과 함께 초당사걸(初唐四傑) 중의 한 명으로 불림. 대표작으로 <등왕각서(滕王閣序)>가 있음.

"이 말씀과 같다면 첩이 보지 않아도 그 기특함을 알겠습니다. 이름은 무엇이며 혼인을 굳게 정하셨습니까?"

공이 말했다.

"아직 말은 하지 않았으나 또 어찌 그 유생을 버릴 수 있겠소?"

말이 끝나지 않아서 시녀가 아뢰었다.

"밖에 그림 가져간 걸인을 잡아 대령했나이다."

공이 즉시 서헌에 나가 앉고 그 사람을 묶어 무릎을 꿇리고 그림둔 데를 물으니 그 사람이 떨며 대답했다.

"소인이 갔다가 한 소년을 만났는데 그 소년이 노새 위에서 금돈을 주고 그림을 사 갔으니 아직 남은 금돈이 더러 제 주머니 속에 있나이다."

공이 즉시 하리(下吏)에게 분부해 걸인을 데리고 다니며 그 서생을 찾아오라 했다.

이때 흥문이 양씨 집안의 초당에서 밤을 지내게 되어 등불 아래에서 다시 미인도를 펴서 보았다. 오색 빛이 찬란해 그 고움을 대적할 자가 없으니 흥문이 혼자 탄식하며 말했다.

"어느 곳에 양 씨 여자가 있어 이 재주 있는 사내의 마음을 괴롭게 하는고?"

그러다가 홀연 시흥(詩興)이 생겨 붓을 들어 족자에 두어 수의 시를 쓰고 읊으며 깊이 탄식했다.

다음 날 새벽에 양 공이 나와서 웃고 말했다.

"귀객(貴客)이 적적한 데서 밤을 지내셨으니 필연 무료했겠구려."

그러고서 함께 앉아 말하며 아침밥을 먹을 적에 공이 말했다.

"내 어려서부터 바둑 두는 것을 좋아했으니 족하(足下)와 함께 승부를 다투려 하오."

생이 사례해 말했다.

"소생이 본디 이런 일에 능하지 못하나 어른의 명이 계시니 삼가 받들겠나이다."

공이 기뻐하고 동자를 시켜 바둑판을 가져오라 했다. 우연히 눈을 들어서 보니 생의 곁에 족자 한 폭이 놓여 있었다. 이에 공이 의심해 물었다.

"족하의 행낭에 어인 족자가 있는 것이오?"

생이 대답했다.

"마침 서울에 가 줄 사람이 있어 가져가나이다."

공이 말했다.

"한번 보고 싶소이다."

생이 사양하며 말했다.

"구태여 볼 것이 없나이다."

공이 더욱 의심했으나 억지로 청하는 것이 수상하게 보일까 하여 깊이 생각하는 사이에 동자가 홍백의 바둑알과 판을 가져왔다. 공이 생과 판을 어우르니 홍문의 옥 같은 손이 바람에 부치는 듯해 순식간에 공을 크게 이겼다. 이에 공이 칭찬하며 말했다.

"족하는 일마다 이처럼 기특하니 고금에 없는 위인이구려."

말이 끝나기 전에 그 걸인이 앞에 와 울며 말했다.

"이제 족자를 사 간 수재(秀才)를 두루 물으니 등왕각으로 갔다 했으나 끝내 찾지 못했나이다. 소인을 이제는 죽여 주소서."

공이 침묵하며 이생을 보았는데 그 사람이 공자를 치밀어보다가 손뼉을 치며 뛰놀아 말했다.

"저 수재가 그 족자를 샀더니 어찌 다행히도 여기에 있는고? 수재의 은자를 소인이 다 녹여 먹었으니 수재께서는 대자대비하시어 그 족자를 어르신께 드리신다면 소인이 살아날까 하나이다."

공자가 미소를 짓고 머리를 숙이니 양 공이 물었다.

"천인(賤人)의 말이 미쁘지는 않으나 족하가 진실로 아는 것이 있소?"

생이 공손히 대답했다.

"과연 전날에 저 걸인이 한 족자를 팔고 있기에 소생이 보니 바깥 남자가 가질 것이 아니었습니다. 행여 족자가 호방한 선비의 손에 가 떨어질까 한편 안타까운 마음이 있어 많은 돈을 주고 샀더니 그 기이한 물건이 나온 곳이 대강 어르신 댁이었나 봅니다."

공이 기뻐해 경사로 여겨 말했다.

"족자 한 폭이 중요하지 않으나 외방에 내어놓을 만한 것이 아니오. 값을 건넬 것이니 그 족자를 학생에게 주는 것이 어떠하겠소?"

생이 사례해 말했다.

"어르신께서 어찌 소생을 이처럼 녹록히 여기시는 것입니까? 하물며 소생에게는 이 물건이 부질없고 귀댁에는 중요한 것인가 싶으니 이 물건을 흔쾌히 돌려보내나이다."

말을 마치고 두 손으로 족자를 받들어 드리니 공이 기뻐하며 웃고 그 사람에게 상을 주어 보냈다.

공이 족자를 가지고 내당에 들어가 소저를 불러 그림을 주고 말했다.

"내 애초에 부질없는 짓을 해 이것을 잃고 나서 마음이 너무 안 좋았다. 그런데 다행히도 바깥의 사람에게 전해지지 않고 이랑의 손을 통해 얻었으니 어찌 기쁘지 않으냐?"

소저가 잠자코 사례했다. 공이 다시 족자를 펴 보고 그림 속 소저의 안색을 칭찬하더니 끝에 글씨가 가늘게 쓰여 있는 것을 보았다.

'목란과 홍련(紅蓮)이 고운 것을 이르지 마라. 미인의 고움이 꽃과 돌이 무색하구나. 그림 가운데 헛되이 말할 길이 없고 비록 고우나 마침내 헛것이로다. 어느 곳에 이러한 재주와 용모를 갖춘 숙녀가 있어 나의 마음을 놀라게 하는가. 월하노인이 붉은 실을 맺는 일[4]이 있다면 마침내 이씨 남자의 백년동락할 좋은 짝이 되려나. 도중에서 그림을 산 것이 인연이 있는 듯하나 참으로 거울 속의 그림자 같구나.'

공이 다 보고 깊이 생각하다가 부인에게 말했다.

"이생의 기상이 이렇듯 넘치니 훗날에 근심이 될 것이오. 그래도 일을 수습해 결혼시켜야겠소."

부인이 말했다.

"그렇지 않습니다. 어느 남자가 난화 같은 미색을 보고 무심하겠습니까? 진실로 그 행동을 책망하지 못할까 합니다."

공이 웃고 밖에 나와서 생과 말하다가 이에 물었다.

"아까 족자에 족하가 쓴 시구를 보니 재주가 아름답고 말이 풍아(風雅)[5]의 조목(條目)이 됨 직하니 만생이 족하를 위해 중매가 되어 족하의 소원을 좇으려 하는데 어떠하오?"

생이 미우(眉宇)[6]에 미미한 웃음을 띠고 손을 꽂고는 대답했다.

"미친 사람이 그림 가운데 선녀를 보고 참지 못해 무심결에 더러운 글귀를 쓰고 창졸간에 없애지 못했는데 어르신께서 글을 굽어살

---

4) 월하노인이~일: 부부의 인연을 맺는 것을 이름. 월하노인(月下老人)이 포대에 붉은 끈을 가지고 다녔는데 그가 이 끈으로 혼인의 인연이 있는 남녀의 손발을 묶으면 그 남녀는 혼인할 운명에서 벗어나지 못한다고 함.

5) 풍아(風雅): 민요와 아악이라는 뜻으로 『시경(詩經)』을 말함. 『시경』이 크게 풍(風), 아(雅), 송(頌)으로 나뉜 데서 유래함. 풍(風)은 민요, 아(雅)는 궁중 음악인 아악, 송(頌)은 제사 음악임.

6) 미우(眉宇): 이마의 눈썹 근처.

피셨으니 부끄러움을 이기지 못하겠습니다. 다만 여인의 근본이 어떠하기에 어르신께서 이렇게 쉽게 말씀을 하시는 것입니까?"

공이 웃으며 말했다.

"숙녀를 사모하는 것은 군자에게 늘 있는 일이고 족하가 시를 지은 것은 곧 소년에게 늘 있는 일이니 어찌 이를 허물로 삼을 수 있겠소? 그림 속 여자는 곧 만생의 작은딸이오. 좀스러운 자식이 있다 한들 어찌 족하의 높은 눈에 들기가 쉽겠소? 다만 족하가 지은 시를 보니 거의 그 뜻을 짐작할 수 있고 만생이 마음속에 족하를 사랑한 지 오래니 딸아이를 받들어 족하에게 보내려 하는데 족하의 높은 뜻이 어떠하오?"

생이 이 말을 듣고 기쁨이 마음속에 가득해 급히 사례해 말했다.

"어르신께서 소생 같은 변변찮은 풍채를 보시고 규방의 아름다운 딸을 허락하려 하시니 복이 없어질까 두려울지언정 어찌 어르신의 명령을 받들지 않겠습니까? 다만 위로 부모님이 계시니 소생이 마음대로 하지 못하나이다."

공이 말했다.

"원래 영친(令親)⁷⁾의 휘자(諱字)⁸⁾가 무엇이오?"

생이 어물어물하다가 대답했다.

"휘자는 문정공 등의 이름과 같으시고 지금은 금주에 계십니다."

공이 말했다.

"그렇다면 장차 어찌하려 하오?"

생이 이에 가만히 생각했다.

'내 이미 부모님께 고하지 않고 집을 나와 벌을 입을 것이니 이리

---

7) 영친(令親): 상대의 아버지를 높여 부르는 말.
8) 휘자(諱字): 돌아가신 어른이나 높은 어른의 이름자.

하나 저리하나 한 번 맞는 것은 똑같다. 한 번 책망을 받는 것은 중요하지 않으니 내 종신대사(終身大事)9)를 치를 적에 차마 그런 흉물과 짝하겠는가. 이미 아내를 얻은 후에는 부모님도 다시 노씨 집 여자를 마음에 두지 못하실 것이니 시원히 장가가는 것이 묘하겠다.'

이에 대답했다.

"가친께서 과연 길을 떠나실 때 경사에 가 이 승상께 뵙고 널리 구혼해 아름다운 처자가 있거든 마음대로 얻으라 하셨습니다. 소생이 여행 중에 어르신의 두터운 은혜를 입을 줄은 생각지 못한 일입니다. 가친의 명이 있으셨고 어르신께서 이처럼 소자를 정성스레 대우하시는데 그 명령을 거스르는 것이 옳지 않으니 권도(權道)10)로 존명(尊命)을 받들려 합니다."

공이 크게 기뻐해 말했다.

"그대가 이처럼 시원하게 결정해 주니 내 기쁨과 다행함을 이기지 못하겠네. 만사에 좋은 일에는 마장(魔障)11)이 많으니 기특한 틈을 놓치지 말고 빨리 길일을 택해 혼례를 이루는 것이 어떠한고?"

생이 흔쾌히 허락하니 공이 기쁨을 이기지 못해 즉시 택일하고 말했다.

"그대가 여행 중에 가진 것이 없을 것이니 내 집에서 빙례(聘禮)12)를 차리겠네."

생이 주머니를 만져 물건을 확인한 후 웃고 대답했다.

---

9) 종신대사(終身大事): 평생에 관계되는 큰일이라는 뜻으로, '결혼'을 이르는 말.

10) 권도(權道): 목적 달성을 위하여 그때그때의 형편에 따라 임기응변으로 일을 처리하는 방도.

11) 마장(魔障): 귀신의 장난이라는 뜻으로, 일의 진행에 나타나는 뜻밖의 방해나 헤살을 이르는 말.

12) 빙례(聘禮): 빙채(聘采)의 예. 빙채는 빙물(聘物)과 채단(采緞)으로, 빙물은 결혼할 때 신랑이 신부의 친정에 주던 재물이고, 채단은 신랑 집에서 신부 집으로 미리 보내는 푸른색과 붉은색의 비단임.

"어렸을 때 우연히 자친(慈親)[13]의 몸치장하는 물건 가운데 하나를 얻었더니 지금까지 제가 가지고 있었습니다. 이것으로써 예단(禮單)[14]을 삼는 것이 좋겠나이다."

말을 마치고 옥제비 한 쌍을 내어 놓았다. 공이 그것을 보고 더욱 기뻐하며 말했다.

"이 물건이 비록 작으나 본래 귀중한 보배니 더욱 얻지 못할 기이한 만남이로다."

드디어 혼인에 필요한 것들을 차렸다.

혼인날이 되자, 생이 숙소를 잡아 길복(吉服)을 입고 양씨 집안에 이르러 전안(奠雁)[15]을 마치고 내당에 들어가 교배(交拜)를 마쳤다. 그런 후에 신방에 이르니 베풀어 놓은 것이 화려해 집안이 부유함을 알 수 있었다.

수풀 같은 시녀는 별이 흐르며 개미가 모여 있는 듯했는데 시녀들이 붉은 등불을 밝히고 소저를 붙들어 자리에 이르니 생이 일어나 맞이해 앉을 자리를 주었다. 시녀들이 다 물러나고 홀로 두 사람만 등불 아래에 마주하니 한 쌍의 보름달이 떨어진 듯, 고운 광채가 휘황하며 영롱해 상서로운 기운이 어린 듯했다. 상서와 부인이 가만히 엿보고 기쁨을 이기지 못했다.

생이 눈을 들어 신부를 보니 그림 속의 얼굴이 채 실물을 형용치 못했다. 생이 놀라고 의심하는 중에 또 다행스러움을 이기지 못했다. 눈을 자주 들어서 소저를 보고는 미우(眉宇)에 영롱한 기운이 일어나니 시원스러운 풍채는 날아갈 듯 학을 탄 신선 같았다.

---

13) 자친(慈親): 남에게 자기 어머니를 높여 이르는 말.

14) 예단(禮單): 예물을 적은 단자(單子).

15) 전안(奠雁): 혼인 때 신랑이 신부 집에 기러기를 가져가서 상위에 놓고 절하는 예.

밤이 깊자 휘장을 지우고 의대를 풀어 잠자리에 나아갔다. 생이 양 씨의 견고함을 살피려 곁눈질로 보니 소저가 박힌 듯이 앉아 두 눈은 감은 듯하고 숨소리도 없었다. 생이 한밤중이 되도록 양 씨를 조용히 보다가 그 행동을 기특히 여겨 선뜻 나아가 편안히 붙들어 침상에 올렸다. 이에 소저가 만면에 붉은빛이 가득해 마음이 떨리는 것 같아 몸을 움직이지 못하니 생이 가만히 달래 말했다.

"백 년을 함께 있을 텐데 무엇이 두려워 이처럼 몸을 수습하는 것이오?"

그러고서 소저를 가까이해 부부의 정을 이루었다. 소저는 참으로 겉으로만 부끄러워하는 세속 여자가 아니라, 본성이 부부의 정을 몰랐으므로 생이 부부 관계를 맺자 매우 놀라 정신을 수습하지 못했다. 생이 이를 더욱 어여삐 여겨 위로해 말했다.

"부부가 이러함은 천지가 생긴 이래로 떳떳한 일이니 그대가 이를 어찌 알지 못하는 것이오?"

이렇듯 위로하고 소저를 귀하게 대하며 밤이 짧음을 한스러워했다.

다음 날, 부부가 세수를 한 후 쌍쌍이 들어가 양 공 부부에게 문안하니 상서가 매우 기뻐하며 양 슬하에 두 사람을 나란히 앉히고 등을 두드리며 말했다.

"오늘날 딸아이의 천생연분을 정하니 이러한 기쁨을 어디에 비할 수 있겠느냐? 우리 사위는 끝까지 조강지처와의 정을 오롯이 하게."

생이 기뻐하며 절했다.

생이 날이 저물도록 상서를 모시고 바둑도 두며 글도 지어 담소하니 일대의 호걸이라, 상서가 더욱 귀중히 여기고 사랑해 만사를 다 잊었다.

이날 밤에 생이 침소에 들어가니 소저가 서안(書案)에 기대고 있다가 일어나 생을 맞이했다. 가냘픈 허리는 꺾어질 듯하고 풍채가 방 안에 빛나니 생이 새롭게 놀랐다. 등불을 들어 소저 곁에 놓고 소저를 자세히 보니 기골이 더욱 기특했으므로 마음이 어리어리한 듯해 한참을 보다가 물러앉으며 말했다.

"너무 일찍 자는 것은 행실을 어지럽히는 일이오. 내『예기(禮記)』를 살피려 하니 그대는 불을 들어 서안 머리에 놓으시오."

소저가 부끄러워 응하지 않으니 생이 두어 번 재촉하자 마지못해 등불을 가져와 앞에 이르렀다. 그러자 생이 그 자연스러운 행동거지를 더욱 기이하게 여겨 문득 그 부드러운 손을 잡아 자리에 나오게 해 불빛에 비친 소저의 얼굴을 자세히 보고 물었다.

"그대의 기골이 이처럼 약하니 어찌 됐든 이르시오. 나이가 몇이나 하오?"

소저가 낯빛이 변해 대답지 못하니 생이 정색하고 말했다.

"나도 또 사람이니 그대 눈에는 학생이 사람같이 보이지 않소?"

소저가 옥 같은 얼굴이 붉어 오랫동안 어물어물하다가 천천히 대답했다.

"첩이 열다섯 살인 줄을 군자께서 어찌 모르시겠습니까?"

생이 그 옥 같은 소리가 낭랑한 데 더욱 혹해 웃고 물었다.

"내가 또 들었으나 오늘 그대의 손을 보니 가늘기가 유다르고 맑기가 얼음 같으니 나이를 헤아려 보면 상반한 것이 괴이하구려."

소저가 감히 대답하지 못했다.

생이 또 물었다.

"그대가 이따금 낮에 붉은 기운이 오르니 몸에 무슨 병이 있는 것이오? 학생을 대해 이르는 것이 해롭지 않을 것이오."

소저가 더욱 민망해 말을 못 하니 생이 보채며 재삼 물었다. 소저가 이에 겨우 대답했다.

"청년에게 무슨 병이 있겠나이까? 본디 귀한 손님을 모셔 말씀드린 적이 없어 그러한가 싶습니다."

생이 웃고 말했다.

"첫 말은 옳지만 나는 그대에게 손님이 아니오. 친함이 그대 부모보다 더하니 정말 그릇 안 것이오. 여자가 지아비를 대해 낯빛이 변하는 것은 옳지 않으니 그대가 일찍이 『예기』를 읽지 않은 것이구려."

소저가 겸손히 말했다.

"천성이 어리석고 졸렬해 알지 못했습니다. 밝게 가르쳐 주시는 것을 받들겠습니다."

이윽고 유모가 밤참을 받들어 두 사람 앞에 나누어 놓으니 생이 젓가락을 들어 음식에 대고 소저를 향해 권하며 말했다.

"생이 있는 것을 관계하지 말고 어서 드시오."

소저가 대답했다.

"본디 음식을 싫어하지 않으나 군자께 음식을 가져옴에 예를 차려 가져왔고 첩은 저녁밥을 갓 먹었으니 먹을 틈이 없나이다."

생이 웃고 말했다.

"비록 저녁을 갓 먹었다 한들 가벼운 과일이야 못 먹겠소? 이는 핑계 대고 사양하는 것이오. 날이 샐 때까지라도 그대가 먹는 모습을 보고 상을 물릴 것이오."

소저가 민망해 마지못해 손으로 두어 가지를 집어 입에 넣었다. 붉은 입 사이로 흰 이가 이따금 비치니 그 절세한 거동은 만고(萬古)를 논해도 비슷한 사람이 없을 정도였다. 생이 멍한 듯이 우러러보며 애틋한 마음이 안색에 나타나니 윤 부인과 유모가 서로 가리키며 사랑함을 이기지 못했다. 생이 상을 물리고 소저를 이끌어 침상에 나아가니 새로운 사랑이 비길 데가 없었다.

생이 십여 일을 이곳에 있으면서 소저와 연일 즐겼는데 노씨 집과의 혼인날이 이미 지났음을 짐작하고 양 공에게 하직을 고하니 공이 놀라 말했다.

"그대가 경사로 가려 하나 내 며칠 후에 수레를 차려 경사로 갈 것이니 나와 함께 가는 것이 어떠한가?"

생이 대답했다.

"당초에 경사로 가 이 승상을 뵙고 처를 얻으려 했더니 이제 아내를 얻었고 또 들으니 이 승상이 출정(出征)[16]했다 하니 도로 금주로 가 이 공이 돌아온 후에 경사로 가려 하나이다."

공이 매우 서운했으나 또 만류하지 못해 손을 나누며 말했다.

"사위가 이번에 금주로 가 다음번에 경사로 갈 때 영친(令親)을 모시고 가려 하는 것인가?"

생이 대답했다.

"그렇습니다."

공이 서간을 써 주고 재삼 연연해했다.

생이 침소에 이르러 소저와 이별하게 되니 소저의 손을 잡아 건강하기를 당부하고 일렀다.

"신혼의 정에 헤어지는 것이 슬프나 이 이별이 오래지는 않을 것이니 그대는 생을 염려 말고 꽃다운 몸을 잘 관리하도록 하오."

소저가 겸손히 사례하고 유랑이 여러 벌 옷을 봉해 오니 생이 말했다.

---

16) 출정(出征): 싸움터에 나감.

"내 말이 하루에 천 리를 가니 여러 벌을 가져가 부질없고 내 집이 가난하지 않으니 먼 길에 수고롭게 가져가겠는가?"

드디어 소저를 향해 읍(揖)하고 나와 윤 부인에게 하직하니 부인이 떠남을 자못 안타까워했다.

양 공이 여러 노복에게 명령해 생을 모시고 가라 하니 생이 노복을 데리고 오 리는 가서 일렀다.

"내 말의 빠른 걸음을 너희가 따라오지 못할 것이니 돌아갔다가 조용히 찾아오라."

이렇게 말하고 채를 쳐 경사에 이르렀다.

생이 급히 달려왔으므로 숨이 가쁘고 모친이 자신에게 벌을 줄 것이라 헤아려, 쉬고서 벌을 받으려 해 가만히 철씨 집안에 이르러 누이를 보니 미주 소저가 놀라 말했다.

"아우가 부모님께 고하지 않고 어디를 갔던 것이냐?"

공자가 대답했다.

"제가 노씨 집 여자를 괘씸해해, 외람된 일이 되는 줄을 모르는 것이 아니나 차마 종신대사를 그르게 하지 못해 정처 없이 떠났었습니다. 그런데 헤아려 보니 혼인날이 지났을 것이므로 돌아온 것입니다."

소저가 정색하고 말했다.

"군자가 되어 색을 나무라고 부모님이 계시는 줄을 알지 못해 행적을 홀연히 감추니 이 무슨 도리냐! 네가 노씨 집 길일을 이번에 피해 갔다 해서 혼인이 이루어지지 못할 줄 여기는 것이냐? 이는 참으로 제비가 처마에 집을 지었는데 집이 오래 가지 못할 줄을 모르는 것과 같다. 여자가 미색이 없으나 덕이 귀하니 너의 이번 죄는 등한한 죄가 아니다. 그러니 부모님께서 너를 어찌 용서하시겠느냐?"

공자가 웃고 말했다.

"누이는 여자로서 형님의 용모가 관옥(冠玉)[17]처럼 아름다운데도 누이의 마음에 맞지 않는다며, 누이가 형님과 혼인한 후에 지금까지 말을 섞지 않으면서 저를 꾸짖는단 말입니까? 이씨 집안이 재취를 허락하지 않는데 또 그런 망령된 것을 얻어 제가 긴 날에 괴로움을 어찌 견디겠습니까? 누이는 노 씨를 보지 않으셨으니 말씀이 시원하지만 그 흉한 모습이 괴이할 뿐만 아니라 행동이 희한하니 그것을 목도하고 차마 얻을 수 있겠나이까?"

철생이 웃고 말했다.

"성보의 말이 참으로 바른 말이로다. 네 괴이하고 망령된 누이가 너를 옳다고 할까 여긴 것이냐? 지금까지 네 누이가 말하는 것을 나는 듣지 못했으니 이따금 나에게 분노가 격렬히 생겨도 장모님의 낯을 보아 네 누이를 머무르게 한 것이다."

소저가 정색하고 다시 생에게 말했다.

"아우가 이미 왔으면 궁으로 가지 않고 여기에 먼저 온 것은 어찌해서냐?"

공자가 대답했다.

"진실로 누이를 속이지 않을 것이니 우리 집안의 어르신이 엄하셔서 저를 보시는 날에는 무거운 벌을 더하실 것입니다. 제가 평생을 귀하게 자라 땡볕에 길을 빨리 달려오느라 몸이 피곤함을 이기지 못하겠으니 하룻밤 쉬고서 어르신께 벌을 받으려 해서입니다."

소저가 말했다.

"네가 이미 잘 알면서 어찌 큰 죄를 저지른 것이냐? 모친의 큰 덕

---

17) 관옥(冠玉): 관(冠)의 앞을 꾸미는 옥으로 남자의 아름다운 얼굴을 비유적으로 이르는 말.

이 너에게 잊힌 것을 한스러워한다.”

공자가 웃고 말했다.

“저는 불초한 것이 누이의 말씀과 같지만 모친의 뒤를 이어 이씨 집안의 대종(大宗)을 받들 사람이 있더이다.”

소저가 놀라고 의아해 물었다.

“네가 문정 숙부의 행동을 한 것이 아니냐?”

생이 웃고 대답했다.

“희롱한 말입니다. 제가 어디에 가 아내를 얻었겠습니까?”

그러고서 저녁을 얻어먹고 가만히 승상부에 이르러 서당에 들어갔다. 세문이 성문, 기문, 중문 등을 거느려 시(詩)를 논하고 있다가 흥문을 보고는 크게 놀라 맞이해 절하고 말했다.

“형님이 어디에 가 계셨나이까?”

흥문이 말했다.

“내가 마음이 편치 않아 두 모친께 가는 곳을 고하지 못하고 정처 없이 나갔다가 노씨 집과의 혼인날이 지난 것을 헤아려 여기에 돌아온 것이다. 그런데 할머님과 어머님의 기운은 어떠하시냐?”

세문이 말했다.

“아직 무사하시나 노씨 집 혼사를 어찌 무르겠습니까? 대개 형이 보신 여자는 진짜 노 씨가 아니라 근본이 다른 여자라 합니다. 그래서 할머님과 어머님이 혼인을 완전히 정해 납채(納采)18)를 노씨 집에 보내셨으니 형이 공연히 길에서 바삐 돌아다니셨습니다.”

생이 놀라서 말했다.

---

18) 납채(納采): 원래 주자가례(朱子家禮)에 따른 혼례인 육례(六禮) 중의 하나로 신랑 집에서 청혼을 하고 신부 집에서 허혼(許婚)하는 의례를 뜻하나 여기에서는 빙채(聘采)와 같은 의미로 쓰임. 빙채는 빙물(聘物)과 채단(采緞)으로, 빙물은 결혼할 때 신랑이 신부의 친정에 주던 재물이고, 채단은 신랑 집에서 신부 집으로 미리 보내는 푸른색과 붉은색의 비단임.

"노씨 집에 빙채를 보냈다 하니 이를 어찌할꼬? 내가 이번에 가 아내를 얻고 왔다."

모든 공자가 크게 놀라 말했다.

"형이 부모님께 고하지 않고 밖으로 나간 것도 외람된 일인데 어찌 혼인과 같은 큰일을 스스로 주관해 죄 위에 죄를 지으신 것입니까? 대개 어떤 집과 혼인하신 것입니까?"

공자가 말했다.

"신임 이부상서 양세정이 등왕각에서 나를 보고 깊이 사랑해 사위를 삼았다. 내가 과연 생각해 보니 이렇게 하지 않고는 노 씨를 떨어낼 길이 없어서 죽기를 각오하고 양 씨를 얻은 것이다. 대개 양 씨의 기특함은 세속 여자가 아니니 부모님께서 양 씨를 보신다면 내 죄를 용서하지 않으시겠느냐?"

성문이 잠자코 있다가 말했다.

"형이 잘못 알고 계십니다. 할아버님이 평소에 이런 일을 꺼리시고 숙부는 강직하고 맹렬한 분이라 조금도 인정이 없으실 것이니 양 씨 형수님이 어질고 아름답다 해서 형을 잘 대우하실 리가 없습니다."

생이 말했다.

"사람이 세상에 나 한 번 즐기고 한 번 죽는다면 무슨 한이 있겠느냐? 내 비록 죽어도 양 씨의 어질고 아름다움이 나의 넋을 위로할 것이니 부모님께서 이 불초자를 죽이셔도 근심이 없다."

성문이 정색하고 말했다.

"제가 당돌하나 형의 단점을 고하겠습니다. 사람의 자식이 되어 가볍든 무겁든 모든 덕목을 부모님이 명하신 대로 하는 것이 옳고 사사로운 마음에 기쁘지 않더라도 부모님이 마땅하게 여기신다면 좇으라는 것은 무왕(武王),[19] 주공(周公)[20]께서 경계하신 바입니다. 부모님이 그릇 인도하셔도 그 명령을 거역하지 못할 것인데 백부와 백모의 큰 덕이 넓고 커서 조그마한 잘못도 용납하지 않으실 것임을 형이 아실 것입니다. 그런데 일부러 죄를 범하셔서 백부모님이 명하신 혼인을 스스로 거역하고 또 밖으로 나가서 기이한 일을 이루고 돌아오셨으니 백부께서 어찌 벌을 등한히 내리시겠습니까? 형이 16년 동안 성리학 책을 읽으시고는 부모가 죽이셔도 근심 없고 마음에 즐거운 일을 행하는 것이 기쁘다고 하시니 이것이 어찌 사람의 자식으로서 하실 말씀입니까? 하물며 백부께서 천 리 변방에 출정하셔서 승패를 알지 못해 근심과 염려를 참으로 나눌 데가 없거늘 처자를 위해 이렇듯 분주하셨으니 형의 효성이 부족하신 것이 아니라 이는 사람의 체면에 옳지 않은 일입니다."

흥문이 크게 깨달아 눈물을 흘리고 성문의 손을 잡고 말했다.

"내 어찌 소견이 없겠느냐? 다만 본디 내 풍채와 재주가 남의 아래가 아니요, 내 부유하고 화려한 데서 자란 공자로서 눈에 고운 빛과 귀에 좋은 소리를 듣다가 노 씨의 흉한 얼굴을 보고 꽉 막힌 소견에 앞뒤를 생각지 못해 분한 김에 큰 죄를 저질렀으니 이를 뉘우쳐도 어쩌지 못하겠구나."

성문이 말했다.

"이미 엎질러진 물처럼 되었으니 이제 어찌하겠습니까? 형이 행한 전후의 일이 큰 근심이 되었습니다."

---

19) 무왕(武王): 중국 주나라의 제1대 왕(?~?). 성은 희(姬). 이름은 발(發). 은 왕조를 무너뜨리고 주 왕조를 창건하여, 호경(鎬京)에 도읍하고 중국 봉건 제도를 창설함.

20) 주공(周公): 중국 주나라의 정치가(?~?). 문왕(文王)의 아들이자 무왕(武王)의 동생이며 성왕(成王)의 숙부로 성은 희(姬), 이름은 단(旦). 형인 무왕을 도와 은나라를 멸하였고, 조카인 성왕을 도와 주나라의 기초를 튼튼히 함. 예악 제도(禮樂制度)를 정비했으며, 『주례(周禮)』를 지었다고 알려져 있음.

홍문이 다시 말을 안 하고 자리에 누워 괴로이 신음했다. 이에 기문은 머리를 짚고 세문은 손을 만지며 성문은 발을 주무르며 중문은 다리를 두드려 네 아이가 밤이 새도록 잠을 안 자고 극진히 구호하니 어찌 사촌과 동기를 구분할 수 있겠는가.

새벽이 되자 대공자가 움직일 수가 없어 아우들에게 말했다.

"내가 올 때 바로 철씨 집안에 가 누이를 보고 왔으니 누이가 반드시 모친께 고할 것이다. 너희 중 한 명이 가 고하지 못하도록 부탁하라."

성문이 즉시 철씨 집안에 가 소저를 대해 형의 병이 위중함과 홍문의 일을 경솔히 발설하지 말 것을 이르니 소저가 말했다.

"모친께 고하지는 않겠으나 제 어려서부터 높은 집에서 덥고 추움을 모르고 지내다가 갑자기 길에서 고생을 했으니 어찌 병이 나지 않겠느냐? 모든 일이 다 자기가 잘못해 생긴 것이니 불쌍하지 않다."

철생이 이 자리에 있다가 웃고 말했다.

"이씨 문중이 본디 부모에게 고하지 않고 아내를 얻는구나.[21] 묏자리가 그러한가? 양 씨는 성보 때문에 참혹한 변을 얼마나 만날꼬?"

공자가 알아듣고는 갑자기 정색하고 말했다.

"형이 나이가 얼마나 많기에 내 아버님을 기롱하며 비웃는 것입니까? 행동이 이처럼 황당하니 전날에 형으로 대접한 것을 뉘우칩니다."

철생이 웃으며 말했다.

"내가 지어낸 말이냐? 일이 그러한 것을 어찌하겠느냐?"

공자가 그 허랑함을 괘씸해해 소매를 떨치고 돌아가니 생이 크게 웃고 소저의 손을 잡아 말했다.

---

21) 이씨~얻는구나: 이몽창이 부모의 허락 없이 자기 마음대로 소월혜와 정혼한 일을 말함. <쌍천기봉>에 나오는 이야기임.

"문정공이 당초에는 행동이 가소롭더니 이제는 진중한 군자가 되었고 그 아들이 저렇듯 기특하니 이는 다 소 부인의 덕이오."

소저가 낯빛이 변해 손을 떨치고 물러앉으니 생이 성내며 말했다.

"그대가 성례(成禮)한 지 일고여덟 달에 생의 말에 대답하지 않고 이렇듯 막혀 있으니 장차 끝까지 어찌하려 하는 것이오?"

소저가 또한 대답하지 않았다. 생이 이에 더욱 밉게 여겨 소저의 팔을 잡고 붉은 소매를 걷어 가리키며 말했다.

"생을 더럽게 여겨 대하기를 괴롭게 여기고 말대답하기를 꺼려하나 생혈(生血)[22]은 누구 덕분에 없어진 것이오? 이에 이르러 어찌 결부(潔婦)[23]를 본받지 않는 것이오?"

소저가 또한 움직이지 않으니 생이 하릴없어 소저의 무릎에 누우며 말했다.

"아직 신혼의 정이 미흡하므로 그대를 다그치지 않겠지만 장래에 내 급제해 한 명의 미인을 얻고 그대를 밀어 내칠 적에는 뉘우치게 될 것이오."

소저가 그 행동을 더욱 미워해 안색을 엄정히 하고 대답하지 않았다.

이때 성문 공자가 주비와 장 부인을 속이고 가만히 소 부인에게

---

22) 생혈(生血): 앵혈(鶯血)을 이름. 장화(張華)의 『박물지』에서 그 출처를 찾을 수 있음. 근세 이전에 나이 어린 처녀의 팔뚝에 찍던 처녀성의 표시를 말하는 것으로 도마뱀에게 주사(朱沙)를 먹여 죽이고 말린 다음 그것을 찧어 어린 처녀의 팔뚝에 찍으면 남자와 잠자리를 할 때에 없어진다고 함.

23) 결부(潔婦): 노(魯)나라 추호자(秋胡子)의 아내를 이름. 추호자는 혼인한 지 닷새 만에 진(陳)나라에 벼슬하러 가서 오 년이 지나 돌아옴. 집에 가까이 와 길에서 뽕을 따는 아름다운 부인을 보고 금을 줄 테니 자신의 부인이 되어 달라고 하나 거절당함. 추호자가 집에 돌아가서 보니 뽕을 따던 여인이 곧 자신의 아내였으므로 부끄러워함. 이에 아내가 추호자에게 오 년 만에 집에 돌아왔는데 길가의 부인을 보고 좋아하고 금을 주려 한 것은 어머니를 잊은 불효라 하고 자신은 불효한 사람을 보고 싶지 않다며 집을 떠나 강에 빠져 죽음. 여기에서는 철수가 이미 주에게 왜 고결한 결부를 본받아 죽지 않느냐며 조롱한 것임.

들어가 홍문이 전후에 행한 일을 고하고 묽은 죽을 구했다. 소 부인은 홍문이 양 씨 취한 일을 듣고 놀라며 어이가 없어 말했다.

"이 아이가 이처럼 범람한 노릇을 했으니 필경이 무사하지 못하겠구나."

그러고서 탄식하며 말했다.

"홍문이의 행동이 네 부친의 행동과 같구나. 이제는 내 몸이 비록 무사하나 그 당시의 슬픔과 원한을 생각한다면 마음이 어찌 서늘하지 않겠느냐?"

공자가 또한 슬퍼했다.

소 부인이 즉시 묽은 죽을 갖춰 서당으로 보내니 네 공자가 함께 홍문을 붙들어 구호했다.

이때, 노 부사가 날마다 사람을 부려 공자가 왔는지 물었다. 이날도 문지기에게 물어 홍문이 왔다는 말을 듣고 크게 기뻐하고 이에 이르러 이름을 통하니 공자가 괴롭게 여겨 세문에게 말했다.

"내 몸이 많이 아파 움직이지 못하니 너희가 나가 보고 연고를 이르라."

세문이 난간 가에 나가 노 공을 맞이해 인사를 마치자, 노 공이 말했다.

"영형(令兄)은 어디에 있는고?"

공자가 대답했다.

"형이 먼 길을 와 몸이 편찮아 침상에 누워 있어 어르신의 귀가(貴駕)[24]를 영접하지 못합니다. 그래서 소생을 시켜 어르신께 미안함을 이기지 못한다는 뜻을 고하라 했습니다."

---

24) 귀가(貴駕): 귀한 수레.

노 공이 매우 근심해 말했다.

"영형이 이미 나와 사위의 의리가 있으니 병이 들어 맞이하지 못하는 것을 허물로 삼겠는가? 내 들어가 보아야겠네."

드디어 문을 열고 들어가니 공자가 싫어하여 일부러 이불을 끌어다 덮고 눈을 감아 자는 체했다. 성문 등이 일시에 일어나 노 공을 맞아 절하고 모셔 앉으니 노 공이 그 풍채가 한결같이 화려하고 예를 갖춘 행동이 단정하고 엄숙함을 흠모해 각각 이름과 나이를 물었다. 기문이 이에 일일이 대답하고 형의 뜻에 맞추어 말했다.

"가형이 밤새도록 기운이 불안해 잠을 자지 못하다가 이제야 잠깐 잠을 자 깨우지 못하니 훗날 와서 보시기를 바랍니다."

노 공이 매우 섭섭히 여겼으나 하릴없어 돌아갔다.

공자가 눈을 떠 보고는 웃으며 말했다.

"제 비록 여기에 왔으나 내 어찌 저의 사위가 되겠느냐? 내 이미 속으로 맹세해 양 씨와 백년동락하고 죽어 함께 묻히려 했다. 노 씨가 비록 월궁의 선녀로서 자하의(紫霞衣)²⁵⁾를 나부끼며 내려왔다 해도 나의 정은 옮기지 못할 것이다."

세문이 말했다.

"형이 한 행동은 마침내 끝나는 일이 있을 것입니다만 홍선은 어떻게 하려 하십니까?"

공자가 웃고 말했다.

"이는 또 내가 어렸을 때 잘못한 일이나 저의 정절이 기특해 나를 찾아왔으니 저를 침상 가에 머무르게 하는 것이 해롭지 않다. 내가 평소에 처첩을 천만 명이라도 거느리려 마음먹었는데, 한번 양 공의

---

25) 자하의(紫霞衣): 가볍고 부드러우며 매우 아름다운 옷. 선녀의 옷으로 전해짐.

의기(義氣)와 양 씨의 전아한 행동을 보니 마음이 기울고 뜻이 돌아섰다. 그러니 임금과 아버님께서 비록 권하신다 해도 양 씨를 버리기 어려울까 한다."

성문이 잠깐 웃고 말했다.

"처자가 무엇이 저토록 중요하겠습니까? 무염(無鹽)²⁶)이라도 위인이 질박한 사람을 얻어 집안일을 법대로 다스리고 자손이나 두는 것이 옳으니 얼굴이 고운 것은 중요하지 않습니다."

생이 웃고 말했다.

"너같이 높고 너른 군자는 나를 따라 배우지 못할 것이다. 우리는 미색과 덕을 갖춘 숙녀를 구하니 너 같은 사람이 못 된다."

모든 공자가 이에 다 웃었다.

흥문이 삼 일을 조리하니 병이 다 나았다. 드디어 세수를 하고 먼저 유 부인 침소에 이르러 자신이 왔음을 고하니 정 부인이 놀라고 괘씸해해 유 부인께 고했다.

"흥문이가 어른이 없는 것처럼 알아 은근히 윗사람을 두려워하지 않으니 훗날을 경계하지 않을 수 없습니다. 흥문이가 들어오는 것을 허락하지 마소서."

부인이 옳다 하니 정 부인이 부인의 말을 전하며 흥문에게 말했다.

"이 할미가 어리석으나 너로 헤아린다면 네 아비의 어미니 혹 네게 어른이라 할 것이다. 네 행색이 오며 가는 것을 마음대로 해 그 행동이 참으로 괘씸하니 무슨 낯으로 감히 어른 보기를 구하는 것이

---

26) 무염(無鹽). 제(齊)나라 무염 출신의 여자인 종리춘(鍾離春)을 이름. 모습이 추하여 나이 30이 지나도 아무도 받아주지 않자, 직접 제(齊) 선왕(宣王)에게 가 후궁으로 받아달라고 청하며 나라를 구할 방법을 말하니 선왕이 그녀를 정후(正后)로 삼음.

냐? 이 할미가 스스로 부끄러워 널 보기를 원하지 않는다."

생이 다 듣고 황공해하며 고했다.

"소손(小孫)의 죄는 스스로 알고 있습니다. 그러나 오랫동안 할머님의 곁을 떠났다가 와 길이 사모하는 정이 간절하니 잠깐 배알할 수 있도록 허락하소서."

부인이 또 말을 전달했다.

"너에게 만일 길이 사모하는 정이 있었다면 아예 가지 않았을 것이다. 물러가 허물을 고친 후 할미를 보도록 하라."

생이 다 듣고는 다시 청하지 못했다.

계양궁에 이르러 궁관을 통해 어머니에게 자신이 왔음을 고하니, 공주가 다 듣지도 않아서 난간 가에 나와 사창(紗窓)27)을 반쯤 열고 좌우 사람에게 명령해 공자를 묶고 계단에 꿇리도록 했다. 그리고 소리를 가다듬어 물었다.

"불초한 자식이 어디를 갔던 것이냐?"

공자가 근심에 잠겨 꿇어 대답했다.

"어머님이 저의 풍채를 일세에 뛰어나게 낳아 기르시다가 괴이한 여자에게 장가보내려 하시므로 제가 어머님께 간했으나 제 뜻을 이루지 못했습니다. 그래서 마지못해 어머님께 하직하지 못하고 집을 떠나 두루 다니다가 과연 어진 아내를 얻어 왔나이다."

말을 마치자, 소옥 등이 다 좌우에 서서 웃음을 참지 못하고 공주는 그 행동에 어이없어 다시 물었다.

"어디에 가서 어떻게 어진 아내를 얻었단 말이냐? 근본을 자세히 고하라."

---

27) 사창(紗窓): 사붙이나 깁으로 바른 창.

공자가 속마음을 숨기지 않고 고했다.

"소자가 마음이 울적해 동정호, 악양루를 다 구경하고 다시 등왕각에 이르렀다가 신임 이부상서 양세정을 만났는데 양세정이 소자를 지극히 사랑하여 간절히 구혼했습니다. 소자가 양 공의 위인을 보니 결코 시속의 범상한 사람이 아니라 그 위엄 있는 풍채를 흠모하고 우러러 혼인을 허락하고 혼례를 올렸습니다. 양 씨의 기특함은 어머님의 뒤를 이을 것이니 소자가 계단 아래에서 죽어도 근심이 없나이다."

공주가 다 듣고는 연이어 소리를 내 죄를 하나하나 따지며 말했다.

"불초한 자식이 어려서부터 경서(經書)를 읽어 통하지 않은 곳이 없으므로 경서의 내용을 만에 하나나 본받을까 내 생각했다. 그런데 지금 여자의 색을 나무라고 어버이에게 가는 곳을 고하지 않고 두루 돌아다니다가 스스로 아내를 얻어 은근히 위를 두려워하는 기색이 없으니 그 죄가 어디에 이르렀단 말이냐? 그러나 위로 시어머님과 가군(家君)이 계셔 내 너의 죄를 다스릴 바가 아니니 네가 또 그것을 아느냐?"

말을 마치자, 공자를 밀어 후정(後庭)에 가두라 하니 공주의 사부 진 상궁이 나아가 간했다.

"공자는 손 위의 보옥처럼 귀하신데 어찌해 큰 죄수로 삼으시는 것입니까?"

공주가 깊이 생각하다가 대답했다.

"법에는 사사로움이 없으니 어찌 편벽된 사랑 때문에 저의 죄를 용서하겠는가?"

그러고서 상궁의 말을 듣지 않았다.

이후 두어 달 만에 승상이 하남공 등과 함께 도적을 무찌르고 돌아왔다. 천자께서 크게 기뻐하셔서 다 각각 왕에 봉하셨으나 모두 진심으로 굳이 사양하니 이씨 집안에 여섯 문을 세워 각각 공덕을 기록하시고 어필(御筆)로 이름을 쓰셨다.

이처럼 기쁜 가운데 승상의 동생 무평백 한성이 기세(棄世)하니 하남공 등 형제가 여느 번화한 데에 생각이 없이 무평백의 장사를 지냈다.

장사를 지낸 후 부마가 바야흐로 궁에 이르러 공주를 보고 서로 이별의 회포를 일렀다. 그러고서 흥문의 거처를 묻자, 공주가 미소를 짓고 전후 있었던 일을 처음부터 끝까지 고하니 부마가 다 듣고는 어이가 없어 도리어 웃고 말했다.

"흥문을 어찌 그르다 하겠소? 학생과 공주가 어리석어 자식이 이리도 어리석으니 남의 탓을 삼는 것이 가소롭구려. 그런데 양세정이 사위를 얻을 때 그 부모를 묻지 않고 호방한 아이를 달래 딸을 맡겼으니 그 예의를 모르는 것이 참으로 흥문의 장인이 될 만하오. 혼인하는 것이 그토록 신속하다면 누가 혼인을 근심하겠소? 이씨 집안이 대대로 도덕 가문인 줄은 옥주(玉主)가 아실 것이오. 이런 미치고 음란한 사람으로써 결코 대종(大宗)을 받들지 못하게 할 것이니 옥주는 모름지기 한하지 마시오."

공주가 옷깃을 여미고 사죄해 말했다.

"흥문이의 방자함은 다 첩의 죄입니다. 함께 죄에 나아가기를 바라니 흥문이를 대종(大宗) 자리에서 폐하는 것에 놀라겠나이까?"

공이 정색하고 일어나 나갔다.

공이 승상부에 가 승상에게 전말을 자세히 고하고 흥문을 처치할 방법을 물었다. 이때 승상은 무평백을 잃고는 만사가 뜬구름 같았으므로 다만 대답했다.

"어린아이에게 외람된 일이 있다면 시원하게 다스릴 일이지 어찌 나에게 번거롭게 묻는 것이냐?"

공이 절해 사례했다.

공이 이에 궁에 돌아와 좌우를 시켜 문정공 등을 불렀다. 문정공 등이 이르니 공이 말했다.

"내 집에 이제 큰일이 생겼으니 아우들을 모아 의논하려 한다."

문정공 등이 흔쾌히 대답했다.

"무슨 일입니까?"

도위가 말했다.

"다른 일이 아니라 우리 가문은 공신의 후예로 훈척(勳戚)[28] 대신(大臣)의 집이다. 선조께서 쌓으신 덕이 많아 할아버님과 아버님처럼 덕이 많은 분이 연이어 나서서 가문을 흥성하게 하셨다. 그러나 나는 어리석어 그 뒤를 잇는 것이 자못 마땅치 않아 밤낮으로 조심해 삼가 조상께 죄를 얻을까 두려워했다. 그랬더니 과연 불초한 자식 흥문이가 죄를 지었으니 그 죄악이 크게 드러나게 되었다. 이 아이로써 대종(大宗)을 받들게 한다면 가문에 욕이 이르고 조상 신령께서 평안치 않으실 것이니 이제 대종을 폐하려 한다."

사람들이 다 듣고 홀연히 낯빛이 변했다. 문정공이 이에 관(冠)을 바르게 하고 비녀를 고쳐 꽂아 무릎을 쓸고 정색해 말했다.

"예로부터 장손을 폐하는 일은 인륜을 무너뜨린 죄가 아니면 하지 않았습니다. 흥문이가 어린 나이에 호방함을 삼가지 못한 허물이 있으나 대단한 일이 아니고 또 풍채와 재주가 일대의 영웅이거늘 이런 대단한 말씀을 하셔서 부자의 천륜을 손상시키는 것입니까?"

---

28) 훈척(勳戚): 나라를 위하여 드러나게 세운 공로가 있는 임금의 친척.

하남공이 역시 정색하고 말했다.

"아우가 잘못 알았다. 한갓 얼굴과 문장이 넉넉하면 괜찮은가? 인륜의 중함 가운데 부자(父子)가 가장 크니, 자식은 부모의 말이라면 죽을 곳이라도 거스르지 않고 자기 마음에 마땅하지 않아도 부모가 마땅히 여긴다면 부모 말을 좇으라 한 것은 회암(晦庵) 선생(先生)[29]의 지극한 말씀이다. 내가 어리석으나 이를 받들어 행하려 했고, 자식에게 밤낮으로 게을리하지 않고 경계한 것은 아우 등이 다 아는 바와 같다. 그런데 흥문은 인면수심(人面獸心)이라, 한갓 얼굴이 고운 것을 믿고 순식간에 붓끝 날리는 것을 자부해 부모가 정혼한 여자는 나무라서 버리고 존당(尊堂)과 어미에게 이르지도 않고 바깥에 나아가 아내를 얻어 왔으니 그 죄가 어찌 등한하다 하겠느냐? 아우는 이를 대단치 않게 여기지만 내 마음은 장차 한스러움과 부끄러움이 겸해 낯을 들어 사람 보기가 부끄러우니 너희는 남의 일이라고 쉽게 들어 말이 이와 같구나."

문정공이 꿇어 다 듣고는 낯빛을 고쳐 다시 간했다.

"흥문의 죄가 그러한 것을 저희가 어찌 모르겠습니까? 형님이 다만 흥문이에게 중벌을 주시는 것은 옳지만 대종을 폐하는 것은 결코 옳지 않을 뿐만 아니라 아버님께서 어찌 이를 허락하실 것이며 아래로 여러 아이가 다 어질고 우애가 있으니 어찌 차마 형의 자리를 차지하려 하겠습니까? 형님이 일시 일어난 분기를 격렬히 드러내셔서 말씀이 이와 같으시나 이는 되지 못할 일이니 부질없이 입술을 허비치 마시고 흥문이를 약간 꾸짖어 훗날을 경계하소서."

---

29) 회암(晦庵) 선생(先生): 회암은 중국 송나라의 유학자인 주희(朱熹, 1130~1200)의 호. 자(字)는 원회(元晦)·중회(仲晦). 도학(道學)과 이학(理學)을 합친 이른바 송학(宋學)을 집대성함. '주자(朱子)'라고 높여 이르며, 그 학문을 주자학이라고 함.

부마가 말했다.

"아버님이 이미 흥문이를 처치하라 하셨다. 또 내가 비록 화가 났다 하여 되지 못할 말을 하겠느냐? 나의 여러 아이는 다 불초하니 불초한 자식을 폐한 후 이를 문중에 고하고 성문이를 대종으로 세우려 한다."

공이 문득 갑자기 낯빛을 바꾸며 웃고 말했다.

"이 아우가 비록 지식이 천박하나 형님께 잘못 아뢰지 않을 것인데 제 말을 이치가 있는 말로 여기시는 기색이 없이 이런 얼굴 붉히는 말씀을 하시니 저의 마음이 서늘함을 이기지 못하겠습니다. 저는 윗사람이 아니니 형님의 자리를 빼앗지 않을 것이요, 성문은 더욱 어떤 아이라고 대종을 받들겠습니까? 이 말씀을 하셔서 저희 부자에게 천대(千代)에 씻지 못할 더러운 이름을 얻어 주려 하시는 것입니까?"

말을 마치고는 소매를 떨치고 돌아가니 아래로 개국공 등이 일시에 말했다.

"흥문이는 사람 가운데 기린이라 일가에서 바라보는 아이인데 하루아침에 죄인을 만들려 하시는 것입니까? 저희가 편안히 듣지 못하겠나이다."

그러고서 차차 일어나 돌아갔다.

부마가 분을 이기지 못해 좌우 사람을 시켜 공자를 잡아다 치려 했다. 그런데 홀연 승상부로부터 하관(下官)이 이르러 승상의 명령을 전하니 부마가 급히 명령을 받들어 나아갔다.

원래 문정공이 돌아가 승상에게 고하기를,

"아버님께서 형에게 명령하시어 흥문이를 폐(廢)하라고 하셨나이까?"

라고 하니 승상이 말했다.

"내 어찌 그렇듯 일렀겠느냐?"

공이 무릎을 꿇고 고했다.

"사람의 집안에서 장손을 폐하는 것은 희한한 변고입니다. 그런데 이제 형이 흥문이가 어린 나이에 삼가지 못한 일을 큰 허물로 삼아 흥문이를 폐하려고 결정했습니다. 저희가 아무리 설득해도 듣지 않으니 아버님께서 형을 불러 경계해 주시기를 바라나이다."

승상이 다 듣고 미우를 찡그리고 말했다.

"이 아이가 온갖 일에 어찌 이처럼 망령되단 말이냐?"

그러고서 드디어 부마를 부른 것이다.

부마가 앞에 이르자 승상이 말했다.

"네 아비가 지금 아우의 상사를 만나 만사가 꿈 같은데 네 어찌 부질없는 일에까지 내 심려를 쓰게 하는 것이냐? 장손을 폐하는 일이 어떤 일이라고 입 밖에 경솔히 발설하는 것이냐? 흥문이를 태장 30대만 쳐 내치라."

부마가 다 듣고 고개를 조아려 말했다.

"흥문이의 죄는 사형이 마땅하니 폐장(廢長)은 설사 그친다 해도 어찌 30대만 칠 수 있겠습니까?"

승상이 정색하고 말했다.

"네 이제 자식이 어버이 말을 안 듣는다는 죄로 자식을 다스리려 하면서 너는 또 내 말에 거역하려 하는 것이냐? 네 마음대로 하라."

부마가 감히 다투지 못해 멈칫멈칫 물러났다.

북주백 연성이 곁에 있다가 말했다.

"예전에 형님이 몽창이에게는 매우 크게 벌을 주시더니 흥문이에게는 이르러는 어찌 풀어진 말씀을 하시는 것입니까?"

승상이 대답했다.

"내 또 그것을 알지만 몽현이는 어려서부터 사람을 치면 피가 나도록 했으니 30대를 치는 것은 100대를 치는 것이나 마찬가지다."

소부가 말했다.

"몽현이가 사람에게 겸손하고 지극히 어지나 성품이 고집스럽고 독해 인정이 조금도 없으니 이것이 흠입니다."

승상이 잠깐 웃고 말했다.

"아 아이가 천성이 본디 그러하니 한 번에 고치기가 쉽겠느냐?"

이때, 부마가 궁에 돌아와 외헌에 자리를 만들고 북을 울려 만 명의 궁노(宮奴)와 천 명의 궁관, 태감을 모아 좌우로 위엄을 엄숙히 베풀었다. 종에게 명령해 붉은 매를 단단히 잡고 큰 노를 가져 대령하게 하니 위엄이 삼엄하여 가을에 서릿바람이 뿌리는 듯, 엄동대한에 삭풍이 매서운 듯했다. 공의 매서운 노기가 눈에 크게 드러나, 공이 맑은 눈을 높이 뜨고 명령하여 후정에 가 공자를 잡아 오라 하니 공자가 이에 앞에 이르렀다.

공자가 여러 달 심당(深堂)에서 고초를 겪어 옥 같은 안색이 잠깐 초췌하고 봉황의 눈이 풀어졌으니 어여쁜 모습은 절세미인이 근심하는 것 같아 사람마다 새롭게 사랑했다. 그러나 공은 노기가 더욱 북받쳐 크게 소리 질러 공자를 엄히 결박해 꿇리니 으뜸태감 정양이 크게 놀라 사모(紗帽)를 벗고 꿇어 말했다.

"공자는 태후 마님의 손자요, 하남비께서 낳아 기르신 바로 그 귀함은 금이나 옥에 비하지 못할 것입니다. 공자가 비록 마음대로 행동한 죄가 있으나 이렇듯 천하게 묶어 노비 다스리는 법을 쓰시는 것은 옳지 않습니다."

공이 성난 눈을 부릅뜨고 눈썹을 치켜떠 크게 꾸짖었다.

"수염 없는 작은 무리가 어찌 감히 나의 노를 돋우는 것이냐? 내 더러운 자식을 다스리고 몸을 묶어 미양궁에 가 죄를 청할 것이니 네 알 바가 아니다."

말을 마치자, 태감을 밀어 내치고 사방의 문을 잠가 건장한 노자에게 지키게 하고,

"만일 내 명령 없이 문을 연다면 머리를 벨 것이다."

라 말하고 드디어 공자를 계단 밑에 꿇리고 소리를 가다듬어 죄를 하나하나 따져 물었다.

"불초한 자식이 어려서부터 방탕함과 게으름이 미치지 않는 곳이 없더니, 몇 년 전에 네 삼촌이 나라에 죄를 얻어 외로운 어린 자식과 함께 남쪽으로 돌아가기에 네 아비가 동기 위한 한 구구한 마음을 참지 못해 아들의 어리석고 방자함을 알지 못한 채 너를 딸려 보내 네 삼촌의 회포를 만에 하나나 위로할까 했다. 그런데 너는 문득 미녀를 마음에 두어 선비의 행실을 잊어버렸다. 하물며 네 아비는 적의 무리와 교전하며 생사를 기약하지 못하고 있는데, 너는 그 자식이 되어 아비를 전혀 마음에 두지 않고 생각이 미인을 낚는 데 겨를이 없어 방자하게 남의 여자를 엿보아 죄를 명교(名敎)[30]에 얻었다. 또 부모가 있는 줄을 알지 못해 가는 곳을 어른에게 고하지 않고 어른을 거역하는 마음을 품어 밖으로 나가 스스로 처자를 얻고 부모가 정혼한 여자를 물리쳐 아내를 먼저하고 아비를 염려하지 않았다. 내 구태여 너에게 없는 정을 두려 하는 것이 아니라, 일가 사람들의 비웃음을 사고 죄를 조상에 얻었으니 너를 시원하게 폐해 수도에 두지 않을 것이나 네 여러 숙부가 네 허물을 채 알지 못하고 대인께서 또

---

30) 명교(名敎): 유교(儒敎)를 달리 이르는 말.

한 그렇게 아시어 허락하지 않으실 것이므로 너에게 잠깐 벌을 주어 너의 죄를 백에 하나를 없애려 한다. 너는 차후에 양세정의 집에 가고 늙어 귀신이 되어도 이씨 집안의 선산을 바라지 마라."

말을 마치고는 종들을 명령해 치기를 재촉했다. 흥문이 부친의 말을 들으니 말마다 자기 죄가 마땅하므로 뉘우치고 부끄러워해 한마디를 못 하고 머리를 두드리며 벌을 청할 뿐이었다. 부마가 다시 말을 안 하고 낱낱이 죄를 물어 매 한 대에 살이 떨어지게 호령했다.

이때 정양이 쫓겨나 밖에 나가 공자의 연하고 부드러운 살에 큰 매가 내려지는 것을 차마 목도하지 못해 급히 궐내에 이르러 어린 내시를 시켜 이 사연을 으뜸상궁인 임 씨에게 고하도록 했다. 태후가 이를 들으시고 크게 놀라 말씀하셨다.

"흥문은 나의 사랑하는 손자니 그 아이가 무거운 벌 입는 줄을 알고서 구하지 않을 수 있겠는가?"

즉시 어필로 칙서(勅書)[31]를 내리셔서 사지태감(事知太監)[32] 허국에게 교지를 받들게 해 급히 하남궁으로 보내셨다. 허국이 말을 달려 궁문에 다다르니 문을 굳게 잠그고 철통같이 싸고 있으므로 문을 두드리며 소리쳤다.

"미양궁 금자칙서(金字勅書)가 남공 어르신께 내렸으니 어서 아뢰도록 하라."

문을 지킨 자가 급히 들어가 고하니 공이 비록 노기가 가슴을 움직였으나 마지못해 문을 열도록 하고 뜰에 내려 향안(香案)[33]을 배설한 후 조서를 들었다. 허 태감이 누른 보를 받들어 들어가 피봉(皮

---

31) 칙서(勅書): 임금이 특정인에게 훈계하거나 알릴 내용을 적은 글이나 문서.

32) 사지태감(事知太監): 일을 맡은 태감.

33) 향안(香案): 제사 때 향로나 향합을 올려놓는 상.

封)34)을 뜯고는 높이 읽었다.

'황손(皇孫) 흥문은 나이 어린 약질이니 짐이 가장 아끼고 두려워하는 바이다. 경(卿)이 비록 그 아비나 어찌 한 번 중벌을 줄 수 있겠는가. 죄가 있건 없건 간에 용서하도록 하라.'

부마가 조서를 다 듣고 할 수 없이 공자를 끌어 내치니 공자가 겨우 이십여 장을 맞았으나 살가죽이 다 문드러졌다.

부마가 허국을 대해 말했다.

"태후 마마의 명령을 일찍이 알지 못해 흥문을 벌써 쳤으니 내 이제 들어가 죄를 청할 것이다."

그러고는 즉시 조복(朝服)을 갖추고 미양궁에 들어가 궁궐 문에서 관을 벗고 의대를 푼 후 궁녀를 시켜 태후의 명령을 거역한 데 대해 벌을 청하도록 태후께 고하라 했다. 그러자 태후께서 부마를 들어오라 해서 보시고 까닭을 물으시니 공이 계단에 나아가 고개를 조아리고 절을 하며 말했다.

"신의 자식 흥문이 죄를 지어 신의 가문을 크게 욕먹인 까닭에 마음에 격분을 참지 못해 태후 마마의 뜻을 헤아리지 못하고 흥문을 치기 시작한 후에 조서가 이르렀습니다. 불초 자식에게 산과 바다에 비하지 못할 죄가 있어 제가 이십여 장을 쳤으나 자식의 죄는 조금도 없어지지 않았습니다. 그러나 제가 태후 마마의 뜻을 거역한 죄는 만 번 죽어도 오히려 가벼울 지경입니다."

태후께서 다 듣고 웃으며 말씀하셨다.

"어린아이의 허랑함이 이와 같으니 꾸짖는 것이 괴이하지 않고 짐의 사사로운 정으로 말리는 것도 그르지 않으니 내 수고롭게 죄를

---

34) 피봉(皮封): 봉투의 겉면.

일컬을 수 있겠는가? 경은 안심해 물러가 부자의 천륜을 손상시키지 말라."

드디어 태의원을 보내 흥문을 간병(看病)하도록 하시고 내시를 계속 왕래하게 해 기운을 묻도록 하셨다. 부마가 이런 광경을 더욱 좋아하지 않아 다만 태후의 은혜에 네 번 절해 감사함을 표하고 조회를 마치고 집으로 돌아왔다.

부마가 서당에서 아우들과 담소하고 있더니 시동이 양 상서가 이르렀음을 고했다.

원래 양 공이 이생을 보내고 며칠 후 가권(家眷)35)을 거느려 경사에 와 옛집을 수리해 자리를 잡고 즉시 창두(蒼頭)36)를 금주에 보내 이생의 안부를 알아 오도록 했다. 창두가 금주에 가 한 달이 다 되도록 이 공자 집을 찾았으나 이 승상의 친족이 더러 있었으나 다 이 공자의 집은 아니었다. 창두가 하릴없어 돌아와 이대로 고하니 양 공이 크게 놀라 혹 방탕한 사람에게 속았는가 여겼다. 그러나 그 위인을 보면 결코 그런 무리가 아니었으므로 어찌할 줄을 몰라 문정공에게 물으려 했으나 제 숙부의 상사(喪事)를 만나 달포 분주했으므로 묻지 못하고서 이날 이른 것이다.

제공(諸公)이 양 공을 청해 맞이하고는 인사를 마친 후 조용히 말하더니 양 공이 틈을 타 물었다.

"현형(賢兄)네 일가(一家)에 이성보라는 조카가 있는가?"

하남공은 이 말을 듣고는 정색하고 속으로 의심하는데 문정공이 흔쾌히 말했다.

"선친(先親)의 족당(族黨)이 많으나 그런 이름 가진 사람은 없네.

---

35) 가권(家眷): 집안의 식솔.
36) 창두(蒼頭): 사내종.

형(兄)이 묻는 것은 어째서인고?"

양 공이 말했다.

"내가 이 말을 하는 것이 실로 내 허술하게 행동해 졸렬하다는 말이 나는 것을 면치 못하겠네. 저번에 내가 남창에 귀향해 두어 달 있더니 하루는 등왕각에 가 한 소년을 만났다네. 그 소년의 용모와 행동거지는 참으로 옥청(玉淸)[37] 선인(仙人)이 하강한 듯했고 문장과 재주는 일세에 뛰어났으니 내가 본 바 처음이었네. 내가 속으로 승복함을 이기지 못해 이름과 거주를 물으니 금주 이 처사의 장자요 이름은 성보며 귀댁의 족질(族姪)이라 했네. 내 진실로 그 소년 사랑하는 뜻을 조금도 허물지 않으려 어린 딸로 구혼하니 제 이처럼 이르고 흔쾌히 허락해 옥제비 한 쌍으로써 빙례(聘禮)[38]했네. 내 딸과 혼인하고 십여 일 후에 돌아가면서, 자기 부친이 전쟁터에 계시니 돌아오시면 즉시 상경하겠다고 일렀다네. 그래서 내가 경사로 돌아와 사람을 금주에 보내 그 소년의 거처를 찾았으나 끝내 찾지 못했으니 내 딸아이를 버린 것이 아닌가?"

문정공이 다 듣고는 웃으며 말했다.

"형이 참으로 여우에게 홀린 사람 같네. 이성보의 근본을 이르려 하면 말이 길고 그 소년이 한 일이 범상치 않으니 이에 이르러 다 이르지 못할 것이네. 형이 편히 앉아서 내 말을 들어 보게나. 형이 이른바 이성보는 형님의 장남이라네. 우리가 가친을 모시고 출정(出征)할 적에 추밀부사 노 공 집과 정혼하고 택일해 어머님과 형수님께 혼례를 주관해 지내시라 말씀드리고 갔네. 그런데 이제 돌아와

---

37) 옥청(玉淸): 도교에서, 신선이 산다는 삼청(三淸)의 하나. 상제(上帝)가 있는 곳.

38) 빙례(聘禮): 빙채(聘采)의 예의. 빙채는 빙물(聘物)과 채단(采緞)으로, 빙물은 결혼할 때 신랑이 신부의 친정에 주던 재물이고, 채단은 신랑 집에서 신부 집으로 미리 보내는 푸른색과 붉은색의 비단임.

들으니 조카가 노 씨를 나무라서 저버리고 제 어머니에게 하직하지 않고는 집을 나가 두루 다니다가 형의 딸과 혼인했다 하네. 형님이 그 외람된 행동을 꾸짖어 조카는 지금 죄중에 있으니 형이 이제야 깨닫겠는가? 그런데 전날엔 우리 집안의 다른 조카로 구혼하니 정혼한 곳이 있다 하더니 어찌 구태여 이 조카를 얻은 것인고?"

양 공이 다 듣고는 크게 놀라 말했다.

"원래 그간의 사연이 이와 같았구나. 전날에 과연 정혼을 허락하지 않았던 것은 다른 까닭이 아니라 내 딸의 기질이 매우 맑고 약해 존문(尊門)의 대종(大宗)[39]을 받드는 것을 감당하지 못할 것이므로 그랬던 것이네. 그런데 인연이 기괴해 끝내 내 딸이 그대 가문에 속하게 될 줄 어찌 알았겠는가? 부마 상공께서는 내 딸아이를 장차 어떻게 하려 하시오?"

도위가 정색하고 한참을 있다가 말했다.

"자식의 방자함이 이처럼 패악(悖惡)[40]하니 다시 의논해 입에 올릴 만하겠는가? 당초에 존형(尊兄)이 그런 미치고 사나운 사람을 한눈에 허락해 귀한 딸로서 그처럼 쉽게 혼인을 허락한 것인가? 이에 이르러는 존형이 잠깐 실수가 있었던가 하네. 당초에 노 공의 집과 정혼해 빙채(聘綵)를 보냈으니 저 집 소식을 알아 결정할 것이니 현형(賢兄)은 미리 살피게나."

양 공이 근심하는 표정을 짓고 말했다.

"제가 본디 베옷 입은 선비를 얻어 딸아이의 배우로 삼으려 했더니 마침내 이렇게 될 줄 알았겠습니까? 이때를 당해 이생을 한합니다. 군자는 신의가 으뜸이니 어서 노씨 집안의 여자를 들여 영랑(令

---

39) 대종(大宗): 동성동본의 일가 가운데 가장 큰 종가의 계통.
40) 패악(悖惡): 도리에 어긋나고 악함.

郎)41)의 배우를 삼고 우리 집 딸은 마음에 두지 마소서."

부마가 온화한 모습을 짓고 부드러운 소리로 말했다.

"족하가 어찌 이처럼 불통한 말을 하는 것인가? 내 자식이 어리석어 영녀(令女)의 일생이 영화롭지는 못하겠으나 또한 까닭 없이 영녀를 버릴 예법이 있겠는가? 조만간 영녀와 혼인시키도록 할 것이네."

양 공이 사양하며 말했다.

"제가 어찌 불통한 것이겠습니까? 일이 이에 이른 후에는 한스러워하며 원망해 쓸데없고 그 분수를 지키는 것이 옳습니다. 딸아이가 본디 세상에 드문 약질이고 병이 많으며 앞뒤 분간을 못하니 적국(敵國)42)의 무리 속에서 몸 보전을 못할 것이 분명합니다."

문정공이 웃으며 말했다.

"형의 투기는 어렵도다. 형님의 성품이 하나를 사랑하고 하나를 소홀히 대할 리가 없고, 노 씨가 어질다면 또 어찌 다투어 투기하는 근심이 있겠는가?"

양 공이 또한 웃고 말했다.

"내가 투기하는 말이 아니네. 지금 내 딸아이에게 여영(女英)43)의 온순함이 없을까 근심이 마음속에 있을지언정 딸이 비록 용렬하고 둔하나 투기하는 여자에서는 크게 벗어난다네."

문정공이 다시 웃으며 말했다.

"그러나저러나 이제는 물이 쏟아진 것 같게 되었으니 소소한 곡

---

41) 영랑(令郞): 윗사람의 아들을 높여 이르는 말.

42) 적국(敵國): 남편의 다른 아내를 이름.

43) 여영(女英): 중국 고대 요(堯)임금의 딸이자, 순(舜)임금의 왕비. 언니인 아황(娥皇)과 함께 순임금의 비가 되어 우애 있게 지낸 것으로 유명함.

절이야 무슨 문제가 있겠는가? 좋도록 하는 것이 옳을까 하네.”

양 공이 그 관대하고 어진 생각에 항복하고는 사례하고 돌아갔다.

하남공이 오랫동안 깊이 생각하다가 대서헌에 나아가 승상에게 이 일을 아뢰니 승상이 말했다.

“인가에서 한 아내 얻는 것은 떳떳한 일이니 흥문이가 비록 마음 대로 했으나 먼저 인연을 맺었으므로 양 씨가 정실이 될 것이다. 이 뜻을 노씨 집안에 기별해 그 집에서 퇴혼한다면 다 괜찮게 될 것이요, 저 집 여자가 정절을 지킨다고 하면 거두어 재실(再室)로 삼으면 되겠으나 마침내 기쁜 일은 아니구나. 앞뒤의 일을 생각하니 두려움이 얇은 얼음 위를 걷는 것 같구나.”

부마가 아버지의 명령을 들으니 더욱 기뻐하지 않고 물러나 사람을 시켜 노씨 집안에 연고를 기별하고 퇴혼할 것을 청했다. 노 부사가 대로해 시원히 봉치44)를 보내려 했다. 그런데 몽화 소저는 일찍이 서제(庶弟) 취옥에게서 이생의 옥 같은 골격과 영웅 같은 풍채를 자세히 전해 들었으므로 가만히 생각하기를,

‘나의 자색(姿色)은 일세에 대두할 사람이 없으니 양 씨가 어질고 아름답다 하나 어찌 내게 미치겠는가. 내 이제 이생을 놓은 후에 어디에 가 옥 같은 남자를 얻겠는가. 양 씨가 비록 정실로서 마음대로 해도 연꽃 한 가지와 복숭아꽃 같은 나의 미색으로 이생을 낚아 총애를 오로지하고 세세히 묘한 계교를 베풀어 양씨 여자를 없애는 것이 상책이다.’

라 뜻을 정하고 아버지 앞에 나아가 꿇어 울며 말했다.

“소녀가 예로부터 『예기(禮記)』를 보아 열녀(烈女)는 두 남편을

---

44) 봉치: 혼인 전에 신랑 집에서 신부 집으로 보낸 채단(采緞)과 예장(禮狀).

섬기지 않는 줄을 알고 있습니다. 아버님이 이씨 집안의 혼서를 받아 소녀에게 주시면서 너는 이씨 집 사람이라 하셨으니 소녀는 죽어 백골이 되어도 이씨 집안의 귀신이 되기로 마음을 정했습니다. 그런데 저 집에서 소녀를 버렸으니 소녀는 심규(深閨)에서 늙기를 원합니다. 아버님이 소녀의 뜻을 앗으려 하신다면 세 치 칼과 석 자의 수건으로 목숨을 끊으려 하나이다."

노 공이 다 듣고 그 뜻을 크게 어질게 여겨 즉시 효희 군주 집에 나아가 이 일을 의논하고 말했다.

"딸아이의 용모와 행동거지는 제수씨가 보시는 바와 같거늘 이생이 어디로부터 누구의 말을 듣고 딸아이 버리기를 초개(草芥)[45]같이 하고 부모 몰래 스스로 처자를 얻은 것입니까?"

효희 군주가 얼굴을 가다듬고 말했다.

"과연 이씨 집안의 조카가 취옥을 아주버님의 동쪽 장원에 가서 보고 조카로 여겨 자기 모친에게 퇴혼시켜 달라 했습니다. 그러나 주비(朱妃)께서 듣지 않으시자 주비께 고하지 않고 나가 아내를 얻고 와 이 도위가 벌을 무겁게 주었습니다. 그러나 이미 얻은 것을 버리지 못해 이렇게 한 것이지만 몽화가 수절하려 한다면 이씨 집안은 의리를 중시하는 가문이니 또 어찌 조카를 버리겠습니까? 이는 의심하실 바가 아닙니다."

부사가 그 말을 옳게 여겨 이에 기별했다.

"딸아이가 이씨 집안을 지켜 심규에서 늙으려 하니 빙폐(聘幣)[46]를 찾지 마소서."

하남공이 이에 다 듣고 하릴없어 다시 사람을 시켜 말했다.

---

45) 초개(草芥): 풀과 티끌이라는 뜻으로 쓸모없고 하찮은 것을 비유적으로 이르는 말.
46) 빙폐(聘幣): 결혼할 때 신랑이 신부의 친정에 주던 재물. 빙물(聘物).

"당초에 공의 구혼함을 따라 제 아이의 어리석음을 모르고 좋게 주진(朱陳)의 좋은 인연[47]을 맺으려 했거늘 자식이 방자해 이 지경에 이르렀으니 무슨 낯이 있겠습니까? 물이 쏟아진 것 같아 양 씨 여자가 제 자식의 홍사(紅絲)[48]를 먼저 맺었으니 서로 자리를 바꾸지 못할 것입니다. 노 씨를 둘째로 얻을 것이니 길일을 택하소서."

노 부사가 기뻐해 사람을 시켜 사례하고 택일하니 길일까지는 석 달이 남았다.

부마가 또 양 공 집에 사람을 보내 신행을 재촉하니 양 상서가 미루어 사양하지 못해 허락하고 날을 가려 소저를 이씨 집안으로 보내려 했다.

이때, 흥문이 큰 벌을 입고 서실에 돌아와 십여 일을 조리하니 상처가 완전히 나았다. 이에 의관을 단정히 하고 승상부로 가 서당에 들어가 부친에게 죄를 청하니 공이 안색을 엄정히 해 죄를 하나하나 따지며 말했다.

"네 아비가 어찌해 너를 쳤으며, 내 언제 너에게 마땅한 여자가 있거든 스스로 아내를 얻으라 했더냐? 사람의 자식이 되어 말솜씨로 자기 잘못을 꾸며 어버이 성명을 바꾸고 집안 어른을 가리켜 겨레라 하니 무식하고 무례함이 천한 무리라 해도 너 같은 행동은 하지 않을 것이니 너는 정말로 말해 보아라. 네가 이와 같은 일을 하고 다시 아비를 안 보려 했던 것이냐?"

생이 안색을 온화히 하고 두 번 절해 사죄하며 말했다.

---

47) 주진(朱陳)의 좋은 인연: 주씨와 진씨 집안의 좋은 인연이라는 뜻으로 두 집안이 통혼함을 이르는 말. 당나라 때 서주(徐州) 고풍현의 주진이라는 마을에 주씨와 진씨 두 성씨만 살면서 대대로 혼인을 하며 화목하게 지냈다고 한 데서 유래함.

48) 홍사(紅絲): 붉은 실이라는 뜻으로 부부의 인연을 맺는 것을 말함. 월하노인(月下老人)이 포대에 붉은 끈을 가지고 다녔는데 그가 이 끈으로 혼인의 인연이 있는 남녀의 손발을 묶으면 그 남녀는 혼인할 운명에서 벗어나지 못한다고 함.

"더러운 자식이 비록 방자하고 식견이 없으나 이를 생각지 않았겠나이까? 당초에 노씨 여자를 보니 그 얼굴을 지나치게 나무란 것이 아니라, 그 집 유모의 말이 있고 그 여자의 행동거지가 진실로 규방 여자의 태도가 없어 결코 이씨 집안의 제사를 받들게 하지 못할 정도였습니다. 제가 미처 그사이의 연고를 살피지 못한 죄는 만 번 죽어도 오히려 가벼우나 그때는 그 여자의 행동을 목도하고 차마 아내로 얻을 수 없다고 생각했습니다. 그래서 어머님과 할머님께 이런 사유를 고했으나 어머님은 소자에게 무거운 벌을 더하시고 할머님은 준절히 꾸짖으시며 소자의 말을 듣지 않으셨습니다. 이에 할 수 없이 고향에 있다가 아버님이 돌아오시면 저도 오려고 했습니다. 그런 중에 양세정을 만났는데 그 위인이 세속의 어리석은 자와 달랐습니다. 그런데 본래의 성명을 이른다면 그 연고를 물을 것이니 그러면 불편할 것이었으므로, 일이 옳지 못한 줄을 잠시 생각지 못하고 성명을 바꾸었으니 이는 죽을죄입니다. 아버님 앞에서 죽을 것을 생각하고 있으니 죄가 어찌 없다 하겠나이까?"

말을 다 하고 나자 온화한 안색은 봄꽃이 만발한 듯했다. 그러나 공은 끝내 안색을 풀지 않고 말했다.

"아름답지 않은 소리를 다시 내지 말고 내 눈에 다시는 보이지 마라."

공자가 자리를 옮겨 절하고 말했다.

"소자의 죄를 알고 있으니 다시 백여 대 벌을 주시고 아버님 앞에 있도록 허락해 주소서. 아비와 아들은 고요함이 귀하다 했으니 이렇듯 뜻을 굳게 지키시는 것은 옳지 않은가 하나이다."

부마가 어이없어 말했다.

"네가 큰 죄를 짓고 의구히 낯을 들어 나를 보는 것도 내가 약해서 그런 것인데 네가 나에게 당돌히 요구하는 것이냐?"

문정공 등 네 명이 일시에 크게 웃고, 웃음을 그치지 못하다가 한참 뒤에 문정공이 웃고 말했다.

"저는 예전에 부형(父兄)을 너무 속여서 죄 위에 죄를 또 얻었는데 흥문이는 애초부터 바른 대로 고하니 죄를 용서할 만한 일입니다. 원래 흥문이가 성품이 너무 활달해 죽을 일이라도 속이려 하지 않고 매사에 뜻에 맞은 일을 이룬 것이니 이 아이가 일부러 부형을 업신여긴 것이 아닙니다."

하남공이 말했다.

"웃지 마라. 그런 행동이 더 용렬하다."

문정공이 다시 웃고 간절히 힘써 권해 흥문을 부마 옆에서 모시도록 했다.

이날 밤에 개국공과 강음후는 서헌에서 자고 안두후는 내당에 들었다. 두 공이 먼저 누웠다가 등불을 내어 놓고서 서로 『예기』를 의논하는데 두 공자는 곁에서 잠이 먼저 들었다. 이윽고 흥문이 이따금 통증 때문에 소리를 미미하게 내니 문정공이 놀라 말했다.

"이 아이가 어디를 앓는가 싶습니다."

하남공이 미소하고 말했다.

"상처가 채 아물지 못해 그런 것이다."

문정공이 믿지 못해 말했다.

"형님이 스무 대를 쳤다 하셨는데 그토록 하겠나이까?"

그러고서 친히 등불을 들고 보았다. 흥문이 잠이 깊이 들어 사랑스러운 얼굴에 붉은빛이 감돌았으니 절승한 풍채가 더욱 기특했다. 공이 등을 두드리고 입을 뺨에 대 사랑하며 그 상처를 보니 아직도 푸르기가 청화(靑華)49) 같고 구멍이 채 아물지 않은 상태였다. 공이 이에 낯빛이 변해 말했다.

"형님이 참으로 모지십니다. 이십여 대를 쳤다 하셨는데 지금까지 상처가 이렇단 말입니까? 이 아이가 어떤 몸인데 이처럼 아끼지 않으시는 것입니까?"

공이 웃고 또한 나아가서 보고 말했다.

"산 살이 자연히 성하게 되지 않을 것이라고 이처럼 과도하게 구는 것이냐?"

공이 다시금 흥문을 어루만져 아끼며 불쌍히 여겨 말했다.

"이러한데도 형님을 두려워해 나은 척하고 일어났으니 어여쁘지 않습니까? 그런데 형님은 그토록 인정이 없는 것입니까?"

공이 말했다.

"너는 성문이 매사에 미진함이 없으니 말을 이렇게 하나 진실로 흥문의 소행 같다면 다스림이 없겠느냐?"

공이 대답했다.

"제 앞에 이르지 않은 일이라 미리 알 수는 없으나, 형님이 인정은 정말 없습니다."

공이 미소를 지었다.

이후에는 공이 다시 그르며 옳음을 시비하지 않고 흥문을 예전처럼 안전(案前)에 두었다.

하루는 공자가 양 상서 집에 이르니 공이 흥문의 화려한 풍채가 새로움을 보고 반가움이 마음속으로부터 흘러나와 웃음을 머금고 맞이하며 일렀다.

"이별한 지 일고여덟 달에 소식이 요원하더니 그사이의 조화가

---

49) 청화(靑華): 중국에서 나는 푸른 물감의 하나. 복숭아꽃 빛깔과 섞어 나뭇잎과 풀을 그리는 데 많이 씀.

어찌 그토록 되었는고?"

생이 웃고 사례해 말했다.

"인연이 깊어 귀신이 조화를 부려 그렇게 되었으니 악장(岳丈)은 노하지 마소서. 악장이 사람을 알아보는 눈이 잘못돼 그런 것이니 누구의 탓이겠나이까?"

공이 말했다.

"내 어찌 노할 일이 있겠는가? 딸아이 때문에 그대가 무거운 벌을 입었으니 내 참으로 사죄하려 했다네."

생이 웃으며 말했다.

"마음대로 행동한 죄로 맞은 것이니 가친께서 양 씨를 밉게 여겨서 소자를 친 것이겠습니까?"

상서가 그 말에 더욱 기뻐 웃고 생의 소매를 이끌어 내당에 들어가 부인에게 보였다. 부인이 크게 반기고 사랑함을 이기지 못해 맛있는 술과 풍성한 안주를 내어 대접했다. 공이 좌우 사람을 시켜 딸을 불러와 자리에 앉도록 하니 생이 일어나 인사했다. 소저가 답례하고 자리에 앉자 생이 눈을 들어 소저를 보니 부드럽던 살이 매우 윤택해졌고 키가 더 자랐으니 이는 참으로 가을 물의 연꽃이 이슬을 마시고 보름달이 옥륜(玉輪)50) 사이에 돋은 듯하고 수려한 골격은 가뿐해 하늘에 오를 것 같았다. 생이 반가운 마음이 가득하고, 기뻐하는 정에 옥 같은 얼굴이 움직이며 자주 소저에게 눈길을 보내고 살짝 웃어 옥 같은 이를 드러냈다. 절승한 풍채가 소저에게 지지 않으니 양 공 부부가 크게 즐거워해 딸과 사위를 좌우에 앉혀 등을 두드리며 사랑했다.

---

50) 옥륜(玉輪): 옥으로 만든 수레바퀴라는 뜻으로, '달'을 아름답게 이르는 말.

양생 형제가 마을에서 돌아와 생을 보고 놀라 말했다.

"이는 어떠한 사람입니까?"

"이 사람은 곧 난화의 서방이다."

생이 바야흐로 알고 서로 예를 마친 후 두 생이 말했다.

"그대가 누이의 아름다운 짝이 된 지 오래되었으나 이제야 보니 사돈 사이의 정이 엷다 하겠도다."

생이 또한 흔쾌히 응대하며 겸손히 사양하고 눈을 들어 보니 두 생의 기개가 맑고 강직하며 눈이 높아 일대의 재주 있는 선비였다. 생이 그윽이 속으로 항복하고 양생 등도 홍문의 풍채를 보고 놀라서 연신 칭찬했다.

양 공이 저물도록 두 아들, 사위와 함께 한담하며 저녁밥을 같이 먹었다.

밤이 되자, 이생과 소저를 침실로 보냈다. 생이 등불 아래에서 소저를 대하니 은정을 맺고 싶은 마음이 더욱 급해 웃고 물었다.

"키는 그사이에 자랐으나 인사가 늘지 못해 오래 떠나보냈던 남편을 보아도 한마디를 하지 않는 것이오?"

소저가 미소하고 천천히 대답했다.

"본디 성품이 어리석으니 미처 생각지 못했나이다."

생이 또 웃으며 말했다.

"그렇다면 이씨 집안의 무수한 일가와 우리 궁의 무수한 상궁을 어찌 겪으려 하오?"

소저가 잠시 웃고 대답하지 않았다.

생이 물었다.

"나의 전후 이름이 달라 그대가 전날에는 유생(儒生)의 처요, 지금은 이씨 왕부(王府)의 총부(冢婦)51)가 되었으니 마음에 어느 것이

낫소?"

양 씨가 어물어물하며 대답하지 않자 생이 강요해 물으니 소저가 이에 대답했다.

"여자가 되어 한 번 장부를 좇을 적에 천해도 할 수 없고 귀해도 기뻐할 일이 있겠나이까?"

생이 웃고 말했다.

"옳은 말이나 생의 전후 처사가 어떠하오? 소견을 속이지 마오."

소저가 대답했다.

"첩이 아까 군(君)에게 고한 말이 있으니 인사에 어두워 첩의 허물을 스스로 알지 못하는데 더욱 군자의 행동을 시비하겠나이까?"

생이 나아가 손을 잡고 말했다.

"옛말에 벗은 착한 일을 하도록 권한다 했으니 그대와 내가 오륜(五倫) 가운데 둘을 겸했으니 모름지기 자세히 논해 보오."

소저가 몸을 수습하다가 대답했다.

"군자가 이미 시아버님께 고하지 않고 혼인하시어 시아버님께서 경계하신 말씀이 옳으시니 다시 드릴 말씀이 없나이다."

생이 크게 웃고 말했다.

"그렇다면 생이 잘못했단 말이오?"

소저가 미소 짓고 말했다.

"옳으며 그른 줄을 군자께서 또 아실 것이니 첩의 소견도 한가지라 다시 물어 무엇하겠나이까?"

생이 크게 웃고 소매를 이끌어 침상에 나아가니 새로운 은정이 비길 데가 없었다.

---

51) 총부(冢婦): 종자(宗子)나 종손(宗孫)의 아내. 곧 종가(宗家)의 맏며느리를 이름.

이해 봄에 알성과(謁聖科)[52]가 있어 흥문이 과거에 나아가 장원급 제를 하고 철생은 둘째를 하니 철, 이 두 가문의 영화가 거룩했다. 승상은 무평백의 소기(小朞)[53]가 지나지 않았으므로 재인(才人)[54]을 금(禁)하고 놀이를 허락하지 않았으니 공자가 다만 계수나무 가지를 꽂고 추종(騶從)[55]을 거느려 삼일유가(三日遊街)[56]를 할 뿐이었다. 그러나 철씨 집안에서는 크게 경사를 축하하는 잔치를 열어 조정의 높고 낮은 관리들을 다 청해 즐기니 그 갖추어 놓은 것의 웅장함은 이루 기록하지 못할 정도였다.

하남공 등은 몸에 중복(重服)[57]이 있어 가지 못하니 철 상서가 매 우 섭섭하게 여겨 흥이 나지 않았다. 하릴없이 부친을 모셔 즐거움 을 드리는 놀이를 할 적에 교방(教坊)[58]의 악공(樂工)과 창기(娼妓) 가 곧 수풀을 이루었다. 철생의 옥 같은 얼굴과 버들 같은 풍채는 하 안(何晏)[59]과 반악(潘岳)[60]을 비웃었으니 모두 칭찬하기를 마지않았 고, 철생이 계단 아래로 내려와 진퇴(進退)[61]하니 온갖 기이한 놀음

---

52) 알성과(謁聖科): 황제가 문묘에 참배한 뒤 실시하던 비정규적인 과거 시험.

53) 소기(小朞): 사람이 죽은 지 1년 만에 지내는 제사.

54) 재인(才人): 광대.

55) 추종(騶從): 윗사람을 따라다니는 종.

56) 삼일유가(三日遊街): 과거에 급제한 사람이 사흘 동안 시험관과 선배 급제자와 친척을 방문하 던 일.

57) 중복(重服): 사촌이나 고모 또는 고종사촌 등 대공친(大功親)의 상사 때에 아홉 달 동안 입던 복 제. 그런데 이는 이몽현과 그 숙부 이한성의 관계를 고려하면 오복(五服) 제도에 어긋난 서술임. 숙부모의 상에는 대공(大功)이 아닌 자최(齊衰) 1년, 장기(杖朞: 지팡이를 짚음)를 해야 함.

58) 교방(教坊): 가무(歌舞)를 가르치는 관아(官衙).

59) 하안(何晏): 중국 삼국시대 위(魏)나라 사람(196~249)으로 자(字)는 평숙(平叔). 조조(曹操)의 의붓아들이자 사위. 반하(潘何)라 하여 서진(西晉)의 반악(潘岳)과 함께 잘생긴 남자의 대명사 로 불림.

60) 반악(潘岳): 중국 서진(西晉)의 문인(247~300)으로 자는 안인(安仁). 하남성(河南省) 중모(中 牟) 출생. 용모가 아름다워 낙양의 길에 나가면 여자들이 몰려와 그를 향해 과일을 던졌다는 고사가 있음.

61) 진퇴(進退): 과거급제자를 축하하기 위해 과거에 먼저 급제한 사람이 과거급제자에게 세 번 앞

이 형용하지 못할 정도였다.

석양에 잔치를 마치고 생이 크게 취해 붙들려 침소에 들어갔다. 소저가 일어나 맞아 바야흐로 입을 열어 등용(登龍)[62]함을 치하하니 옥 같은 소리가 낭랑하고 안색이 태연해 기뻐하는 기색이 없었으나 부모에게 효도함을 일컬었다. 생이 놀라고 기뻐 이에 흔쾌히 대답했다.

"마침 용계(龍階)[63]를 밟아 부모님께 영화를 뵈게 한 것이 기쁘나 또 경사가 있구려. 부인이 어찌 학생에게 말을 하는 것이오?"

소저가 한참 있다가 대답했다.

"첩이 군(君)을 어렸을 때부터 오라비로 알다가 군이 방자해 우여곡절 끝에 첩을 취하니 마음에 한이 맺히고 원망이 쌓여 말을 할 생각이 없었습니다. 그런데 오늘은 시부모님이 큰 경사를 맞아 매우 기뻐하시므로 인사를 차려 군을 향해 말을 한 것이나 기뻐해서 한 것은 아닙니다."

생이 다 듣고 기뻐하며 웃고 말했다.

"내 또 그대의 뜻을 알고 내가 그른 줄을 알고 있으니 그대에게 그르다 못 하겠소. 그런데 이제 그대가 아이를 가졌고 내 또 임금님의 은혜를 입어 몸이 예전과 다르니 그 내상(內相)[64]이 되어 매양 묵묵히 있으면 어찌 되겠소? 그대는 참으로 이치를 아는 사람이구려."

으로 나오고 세 번 뒤로 물러가게 했던 일.

62) 등용(登龍): 용문(龍門)에 오른다는 뜻으로, 어려운 관문을 통과하여 크게 출세하게 됨. 또는 그 관문을 이르는 말. 보통 과거에 급제함을 이름. 잉어가 중국 황하(黃河) 중류의 급류인 용문을 오르면 용이 된다는 전설에서 유래함. 등용문(登龍門).

63) 용계(龍階): 궁궐의 섬돌. 급제함을 이름.

64) 내상(內相): 아내.

소저가 정색하고 대답하지 않으니 생이 크게 웃고 매우 시원해 했다.

이튿날 이씨 집안에 나아가 사람들을 보았다. 일가가 한 곳에 모여 유 부인 이하 사람들이 자리를 이루고 철 시랑이 아들과 함께 이에 와 자리에 들었다. 모두 일시에 시랑을 향해 치하하고 시랑은 흥문의 급제를 축하했다. 하남공이 이날에야 잠깐 기뻐 창징의 손을 잡고 옥 같은 얼굴에 기뻐하는 빛이 가득하니 문정공이 웃으며 말했다.

"형님이 전날 그토록 좋지 않게 여기시던 마음은 어디 가고 이제 이처럼 사랑하시는 것입니까?"

공이 잠깐 웃고 말했다.

"아우는 과연 쓸데없는 말을 하는구나. 내 사위가 안 되었어도 철 형의 아들이 급제한 것이니 이만치 기쁘지 않으랴?"

철 시랑이 웃으며 말했다.

"백달이 매양 직언을 하니 감사함이 많도다. 수가 내 아들로 있고 사위가 아니라면 저토록 기뻐할 인정이 어디에 있으리오?"

하남공이 미소 짓고 말했다.

"제가 전날에 수 등을 흥문 등과 층을 두어 생각했습니까? 형님이 저를 괴이한 데로 미루시니 원통합니다."

이에 자리에 있던 사람들이 웃었다.

천자께서 흥문을 특별히 바로 조정에 들여 태학사를 시키고 철생은 한림수찬을 시키니 두 사람이 일세의 풍류 학사로서 어린 나이에 명망이 선비 무리에 진동했다.

이러구러 양 씨가 와서 뵈는 날이 다다랐다. 이씨 집안에서 진 상궁과 위 상궁이 시녀 백여 명을 거느려 양씨 집에 이르러 소저를 단장시키니 양 공이 이런 것을 처음부터 꺼리던 바여서 이날 더욱 불쾌해했다. 진 상궁이 소저의 의복을 살펴보니 다 검소하고 간략해 조금도 비단에 보석을 더한 것이 없고 예복이 또한 무색(無色)함이 심했다. 이에 진 상궁이 말했다.

"소저는 하남비의 총부(冢婦)[65]신데 옷이 어찌 이러하겠나이까? 본궁에서 직취월나삼(織翠越羅衫)[66]과 홍금적의(紅錦翟衣),[67] 백화수라상(百花繡羅裳)[68]을 으뜸으로 가져왔으니 이것을 입히소서."

양 공이 말했다.

"궁희(宮姬)의 말이 옳은 듯하나 사치하는 것은 마땅하지 않네. 딸아이가 천미한 가문에서 나 비록 왕부의 총부가 되었으나 편벽되게 휘황한 것을 더하는 것은 불가하니 다만 예(禮)대로 하게."

진 상궁이 절하고 말했다.

"어른 말씀이 금옥과 같으시니 받들어 행함 직하나 제왕가의 예법에 신부가 시부모를 처음 뵙는 날에는 마지못해 이것을 입으니 첩이 스스로 지어낸 일이 아닙니다."

양 공이 불쾌해 대답하지 않고 나갔다.

진 상궁이 드디어 순금으로 만든 자물쇠를 열고 칠보함(七寶函)을 열어 두 가지 옷을 받들어 신부의 몸에 매고 입히며 머리에는 구슬과 비취를 더하니 양 씨의 버들가지 같은 허리가 가늘어 끊어질 듯하고 연약한 몸은 움직이지 못할 정도였다.

---

65) 총부(冢婦): 종자(宗子)나 종손(宗孫)의 아내. 곧 종가(宗家)의 맏며느리를 이름.

66) 직취월나삼(織翠越羅衫): 월나라 비단으로 만든 비췻빛 적삼.

67) 홍금적의(紅錦翟衣): 붉은 비단에 청색의 꿩을 수놓아 만든 의복으로, 중요한 예식 때 황후나 귀부인이 입던 예복.

68) 백화수라상(百花繡羅裳): 비단에 온갖 꽃을 수놓은 치마.

모든 궁인이 양 씨를 붙들어 덩에 넣고 호위해 돌아왔다. 양 씨가 막차에 들어가 잠시 쉬다가 폐백을 받들어 유 부인과 시부모에게 뵈었다. 승상은 무평백의 소기(小朞) 전이라 이를 감안해 빈객을 모으지 않고 일가 사람들만 한 당에 모였으니 그 수가 또한 적지 않았다.

신부가 긴 단장을 끌고 면전에서 진퇴하는 예를 하니 옥 같은 안색은 백설로 다듬은 듯, 푸른 눈썹은 산천의 조화를 아울렀고, 두 눈의 광채는 맑은 거울을 대한 듯, 두 쪽 뺨은 붉은 연꽃이 가랑비를 마신 듯, 붉은 입시울은 단사(丹沙)를 점 친 듯, 얌전하고 차분한 태도는 눈과 귀를 어른어른하게 할 정도로 아름답고, 빼어나고 시원한 용모는 흰 달이 푸른 하늘에 밝게 뜬 듯했다. 기질이 약해 옷을 이기지 못할 듯했으나 절하는 모습이 법도에 맞아 조금도 틀리지 않았으니 자리에 있던 사람들이 크게 놀라 일시에 칭찬하는 소리가 귀를 어지럽혔다. 시부모와 유 부인이 또한 기쁨을 이기지 못하다가 다 각각 슬픈 마음이 흘러나왔다. 유 부인이 눈물을 비처럼 흘리며 말했다.

"인생이 심히 모질어 손자의 이 같은 영화와 효도를 보니 간장이 새로이 끊어지는 듯하구나."

승상이 더욱 심장이 무너져 손을 꽂고 머리를 숙여 눈물이 방석에 젖었다. 슬픈 마음을 억지로 참아 부인을 위로하고 신부를 인도해 사당에 올라 사당문을 열고 문정공 등 다섯 사람과 승상 형제가 좌우에 늘어서 학사 부부에게 쌍으로 술잔을 올리게 하고 축문을 지어 고하며 향을 피우고 지전(紙錢)을 태웠다. 부부 두 사람이 진퇴하며 절하는 모습을 만일 태사가 살아서 보았다면 그 기쁨을 어찌 이루 말할 수 있었겠는가. 승상과 소부가 흘리는 눈물이 하수(河水)와 같으니 하남공 등 다섯 사람이 또한 조부의 은택을 생각해 눈물이 두어 줄씩 주루룩 떨어졌다.

예를 마치고 모두 내려와 다시 자리를 이루고 사람들이 신부를 기려 조용히 담소하며 유 부인을 위로했다. 유 부인이 슬퍼하는 눈물을 금치 못하며 말했다.

"종손(宗孫)의 기이함이 이러하되 선군(先君)[69]의 자취가 아득함은 이르지도 말고 둘째아들이 젊은 나이에 굶어 죽었는데 늙은 어미는 죽지 못하고 이런 영화를 보게 되었으니 내 마음이 나무나 돌이 아니라 서러움을 참을 수 있겠느냐?"

승상 형제가 근심하며 재삼 유 부인을 위로했다.

모두 흥취가 없어 일찍 자리를 파해 각자 처소로 돌아갔다. 주비(朱妃)는 신부를 데리고 궁에 돌아왔는데 신명한 헤아림에 신부의 용모를 지나치게 기뻐하지는 않았으나 그 심성을 스쳐 알고 신부를 매우 사랑해 눈썹 사이에 온화한 기운이 봄바람 같아 말과 웃음 소리가 낭랑했다. 진 상궁이 더욱 즐기고 기뻐하며 치하함을 마지않았다.

이윽고 흥문 공자가 모든 아우를 거느려 들어와 저녁문안을 하니 진, 위 두 사람이 학사를 밀어 양 소저와 같이 앉기를 청하고 웃으며 말했다.

"우리가 옥주(玉主)를 길러 그 낳으신 이가 어느 사이에 과거에 급제하고 이렇듯 아름다운 부인을 얻었으니 어찌 기쁘지 않겠나이까? 소저가 이러하신데 상공께서 발분망식(發憤忘食)[70]해 얻지 않을 수 있었겠나이까? 어서 아름다운 사연을 말씀하소서. 구경이나 합시다."

학사가 그 말을 듣고는 눈을 들어 어머니를 보았다. 공주가 얼굴

---

69) 선군(先君): 선군. 죽은 남편. 여기에서는 태사 이현을 이름.
70) 발분망식(發憤忘食): 어떤 일에 열중하여 끼니까지 잊고 힘씀.

빛이 좋아 조금도 불쾌한 기색이 없으니 속으로 다행으로 여겨 웃고 말했다.

"궁희는 미친 말도 한다. 내 양 씨가 저런 줄 언제 보았다고 발분망식을 했겠는가?"

진 상궁이 크게 웃고 소저를 침소 소화각에 데리고 갔다. 방 안이 화려하고 금색 벽이 휘황한데 무수한 궁녀가 홍초를 잡아 열 겹 비단 휘장을 걷고 소저를 맞아 산호상(珊瑚牀)에 올리니 향불의 연기는 자욱하고 벌여 놓은 것이 눈에 황홀했다. 소저가 자못 기뻐하지 않아 눈을 들지 않고 근심스러운 빛을 하고 앉았다. 이윽고 학사가 들어와 소저를 보고 웃음을 머금어 일렀다.

"부인이 어찌 낯빛이 좋지 않소? 학생에게 그 까닭을 이르는 것이 어떠하오?"

소저가 두 손을 맞잡고 대답했다.

"부모 곁을 바로 떠나와 마음속에 빈 듯함이 있는 까닭에 밖으로 나타난 듯합니다."

학사가 웃고 말했다.

"부인이 생을 어둡게 여기는구려. 부인이 만일 부모를 생각한다면 슬픈 기색이 있겠으나 생이 자세히 보니 눈썹을 간간이 찡그리고 싫어하는 빛이 있으니 방 안의 물건들에 불편한 마음이 있는 것이오?"

소저는 학사가 자기 마음을 꿰뚫는 것에 놀라 어물어물하니 생이 말대답하기를 재촉했다. 소저가 이에 깊이 생각하다가 대답했다.

"첩은 과연 한미한 데서 자라나 본 것이 없어 방 안의 물건들을 보고는 하나는 놀랐고 하나는 복이 없어질까 두려웠습니다. 그러나 이는 또 궁중의 제도니 첩이 어찌 시비하겠나이까?"

학사가 더욱 그 검소한 뜻에 항복해 말했다.

"우리 모비(母妃)께서는 어려서부터 검소함을 숭상하셔서 작은 일이라도 검소하고 소박하게 하기를 좋아하셨소. 그래서 여느 왕궁과 차이가 크나 법을 다 버리지 못해 약간 사치함을 면치 못해 이러한 것이오. 그러나 그대가 스스로 멀리할 뿐이면 덕이 높고 행실에 어그러짐이 없을 것이오. 모비(母妃)를 따라 배워 이후에는 여기에 더하지 말면 될 것이오."

소저가 길이 겸손히 사례했다.

양 씨가 이후에 이씨 집안에 머무르며 유 부인을 받들어 모시는 예와 시부모 섬기는 도리가 가득해 성녀(聖女)의 풍모가 있었다. 시어머니 주비가 양 씨를 크게 사랑하며 경사스럽고 복되게 여기는 것이 비길 데가 없었다.

이러구러 노씨 집안과의 길일(吉日)이 다다르니 생이 불쾌함을 이기지 못했으나 하릴없어하고 유 부인과 부모도 역시 번거로움을 기뻐하지 않았으나 마지못해 길일에 행렬을 갖추어 생을 보냈다. 노씨는 이미 정실이 아니었으므로 삼 일 후에 시부모 보는 예를 차리도록 했다. 노씨 집안에서 불쾌했으나 다투지 못해 다만 잔치를 크게 베풀고 신랑을 맞아 전안(奠雁)[71]을 마치니 노 공이 신랑의 풍채를 크게 사랑해 웃고 말했다.

"신랑의 최장시(催粧詩)[72]는 예로부터 떳떳하니 그대는 잠시 붓을 들어 좌중 사람들의 눈을 시원하게 하는 것이 어떠한가?"

생이 미소 짓고 대답했다.

---

71) 전안(奠雁): 혼례 때, 신랑이 기러기를 가지고 신부 집에 가서 상 위에 놓고 절함. 또는 그런 예(禮).

72) 최장시(催粧詩): 신부에게 옷을 입기를 재촉하는 시.

"소생이 본디 용렬해 아름다운 시구를 익히지 않았으니 훗날 조용히 배워 존명(尊命)을 받들겠나이다."

부사가 무료해 생을 데리고 내당에 들어가 교배(交拜)를 마치게 한 후 신방에 이르도록 하니 벌여 놓은 것이 화려했다.

밤이 깊은 후 신부가 나와 등불 아래에 앉으니 아리따운 얼굴과 고운 자태는 서시(西施)[73]와 왕장(王嬙)[74]이라도 미치지 못할 듯했다. 그러나 눈썹 사이에 불길한 기운이 등등했으니 생이 불쾌하게 여겨 묵묵히 앉아 있었다. 밤이 든 후에 억지로 참고 함께 침상에 나아가 정을 맺으니 신부가 놀라지 않고 몸을 정돈하는 모습이 전혀 없이 정욕을 돋우는 것이 심했다. 생이 이에 크게 우스워하고 더럽게 여겨 홀연히 양 씨의 얼음처럼 맑은 행동을 생각해 자기 마음이 편하고 편치 않은 줄을 생각지 못하고 양 씨를 사모하는 마음이 급해 한잠을 이루지 못했다.

이튿날 일어나 집에 돌아오니 일가 사람들이 모두 모여 있었다. 문정공이 먼저 신부의 어짊을 물으니 학사가 미미히 웃고 말했다.

"자세히 보지 못했으니 알지 못합니다."

공이 웃고 말했다.

"한 방에 있었으면서 알지 못한단 말이냐? 이는 속이는 말이다."

학사가 웃고 한참을 잠자코 있다가 말했다.

"신부를 보시면 소질(小姪)의 뜻을 알지 못하시겠나이까? 집안을 망하게 할 자는 이 사람입니다."

---

73) 서시(西施): 중국 춘추시대 월(越)나라의 미인으로 완사녀(浣紗女)로도 불림. 월왕 구천(句踐)이 오(吳)나라 부차(夫差)에게 패하자 미녀로써 오나라 정치를 혼란하게 하기 위해 범려(范蠡)를 시켜 서시를 오나라에 바침. 오왕 부차(夫差)가 서시를 좋아해 정사에 소홀하자 구천이 전쟁을 벌여 부차에게 승리하고 부차는 이에 자결함.

74) 왕장(王嬙): 중국 전한 원제(元帝)의 후궁(?~?). 자는 소군(昭君). 기원전 33년 흉노와의 화친 정책으로 흉노의 호한야선우(呼韓邪單于)와 정략결혼을 했으나 자살함.

말이 끝나기도 전에 하남공이 눈을 매섭게 뜨고 말했다.

"탕자가 또 어찌 이런 대단한 말을 하는 것이냐?"

생이 부끄러워 엎드려 말을 하지 못하니 정 부인이 말했다.

"너는 과도히 굴지 말거라. 흥문아, 다시 묻겠다. 조 씨와 비교해 어떠하더냐?"

학사가 부친의 기색을 두려워해 대답하지 않자 공이 또 어른의 명령 거역함을 꾸짖으니 학사가 이에 마지못해 대답했다.

"조 숙모는 매우 나쁜 분이셨으나 사나움이 겉으로 나타났습니다. 그런데 이 사람은 구밀복검(口蜜腹劍)75)이었습니다."

문정공이 탄식하고 말했다.

"내가 조 씨를 겪고는 사람 얻는 것을 극히 어렵게 여겼더니 흥문이는 본디 총명함이 유다르니 그 알아봄이 그르겠는가? 흥문아, 그렇다면 네가 양 씨 얻은 일은 잘한 것이다."

부마가 낯빛을 냉랭하고 엄숙히 해 말했다.

"이러나저러나 내 알 바 아니니 다시는 어른 앞에서 어지러운 소리를 하지 말고 물러가라."

생이 이에 말없이 물러났다.

생이 궁에서 돌아와 침소에 이르니 양 씨가 고요히 단좌해 침선(針線)을 다스리고 있었다. 생이 이에 웃고 일렀다.

"생이 죄지은 것이 등한치 않으니 그대는 행여나 용서하오."

소저가 잠시 웃고 대답하지 않으니 학사가 또 말했다.

"그대는 불편해하지 마시오. 백년동락은 그대에게 있을 것이오."

소저가 이에 천천히 대답했다.

---

75) 구밀복검(口蜜腹劍): 입에는 꿀이 있고 배 속에는 칼이 있다는 뜻으로, 말로는 친한 듯하나 속으로는 해칠 생각이 있음을 이르는 말.

"첩의 어리석음은 군자께서 아실 것입니다. 집에 어진 부인을 얻으셔서 첩이 따라 배운다면 거의 그른 일이 없을까 하나이다."

생이 웃고 말했다.

"이 말은 간사(奸詐)한 말이오. 그대가 남을 가르치지 남이 어찌 그대를 가르치겠소?"

그러고서 웃으며 죽침(竹枕)에 누워 말했다.

"하룻밤을 새우니 정신이 혼곤(昏困)[76]해 견디지 못할 듯하오. 아무나 찾거든 잔다 이르고 깨우지 마시오."

말을 마치자, 소매로 낯을 덮고 잤다.

이때, 양 상서가 흥문이 재실을 얻은 것을 알고 딸을 불쌍히 여겨 이날 이씨 집에 이르렀다. 하남공은 마침 없고 문정공이 있다가 맞이해 인사를 마치자 양 공이 말했다.

"영질(슈姪)이 오늘 진루(秦樓)의 봉소(鳳簫)[77] 부르는 경사를 맞아, 내 영질의 뜻을 헤아리지 못해 이제 보고 치하하려 했더니 영질이 노씨 집안에 간 것인가?"

문정공이 웃고 말했다.

"형은 참으로 투기하는 남자로다. 노씨 집에서 삼 일 내에 신랑을 잠시나 여기에 두겠는가? 아까 막 데려갔네."

양 공이 또한 웃고 말했다.

"이것이 인정의 예삿일이니 내 어찌 투기하겠는가? 딸아이나 보고

---

76) 혼곤(昏困): 정신이 흐릿하고 고달픔.

77) 진루(秦樓)의 봉소(鳳簫): 진루의 봉소. 진(秦)나라 봉대(鳳臺)에서 연주한 봉황 통소라는 뜻으로 부부로 맺어진 것 또는 부부의 사이가 좋음을 이름. 진(秦)나라 목공(穆公) 때 소사(蕭史)가 통소를 잘 불었는데 목공의 딸 농옥(弄玉)이 그를 좋아하자 목공이 두 사람을 혼인시킴. 소사가 농옥에게 통소로 봉황 울음소리 내는 법을 가르쳤는데 몇 년 뒤 봉황이 그 소리를 듣고 날아오자 목공이 그들 부부를 위해 봉대(鳳臺)를 지어 줌. 부부가 봉대에 머물면서 내려가지 않다가 봉황을 타고 날아가 버림.

가겠네."

공이 흔쾌히 공을 데리고 협문을 통해 궁에 이르러 소화당으로 들어갔다. 학사는 소저 침상에 올라 누워 단잠이 깊이 들었고 양 씨는 한 가에 앉아 침선을 하다가 아버지와 공을 보고 놀라 급히 일어나 맞았다. 인사를 마치고서 모시고 앉으니 문정공이 거짓으로 놀라 말했다.

"조카가 어찌 여기에 있는 것이냐?"

양 공이 흥문의 모습을 보고 기뻐해 웃으며 말했다.

"향기 나는 방에 아름다운 단잠이 들었더니 무엇이 부족해 또 자는 것인가?"

공이 말했다.

"존형은 이리 이르지 말게. 조카의 깊은 정을 누가 알겠는가? 백년화락이 양 씨에게서 변치 않을 줄 알겠네."

공이 말했다.

"총애를 독차지하는 것이 무엇이 좋단 말인가? 골고루 은혜를 끼치는 것이 군자가 집안을 다스리는 도리일세."

그러고서 나아가 생을 흔들어 깨웠다. 학사가 눈을 잠시 떠 보고 기지개를 켜며 돌아누워 말했다.

"잠깐 앉아 계시면 조금 더 자고 깨겠나이다."

문정공이 정색하고 말했다.

"조카 나이가 어린아이가 아닌데 윗사람 존중할 줄을 알지 못하는 것이냐?"

학사가 이 소리를 듣고 크게 놀라 이에 관을 쓰고 띠를 여미고는 침상에서 내려와 사죄하며 말했다.

"잠에 취해 숙부께서 와 계신 줄을 몰랐나이다."

공이 말했다.

"나나 양 형이나 네게 높기는 마찬가지다. 양 형이 깨웠을 때 한 말이 무슨 예법이더냐?"

생이 머리를 숙이고 감히 답하지 못하니 양 공이 웃으며 말했다.

"성보를 향해 치하할 말이 없거니와 신방의 아름다운 객이 되어 어찌해 잠을 그리 자는고?"

학사가 잠시 웃고 말했다.

"정담을 나누다 보니 자연히 밤이 샜나이다."

양 공이 박장대소하고 말했다.

"그대의 말이 일리가 있도다. 그런데 노 씨가 그대의 말을 이어 대답하던가?"

생이 웃고 말했다.

"대답하지 않으면 제가 혼자 어두운 밤에 누구에게 말하겠나이까?"

공이 더욱 크게 웃고 문정공이 또한 간간이 미소를 지었다. 양 공이 딸을 너무 요란하게 위로하며 즐거운 낯빛을 하고 말하다가 돌아갔다.

학사가 저물도록 침소에 있더니 석양에 노씨 집안에서 사람을 보내 학사를 청했다. 생이 가지 않을 꾀를 내어 갑자기 토하고 앓는 척을 해 난간에 거꾸러졌다. 진 상궁이 급히 부마에게 고하니 부마가 놀라 노씨 집 사람을 불러 생이 불의에 병이 난 것을 일러 돌려보내고 또 사람을 시켜 병을 물으니 생이 대답했다.

"아까는 기운이 좋지 않더니 지금은 나았으니 염려를 더하지 마소서."

말을 마치고 방 안으로 들어가니 양 소저가 그 행동을 싫지 않게 여겨 안색을 엄정히 하고 말을 안 했다. 학사가 알아보고 속으로 웃었으나 묻지 않고 침상에 나아갔다.

다음 날, 노 씨가 행렬을 갖추고 이에 이르러 시부모와 유 부인을 뵈었다. 얼굴의 아름다움은 세 가지 빛깔의 복숭아꽃이 이슬을 마신 듯해 참으로 황홀하게 어여뻤다. 그러나 착하지 않은 심성이 눈썹 사이에 은은하여 독하고 맹렬한 기운이 있었다. 보통 사람은 모르나 이씨 집안 사람처럼 마음을 비추어 보는 거울을 지닌 이들이 어찌 몰라보겠는가. 다 각각 기뻐하지 않았으나 자리에 노 시랑 부인이 있었으므로 내색하지 않고 좋은 낯빛으로 있었다.

부마가 노 씨에게 명령해 양 씨에게 네 번 절해 자리의 높고 낮음을 정하도록 했다. 노 소저가 온 마음이 더욱 불쾌해 양 씨에게 절할 적에 한 쌍의 눈을 잠깐 치떠 양 씨를 보니 악독한 기운이 양 씨의 낯에 쏘이는 듯했다. 양 씨가 잠깐 스쳐보고 평안하지 않았으나 나타내지 않고 온화한 기운으로 자약하게 있으니 사람들이 그 마음을 알아보고 양 씨를 사랑했다.

이러구러 날이 어두워지자, 신부를 궁으로 인도해 소원각에 데려가 들이고 궁비에게 명령해 신부를 모시게 했다.

학사가 이날 신방을 돌아보지도 않고 소화각에 이르니 양 씨가 속으로 평안하지 않았으나 시비에 참예하지 않으려 해 끝내 알은체하지 않으니 마지막이 어찌 될까.

화설. 이 학사가 노 소저를 재실로 얻으니 노 씨의 용모가 봄에 이슬 맞은 한 가지의 복숭아꽃 같았으나 사랑하는 정이 없고 생각이 찬 재와 같아 자취가 소화각에서 떠나지 않고 소원각에는 아득했다. 이른바 노 씨의 용모는 무쌍했으나 심지가 크게 어질지 못해 안으로 꾸미고 밖으로 공손함이 있으니 이 학사는 일대의 영걸이라 이런 것

을 자못 배척했으므로 더욱 불쾌하게 여겨 혼인한 지 몇 달이 지나
도 소원각에 들이밀어 보지 않았다.

공주가 또한 양 씨를 어여삐 여기고 노 씨의 사람됨을 훤히 알았
으나 모든 일이 잘되도록 하고 노 씨의 원망을 없애려 해 하루는 학
사를 불러 꾸짖고 말했다.

"노 씨는 빙례(聘禮)78)를 먼저 행했으므로 네게는 먼저 안 사람이
다. 그런데 어찌하여 하나에 빠져 다른 여자에게 원망을 끼치는 것
이냐? 네 매사에 너른 것을 중심에 두겠다 하더니 요사이 행동은 자
못 전과 다르니 그 까닭을 알고 싶구나."

학사가 좋은 낯빛으로 절하고 말했다.

"마음에 싫은 것을 억지로 못했더니 어머님의 가르침이 이러하시
니 어찌 받들어 행하지 않겠나이까?"

주비(朱妃)가 재삼 경계하니 생이 명령에 대답하고 물러났다. 이
후에는 눈에 띄게 즐거운 빛으로 소원각에 나들었으나 부부의 지극
한 정은 펴지 않으니 노 씨는 한이 날로 깊어져 밤낮으로 헤아리며
계교가 미치지 않은 데가 없었다.

학사가 하루는 소원각에 들어가니 노 씨가 침선 궁비를 꾸짖어 의
복이 화려하지 않음을 따지고 있었다. 생이 들어가서 보니 옷 위에
그림이 그려져 있었는데 꽃이 어린 듯했고 고운 빛이 찬란했다. 이
에 생이 물었다.

"학생은 궁궐에서 나서 자랐으나 이것을 보니 눈이 밝아지는 듯
한데 그대는 어찌 궁비를 나무라는 것이오?"

---

78) 빙례(聘禮): 빙채(聘采)의 예의. 빙채는 빙물(聘物)과 채단(采緞)으로, 빙물은 결혼할 때 신랑이
　　신부의 친정에 주던 재물이고, 채단은 신랑 집에서 신부 집으로 미리 보내는 푸른색과 붉은색
　　의 비단임.

노 씨가 정색하고 말했다.

"인생은 흰 망아지가 달리는 것을 문틈으로 보는 것 같으니 얼마면 귀밑에 백발이 성성할 줄 알겠나이까? 이러므로 첩은 집이 가난했으나 옷은 다른 사람과 같이 입었더니 존문(尊門)에 들어오니 옷이 이처럼 화려하지 않으므로 침선하는 여종을 꾸짖고 있었던 것입니다."

생이 다 듣고는 말을 않고 속으로 양 씨를 더 기특하게 여겼다.

노 씨가 문득 한 계교를 생각하고는 이튿날 소화각에 이르렀다. 양 씨가 흔쾌히 맞아 자리를 정하니 노 씨가 말했다.

"첩(妾)이 높은 가문에 와서 평생 부인을 우러러보며 믿을 것이니 부인은 첩을 어여삐 여기소서."

양 씨가 옷깃을 여미고 사례해 말했다.

"첩이 본래 더러운 자질을 가져 세상일을 알지 못합니다. 부인께 배우기를 원했더니 부인이 어찌 이런 말씀을 하시는 것입니까?"

노 씨가 또한 웃었다. 그러고서 식경(食頃)[79]이 되도록 있었다. 노 씨의 시녀 옥교는 그 주인을 위한 충성이 짝이 없고 위인이 매우 교활하며 간사했다. 이날 노 씨를 따라 이르러 휘장 안에 서 있었는데 양 씨의 시녀들은 다 무심히 보아 난간에서 침선을 다스릴 뿐이었다. 그래서 옥교가 노 씨의 계교대로 전날 생이 본 옷을 양 씨의 옷상자를 열고 넣었다. 원래 휘장을 겹겹이 치고 무수한 함이 사이에 쌓여 있었으므로, 옥교가 계교를 행한 후에 노 씨가 하직하고 돌아갔는데 양 소저는 이 일을 꿈에도 몰랐다. 양 소저가 인사를 차리려 마지못해 이튿날 노 씨에게 가 사례하고 침소로 왔다.

---

79) 식경(食頃): 밥을 먹을 동안이라는 뜻으로, 잠깐 동안을 이르는 말.

이윽고 노 씨가 스스로 어지럽게 날뛰며 모든 궁비를 불러 전날의 옷이 없다 하며 그 출처를 물었다. 이에 모든 궁비가 다 수족을 떨며 모른다 하고 노 씨 유모 취향은 발을 동동 구르며 말했다.

"잃은 옷은 귀하지 않으나 이는 필시 소저와 한림 상공의 애정을 끊으려 하고 술법을 쓰려 가져간 것입니다. 양 부인이 와 계시더니 필연 양 부인이 가져갔나이다."

말이 멈춘 사이에 학사가 들어오다가 이 말을 듣고 이미 괘씸하게 여겨 방에 들어와 물었다.

"무엇을 잃은 것이오? 방 안이 어찌 이리 요란한고?"

노 씨가 말했다.

"전날 상공께서 보신 옷을 이곳에 두었더니 갑자기 간 곳이 없으니 이는 필연 원수가 첩을 저주하려고 가져간 것입니다."

학사가 자기의 마음을 돋우는 줄을 더욱 밉게 여겨 소화각에 돌아와 양 씨에게 물었다.

"부인이 아까 소원각에 갔소?"

양 씨가 대답했다.

"갔습니다만 물으시는 것은 어인 일 때문입니까?"

생이 말했다.

"무엇하러 부질없이 간 것이오? 이후에는 일절 가지 마시오. 이러이러한 일이 있으니 그대가 필연 누명을 얻을 것이오."

말을 마치고 취향을 부르라 해 앞에 세우고 다시 선업을 시켜 양 씨와 함께 위에 있는 옷 넣은 그릇을 뒤지라 하니 과연 노 씨가 잃은 옷이 있었다. 학사가 좌우 사람을 불러 전날 노 씨를 모시고 왔던 시녀를 물으니 노 씨가 옥교에게 죄가 갈까 두려워 시녀 순년을 보냈다. 학사가 시노(侍奴)를 불러 순년을 동여매게 해 벌을 주어 실상을 물으니 순년이 죽기로 모른다 하므로 생이 이에 무겁게 다스리려 했다. 그런데 홀연 보니 양 씨가 긴 단장을 벗고 방에서 나와 무릎을 꿇어 죄를 청하며 말했다.

"첩이 사리에 어두워 재물 욕심을 크게 냈으니 신명께서 곁에서 보시고 어찌 첩을 용서하겠나이까? 일이 발각돼 첩의 죄가 명백하거늘 무죄한 시녀를 죄 있다고 꾸짖으시니 첩의 몸에 더러운 덕이 더해질 것입니다. 그러니 첩이 죽기를 원하나이다."

말을 마치자, 근심하는 안색은 떨어지는 꽃이 회오리바람을 만난 듯해 애절한 모습이 더욱 절승했다. 학사가 더욱 아끼고 한스러워해 급히 위로하며 말했다.

"부인은 말을 그치고 들어가시오. 이 여자를 용서하겠소."

그러고는 드디어 순년을 풀어 놓고 밖으로 나가 취향을 잡아 오라 해 곡절을 묻지 않고 칠십여 대를 매우 쳐 끌어 내치고는 소원각으로 갔다.

노 씨가 눈물이 얼굴에 가득한 채 가슴을 두드리고 하늘을 우러러 부르짖으며 말했다.

"푸른 하늘이 말씀을 안 하시니 어찌 애달프지 않겠나이까? 첩이 비록 낮고 천하지만 사족(士族)의 여자로서 옛 글을 읽어 적국(敵國)과 화합할 줄은 압니다. 그러니 무슨 까닭에 자기 옷을 어느 틈에 남의 그릇에 넣고 죄를 적국에게 미루겠나이까? 나의 죄에 대한 벌을 유모가 받게 하니 차라리 낭군 앞에서 자결코자 합니다."

학사가 다 듣고는 천천히 웃으며 말했다.

"내 본디 이런 요망한 일을 비웃어 왔소. 그대가 나를 어둡게 여겨 요괴로운 일을 이뤄 내 나를 속이나 나 이흥문은 사람 알아보는 한 쌍 눈이 밝소. 매우 잘 알고 있으나 고요하게 있으려 해 부모님께는 고하지 않았으니 그대가 이후에는 이런 일을 그치기를 바라오. 취향은 윗사람을 범해 말이 방자했으므로 시원하게 다스리고서 그대에게 이르려 한 것이오.”

말을 마치고는 크게 한 번 웃고 소매를 떨쳐 소화각에 이르렀다. 이때 양 씨는 옥 같은 얼굴에 근심과 한이 첩첩해 서안(書案)에 엎드려 있다가 생을 보고 일어나 맞아 한편에 앉아 부끄러워하는 기색으로 몸 둘 곳을 없어 했다. 이에 생이 흔쾌히 웃으며 말했다.

“그대를 그렇게 알지 않았더니 대강 속은 좁은 여자요. 생이 비록 밝지 못하나 그런 기괴한 일에 남의 말을 곧이듣겠소? 천 사람이 그르다 하고 백 사람이 죄를 주어도 부모님과 내가 움직이지 않는 한 무익한 심려를 쓰지 마시오. 학생이 옛사람의 지기(知己)를 따르지 못하나 그대 위한 한 조각 마음은 뼈에 사무치고 마음에 새겨 태산이 무너지고 하해(河海)가 마른다 해도 변하지 않을 것이니 그대는 근심하지 마시오.”

양 씨가 잠자코 대답하지 않고 길이 탄식하니 생이 정색하고 말했다.

“내 이미 이해로 일렀거늘 무슨 뜻으로 마음을 풀지 않는 것이오? 반드시 소견이 있을 것이니 나를 속이지 마시오.”

양 씨가 슬픈 표정으로 오래 있다가 말했다.

“이미 내 그곳에 다녀오고 그곳에 없는 것이 첩의 그릇에 있으니 첩이 입이 열이 있어도 변명을 못 할 것입니다. 그런데 무슨 까닭에 죄 없는 시비에게 큰 매를 더하시고 편벽되게 첩을 옳다 하시니 염치에 무엇이 평안하겠나이까?”

학사가 웃고 말했다.

“그대 말도 옳소. 그런데 사람에게는 부끄러우나 신기(神祇)[80]는 잘못 여기지 않음이 다행하니 그대는 부질없이 근심하는 빛을 다시 보이지 마오."

양 씨가 사례하고 다시 말을 안 했다. 생이 더욱 슬퍼하고 아끼는 정이 움직여 온갖 말로 위로하고 평안히 자라고 권하니 지극한 은정이 태산(泰山)과 북해(北海) 같았다.

이때 노 씨가 작은 계교로 생을 시험했으나 생이 조금도 곧이들음이 없고 자기를 의심하는 것을 보니 겁이 나 어설픈 생각을 드러내지 못할 줄 알고 세세히 도모하려 해 다시 계교 모의하는 것을 그치고 낯빛을 낮추어 공손하기를 일삼았다. 양 씨는 마음속에는 설움을 품었을망정 더욱이 내색해 드러내는 일이 없고 학사가 또한 말하지 않으니 궁궐 안 사람들 중에 이 일을 아는 이가 아무도 없었다.

이때 철 한림 부인 미주가 해산한 후 기운이 평안하지 않아 달포 고생하고 친정에 오지 못하다가 그 어린 아들을 거느려 이에 왔다. 주비를 뵌 후 노 씨와 서로 보니 그 외모는 비록 아름다우나 그 심성이 불측함을 자못 알아보고 불행함을 이기지 못해 즉시 물러와 가만히 공주에게 고했다.

"양 씨와 노 씨 두 사람 중에 누가 낫나이까?"

주비가 웃으며 말했다.

"네 어미는 본디 사람을 잘 못 보니 네가 스스로 평해 보아라."

소저가 웃으며 대답했다.

"소녀가 모친의 신명하신 소견을 들으려 한 것이지, 소녀에게 무슨 소견이 있겠나이까?"

주비가 깊이 생각하다가 말했다.

"나으나 못하나 나중을 볼 따름이니 윗사람이 되어 둘을 평가해

---

80) 신기(神祇): 천신과 지기를 아울러 이르는 말. 곧 하늘의 신령과 땅의 신령을 이름.

무엇하겠느냐?"

소저가 주비의 말이 가장 이치가 있는 말이라 여기고 주비에게 사례한 후 다시 말을 안 하니 그 영리함이 이와 같았다.

이때는 한여름 초순이었다. 날이 덥고 첫 여름이 바야흐로 익었으니 미주 소저가 뒷난간에 가 자리를 베풀고 자기의 네 아우와 양, 노두 사람을 청해 자리를 이루고 진 상궁을 재촉해 술과 안주를 가져오게 해 즐겼다. 미주 소저가 또 문정공의 장녀 일주 소저를 청했다.

일주 소저가 이윽고 홍아 등과 함께 이르니 영롱한 광채와 황홀한 기질은 아침해가 비추는 듯 천하의 경국지색이었다. 자리의 미녀들이 빛이 없어지니 미주 소저가 등을 두드리며 말했다.

"숙모의 큰 복이 두터워 너 같은 딸을 두셨으니 너는 가문을 흥하게 할 것이다."

소저가 사양하고 자리에 앉아 말할 적에 양 씨의 평안하고 고요하며 단정함을 마음으로 복종해 사랑하고 공경함이 지극했으나 노 씨의 부정(不貞)함과 간사함을 간파해 노 씨가 묻는 말 외에는 노 씨와 말을 섞지 않았다. 노 씨가 일주 소저의 용모를 자주 보지 않다가 이날 보고 크게 꺼려 헤아렸다.

'내 어려서부터 나에게 대두(對頭)할 미색이 없었다. 양 씨가 비록 아름다우나 나보다 과하게 더하지 않은데 이 사람은 이렇듯 기이하니 나의 안색이 빛이 없어지는구나. 게다가 양 씨의 조력자가 되었으니 내 마땅히 이 사람을 해쳐야겠다.'

그러고서 가만히 일어나 옥교에게 두어 마디 말을 일렀다.

옥교가 일주 소저가 먹는 음식에 독을 타니 소저가 무심결에 젓가락을 댔는데 갑자기 낯빛이 찬 재와 같아지며 자리에서 거꾸러지는 것이었다. 좌우 사람들이 크게 놀라고 홍아는 넋이 몸에 붙어 있지 않아 어찌할 줄을 몰라 급히 밖에 가 고하려 했다.

도중에 성문을 만나 급히 고하니 성문이 놀라 서둘러 궁에 이르렀다. 미주 소저가 누이를 붙들고 눈물을 무수히 흘리며 어찌할 줄을 모르고 있었다. 공자가 정신없이 나아가 물었다.

"어떻게 하여 불의에 기운이 막힌 것입니까?

미주 소저가, 일주 소저가 음식을 먹다가 기절한 일을 일렀다. 공자가 즉시 음식을 땅에 멀리 버리니 푸른 불이 일어났다. 이에 좌우 사람들이 더욱 놀랐다.

문정공이 홍아의 말을 듣고 급히 이에 왔다가 이 광경을 보고 크게 놀라 연고를 물으니 미주 소저가 수말을 자세히 고했다. 공이 급히 딸을 내어 안고서 그 숨이 끊어질 듯한 기운을 보고 차마 보지 못하니 문정공처럼 큰 도량을 지닌 사람이라도 눈썹 사이에 근심이 모이는 것을 면치 못했다. 공이 급히 해독약을 주머니에서 꺼내 물에 타 소저의 입에 흘려 넣었다. 소저가 이윽고 몸을 움직이며 입에서 무수한 독물을 토하고 정신을 차렸다. 이에 모두가 크게 기뻐하니 문정공이 다행으로 여긴 것이야 어찌 이루 말할 수 있겠는가. 문정공이 바야흐로 말했다.

"내 아이가 이 궁에 자주 다녔으나 본디 원한 맺은 사람이 없었는데 어떤 자가 미색을 시기해 까닭 없이 사람 죽이기를 능사로 아는고?"

공주가 자리를 떠나 죄를 청하며 말했다.

"첩이 사리에 어두워 아랫사람 다스리기를 잘못해 여러 궁비의 인심이 한결같지 않으므로 이런 대단한 일이 일어났습니다. 서방님께 뵐 낯이 없습니다."

문정공은 분명히 노 씨가 한 일인 줄 알았으므로 다만 웃고 대답했다.

"요망한 일이 궁중에 가득하니 이 어찌 사람의 힘으로 되겠습니까? 이는 모두 천명입니다. 딸아이가 이곳에 온 것이 불행이니 무익하게 궁비를 신문(訊問)하겠습니까?"

드디어 딸을 데리고 집에 가 부인에게 방금 위태로웠던 일을 이르고 매우 놀라워하니 부인이 한마디를 안 하다가 소저를 매우 꾸짖으며 말했다.

"네가 어리석어 일을 살피지 못해 화를 스스로 얻은 것이니 뉘 탓을 삼겠느냐? 아주버님이 성품이 고상하시고, 아이가 살아난 후에는 애매한 궁녀를 신문하는 것이 무익하거늘 상공께서는 어찌 말리지 않으시고 여기에 돌아오셨나이까?"

문정공이 이에 이르러 만금으로도 비치 못할 딸을 하마터면 그릇 만들 뻔했으므로 비록 관대한 도량을 지녔으나 매우 한스러워해 궁녀를 신문하라고 옆에서 돕지 않았으나 말리지도 않았더니 이 말을 듣고 매우 옳게 여겨 말했다.

"부인의 말이 옳으니 진실로 성인이 사물을 아끼고 목숨을 좋아하는 어진 마음이 부인에게 있구려."

그러고서 즉시 몸을 일으켜 궁에 이르렀다.

부마가 위엄을 엄히 갖추고 궁녀를 신문해 실상을 묻고 궁녀들은 이에 한결같이 모른다 말하고 있었다. 공이 바삐 나아가 부마를 말리며 말했다.

"독을 넣은 것이 저 무리의 일이라도 딸아이가 회생한 후에는 신문하는 것이 중요하지 않습니다. 저 무리를 보면 나쁜 사람들이 아니니 형님처럼 총명하신 분이 어찌 알지 못하시는 것입니까?"

공이 말했다.

"일주가 불의에 독을 먹었으니 음식 맡은 비자를 잡아 신문하는 것이 일에 옳거늘 아우가 어찌 말리느냐? 만일 이들이 아니라 한다면 어떤 사람이 했다고 생각하느냐?"

공이 웃고 대답했다.

"구태여 물으실 바가 아니니 나중을 보시고 지레 알려 하지 마소서."

부마가 깊이 생각하다가 홀연히 깨달아 즉시 궁녀들을 용서하고 또한 잠자코 시비를 안 하나 크게 요망하게 여겨 나중 일을 근심했다.

부마가 몸소 죽각에 이르러 소저의 병을 물으니 소 부인이 소저와 함께 맞이해 병이 대단치 않음을 고했다. 부마가 나아오라 해 소저의 손을 잡고 사랑하며 말했다.

"미주가 부질없이 어린아이를 데려다가 큰 액운을 만나게 하니 어찌 놀랍지 않습니까? 학생이 제수씨를 뵙는 것이 더욱 부끄럽습니다."

소 부인이 얼굴을 가다듬고 사례해 말했다.

"딸아이가 나이가 어리고 인사에 어두워 음식을 가리지 못한 허물 때문에 일어난 일입니다. 아주버님께서 과도하게 일컬으시니 부끄럽습니다."

부마가 겸손히 사양하고 돌아갔다.

문정공이 부인을 대해 말했다.

"학생은 딸아이가 불쌍해 다른 겨를이 없거늘 부인은 온화한 기운이 온전하니 그 마음이 어디에 있는 것이오?"

부인이 말했다.

"이미 딸아이의 복이 깊어 살아났고 독을 넣은 이를 알지 못하니 부질없이 시비하겠나이까?"

공이 그 말을 옳다 여겨 또한 다시 이 일을 제기하지 않고 딸을 보호했다. 소저가 다 낫자 다시는 소저를 궁에 보내지 않았다.

주비는 일주가 갑자기 독 먹은 것에 크게 놀라 벌써 노 씨의 수단인 줄을 알았다. 그러나 드러나지 않은 일에 지레짐작하는 것이 옳지 않았으므로 모르는 체하고, 내외 각 당(堂) 시비(侍婢)를 새로이 떨어져 있게 하고 상궁을 정해 의심쩍은 이를 잡게 할 뿐이었다. 노 씨가 이에 그윽이 두려워해 잠깐 몸을 낮추어 악한 일을 하지 않고 고요히 지냈다.

이때 하남공 차자 세문의 자는 차보니 장 부인 소생이었다. 얼굴은 옥계단에 핀 옥난초 같고 풍채가 시원하며 맑고 빼어나 그 모친과 많이 닮았고 성품은 단엄하며 매몰차니 마치 그 부친 같았다. 그래서 공이 사랑해 여러 아들 중 마음으로 허여했다. 나이가 열다섯이 되어 태상경 유잠의 사랑하는 사위가 되었다. 유 씨는 기질이 난초 같고 용모가 바다에 뜬 달 같아 참으로 공자의 천정배필이었다. 그래서 그 부모와 유 부인이 기뻐하고 더욱 좋아했으니 이를 이루 형용하지 못할 정도였다. 유 씨가 양 씨와 함께 매사를 나란히 해 조금도 어기는 일이 없으니 일가 사람들이 칭찬했다.

이때, 이 학사는 조정에서 일을 본 여가에 양 씨와 화락하며 홍선을 별실에 두고 이따금 침상 가에 머무르게 해 지극한 은정이 옅지 않았다. 노 씨에 대해서는 그 행동을 부족하게 여기고 일주 소저에게 독을 먹인 사람도 노 씨로 지목해 노 씨를 더욱 홀대했다.

하루는 노 씨가 근친(覲親)[81]해 친정에 갔다. 부모가 노 씨에게 앵혈(鶯血)[82]이 그대로 있는 것을 보고 크게 놀라 이생을 한스러워하고 딸을 불쌍히 여겨 원망하는 말이 노 시랑 귀에 연이어 들렸다.

노 시랑 부인 효희 군주가 이후에 이씨 집안에 이르러 할머니와 여러 숙부를 뵙고 궁에 이르러 주비와 한담하다가 지나가는 말로 물었다.

"옥주께서 노 씨를 앞에 두고 보시니 그 인물이 어떠하더이까?"

주비가 잠시 웃고 대답했다.

"첩이 본디 어리석어 사람을 알아보는 눈이 없으니 또 다른 사람이 보는 것과 다르게 볼 일이 있겠습니까?"

군주가 웃고 대답했다.

"옥주 높은 눈에 노 씨를 부족하게 여길 줄은 애초부터 알았으나 흥문이의 대접이 크게 차이가 나니 저 집의 원망이 자못 좋지 않습니다. 옥주처럼 큰 덕을 지니신 분이 어찌 흥문이에게 일러 주시지 않는 것입니까?"

주비가 낯빛을 온화하게 해 말했다.

"여자는 덕이 귀하고 미색이 중요하지 않으니 어찌 노 씨의 얼굴을 나무라는 일이 있겠습니까? 첩이 비록 어리석으나 윗사람이 되어 자식의 금실이 좋지 않음을 기뻐할 바가 아닙니다. 첩이 아들을 경계한 후로 아들이 노 씨 처소에 무시로 왕래해 노 씨를 박대함이 없는 줄 알았더니 군주 말씀을 들으니 바야흐로 깨닫겠나이다."

군주가 주비의 말끝이 노 씨의 심지를 부족하게 여기는 줄을 알고 말을 하지 않았다.

군주가 이윽고 돌아오다가 중당(中堂)에 이르러 흥문을 만나니 웃

---

81) 근친(覲親): 시집간 딸이 친정에 가 부모를 뵘.

82) 앵혈(鶯血): 예전에 나이 어린 처녀의 팔뚝에 찍던 처녀성의 표시를 말하는 것으로 도마뱀에게 주사(朱沙)를 먹여 죽이고 말린 다음 그것을 찧어 어린 처녀의 팔뚝에 찍으면 남자와 잠자리를 하면 없어진다고 함.

고 말했다.

"조카를 만나 조용히 물을 말이 있더니 오늘 마침 이곳이 고요하니 조카의 소회를 들어야겠다. 조카가 두 아내를 두어 대우가 고르지 않다 하니 그 생각을 듣고 싶구나."

학사가 즉시 대답했다.

"숙모께서 물어 무엇하려 하십니까?"

군주가 말했다.

"조카가 하나를 위해 하나를 박대하는 것은 자못 군자의 도리를 잃은 게야. 부사 아주버님 부부가 조카를 과도하게 한하므로 조카에게 묻는 것이다. 노 씨가 비록 양 씨에게 미치지 못하나 또한 하등(下等)이 아닌데 조카가 박대하는 것은 인정이 아니니 그 뜻이 어디에 있는 것이냐?"

학사가 웃고 천천히 대답했다.

"숙모께서 저의 뜻을 물으시니 잠깐 아뢰겠나이다. 노 씨의 얼굴은 삼춘(三春)에 아직 다 피지 않은 꽃 같고 행동이 영리하니 남자 마음에 정신이 없을 것입니다. 그러나 그 마음바탕이 어질지 않으니 제 마음에 맞지 않아 억지로 잘 대해 주지 못한 것입니다."

군주가 놀라 말했다.

"노씨 집 조카는 영민하고 화통한 아이니, 조카가 집안을 고루 다스리지 못해 편협한 여자에게 서리 내리는 원망이 일어나도록 한 것이구나. 그렇지 않았다면 무슨 환난이 있었겠느냐? 드러난 잘못이 없이 미워하는 마음을 두어 두 아내를 화목하게 하지 못한다면 이는 너의 허물이다."

학사가 웃고 말했다.

"저의 말을 믿지 못하신다면 나중을 보소서. 증험(證驗)[83]이 있을 것입니다."

군주가 매우 놀라고 괴이해 다시 말을 않고 일어나니 학사가 당에서 내려와 군주를 보냈다.

학사가 소화각에 이르니 양 씨가 눈썹 사이에 근심이 맺혀 난간에 기대 앉아 있다가 일어나 학사를 맞이했다. 학사가 이에 짐짓 정색하고 말했다.

"부인이 근래에 얼굴에 근심이 가득해 화란 만난 사람 같으니 알지 못하겠소, 그 연고를 일러 보시오. 부모께서 집에 계셔서 반석처럼 평안하시고 아울러 그대 부모와 내가 건강한데 그 무슨 도리요?"

양 씨가 묵묵히 대답하지 않으니 생이 재촉해 물었다. 그러자 양 씨가 마지못해 대답했다.

"자연히 마음이 평안하지 않아서 그런 것이니 대단한 연고는 없나이다."

학사가 그윽이 그 마음을 알아보고 매우 가련하게 여겼으나 낯빛을 다시 짓고 일렀다.

"어버이를 모시고 있는 처지에 영화를 다 누리고 있거늘 근심하는 안색과 괴로운 말로 다시 내 명령을 범한다면 용서하기 어려울 것이오."

양 씨가 옷깃을 여며 사례하고 말을 안 하니 학사가 더욱 즐거웠으나 다시 묻지 않고 나갔다.

이때 하남공의 셋째아들 기문의 자는 경보니 공주 소생이었다. 이때 나이는 열네 살이나 풍채과 골격이 늠름하고 준수해 일대의 호걸

---

83) 증험(證驗): 증거로 삼을 만한 경험.

이었다. 이부시랑 교상이 한 딸로 기문에게 시집보냈다. 교 씨는 얼굴과 행실이 갖추어져 유 씨에게 지지 않았으니 모두 기뻐했다. 문정공이 이에 웃고 말하기를,

"형님은 세 며느리를 이렇듯 빨리 얻으셨으나 저는 한 며느리를 못 얻었으니 어찌 탄식하지 않겠나이까?"

라고 했다.

제2부

주석 및 교감

A. 원문

1. 저본은 한국학중앙연구원 소장본(26권 26책)으로 하였다.

2. 면을 구분해 표시하였다.

3. 한자어가 들어간 어휘는 한자 병기를 원칙으로 하였다.

4. 음이 변이된 한자어 및 한자와 한글의 복합어는 원문대로 쓰고 한자를 병기하였다. 예) 고이(怪異). 겁칙(劫-)

6. 현대 맞춤법 규정에 의거해 띄어쓰기를 하되, '소왈(笑曰)'처럼 '왈(曰)'과 결합하는 1음절 어휘는 붙여 썼다.

B. 주석

1. 다음과 같은 경우에 각주를 통해 풀이를 해 주었다.

　　가. 인명, 국명, 지명, 관명 등의 고유명사

　　나. 전고(典故)

　　다. 뜻을 풀이할 필요가 있는 어휘

2. 현대어와 다른 표기의 표제어일 경우, 먼저 현대어로 옮겼다.

　　예) 츄천(秋天): 추천.

3. 주격조사 'ㅣ'가 결합된 명사를 표제어로 할 경우, 현대어로 옮길 때 'ㅣ'는 옮기지 않았다. 예) 긔위(氣宇ㅣ): 기우.

C. 교감

1. 교감을 했을 경우 다른 주석과 구분해 주기 위해 [교]로 표기하였다.

2. 원문의 분명한 오류는 수정하고 그 사실을 주석을 통해 밝혔다.

3. 원문의 의미가 분명하지 않은 경우, 규장각 소장본(26권 26책)을 참고해 수정하고 주석을 통해 그 사실을 밝혔다.

4. 알 수 없는 어휘의 경우 '미상'이라 명기하였다.

니시셰딕록(李氏世代錄) 권지일(卷之一)

1면

딕명(大明)[1] 졍통(正統)[2] 년간(年間)의 대승샹(大丞相) 농도[3]각
(龍圖閣)[4] 태흑수(太學士) 겸(兼) 구셕(九錫)[5] 듕셔령(中書令)[6] 셩도
빅(--伯) 명국공(--公) 튱현왕(忠賢王)[7]의 셩(姓)은 니(李)오, 명(名)은
관셩이오, 즈(字)는 즈쉬오, 별호(別號)는 운혜[8] 션싱(先生)이니 태즈
태수(太子太師) 튱무공(忠武公) 니현의 댱직(長子 ㅣ)라. 모(母) 뉴 시
(氏) 꿈의 댱경셩(長庚星)[9]을 숨키고 싱(生)흔다라.

공(公)이 ㅇ시(兒時)로브터 긔위(氣宇 ㅣ)[10] 비범(非凡)ᄒ고 신치

---

1) 딕명(大明): 대명. 중국 명(明)나라를 높여 부른 이름.

2) 졍통(正統): 정통. 중국 명(明)나라 제6대 황제인 영종(英宗) 때의 연호(1435~1449). 영종의 이
름은 주기진(朱祁鎭, 1427~1464)이며, 복위 후에 연호를 천순(天順, 1457~1464)으로 바꿈.

3) 도: [교] 원문에는 '두'로 되어 있으나 오기로 보임. 고전소설에 흔히 '용도각'으로 표기되어 있음.

4) 농도각(龍圖閣): 용도각. 중국 송(宋)나라 진종(眞宗) 때에 설치한 관서(官署)로, 태종(太宗)의 서
찰·문집과 궁중의 전적·도서 등을 소장하였으며, 학사(學士)·직학사(直學士)·대제(待制)·
직각(直閣) 등의 관원을 두었음.

5) 구셕(九錫): 구석. 중국에서, 천자(天子)가 특히 공로가 큰 제후와 대신에게 하사하던 아홉 가지
물품. 거마(車馬), 의복, 악칙(樂則), 주호(朱戶), 납폐(納陛), 호분(虎賁), 궁시(弓矢), 부월(鈇鉞),
울창주(鬱鬯酒).

6) 듕셔령(中書令): 중서령. 관직 이름. 중서성(中書省)의 장관으로 임금의 조명(詔命)을 선전하는
일을 맡음. 한나라 무제(武帝) 때는 환관이 맡았고 후에는 문학으로 명망이 있는 선비들이 맡음.
원나라 때는 권위가 더 높아져 혹 황태자가 겸임을 하기도 하였으며 명나라 홍무(洪武) 13년
(1380)에 없어짐. '태령(大令)'이라고도 칭함. 용도각이나 중서령 모두 <이씨세대록>의 배경이
되는 영종조와는 무관한 관서나 관직인바, 송나라의 관행을 따라 쓰인 관서나 관직으로 판단됨.

7) 대승샹(大丞相)~튱현왕(忠賢王): 이 벼슬 이름은 전편(前篇) <쌍천기봉>에서 제수받은 벼슬 이
름과 일치하되 다만 '명국공'은 전편에 '명공오국'으로 되어 있음. <쌍천기봉> 장서각본(이하 '장
서각본'은 생략함) 18:45.

8) 혜: [교] 원문에는 '계'로 되어 있으나 전편(前篇) <쌍천기봉>에서 '운혜'로 소개되었으므로(2:89)
그것을 따름. 참고로 규장각본(1:1)에도 '계'로 되어 있음.

9) 댱경셩(長庚星): 장경성. 저녁 무렵 서쪽 하늘에 보이는 '금성'을 이르는 말. 태백성.

(神采)11) 동탕(動蕩)12)호여 문댱(文章)은 팔두(八斗)13)를 병구(並
驅)14)호고 위인(爲人)의 쳥소공검(淸素恭儉)15)호믄 쥬아부(周亞
夫)16)를 효측(效則)17)호고 만亽(萬事)의 강개(慷慨)호믄 한시(漢時)
급암(汲黯)18)을 쭐오며 텬디(天地) 흥망(興亡)과 고금(古今) 역니(易
理)19)를 졍통(精通)호믄 쵹한(蜀漢) 적 와룡(臥龍)20) 션싱(先生)의
디디 아니며 진튱보국(盡忠輔國)21)의 만亽(萬事ㅣ) 슉연(肅然)22)호
믄 쇼(蕭)

---

10) 긔위(氣宇ㅣ): 기우. 기개와 도량.

11) 신치(神采): 신채. 뛰어나게 훌륭한 풍채.

12) 동탕(動蕩): 얼굴이 잘생기고 살집이 있음.

13) 팔두(八斗): 여덟 말이라는 뜻으로 문장이 뛰어남을 이름. 중국 남조(南朝)의 사령운(謝靈運)이
삼국시대 위(魏)의 조식(曹植)을 두고 한 말. 즉, "천하의 재주가 한 섬이 있다면 조자건이 여
덟 말을 점유하고 있고, 내가 한 말을 얻었으며, 천하가 나머지 한 말을 나누어 가졌다. 天下
才有一石, 曹子建獨占八斗, 我得一斗, 天下共分一斗."라고 함. 『남사(南史)』, <사령운열전(謝靈
運列傳)>.

14) 병구(並驅): 나란히 함.

15) 쳥소공검(淸素恭儉): 청소공검. 맑고 깨끗하며 공손하고 검소함.

16) 쥬아부(周亞夫): 주아부. 중국 전한(前漢)의 관료(?~B.C.143). 전한의 개국공신 주발(周勃)의
아들로 주발의 작위를 이어받아 조후(條侯)가 됨. 문제(文帝) 때 흉노(匈奴)가 침입하자 세류영
(細柳營)에서 주둔하며 흉노를 크게 물리쳤는데 이때 군영의 기율을 엄격하게 해 문제의 칭찬
을 받기도 함. 문제(文帝)가 죽은 후 거기장군이 되고, 경제(景帝)가 즉위한 후 태위가 되어 오
초칠국(吳楚七國)의 난을 진압하고 승상이 됨. 만년에 경제(景帝)의 의심을 받아 고문을 당하
고 굶겨진 후 피를 토하고 죽음.

17) 효측(效則): 효칙. 본받음.

18) 급암(汲黯): 중국 전한(前漢) 무제 때의 간신(諫臣, ?~B.C.112). 자는 장유(長孺). 성정이 엄격
하고 직간을 잘하여 무제로부터 '사직(社稷)의 신하'라는 말을 들음.

19) 역니(易理): 역리. 역(易)의 법칙이나 이치.

20) 와룡(臥龍): 중국 삼국시대 촉한 유비의 책사인 제갈량(諸葛亮, 181~234)의 별호. 그의 자(字)
는 공명(孔明)이고, 또 다른 별호는 복룡(伏龍). 유비를 도와 오(吳)나라와 연합하여 조조(曹操)
의 위(魏)나라 군사를 대파하고 파촉(巴蜀)을 얻어 촉한을 세움. 유비가 죽은 후에 무향후(武鄕
侯)로서 남방의 만족(蠻族)을 정벌하고, 위나라 사마의(司馬懿)와 대전 중에 오장원(五丈原)에
서 병사함.

21) 진튱보국(盡忠輔國): 진충보국. 충성을 다해 나랏일을 도움.

22) 슉연(肅然): 숙연. 엄숙한 모양.

샹국(相國)[23]을 법바드며 효의(孝義)예 ᄀ죽ᄒᆞᆫ 증ᄌᆞ(曾子)[24]를 압두(壓頭)[25]ᄒᆞ니 진실로(眞實-) 고금(古今)의 드믄 긔진(奇才)[26]러라.

공(公)이 십ᄉᆞ(十四) 셰(歲)의 알셩(謁聖)[27] 장원(壯元)ᄒᆞ야[28] 바로 니부텬관(吏部天官)[29]으로 통진(冢宰)[30]를 임(任)ᄒᆞ고, 이십(二十)이 ᄀᆞᆺ 너므며 승샹(丞相)의 거(居)ᄒᆞ니 조달(早達)[31]홈과 그 영귀(榮貴)ᄒᆞ미 사ᄅᆞᆷ의 미츨 배 아니로ᄃᆡ 빅ᄉᆞ(百事ㅣ) 거울 ᄀᆞᆺ고 샹벌(賞罰)이 분명(分明)ᄒᆞ야 국가(國家) 대ᄉᆞ(大事)를 당(當)ᄒᆞ여도 구속(拘束)ᄒᆞ미 업고 ᄂᆞ즌 사ᄅᆞᆷ을 ᄃᆡ(對)ᄒᆞ야 공슌(恭順)[32]ᄒᆞ고 비약(卑弱)[33]ᄒᆞ미 놉흔 사ᄅᆞᆷ 디졉홈 ᄀᆞᆺ흐니 텬해(天下ㅣ) 북(北)으로 ᄎ 두어 칭숑(稱頌)ᄒᆞ더니,

---

23) 쇼(蕭) 샹국(相國): 소 상국. 소하(蕭何, ?~B.C.193)를 이름. 진(秦) 말기에서 전한 초기에 걸쳐 활약한 정치가. 유방의 참모로서 그가 천하를 얻도록 도왔으며, 전한의 초대 상국을 지냄. 한신(韓信), 장량(張良)과 함께 한의 삼걸(三傑)로 꼽힘.

24) 증ᄌᆞ(曾子): 증자. 증삼(曾參)을 높여 부른 이름(B.C.506~B.C.436?). 중국 노(魯)나라의 유학자로, 자는 자여(子輿). 공자의 덕행과 사상을 조술(祖述)하여 공자의 손자인 자사(子思)에게 전함. 효성이 깊은 인물로 유명함.

25) 압두(壓頭): 상대편을 누르고 첫째 자리를 차지함.

26) 긔진(奇才): 기재. 아주 뛰어난 재주를 가진 사람.

27) 알셩(謁聖): 알성. 황제가 문묘에 참배한 뒤 실시하던 비정규적인 과거 시험. 알성과(謁聖科).

28) 십ᄉᆞ(十四) 셰(歲)의 알셩(謁聖) 장원(壯元)ᄒᆞ야: 십사 세의 알성 장원하여. 열네 살에 알성과에 장원급제하여. <쌍천기봉>(2:120~121)에도 이관성이 열네 살에 알성과에 장원급제한다는 내용이 나옴.

29) 니부텬관(吏部天官): 이부천관. 이부. 천관은 육부의 으뜸이라는 뜻으로 이부를 말함.

30) 통진(冢宰): 총재. 이부의 으뜸벼슬인 상서(尙書)를 말함.

31) 조달(早達): 젊은 나이에 높은 지위에 오름.

32) 공슌(恭順): 공순. 공손하고 온순함.

33) 비약(卑弱): 남에게 자신을 낮춤.

블힝(不幸)ᄒ야 공(公)이 그 부친(父親) 태ᄉ공(太師公) 샹ᄉ(喪事)를 만나 금쥐(錦州)[34] 고향(故鄉)으로 간 후(後), 셩개(聖駕ㅣ)[35] 븍디(北地)의 파월(播越)[36]ᄒ시니 신ᄌ(臣子)의 망극(罔極)홀 배로ᄃᆡ 허다(許多) 관뇨(官僚)의 ᄒ나토 고군(孤君)[37]을 념(念)ᄒ미 업

• • •

3면

거늘 공(公)이 의긔(義氣)를 격발(激發)[38]ᄒ여 텬하(天下)를 도라 호걸(豪傑)을 약속(約束)ᄒ고 의병(義兵)을 니ᄅ혀 야션[39](也先)[40]을 티고 황샹(皇上)을 마자 도라오니 텬ᄌ(天子ㅣ) 그 덕(德)을 고금(古今)의 업다 ᄒ샤 튱현왕(忠賢王)을 봉(封)ᄒᄃᆡ 공(公)이 죽기로 ᄃᆞ토와 왕쟉(王爵)을 ᄉ양(辭讓)ᄒ고 녜대로 국ᄉ(國事)를 진심(盡心)[41]ᄒ더니, 텬슌(天順)[42] 원년(元年)[43]의 동오왕(東吳王) 쥬[44]챵을 텨 큰 공(功)을 일우ᄃᆡ 죵시(終是) 왕쟉(王爵)을 고ᄉ(固

---

34) 금쥐(錦州): 금주. 현재의 중국 호남성 회화시(懷化市)의 현급 행정구역이며 마양 먀오족의 자치현에 위치했던 곳. 수도인 북경과 약 1,700km 떨어진 곳에 자리하고 있음.

35) 셩개(聖駕ㅣ): 성가. 임금의 수레를 높여 이르는 말.

36) 파월(播越): 임금이 도성을 떠나 다른 곳으로 피란하던 일. 파천(播遷). 여기에서는 오이라트족의 침략으로 정통제(正統帝)가 직접 친정을 나가 포로로 잡힌, 이른바 토목(土木)의 변(變)을 이름.

37) 고군(孤君): 외로운 처지의 임금.

38) 격발(激發): 기쁨이나 분노 따위의 감정이 격렬히 일어남. 또는 그렇게 함.

39) 션: [교] 원문에는 '견'으로 되어 있으나 오기로 보이므로 규장각본(1:2)을 따름.

40) 야션(也先): 몽골족의 하나인 오이라트 부족의 족장 이름 에센(?~1454)을 이름. 역사적으로 에센은 무역 문제로 명나라와 갈등을 벌이다 자기 부족을 토벌하러 온 정통 황제를 1449년에 잡아서 1450년에 조건 없이 풀어 줌.

41) 진심(盡心): 마음을 다함.

42) 텬슌(天順): 천순. 중국 명나라 영종(英宗) 때의 연호(1457~1464). 정통(正統) 연호를 쓰던 영종이 토목의 변으로 오이라트족의 에센에게 잡혀 있다가 복위한 후에 정한 연호임.

43) 텬슌(天順) 원년(元年): 천순 원년. 1457년.

辭)ᄒ고 본직(本職)을 거(居)하니 텬ᄌ(天子ㅣ) 비록 만승(萬乘)[45]의 위엄(威嚴)이 이시나 그 ᄯᅳᆺ을 앗디 못ᄒ샤 ᄉ후(死後)의 츄증(追贈)[46]ᄒ시니라.

공(公)의 아ᄋ 두 사ᄅᆷ이 이시니 ᄒ나흔 무평[47]왕(--王) 한셩이오 별호(別號)ᄂᆫ 운혹이니 셩ᄒᆡᆼ(性行)[48]이 단아(端雅)ᄒ고 문쟝(文章) 긔졀(奇節)[49]이 일셰(一世)의 독보(獨步)ᄒᄃᆡ 블ᄒᆡᆼ(不幸)ᄒ야 흉노(匈奴)ᄅᆞᆯ 티다가 군냥(軍糧)

4면

이 진(盡)ᄒ야 셩(城)을 딕희디 못ᄒ고 적(敵)의 핍박(逼迫)ᄒᆫ 배 되야 ᄉ졀(死節)[50]ᄒ니 녕국공(--公)의 셜워ᄒᆞᆷ이 ᄀᆞᆨ골(刻骨)[51]ᄒ매 미처 그 부인(夫人) 셜 시(氏)와 냥ᄌᆞ삼녀(兩子三女)ᄅᆞᆯ 무휼(撫恤)[52]ᄒᆞᆷ이 지극(至極)ᄒ더라. ᄒ나흔 태ᄌᆞ쇼부(太子少傅) 븍쥐ᄇᆡᆨ(--伯) 니연셩이오, ᄌᆞ(字)ᄂᆞᆫ ᄌᆞ경이니 얼골이 츈화(春花) ᄀᆞᆺ고 셩ᄒᆡᆼ(性行)이 강명(剛明)[53]ᄒ야 고금(古今)의 무ᄡᅡᆼ(無雙)ᄒᆫ 명공(名公)

---

44) 쥬: [교] 원문에는 '슈'로 되어 있으나 오기로 보이므로 규장각본(1:2)을 따름.

45) 만승(萬乘): 만 대의 병거(兵車)라는 뜻으로, 천자 또는 천자의 자리를 이르는 말. 중국 주나라 때에 천자가 병거 일만 채를 직례(直隸) 지방에서 출동시켰던 데서 유래함.

46) 츄증(追贈): 추증. 나라에 공로가 있는 벼슬아치가 죽은 뒤에 품계를 높여 주던 일.

47) 무평: [교] 원문에는 '문졍'으로 되어 있으나 <쌍천기봉>(18:38)을 따라 이와 같이 수정함.

48) 셩ᄒᆡᆼ(性行): 성행. 성품과 행실.

49) 긔졀(奇節): 기절. 기이한 절개.

50) ᄉ졀(死節): 사절. 절개를 위하여 목숨을 버림. 또는 그 절개.

51) ᄀᆞᆨ골(刻骨): 각골. 뼈에 사무치도록 슬픔.

52) 무휼(撫恤): 어루만지며 불쌍히 여김.

53) 강명(剛明): 강직하고 분명함.

이러라. 공(公)이 쇼부(少傅)로 더브러 편모(偏母)[54] 뉴 부인(夫人) 셤기믈 그림재 응(應)툿 ᄒ더라.

공(公)의 부인(夫人) 뎡 시(氏)ᄂᆞᆫ 각노(閣老)[55] 츄밀ᄉᆞ(樞密使)[56] 뎡연의 녜(女ㅣ)니 얼골과 덕되(德道ㅣ)[57] 일셰(一世)예 희한(稀罕)ᄒᆞᆫ 셩녜(聖女ㅣ)라. 공(公)이 동쥬(同住)ᄒ여 여러 셰월(歲月)을 디ᄂᆡ되 ᄒᆞᆫ 번(番) ᄎᆞᆺ빗츨 고텨 샹힐(相詰)[58]ᄒ미 업스니 그 부부(夫婦) 냥인(兩人)의 디음(知音)[59]ᄒ미 여ᄎᆞ(如此)ᄒ더라.

오ᄌᆞ이녜(五子二女ㅣ) 이시니 댱ᄌᆞ(長子)ᄂᆞᆫ 부마도

•••

5면

위(駙馬都尉) 영쥐빅(--伯) 하람왕(--王) 일쳔 션ᄉᆡᆼ(先生) 몽현이니 ᄌᆞ(字)ᄂᆞᆫ 빅균이라. 얼골의 아름다오미 츄텬(秋天) 샹월(霜月)[60]이 빗긴 ᄃᆞᆺᄒ고 셩졍(性情)이 쁵쁵졍딕(--正大)ᄒ미 되인군ᄌᆞ(大人君

---

54) 편모(偏母): 홀어머니.

55) 각노(閣老): 각로. 중국 고대 관직의 이름. 당(唐)나라 때는 중서사인(中書舍人) 중에서 나이가 많고 학문이 깊은 자 및 중서성과 문하성에 소속된 관원의 경칭으로 쓰였고, 오대(五代)와 송(宋)나라 이후에는 재상의 칭호로 쓰임. 명청(明淸) 때는 한림(翰林) 중에서 고칙(誥敕)을 관장한 학사에 대한 칭호로 쓰임. 여기에서는 송나라의 관행을 따라 일반적인 재상의 의미로 쓰임.

56) 츄밀ᄉᆞ(樞密使): 추밀사. 추밀원(樞密院)의 으뜸벼슬. 추밀원은 국가의 중요한 정무를 관장한 관서(官署)로 오대(五代) 후량(後梁) 때 설치된 숭정원(崇政院)을 후당(後唐)에서 추밀원으로 개칭한 후 송나라에서도 그대로 쓰였고, 송나라 때는 중서성과 함께 양부(兩府)로 불리며 병권을 담당함.

57) 덕되(德道ㅣ): 덕행과 도덕.

58) 샹힐(相詰): 상힐. 서로 트집을 잡아 비난함.

59) 디음(知音): 지음. 마음이 서로 통하는 친한 벗을 비유적으로 이르는 말. 거문고의 명인 백아가 자기의 소리를 잘 이해해 준 벗 종자기가 죽자 자신의 거문고 소리를 아는 자가 없다고 하여 거문고 줄을 끊었다는 데서 유래함. 『열자(列子)』, 「탕문편(湯問篇)」. 여기에서는 부부 사이가 좋음을 이름.

60) 샹월(霜月): 상월. 서릿달.

子)의 틀이라. 샹원부인(上元夫人)은 인종(仁宗) 희황뎨(熙皇帝)[61] 일(一) 녀(女) 효셩 계양 공쥬(公主) 하람비(--妃) 쥬(朱) 시(氏)니 얼골 덕되(德道ㅣ) 녀듕요슌(女中堯舜)[62]이오, 쳔츄무빵(千秋無雙)흔 텰뷔(哲婦ㅣ)[63]라. 칠ᄌ이녀(七子二女)를 두엇고 ᄎ비(次妃) 댱시(氏)ᄂᆞᆫ 녜부샹셔(禮部尚書) 댱셰걸의 일(一) 녜(女ㅣ)니 이 쏘한 당금(當今)의 독보(獨步)흔 슉녜(淑女ㅣ)니 삼ᄌ삼녀(三子三女)를 두니 십ᄌ오녜(十子五女ㅣ) 다 각각(各各) 곤산(崑山)[64]의 미옥(美玉)이오 ᄒᆡ듕(海中) 구슬이러라. ᄎᄌ(次子) 병부샹셔(兵部尚書) 우승샹(右丞相) 문졍공(--公) 연왕(-王) 몽챵의 ᄌ(字)ᄂᆞᆫ 빅달이오 별호(別號)ᄂᆞᆫ 듁쳥이니 이 진짓 쳔고(千古)의 개셰영ᄌᆡ(蓋世英才)[65]오 운쥬유악(運籌帷幄)[66]흔 ᄌᆡ목(材木)이라. 얼골은 강산(江山)의 졍긔(精氣)를 아오라

6면

식식쇄락(--灑落)[67]흔 용치(容彩)[68] 닌봉(麟鳳) ᄀᆞᆺ더라. 부인(夫人)

---

61) 인종(仁宗) 희황뎨(熙皇帝): 인종 희황제. 인종은 중국 명(明)나라의 제4대 황제(재위 1424~1425)의 묘호이며 희황제는 연호인 홍희(洪熙)를 줄이고 뒤에 황제(皇帝)를 덧붙인 이름. 성조(成祖) 영락제(永樂帝)의 장자(長子)로, 이름은 주고치(朱高熾). 1년 동안의 짧은 재위 기간이었지만 선정을 베풀어 다음 황제인 선덕제(宣德帝)의 치세에도 큰 영향을 미쳐 명나라의 기틀을 잡았다는 평가를 받음.

62) 녀듕요슌(女中堯舜): 여중요순. 여자 가운데 요(堯)임금과 순(舜)임금. 두 임금은 중국 고대 성군(聖君)으로 덕이 높은 인물로 유명함.

63) 텰뷔(哲婦ㅣ): 철부. 현명한 여자.

64) 곤산(崑山): 곤륜산(崑崙山). 중국 전설상의 높은 산으로 중국 서쪽에 있으며 옥이 많이 난다고 함.

65) 개셰영ᄌᆡ(蓋世英才): 개세영재. 세상을 뒤덮을 만큼 탁월한 재주를 지닌 사람.

66) 운쥬유악(運籌帷幄): 운주유악. 운주(運籌)는 주판을 놓듯 이리저리 궁리하고 계획함을 의미하며, 유악(帷幄)은 슬기와 꾀를 내어 일을 처리하는 데 능함을 의미함. 중국 한(漢)나라 고조(高祖)의 모사(謀士)였던 장량(張良)이 장막 안에서 이리저리 꾀를 내었다는 데에서 연유한 말.

소 시(氏)는 니부샹셔(吏部尙書) 소문의 일(一) 녜(女ㅣ)라. 셩덕 (盛德)[69]이 일시(一時)를 기우리고 얼골이 고금(古今)의 무쌍(無雙)ᄒ니 이 니론바 군ᄌ(君子)의 뇨됴(窈窕)[70]ᄒᆫ 딱이라. 오ᄌ이녀 (五子二女)를 두엇고, 삼ᄌ(三子) ᄀᆡ국공(--公) 호부샹셔(戶部尙書) 몽원의 ᄌ(字)ᄂᆞ 빅운이오 별호(別號)ᄂᆞ 이쳥이니 이 진짓 옥당(玉堂)[71]의 됴ᄒᆫ 손이오 난셰(亂世)의 표일(飄逸)[72] 명쟝(名將)이라. 부인(夫人) 최 시(氏)긔 삼ᄌ이녀(三子二女)를 두고, ᄉᆞᄌ(四子) 안두후(--侯) 태샹경(太常卿)[73] 몽샹의 ᄌ(字)ᄂᆞ 빅안이오 별호(別號)ᄂᆞ 유쳥이니 부인(夫人) 화 시(氏)긔 ᄉᆞ진(四子ㅣ)오, 오ᄌ(五子) 강음후(--侯) 츄밀ᄉᆞ(樞密使) 몽필의 ᄌ(字)ᄂᆞ 빅명이오 별호(別號)ᄂᆞ 숑쳥이니 부인(夫人) 김 시(氏)긔 팔ᄌ이녜(八子二女ㅣ)오, 댱녀(長女)[74]ᄂᆞ 건극뎐(建極殿) 태혹ᄉᆞ(太學士) 문복[75]명의 부인(夫人)이니 이ᄌ일녜(二子一女ㅣ)오, ᄎᆞ녀(次女)[76]ᄂᆞ 녜부샹셔(禮部尙書) 좌복야(左僕射) 신국공(--公) 뇨익의

---

67) 싁싁쇄락(--灑落): 엄숙하고 인품이 깨끗하며 속된 기운이 없음.

68) 용칙(容彩): 용채. 용모와 풍채.

69) 셩덕(盛德): 성덕. 큰 덕.

70) 뇨됴(窈窕): 요조. 여자의 행동이 얌전하고 정숙함.

71) 옥당(玉堂): 조정을 아름답게 부른 말.

72) 표일(飄逸): 성품이나 기상 따위가 뛰어나게 훌륭함.

73) 태샹경(太常卿): 태상경. 태상시(太常寺)의 으뜸벼슬. 태상시는 중국에서 종묘, 제사를 관장하던 기구임.

74) 댱녀(長女): 장녀. <쌍천기봉>에는 이관성의 장녀 이름이 이빙옥으로 나옴.

75) 복: [교] 원문에는 '봉'으로 되어 있으나 <쌍천기봉>을 따라 이와 같이 수정함.

76) ᄎᆞ녀(次女): 차녀. <쌍천기봉>에는 이관성의 차녀 이름이 이빙성으로 나옴.

부인(夫人)이니 뉵자ᄉ녜(六子四女ㅣ)라. 흔골ᄀᆞ티 고금(古今)의
무빵(無雙)흔 군ᄌ(君子) 슉녜(淑女ㅣ)로ᄃᆡ 기듕(其中) 특이(特異)
흔 거슨 하람공(--公) 졔ᄌ(諸子)와 문졍공(--公) ᄌ녜(子女ㅣ)러라.
하람공(--公) 등(等) ᄉ젹(事跡)이 빵쳔긔봉(雙釧奇逢)의 잇고 이
뎐(傳)은 그 ᄌ손(子孫)의 말을 긔록(記錄)ᄒᆞ매 ᄌ셔(仔細)티 아니
ᄒᆞ니 후인(後人)이 ᄌ시 ᄂ리보와 알디어다.

화셜(話說). 하람공(--公) 댱녀(長女) 미쥬 쇼져(小姐)의 ᄌ(字)ᄂᆞᆫ
화벽이니 ᄎᆞ비(次妃) 댱 시(氏) 소싱(所生)이라. 아름다온 얼골이 쟈
약뇨됴(自若窈窕)[77]하며 소담가려(--佳麗)[78]ᄒᆞ야 모시(母氏)의 얼골
과 흡ᄉ(恰似)ᄒᆞ고 셩힝(性行)이 단엄(端嚴)ᄒᆞ야 녯날 반비(班妃)[79]
의 고집(固執)이 이시니 그 부친(父親) 하람공(--公)이 긔특(奇特)이
너겨 ᄉ랑이 졔ᄌ(諸子)의 넘더니 년(年)이 십오(十五)의 이ᄶᅢ 하람
공(--公)이 금쥐(錦州) 이셔 그 조부(祖父) 삼년(三年)을 ᄌᆞᆺ 디닉고 아
직 경ᄉᆞ(京師)의 ᄀᆞ디 못ᄒᆞ여시므로 궁향(窮鄕)의 옥인(玉人)을 엇디
못ᄒᆞ여 동상(東床)[80]의 가랑(佳郞)

---

77) 쟈약뇨됴(自若窈窕): 자약요조. 침착하고 얌전하며 정숙함.

78) 소담가려(--佳麗): 생김새가 탐스럽고 아름다움.

79) 반비(班妃): 중국 한(漢)나라 성제(成帝)의 궁녀인 반첩여(班婕妤). 시가(詩歌)에 능한 미녀로 성제의 총애를 받다가 궁녀 조비연(趙飛燕)의 참소를 받고 물러나 장신궁(長信宮)에서 지내며 <자도부(自悼賦)>를 지어 자신의 처지를 하소연함.

80) 동상(東床): 사위. 중국 진(晉)나라의 태위 극감이 사윗감을 고르는데 왕도(王導)의 집 동쪽 평상 위에 엎드려 음식을 먹고 있는 왕희지(王羲之)를 골랐다는 고사에서 온 말.

을 마즈미 업더니,

이째 병부시랑(兵部侍郞) 텰연슈는 샹셔(尚書) 텰염[81][82]의 ᄌᆞ(子)ㅣ니 우인(爲人)이 관홍(寬弘)[83]ᄒᆞ고 명달(明達)ᄒᆞ여 쇽셰(俗世) 명공(名公) 지샹(宰相)으로 비(比)티 못ᄒᆞ고 부인(夫人) 영 시(氏)를 취(娶)ᄒᆞ여 우흐로 녀ᄋᆞ(女兒) 미혜 쇼져(小姐)를 나코 아릭로 삼ᄌᆞ(三子)를 두니 댱ᄌᆞ(長子) 슈의 ᄌᆞ(字)ᄂᆞᆫ 챵딩이니 풍ᄎᆡ(風采) 편편(翩翩)[84]ᄒᆞ야 인셰(人世)예 헌아(軒雅)[85] 샤인(士人)이라 텰 시랑(侍郞)이 ᄀᆞ장 ᄉᆞ랑ᄒᆞ더니,

그 조모(祖母) 경 부인(夫人)이 일즉 니(李) 태ᄉᆞ(太師)[86]긔 은양(恩養)을 닙어 부녀(父女)의 의(義) 잇ᄂᆞᆫ 고(故)로 그 죵뎨(終制)[87]의 가려 ᄒᆞ다가 병(病)드러 못 갓더니 이듬히 긔ᄉᆞ(忌祀)[88]의 갈ᄉᆡ 시랑(侍郞)이 마ᄎᆞᆷ 샹한(傷寒)[89]이 미류(彌留)[90]ᄒᆞ야 모친(母親)을 뫼셔 가디 못ᄒᆞ고 부인(夫人)이 홀로 챵딩으로 더브러 금쥐(錦州) 니ᄅᆞ러 졔ᄉᆞ(祭祀)를 디ᄂᆡ니 피ᄎᆞ(彼此ㅣ) 비회(悲懷) 새롭더라.

---

81) 염: [교] 원문에는 '연'으로 되어 있으나 <쌍천기봉>에 '염'으로 나온 바 있고,(2:84) 규장각본(1:6)에도 이와 같이 되어 있으므로 수정함.

82) 텰염: 철염. 이현의 양녀이자 이관성의 의매(義妹)인 경혜벽의 남편.

83) 관홍(寬弘): 마음이 넓고 너그러워 사소한 일에 거리끼지 아니함.

84) 편편(翩翩): 풍채가 멋스럽고 좋음.

85) 헌아(軒雅): 너그럽고 전아함.

86) 니(李) 태ᄉᆞ(太師): 이 태사. 철수의 조모 경혜벽의 양부(養父)인 이현을 이름.

87) 죵뎨(終制): 종제. 어버이의 삼년상을 마침. 해상(解喪).

88) 긔ᄉᆞ(忌祀): 기사. 해마다 사람이 죽은 날에 지내는 제사.

89) 샹한(傷寒): 상한. 감기. 밖으로부터 오는 한(寒), 열(熱), 습(濕) 따위의 사기(邪氣)로 인하여 생기는 병.

90) 미류(彌留): 병이 오래 낫지 않음.

일개(一家]) 흔 당(堂)의 모다 말솜ᄒᆞ더니 텰 공ᄌᆞ(公子]) 미쥬 쇼

••

9면

져(小姐)를 보고 크게 놀나고 흠모(欽慕)ᄒᆞ여 ᄀᆞ마니 싱각ᄒᆞ딕,

'닉 져룰 써난 디 오(五) 년(年)이라. 그ᄉᆞ이 엇디 뎌딕도록 슈발 (秀拔)91)ᄒᆞ엿ᄂᆞᆫ고? 조모(祖母)와 니(李) 승샹(丞相)이 친싱동긔(親生 同氣) 아니오 ᄒᆞ믈며 뎌과 나ᄂᆞᆫ 골육(骨肉)으로92) 닐러도 ᄌᆡ죵(再 從)93) 형믹(兄妹)니 죠곰도 혐의(嫌疑) 업ᄉᆞ니 홍승(紅繩)94)을 다ᄅᆞᆫ 딕 미ᄌᆞ리오?'

이터로95) 혜아려 흔 의ᄉᆞ(意思]) 흔흔(欣欣)ᄒᆞ니, 원닉(元來) 미 쥬 쇼졔(小姐]) 텰 공ᄌᆞ(公子) 보믈 됴히 아니 너기나 조부(祖父)의 우익(友愛) 지극(至極)ᄒᆞ샤 지친(至親)의 졍(情)이 지극(至極)ᄒᆞ시믈 아ᄂᆞᆫ 고(故)로 이날 잠간(暫間) 나와 경 부인(夫人)을 보고 즉시(卽 是) 드러가니 텰 공ᄌᆞ(公子]) 더욱 흠모(欽慕)하여 믈러와 하람공(-- 公) 등(等) 제ᄌᆞ(諸子) 흥문, 셩문96) 등(等)으로 더브러 별회(別懷)를 펴며 말솜하더니 텰 공ᄌᆞ(公子]) 문왈(問曰),

---

91) 슈발(秀拔): 수발. 뛰어나게 훌륭함.

92) [교] 원문에는 '을'로 되어 있으나 자연스러운 표현이 되도록 규장각본(1:7)을 따름.

93) ᄌᆡ죵(再從): 재종. 육촌이 되는 관계. 이미주의 조부 이관성과 철수의 조모 경혜벽이 의남매 사이이므로 이와 같이 칭한 것임.

94) 홍승(紅繩): 붉은 끈. 부부의 인연을 맺는 것. 월하노인(月下老人)이 포대에 붉은 끈을 가지고 다녔는데 그가 이 끈으로 혼인의 인연이 있는 남녀의 손발을 묶으면 그 남녀는 혼인할 운명에서 벗어나지 못한다고 함. 중국 당나라의 이복언(李復言)이 지은 『속현괴록(續玄怪錄)』에 나오는 이야기.

95) 텨로: [교] 원문에는 '텰'로 되어 있으나 문맥을 고려하여 이와 같이 수정함.

96) 셩문: 성문. 이몽창의 첫째아들. 정실 소월혜 소생.

"표미(表妹)[97] 뎌러툿 댱셩(長成)ᄒ여시니 어딕 슌향(荀香)[98]을 졈(占)ᄒ미 잇ᄂ냐?"

흥문 왈(曰),

"조

● ● ●

10면

뷔(祖父ㅣ) 쥬야(晝夜) 우황(憂遑)[99] 듕(中) 계시고 향곡(鄕曲)에 ᄌ시(才士ㅣ) 업ᄉ므로 야얘(爺爺ㅣ) 아직 향의(向意)[100]토 아냐 계시니라."

텰 공직(公子ㅣ) ᄀ마니 웃고 희힝(喜幸)[101]ᄒ여 ᄒ더라.

이튼날 흥문으로 더브러 쇼져(小姐) 침소(寢所)를 ᄎ자가니 쇼제(小姐ㅣ) 깃거 아니ᄒ딕 강잉(强仍)ᄒ여 좌(座)를 미러 각각(各各) 안기를 명(定)ᄒ매 텰 공직(公子ㅣ) ᄀ로오딕,

"현미(賢妹)로 더브러 ᄋ시(兒時)의 서ᄅ 손을 잇그러 노더니 블힝(不幸)ᄒ여 경향(京鄕)의 분슈(分手)[102]ᄒ연 디 오(五) 년(年)이라. 현미(賢妹) 능히 녯 졍(情)을 싱각ᄒ시ᄂ냐?"

쇼제(小姐ㅣ) 팀음(沈吟)[103] ᄉ샤(謝辭)[104] 왈(曰),

---

97) 표미(表妹): 표매. 원래 외종사촌누이를 가리키나 여기에서는 철수와 이미주가 재종 관계에 있으므로 이와 같이 칭하였음.

98) 슌향(荀香): 순향. 순욱(荀彧)의 향(香)이라는 뜻으로 훌륭한 남자를 이름. 중국 후한(後漢) 때 미남으로 알려진 순욱이 향을 좋아하여 그가 앉았던 자리에는 향내가 3일 동안이나 풍겼다는 고사(故事)에서 온 말.

99) 우황(憂遑): 걱정하며 경황이 없음.

100) 향의(向意): 마음을 기울임. 또는 그 마음.

101) 희힝(喜幸): 희행. 기쁘고 다행스러움.

102) 분슈(分手): 분수. 서로 작별함.

"쇼미(小妹) 또 ㅇ시(兒時) 적 일을 니즈미 아니로딕 쇼미(小妹)
인시(人事]) 블민(不敏)[105]ᄒᆞ여 거거(哥哥)의 후의(厚意)를 져ᄇᆞ리
믈 붓그려ᄒᆞᄂᆞ이다."

공ᄌᆞ(公子]) 웃고 골오딕,

"조부(祖父)와 조뫼(祖母]) 이제ᄂᆞᆫ 친싱동긔(親生同氣)로 다르디
아니시니 우리 등(等)의 졍(情)인들 엇디 타류(他類)와 ᄀᆞ트리오? 현
미(賢妹)ᄂᆞᆫ 모르미

· ·

11면

골육(骨肉)이 아니라 ᄒᆞ야 셔의(齟齬)[106]히 너기디 마르쇼셔."

쇼졔(小姐]) 졍금념용(整襟斂容)[107] 왈(曰),

"ᄌᆞ고(自古)로 남녜(男女]) 유별(有別)ᄒᆞ니 쇼미(小妹) 셔의(齟齬)
히 너기미 아니라 피ᄎᆞ(彼此]) 녜(禮)를 ᄀᆞ죽이 딕희여 친친지의(親
親之義)[108]를 일티 말미 올코 서로 무상(無常)[109]이 모다 희언(戲言)
과 부담(腐談)[110]을 ᄒᆞᆫ 가(可)티 아니니이다."

텰 공ᄌᆞ(公子]) 웃고 흥문을 도라보아 골오딕,

"현뎨(賢弟) 통텰(洞徹)[111]ᄒᆞᆫ 우형(愚兄)을 혈심소지(血心所

---

103) 팀음(沈吟): 침음. 속으로 깊이 생각함.

104) ᄉᆞ샤(謝辭): 사사. 고마운 뜻을 나타내는 말.

105) 블민(不敏): 불민. 어리석고 둔하여 재빠르지 못함.

106) 셔의(齟齬): 서어. 뜻이 맞지 아니하여 조금 서먹함.

107) 졍금념용(整襟斂容): 정금염용. 옷깃을 여미어 모양을 바로잡고, 얼굴을 단정히 가다듬음.

108) 친친지의(親親之義): 마땅히 친하여야 할 사람과 친한 의리.

109) 무상(無常): 무상. 일정한 때가 없음. 무상시(無常時).

110) 부담(腐談): 케케묵은 말. 또는 쓸모없는 이야기.

在)112)로 ᄉ랑ᄒ딕 녕져(令姐)113)의 ᄯᅳᆺ은 만히 블쾌(不快)ᄒ시니 골육(骨肉)이 ᄂᆫᄒ이디 아니믈 ᄭᅵᆯ닷노라."

흥문이 샤왈(謝曰),

"져제(姐姐ㅣ) 형(兄)을 외ᄃᆡ(外待)114)ᄒ시미 아니라 텬품(天稟)115)이 녜듕(禮重)116)ᄒ시므로 언단(言端)117)이 여ᄎᆞ(如此)ᄒ시나 구ᄐᆞ야 형(兄)을 외ᄃᆡ(外待)ᄒ시미 아니라."

ᄒ니 공ᄌᆡ(公子ㅣ) 함쇼(含笑)ᄒ고 쇼져(小姐)ᄅᆯ 도라보니 츄파(秋波)ᄅᆯ ᄂᆞᆺ초고 잉슌(櫻脣)118)을 다므라 슈연(粹然)119)이 좌(坐)ᄒ여시니 단

• •

12면

엄(端嚴) 엄슉(嚴肅)ᄒ미 일좌(一座)의 ᄇᆡ이고 ᄆᆰ은 긔보(肌膚)120)ᄂᆫ 옥(玉)이 조흔 ᄃᆺ, 팔ᄌᆞ아황(八字蛾黃)121)과 년협(臙頰)122) 보죠개 천고졀식(千古絕色)이라.

---

111) 통텰(洞徹): 통철. 깊이 살펴서 환하게 꿰뚫음.

112) 혈심소직(血心所在): 혈심소재. 진심에서 우러나옴.

113) 녕져(令姐): 영저. 상대의 누이를 높여 이르는 말.

114) 외ᄃᆡ(外待): 외대. 푸대접.

115) 텬품(天稟): 천품. 타고난 성품.

116) 녜듕(禮重): 예중. 예를 중시하고 진중함.

117) 언단(言端): 말하는 모양.

118) 잉슌(櫻脣): 앵순. 앵두처럼 붉은 입술.

119) 슈연(粹然): 수연. 사람이 얼굴이나 마음이 꾸밈이 없고 순박함.

120) 긔보(肌膚): 기부. 살갗.

121) 팔ᄌᆞ아황(八字蛾黃): 팔자아황. 아름다운 분을 바른 여인의 눈썹. '팔자'는 눈썹을, '아황'은 여자들이 발랐던 누런빛이 나는 분임.

122) 년협(臙頰): 연협. 연지 바른 뺨.

더옥 흠모(欽慕) 년년(戀戀)호나 그 엄정(嚴正)호믈 두려 니러 도
라와 경 부인(夫人)긔 고(告)호야 소원(所願) 일워 주시믈 청(請)호니
부인(夫人)이 경아(驚訝)[123]호야 길오디,

"아히(兒孩) 망녕(妄靈)되다. 노모(老母)와 니(李) 승샹(丞相)이 비
록 친싱골육(親生骨肉)이 아니나 피치(彼此ㅣ) 동긔지졍(同氣之情)이
극진(極盡)호고 네 아비와 미쥬의 아비[124] 즈쇼(自少)로 친친지졍(親
親之情)이 범연(泛然)[125]호 스촌(四寸)과 다르거늘 엇디 이런 말을
호느뇨?"

싱(生)이 꾸러 이고(哀告)[126] 왈(曰),

"요스이 시풍(時風)이 듕표(中表)[127] 혼인(婚姻)이 흔호고 호믈며
대모(大母)와 니(李) 승샹(丞相)이 동복주미(同腹姉妹) 아니시고 쇼
손(小孫)과 뎌과는 촌쉬[128](寸數ㅣ) 여스시[129] 되거늘 엇디 가(可)티
아니미 이시리잇고? 원(願)컨디 대모(大母)는 니(李) 부마(駙馬)[130]의
쯧을 시험(試驗)

••

13면

호야 보쇼셔."

---

123) 경아(驚訝): 놀라고 의아해함.

124) 네 아비와 미쥬의 아비: '네 아비'는 철수의 아버지 철연수를, '미주의 아비'는 이몽현을 이름.

125) 범연(泛然): 차근차근한 맛이 없이 데면데면함.

126) 이고(哀告): 애고. 애걸하며 고함.

127) 듕표(中表): 중표. 내종사촌과 외종사촌을 아울러 이르는 말. 중표형제(中表兄弟).

128) 쉬: [교] 원문에는 '쇠'로 되어 있으나 의미를 명확히 하기 위해 규장각본(1:11)을 따름.

129) 여스시: 여섯이. 철수가 자신과 이미주는 육촌 관계임을 말한 것임.

130) 니(李) 부마(駙馬): 이 부마. 이미주의 아버지인 부마 이몽현을 이름.

경 부인(夫人)이 부마(駙馬)의 셩졍(性情)의 밍녈(猛烈)ᄒᆞᆷ믈 저허
ᄒᆞ나 진실로(眞實-) 듕표(中表) 혼인(婚姻)이 시풍(時風)이 되엿고 승
샹(丞相)과 ᄌᆞ개(自家ㅣ) 골육(骨肉) 동긔(同氣) 아니오, 미쥬와 챵딩
이 ᄌᆡ죵(再從) 형ᄆᆡ(兄妹)니 혼인(婚姻)을 일우미 무해(無害)라 ᄒᆞ야,

ᄎᆞ일(此日) 졍당(正堂)의 모다 승샹(丞相)으로 더브러 말ᄉᆞᆷ홀ᄉᆡ 이
말로써 발셜(發說)ᄒᆞᆫᄃᆡ 승샹(丞相)이 텽파(聽罷)의 한심(寒心)ᄒᆞᆷ믈
이긔디 못ᄒᆞᄃᆡ 지극(至極)한 우이(友愛)로써 박졀(迫切)[131]ᄒᆞᆫ ᄉᆞ식
(辭色)[132]을 아니려 ᄒᆞ야 념슈(斂手)[133] ᄃᆡ왈(對曰),

"금일(今日) 져져(姐姐)의 말ᄉᆞᆷ을 듯ᄌᆞ오니 쇼뎨(小弟) ᄉᆡᆼ어오십년
(生於五十年) 이ᄅᆡ(以來)의 져져(姐姐)로 결의(結義)ᄒᆞ신 동긔(同氣
ㄴ) 줄 망[134]연(茫然)[135]이 아디 못ᄒᆞ더니 이제야 ᄭᆡᄃᆞᆺᄂᆞ이다. 챵딩
이 미쥬ᄅᆞᆯ 유의(留意)ᄒᆞ미 이실딘ᄃᆡ 형셰(形勢) 타문(他門)의 보ᄂᆡ디
못ᄒᆞᆯ디라 제 아비ᄅᆞᆯ 블러 무러보쇼셔."

셜파(說罷)의

14면

좌우(左右)로 하람공(--公)을 블러 면젼(面前)의 니ᄅᆞ매 경 부인(夫
人)이 챵딩의 ᄯᅳᆺ으로써 니ᄅᆞ고 왈(曰),

"노뫼(老母ㅣ) 거거(哥哥)로 더브러 심샹(尋常)ᄒᆞᆫ 동긔(同氣) ᄉᆞ이 아

---

131) 박졀(迫切): 박절. 인정이 없고 쌀쌀함.

132) ᄉᆞ식(辭色): 사색. 말과 얼굴빛.

133) 념슈(斂手): 염수. 두 손을 마주 잡고 공손히 서 있음.

134) [교] 원문에는 '만'으로 되어 있으나 의미를 명확히 하기 위해 규장각본(1:12)을 따름.

135) 망연(茫然): 아득한 모양.

니니 ᄌᆞ손(子孫)을 셔로 밧고와 겹겹친(--親)[136]을 미ᄌᆞ미 엇더ᄒᆞ뇨?"

하람공(--公)이 듯기를 못ᄒᆞ여셔 믄득 옥면(玉面)의 지빗출 올닌 둣ᄒᆞ고 츄파셩안(秋波星眼)[137]이 졈졈(漸漸) ᄀᆞᄂᆞ더니 밋 부인(夫人)의 말이 그치매 관(冠)을 벗고 돈슈(頓首)[138] 왈(曰),

"블쵸(不肖) 쇼딜(小姪)이 ᄋᆞ시(兒時)로븟터 슉모(叔母)의 은양(恩養)을 닙ᄉᆞ와 우러오미 ᄌᆞ모(慈母)의 디미 업ᄉᆞ더니 금일(今日) 말ᄉᆞᆷ은 쇼딜(小姪)이 귀를 벗고져 ᄒᆞ옵ᄂᆞ니 당돌(唐突)이 소회(所懷)ᄅᆞᆯ 고(告)코져 ᄒᆞ매 평일(平日) 대은(大恩)을 져ᄇᆞ리ᄂᆞᆫ 도리(道理)라 몬져 죄(罪)를 쳥(請)ᄒᆞᄂᆞ이다."

텰 부인(夫人)이 부마(駙馬)의 거동(擧動)을 안심(安心)티 아니케 너겨 ᄀᆞᆯ오디,

"현딜(賢姪)이 말을 너미 노

· ·

15면

뫼(老母ㅣ) 어이 죄(罪)ᄒᆞ리오? 모ᄅᆞ미 심듕(心中)의 블평(不平)ᄒᆞᆫ 믈 ᄌᆞ시 셜파(說破)[139]ᄒᆞ라."

하람공(--公)이 심하(心下)의 노긔(怒氣) 급(急)ᄒᆞ매 홀연(忽然) 미미(微微)히 웃고 씌를 어ᄅᆞᄆᆞ져 슈졍이좌(修整而坐)[140]ᄒᆞ고 념슬궤고(斂膝跪告)[141] 왈(曰),

---

136) 겹겹친(--親): 겹겹의 친함. 경혜벽이 자신과 이관성이 의남매로서 한 번 친(親)함이 있고, 철수와 이미주가 혼인하면 또 한 번의 친(親)함이 있을 것이라는 의미에서 한 말임.

137) 츄파셩안(秋波星眼): 추파성안. 가을물결 같으며 별 같은 눈.

138) 돈슈(頓首): 돈수. 고개를 조아림.

139) 셜파(說破): 설파. 어떤 내용을 듣는 사람이 납득하도록 분명하게 드러내어 말함.

140) 슈졍이좌(修整而坐): 수정이좌. 몸을 고쳐 정돈해 앉음.

"ㅈ고(自古)로 남녜(男女ㅣ) 유별(有別)ㅎ고 강상(綱常)이 막대(莫大)ㅎ미 텬하(天下)의 ㅎ나히라. 부뷔(夫婦ㅣ) 비록 친(親)ㅎ미 극진(極盡)ㅎ나 그 가온대 대륜(大倫)이 명명(明明)ㅎ야 서로 타문(他門) 녀ㅈ(女子)와 남ㅈ(男子)로 일홈과 얼골을 아디 못ㅎ다가 부뫼(父母ㅣ) 명(命)ㅎ야 듕미(仲媒)로써 구혼(求婚)ㅎ고 초례(醮禮)[142] 납빙(納聘)[143] 후(後) 일실(一室)의 동거(同居)ㅎ미 이시니 쇼딜(小姪)이 평싱(平生) ㅎ나흘 아라 깁히 경계(警戒)ㅎ고 지어[144]샹여문군(至於相如文君)[145]의 음난브졍(淫亂不貞)[146]ㅎ믈 가연(慨然)ㅎ나 이 ㅼ소흔 타문(他門) 사룸이니 현마 엇디ㅎ리잇가? 금시(今時) 풍(風)이 비록 듕표(中表) 혼인(婚姻)ㅎㄴ니 이시나 이 곳 ㅅ리(事理) 모ㄹㄴ 뉴(類)ㅣ) 거즛 온[147]태진(溫太眞)[148] 옥경

<hr>

141) 념슬궤고(斂膝跪告): 염슬궤고. 무릎을 모아 단정히 꿇고 고함.

142) 초례(醮禮): 전통적으로 치르는 혼례식.

143) 납빙(納聘): 혼인할 때에, 사주단자의 교환이 끝난 후 정혼이 이루어진 증거로 신랑 집에서 신부 집으로 예물을 보냄. 또는 그 예물. 보통 밤에 푸른 비단과 붉은 비단을 혼서와 함께 함에 넣어 신부 집으로 보냄.

144) 어: [교] 원문에는 '여'로 되어 있으나 오기로 보이므로 규장각본(1:13)을 따름.

145) 지어상여문군(至於相如文君): 지어상여문군. 사마상여(司馬相如)와 탁문군(卓文君)에 이르러. 사마상여(B.C.179~B.C.117)는 중국 전한(前漢)의 성도(成都) 사람으로 자(字)는 장경(長卿). 부(賦)를 잘 지었는데 특히 <자허부(子虛賦)>로 한 무제(武帝)의 눈에 들어 그 시종관이 됨. 부호인 탁왕손(卓王孫)의 딸인 탁문군이 과부가 되어 친정에 와 있을 때, 사마상여가 탁문군을 유혹하기 위해 거문고를 타자 탁문군이 그 소리에 반해 한밤중에 탁문군과 함께 도망쳐 그의 아내가 된 일화가 있음. 사마천, 『사기(史記)』, <사마상여열전(司馬相如列傳)>.

146) 음난브졍(淫亂不貞): 음란부정. 음란하고 정숙하지 못함.

147) 온: [교] 원문에는 '은'으로 되어 있으나 오기로 보이므로 규장각본(1:13)을 따름.

148) 온태진(溫太眞): 중국 동진(東晉)의 명신(名臣)인 온교(溫嶠, 288~329)를 이름. 태진(太眞)은 그의 자(字). 성제(成帝) 때 소준(蘇峻)이 조약(祖約)과 함께 반란을 일으키자 도간(陶侃)을 맹주(盟主)로 추대한 다음 배에 올라 사방에 격문(檄文)을 전하고, 온갖 고생을 다한 끝에 마침내 난리를 평정함. 시호는 충무(忠武). 『진서(晉書)』, <온교열전(溫嶠列傳)>.

딕(玉鏡臺)¹⁴⁹⁾를 빙쟈(憑藉)¹⁵⁰⁾ᄒ여 패려지ᄉ(悖戾之事)¹⁵¹⁾를 ᄒᆡᆼ
(行)ᄒ니 원ᄂᆡ(元來) 이 일이 공직(孔子ㅣ)¹⁵²⁾ 지어ᄂᆡ신 일이라도
쇼딜(小姪)의 ᄯᅳᆺ의 합(合)디 아니면 ᄒᆡᆼ(行)티 아니ᄒ리니 슉모(叔
母)와 대인(大人)이 근본(根本)이 골육(骨肉)이 아니시나 피ᄎᆡ(彼
此ㅣ) 동긔(同氣)로 친(親)ᄒ연 디 ᄒᆞ마 몃 셰월(歲月)이니잇고? 쇼
딜(小姪)이 평일(平日) 운계¹⁵³⁾ 형을 알오미 범연(泛然)ᄒᆞᆫ ᄉᆞ촌(四
寸)으로 아디 아니ᄒ고 형(兄)이 혈심(血心)으로 ᄉ랑ᄒ시미 운예
연경¹⁵⁴⁾의 ᄌ(字)로 다ᄅᆞ디 아니시던 거시니 ᄎᆞ마 ᄌ식(子息)을 챵딩의
게 가(嫁)ᄒ야 인뉸(人倫)을 난(亂)티 못홀디라. 슉모(叔母) 하교
(下敎ㅣ) 계시나 능히(能-) 밧드러 ᄒᆡᆼ(行)티 못ᄒ옵ᄂ니 오직 죄
(罪)를 기ᄃ릴 ᄯᆞᆫ이로소이다.”

텰 부인(夫人)이 부마(駙馬)의 허다(許多) 셜화(說話)를 드ᄅᆞ매 크
게 참괴(慙愧)¹⁵⁵⁾ᄒ여 이에 샤례(謝禮) 왈(曰),

“어린 아히 그릇 형상(形狀) 업슨 말을 ᄒ거늘 노뫼(老母ㅣ) 저를

---

149) 옥경딕(玉鏡臺): 옥경대. 온교가 북쪽으로 유총(劉聰)을 정벌하러 갔을 때 옥경대 하나를 얻었
    는데 종고모로부터 그 딸의 사위를 구해 달라는 부탁을 받자, 온교는 그 종고모의 딸에게 혼
    인할 마음이 있어 옥경대를 주고 정혼했다 함. 유의경(劉義慶), 『세설신어(世說新語)』.

150) 빙쟈(憑藉): 빙자. 말막음을 위하여 핑계로 내세움.

151) 패려지ᄉ(悖戾之事): 패려지사. 도리에 어그러지고 사나운 일.

152) 공직(孔子ㅣ): 공자. 공구(孔丘, B.C.551~B.C.479)를 높여 이르는 말. 중국 춘추시대 노나라
    의 사상가·학자로 자는 중니(仲尼)임. 인(仁)을 정치와 윤리의 이상으로 하는 도덕주의를 설
    파하여 덕치 정치를 강조하여 유학의 시조로 추앙받음.

153) 운계: [교] 원문에는 '운계'로 되어 있으나 전편 <쌍천기봉>에서 철연수의 자가 '운계'로 소개
    되었고,(5:21) 규장각본(1:14)에도 '운계'로 나와 있으므로 이와 같이 수정함.

154) 연경: 철연수의 동생 철연경.

155) 참괴(慙愧): 매우 부끄러워함.

편익(偏愛)ᄒᆞᄂᆞᆫ

17면

타ᄉᆞ로 경셜(輕說)[156]ᄒᆞ야 현딜(賢姪)의 그ᄅᆞᆺ 너기믈 바ᄃᆞ니 후회(後悔)ᄒᆞ나 마디못ᄒᆞᆯ노다. 현딜(賢姪)은 노모(老母)의 죄(罪)ᄅᆞᆯ 샤(赦)ᄒᆞ라."

부매(駙馬ㅣ) 년망(連忙)이 니러 ᄃᆡ왈(對曰),

"젼쟈(前者)의 미쥬와 챵딩이 누의 오라비라 칭(稱)ᄒᆞ다가 고텨 부뷔(夫婦ㅣ)라 ᄒᆞ미 블가(不可)ᄒᆞ믈 알외옵노라 ᄒᆞ오니 ᄌᆞ연(自然) 언에(言語ㅣ) 번독(煩瀆)[157]ᄒᆞ믈 면(免)티 못ᄒᆞ온디라 ᄉᆞ죄(死罪)ᄅᆞᆯ 기ᄃᆞ리거ᄂᆞᆯ 슉뫼(叔母ㅣ) 이러ᄐᆞᆺ 과회(過悔)[158]ᄒᆞ샤 쇼딜(小姪)의 죄(罪)ᄅᆞᆯ 더으시ᄂᆞ니잇고?"

부인(夫人)이 ᄀᆞᆯ오ᄃᆡ,

"현딜(賢姪)의 말이 ᄉᆞ리(事理) 당연(當然)하니 노뫼(老母ㅣ) 디식(知識)이 혼암(昏闇)[159]ᄒᆞ나 ᄡᅵᄃᆞᆺ거니와 챵딩이 미쥬 흠모(欽慕)ᄒᆞᄂᆞᆫ ᄆᆞᄋᆞᆷ을 것디ᄅᆞ디[160] 못ᄒᆞᆯ가 두려ᄒᆞ노라."

하람공(--公)이 뎡 부인(夫人)의 약(弱)ᄒᆞ시믈 애ᄃᆞᆯ와ᄒᆞ나 본ᄃᆡ(本-) 텬셩(天性)의 인ᄌᆞ효우(仁慈孝友)ᄒᆞ미 우흘 범(犯)ᄒᆞ미 업고 부친(父親)의 지극(至極)ᄒᆞᆫ 효셩(孝誠)을 알ᄆᆡ 너[161]

---

156) 경셜(輕說): 경설. 경솔히 발설함.

157) 번독(煩瀆): 개운하지 못하고 번거로움.

158) 과회(過悔): 지나치게 뉘우침.

159) 혼암(昏闇): 어리석고 못나서 사리에 어두움.

160) 것디ᄅᆞ디: 꺾지.

18면

모 박졀(迫切)ᄒ미 가(可)티 아녀 이에 웃고 칭샤(稱謝) 왈(曰),

"쇼딜(小姪)이 블힝(不幸)ᄒ와 머리 누른 쭐을 두디 못ᄒ여 미쥬의 옥안(玉顔)이 가문(家門)을 더러일 뉘(類ㅣ) 되니 통히(痛駭)[162]ᄒ나 밋디 못홀소이다. 챵딩의 무상(無狀)[163]ᄒ미 지친(至親)을 ᄉ모(思慕)ᄒ여 음일(淫佚)[164]ᄒᆫ 의ᄉ(意思)ᄅᆯ 닉니 졍(正)히 한심(寒心)ᄒᄆᆯ 이긔디 못ᄒ옵ᄂᆞ니 슉모(叔母)ᄂᆞ ᄉ졍(私情)을 존졀(撙節)[165]ᄒ샤 후일(後日)을 딩계(懲戒)ᄒ쇼셔."

셜파(說罷)의 가연이 믈너나니 승샹(丞相)과 뉴 부인(夫人)이 일언(一言)을 아니ᄒ다가 뉴 부인(夫人)이 ᄇᆞ야흐로 텰 부인(夫人)을 경계(警戒) 왈(曰),

"닉 너ᄅᆯ 나티 아냐시나 오(五) 셰(歲)브터 휵양(畜養)[166]ᄒ야 졍(情)이 얽ᄆᆡ여시니 엇디 나흔 바의 디리오? 너의 손ᄋ(孫兒)ᄅᆯ 나의 외손(外孫)으로 아다가 고텨 손셔(孫壻)라 ᄒ미 만만블ᄉ(萬萬不似)[167]ᄒ나 챵딩의 ᄯ이 그러ᄒᆫ 후(後)ᄂᆞ 미쥬ᄅᆯ 그릇 닝그라시니

---

161) [교] 원문에는 '이'로 되어 있으나 의미를 명확히 하기 위해 규장각본(1:15)을 따름.

162) 통히(痛駭): 통해. 몹시 이상스러워 놀람.

163) 무상(無狀): 아무렇게나 함부로 행동하여 버릇이 없음.

164) 음일(淫佚): 마음껏 음란하고 방탕하게 놂.

165) 존졀(撙節): 준절. 눌러 절제함.

166) 휵양(畜養): 자식을 기름.

167) 만만블ᄉ(萬萬不似): 만만불사. 결코 이치에 맞지 않음.

녀오(女兒)는 딩을 경계(警戒)호고 그 쌔를 기두리라."

부인(夫人)이 황연(晃然)¹⁶⁸⁾이 씨두라 비샤(拜謝) 슈명(受命)호니 승상(丞相)이 부야흐로 입을 여러 골오디,

"금일(今日) 몽오(-兒)의 말이 스리(事理) 진실노(眞實-) 그러흔 고(故)로 쇼뎨(小弟) 것딜너 져져(姐姐) 뜻을 밧줍디 못호니 블쵸(不肖)호믈 즈괴(自愧)호나 미줘 이제야 어디로 가리잇가? 져져(姐姐)는 모르미 모명(母命)대로 그 씨를 기두리쇼셔."

부인(夫人)이 칭샤(稱謝)호더라.

부매(駙馬ㅣ) 들러 듕당(中堂)의 와 몬져 안광(眼光)의 춘 빗치 대발(大發)호여 이윽이 말을 아니호니 흥문 등(等)이 공구(恐懼)호여 호흡(呼吸)을 느초와 뫼셧더니 반향(半晌) 후(後) 공(公)이 좌우(左右)로 미쥬를 블러 알픽 니르매 소리를 졍(正)히 호야 골오디,

"너의 눛치 고으미 본디(本-) 블관(不關)¹⁶⁹⁾호거늘 몸가지믈 깁히 못호여 더러온 소리 니 귀예 들니니 이는 니문(李門) 쳥덕(淸德)을 널

노 인(因)호여 써러보리미라. 네 념치(廉恥) 가히(可-) 인뉴(人類)의 나든니디 못호리니 심당(深堂)의 드러 머리를 무주리디¹⁷⁰⁾ 못

---

168) 황연(晃然): 환하게 밝은 모양.

169) 블관(不關): 불관. 중요하지 않음.

170) 무주리디: 깎지.

ㅎ나 니고(尼姑)의 법(法)을 효측(效則)ㅎ라.”

셜파(說罷)의 그 유모(乳母)와 시녀(侍女)를 명(命)ㅎ야 후당(後堂) 회원뎡(--亭)의 너코 밧문(-門)을 긴긴(緊緊)이 줌으고 냥미(糧米)를 주어 그 안히셔 먹게 ㅎ고 스매를 썰티고 나오니,

ᄎ시(此時) 문졍공(--公)이 모든 딜♀(姪兒)의 뎐어(傳語)로조차 이 말을 듯고 놀나 곡졀(曲折)을 모르고 드러가 말니고져 ᄒ더니, 길히셔 부마(駙馬)를 만나니 부매(駙馬ㅣ) 오히려 ᄆᆡ온 노긔(怒氣) 긔운을 이긔ᄂᆞ디라 공(公)이 감히(敢-) 뭇디 못ᄒ고 ᄒᆞᆫ가지로 셔헌(書軒)의 나와 부매(駙馬ㅣ) 노긔(怒氣) 졈졈(漸漸) ᄎ 우히 오르거ᄂᆞᆯ 문졍공(--公)이 만면(滿面)의 ᄀᆞ득ᄒᆞᆫ 화긔(和氣)로 죠용히 뭇ᄌᆞ오ᄃᆡ,

“형댱(兄丈)이 무슴 블평(不平)ᄒᆞᆫ 일을 보와 계시관ᄃᆡ 면ᄉᆡᆨ(面色)

· ·

21면

이 평상(平常)티 아니시니잇고?”

부매(駙馬ㅣ) 본ᄃᆡ(本-) 작죄(作罪)ᄒᆞᆫ 사ᄅᆞᆷ을 싀훤이 치고야 노(怒)를 푸ᄂᆞᆫ 셩품(性品)인 고(故)로 금일(今日) 챵뎡의 ᄒᆡᆼᄉᆞ(行事)를 통ᄒᆞᆫ(痛恨)ᄒᆞ여 만일(萬一) ᄌᆞ긔(自己) 아돌일딘대 금긱(今刻)의 죽이고져 ᄠᅳᆺ이 이시ᄃᆡ 인분(忍憤)[171]ᄒᆞ므로 ᄃᆡ로(大怒)ᄒᆞ야 노긔(怒氣)를 ᄎᆞᆷ노라 ᄒᆞ니 믄득 긔운이 올나 혼졀(昏絶)ᄒᆞ야 것구러디니, 문졍공(--公)이 년망(連忙)이 흥문 등(等)으로 더브러 구호(救護)ᄒᆞ여 졍신(精神)을 겨유 출히매 공(公)이 겨ᄐᆡ 나아가 간(諫)ᄒᆞ여 굴오ᄃᆡ,

“형댱(兄丈)이 평일(平日) ᄆᆡᄉᆞ(每事ㅣ) 온듕단엄(穩重端嚴)[172]ᄒᆞ

---

171) 인분(忍憤): 분노를 참음.

시더니 금일(今日) 무슴 듕대(重大)흔 일이 잇ᄂᆞ니잇가? 제딜(諸姪) 듕(中) 득죄(得罪)ᄒᆞ니 이실딘대 쾌(快)히 다ᄉᆞ리실 거시어ᄂᆞᆯ 이러틋 과도(過度)히 구ᄅᆞ시ᄂᆞ니잇고?"

부매(駙馬ㅣ) 냥구(良久)히 ᄌᆞᆷᄌᆞᆷ(潛潛)ᄒᆞ얏다가 탄식(歎息) 왈(曰),

"우형(愚兄)이 비록 조ᄇᆞ야오나173) 만일(萬一) 제ᄋᆞ(諸兒) 듕(中) 블합(不合)

· ·

22면

ᄒᆞ미 이시면 현뎨(賢弟) 말을 기ᄃᆞ리디 아니ᄒᆞ고 듕(重)히 다ᄉᆞ릴 거시오, 부모(父母)긔 최(責)을 듯ᄌᆞ와신들 이대도록 ᄒᆞ리오마ᄂᆞᆫ 이제 챵딩이 미쥬를 ᄉᆞ모(思慕)ᄒᆞ여 거죄(擧措ㅣ) 여ᄎᆞ여ᄎᆞ(如此如此)ᄒᆞ니 닉 평싱(平生)의 이런 일을 통흔(痛恨)이 너기더니 닉 알 피 니를 줄 알리오? 분(憤)을 플 길히 업서 미쥬를 가도고 챵딩을 분히(憤駭)ᄒᆞ매 노긔(怒氣) ᄌᆞ연(自然) 쉬 플니디 못ᄒᆞ미라."

문졍공(--公)이 듯기를 ᄆᆞᆺ고 놀나며 어히업서 웃고 글오디,

"금일(今日) 챵딩의 힝ᄉᆞ(行事ㅣ) 가히(可-) 통흔(痛恨)ᄒᆞᆯ 만ᄒᆞ거니와 뎌 무식(無識) 쇼ᄋᆞ(小兒ㅣ) 야야(爺爺)와 슉뫼(叔母ㅣ) 골육(骨肉)이 아니라 ᄒᆞ야 이런 의ᄉᆞ(意思)를 닉니 가히(可-) 탄(嘆)ᄒᆞ염 죽ᄒᆞ고 운계 형(兄)의 명달(明達)ᄒᆞ미 쇼미(小妹) 등(等)을 친미(親妹)와 ᄀᆞᆺ티 혀여 죠곰도 �을 달리ᄒᆞ미 업더니 쉬 엇디 이럴 줄 알리오? 연(然)이나 미쥬의

---

172) 온듕단엄(穩重端嚴): 온중단엄. 진중하고 단정하며 엄숙함.

173) 조ᄇᆞ야오나: 성품이 편협하나.

타시 아니오 이러홈도 쉬(數ㅣ)라 형댱(兄丈)은 과도(過度)히 마ᄅ
시고 듕도(中道)를 싱각ᄒᆞ쇼셔."

부매(駙馬ㅣ) 왈(曰),

"미쥬를 심규(深閨)의 늙혀도 챵딩은 아니 주리라."

공(公)이 황연(惶然)174)이 웃고 ᄃᆞ토디 아니터라.

이ᄢᅵ 챵딩이 조모(祖母)의 뎐어(傳語)로조차 부마(駙馬)의 말을 듯
고 크게 실망(失望)ᄒᆞ야 미쥬 가도를 보고 챡급(着急)175)ᄒᆞ여 인연
(因緣)이 못될가 우려(憂慮)ᄒᆞ나 ᄯᅩ한 녜의(禮義)를 아ᄂᆞᆫ 고(故)로 드
러가 쇼져(小姐)를 보디 못ᄒᆞ고 심ᄉᆡ(心思ㅣ) 울울(鬱鬱)ᄒᆞ여ᄒᆞ더니
이후(以後) 부매(駙馬ㅣ) ᄌᆞ긔(自己)를 보나 디이브디(知而不知)176)ᄒᆞ
여 이젼(以前) ᄉᆞ랑이 감(減)ᄒᆞ미 업ᄉᆞ니 그윽이 편(便)티 아니ᄒᆞ고,

수일(數日) 후(後) 부인(夫人)을 뫼셔 경ᄉᆞ(京師)로 갈ᄉᆡ 심회(心
懷) 더욱 어즈러워ᄒᆞ거늘, 흥문이 ᄀᆞ마니 위로(慰勞) 왈(曰),

"우리 져졔(姐姐ㅣ) 이제야 어딕를 가리오? 형(兄)은 무ᄉᆞ(無事)히
도라가 힝실(行實)을 옥(玉)ᄀᆞ티 닷글 만ᄒᆞ고 미

ᄌᆞ(妹子ㅣ) 타문(他門)의 갈가 념(念)을 말라."

---

174) 황연(惶然): 당황하는 모양.

175) 챡급(着急): 착급. 몹시 급함.

176) 디이브디(知而不知): 지이부지. 알고도 알지 못하는 것처럼 대함.

쉬 브야흐로 잠간(暫間) 깃거 방심(放心)ᄒ야 ᄎ야(此夜)의 하람공(--公) 등(等)을 뫼셔 잘ᄉᆡ 부매(駙馬ㅣ) 브야흐로 것ᄒ히 안쳐 손을 잡고 탄식(歎息) 왈(曰),

"금일(今日) 현딜(賢姪)노 분슈(分手)ᄒ매 만날 긔약(期約)이 묘망(渺茫)[177]ᄒ니 가히(可-) 슬프도다."

인(因)ᄒ여 지졍(至情)으로 ᄉ랑ᄒ며 평셕(平昔)[178] ᄀᆞᆺᄐ니 딩이 제 소ᄒᆡᆼ(所行)을 ᄉᆡᆼ각ᄒ니 더욱 참괴(慙愧)ᄒ여 ᄀᆞ장 오란 후(後) 좌(座)를 ᄯᅥ나 죄(罪)를 쳥(請)ᄒ여 ᄀᆞᆯ오ᄃᆡ,

"쇼딜(小姪)이 무샹(無狀)ᄒ여 득죄(得罪)ᄒ미 심샹(尋常)티 아니ᄒ오니 슉부(叔父)ᄂᆞᆫ 대덕(大德)을 드리워 샤죄(赦罪)ᄒ시믈 ᄇᆞ라ᄂᆞ이다."

부매(駙馬ㅣ) 텽파(聽罷)의 안ᄉᆡᆨ(顔色)을 홀연(忽然)이 변(變)ᄒ고 ᄀᆞᆯ오ᄃᆡ,

"아름답디 아닌 말을 드ᄅᆞ매 무익(無益)ᄒ니 ᄂᆡ 본ᄃᆡ(本-) 너를 ᄂᆡ ᄌᆞ식(子息)으로 다ᄅᆞ디 아니케 아더니 네 그런 ᄯᅳᆺ 둘 줄 어이 ᄉᆡᆼ각ᄒ여시리오? ᄂᆡ 여러 개(個) ᄒᆡ이(孩兒ㅣ)

· · ·

25면

이시니 ᄒᆞᆫ ᄯᆯ을 심규(深閨)의 늙혀도 무방(無妨)ᄒ니 피ᄎᆞ(彼此ㅣ) 형ᄆᆡ(兄妹)로 칭(稱)ᄒᆞᆫ 후(後)야 골육(骨肉) 아니믈 ᄉᆡᆼ각ᄒ리오? ᄂᆡ ᄯᅩ 너를 젼휘(前後ㅣ) 달니 아디 아닛ᄂᆞ니 네 ᄯᅩ 날을 평일(平日)

---

177) 묘망(渺茫): 아득함.

178) 평셕(平昔): 평석. 예전과 달라짐이 없음.

과 ᄀᆞ티 아ᄌᆞ비로 알고 두 번(番) 고이(怪異)ᄒᆞᆫ 의ᄉᆞ(意思)를 먹디 말라."

공ᄌᆞ(公子ㅣ) 듯기를 ᄆᆞᆺ고 그 ᄯᅳᆺ이 구드믈 ᄒᆞᆫ(恨)ᄒᆞ나 그 정엄(正嚴)ᄒᆞ믈 저허 감히(敢-) ᄉᆞᆨ(辭色)디 못ᄒᆞ고 비사(拜謝)ᄒᆞᆯ 분이러라.

이튼날 일ᄒᆡᆼ(一行)이 휘동(麾動)[179]ᄒᆞ여 경ᄉᆞ(京師)로 간 후(後),

승샹(丞相)이 미쥬 소져(小姐)를 처엄으로 어더 ᄌᆞ못 이듕(愛重)ᄒᆞᄂᆞ 고(故)로 여러 날 나오미 업ᄉᆞ니 불과(不過) 챵딩의 이시믈 ᄭᅥ리민가 ᄒᆞ야 이날 ᄎᆞ즈ᄃᆡ 부매(駙馬ㅣ) 진젼(進前) 고왈(告曰),

"미쥬ᄂᆞᆫ 셰샹(世上) 기인(棄人)[180]이라 제 어이 텬일(天日)을 보리잇고?"

승샹(丞相)이 텽파(聽罷)의 정ᄉᆡᆨ(正色) 왈(曰),

"네 원ᄂᆡ(元來) ᄋᆞ시(兒時)로브터 셩품(性品)이 너모 ᄀᆞᆨ박(刻薄)[181] 고집(固執)ᄒᆞ야 젼혀(全-) 권

··

26면

도(權道)[182]를 ᄉᆡᆼ각디 아니ᄒᆞ니 이 므슴 도리(道理)뇨? 챵딩이 비록 무샹(無狀)ᄒᆞ야 음일(淫佚)ᄒᆞᆫ ᄯᅳᆺ이 이신들 미쥐 므슴 죄(罪) 잇다 ᄒᆞ고 당(當)티 못ᄒᆞᆯ 벌(罰)을 쓰ᄂᆞᆫ다? ᄂᆡ 지통(至痛)을 만난 후(後) 만ᄉᆞ(萬事ㅣ) 부운(浮雲) ᄀᆞᆺᄐᆞ니 네 ᄒᆞᄂᆞᆫ 일을 시비(是非) 아니려니와 ᄌᆞ못 괴격(乖隔)[183]ᄒᆞ도다."

---

179) 휘동(麾動): 지휘하여 움직이게 함.

180) 기인(棄人): 버려진 사람.

181) ᄀᆞᆨ박(刻薄): 각박. 인정이 없고 삭막함.

182) 권도(權道): 목적 달성을 위하여 그때그때의 형편에 따라 임기응변으로 일을 처리하는 방도.

부매(駙馬丨) 황연(晃然)이 씨둧다 빅샤(拜謝) 슈명(受命)ᄒ고 좌우(左右)로 미쥬 쇼져(小姐)를 브르매,

ᄎ시(此時), 쇼졔(小姐丨) 텰 공ᄌ(公子)의 ᄉ연(事緣)을 듯고 어히업ᄉ며 처엄 본 줄 뉘우처ᄒ고 부친(父親) 처치(處置)를 올흐신 줄노 혜아려 ᄌ긔(自己) 싱젼(生前)은 ᄯᅳᆺ을 기(改)티 아니려 ᄒ나 ᄒᆫ 번(番) 욕(辱)이 님(臨)ᄒ매 동히슈(東海水)를 기우려 ᄲᅵᆺ디 못ᄒᆯ믈 ᄒᆫ(恨)ᄒ여 식음(食飮)을 믈리치고 죽기를 원(願)ᄒ더니 부명(父命)으로조차 졍당(正堂)의 니ᄅᆞ니 승샹(丞相)이 머리를 ᄡᅳ다ᄃᆞᆷ마 무이(撫愛)[184]ᄒᆞ미 강보ᄋᆞ(襁褓兒) ᄀᆞᆺ튼여

• • •

27면

닐ᄋᆞ디,

"챵딩이 방ᄌ(放恣)ᄒᆞ미 통히(痛駭)ᄒ나 네 몸은 죠곰도 해(害)로오미 업ᄉ니 심녀(心慮)를 ᄡᅳ디 말고 네 몸은 텰시(-氏) 사ᄅᆞᆷ인 줄 알디어다."

쇼졔(小姐丨) 머리를 숙이고 ᄂᆞᆺ치 연지(臙脂)를 ᄭᅵ치니 ᄀᆞᆺ튼여 말을 아니ᄒᆞ더라.

ᄎ야(此夜)의 부매(駙馬丨) 댱 부인(夫人) 침소(寢所)의 니ᄅᆞ니, 부인이 녀ᄋᆞ(女兒)를 안고 눈믈이 비 ᄀᆞᆺ튼여 왈ᄉᆞᆺ(日-)마다 텰 공ᄌ(公子)를 ᄒᆫ(恨)ᄒ고 심규(深閨)의 늙기를 니ᄅᆞ니 그 부부(夫婦), 부녀(父女)의 ᄯᅳᆺ이 진실노(眞實-) ᄀᆞᆺ더라.

---

183) 괴격(乖隔): 서로 어그러지고 멀어짐.
184) 무이(撫愛): 무애. 어루만지며 사랑함.

부매(駙馬ㅣ) 문(門)을 열고 드러가니 부인(夫人)과 쇼졔(小姐ㅣ) 놀나 니러 마자 좌(座)를 일우매 부매(駙馬ㅣ) 녀᮫(女兒)를 나호혀 운환(雲鬟)185)을 쓰다듬고 옥슈(玉手)를 자바 ᄉ랑ᄒ야 부인(夫人)ᄃ려 왈(曰),

"흔 녀이(女兒ㅣ) 무어시 앗가와 심규(深閨)의 늘그믈 원(怨)ᄒᄂ뇨? 부졀업시 봉친지하(奉親之下)186)의 무샹(無常)이 눈믈을 ᄂ디 말라."

부인(夫人)이 탄

• •

28면

왈(歎曰),

"ᄌ식(子息)이 여러히나 미쥬를 처엄으로 어더 듀야(晝夜) 댱셩(長成)ᄒ기를 기ᄃ리다가 겨유 기ᄅ며 제 일싱(一生)을 ᄆᄎ니 엇디 잔잉티187) 아니ᄒ리오?"

부매(駙馬ㅣ) 왈(曰),

"고요히 이셔 부모(父母)를 봉양(奉養)ᄒ야 종효188)(終孝)189)ᄒ미 더옥 깃블지니 무익(無益)ᄒ 념녀(念慮)를 말라."

이윽이 안잣다가 그 모녀(母女ㅣ) 샹슈(相隨)190)ᄒ야 밤을 디닉믈

---

185) 운환(雲鬟): 여자의 탐스러운 쪽 찐 머리.

186) 봉친지하(奉親之下): 어버이를 모신 처지.

187) 잔잉티: 자닝치. 불쌍하지.

188) 효: [교] 원문에는 '요'로 되어 있으나 오기로 보이므로 규장각본(1:23)을 따름.

189) 종효(終孝): 종효. 어버이의 임종 때에 곁에서 정성을 다함. 또는 그런 효성.

190) 샹슈(相隨): 상수. 서로 따름. 서로 어울림.

보고 공쥬(公主) 침소(寢所)의 니르니,

공쥬(公主 │) 마자 좌뎡(坐定)ᄒ매 부매(駙馬 │) 의건(衣巾)을 벗고 당건(唐巾)[191]을 반탈(半脫)ᄒ야 침셕(寢席) 우히 누어 말을 아니ᄒ거ᄂᆞᆯ, 공쥬(公主 │) 그 블평(不平)ᄒᆞᆫ ᄯᅳᆺ을 지긔(知機)[192]ᄒ고 냥구(良久) 후(後) 문왈(問曰),

"이제 미쥬를 텰가(-家)의 보닉려 ᄒ시ᄂᆞ니잇가?"

부매(駙馬 │) 답왈(答曰),

"늬 엇디 친친지의(親親之義)를 난(亂)ᄒ리잇가? 제 일싱(一生)을 심규(深閨)의 못게 ᄒᆞ미 가(可)ᄒ니이다."

공쥬(公主 │) 텽파(聽罷)의 죠용이 간(諫)ᄒ여 글오ᄃᆡ,

"텰ᄋᆞ(-兒)

⋯••

29면

의 ᄯᅳᆺ이 비록 무상(無狀)ᄒ나 엇디 미쥬를 심규(深閨)의 늙히리오? 구괴(舅姑 │) 필연(必然) 군(君)의 ᄯᅳᆺ을 밧디 아니시려니와 만만블가(萬萬不可)[193]ᄒ니이다."

부매(駙馬 │) 뎡식(正色)고 답(答)디 아니ᄒ더라.

이ᄯᅢ, 공(公)의 댱ᄌᆞ(長子) 흥문의 ᄌᆞ(字)ᄂᆞᆫ 셩뵈니 공쥬(公主) 소싱(所生) 편편(翩翩)ᄒᆞᆫ 풍신(風神)은 옥(玉)을 다듬아 메온 ᄃᆞᆺ, ᄒᆞᆫ 쌍(雙) 봉안(鳳眼)이 쳥슈(淸秀) 졍긔(精氣)를 ᄯᅴ윗고 두 ᄲᅧᆷ이 홍년(紅蓮)이 취우

---

191) 당건(唐巾): 중국에서 쓰던 관(冠)의 하나. 당나라 때에는 임금이 많이 썼으나, 뒤에는 사대부들이 사용하였음.

192) 지긔(知機): 지기. 기미나 낌새를 알아차림.

193) 만만블가(萬萬不可): 만만불가. 전혀 옳지 않음.

(驟雨)[194]의 저젓는 듯, 귀미치 조흔 구슬노 무은[195] 듯ᄒ고 입이 붉기 연지(臙脂)ᄅᆞᆯ ᄰᅳᆫ 듯, 신댱(身長)이 칠(七) 쳑(尺) 오(五) 쵼(寸)이오, 엇게 치봉(彩鳳)[196]이 안즌 듯ᄒ니 이 진짓 개세영웅(蓋世英雄)[197]이라. 조부(祖父) 승샹(丞相)이 죵손(宗孫)의 긔이(奇異)ᄒᄆᆞᆯ 쳔만과이(千萬過愛)[198]ᄒ고 졔슉(諸叔)이 긔딕(企待)ᄒ나 부친(父親) 하람공(--公)이 ᄆᆡ양 협ᄉ(俠士)[199]로 밀위여 싱닉(生來)의 ᄒᆞᆫ 번(番) ᄂᆞᆺ빗ᄎᆞᆯ 여러 흔연(欣然)이 보디 아니니 승샹(丞相)이 닐러 글오ᄃᆡ,

"사ᄅᆞᆷ의 아비 되야

..

30면

너모 프러질 거슨 아니나 ᄌᆞ식(子息)을 가지고 그ᄅᆞ며 올흔 일의 곡딕(曲直)을 혜디 아니ᄒ고 뎌러틋 쵸쥰(峭峻)[200]ᄒ니 관딕(寬大)ᄒᆞᆫ 도량(度量)이 아니라."

ᄒ니 공(公)이 슈명(受命) 빅ᄉᆞ(拜謝)ᄒ나 텬셩(天性)을 능히(能-) 고티디 못ᄒ더라.

이ᄻᅢ, 쇼흥(紹興)[201] 녀기(女妓) 홍션이 흥문을 위(爲)ᄒ야 졀(節)을 딕희여 나히 십ᄉ(十四)의 니ᄅᆞ매 션ᄌ(扇子)ᄅᆞᆯ 품고 ᄎᆞ자 금쥐

---

194) 취우(驟雨): 취우. 갑자기 세차게 쏟아지다가 곧 그치는 비. 소나기.

195) 무은: 늘인. 기본형은 '므노다'.

196) 치봉(彩鳳): 채봉. 빛깔이 곱고 아름다운 봉황새.

197) 개세영웅(蓋世英雄): 개세영웅. 세상을 뒤덮을 만한 기운을 지닌 영웅.

198) 천만과이(千萬過愛): 천만과애. 매우 사랑함.

199) 협ᄉ(俠士): 협사. 원래 호방하고 의협심이 있는 사람이라는 뜻이나 여기에서는 방탕하다는 의미로 쓰임.

200) 쵸쥰(峭峻): 초준. 성품이 강직하고 엄격함.

201) 쇼흥(紹興): 소흥. 절강성 동부 지방에 있던 도시.

(錦州) 니르니, 공지(公子ㅣ) 본딕(本-) 츌뉴(出類)흔 호긔(豪氣)예 금일(今日) 홍션이 고인(故人)으로 즈쉭(姿色)이 특츌(特出)ᄒ야 곳치 삼츈(三春)을 당(當)흔 듯, 둘이 보²⁰²⁾룸이 츤 듯ᄒ야 셩장아틱(盛裝雅態)²⁰³⁾로 니르러시니 흠익(欽愛)²⁰⁴⁾ᄒᄂ 졍(情)이 극(極)ᄒ나 그 부친(父親)을 두려 밧긔 머믈고 ᄀ마니 그 슉부(叔父) 문졍공(--公)을 보와 연고(緣故)를 고(告)ᄒ니 문졍공(--公)이 놀나며 우어 왈(曰),

"제 비록 챵녜(娼女ㅣ)나 신(信)이 이러틋 구드니 의(義) 가히(可-) 져ᄇ리디 못홀

• • •

31면

디라. 죠용히 형댱(兄丈)긔 슬와 션쳐(善處)²⁰⁵⁾ᄒ리라."

공지(公子ㅣ) 샤례(謝禮)ᄒ고 믈너나다.

문졍공(--公)이 그 형(兄)의 위풍(威風)을 아ᄂ 고(故)로 흔 계교(計巧)를 싱각고, 일일(一日)은 월명션 희츈딕²⁰⁶⁾ 형뎨(兄弟) 모다 한담(閑談)ᄒ더니 문졍공(--公)이 홀연(忽然) 입으로조차 두 귀(句) 글을 을프니 그 쯧이 당년(當年) 쇼흥(紹興) 젹거(謫居)ᄒ야 외롭던 말이오, 즈가(自家) 연고(緣故)로 ᄋ녀직(兒女子ㅣ) 원(怨)을 품ᄂᄂ도다 ᄒ니 하람공(--公)이 귀를 기우려 듯다가 문왈(問曰),

"현뎨(賢弟) 금일(今日) 글 쓰디 무슴 연괴(緣故ㅣ) 잇ᄂ냐? 엇디

---

202) 보: [교] 원문에는 'ᄇ'로 되어 있으나 문맥을 고려해 규장각본(1:24)을 따름.

203) 셩장아틱(盛裝雅態): 셩장아태. 화려한 차림과 전아한 자태.

204) 흠익(欽愛): 흠애. 흠모하며 사랑함.

205) 션쳐(善處): 션처. 잘 처리함.

206) 월명션 희츈딕: 미상임.

소회(所懷) 은은(隱隱)ᄒᆞ뇨?"

공(公)이 츄연(惆然)[207]이 디왈(對曰),

"쇼뎨(小弟) 셕년(昔年)의 부모(父母) 형뎨(兄弟)를 써나 쇼흥(紹興)의 찬뎍(竄謫)[208]ᄒᆞ니 ᄉᆞ향지심(思鄕之心)이 일일(日日) 심고(沈高)ᄒᆞᄂᆞᆫ 즈음의 브졀업슨 일을 ᄒᆞ야 일ᄉᆡᆼ(一生) 나의 신셰(身世)를 ᄆᆞᄎᆞ니 ᄌᆞ연(自然) 심ᄉᆞ(心思ㅣ) 사오나오미로소이다."

부매(駙馬ㅣ) 쇼왈(笑曰),

"셕ᄉᆞ(昔事)

• •

32면

ᄂᆞᆫ 일ᄏᆞᄅᆞ매 새로이 한심(寒心)ᄒᆞ니 현뎨(賢弟) 엇디 일ᄏᆞ라 화긔(和氣)를 감(減)ᄒᆞᄂᆞᆫ다? 다만 둘재 말이 무ᄉᆞ 일이뇨?"

공(公)이 믄득 샤례(謝禮) 왈(曰),

"쇼뎨(小弟) 말을 니매 부형(父兄)의 칙(責)을 두리ᄂᆞᆫ 배로소이다."

부매(駙馬ㅣ) 미쇼(微笑) 왈(曰),

"현뎨(賢弟) 나히 삼십(三十)이오, 쟉위(爵位) 관대(寬大)[209]ᄒᆞ니 셜ᄉᆞ(設使) 그른 일이 이신들 그대도록 듕죄(重罪)를 어드리오?"

공(公)이 디왈(對曰),

"형댱(兄丈)이 만일(萬一) 노(怒)티 마ᄅᆞ실딘대 고(告)ᄒᆞ리이다."

부매(駙馬ㅣ) 허락(許諾)ᄒᆞ니 공(公)이 칭샤(稱謝)ᄒᆞ고 이에 고왈

---

207) 츄연(惆然): 추연. 슬퍼하는 모양.

208) 찬뎍(竄謫): 찬적. 벼슬을 빼앗고 귀양을 보냄.

209) 관대(寬大): 면적이나 용적이 큼.

(告曰),

　"당년(當年)의 녀 태쉬(太守ㅣ) 그 쓸노 성문의 가긔(佳期)210)를 뎡(定)ᄒ고 쇼쟉(小酌)을 여러 쇼졔(小弟)와 냥ᄋᆞ(兩兒)를 되졉(待接)ᄒ더니 녀 태쉬(太守ㅣ) 닐오디, '녕211)낭(슈郎)212)은 슉녀(淑女)를 허(許)ᄒ미 잇거니와 대공ᄌᆞ(大公子)ᄂᆞᆫ 무류(無聊)ᄒ니 기녀(妓女) 홍션을 주노라.' ᄒ니 흥문이 ᄉᆞ양(辭讓)ᄒ거늘 쇼뎨(小弟) 닐오

● ● ●

33면

디, '대댱뷔(大丈夫ㅣ) 미인(美人)을 ᄉᆞ양(辭讓)ᄒ리오? 각별(各別) 니러 샤례(謝禮)ᄒ라.' ᄒ니 흥ᄋᆡ(-兒ㅣ) 마디못ᄒ여 니러 샤례(謝禮)ᄒ고 적ᄉᆞ매213)로서 부체 ᄂᆞ려디니 태쉬(太守ㅣ) 쥬흥(酒興)214)을 인(因)ᄒ여 홍션의게 더져 신물(信物)215)이라 ᄒ니 그째 쇼뎨(小弟)나 흥ᄋᆡ(-兒ㅣ)나 일시(一時) 희롱(戲弄)으로 아랏더니 도금(到今)216)ᄒ야 홍션이 부체를 품고 이에 니르니 문ᄋᆡ(-兒ㅣ) 형댱(兄丈)이 아ᄅᆞ실가 저허 구튝(驅逐)217)ᄒ야 니치니 홍션의 졍ᄉᆞ(情事) 진218)퇴낭패(進退狼狽)219)ᄒ야 호텬통도(呼天痛悼)220)ᄒᆞᆯ 마디아

---

210) 가긔(佳期): 가기. 혼인의 기약.

211) 녕: [교] 원문에는 '뎡'으로 되어 있으나 문맥을 고려하여 규장각본(1:26)을 따름.

212) 녕낭(슈郎): 영랑. 상대의 아들을 높여 부르는 말.

213) 적ᄉᆞ매: 적삼의 소매로 보이나 미상임.

214) 쥬흥(酒興): 주흥. 술을 마신 뒤에 취하여 일어나는 흥취.

215) 신물(信物): 뒷날에 보고 증거가 되게 하기 위하여 서로 주고받는 물건.

216) 도금(到今): 지금에 이름.

217) 구튝(驅逐): 구축. 내쫓음.

218) 진: [교] 원문에는 '신'으로 되어 있으나 오기로 보이므로 규장각본(1:26)을 따름.

219) 진퇴낭패(進退狼狽): 앞으로 가나 뒤로 가나 낭패에 빠짐.

니니 그 몸인족 미(微)ᄒ나 일이 눈긔(倫紀)[221]예 관계(關係)ᄒ니 쇼뎨(小弟) 사름 져ᄇ린 젹악(積惡)[222]이 어딘 미처ᄂ니잇고?"

부매(駙馬ㅣ) 텽필(聽畢)[223]의 미미(微微)히 웃고 굴오딘,

"니 당초(當初)브터 흥문의 거동(擧動)이 이런 일이 이실가 ᄒ더니라. 흥문이 제 낙낙(落落)[224]ᄒ면 챵믈(娼物)이 어이

∘∘

34면

쓸오며 제 아니 주ᄂᆞ 부체를 태쉬(太守ㅣ) 어이 아사 주리오? 추이(此兒ㅣ) 십(十) 셰(歲) 계유 츤 거시 그런 완만(浣漫)[225]ᄒᆫ 즈슬ᄒᆞᆺ다. 현뎨(賢弟) 어이 흥문의 다릐오믈 듯고 평일(平日) 언에(言語ㅣ) 드믈므로 이런 여러 가지 권변(權變)[226]으로 우형(愚兄)을 소기도. 흥문이 홍션을 ᄇ리나 거두나 우형(愚兄)이 엇디 알니오?"

셜파(說罷)의 화긔(和氣) 변(變)ᄒ야 면식(面色)이 싁싁ᄒ미 셜상한풍(雪上寒風) ᄀᆞᆺ트니 문졍공(--公)이 년망(連忙)[227]이 관(冠)을 벗고 돈슈(頓首) 왈(曰),

"쇼뎨(小弟) 비록 무상(無狀)ᄒ나 흥문의 부형(父兄)의 참예(參預)

---

220) 호텬통도(呼天痛悼): 호천통도. 하늘을 향해 부르짖으며 통곡하며 슬퍼함.

221) 눈긔(倫紀): 윤기. 윤리와 기강(紀綱)을 아울러 이르는 말.

222) 젹악(積惡): 적악. 쌓인 악.

223) 텽필(聽畢): 청필. 다 들음.

224) 낙낙(落落): 낙락. 어떤 일을 할 마음이 없어짐.

225) 완만(浣漫): 행동이 더럽고 사리를 분간하지 못함.

226) 권변(權變): 때와 형편에 따라 둘러대어 일을 처리하는 수단.

227) 년망(連忙): 연망. 황급한 모양.

ᄒ야 제 다리오믈 듯고 저를 그릇되과져 ᄒ여 형댱(兄丈)긔 ᄉ쳥(私請)으로 주어 ᄒᄂ 거시 아니라. 대범ᄉ(大凡事)의 일쳐일쳡(一妻一妾)은 셩인(聖人)도 허믈티 아니ᄒ시니 구ᄐ여 홍션을 문으로써 취혼(娶婚) 젼(前) 쇼셩(小星)228) 위(位)를

•••

35면

봉(封)ᄒ여 고댱(高堂)의 두쇼셔 ᄒ미 아니라 션이 비록 일홈이 챵기(娼妓)나 제 사름을 좃디 아니ᄒ고 초녀(楚女)의 졍졀(貞節)229)을 흠모(欽慕)ᄒ여 이에 니르니 아직 ᄒ 구셕의 두시미 올커늘 이런 말슴을 ᄒ시니 쇼뎨(小弟) 평일(平日) 형댱(兄丈) 안젼(案前)의 블쵸무샹(不肖無狀)230)ᄒ믈 ᄉ못고 밋브미 업던 줄 욕ᄉ무지(欲死無地)231)로소이다.”

부매(駙馬ㅣ) 심듕(心中)의 흥문을 분히(憤駭)232)ᄒ나 우이지졍(友愛之情)이 본디(本-) 지극(至極)ᄒ 고(故)로 잠간(暫間) ᄉ식(辭色)을 도로혀 글오디,

“우형(愚兄)의 셩품(性品)이 이런 번ᄉ(繁奢)233)ᄒ 일을 진실노(眞實-) 됴히 너기디 아닛ᄂ 듕(中) 흥문은 호협(豪俠) 탕ᄌ(蕩子)234)의

---

228) 쇼셩(小星): 소성. 첩.

229) 초녀(楚女)의 졍졀(貞節): 초녀의 정절. 초나라 여자의 정절. 중국 춘추시대 노나라 희공(僖公)이 초나라 여자를 적실로 삼고 제나라 여자를 첩으로 삼았는데 제나라의 협박으로 제나라 여자를 적실로 삼고 초나라 여자를 서궁(西宮)에 유폐(幽閉)한 것을 이르는 듯함. 『춘추공양전(春秋公羊傳)』.

230) 블쵸무샹(不肖無狀): 불초무상. 어리석어 사리에 밝지 못함.

231) 욕ᄉ무지(欲死無地): 욕사무지. 죽으려 해도 죽을 땅이 없음.

232) 분히(憤駭): 분해. 분하고 마음이 어지러움.

233) 번ᄉ(繁奢): 번사. 번다함.

뉘(類ㅣ)니 또 엇디 그 취쳐(娶妻) 젼(前) 챵믈(娼物)을 주어 외235)입
(外入)게 ᄒ리오? 현뎨(賢弟) 말이 여ᄎᆞ(如此)ᄒ니 허(許)ᄒᆞᆷ 허(許)
ᄒ려니와 ᄆᆞ춤닉 브졀업도다."

공(公)이 공슈(拱手)236)

●●

36면

샤례(謝禮) 왈(曰),

"녈녀(烈女) 졀부(節婦)ᄂᆞᆫ ᄉᆞ족(士族)의도 흔티 아니ᄒ니 더욱 챵
믈(娼物)의 쉬오리잇가마ᄂᆞᆫ ᄎᆞ인(此人)은 크게 현슉(賢淑)ᄒᆞ야 범뉴
(凡類)와 ᄀᆞᆺ디 아니ᄒ니 해(害)ᄂᆞᆫ 업술가 ᄒᆞᄂᆞ이다."

부매(駙馬ㅣ) 쇼이브답(笑而不答)이러라.

ᄎᆞ야(此夜)의 부매(駙馬ㅣ) 공쥬(公主) 침소(寢所)의 드러가니 제
ᄌᆞ(諸子ㅣ) 모다 혼졍(昏定)237) ᄒ식 부매(駙馬ㅣ) 흥문 공ᄌᆞ(公子)ᄅᆞᆯ
미온(未穩)238)ᄒ나 그 아이 간셥(干涉)ᄒᆞ듸 못 듯ᄂᆞ 듸 ᄋᆞᄌᆞ(兒子)ᄅᆞᆯ
ᄭᆞ지ᄌᆞ미 역졍(逆情) 닌 듯ᄒᆞ야 흥문을 경계(警戒) 왈(曰),

"네 이제 동치(童稚)의 나흐로 쳡희(妾姬)ᄅᆞᆯ 두미 큰 남ᄉᆞ(濫事
ㅣ)239)로듸 네 아ᄌᆞ비 과도(過度)ᄒᆞᆷ을 말닐식 허(許)ᄒᆞᄂᆞ니 취쳐(娶妻)
젼(前) 갓가이홀 의ᄉᆞ(意思)ᄅᆞᆯ 말고 네 나히 ᄎᆞᆫ 후(後) 거둘디어다."

---

234) 탕ᄌᆞ(蕩子): 탕자. 방탕한 사내.

235) 외: [교] 원문에는 '의'로 되어 있으나 오기로 보이므로 이와 같이 수정함.

236) 공슈(拱手): 공수. 절을 하거나 웃어른을 모실 때, 두 손을 앞으로 모아 포개어 잡음.

237) 혼졍(昏定): 혼정. 밤에 부모의 잠자리를 보아 드림. 저녁 문안.

238) 미온(未穩): 아직 평온하지 않게 여김.

239) 남ᄉᆞ(濫事ㅣ): 남사. 외람된 일.

비록 입으로 말씀이 온화(溫和)ᄒ나 안식(顏色)이 엄슉(嚴肅)ᄒ야 미안(未安)ᄒ야 ᄒᄂ 쓰시 은은(隱隱)이 나타나니 공지(公子ㅣ) 한츌첨비(汗出沾背)240)ᄒ

● ● ●

37면

야 돈슈(頓首) 샤례(謝禮)ᄒ고 믈러나니,

공쥐(公主ㅣ) 냥구(良久) 후(後) 문왈(問曰),

"앗가 말씀이 어인 연괴(緣故ㅣ)니잇고?"

부매(駙馬ㅣ) 잠쇼(暫笑)ᄒ고 연고(緣故)를 니르딕, 공쥐(公主ㅣ) 심하(心下)의 공ᄌ(公子)의 호방(豪放)ᄒ믈 블쾌(不快)ᄒ나 문졍공(--公) 간예(干預)241)ᄒ 일이매 말을 아니ᄒ더라.

공지(公子ㅣ) 비록 홍션을 못 닛ᄂ 쓰시 이시나 부친(父親) 경계(警戒)를 두려 후당(後堂)의 두고 감히(敢-) 갓가이 못 ᄒ고 심ᄉ(心思ㅣ) 자못 울울(鬱鬱)ᄒ더라.

이튼날 긔국공(--公)242) 등(等)이 ᄉ연(事緣)을 듯고 딕쇼(大笑) 왈(曰),

"흥문의 풍치(風采) 가히(可-) 니위공(李衛公)243)을 블워 아닐노다. 이제 치발(齒髮)244)이 ᄆᄅ디 아냐셔브터 미애(美兒ㅣ) 스스로 쏠오니 댱릭(將來) 칠(七) 부인(夫人)과 금차(金釵)245) 십이(十二) 줄을

---

240) 한츌첨비(汗出沾背): 한출첨배. 땀이 나 등에 밴다는 뜻으로 몹시 두려워함을 이르는 말.

241) 간예(干預): 어떤 일에 간섭하여 참여함.

242) 긔국공(--公): 개국공. 이관성의 셋째아들인 이몽원을 이름.

243) 니위공(李衛公): 이위공. 중국 수말당초(隋末唐初)의 장군인 이정(李靖, 571~649)으로, 자는 약사(藥師). 그가 위국공(衛國公)에 봉해졌으므로 세상에서 이위공이라 칭함.

244) 치발(齒髮): 이와 머리카락.

245) 금차(金釵): 금비녀라는 뜻으로 첩을 말함.

ᄀᆞᆺ츨노다.”

부매(駙馬ㅣ) 왈(曰),

“ᄎᆞ뎨246)(次弟) 므슴 연고(緣故)로 홍선을 하 ᄀᆞᆫ권(懇勸)247)ᄒᆞ매 허(許)ᄒᆞ엿거니와 댱ᄂᆡ(將來) 이런 일이 이실딘딕 엇디

＊＊

38면

두 번(番) 용샤(容赦)ᄒᆞ여 더옥 칠(七) 부인(夫人) ᄌᆞ(字)를 ᄂᆡ 싱젼(生前)은 귀예 들니디 못ᄒᆞ리라.”

승샹(丞相) 말뎨(末弟) 븍쥬빅(--伯)248)이 웃고 닐오딕,

“빅달249)이 제 ᄆᆞ음을 취이(推理)250)ᄒᆞ야 홍문의 기녀(妓女)를 모 하 주ᄂᆞ냐?”

부매(駙馬ㅣ) 역쇼(亦笑)ᄒᆞ고 딕왈(對曰),

“슉부(叔父) 말ᄉᆞᆷ이 진실로(眞實-) 유리(有理)ᄒᆞ시니 제 쇼년(少年) 적 버릇으로 쇼딜(小姪)ᄃᆞ려 힝(行)ᄒᆞ라 ᄒᆞ니 괴롭기를 이긔디 못ᄒᆞᆯ소이다.”

문졍공(--公)이 웃고 딕왈(對曰),

“슉부(叔父) 말ᄉᆞᆷ이 실(實)티 아니시믈 원울(怨鬱)251)ᄒᆞ야 ᄒᆞ읍ᄂᆞ니 즉금(卽今) 쇼딜(小姪)의게 잇ᄂᆞᆫ 바ᄂᆞᆫ 소 시(氏) ᄒᆞᆫ 사ᄅᆞᆷ분일소이다.”

---

246) 뎨: [교] 원문에는 ‘마’로 되어 있으나 문맥을 고려하여 규장각본(1:30)을 따름.

247) ᄀᆞᆫ권(懇勸): 간권. 간절히 권함.

248) 븍쥬빅(--伯): 북주백. 이관성의 아우 이연성을 이름.

249) 빅달: 백달. 이몽창의 자(字).

250) 취이(推理): 추리. 미루어 생각함.

251) 원울(怨鬱): 원통하고 억울함.

북쥐빅(--伯)이 쇼왈(笑曰),

"네 이제 녀리 단졍(端整)흔 톄흐나 상 시(氏)는 엇던 사람이며 됴 시(氏)는 네게 누고며 옥난과 위란은 엇던 남곳(男子)의 쇼횔(小姬 글)252)너뇨?"

공(公)이 쇼이디왈(笑而對曰),

"쵸례(醮禮) 빅냥(百兩)253)으로 부뫼(父母ㅣ) 맛디신

• • •

39면

배오, 됴 시(氏)는 쇼딜(小姪)이 주구(自求)흐야 어든 거시 아니오, 옥난과 위란은 일시(一時) 풍졍(風情)이나 이제 어디 잇느니잇가?"

북빅(-伯)이 함쇼(含笑) 왈(曰),

"너의 힝식(行事ㅣ) 다 올흐니 시비(是非)를 아닛노라."

안두휘(--侯ㅣ)254) 셩문의 손을 잡고 닐오디,

"고어(古語)의 왈(曰), '피직아젼(彼在我前)이니 회255)두하누(回頭 下淚)라.256)' 흐니 흥문은 쳔인(賤人)과도 언약(言約)을 블셔 일윗거 늘 네 녀 시(氏)는 어느 날 만나리오? 심식(心思ㅣ) 가히(可-) 슬프리 로다."

셩문이 함슈(含羞)257) 공슈(拱手ㅣ)어늘 긔국공(--公)이 졍쇠(正色)

---

252) 쇼횔(小姬글): 소희. 첩.

253) 빅냥(百兩): 백량. 100대의 수레라는 뜻으로 신부를 맞아들임을 말함. '양(兩)'은 수레의 의미. "저 아가씨 시집갈 적에, 백 대의 수레로 맞이하네. 之子丁歸, 百兩御之."라는 구절이 『시경(詩經)』, <작소(鵲巢)>에 보임.

254) 안두휘(--侯ㅣ): 이관성의 넷째아들 이몽상을 이름.

255) 회: [교] 원문에는 '희'로 되어 있으나 오기로 보이므로 규장각본(1:31)을 따름.

256) 피직아젼(彼在我前)이니 회두하누(回頭下淚)라: 피재아전이니 회두하루라. '저 사람이 내 앞에 있으니 머리 돌려 눈물을 떨구노라.'의 뜻 같으나 미상임.

왈(曰),

"네 나히 강보유이(襁褓幼兒ㅣ)[258] 아니어늘 엇디 아즈비 뭇는 말을 딕답(對答)디 아니ᄒᆞᄂᆞᆫ다?"

공직(公子ㅣ) 년망(連忙)이 쳥죄(請罪)ᄒᆞ고 딕(對)ᄒᆞ야 ᄀᆞᆯ오딕,

"쇼딜(小姪)이 녀 시(氏)로 져근 언약(言約)이 이시나 피츠(彼此ㅣ) 타문(他門) 사ᄅᆞᆷ으로 남녜(男女ㅣ) 유별(有別)ᄒᆞ니 쳔인(賤人)과 ᄀᆞᆺ티 비겨 니합(離合)의 조만(早晚)을 흔(恨)ᄒᆞ리잇

· ·

40면

고?"

강음휘(--侯ㅣ)[259] 쇼왈(笑曰),

"녀 공(公)이 운남(雲南) 흔 ᄀᆞ의 이셔 너를 어이 싱각ᄒᆞ리오? 형댱(兄丈)은 밧비 다ᄅᆞ 딕 미부(美婦)ᄅᆞᆯ ᄀᆞᆯ히쇼셔."

문졍공(--公)이 ᄀᆞᆯ오딕,

"ᄌᆞ고(自古)로 각(各) 집의 유실(有室)ᄒᆞ니 제 나히 아직 어리고 ᄒᆞ믈며 언약(言約)을 졍녕(丁寧)[260]이 ᄒᆞ고 ᄯᅩ 고티리오? 셩이(-兒ㅣ) 머리 흰 실이 되야도 녀 시(氏)ᄅᆞᆯ 만나ᄂᆞᆫ 날 취쳐(娶妻)ᄅᆞᆯ ᄒᆞ리라."

제공(諸公)이 기쇼(皆笑)ᄒᆞ고 ᄀᆞᆯ오딕,

"그럴딘딕 셩문이 쵸조(焦燥)ᄒᆞ야 죽으리로다."

공(公)이 역쇼(亦笑) 왈(曰),

---

257) 함슈(含羞): 함수. 부끄러움을 머금음.

258) 강보유익(襁褓幼兒ㅣ): 강보유아. 아직 걷지 못하여 포대기에 싸서 기르는 어린아이.

259) 강음휘(--侯ㅣ): 이관성의 다섯째아들 이몽필을 이름.

260) 졍녕(丁寧): 정녕. 조금도 틀림없이 꼭.

"셩이(-兒ㅣ) 빅ᄉᆡ(百事ㅣ) 다 미거(未擧)[261]ᄒᆞ거니와 안해 싱각ᄒᆞ야 병(病)나든 아니리라."

부매(駙馬ㅣ) 왈(曰),

"셩문은 대현(大賢)이라 너히 어이 시비(是非)ᄒᆞᄂᆞᆫ다? 블ᄒᆡᆼ(不幸)ᄒᆞ야 홍문은 대종(大宗)[262] 밧들 거시 뎌러틋 사ᄅᆞᆷᄀᆞᆺ디 아니ᄒᆞ니 ᄒᆞᆫ(恨)ᄒᆞ노라."

북쥐빅(--伯) 왈(曰),

"피ᄎᆞ(彼此ㅣ) 뉴뉘(類類ㅣ) 샹죵(相從)ᄒᆞᆷ믈 됴히 너기니 몽현은 다

• •

41면

빅ᄉᆡ(百事ㅣ) 녜문(禮文)과 고집(固執)이 듕(重)ᄒᆞ니 셩문의 온듕(穩重)ᄒᆞᆷ믈 ᄉᆞ랑ᄒᆞ고 몽챵은 홍문의 화려(華麗)ᄒᆞᆷ믈 됴히 너기니 텬되(天道ㅣ) 어이 소원(所願)을 아ᄃᆞᆯ의게 맛치디 아닌고 ᄒᆞᆫ(恨)이로다."

하람공(--公)과 문정공(--公)이 각각(各各) 웃고 샤례(謝禮)ᄒᆞ더라.

이후(以後) 하람공(--公)이 홍문을 위(爲)ᄒᆞ야 너비 현부(賢婦)ᄅᆞᆯ 튁(擇)ᄒᆞᆯᄉᆡ 향촌(鄕村)의 시러곰 슉녀(淑女)ᄅᆞᆯ 엇디 못ᄒᆞ야 뎡(定)티 못ᄒᆞ엿더니,

이후(以後) 두어 ᄒᆡ 만의 황뎨(皇帝) 븍(北)으로조차 경ᄉᆞ(京師)의 오시고 승샹(丞相)이 다시 국ᄉᆞ(國事)ᄅᆞᆯ 다ᄉᆞ리매 가권(家眷)[263]을

---

261) 미거(未擧): 철이 없고 사리에 어두움.

262) 대종(大宗): 대종. 동성동본의 일가 가운데 가장 큰 종가의 계통.

263) 가권(家眷): 호주에게 딸린 집안 식구들.

고향(故鄕)의 두디 못ᄒᆞ야 하람공(--公)을 명(命)ᄒᆞ야 일가(一家)ᄅᆞᆯ 뫼셔 오라 ᄒᆞ니,

하람공(--公)이 셩야(星夜)²⁶⁴⁾로 이에 니ᄅᆞ러 조모(祖母)와 모친(母親)을 뫼시고 제수(諸嫂)ᄅᆞᆯ 빈ᄒᆡᆼ(陪行)²⁶⁵⁾ᄒᆞ야 길 나니 위의(威儀)²⁶⁶⁾ 부셩(富盛)²⁶⁷⁾ᄒᆞ미 ᄀᆞ이 업ᄉᆞ딕 하ᄂᆞᆯ이 필쥬 쇼져(小姐)의게

<small>• •</small>

42면

앙화(殃禍)²⁶⁸⁾ᄅᆞᆯ ᄂᆞ리오시매 엇디 면(免)ᄒᆞ리오.

수오(數五) 일(日) ᄒᆡᆼ(行)ᄒᆞ야 ᄒᆞᆫ 고딕 니ᄅᆞ니, 여러 곳 햐쳐(下處)ᄅᆞᆯ 잡아 여러 부인닉(夫人-) ᄒᆞᆫ 방(房)의 들식 드러 슉침(宿寢)ᄒᆞ더니, 이째 댱 부인(夫人)이 삼녀(三女)로 더브러 소 부인(夫人)과 ᄒᆞᆫ가지로 햐소(下所)의 드러 셕식(夕食)을 파(罷)ᄒᆞ고 쵹(燭)을 혀매 삼녀(三女) 필쥬 쇼져(小姐)의 년(年)이 ᄉᆞ(四) 셰(歲)라. 제녀(諸女) 듕(中) 쌔혀나고 거죄(擧措ㅣ) 영오(穎悟)²⁶⁹⁾ᄒᆞ미 뉴(類)다ᄅᆞ니 부매(駙馬ㅣ) 극ᄋᆡ(極愛)ᄒᆞ더라. 이날 모친(母親) 무릅 아래셔 밤드도록 노다가 댱·소 이(二) 부인(夫人)이 자리의 나아가 줌을 깁히 드럿더니,

---

<small>
264) 셩야(星夜): 셩야. 별빛이 총총한 밤. 여기에서는 밤에도 길을 갔다는 뜻임.

265) 빈ᄒᆡᆼ(陪行): 배행. 윗사람을 모시고 따라감.

266) 위의(威儀): 행렬.

267) 부셩(富盛): 부성. 크고 성대함.

268) 앙화(殃禍): 어떤 일로 인하여 생기는 재앙.

269) 영오(穎悟): 남보다 뛰어나게 영리하고 슬기로움.
</small>

원닉(元來) 이 짜히 흔 사름이 미친 증(症)을 어더 나준 인亽(人事)를 모릭고 느러졋다가 밤은 니러 인가(人家)의 둔니며 아모 사름이나 쓰어다가 믈의나 뫼히나 부리니 이날 두로 둔녀 마춤 댱 부인(夫人) 슉소(宿所)의

···

43면

니릭러 문(門)을 닮고 드러가 필쥬를 잇그러 나가 졍쳐(定處) 업시 가니,

필쥬 어린 거시 넉시 업시 잇글니여 둣더니 흔 뫼히 다드라 스무나믄 산 자(者)히 챵검(槍劍)을 들고 홰블을 붉혀 닉드릭니 기인(其人)이 요괴(妖怪)를 들녀 붉은 곳을 슬히 너겨 필쥬를 노코 드라나니 기듕(其中) 노구(老嫗)²⁷⁰⁾ 흐나히 나아가 필쥬를 안으며 닐오딕,

"엇던 아히(兒孩)완딕 야밤(夜-)의 니릭러는다?"

필쥬 울며 자다가 엇던 사름이 잇그러 이에 니릭과라 흐니 기인(其人)이 어엿비 너겨 드리고 제집의 니릭러 쳐(妻)를 딕(對)ᄒ야 닐오딕,

"우리 비록 ᄉ환노ᄌ(使喚奴子)²⁷¹⁾나 늙도록 ᄌ식(子息)이 업ᄉ니 이 아히를 길너 후ᄉ(後嗣)를 의탁(依託)ᄒ리라."

노괴(老姑ㅣ) 깃거 아히 됴하홀 거슬 주고 달닉여 ᄉ랑ᄒ니 필쥬 비

---

270) 노구(老嫗): 늙은 사람.
271) ᄉ환노ᄌ(使喚奴子): 사환노자. 잔심부름하는 종.

록 영오(穎悟)ᄒ나 ᄉ(四) 세(歲) 히익(孩兒ㅣ) 므슴 쳘을 알리오.
노고(老姑)의 ᄉ랑ᄒ믈 조차 부모(父母)를 닛고 이에 잇더라.

당·소 이 부인(夫人)이 즘결의 수신(收神)²⁷²ᄒ며 졔익(諸兒ㅣ)
일시(一時)의 우ᄂᆫ 소리예 놀라 블을 혀고 보니 필직 간 ᄃᆡ 업ᄂᆫᄃᆡ
라 크게 놀나 쥬인(主人)을 블너 므르니 쥬인(主人)이 역시(亦是) 놀
라 ᄃᆡ왈(對曰),

"이 ᄯᅡ히 왕 공ᄌ(公子)라 ᄒᄂᆞ니 이셔 미쳔 디 삼(三) 년(年)이라.
ᄆᆡ양 밤이면 두로 혜질러 아모나 ᄯᅵᆨ어다가 쳔(千) 니(里)나 만(萬)
니(里)나 ᄇ리ᄂᆞ니 이 ᄯ 익구즌 사름이 이 곡경(曲境)을 디ᄂᆡ고 혹
(或) ᄎᆞ자오ᄂᆞ니도 잇ᄂᆞ니 죽이든 아닛ᄂᆞ이다."

부인(夫人)이 크게 놀나고 슬허 울기를 마디아니ᄒ더니 날이 붉으
매 졔슉(諸叔)과 부매(駙馬ㅣ) 알고 경희(驚駭)²⁷³ᄒ믈 이긔디 못ᄒ
야 부매(駙馬ㅣ) 즉시(卽時) 왕 공ᄌ(公子)를 블러 알픠 안

치고 곤권(懇勸)이 다릐여 둔 고들 무르니 왕 공직(公子ㅣ) 눈을
허여케 ᄯ 부마(駙馬)를 보며 아모 말도 아니ᄒ니 쥬인(主人)이 나
아가 ᄯᅩ 고(告)ᄒᄃᆡ,

"ᄎᆞ인(此人)이 과연(果然) 밤의 져즌 일을 나ᄌ 망연(茫然)이 아디

---

272) 수신(收神): 정신을 수습함.
273) 경희(驚駭): 경해. 뜻밖의 일로 몹시 놀라 괴이하게 여김.

못ᄒᄂ이다.”

부매(駙馬ㅣ) 홀일업셔 다만 조모(祖母)와 모친(母親)을 뫼셔 길희 오ᄅ려 ᄒ니 댱 부인(夫人)이 곡긔(穀氣)를 긋치고 울며 흥문으로 부마(駙馬)긔 쳥(請)ᄒ여 녀ᄋ(女兒)를 어더 ᄒᆞᆫ가지로 가디라 ᄒ니 부매(駙馬ㅣ) 허(許)티 아냐 왈(曰),

“녀ᄌᆞ(女子ㅣ) 어이 홀로 듕도(中途)의 머믈며 ᄒᆞᆯ므며 슬하(膝下)의 여러 개(個) ᄌᆞ녜(子女ㅣ) 잇거늘 ᄒᆞᆫ 녀ᄋ이(女兒ㅣ) 무어시 관듕(關重)274)ᄒᆞ야 이러틋 과회(過懷)275)ᄒᆞᄂᆂ뇨? 이거시 제 운익(運厄)이라 인연(因緣)이 이실딘ᄃᆡ 제 사라셔 만날 거시니 다시 어즈러온 말을 ᄂᆡ 귀예 들니디 마ᄅᆞ쇼셔.”

댱 부인(夫人)이 홀일업셔 다만 녀ᄋ(女兒)를

• • •

46면

브ᄅᆞ지져 이통(哀慟)ᄒ니 소 부인(夫人)이 위로(慰勞) 왈(曰),

“쇼뎨(小弟) 당년(當年)의 쳔만고쵸(千萬苦楚)276) 가온ᄃᆡ 경문을 일코도 투싱(偸生)277)ᄒ고 영문을 죽이고도 지금(至今) 사라시니 이제 져져(姐姐)ᄂᆞᆫ 여러 딜이(姪兒ㅣ) 이셔 쇼뎨(小弟) 졍ᄉ(情事)와 ᄇᆡ(倍)히 나으니 엇디 이대도록 통곡(慟哭)ᄒ시며, 필경 나히 어리나 ᄌᆞ못 슈복(壽福)278)이 온젼(穩全)ᄒᆞᆫ 아ᄒᆡ(兒孩)니 일편도이 골몰(汩

---

274) 관듕(關重): 관중. 중요함.

275) 과회(過懷): 지나치게 슬퍼함.

276) 쳔만고쵸(千萬苦楚): 천만고초. 온갖 고초.

277) 투싱(偸生): 투생. 구차하게 산다는 뜻으로, 죽어야 마땅할 때에 죽지 아니하고 욕되게 살기를 꾀함을 이르는 말.

278) 슈복(壽福): 수복. 오래 살 복.

沒)²⁷⁹⁾ᄒ디 아니ᄒ리이다.”

부인(夫人)이 눈믈이 십 ᄀᄐ여 말을 못 ᄒ더니 흥문 등(等)이 덩을 나와 ᄒᆡᆼᄎᆞ(行次)를 지쵹ᄒ니 마디못ᄒ야 다만 방(榜) 브텨 의복(衣服) 거지(擧止)를 써 만일(萬一) 어더 주ᄂᆞ니면 쳔금(千金)을 주리라 ᄒ고 ᄒᆞᆫ가지로 경ᄉᆞ(京師)의 니ᄅᆞ니,

승샹(丞相)이 임의 문졍공(--公)으로 더브러 문여(門閭)²⁸⁰⁾를 졍졔(整齊)ᄒ고 분댱(粉牆)²⁸¹⁾을 슈습(收拾)하고 가듕(家中)을 쇄소(灑掃)²⁸²⁾ᄒ야시니 쥬밍(朱甍)²⁸³⁾이 싁싁ᄒ고 화

려(華麗)ᄒ미 녯날의 지디 아니ᄒ더라.

이날 경 시랑(侍郎),²⁸⁴⁾ 텰 샹셔(尙書) 부인(夫人)²⁸⁵⁾ 등(等)이 모다 뎡 부인(夫人)과 졔인(諸人)을 보고 반기믈 이긔디 못ᄒ고 모든 쇼ᄋᆞᆯ(小兒ㅣ) 나렬(羅列)ᄒ야 친쇼(親疏)를 분변(分辨)티 아니ᄒᄃᆡ 미쥬 쇼졔(小姐ㅣ) 깁히 숨고 나디 아니ᄒ더라.

텰 시랑(侍郎) 형뎨(兄弟)를 보고 별회(別懷)를 니ᄅᆞᆯᄉᆡ 텰 시랑(侍郎)이 하람공(--公)을 ᄃᆡ(對)ᄒ야 만만샤례(萬萬謝禮) 왈(曰),

“ᄌᆞ친(慈親)이 조부(祖父)ᄭᅴ 은양(恩養)을 밧ᄌᆞ와 엇디 골육(骨肉)

---

279) 골몰(汨沒): 죽음.

280) 문여(門閭): 문려. 동네 어귀에 세운 문.

281) 분댱(粉牆): 분장. 갖가지 색깔로 화려하게 꾸민 담.

282) 쇄소(灑掃): 물을 뿌리고 비로 쓰는 일.

283) 쥬밍(朱甍): 주맹. 붉은 용마루.

284) 경 시랑(侍郎): 경혁을 이름. 경혁은 이현의 양자로 들어왔으며 철 부인인 경혜벽의 동생임.

285) 텰 샹셔(尙書) 부인(夫人): 철 상서 부인. 경혁의 누나 경혜벽으로서 상서 철염의 아내임.

이 아니믈 분변(分辨)ᄒ리오? 이러ᄒ므로 아등(我等)이 은혜(恩惠)ᄅ를 품고 정분(情分)을 먹음어 현뎨(賢弟) 등(等)을 동긔(同氣)로 다르믈 아디 못ᄒ더니 블쵸진(不肖子ㅣ) 무상(無狀)ᄒ야 친친지의(親親之義)ᄅ를 난(亂)ᄒ여 금일(今日) 현뎨(賢弟)ᄅ를 디(對)ᄒ매 참괴(慙愧)ᄒ믈 이긔디 못ᄒ리로다.”

하람공(--公)이 웃고 손을 쇼자 디왈(對曰),

“쇼뎨(小弟) 본디(本-) 우

48면

인(爲人)이 조급(躁急)ᄒ야 이런 일을 쩌리므로 슉모(叔母) 명(命)을 밧줍디 못ᄒ오니 졍(正)히 지금(只今)ᄀ디 참괴(慙愧)ᄒ여ᄒ옵ᄂ니 형(兄)의 샤례(謝禮)ᄅ를 어이 승당(承當)[286]ᄒ리잇가?”

시랑(侍郎)이 쇼왈(笑曰),

“젼일(前日) 미쥬ᄅ를 늬 녀ᄋ(女兒)ᄀᆺ티 너겨 현뎨(賢弟) 남하(南下)ᄒ올 적 늬 스스로 그 머리ᄅ를 쓰다듬아 쩌나믈 앗겻더니 블쵸ᄋ(不肖兒)로 인(因)ᄒ야 칠(七) 년(年)을 쩌낫다가 이에 니르디 앗가 늬당(內堂)의 니르러 모든 아히(兒孩)ᄅ를 다 보디 홀노 미쥬ᄅ를 보디 못ᄒ니 더옥 ᄋᄌ(兒子)ᄅ를 통흔(痛恨)ᄒ노라. 필경(畢竟)을 엇디코져 ᄒᄂ다?”

부매(駙馬ㅣ) 유유(儒儒)[287]ᄒ야 답(答)디 아니니, 시랑(侍郎)이 ᄯᅩ 흔 다시 뭇디 아니ᄒ더라.

---

286) 승당(承當): 받아들여 감당함.
287) 유유(儒儒): 어물어물함.

원릭(元來) 털 공직(公子丨) 조모(祖母)를 뫼셔 도라와 부인(夫人)이 슈말(首末)을 시랑(侍郎)드려 니릭니 시랑(侍郎)이 놀나고 무안(無顏)ᄒ야 공ᄌ(公子)를 듕

49면

칙(重責)ᄒ고 일이 이에 니른 후(後)는 다른 딕 취쳐(娶妻)를 못 ᄒ여 세월(歲月)을 괴로이 기드려 부매(駙馬丨) 샹경(上京)ᄒ믈 보매 혼ᄉ(婚事)를 날노 밧바ᄒ딕 시랑(侍郎)이 ᄌ고(自古)로 부마(駙馬)의 고집(固執)을 니기 아는 고(故)로 뭇디 아니ᄒ고,

일일(一日)은 조용이 쌔를 타 승샹(丞相)을 뫼셔 말숨ᄒ더니 ᄂᆞ즉이 고(告)ᄒ딕,

"향일(向日) 챵딩이 망녕(妄靈)된 의ᄉ(意思)를 닉여 미쥬를 ᄉ렴(思念)ᄒ매 드듸여 빅균[288]의 뇌(怒丨) 니러나니 쇼딜(小姪)이 훈ᄌ(訓子)ᄒ미 블엄(不嚴)ᄒ믈 붓그리나 일이 임의 이에 니른 후(後)는 미쥬를 다른 딕 가(嫁)ᄒ미 심(甚)히 ᄉ세(事勢) 난쳐(難處)ᄒ고 측(測)[289]혼 줄노 혜아려 쇼딜(小姪)이 지금(只今)ᄀ디 챵딩을 약년(弱年)이 넘도록 그저 두어습ᄂᆞ니 슉뷔(叔父丨) 쟝ᄎᆞᆺ(將次人) 엇디코져 ᄒ시ᄂᆞ니잇고?"

승샹(丞相)이 팀음(沈吟) ᄂᆞ구(良久)의 굴오딕,

"닉 쏘 이러

---

288) 균: [교] 원문에는 '눈'으로 되어 있으나 이몽현의 자(字)가 앞에서 '백균'으로 나온 바 있으므로 규장각본(1:38)을 따름.

289) 측(測): 망측. 정상적인 상태에서 어그러져 어이가 없거나 차마 보기가 어려움.

제2부 | 주석 및 교감 207

케 너기되 돈ᄋᆞ(豚兒ㅣ) 셩품(性品)이 너모 ᄀᆞ박(刻薄)ᄒᆞ고 고향(故鄕)의셔 도뢰(道路ㅣ) 요원(遙遠)ᄒᆞ므로 졔긔(提起)티 아냣더니 샹경(上京)ᄒᆞᆫ 후(後)조차 디디(遲遲)290)ᄒᆞ리오? 미쥐 십칠(十七) 셰(歲) 되여시니 잠시(暫時)ᄅᆞᆯ 두미 밧ᄇᆞᆫ디라 ᄲᆞᆯ리 길일(吉日)을 틱(擇)ᄒᆞ야 친영(親迎)291)ᄒᆞ리라."

시랑(侍郎)이 대희(大喜)ᄒᆞ야 빈샤(拜謝)ᄒᆞ고 믈러나니,

승샹(丞相)이 ᄎᆞ야(此夜)의 졔ᄌᆞ(諸子)의 혼졍(昏定)ᄒᆞᄂᆞᆫ 쌔ᄅᆞᆯ 당(當)ᄒᆞ야 하람공(--公)ᄃᆞ려 닐오되,

"ᄒᆡ익(孩兒ㅣ) 이제 미쥬ᄅᆞᆯ 엇디코져 ᄒᆞᄂᆞᆫ다?"

하람공(--公)이 공슈(拱手)ᄒᆞ야 방셕(方席) 밧긔 ᄭᅮ러 되왈(對曰),

"ᄒᆡᄋᆞ(孩兒)의 협칙(狹窄)292)ᄒᆞᆫ 소견(所見)은 미쥬ᄅᆞᆯ 심규(深閨)의 두고져 ᄯᅳᆺ밧긔 다ᄅᆞᆫ 호의(狐疑)293) 업ᄂᆞ이다."

승샹(丞相)이 믁믁(默默)이 오래 말이 업다가 닐오되,

"니시(李氏) 션조(先祖)의 홀노 늙은 사ᄅᆞᆷ이 잇ᄂᆞ냐? 기간(其間) 곡졀(曲折)을 ᄌᆞ시 닐러 은휘(隱諱)티 말라."

하람공(--公)

---

290) 디디(遲遲): 지지. 늦춤.

291) 친영(親迎): 친히 맞이함. 혼례의 여섯 가지 의식 중 신랑이 신부 집에 가서 신부를 맞이하여 신랑 집에 돌아오는 의례.

292) 협칙(狹窄): 협착. 매우 좁음.

293) 호의(狐疑): 여우의 의심이라는 뜻으로 자잘한 생각을 말함.

이 새로이 옥면(玉面)이 취홍(取紅)ᄒ고 냥목(兩目)이 ᄀ느라 노긔(怒氣) 븍바티니 다만 안셔(安舒)²⁹⁴)히 ᄶ러 말을 아니ᄂ디라. 승샹(丞相)이 ᄯᅩᄒᆫ 다시 뭇디 아니ᄒ고 고요히 듁침(竹枕)의 비겨 그 거동(擧動)을 볼 만ᄒ더니,

반향(半晌) 후(後) 공(公)이 노(怒)ᄅᆯ 잠간(暫間) 진정(鎭靜)ᄒ야 지비(再拜) 청죄(請罪) 왈(曰),

"블효ᄋ이(不肖兒ㅣ) 무샹(無狀)ᄒ야 엄하(嚴下)의 실톄(失體)ᄒ미 ᄌ못 듕대(重大)ᄒ니 죄(罪)ᄅᆯ 기ᄃ리ᄂ이다. 지어(至於) 미쥬의 혼ᄉ(婚事)ᄂ 히이(孩兒ㅣ) 운계 형(兄)을 알오믄 동긔(同氣)로 다ᄅ디 아니ᄒ고 칭(稱)ᄒ믈 표형(表兄)으로 ᄒ다가 이제 고텨 인친(姻親)이라 ᄒ오믄 만만블ᄉ(萬萬不似)²⁹⁵)ᄒ므로 출하리 ᄒᆫ ᄯᆯ을 ᄇ리올디언뎡 운계 형(兄)으로 네촌(-寸) 졍(情)을 오로지ᄒ고져 ᄒ미로소이다."

승샹(丞相)이 듯기ᄅᆯ 뭇고 낫빗ᄎᆯ 졍(正)히 ᄒ고 소ᄅᆡᄅᆯ 엄졍(嚴正)이 ᄒ야 글오디,

"젼후(前後) 블가(不可)

ᄒ믈 닉 니ᄅᆯ디 아니나 네 다 아ᄂ니 져근 고집(固執)으로 당당(堂堂)ᄒᆫ ᄉ족(士族) 부녜(婦女ㅣ) 홀노 늙ᄂ 녜문(禮文)이 업고 듕표

---

294) 안셔(安舒): 안서. 마음이 편안하고 조용함.

295) 만만블ᄉ(萬萬不似): 만만불사. 결코 이치에 맞지 않음.

(中表) 혼인(婚姻)ㅎ미 태고적(太古-)브터 업ᄉ나 ᄉ셰(事勢) 여ᄎ(如此)ᄒᆫ 후(後)ᄂᆫ 권도(權道)를 힝(行)ᄒᆞ미 가(可)ᄒᆞ거늘 ᄯᅩ 시296)풍(時風)이 그러ᄒᆞ고 ᄒᆞᆯ며 골육(骨肉)이 아니니 셩친(成親)ᄒᆞ미 무방(無妨)ᄒᆞ더라. 히ᄋᆞ(孩兒ㅣ) 아븨 소견(所見)을 유리(有理)히 너기거든 힝(行)ᄒᆞ고 ᄯᅩ 네 ᄆᆞ음의 그를딘ᄃᆡ 강권(强勸)297)티 아니리라."

공(公)이 ᄭᅮ러 듯줍고 ᄆᆞ음의 블쾌(不快)ᄒᆞ나 삼십(三十) 년(年)을 셥심슈힝(攝心修行)298)ᄒᆞ미 효(孝)를 읏듬ᄒᆞ야ᄂᆞᆫ디라 이에 안졍(安靜)이 슈명(受命) 왈(曰),

"히ᄋᆞ(孩兒)의 무식(無識)ᄒᆞᆫ 소견(所見)이 ᄒᆞᆫ갓 일편도이 싱극ᄒᆞ여ᅀᆞᆸ더니 불기 하교(下敎)ᄒᆞ시믈 듯ᄌᆞ오니 블쵸ᄌᆞ(不肖子ㅣ) 무샹(無狀)ᄒᆞ오나 엇디 봉힝(奉行)299)티 아니리잇고?"

드ᄃᆡ여 믈러나

· ·

53면

니 승샹(丞相)이 그 고집(固執)과 그런 독(毒)ᄒᆞᆫ 셩(性)을 가지고 ᄌᆞ긔(自己) 명(命)을 져러틋 슌슈(順受)300)ᄒᆞᄆᆞᆯ 두굿겨 잠간(暫間) 웃고 말을 아닌ᄃᆡ, 쇼부공(少傅公)301)이 이에 잇다가 승샹(丞相)긔

---

296) 시: [교] 원문과 규장각본(1:40)에 모두 '가'로 되어 있으나 문맥을 고려해 이와 같이 수정함.

297) 강권(强勸): 억지로 권함.

298) 셥심슈힝(攝心修行): 섭심수행. 마음을 다잡고 행동을 닦음.

299) 봉힝(奉行): 봉행. 받들어 행함.

300) 슌슈(順受): 순수. 순순히 받음.

301) 쇼부공(少傅公): 소부공. 이관성의 동생 이연성을 이름. 이연성이 태자소부를 했으므로 이와 같이 불림.

고왈(告曰),

"몽딜(-姪)이 그런 노긔(怒氣) 가온딕 형댱(兄丈) 말슴은 흔 말을 아니ᄒ고 응명(應命)[302]ᄒ니 쇼뎨(小弟) 의혹(疑惑)ᄒᄂ이다."

승샹(丞相)이 쇼왈(笑曰),

"쳔(千) 인(人)이 권(勸)ᄒ고 만(萬) 인(人)이 프러도 아니 드르려니와 닉 말은 유확(油鑊)[303]의 들나 ᄒ여도 드를 우인(爲人)이니라."

쇼뷔(少傅ㅣ) 쇼왈(笑曰),

"형댱(兄丈)의 연즉(然則) 아니 니르시던들 미쥐 홍안(紅顔)을 공송(空送)[304]ᄒ나소이다."

ᄒ더라.

하람공(--公)이 이째 ᄆᆞ음의 ᄀᆞ득이 블평(不平)ᄒ나 부친(父親) 경계(警戒) 즈못 명졍(明正)ᄒ시고 즈긔(自己) 슌슈(順受)흔 도리(道理)로 다시 견집(堅執)[305]ᄒ미 올티 아닌 고(故)로 흔연(欣然)이 틱일(擇日)ᄒ야 텰부(-府)의 고(告)ᄒ니 시랑(侍郞) 부뷔(夫婦ㅣ)

54면

대열(大悅)ᄒ고,

ᄎ시(此時), 텰 공직(公子ㅣ) 심ᄉᆞ(心思ㅣ) 쥬야(晝夜) 번민(煩悶)ᄒ야 하람공(--公) 고집(固執)을 두루혀 미쥬 소져(小姐) 취(娶)홀 날이 업슬가 죄오다가 이러틋 혼ᄉᆞ(婚事ㅣ) 슌(順)히 되니 깃브미 망외

---

302) 응명(應命): 명령에 응함.

303) 유확(油鑊): 기름가마.

304) 공송(空送): 하는 일 없이 시간을 헛되이 보냄.

305) 견집(堅執): 의견을 바꾸지 않고 굳게 지님.

(望外)라 만싀(萬事 l) 여의(如意)ᄒ더라.

길일(吉日)이 다ᄃᄅ매 댱 부인(夫人)이 첫 혼인(婚姻)이라 범ᄉ(凡事)를 극(極)히 출히되 미쥬 쇼졔(小姐 l) 싀로이 통훈(痛恨)ᄒ고 비분(悲憤)ᄒ야 모친(母親)을 ᄃᆡ(對)ᄒ야 죽기로 텰가(-家)의 아니 갈 ᄯᆞᆺ을 ᄋᆡ고(哀告)ᄒ니 댱 부인(夫人)이 ᄀᆞᆯ오ᄃᆡ,

"존귀(尊舅 l) 쥬혼(主婚)ᄒ시니 너의 부친(父親)이 감히(敢-) 말을 못 ᄒ거늘 우리 ᄉᆞ졍(事情)의 분(憤)ᄒᆞᆷ을 엇다가 비최리오?"

쇼졔(小姐 l) ᄒᆞᆯ일업서 우분(憂憤)306) ᄒᆞᆷ믈 인(因)ᄒ야 식음(食飮)을 폐(廢)ᄒ고 몸을 상샹(牀上)의 더져 죽어 텰가(-家)의 가디 말과져 ᄒ니 드ᄃᆡ여 병(病)이 니러 긔거(起居)를 못 ᄒᄂᆞᆫ디라 부매(駙馬 l) 근심ᄒ야 닐오

• •

55면

ᄃᆡ,

"녀ᄋᆞ(女兒 l) 병(病)이 듕(重)ᄒ니 셩녜(成禮)ᄂᆞᆫ 길일(吉日)노 ᄒ려니와 낫기를 기ᄃᆞ려 현구고(見舅姑)307)ᄒᆞ미 엇더ᄒᄂᆈ?"

시랑(侍郞)이 허락(許諾)ᄒ니 부매(駙馬 l) 졋거 길일(吉日)의 텰ᄉᆡᆼ(-生)이 길복(吉服)을 닙고 니부(李府)의 니ᄅᆞ러 뎐안(奠雁)308)을 뭇ᄎᆞ매 ᄂᆡ당(內堂)의 니ᄅᆞ니 댱 부인(夫人)이 쇼져(小姐)를 쳔단ᄀᆡ유(千端開諭)309)ᄒ야 겨유 녜복(禮服)을 몸 우희 거러 교ᄇᆡ셕(交拜席)

---

306) 우분(憂憤): 근심하고 분노함.

307) 현구고(見舅姑): 시부모를 뵘.

308) 뎐안(奠雁): 전안. 혼인 때 신랑이 신부 집에 기러기를 가져가서 상위에 놓고 절하는 예.

309) 쳔단ᄀᆡ유(千端開諭): 천단개유. 온갖 방법으로 타이름.

의 니르니 수쳑(瘦瘠)흔 얼골이 더옥 아릿싸와 소월(素月)이 운니(雲裏)의 ᄲᅡ임 ᄀᆞᆺ고 긔이(奇異)흔 용칙(容彩)[310] 비(比)홀 고디 업고 텰공ᄌᆞ(公子)의 늠늠쥰슈(凜凜俊秀)[311]흔 풍칙(風采) 진짓 일(一) ᄲᅡᆼ(雙) 가위(佳偶ㅣ)라. 존당(尊堂) 구괴(舅姑ㅣ) 역시(亦是) 두굿겨 희ᄉᆡᆨ(喜色)이 ᄀᆞ득ᄒᆞ더라.

교ᄇᆡ(交拜)를 파(罷)ᄒᆞ매 문졍공(--公) 등(等)이 신낭(新郎)을 잇그러 외당(外堂)으로 나가고 미쥬 쇼졔(小姐ㅣ) 병듕(病中) 긔운이 허약(虛弱)ᄒᆞ야 슈습(收拾)디 못ᄒᆞ니 유뫼(乳母ㅣ) 븟드러 침방(寢房)의 가

· ·

56면

구호(救護)ᄒᆞ더라.

ᄎᆞ야(此夜)의 일개(一家ㅣ) 졍당(正堂)의 모다 각각(各各) 화쥬(花酒)[312]를 늘려 즐길ᄉᆡ 텰 부인(夫人)이 미쥬의 특이(特異)ᄒᆞᆷ믈 두굿겨 닐오ᄃᆡ,

"미쥬 엇디 니 며ᄂᆞ리 될 줄 알니오? 과연(果然) 텬하ᄉᆡ(天下事ㅣ) 뜻밧긴 줄 아노라."

븍쥬ᄇᆡᆨ(--伯) 부인(夫人)[313]이 굴오ᄃᆡ,

"져져(姐姐) 말ᄉᆞᆷ이 진실로(眞實-) 올흐시니 챵딩이 가듕(家中) 사회 될 줄 념(念)ᄒᆞ여시리오?"

---

310) 용칙(容彩): 용채. 용모와 풍채.

311) 늠늠쥰슈(凜凜俊秀): 늠름준수. 늠름하고 빼어남.

312) 화쥬(花酒): 화주. 꽃을 담가 만든 술. 국화로 만든 국화주(菊花酒), 소나무 꽃으로 만든 송화주(松花酒), 배꽃으로 만든 이화주(梨花酒) 등이 있음.

313) 븍쥬ᄇᆡᆨ(--伯) 부인(夫人): 북주백 부인. 북주백인 이연성(이관성의 동생)의 아내 정혜아를 이름.

기국공(--公)[314]이 텰싱(-生)의 손을 잡고 희롱(戱弄) 왈(曰),

"신낭(新郎)이 너모 친친[315]ᄒᆞ니 도로혀 의심(疑心)ᄒᆞᄂᆞ니 엇디 지금(只今) 신방(新房)의 가디 아닛ᄂᆞ다?"

싱(生)이 함쇼(含笑)ᄒᆞ야 말을 아니ᄒᆞ니, 댱 부인(夫人) 왈(曰),

"녀ᄋᆡ(女兒ㅣ) 병(病)이 즁(重)ᄒᆞ니 ᄃᆡᄀᆡᆨ지녜(待客之禮)[316]를 출히디 못ᄒᆞᆯ디라. 신낭(新郎)이 외헌(外軒)의셔 밤을 디ᄂᆡ미 가(可)토소이다."

안두휘(--侯ㅣ)[317] 대소(大小) 왈(曰),

"텰ᄋᆞ(-兒)의 심댱(心臟)이 쟝ᄎᆞᆺ(將次ㅅ) 요요(擾擾)[318]ᄒᆞ야 졍(靜)티 못ᄒᆞ거

...

57면

ᄂᆞᆯ 수쉬(嫂嫂) 어이 박(薄)ᄒᆞᆫ 말ᄉᆞᆷ을 ᄒᆞ시ᄂᆞ뇨? ᄒᆞ믈며 텰ᄋᆡ(-兒ㅣ) 미쥬의게 유졍지인(有情之人)이라 드러가야 병(病)이 나으리라."

인(因)ᄒᆞ여 미러 침소(寢所)로 보ᄂᆡ니, 좌듕(座中) 부인ᄂᆡ(夫人-) 함쇼(含笑)ᄒᆞ고 문졍공(--公) 등(等)은 미미(微微)히 우ᄉᆞᄃᆡ 하람공(--公)이 홀노 말을 아니터라.

텰싱(-生)이 반싱(半生) ᄉᆞ모(思慕)ᄒᆞ던 슉녀(淑女)를 금일(今日) 교ᄇᆡ셕(交拜席)의 ᄃᆡ(對)ᄒᆞ니 의긔(意氣) 비양(飛揚)[319]하야 신방(新

---

314) 기국공(--公): 개국공. 이관성의 셋째아들 이몽원을 이름.

315) 친친: 츤츤. 쌀쌀맞고 인정이 없게 굶.

316) ᄃᆡᄀᆡᆨ지녜(待客之禮): 대객지례. 손님을 대접하는 예.

317) 안두휘(--侯ㅣ): 이관성의 넷째아들 이몽상을 이름.

318) 요요(擾擾): 뒤숭숭하고 어수선함.

房)의 니르니, 쇼제(小姐ㅣ) 이날 병(病)이 더ᄒ여 금금(錦衾)의 감겨
누엇고 유뫼(乳母ㅣ) 상하(牀下)의 ᄃᆡ후(待候)[320]ᄒ엿다가 싱(生)을
보고 나가거ᄂᆞᆯ, 싱(生)이 겨ᄐᆡ 나아가 무러 ᄀᆞᆯ오ᄃᆡ,

"쇼년(少年) 장질(壯質)[321]의 어듸ᄅᆞᆯ 그리 디리(支離)히 알ᄂᆞ뇨?"

쇼제(小姐ㅣ) 혼혼(昏昏)[322] 듕(中) 이 쇼ᄅᆡᄅᆞᆯ 듯고 놀나며 붓그려
분(憤)ᄒ여 날호여 금금(錦衾)을 헤치고 니러 상(牀)의 ᄂᆞ려 먼니 단
좌(端坐)ᄒ거ᄂᆞᆯ 싱(生)이 급(急)히 말녀 왈(曰),

"병

••

58면

인(病人)이 운동(運動)ᄒ야 실셥(失攝)[323]ᄒ면 엇디ᄒ리오? 평안
(平安)이 됴리(調理)ᄒ라."

쇼제(小姐ㅣ) 답(答)디 아니ᄒ고 유모(乳母)ᄅᆞᆯ 블러 알ᄑᆡ 업ᄉᆞ믈
졀칙(切責)ᄒᆞᄃᆡ 유뫼(乳母ㅣ) ᄆᆞᆨ연(黙然)이 웃고 ᄯᅩ 나가거ᄂᆞᆯ, 싱(生)
이 나아가 옥슈(玉手)ᄅᆞᆯ 잡고 샤례(謝禮) 왈(曰),

"쇼싱(小生)이 향일(向日)[324]의 무례(無禮)ᄒ야 쇼져(小姐)긔 죄(罪)
ᄅᆞᆯ 어더거니와 만일(萬一) 그러티 아닌즉 금일(今日) 진누(秦樓)의 봉
쇼(鳳簫)[325]ᄅᆞᆯ 브르ᄂᆞᆫ 경ᄉᆞ(慶事ㅣ) 이시리오? 쇼져(小姐)ᄂᆞᆫ 빅(百) 년

---

319) 비양(飛揚): 잘난 체하고 거드럭거림.

320) ᄃᆡ후(待候): 대후. 웃어른의 명령을 기다림.

321) 장질(壯質): 굳센 몸.

322) 혼혼(昏昏): 정신이 가물가물하고 희미함.

323) 실셥(失攝): 실섭. 몸조리를 잘 하지 못함.

324) 향일(向日): 지난번.

325) 진누(秦樓)의 봉쇼(鳳簫): 진루의 봉소. 진(秦)나라 봉대(鳳臺)에서 연주한 봉황 퉁소라는 뜻으

(年)을 의탁(依託)홀 사룸인 줄 혜아려 너모 노(怒)티 말디어다."

쇼졔(小姐ㅣ) 불연(勃然)[326] 작식(作色)[327]ᄒ고 손을 썰텨 믈러안
자 말을 아니ᄒ거늘, 싱(生)이 웃고 ᄯᅩ 샤죄(謝罪)를 일ᄏᆞ라 ᄀᆞᆯ오ᄃᆡ,

"쇼졔(小姐ㅣ) 싱(生)을 용녈(庸劣)이 너겨 더러툿 ᄒᆞ나 ᄆᆞᄎᆞᆷᄂᆡ 텰
슈룰 ᄇᆞ리디 못홀디라."

쇼졔(小姐ㅣ) 죵시(終是) 브답(不答)ᄒ고 슈병(繡屛)[328]의 지혀 단
좌(端坐)ᄒ

· ·

59면

야시니 소담[329]ᄒᆞᆫ 용칙(容彩) 실듕(室中)이 븕ᄂᆞᆫ디라. 싱(生)이 더
옥 흠ᄋᆡ(欽愛)ᄒᆞ야 만일(萬一) 겨ᄐᆡ 나아간즉 밀치믈 낙엽(落葉)ᄀᆞ
티 ᄒᆞ니 싱(生)이 쇼왈(笑曰),

"그ᄃᆡ 려력(膂力)[330]이 과인(過人)[331]ᄒᆞ믈 쟈랑ᄒᆞ나 경부(敬夫)[332]
홀 줄은 모ᄅᆞᄂᆞᆫ도다. 이제 쟝ᄎᆞ(將次ㅅ) 엇디코져 ᄒᆞᄂᆞ뇨?"

쇼졔(小姐ㅣ) 드른 톄 아니ᄒ고 둙이 울매 오슬 녀미고 모친(母親)

로 부부로 맺어진 것 또는 부부의 사이가 좋음을 이름. 중국 춘추시대 진(秦)나라 목공(穆公)
때 소사(蕭史)가 통소를 잘 불었는데 목공의 딸 농옥(弄玉)이 그를 좋아하자 목공이 두 사람
을 혼인시킴. 소사가 농옥에게 통소로 봉황 울음소리 내는 법을 가르쳤는데 몇 년 뒤 봉황이
그 소리를 듣고 날아오자 목공이 그들 부부를 위해 봉대(鳳臺)를 지어줌. 부부가 봉대에 머물
면서 내려가지 않다가 봉황을 타고 날아가 버림. 유향(劉向), 『열선전(列仙傳)』, <소사(蕭史)>.

326) 불연(勃然): 발연. 왈칵 성을 내는 태도나 일어나는 모양이 세차고 갑작스러움.
327) 작식(作色): 작색. 불쾌한 느낌을 얼굴빛에 드러냄.
328) 슈병(繡屛): 수병. 수를 놓은 병풍.
329) 소담: 생김새가 탐스러움.
330) 려력(膂力): 여력. 완력.
331) 과인(過人): 남보다 뛰어남.
332) 경부(敬夫): 남편을 공경함.

침쇼(寢所)의 드러가니 부인(夫人)이 놀라 왈(曰),

"금일(今日)은 병(病)이 됴핫ᄂᆞ냐? 엇디 운동(運動)ᄒᆞᄂᆞ뇨?"

쇼졔(小姐ㅣ) 답(答)디 아니ᄒᆞ고 모친(母親) 상(牀)의 누어 새로이 신음(呻吟)ᄒᆞ니, 부인(夫人)이 그 ᄯᅳᆺ을 숫치고 더옥 이련(哀憐)하더라.

부인(夫人)이 졍당(正堂)의 드러가니 텰 부인(夫人)이 이에 잇ᄂᆞᆫ고(故)로, 텰 시랑(侍郎)이 드러와 모친(母親)긔 뵈옵고 댱 부인(夫人)을 향(向)ᄒᆞ야 ᄀᆞᆯ오ᄃᆡ,

"신뷔(新婦ㅣ) 금일(今日)은 병(病)이 엇더ᄒᆞ니잇고?"

부인(夫人)이 몸을 ᄂᆞ초

· ·

60면

와 ᄃᆡ답(對答)ᄒᆞᄃᆡ.

"오ᄂᆞᆯ은 더ᄒᆞᆫ 듯ᄒᆞ더이다."

시랑(侍郎)이 ᄀᆞ장 근심ᄒᆞ거ᄂᆞᆯ, 문졍공(--公)이 쇼이ᄃᆡ왈(笑而對曰),

"형(兄)이 엇디 범남(氾濫)333)ᄒᆞ뇨? 인친(姻親)334)이 되야 식부(息婦)335)의 모친(母親)을 ᄂᆡ외(內外)티 아니ᄒᆞ니 긔 어인336) 도리(道理)뇨?"

시랑(侍郎)이 쇼왈(笑曰),

"이젼(以前)브텨 무샹(無常)이 뵈와시니 이제 고텨 ᄀᆞ다듬으미 어렵도다."

___

333) 범남(氾濫): 범람. 제 분수에 넘침.

334) 인친(姻親): 혼인으로 맺어진 관계.

335) 식부(息婦): 며느리.

336) 인: [교] 원문에는 '린'으로 되어 있으나 문맥을 고려해 규장각본(1:46)을 따름.

븍쥐빅(--伯) 왈(曰),

"운계337)는 ᄋ시(兒時)로브터 녜의(禮義) 념치(廉恥)를 모르니 이제쓰려 칙망(責望)ᄒ랴?"

시랑(侍郞)이 웃고 ᄃᆡ왈(對曰),

"쇼딜(小姪)이 셕년(昔年)의 슉부(叔父)긔 미희(美姬) 쳔거(薦擧)ᄒ다가338) 지금(只今)ᄀᆞ디 슉뫼(叔母ㅣ) 안디(-大)339)의 드리디 아니시니 츄회막급(追悔莫及)340)이로소이다."

쇼뷔(少傅ㅣ) 부체로 그 관(冠)을 치고 왈(曰),

"가지록 닉 듯기 슬흔 말을 어이 ᄒᆞᄂᆞᆫ다?"

시랑(侍郞)이 미쇼(微笑)ᄒᆞ고 짐즛 쑤려 샤죄(謝罪)ᄒᆞ니 일좨(一座ㅣ) 대쇼(大笑)ᄒᆞ더라.

이째, 텰 공지(公子ㅣ) 비록 니(李) 쇼져(小姐)

..

61면

를 어드나 그 병(病)이 듕(重)ᄒᆞᆷ믈 민울(悶鬱)341)ᄒᆞ고 ᄉᆞ긔(辭氣)342) 쵸강(楚剛)343)ᄒᆞᆷ믈 블쾌(不快)ᄒᆞ야 흥미(興味) ᄉᆞ연(捨然)344)ᄒᆞ더니,

---

337) 운계: 시랑 철연수의 자(字). 이미주의 남편인 철수의 아버지.

338) 셕년(昔年)의~쳔거(薦擧)ᄒ다가: 석년의 숙부께 미희 천거하다가. 예전에 숙부께 아름다운 여자를 천거했다가. <쌍천기봉>(5:21~27)에서 철연수가 이연성에게 부친 철염의 유모 손녀인 탁구를 소개한 일을 이름.

339) 안디(-大): 안대. 안대문(-大門)을 이르는 듯함. 안대문은 바깥채와 안채 사이에 있는 대문.

340) 츄회막급(追悔莫及): 추회막급. 이미 잘못된 뒤에 아무리 후회하여도 다시 어찌할 수가 없음.

341) 민울(悶鬱): 안타깝고 답답함.

342) ᄉᆞ긔(辭氣): 사기. 말과 얼굴빛. 사색(辭色).

343) 쵸강(楚剛): 초강. 독하고 맹렬함.

져녁째 흥문드려 그 병(病)을 므르니 흥문 왈(曰),

"져졔(姐姐ㅣ) 오늘은 아춤브터 일듕(日中)의 니르히 흔 술 믈을 먹디 아니ᄒ고 침애(枕厓)345)의 몸을 더져 ᄀ장 무이 알터이다."

싱(生)이 깁히 근심ᄒ나 감히(敢-) 드러가 보디 못ᄒ더라.

부매(駙馬ㅣ) 녀ᄋ(女兒)의 병(病)을 근심ᄒ야 의약(醫藥)을 힘뻐 다스리니 수이(數二) 일(日) 후(後) 향ᄎ(向差)346)ᄒ나, 쇼졔(小姐ㅣ) 텰싱(-生) 보믈 아쳐ᄒ고 힝혀(幸-) 부뫼(父母ㅣ) 침소(寢所)로 가라 ᄒ실가 ᄒ야 일향(一向)347) 줌와(潛臥)348)ᄒ엿더니,

일일(一日)은 텰싱(-生)이 춤디 못ᄒ야 댱 부인(夫人)이 정당(正堂)의 간 째를 타 홍미뎡(--亭)의 니르니, 쇼졔(小姐ㅣ) 소두(搔頭)349)를 헤쁠고 니러 안자 당시(唐詩)를 음영(吟詠)ᄒ니 뇨뇨뎡뎡(窈窈貞靜)350)흔 틱되(態度ㅣ) 더옥

● ●

62면

아리따와 소월(素月)이 탁운(濁雲)의 쯔임 ᄀᆺ더라. 싱(生)이 새로이 흠익(欽愛)ᄒ야 이에 무르ᄃᆡ,

"근간(近間)은 엇더ᄒ뇨?"

쇼졔(小姐ㅣ) 도라보고 믄득 정싴(正色)ᄒ고 니러 마자 동셔(東西)

---

344) ᄉ연(捨然): 사연. 사라짐.

345) 침애(枕厓): 베개 머리.

346) 향ᄎ(向差): 향차. 병이 회복됨.

347) 일향(一向): 계속.

348) 줌와(潛臥): 잠와. 조용히 누워 있음.

349) 소두(搔頭): 비녀.

350) 뇨뇨뎡뎡(窈窈貞靜): 요요정정. 그윽하고 깨끗하며 조용함.

로 좌(座)를 느호매 싱(生)이 웃고 왈(曰),

"그스이 닉도(乃倒)³⁵¹⁾히 즈릇도다. 엇디 니러 마즐 줄을 알며 방석(方席)을 밀 줄 아느다?"

쇼제(小姐ㅣ) 긔운이 츄상(秋霜) 긋투여 손을 곳고 단졍(端整)이 안자 말솜을 귀예 머므러 둣디 아니ᄒ니 싱(生)이 이윽고 글오딕,

"당시(當時)의 쇼싱(小生)이 말솜을 삼가디 못혼 죄(罪) 잇거니와 일즉 향(香)을 도적(盜賊) 혼³⁵²⁾ 배 업고 월댱(越墻)³⁵³⁾ᄒᆞᄆᆞᆯ 힝(行)티 아냐 이제 냥가(兩家) 부모(父母) 명(命)으로 화쵹(華燭) 하(下)의 녜(禮)로 만나시니 므슴 뜻으로 이제 댱ᄎᆞᆺ(將次ㅅ) 쇼싱(小生)을 ᄇᆞ리려 ᄒᆞᄂᆞ냐?"

쇼제(小姐ㅣ) ᄯᅩᄒᆞᆫ 딕답(對答)디 아니ᄒᆞ더라. 싱(生)이 믄득 노왈(怒曰),

"그딕 무고(無故)³⁵⁴⁾히 져러툿

．．

63면

무례(無禮)ᄒᆞ니 싱(生)의 힘이 그딕만 못ᄒᆞ미 아니니 쾌(快)히 욕(辱)을 뵈고져 ᄒᆞ나 이거시 악모(岳母) 침소(寢所)므로 닉 ᄀᆞ장 ᄎᆞᆷ아 나가거니와 닉 머리 희기의 니르러도 그딕를 스침(私寢)의 만

---

351) 닉도(乃倒): 내도. 차이가 많이 남.

352) 향(香)을 도적(盜賊) 혼: 향을 도적한. 남녀 간에 사사롭게 정을 통하는 것을 의미함. 중국 진(晉)나라 무제(武帝) 때의 권신(權臣) 가충(賈充)의 딸 오(午)가 한수(韓壽)와 몰래 정을 통하였는데 오(午)가, 그 아버지 가충이 왕으로부터 받은 서역(西域)의 진귀한 향을 한수에게 훔쳐다 줌. 후에 가충이 한수에게서 향 냄새가 난다는 부하의 말을 듣고 딸이 한수와 정을 통한 사실을 알고서 두 사람을 결혼시킴. 『진서(晉書)』, <가충전(賈充傳)>.

353) 월댱(越牆): 월장. 담을 넘음. 남녀가 몰래 만나는 것을 뜻함.

354) 무고(無故): 까닭 없음.

나는 날은 됴티 아니리라."

셜파(說罷)의 ᄉᆞ매를 ᄯᅥᆯ치고 나오더니 믄득 보니 공쥬(公主)와 댱 부인(夫人)이 엇게를 ᄀᆞᆯ와 병외(屛外)에 섯ᄂᆞᆫ디라 ᄉᆡᆼ(生)이 놀라 공슈(拱手)ᄒᆞ야 뵌대 댱 부인(夫人)이 미쇼(微笑)ᄒᆞ고 ᄀᆞᆯ오ᄃᆡ,

"임의 와시니 드러와 안자다가 가라."

ᄉᆡᆼ(生)이 뫼셔 조차 도러가니 쇼졔(小姐ㅣ) 더옥 블열(不悅)ᄒᆞ야 등 도라 안자더라. 쥬비(朱妃) 무ᄅᆞᄃᆡ,

"네 젼일(前日)은 친(親)ᄒᆞ나 이제 외ᄀᆡᆨ(外客)이라 어이 통명(通名)도 아니ᄒᆞ고 드러와ᄂᆞ뇨?"

ᄉᆡᆼ(生)이 웃고 ᄃᆡ왈(對曰),

"실인(室人)을 ᄯᆞᆯ와 드러오니 ᄌᆞ연(自然) 죄(罪)를 엇과이다."

댱 부인(夫人)이 ᄀᆞᆯ오ᄃᆡ,

64면

"녀ᄋᆡ(女兒ㅣ) 지금(至今) 차복(差復)[355]디 못ᄒᆞ야시니 현셔(賢壻)ᄂᆞᆫ 모ᄅᆞ미 곤ᄎᆡᆨ(困責)[356]디 말라."

"ᄉᆡᆼ(生)이 ᄯᅩᄒᆞᆫ 미친 사ᄅᆞᆷ이 아니니 엇디 병인(病人)을 무고(無故)히 곤ᄎᆡᆨ(困責)ᄒᆞ리잇고마ᄂᆞᆫ 녕녜(令女ㅣ) 너모 블슌(不順)ᄒᆞ니 ᄎᆞᆷ디 못ᄒᆞ미니이다."

언미필(言未畢)의 시녜(侍女ㅣ) 보왈(報曰),

"텰 시랑(侍郞) 노얘(老爺ㅣ) 브ᄅᆞ시ᄂᆞ이다."

---

355) 차복(差復): 병이 회복됨.

356) 곤ᄎᆡᆨ(困責): 곤책. 괴롭히며 꾸짖음.

싱(生)이 급(急)히 니러느니 공쥐(公主ㅣ) 뷔야흐로 쇼져(小姐)다려 닐오딕,

"녀익(女兒ㅣ) 엇디 어미를 보고 니러나디 아니흐고 향벽(向壁)흐느뇨?"

쇼제(小姐ㅣ) 유유(儒儒)흐야 답(答)디 못흐거늘, 공쥐(公主ㅣ) 정식(正色) 왈(曰),

"텰익(-兒)의 당초(當初) 너를 스모(思慕)흐미 그릭나 진실로(眞實-) 제 말 マ티야 규벽월당(窺壁越墻)357) 흔 일이 업거늘 네 임의 그 사룸의 아래 되여 그러틋 무례(無禮)흐미 가(可)흐냐?"

쇼제(小姐ㅣ) 믁믁(黙黙)히 블평(不平)이 노(怒)를 먹음어 말을 아니흐거늘, 쥬비(朱妃) 다시 글오딕,

"네 고집(固執)이 이러틋 고

이(怪異)흐니 엇디 구고(舅姑)의게 득지(得志)흐리오? 네 즈쇼(自少)로 이릭로 즈라 빅혼 배 업스므로 딕인(對人)흐야 교만(驕慢)흐거니와 텰 시랑(侍郎)은 슉엄(肅嚴)흔 군직(君子ㅣ)니 엇디 네 일을 아룹다와흐리오?"

당 부인(夫人) 왈(曰),

"텰익(-兒)의 힝식(行事ㅣ) 통흔(痛恨)흐니 녀익(女兒)의 노(怒)흐미 고이(怪異)흐리오?"

---

357) 규벽월당(窺壁越墻): 규벽월장. 벽틈으로 엿보고 담을 넘는다는 뜻으로 남녀가 몰래 만나는 것을 의미함.

공쥬(公主ㅣ) 미쇼(微笑) 왈(曰),

"댱뷔(丈夫ㅣ) 비록 그르나 녀진(女子ㅣ) 엇디 노(怒)를 품어 그 명(命)을 거스로미 올흐리오? 닉 비록 화벽을 나티 아냐시나 ♀시 (兒時)로브터 네 어미로 칭(稱)ㅎ니 쏘 엇디 그른 고들 ▽르치디 못 ㅎ리오?"

언미파(言未罷)의 부매(駙馬ㅣ) 이에 드러와 좌(坐)ㅎ고 쇼져(小 姐)를 도라보와 병(病)을 므르니, 쇼제(小姐ㅣ) 디왈(對曰),

"금일(今日)은 퍽 나으니 이러구러 향차(向差)홀가 ㅎㄴ이다."

부매(駙馬ㅣ) 그 이원(哀怨)ㅎ고 수척(瘦瘠)ㅎ믈 두굿겨 옥(玉) ▽ 튼 얼골의 잠간(暫間) 우음을 먹음

●●

66면

고 어른문져 글오디,

"닉 아히(兒孩) 빅식(百事ㅣ) 미진(未盡)ㅎ미 업거늘 쥬비(朱妃) 엇 디 칙(責)ㅎ시ㄴ니잇고? 심(甚)히 아쳐롭도소이다."

공쥬(公主ㅣ) 완완(緩緩)이 잠쇼(暫笑)ㅎ고 옷[358]기슬 넘의여 글 오디,

"미쥬 니르신바 빅식(百事ㅣ) 미진(未盡)티 아니디 쇼텬(所天)[359] 을 만모(慢侮)[360]ㅎ니 첩(妾)이 암미(暗昧)[361]흔 쇼견(所見)의 미흡 (未洽)ㅎ야 두어 말노[362] 경계(警戒)ㅎ미니이다."

---

358) 옷: [교] 원문에는 '웃'으로 되어 있으나 오기로 보이므로 규장각본(1:51)을 따름.

359) 쇼텬(所天): 소천. 아내가 남편을 이르는 말.

360) 만모(慢侮): 교만한 태도로 남을 업신여김.

361) 암미(暗昧): 암매. 일에 어두움.

부매(駙馬ㅣ) 문왈(問曰),

"챵딍이 이에 왓더니잇가?"

공쥬(公主ㅣ) 슈말(首末)을 뎐(傳)ᄒᆞᄃᆡ, 부매(駙馬ㅣ) 텽파(聽罷)의 잠간(暫間) 웃고 말ᄉᆞᆷ 아니ᄒᆞ니 대강(大綱) 녀ᄋᆞ(女兒)를 그ᄅᆞ게 아니 너기미라. 공쥬(公主ㅣ) 그 부녀(父女)의 ᄠᅳᆺ이 이ᄀᆞᆺ티 샹합(相合)ᄒᆞᄆᆞᆯ 차탄(嗟歎)ᄒᆞ고 부매(駙馬ㅣ) 너모 고집(固執)ᄒᆞᄆᆞᆯ 블열(不悅)ᄒᆞ더라.

어시(於時)의 털 공직(公子ㅣ) 도라가니 시랑(侍郞)이 ᄀᆞᆯ오ᄃᆡ,

"네 안해 오래 유병(有病)ᄒᆞ니 가히(可-) ᄌᆞ로 가 문병(問病)ᄒᆞᆯ 거시

어ᄂᆞᆯ 어ᄃᆡ를 갓ᄂᆞᆫ다?"

공직(公子ㅣ) ᄣᅢ를 타 집줏 ᄭᅮ러 ᄃᆡ왈(對曰),

"ᄒᆡ이(孩兒ㅣ) 앗가 ᄀᆞᆺ 니(李) 시(氏)를 가 보니 각별(各別) 알ᄂᆞᆫ ᄃᆡ 업서 동지(動止) 여샹(如常)ᄒᆞ더이다."

시랑(侍郞)이 경왈(驚曰),

"빅균이 날을 속일 니(理) 업거ᄂᆞᆯ 네 말이 이어 이러ᄐᆞᆺ ᄒᆞ뇨?"

공직(公子ㅣ) ᄃᆡ왈(對曰),

"니(李) 시(氏)의 고집(固執)ᄒᆞ미 셩(盛)ᄒᆞᄃᆡ 일향(一向) 줌와(潛臥)ᄒᆞ야시니 그 부뫼(父母ㅣ) 어이 고디듯디 아니ᄒᆞ리잇가? 연(然)이나 각별(各別) 알ᄂᆞᆫ ᄃᆡᄂᆞᆫ 업더이다."

---

362) 노: [교] 원문에는 '도'로 되어 있으나 오기로 보이므로 규장각본(1:51)을 따름.

시랑(侍郎)이 팀음(沈吟)ᄒ다가 쇼왈(笑曰),

"네 안해 빅균의 싱(生)ᄒ 바로 엇디 그 고집(固執)을 담디 아냐시리오? 당당(堂堂)이 션쳐(善處)ᄒ리라."

싱(生)이 깃거 니러 샤례(謝禮)ᄒ고 믈러나니,

시랑(侍郎)이 ᄎ일(此日) 니부(李府)의 가 승상(丞相) 안젼(案前)의셔 하람공(--公) 등(等)으로 더브러 말ᄉᆞᆷᄒ다가 이에 골오디,

"녀ᄌᆡ(女子ㅣ) ᄒᆞᆫ 번(番) 사름의

• •

68면

게 몸을 허(許)ᄒᆞ매 ᄉᆞ싱(死生)이 그 손의 이시믄 ᄌᆞ고(自古)로 뎟뎟ᄒᆞ나 빅균이 녀ᄋᆞ(女兒)로뻐 돈ᄋᆞ(豚兒)의게 쇽현(續絃)363)ᄒᆞ매 믄득 병(病)을 일ᄏᆞ라 보ᄂᆡ디 아니ᄒᆞ니 ᄂᆡ ᄀᆞ장 그 ᄯᅳᆺᄀᆞ디 아녀ᄒᆞᄂᆞ니 식뷔(息婦ㅣ) 병세(病勢) 위위(危危)364)ᄒᆞᆯ디라도 ᄂᆡ 집의 드려다가 됴병(調病)케 ᄒᆞ리라."

하람공(--公)이 공슈(拱手) 디왈(對曰),

"쇼뎨(小弟) 어이 감히(敢-) 져근 ᄉᆞ졍(私情)으로 녀ᄋᆞ(女兒)를 보ᄂᆡ디 아니ᄒᆞ리오? 저의 병(病)이 ᄌᆞ못 듕딕(重大)ᄒᆞ매 디례(大禮)를 일우디 못ᄒᆞ엿더니 근간(近間)은 져기 차도(差度)를 어더시니 당당(堂堂)이 ᄐᆡᆨ일(擇日)ᄒᆞ야 부듕(府中)의 나아가게 ᄒᆞ리이다."

ᄒᆞ니 시랑(侍郎)이 깃거 도라가니,

원ᄂᆡ(元來) 텰 시랑(侍郎)이 셩되(性度ㅣ) 엄쥰(嚴峻)ᄒᆞ고 부녀(婦

---

363) 쇽현(續絃): 속현. 거문고와 비파의 끊어진 줄을 다시 잇는다는 뜻으로, 아내를 여읜 뒤에 다시 새 아내를 맞는 일을 비유적으로 이르는 말. 여기에서는 아내를 맞아들임을 뜻함.

364) 위위(危危): 병이 깊은 모양.

女)의 강강(剛剛)365)흔 풍(風)을 용납(容納)디 아니ᄒ고 그 부인(夫人) 영 시(氏) 덕되(德道ㅣ) 안샹(安詳)366)흔 녀ᄌ(女子ㅣ)로ᄃᆡ 시

랑(侍郎)이 져근 일이라도 엄(嚴)히 잡죄여 ᄂᆺ빗출 여러 ᄃᆡ(對)홀 적이 업ᄉ니 댱 부인(夫人)이 이를 더옥 슬히 너기더라.

공쥬(公主ㅣ) 이 곡졀(曲折)을 아는 고(故)로 미쥬 쇼져(小姐)를 민망(憫惘)이 너겨 이튿날 쇼져(小姐)를 궁(宮)으로 ᄃᆞ려다가 ᄉ리(事理)로 ᄀᆡ유(開諭)ᄒ야 소세(梳洗)를 일우고 단쟝(丹粧)을 잠간(暫間) 다ᄉ려 녜 잇던 쇼영뎐(--殿)으로 옴기고 텰ᄉᆡᆼ(-生)을 쳥(請)ᄒ야 냥졍(兩情)이 사괸 후 뎌곳의 보ᄂᆡ려 ᄒᆞ니, 쇼제(小姐ㅣ) 심(甚)히 블쾌(不快)ᄒᆞᄃᆡ 쥬비(朱妃)의 단엄(端嚴)흔 경계(警戒)를 두려 브득이(不得已) 침소(寢所)의 니ᄅᆞ매, 공쥬(公主ㅣ) 친(親)히 니ᄅᆞ러 진 샹궁(尙宮)을 명(命)ᄒ야 포진(鋪陳)367)을 베프니 금금(錦衾) 요셕(-席)368)이 ᄌᆞ못 휘황(輝煌)ᄒ더라.

이날 텰ᄉᆡᆼ(-生)이 니ᄅᆞ러 공쥬(公主)긔 뵐ᄉᆡ 쥬비(朱妃) 흔연(欣然)이 ᄉ랑ᄒ믈 지극(至極)히

---

365) 강강(剛剛): 맹렬함.
366) 안샹(安詳): 안상. 평안하고 고요함.
367) 포진(鋪陳): 바닥에 깔아 놓는 방석, 요, 돗자리 따위를 통틀어 이르는 말.
368) 요셕(-席): 요석. 궁중에서 '요'를 이르던 말.

ᄒᆞ고 ᄯᅩ 낭연(朗然)이 우어 닐오ᄃᆡ,

"녀ᄋᆞ(女兒)의 쇼텬(所天)을 공경(恭敬)ᄒᆞ고져 ᄒᆞ나 아마도 ᄋᆞ시(兒時)로브터 입버ᄅᆞ시 그러ᄒᆞ니 개회(介懷)티 말고 녀ᄋᆡ(女兒ㅣ) 본ᄃᆡ(本-) 이린로 ᄌᆞ라 가군(家君)이 듕(重)ᄒᆞᆫ 줄 채 아디 못ᄒᆞ니 그ᄃᆡ ᄂᆞᆫ 결우려 말고 두호(斗護)369)ᄒᆞ야 빅년화락(百年和樂)을 변(變)티 말나."

공ᄌᆡ(公子ㅣ) ᄎᆞ언(此言)을 드ᄅᆞ매 그 어리로온 틱되(態度ㅣ) 쵹영(燭影)의 빗이고 븕은 입 ᄉᆞ이에 흰 니 알연(戛然)370)이 비최여 너른 말슴이 샹쾌(爽快)ᄒᆞ믈 보니 항복(降服)ᄒᆞ미 만신(滿身)의 ᄀᆞ득ᄒᆞ야 웃고 ᄃᆡ왈(對曰),

"인연(因緣)이 고이(怪異)ᄒᆞ야 쇼ᄉᆡᆼ(小生)이 옥쥬(玉主) ᄌᆞ셔(子壻) 항(行)의 이시나 강보ᄋᆞ(襁褓兒)로브터 휵양(畜養)ᄒᆞ이믈 밧ᄌᆞ와시니 이제 엇디 고텨 가다듬아 공경(恭敬)ᄒᆞ시리잇고? 지어(至於) 니(李)시(氏)의 년쇼(年少) 뎐도(顚倒)ᄒᆞ미야 죡수(足數)371)ᄒᆞ리잇고마ᄂᆞᆫ 셰월(歲月)

이 오래도록 그러ᄒᆞ올딘대 쇼ᄉᆡᆼ(小生)도 강잉(强仍)키 어려올가

---

369) 두호(斗護): 남을 두둔하여 보호함.

370) 알연(戛然): 소리가 맑고 아름다움.

371) 죡수(足數): 족수. 족히 따짐.

ᄒᆞᄂᆞ이다.”

공쥐(公主ㅣ) 낭낭(朗朗)이 웃고 궁녀(宮女)를 명(命)ᄒᆞ야 침소(寢所)로 인도(引導)ᄒᆞ라 ᄒᆞ니 수십(數十) 궁애(宮娥ㅣ) 홍쵹(紅燭)을 잡고 긴 단장(丹粧)을 ᄯᅴ어 싱(生)을 뫼셔 쇼영뎐(--殿)의 니르니 쇼졔(小姐ㅣ) 가ᄇᆞ야이 니러 마ᄌᆞ니, 표일경쳡(飄逸輕捷)³⁷²⁾ᄒᆞᆫ 거동(擧動)이 무슨(巫山) 션녜(仙女ㅣ)³⁷³⁾ 진토(塵土)³⁷⁴⁾의 ᄂᆞ린 ᄃᆞᆺᄒᆞ더라. 싱(生)이 이날 처엄으로 다ᄃᆞ믄 얼골을 보고 ᄆᆞ음이 어린 ᄃᆞᆺᄒᆞ야 풀미러 안기를 청(請)ᄒᆞ고 ᄌᆞ긔(自己) ᄯᅩᄒᆞᆫ 좌(座)의 나아가 흔연(欣然)이 닐오ᄃᆡ,

“금일(今日)은 신질(身疾)³⁷⁵⁾이 향차(向差)ᄒᆞ시냐?”

몸을 구펴 듯고 답(答)디 아니ᄒᆞ더니 싱(生)이 다시 웃고 ᄀᆞᆯ오ᄃᆡ,

“전일(前日) 금쥐(錦州)셔도 싱(生)으로 더브러 아니 낭낭(朗朗)이 ᄃᆡ답(對答)ᄒᆞ시더냐? 이제 오륜(五倫)의

• •

72면

듕(重)ᄒᆞᄆᆞᆯ 어덧거늘 새로이 슈습(收拾)ᄒᆞ시믄 무슴 ᄯᅳᆺ이니잇가?”

쇼졔(小姐ㅣ) 이 말을 듯고 ᄆᆞ음이 홀연(忽然) 서늘ᄒᆞ야 ᄂᆞᆺ치 ᄎᆞᆫ 긔운이 오르거늘 싱(生)이 그 ᄯᅳᆺ을 알고 미미(微微)히 우으며 의관

---

372) 표일경쳡(飄逸輕捷): 표일경첩. 빼어나고 날램.

373) 무슨(巫山) 션녜(仙女ㅣ): 무산 선녀. 중국 초나라의 회왕(懷王)이 꿈속에서 자신을 무산(巫山)의 여자라 소개한 여인과 잠자리를 같이했는데, 그 여인이 떠나면서 아침에는 구름이 되고 저녁에는 비가 되어 양대(陽臺) 아래에 있겠다고 함. 『문선(文選)』에 실린 송옥(宋玉)의 <고당부(高唐賦)>에 나오는 이야기.

374) 진토(塵土): 속세.

375) 신질(身疾): 몸의 병.

(衣冠)을 그릇고 샹요(牀-)의 나아가며 쇼져(小姐) 유모(乳母)를 블러 쇼져(小姐)를 붓드러 쉬게 ᄒ라 ᄒ니, 유랑(乳娘)이 나아가 긴 오슬 벗기고 샹(牀)의 오르믈 쳥(請)ᄒ니 쇼제(小姐ㅣ) 졍싴(正色)고 동(動)티 아니ᄒ거늘, 유뫼(乳母ㅣ) 민망(憫憫)ᄒ야 ᄀᆞᆯ오ᄃᆡ,

"만일(萬一) 쇼져(小姐) ᄀᆞ틀딘ᄃᆡ 부뷔(夫婦ㅣ) 뉘 화락(和樂)ᄒ리오? 공쥬(公主) 낭낭(娘娘)이 노쳡(老妾)의 그릇 인도(引導)하민가 녀기시니 아니 졀박(切迫)ᄒ니잇가?"

쇼제(小姐ㅣ) ᄯᅩᄒᆞᆫ 동(動)티 아니ᄒ니 진 샹궁(尚宮)이 드러와 ᄀᆞᆯ오ᄃᆡ,

"옥쥐(玉主ㅣ) 명(命)ᄒ샤 쇼제(小姐ㅣ) 블슌(不順)ᄒᆫ 일이 이실딘ᄃᆡ 비ᄌᆞ(婢子) 등(等)을 다 죄(罪)ᄒ려 ᄒ시니 쇼져(小姐)ᄂᆞᆫ ᄃᆡ

ᄌᆞᄃᆡ비(大慈大悲)ᄒ쇼셔."

싱(生)이 쇼왈(笑曰),

"네 당당(堂堂)이 그ᄃᆡ게 갓가이 가디 아닐 거시니 녀 궁인(宮人)들의 이긍(哀矜)[376]ᄒᆫ 졍ᄉᆞ(情事)를 슬펴 샹(牀)의 오르라."

셜파(說罷)의 대쇼(大笑)ᄒᆞᆫᄃᆡ 진 샹궁(尚宮)이 그 발호(拔豪)[377]ᄒᆫ 풍치(風采)를 두굿겨 웃고 ᄀᆞᆯ오ᄃᆡ,

"낭군(郎君)의 긔샹(氣像)이 뎌러ᄒ시거든 우리 쇼제(小姐ㅣ) 어이 아니 두려ᄒ시리오?"

---

376) 이긍(哀矜): 애긍. 불쌍히 여김.

377) 발호(拔豪): 뛰어나고 호탕함.

싱(生)이 쏘 우서 왈(曰),

"궁희(宮姬) 그릇 아랏도다. 뎌 니(李) 시(氏) 만잉(萬仞)³⁷⁸⁾ 잠기로 저혀도 굴(屈)티 아니ᄒ리니 날을 두려ᄒ리오? 나의 풍치(風采) 미믈(埋沒)³⁷⁹⁾ᄒ야 ᄌ가(自家)만 못홀 줄 염(念)ᄒ미니라."

진 시(氏) 역시(亦是) 우ᄉ며 쇼져(小姐)를 붓드러 상(牀)의 올니고 댱(帳)을 지으니 싱(生)이 흔희(欣喜)³⁸⁰⁾ᄒ야 핍박(逼迫)하야 금슬지졍(琴瑟之情)³⁸¹⁾을 일우니 쇼졔(小姐ㅣ) 대단이 거ᄉ디 아니나 그 태산(泰山) ᄀᆞ튼 졍(情)을 용납(容納)디 아니ᄒ니 싱(生)이 간간(懇懇)이 경계(警戒)

· · ·

74면

ᄒ믈 마디아니ᄒ더라.

평명(平明)의 싱(生)이 도라가고 쇼졔(小姐ㅣ) 공쥬(公主) 침뎐(寢殿)의 드러가니 공쥬(公主ㅣ) 가지록 온슌(溫順)ᄒ믈 경계(警戒)ᄒ더니, 이윽고 댱 부인(夫人)이 니ᄅ러 녀ᄋᆞ(女兒)를 보고 공쥬(公主)를 향(向)ᄒ야 샤례(謝禮) 왈(曰),

"쳡(妾)이 본ᄃᆡ(本-) 조급(躁急)ᄒ와 당초(當初) 텰ᄋᆞ(-兒)의 힝ᄉ(行事)를 블쾌(不快)ᄒ매 지금(只今)ᄀᆞ디 니ᄅ히 프디 못ᄒ야 동방(洞房)³⁸²⁾의 빵유(雙遊)티 못ᄒ얏더니 옥쥬(玉主ㅣ) 이러틋 도리(道

---

378) 만잉(萬仞): 만인. 만 길.

379) 미믈(埋沒): 매몰. 파묻힘.

380) 흔희(欣喜): 기뻐함.

381) 금슬지졍(琴瑟之情): 금슬지정. 부부 관계를 이룸. 금과 슬은 악기의 이름으로 서로 잘 어울리므로, 부부의 화락을 이 악기들로 비유하는 경우가 있음. 『시경(詩經)』, <관저(關雎)>.

382) 동방(洞房): 신방(新房).

理)를 극진(極盡)히 줄히시니 첩(妾)의 암미(暗昧)ᄒ믈 씻ᄃᆞᆺᄂᆞ이다."

공쥬(公主ㅣ) 쇼왈(笑曰),

"미쥐 당쵸(當初)ᄂᆞᆫ 텰 시랑(侍郎)으로 슉딜지의(叔姪之義) 이시나 이제ᄂᆞᆫ 존구(尊舅)의 듕(重)ᄒ미 잇고 그 위인(爲人)이 어려오믄 부인(夫人)이신들 엇디 모ᄅᆞ시리오? 지친(至親)이라 ᄒᆞ야 요ᄃᆡ(饒待)³⁸³) ᄒᆞᆯ 배 아니니 만일(萬一) 부뷔(夫婦ㅣ) 블화(不和)ᄒᆞᆯ 아라 미온(未穩)ᄒᆞᆷ믈 둘딘대 엇디 붓그럽디 아니며 싀아비 미³⁸⁴)

··

75면

온(未穩)ᄒᆞ야 혼 후(後) 부뷔(夫婦ㅣ) 화락(和樂)ᄒ미 어이 졉즉고 우읍디 아니ᄒᆞ리오? 녀ᄌᆞ(女子)ᄂᆞᆫ 무릇 일이 고요ᄒ미 가(可)혼 고(故)로 첩(妾)이 져근 소견(所見)을 베플매 미쥐 영오(穎悟)혼 아히(兒孩)라 볼기 씨ᄃᆞ라 부화쳐슌(夫和妻順)³⁸⁵)이 ᄀᆞ즉ᄒ니 첩(妾)이 위(爲)ᄒᆞ야 깃거ᄒᆞᄂᆞ이다."

댱 시(氏), 공쥬(公主)의 말ᄉᆞᆷ이 ᄌᆞᄌᆞ(字字)이 니합(理合)³⁸⁶)ᄒ믈 보매 ᄌᆞ긔(自己) 모녀(母女)의 일편된³⁸⁷) 고집(固執)을 씨ᄃᆞ라 ᄌᆡ삼(再三) 칭샤(稱謝) 왈(曰),

"옥쥐(玉主ㅣ) 아니 ᄀᆞᄅᆞ치실딘대 첩(妾)의 모녜(母女ㅣ) 다 그른 고ᄃᆡ ᄲᅢ딜나소이다."

---

383) 요ᄃᆡ(饒待): 요대. 잘 대우함.

384) 미: [교] 원문에는 '비'로 되어 있으나 오기로 보이므로 규장각본(1:57)을 따름.

385) 부화쳐슌(夫和妻順): 부화처순. 남편은 온화하고 아내는 순종함.

386) 니합(理合): 이합. 이치에 부합함.

387) 일편된: 편벽된.

공쥬(公主ㅣ) 겸양(謙讓)ᄒ야 당(當)티 못ᄒᆞ믈 일ᄏᆞᄅᆞ니, 댱 부인(夫人)이 브야흐로 쇼져(小姐)ᄅᆞᆯ 경계(警戒)ᄒ야 유슌(柔順)[388]ᄒ믈 힘쓰라 ᄒ더라.

ᄎ일(此日) 텰ᄉᆡᆼ(-生)이 ᄯᅩ 니ᄅᆞ러 쇼져(小姐)ᄅᆞᆯ 디(對)ᄒᄆᆡ 그 옥셩(玉聲)을 오래 못 드ᄅᆞ니 답답ᄒᆞ미 운무(雲霧) 속의 든 ᄃᆞᆺᄒ더라.

이후(以後) ᄉᆞ오일(四五日) 후(後) 므릇 위

의(威儀)ᄅᆞᆯ ᄀᆞ초와 텰부(-府)의 니ᄅᆞ러 구고(舅姑)긔 뵐ᄉᆡ, 텰 시랑(侍郎)이 크게 잔치ᄅᆞᆯ 베플고 부모(父母)ᄅᆞᆯ 밧드러 쥬좌(主座)[389]ᄒ고 빈긱(賓客)을 모화 좌(座)ᄅᆞᆯ 졍(定)ᄒ고 폐ᄇᆡᆨ(幣帛)을 밧드니 쇼졔(小姐ㅣ) 얼골이 졍(正)히 돌이 보롬이 ᄎᆞᆫ ᄃᆞᆺᄒ야 신댱(身長)이 유여(裕餘)ᄒ고 용뫼(容貌ㅣ) 츄퇴(秋澤) 부용(芙蓉)이 이슬을 먹음으며 소월(素月)이 옥년(玉蓮) ᄉᆞ이의 ᄭᅥ러진 ᄃᆞᆺᄒ야 ᄉᆡᆨᄉᆡᆨ밍녈(--猛烈)ᄒ미 비(比)ᄒᆞᆯ 고디 업ᄉᆞ니, 텰 샹셔(尙書) 부부(夫婦)와 구괴(舅姑ㅣ) 처엄으로 보ᄂᆞᆫ ᄃᆞᆺ 놀나고 깃거ᄒᆞ믈 비길 디 업서ᄒ고 빈긱(賓客)이 춤이 ᄆᆞᄅᆞ고 혜 달흘 ᄃᆞ시 티하(致賀)ᄒ더라.

텰 공(公)이 종손뷔(宗孫婦ㅣ) 이러틋 특츌(特出)ᄒᆞ믈 만만희ᄒᆡᆼ(萬萬喜幸)[390]ᄒ야 ᄉᆡᆼ(生)을 명(命)ᄒ야 ᄡᅡᆼ(雙)으로 헌슈(獻壽)ᄒ라 ᄒ야 잔(盞)을 밧고 우어 ᄀᆞᆯ오ᄃᆡ,

---

388) 유슌(柔順): 유순. 성질이나 태도, 표정 따위가 부드럽고 순함.

389) 쥬좌(主座): 주좌. 으뜸이 되어 앉음.

390) 만만희ᄒᆡᆼ(萬萬喜幸): 만만희행. 매우 기뻐하고 다행으로 여김.

"신부(新婦)의 쌔혀나믈 보니 너의 공(功)이 젹디 아니믈 아ᄂᆞ니 쟝

츳(將次ㅅ) 무어스로 샹(賞)을 더으리오?"

싱(生)이 함쇼(含笑)ᄒᆞ고 믈너나니 졔빈391)(諸賓)은 그 깁흔 뜻을 모ᄅᆞ고 위연(偶然)이 듯더라.

죵일(終日) 진환(盡歡)ᄒᆞ고 셕양(夕陽)이 되매 쇼져(小姐) 슉소(宿所)를 희쳥당(--堂)의 뎡(定)ᄒᆞ야 보ᄂᆡ고 차환(叉鬟)392)과 양낭(養娘)을 복ᄉᆞ(服事)393)키 ᄒᆞ더라.

이날 텰싱(-生)이 쳥당(-堂)의 니ᄅᆞ러 쇼져(小姐)를 보고 웃고 왈(曰),

"그ᄃᆡ 싱(生)을 그ᄃᆡ도록 외ᄃᆡ(外待)ᄒᆞ나 날로 인(因)ᄒᆞ야 이에 니ᄅᆞ러시니 이제도 녯 버르ᄉᆞᆯ 브릴가 시브냐?"

쇼졔(小姐ㅣ) 졍금(整襟) 브답(不答)ᄒᆞ니 싱(生)이 대쇼(大笑)ᄒᆞ고 견권지졍(繾綣之情)394)이 날로 더으더라.

쇼졔(小姐ㅣ) 인(因)ᄒᆞ야 머므러 구고(舅姑) 셤기ᄂᆞᆫ 녜(禮)와 향인졉믈(向人接物)395)의 힝ᄉᆡ(行事ㅣ) 긔특(奇特)ᄒᆞ니 시랑(侍郎) 부뷔(夫婦ㅣ) 혹(酷)히396) ᄉᆞ랑ᄒᆞ고 일개(一家ㅣ) ᄋᆡ경(愛敬)ᄒᆞ며 미혜397) 쇼졔(小姐ㅣ) 위싱(-生)의 쳬(妻ㅣ) 되얏ᄂᆞᆫ디라 ᄉᆞ랑ᄒᆞ고 심복(心服)

---

391) 빈: [교] 원문에는 '방'으로 되어 있으나 오기로 보임.

392) 차환(叉鬟): 주인을 가까이에서 모시는 젊은 계집종.

393) 복ᄉᆞ(服事): 복사. 좇아서 섬김.

394) 견권지졍(繾綣之情): 견권지정. 매우 두터운 정.

395) 향인졉믈(向人接物): 향인접물. 사람들을 대함.

396) 혹(酷)히: 매우.

397) 미혜: 철연수의 누나 철미혜를 이름.

호미 지극(至極)호야 무샹(無常)이 협문(夾門)으로 니부(李府)의

• • •

78면

왕뇌(往來)호야 냥가(兩家) 부모(父母)의 즈미를 돕더라.

이쌔 텰 샹셰(尙書ㅣ) 쇼져(小姐)의 특이(特異)하믈 만심환희(滿心歡喜)[398]호야 일일(一日)은 니부(李府)의 가 승샹(丞相)으로 더브러 말슴호다가 닐오딕,

"이제 식부(息婦)의 용화(容華) 긔질(氣質)을 보건대 도로혀 슈ᄋ(-兒)의 공(功)을 일쿳ᄂ니 만일(萬一) 제 아니런들 뎌러툿 긔특(奇特)호 며ᄂ리를 어드리오?"

승샹(丞相)이 츠언(此言)을 듯고 잠간(暫間) 우ᄉᄃᆔ 문졍공(--公)이 광슈(廣袖)[399]로 입을 ᄀ리오고 딕왈(對曰),

"슉뷔(叔父ㅣ) 챵딩을 아름다이 너기셔 그 공(功)을 과(過)히 일ᄏ르시니 츠후(此後) 여러 아히(兒孩)들을 미양 그런 힝실(行實)을 ᄀ르치시미 가(可)토소이다."

하람공(--公)이 역시(亦是) 챠쇼(且笑) 딕왈(對曰),

"딕강(大綱) 챵딩이 슉부(叔父) 교훈(敎訓)을 듯즈와 그런 무샹(無狀)호 쯧을 뇌뎐가 시브이다."

텰 공(公)이 웃고 굴오딕,

"며ᄂ리 아름다오믈 과도(過度)히 깃거ᄒ노라

---

398) 만심환희(滿心歡喜): 마음속 가득 기뻐함.

399) 광슈(廣袖): 광수. 넓은 소매.

ᄒ매 즈연(自然) 말이 그러케 되엿더니 너희 등(等)이 엇디 당돌(唐突)히 논폄(論貶)[400]ᄒᄂ다?"

북쥐빅(--伯)이 혀 츠고 왈(曰),

"형(兄)이 그 아들을 ᄀ르치디 못ᄒ야 운계 등(等)이 슈심견ᄒᆡᆼ(獸心犬行)[401]이니 ᄒᆞᆯ며 그 손ᄋᆞ(孫兒)의게 니르러 알 거슨 아니라. 지친(至親)을 비례(非禮)로 스모(思慕)ᄒ야 어든 거슬 공(功)을 삼으니 빅균 등(等)이 박고통금(博古通今)[402]ᄒ며 녜의수신(禮義修身) 군직(君子ㅣ)여든 형(兄)의 거동(擧動)을 웃디 아니랴?"

샹셰(尙書ㅣ) 쇼왈(笑曰),

"우연(偶然)이 언경(言輕)ᄒ야 현뎨(賢弟)와 제딜(諸姪)의 그릇 너기믈 바드니 참괴(慙愧)타 ᄒ려니와 나의 여러 아들의 아직 탁구[403] ᄀᆞᄐ 쳐쳡(妻妾)은 업ᄂ니라."

쇼뷔(少傅ㅣ) 추언(此言)의 다ᄃᆞ라ᄂᆞᆫ 웃고 줌줌(潛潛)ᄒ니 승상(丞相)은 다만 한가(閑暇)히 웃더라.

추시(此時) 홍문 공직(公子ㅣ) 년(年)이 십뉵(十六) 셰(歲)라. 표일(飄逸)[404]ᄒ 풍치(風采) 은은(隱隱)이 학우(鶴羽) 신션(神仙) ᄀᆞᆺ고 년긔(年紀) 약관(弱冠)이 디나시매 신댱(身長)이 칠(七) 쳑(尺)이 남고 물근

---

400) 논폄(論貶): 논하여 깎아 내림.
401) 슈심견ᄒᆡᆼ(獸心犬行): 수심견행. 짐승의 마음에 개의 행실.
402) 박고통금(博古通今): 고금의 지식에 박식하고 달통함
403) 탁구: 북주백 이연성이 철연수의 소개로 몰래 만난 여자. <쌍천기봉>(5:21~27)에 나오는 이야기임.
404) 표일(飄逸): 성품이나 기상 따위가 뛰어나게 훌륭함.

눈씨 강산(江山)의 슈긔(秀氣)를 모도와시니 경셩(京城) 스태위(士大夫ㅣ) 옥녀(玉女)를 두니는 드토아 구혼(求婚)ᄒᆡᄃᆡ 하람공(--公)이 쳐즈(處子)405)의 현우(賢愚)를 아디 못ᄒᆞ야 뎡(定)티 못ᄒᆞ엿더니,

츄밀스(樞密使) 노강이 칠즈삼녀(七子三女)를 두어 다 셩혼(成婚)ᄒᆞ고 ᄎᆞ406)녀(次女) 몽홰 시년(時年)이 십오(十五) 세(歲)라. 얼골이 쏫치 붓그리고 ᄃᆞᆯ이 피(避)ᄒᆞᆯ 싴(色)이오, 녀공(女工)이 긔묘(奇妙)ᄒᆞ야 못홀 지죄(才操ㅣ) 업스니, 노 부싀(府使ㅣ) 크게 ᄉᆞ랑ᄒᆞ야 ᄀᆞ튼 가랑(佳郎)을 구(求)ᄒᆞ더니, 흥문을 보고 심(甚)히 ᄉᆞ랑ᄒᆞ야 구혼(求婚)ᄒᆞᆫ대,

하람공(--公)이 규슈(閨秀)의 현우(賢愚)를 아디 못ᄒᆞ야 노 부스(府使) 말뎨(末弟) 녜부시랑(禮部侍郎) 노샹의 부인(夫人)은 초왕비(-王妃) 댱녀(長女) 효희 군쥐(郡主ㅣ)러니 마춤 이에 왓ᄂᆞᆫ디라 공(公)이 그 우렬(優劣)을 무른대 군쥐(郡主ㅣ) 일ᄏᆞ라 ᄀᆞᆯ오ᄃᆡ,

"이 아히(兒孩)는 고금(古今)의 무쌍(無雙)ᄒᆞᆫ 아히(兒孩)니 진짓 흥문의 쌍(雙)이니이다."

공(公) 왈(曰),

"늬 본ᄃᆡ(本-) 얼골

---

405) 쳐즈(處子): 처자. 처녀.

406) ᄎᆞ: [교] 원문에는 '즈'로 되어 있으나 문맥을 고려하여 규장각본(1:62)을 따름.

을 구(求)티 아닛느니 그 닉직(內在)[407] 엇더뇨?"

군쥬(郡主ㅣ) 왈(曰),

"ᄌ못 춍명(聰明)ᄒ고 어지니 니시(李氏) 대종(大宗)을 ᄎ이(此兒
ㅣ) 아니면 못 밧들니이다."

공(公)이 깃거 부모(父母)긔 고(告)ᄒ고 허락(許諾)ᄒ니 노 부ᄉ(府
使ㅣ) 크게 깃거 틱일(擇日)ᄒ니 듕츄(仲秋) 념간(念間)[408]이라.

냥개(兩家ㅣ) 혼슈(婚需)를 출히더니 마초와 동오왕(東吳王)이 반
(叛)ᄒ매 승샹(丞相)이 문정공(--公) 등(等) 오(五) 인(人)을 거ᄂ려 츌
정(出征)ᄒᆯᄉ 님긔(臨期)예 길일(吉日)의 혼ᄉ(婚事)를 디닉쇼셔 ᄒ
고 총총(恩恩)이 교댱(敎場)으로 가니,

흥문이 졔뎨(諸弟)를 거ᄂ려 동강(東江)의 가 송별(送別)ᄒ고 도라
오더니 ᄒᆫ 언덕의 다ᄃ[409]라 일긔(日氣) 더우므로 잠간(暫間) 쉬더
니, 그 겨틱 일좌(一座) 장원(莊園)이 이시니 극(極)히 정결(淨潔)ᄒ
고 그 겨틱 놉흔 뉘(樓ㅣ) 이셔 모든 녀진(女子ㅣ) 쥬렴(珠簾) ᄉ이로
굿 보ᄂᆫ딕 ᄒᆫ 쳐녜(處女ㅣ) 쥬취(珠翠)[410]를 무궁(無窮)이 얼거 지분
(脂粉)을 낭자(狼藉)히 베플고 혹 머리를 닉와

---

407) 닉직(內在): 내재. 마음. 심성.

408) 념간(念間): 염간. 스무날의 전후.

409) 닫: [교] 원문에는 '닷'로 되어 있으나 오기로 보이므로 규장각본(1:63)을 따름.

410) 쥬취(珠翠): 주취. 구슬과 비취.

다보니 ᄂᆞᆺ치 검기 옷칠흔 ᄃᆞᆺᄒᆞ고 머리 누리기 ᄌᆞ황(雌黃)[411]을 ᄇᆞ
ᄅᆞᆫ ᄃᆞᆺ 얽기 뉴(類)다른 가온대 육뉴(肉瘤ㅣ)[412] 계란(鷄卵)만치 도
다 뷘틈이 업고 눈이 크기 방울 ᄀᆞᆺ고 큰 닙이 귀ᄀᆞ디 도라가며 몸
이 셰 아름이나 ᄒᆞ더라.

홍문이 우연(偶然)이 눈을 드러 보고 실ᄉᆡᆨ(失色)ᄒᆞ야 졔뎨(諸弟)ᄅᆞᆯ
ᄃᆞ리여[413] ᄀᆞᄅᆞ치고 왈(曰),

"텬하(天下)의 혈육지신(血肉之身)이 뎌대도록 ᄒᆞ리오? 필연(必然)
산듕(山中) 귀ᄆᆡ(鬼魅)로다."

졔(諸) 공ᄌᆞ(公子ㅣ) ᄒᆞᆫ가지로 보고 일시(一時)의 놀라더니 셩문
왈(曰),

"임의 ᄒᆞᆫ 번(番) 보기ᄅᆞᆯ 그릇ᄒᆞ야시니 ᄲᆞᆯ니[414] 가사이다."

홍문이 숨을 ᄂᆡ쉬고 ᄀᆞ마니 쇼왈(笑曰),

"엇던 박복재(薄福者ㅣ)[415] 뎌런 안해ᄅᆞᆯ 어들고? 그 형샹(形狀)이
하 긔괴[416](奇怪)ᄒᆞ니 ᄌᆞ시 보고 갈 거시라."

ᄯᅩ 우러러보니 그 녀ᄌᆞ(女子ㅣ) 잇다감 고개ᄅᆞᆯ 그더겨 우ᄉᆞ며 춤
을 흘녀 말ᄒᆞᄂᆞᆫ 양(樣)이 더옥 고이(怪異)ᄒᆞ니 홍

---

411) ᄌᆞ황(雌黃): 자황. 황과 비소의 화합물. 천연으로 나는 것은 광택이 있는 노란색 결정체로 부
　　스러지기 쉬우며, 채료나 약을 만드는 데 쓰임.

412) 육뉴(肉瘤ㅣ): 육류. 혹.

413) ᄃᆞ리여: 당겨.

414) 니: [교] 원문에는 '라'로 되어 있으나 오기로 보이므로 규장각본(1:64)을 따름.

415) 박복재(薄福者ㅣ): 박복자. 복이 없는 사람.

416) 괴: [교] 원문에는 '귀'로 되어 있으나 오기로 보임.

문이 더 흉측(凶測)히 너겨ᄒ더니 훈 차환(叉鬟)이 누하(樓下)로
ᄂ려와 시쟈(侍者)ᄃ려 무ᄅᄃᆡ,

"뉘 퇴(宅) 공지(公子ㅣ)시뇨?"

공ᄌᆞ(公子) 뫼신 하리(下吏) 답왈(答曰),

"이ᄂᆞ 니(李) 도위(都尉) 공ᄌᆞ(公子)와 문졍공(--公) 공지(公子ㅣ)
앗가 동강(東江)의 가 졔(諸) 노야(老爺)를 비숑(陪送)417)ᄒ시고 도라
오시ᄂᆞ니라."

차환(叉鬟)이 도로 가 그ᄃᆡ로 슬오며 ᄀᆞᄅ쳐 굴오ᄃᆡ,

"져긔 안ᄌᆞ신 뉴(類)의 큰 공지(公子ㅣ) 쇼져(小姐)로 뎡혼(定婚)ᄒ
신 샹공(相公)이신가 시브이다."

그 녀지(女子ㅣ) 급(急)히 몸을 궁그리쳐 들며 흔흔(欣欣)이 웃거
늘 홍문이 고이(怪異)히 너겨 하리(下吏)를 눈 주어 므ᄅ라 ᄒ대, 하
리(下吏) 나가 장원(莊園) 딕흰 원쟈(院者)418)ᄃ려 문왈(問曰),

"이거시 뉘 퇵샹(宅上)419)이뇨?"

원지(院者ㅣ) 딕답(對答) 왈(曰),

"노 부ᄉᆞ(府使) 퇴(宅) 장원(莊園)이러니 부인(夫人)과 져근쇼졔(--
小姐ㅣ) 니(李) 승샹(丞相) 힝군(行軍)ᄒ시ᄂᆞ 양(樣) 보시노라 이곳의
와 계시니라."

하리(下吏) 이ᄃᆡ로 고(告)ᄒ니 홍문이 당초(當初) 그 녀ᄌᆞ(女子)를

---

417) 비숑(陪送): 배송. 윗사람을 따라가 전송함.

418) 원쟈(院者): 원자. 문지기.

419) 퇵샹(宅上): 택상. 상대방의 집을 공경해 이르는 말.

웃다가 츠언(此言)을 드

르매 즈가(自家)로 명혼(定婚)한 녀진(女子ㅣ) 줄 알고 심골(心骨)
이 다 어리고 만심(滿心)이 다 분노(忿怒)ᄒ야 변식(變色)고 ᄉ매
를 썰쳐 물긔 올라 오며 드르니 그 쇼졔(小姐ㅣ) ᄀ르쳐,

"긔이(奇異)타. 긔이(奇異)타."

ᄒᄂᆫ 소릭 멀리 오도록 들니거놀 크게 통히(痛駭)ᄒ야 부듕(府中)
의 니르러 부모(父母) 존당(尊堂)의 뵈옵고 믈너 셔당(書堂)의 와 졔
뎨(諸弟)ᄃ려 왈(曰),

"우형(愚兄)이 당당(堂堂)이 즁이 되고져 ᄒ노라."

모든 아이 다 그 흉(凶)ᄒ믈 목도(目睹)ᄒ엿ᄂᆫ 고(故)로 다 새로이
놀라믈 마디아니ᄒ되 셩문이 죠용이 골오되,

"노 공(公)은 어진 직샹(宰相)이니 그런 ᄯᆯ로 형(兄)을 속일 배 아
니니이다."

흥문이 분연(憤然) 왈(曰),

"인졍(人情)이 즈식(子息)의 블쵸(不肖)ᄒ믈 아디 못ᄒ고 ᄒ믈며
그 양낭(養娘)이 제 쇼졔(小姐ㅣ)라 ᄒ니 엇디 그르미 이시리오? 닉
ᄆᆞ음이 쟝ᄎᆞᆺ(將次ㅅ) 미친 둧ᄒ니 모친(母親)긔 고(告)ᄒ야 혼ᄉ(婚
事)를 믈

니치신족 니 집의 잇고 만일(萬一) 허(許)티 아니신족 텬하(天下)로 정쳐(定處) 업시 헤지르리라."

셜파(說罷)의 궁(宮)으로 도라가 모친(母親)긔 뵈옵고 부친(父親)의 스싱(死生)을 근심ᄒ니 쥬비(朱妃) 화슌(和順)이 니르디,

"네 부친(父親)의 지조(才操)ᄂ 관겨(關係)티 아니ᄒ니 오ᄋ(吾兒)ᄂ 념녀(念慮) 말라."

공지(公子ㅣ) 샤례(謝禮)ᄒ고 이윽고 고(告)ᄒ디,

"ᄒ이(孩兒ㅣ) 부모(父母)의 싱육(生育)ᄒ시믈 밧ᄌ와 풍치(風采) 하등(下等)이 아니니 뇨됴슉녀(窈窕淑女)를 어더 일싱(一生)을 쾌(快)히 ᄒ고져 ᄒ더니 금일(今日) 노녀(-女)의 거동이 여ᄎ여ᄎ(如此如此)ᄒ니 ᄒ이(孩兒ㅣ) ᄎ마 그런 흉악(凶惡)ᄒ 거슬 어더 빅(百) 년(年)을 ᄒ디 잇디 못ᄒ리니 쾌(快)히 파혼(破婚)[420]ᄒ시미 엇더ᄒ시니잇고?"

쥬비(朱妃) 쳥흘(聽訖)[421]의 안식(顏色)이 식식ᄒ여 무르디,

"노가(-家) 규슈(閨秀)를 네 어디 가 본다?"

공지(公子ㅣ) 슈말(首末)을 고(告)ᄒ니 공쥐(公主ㅣ) 쳥파(聽罷)의 쇼옥을 명(命)ᄒ야 공ᄌ(公子)를 잡아 ᄂ리와 셰우고

---

420) 파혼(破婚): 정혼을 깨뜨림.
421) 쳥흘(聽訖): 청흘. 다 들음.

칙(責)ㅎ야 글오듸,

"네 인지(人子ㅣ) 되여 아비를 스디(死地)의 보닉고 무어시 즐거워 길의 홋거러 늠의 쳐즈(處子)⁴²²⁾를 방즈(放恣)히 텸관(覘觀)⁴²³⁾ㅎ야 믄득 너의 뎡혼(定婚)혼 녀즈(女子)라 ㅎ며 군즈(君子ㅣ) 쳐즈(妻子)⁴²⁴⁾를 싴(色)을 몬져 굴희리오? 이 쯧이 통히(痛駭)ㅎ니 쾌(快)히 마자 보라."

셜파(說罷)의 티기를 지쵹ㅎ니 공지(公子ㅣ) 초조(焦燥)ㅎ야 글오듸,

"그 녀지(女子ㅣ) 얼골이 그러홀 분 아냐 힝스(行事)조차 무샹(無狀)ㅎ야 여츳여츳(如此如此)ㅎ니 졔뎨(諸弟) 다 증관(證觀)⁴²⁵⁾이 되얏ᄂ니이다."

셰문⁴²⁶⁾ 등(等)이 쏘흔 다 글오듸,

"그 녀즈(女子)의 얼골이 진실로(眞實-) 무셔오니 형(兄)의 뎌러홀시 그르디 아니커늘 모친(母親)이 엇디 죄(罪)ㅎ시ᄂ니잇고?"

공쥐(公主ㅣ) 브답(不答)ㅎ고 엄(嚴)히 고찰(考察)⁴²⁷⁾ㅎ여 이십여(二十餘) 틱(笞)를 텨 닉치고 쏘 아래로 셰 공즈(公子)를 미러 ᄂ리와 수죄(數罪) 왈(日),

"너히 어이 블초(不肖)혼 형(兄)을 쏠와

---

422) 쳐즈(處子): 처자. 처녀.

423) 텸관(覘觀): 첨관. 엿봄.

424) 쳐즈(妻子): 처자. 처(妻).

425) 증관(證觀): 증인으로 봄.

426) 셰문: 세문. 이몽현의 둘째아들. 재실 장옥경 소생.

427) 고찰(考察): 죄목을 밝힘.

규듕(閨中) 녀주(女子)의 흔단(釁端)을 ᄒᆞᄂᆞ다? 그 죄(罪) 듕(重)ᄒᆞ니 죄(罪)를 도망(逃亡)티 못ᄒᆞ리라."

셜파(說罷)의 십여(十餘) 퇴(笞)를 텨 니치더니, ᄎᆞ시(此時) 문정공(--公) ᄋᆞ주(兒子) 빅문이 뉵(六) 셰(歲)러니 궁(宮)의 왓다가 흥문 등(等) 죄(罪) 입으믈 보고 ᄲᆞ리 도라와 셩문드려 니ᄅᆞ니 셩문이 ᄲᆞ리 이에 니ᄅᆞ니 ᄇᆞᆯ셔 흥문은 맛고 나오고 셰 아희(兒孩) ᄎᆞ례(次例)로 맛ᄂᆞᆫ디라. 년망(連忙)이 듕계(中階)예 ᄭᅮ러 굴오ᄃᆡ,

"쇼딜(小姪)도 흔가지로 눈 들기를 경(輕)히 ᄒᆞ야ᄉᆞ오니 ᄀᆞᆺ티 죄(罪)를 닙어디이다."

공쥬(公主ㅣ) 도라보고 굴오ᄃᆡ,

"그러티 아니ᄒᆞ다. ᄎᆞ익(此兒ㅣ) 무심(無心)코 보미야 져를 어이ᄒᆞ리오마ᄂᆞ 그 흔단(釁端)을 낭쟈(狼藉)히 베프니 경계(警戒)ᄒᆞ미라."

셩문이 ᄭᅮ러 다시 간왈(諫曰),

"그 녀주(女子ㅣ)의 샹뫼(相貌ㅣ) 히괴(駭怪)홀 분 아냐 ᄒᆡᇰ지(行止)[428] 극(極)히 패려(悖戾)[429]ᄒᆞ니 진적(眞的)[430]은 ᄌᆞ시 아디 못ᄒᆞ오나 졔형(諸兄)의 놀나미 어이 고이(怪異)

---

428) ᄒᆡᇰ지(行止): 행지. 행동거지.

429) 패려(悖戾): 언행이나 성질이 도리에 어그러지고 사나움.

430) 진적(眞的): 진적. 참되고 틀림없음.

ᄒ리잇가? 더옥 듕문431)은 나히 어리니 샤(赦)ᄒ쇼셔."

공쥐(公主ㅣ) 그 신듕(愼重)ᄒ믈 두굿겨 듕문은 샤(赦)ᄒ니 셩문이 샤례(謝禮)ᄒ고 셔당(書堂)의 와 흥문을 보니 모든 궁관(宮官)이 메여 공즈(公子)를 구호(救護)ᄒ거늘 문이 나아가 믹후(脈候)를 슬피며 문후(問候)ᄒ니 흥문이 스매로 ᄂ츨 덥고 오래 말을 아니ᄒ다가 눈을 드러 보며 왈(曰),

"두 아이 닉 죄(罪)예 칙(責)을 닙어시니 어딕 잇ᄂ뇨?"

긔문432)은 견딕디 못ᄒ야 흔구셕의 구러져 알코 셰문은 ᄂ비츨 졍(正)히 ᄒ고 나아가 글오딕,

"쇼뎨(小弟) 등(等)은 대단이 맛디 아녀시니 념녀(念慮) 마ᄅ쇼셔."

공지(公子ㅣ) 그 손을 잡고 그 춤으미 돈돈ᄒ믈 긔특(奇特)이 너겨 다만 닐오딕,

"네 도라가 모친(母親)긔 고(告)ᄒ디 말미 엇더뇨?"

셰문이 웃고 딕왈(對曰),

"쇼뎨(小弟) 나흐시믈 모친(母親)이 ᄒ야 계시나 두 모친(母親)이

어닉 달나 그 치시믈 싱아(生我)ᄒ신 모친(母親)긔 고(告)ᄒ리오? 형댱(兄丈)이 쇼뎨(小弟)를 이런 뉴(類)로 아ᄅ시ᄂ니잇가?"

---

431) 듕문: 중문. 이몽현의 넷째아들. 재실 장옥경 소생.
432) 긔문: 기문. 이몽현의 셋째아들. 정실 계양 공주 소생.

공ᄌᆡ(公子ㅣ) 잠간(暫間) 웃고 다시 눈을 곱아 말을 아니터니,

이윽고 홀연(忽然) 니블을 드러 먼니 더디고 의복(衣服)을 슈렴(收斂)ᄒᆞ야 샹부(相府)의 니르러 바로 빅화각(--閣)의 가 조모(祖母)긔 뵈오니 뎡 부인(夫人)이 그 신ᄉᆡᆨ(神色)이 블평(不平)ᄒᆞ믈 의심(疑心)ᄒᆞ야 골오ᄃᆡ,

"닉 아ᄒᆡ(兒孩) 어ᄃᆡ를 알ᄂᆞ냐?"

문이 ᄃᆡ왈(對曰).

"알치 아닐가 조뫼(祖母ㅣ) 보쇼셔."

다리를 닉여 뵈니 샹체(傷處ㅣ) ᄯ쑤러졋더라. 부인(夫人)이 놀나 연고(緣故)를 무른대 공ᄌᆡ(公子ㅣ) 앙텬댱탄(仰天長歎)[433]ᄒᆞ고 ᄯᅮ러 고왈(告曰),

"ᄌᆞ고(自古)로 모시(毛詩)[434]의 닐오ᄃᆡ, '관관져귀(關關雎鳩ㅣ) 지하지쥐(在河之洲ㅣ)오, 뇨됴슉녜(窈窕淑女ㅣ) 군ᄌᆡ호귀(君子好逑ㅣ)[435]'라 하니 문왕(文王)[436]은 일국(一國) 님군이오 져기 셩쥐(聖主ㅣ)로ᄃᆡ 슉녀ᄉᆞ복(淑女思服)[437]ᄒᆞ시미 여ᄎᆞ(如此)ᄒᆞ시거늘 ᄒᆞ믈며

---

433) 앙텬댱탄(仰天長歎): 앙천장탄. 하늘을 우러러 길이 탄식함.

434) 모시(毛詩): 모형(毛亨)이 풀이를 한『시경(詩經)』주석서의 이름. 후대에는 『시경』을 칭하는 이름으로도 쓰임.『모시정의(毛詩正義)』에 따르면 서한(西漢) 때 노(魯)땅 사람 대모공(大毛公) 모형(毛亨)이『시경』에 주석을 단『훈고전(訓詁傳)』을 지어 조(趙)땅 사람 소모공(小毛公) 모장(毛萇)에게 전수했다 함.『시경』은 서주(西周) 초부터 춘추(春秋)시대 초기까지의 시 305편을 공자(孔子)가 모았다고 전해지는 유가(儒家) 경전의 하나로,『모시』에는 매 1편마다 내용과 의미 등을 소개하는 소서(小序)가 달려 있고,『시경』의 첫 번째 편인 <관저(關雎)>에는 별도로 총서(總序)가 있는바 이를 <시대서(詩大序)>라 칭함.

435) 관관져귀(關關雎鳩ㅣ) 지하지쥐(在河之洲ㅣ)오, 뇨됴슉녜(窈窕淑女ㅣ) 군ᄌᆡ호귀(君子好逑ㅣ): 관관저구 재하지주 요조숙녀 군자호구. 꾸룩꾸룩 우는 물새가 하수의 모래톱에 있고, 참하고 얌전한 숙녀는 군자의 좋은 짝이로다.『시경(詩經)』, <관저(關雎)>의 구절.

436) 문왕(文王): 중국 주(周)나라 무왕(武王)의 아버지. 이름은 창(昌). 기원전 12세기경에 활동한 사람으로 은나라 말기에 태공망 등 어진 선비들을 모아 국정을 바로잡고 융적(戎狄)을 토벌하여 아들 무왕이 주나라를 세울 수 있도록 기반을 닦아 줌. 고대의 이상적인 성인 군주의 전형으로 꼽힘.

437) 슉녀ᄉᆞ복(淑女思服): 숙녀사복. 숙녀를 그리워함.『시경(詩經)』, <관저(關雎)>에는 이 구절이 없고, 대신 "얌전한 숙녀를 밤낮으로 구하도다. 구해도 얻지 못해 밤낮으로 생각하도다. 窈窕

쇼손(小孫) ᄀ튼 일개(一介)

셔싱(書生)을 니ᄅ리잇가? 쇼손(小孫)이 블초(不肖)ᄒ야 대종(大宗) 밧들기의 블ᄉ(不似)[438]ᄒ니 그 쳐ᄌ(妻子ㅣ) 나으니ᄅ 어더 션조(先祖) 제ᄉ(祭祀)ᄅ 녜(禮)디로 밧들게 ᄒ 거시어ᄂ, 금일(今日) 노가(-家) 녀ᄌ(女子)의 거동(擧動)이 여ᄎ여ᄎ(如此如此)ᄒ야 그 얼골의 고이(怪異)ᄒᆷ은 니ᄅ도 말고 스ᄉ로 쇼손(小孫)을 ᄀᄅ쳐 제 정혼(定婚)ᄒᆫ 배라 ᄒ며 춤이 ᄆᄅ게 기려 젼연(全然)이 규녀(閨女)의 틱(態) 업ᄉ니 쇼손(小孫)이 싱아[439](生我)[440] 십뉵(十六) 년(年)의 이런 녀ᄌ(女子)ᄅ 보디 못ᄒ야습ᄂ 고(故)로 놀나오미 장부(臟腑)ᄅ 움ᄌ겨 싱모(生母)긔 이런 정유(情由)[441]ᄅ 고(告)ᄒ니, ᄆᆫ득 고디듯디 아니시고 듕(重)히 쳐 ᄂᄐ시니 쇼손(小孫)이 알프믈 닛고 노녀(-女)의 흉뫼(凶貌ㅣ) 안젼(眼前)의 머므러 넉시 ᄂ라나고 혼빅(魂魄)이 몸의 븟디 아니ᄒ니 더옥 ᄎ마 뎌ᄅ 취(娶)ᄒ며 됴셕(朝夕)의 보디 못ᄒ올디라. 조모(祖母)ᄂ 원(願)컨디 뎌

淑女, 寤寐求之. 求之不得, 寤寐思服."이라는 구절이 나오는데 여기에서 "숙녀(淑女)"와 "사복(思服)"을 결합시켜 만든 어휘로 보임. 이홍문이 『모시(毛詩)』를 인용 출처로 밝혔는데 정작 『모시』에서는 이 구절을 남자가 여자를 그리워하는 것으로 보지 않고, 후비(后妃), 즉 문왕의 아내인 태사(太姒)가 자신을 도와 남편 문왕을 받들 여자를 찾는 것으로 해석하였음. 이러한 해석은 정현(鄭玄)의 전(箋)과 공영달(孔穎達)의 소(疏)에서도 마찬가지임.(『모시정의(毛詩正義)』) 한편 주희(朱熹)의 『시경집전(詩經集傳)』에는 그리워하는 주체가 명확히 나타나 있지 않으나, 그리워해서 얻는 짝은 문왕에게 걸맞은 짝이어야 한다는 점이 표현되어 있음.

438) 블ᄉ(不似): 불사. 어울리지 않음.

439) 아: [교] 원문에는 '이'로 되어 있으나 오기로 보이므로 규장각본(1:70)을 따름.

440) 싱아(生我): 생아. 세상에 남.

441) 정유(情由): 정유. 일의 까닭.

집 혼亽(婚事)를 믈녀 쥬

··

91면

쇼셔."

부인(夫人)이 놀라 엄졀(嚴切)[442]이 경계(警戒) 왈(曰),

"노가(-家) 녀亽(女子)의 아름다오믄 빙애효희[443] 군쥬(郡主) 일홈 즈시 닐너시니 빙애 본딕(本-) 단듕(端重)[444]ᄒ야 희언(戲言)을 아니ᄒ거늘 ᄒ믈며 우리를 소기며 그런 녀亽(女子)로 네 일싱(一生)을 희지으랴? 네 그릇 보미니 싱심(生心)도 망녕(妄靈)된 의亽(意思)를 그치라. 셜亽(設使) 그 녀진(女子ㅣ) 그러ᄒ야도 녀亽(女子)ᄂ 싴(色)이 블관(不關)ᄒ니 드러온 후(後) 그 우인(爲人)은 닉 ᄀ르치리라."

흥문이 조모(祖母)의 타연(泰然)이 동(動)티 아니믈 분분(紛紛)이 애듯라 ᄀ로오딕,

"이럴진대 쇼손(小孫)이 죽으리로소이다."

부인(夫人)이 텽파(聽罷)의 노왈(怒曰),

"네 아비 평일(平日)의 너를 무어시라 경계(警戒)하더뇨? 이제 혼亽(婚事)에 간예(干預)ᄒ야 어룬의 쯧을 거亽리고 힝싴(行事) 여츳(如此) 완만(頑慢)[445]ᄒ니 노뫼(老母ㅣ) 요딕(饒待)[446]티 아닐 거시로딕 네 모친(母親)긔 ᄀ죄(罪)를 닙어시니 용샤(容赦)하거니

---

442) 엄졀(嚴切): 엄절. 태도가 매우 엄격함.

443) 희: [교] 원문에는 '의'로 되어 있으나 앞의 예를 따라 이와 같이 수정함.

444) 단듕(端重): 단중. 단엄하고 진중함.

445) 완만(頑慢): 성품이 모질고 거만함.

446) 요딕(饒待): 요대. 잘 대우함.

와 너의 조부(祖父)와 네 아비 노 공(公)으로 더브러 면약(面約)[447]
ᄒ야 혼ᄉ(婚事)를 뇌뎡(牢定)[448] ᄒ고 님힝(臨行)의 셩녜(成禮)를
뎡일(定日)노 디닉믈 존당(尊堂)의 알외와시니 존당(尊堂)의 녜듕
(禮重)ᄒ시미 너의 허랑(虛浪)ᄒ 의ᄉ(意思)를 ᄎ텽(採聽)[449] ᄒ샤
대ᄉ(大事)를 허트ᄅᆞ시리오?”

말ᄉᆞᆷ을 뭇ᄎ매 싁싁ᄒ 용뫼(容貌ㅣ) 츄상(秋霜) ᄀᆞᄐᆞ니 공ᄌᆞ(公子
ㅣ) 황공(惶恐)ᄒ야 믁연(黙然)이 믈러나거ᄂᆞᆯ, 부인(夫人)이 기리 팀
음(沈吟)ᄒ야 말을 아니ᄒ더라.

공ᄌᆞ(公子ㅣ) 믈러와 스스로 밍셰(盟誓) 왈(曰),

“죄(罪) 아모 곳의 밋고 비록 죽을디라도 ᄎ녀(此女)를 ᄎᆔ(娶)티
아니ᄒ리라.”

ᄒ고 셔당(書堂)의셔 샹쳐(傷處)를 됴리(調理)ᄒ더니,

ᄎ시(此時), 뎡 부인(夫人)이 공쥬(公主)를 보나 흥문의 말을 니ᄅ
디 아니ᄒ고 공쥬(公主ㅣ) ᄯᅩᄒ ᄉᆞᆨ(辭色)디 아니코 혼구(婚具)를
출힐 만ᄒ니 그 고부(姑婦)의 현슉(賢淑)ᄒ미 여ᄎᆞ(如此)ᄒ더라.

수일(數日) 후(後)

---

447) 면약(面約): 대면하여 약속함.
448) 뇌뎡(牢定): 뇌정. 자리를 잡아서 확실하게 정함.
449) ᄎ텽(採聽): 채청. 의견을 받아들임.

납폐(納幣)⁴⁵⁰)를 힝(行)홀시 공쥬(公主ㅣ) 젼(前)의 옥져비(玉--) 흔
빵(雙)을 어드니 셩녕(成令)⁴⁵¹)이 긔묘(奇妙)ᄒ고 옥(玉)빗치 교결
(皎潔)⁴⁵²)ᄒ야 셰간(世間)의 드믄 보비러라. 공쥬(公主ㅣ) 슈랑ᄒ
야 닐오디,

"타일(他日) 나의 툥부(冢婦)⁴⁵³)를 주리라."

ᄒ더니 일일(一日)은 흥문이 보고 됴히 너겨 낭듕(囊中)의 녀코 ᄃ
니니 공쥬(公主ㅣ) ᄀ�오디,

"네 나히 어리나 남직(男子ㅣ) 녀ᄌ(女子)의 장념(粧奩)⁴⁵⁴)의 거술
가지고 ᄃ니미 가(可)ᄒ냐?"

공직(公子ㅣ) 디왈(對曰),

"눈의 에엿브니 가졋다가 관(冠) 쓰거든 드리리이다."

ᄒ더니 인(因)ᄒ야 낭듕(囊中)의 녀헛ᄂ더라.

공쥬(公主ㅣ) 쇼옥을 명(命)ᄒ야 가져오라 ᄒ니 쇼옥이 나가 공자
(公子)를 디(對)ᄒ야 옥져비(玉--)를 ᄎᄌᆫ대 공직(公子ㅣ) 므ᄅ디,

"모낭낭(母娘娘)이 무어시 쓰시려 ᄎᄌ시더뇨?"

쇼옥이 디왈(對曰),

"노부(-府) 빙치(聘采)⁴⁵⁵) 녜단(禮單)흔 디 녀흐려 ᄒ시더이다."

---

450) 납폐(納幣): 혼인할 때에, 사주단자의 교환이 끝난 후 정혼이 이루어진 증거로 신랑 집에서
    신부 집으로 예물을 보냄. 또는 그 예물. 보통 밤에 푸른 비단과 붉은 비단을 혼서와 함께 함
    에 넣어 신부 집으로 보냄.

451) 셩녕(成令): 성령. 만들어진 것.

452) 교결(皎潔): 희고 깨끗함.

453) 툥부(冢婦): 총부. 종자(宗子)나 종손(宗孫)의 아내. 곧 종가(宗家)의 맏며느리를 이름.

454) 장념(粧奩): 장렴. 몸을 치장하는 데 쓰는 갖가지 물건.

공지(公子ㅣ) 변식(變色)고 이윽이 줌줌(潛潛)엿다가 닐오,
"깁흔

 드러시니 죠용이 어더 주리라."

고 쇼옥이 간 후(後) 마니 싱각,

'빙녜(聘禮)⁴⁵⁶)를 힝(行)면 그 흉상(凶相)⁴⁵⁷)이 쳐지(妻子ㅣ) 되 쟉시오, 풍모(風貌)를 보와시니 필연(必然) 노티 아니홀 거시니 출하리 피(避)얏다가 부친(父親)이 오시거든 오리라.'

고 계명(雞鳴)의 니러나 가뵈야온 은(銀子)를 슈습(收拾)야 셔동(書童) 운희를 리고 쳔니마(千里馬)를 타고 표연(飄然)이 나가니라.

이튼날 복시(服侍)⁴⁵⁸)는 동(童子) 등(等)이 셰슈(洗手)를 령(待令)⁴⁵⁹)고 당(堂內)에 드러가니 공지(公子ㅣ) 업다 크게 놀라 안희 고(告)대, 공쥬(公主ㅣ) 발셔 짐작(斟酌)고 오,

"여등(汝等)이 셔당(書堂)의 가 (兒子)의 웃오시 이시며 업믈 아라 오라."

진 샹궁(尙宮)이 셔당(書堂)의 가 보니 다 업고 일(一) 봉(封) 셔간(書簡)이 샹(牀)의 잇거 갓다가 공쥬(公主)긔 드리니 공쥬(公主ㅣ)

---

455) 빙칙(聘采): 빙채. 빙물(聘物)과 채단(采緞). 빙물은 결혼할 때 신랑이 신부의 친정에 주던 재물이고, 채단은 신랑 집에서 신부 집으로 미리 보내는 푸른색과 붉은색의 비단임.

456) 빙녜(聘禮): 빙례. 빙채(聘采)의 예의.

457) 흉상(凶相): 흉상. 흉한 얼굴.

458) 복시(服侍): 받들어 모심.

459) 령(待令): 대령. 준비하고 기다림.

써혀 보니 그 글의 굴와

시딕,

 '블쵸ᄌ(不肖子) 흥문은 머리를 두드려 돈슈(頓首) 지비(再拜)ᄒ고 모비(母妃) 안샹(案上)의 올리옵ᄂᆞ니 조부(祖父)와 야얘(爺爺ㅣ) 계실딘딕 고금(古今)의 희한(稀罕)ᄒ 괴려지인(乖戾之人)⁴⁶⁰)을 쇼ᄌ(小子)의 일싱(一生)을 희짓디 아니ᄒ실 거시로딕 조모(祖母)와 모친(母親)이 종신딕ᄉ(終身大事)의 고집(固執)ᄒ시니 쇼ᄌ(小子ㅣ) ᄎ마 그런 녀ᄌ(女子)를 어더 일싱(一生) 괴로오믈 격디 못ᄒᆞ리라. 길긔(吉期) 디날 동안 아모 딕나 가 잇다가 오리이다.'

 ᄒ엿더라.

 쥬비(朱妃) 보기를 못고 그 힝ᄉᆡ(行事ㅣ) 넘나믈 어히업서 줌줌(潛潛)코 말을 아니ᄒ더니,

 드딕여 샹부(相府)의 니르러 단댱(丹粧)을 벗고 계하(階下)의셔 청죄(請罪)ᄒ니 뉴 부인(夫人)과 뎡 부인(夫人)이 경아(驚訝)⁴⁶¹)ᄒ야 밧비 연고(緣故)를 므르니

---

460) 괴려지인(乖戾之人): 사리에 어그러져 온당하지 않은 사람.
461) 경아(驚訝): 놀라고 의아해함.

쥬비(朱妃) 옷기슬 녀믜여 듸왈(對曰),

"젼쟈(前者)의 노가(-家) 혼亽(婚事)를 존구(尊舅)와 가군(家君)이 뎡(定)ᄒ시고 효희 군쥬(郡主ㅣ) 현우(賢愚)를 亽믓462)가이 니ᄅ시니 보디 아녀시나 봄 ᄀᆺ줍거늘 존귀(尊舅ㅣ) 님힝(臨行)의 졍(定)ᄒᆫ 날의 어긔오디 아니믈 존당(尊堂)의 고(告)ᄒ시니 쇼쳡(小妾)이 명(命)을 밧즈와 혼슈(婚需)를 출일 분이러니, 블쵸즈(不肖子ㅣ) 모일(某日)의 엇던 녀즈(女子)를 보고 노가(-家) 규쉬(閨秀ㅣ)라 ᄒ야 죽기로 취(娶)티 아닐 줄 니ᄅ거늘 쇼쳡(小妾)이 그 허랑(虛浪)ᄒ오믈 분(憤)ᄒ야 약간(若干) 죄벌(罪罰)ᄒ옵고 듯디 아녀숩더니 쟉야(昨夜)의 니ᄅ디 아니ᄒ고 도주(逃走)ᄒ오니 ᄎ(此)ᄂ 셩문(盛門) 도덕(道德)을 욕(辱)먹이미라. 쇼쳡(小妾)이 어ᄂ ᄂᆺᄎ로 고당(高堂)의 안거(安居)ᄒ리잇고? 죄(罪)를 ᄂ리오시믈 ᄇ라ᄂ이다."

뉴 부인(夫人)이 듯기를 ᄆᆺ고 좌우(左右)를 명(命)ᄒ야 븟드러 좌(座)의 올리고 글오ᄃᆡ,

"문ᄋ(-兒ㅣ) 임의 즈시 보고 엇고져 어이ᄒ리오? 현비(賢妃) 노모(老母)ᄃ려 니ᄅ더면 빙아(-兒)ᄃ려 즈시 므러 진실노(眞實-) 그럴 쟉시면 혼亽(婚事)를 말미 올흘낫다."

---

462) 亽믓: [교] 원문에는 'ᄌᆞ못'으로 되어 있으나 문맥을 고려해 규장각본(1:74)을 따름.

공쥐(公主ㅣ) 피셕(避席) 되왈(對曰),

"그 녀지(女子ㅣ) 셜수(設使) 그러ᄒ나 ᄌ고(自古)로 홍안박명(紅顏薄命)463)이 되되(代代)로 면(免)티 못ᄒᆞᆸᄂᆞ니 녀ᄌ(女子)ᄂᆞᆫ 덕(德)이 귀(貴)ᄒ고 식(色)이 블관(不關)ᄒ니 엇디 파혼(破婚)ᄒ오며 ᄯ오 존구(尊舅)와 가군(家君)이 노 공(公)으로 더브러 면약(面約)ᄒ야 계시니 쳐지(處子ㅣ) 곱디 아니므로 믈니치믄 합당(合當)티 아니ᄒ올시 고(告)티 못ᄒᆞ미로소이다."

뎡 부인(夫人)이 니어 되왈(對曰),

"문이(-兒ㅣ) 공쥬(公主)의게 칙(責)을 듯고 첩(妾)의 곳의 니르러 혼인(婚姻) 믈니믈 쳥(請)ᄒ오딕 일이 그러티 못ᄒ오므로 함구(緘口)ᄒ야ᅀᅳᆸ더니 문이(-兒ㅣ) 이대도록 ᄒᆞᆯ 줄 어이 알니잇가? 빙아(-兒)ᄅᆞᆯ 블러 다시 므러보사이다."

부인(夫人) 왈(曰),

"이제 급(急)히 쳥(請)

• •

98면

ᄒ여 무러 진젹(眞的)ᄒ거든 금일(今日) 빙녜(聘禮)ᄅᆞᆯ 보ᄂᆡᄃᆡ 말 거시라. 우김딜노 취(娶)ᄒ여 금슬(琴瑟)이 소원(疏遠)ᄒᆞᆯ딘대 큰 블힝(不幸)이 아니며 ᄯ오 종손부(從孫婦)ᄅᆞᆯ 그러틋 형샹(形狀) 업슨 거슬 어이 어드리오?"

드되여 교부(轎夫)464)ᄅᆞᆯ ᄀᆞ초와 보ᄂᆡ여 군쥬(郡主)ᄅᆞᆯ 쳥(請)ᄒ야

---

463) 홍안박명(紅顏薄命): 미인은 운명이 기박함.

464) 교부(轎夫): 가마를 메는 사람. 가마꾼.

이에 니르매, 뉴 부인(夫人)이 밧비 흥문의 말을 니르고 진가(眞假)를 므르니 군쥐(郡主ㅣ) 놀라 되왈(對曰),

"노 시(氏) 범인(凡人)이 아니라. 만일(萬一) 져그나 블미(不美)홀딘 대 엇디 추마 외가(外家) 종ᄉ(宗嗣)를 그릇게 ᄒ리잇가? 흥문의 본 녀ᄌ(女子)는 노 부ᄉ(府使) 쳡녜(妾女ㅣ)라. 노 공(公) 부인(夫人)이 투긔(妬忌) 심(甚)ᄒ여 두역(痘疫)465) 홀 제 지변(-變)466)을 힝(行)ᄒ야 그러틋 몹시 되여시니 흥문이 놀나미 고이(怪異)티 아니ᄒ니이다."

뉴 부인(夫人)이 부야흐로 방심(放心)ᄒ야 골오딕,

"네 말 ᄀ틀딘대 깃브거니와 만일(萬一) 투긔(妬忌)를 모시(母氏)를 달마시면 엇디ᄒ리오?

군쥐(郡主ㅣ) 쇼이디왈(笑而對曰),

"진실노(眞實-) 그는 아디 못ᄒ거니와 현마 금쉬(禽獸ㅣ) 아닌 후 (後)야 옥쥬(玉主) 셩덕(盛德)을 보며 쓸와 비호미 업ᄉ리잇가?"

뉴 부인(夫人)이 역쇼(亦笑) 왈(曰),

"진짓 투긔(妬忌)ᄒᄂ니는 웃거니와 투긔(妬忌) 아닛ᄂ니를 손이 (孫兒ㅣ) 그릇 볼 니(理) 업ᄉ니 완뎡(完定)467)ᄒ리라."

이날 빙녜(聘禮)를 보딕고 길긔(吉期) 갓가오딕 공ᄌ(公子ㅣ) 오디 아니ᄒ니 마디못ᄒ야 긔별(奇別)ᄒ딕,

---

465) 두역(痘疫): 천연두.

466) 지변(-變): 재변. '잿물을 뿌려 생긴 변'의 뜻으로 보이나 미상임.

467) 완뎡(完定): 완정. 완전히 정함.

'신낭(新郞)이 산소(山所)의 홀 일 이셔 급(急)히 가고 집의 쥬관(主管)홀 가장(家長)이 아니 계시니 회뎡(回程)⁴⁶⁸ㅎ기룰 기두려 길례(吉禮)룰 디닉쟈.'

ㅎ니 노가(-家)의셔 フ장 셔온이 너겨ㅎ나 홀일업서ㅎ더라.

공쥬(公主ㅣ) ᄋᆞᄌᆞ(兒子)룰 통히(痛駭)ㅎ야 식음(食飮)을 믈니치고 울울(鬱鬱)ㅎ야ㅎ더라.

이적의 니(李) 공ᄌᆞ(公子ㅣ) 치룰 부야 금쥬(錦州) 다히로 향(向)ㅎ니 디나ᄂᆞᆫ 곳의 산슈(山水ㅣ) 졀승(絶勝)ㅎ니 져기 ᄆᆞ음이 싀훤ㅎ야 골오ᄃᆡ,

"니

••

100면

두로 ᄃᆞ녀 노녀(-女)의 길긔(吉期) 디나거든 집으로 가리라."

ㅎ더니 쏘 고텨 싱각ㅎᄃᆡ,

'니 일즉 드루니 동뎡호(洞庭湖) 풍경(風景)이 긔특(奇特)다 ㅎ니 임의 도로(道路)의 방황(彷徨)ㅎᄂᆞ니 귀경이나 ᄆᆞ음대로 ㅎ리라.'

ㅎ고 물을 모라 댱사(長沙)⁴⁶⁹의 니ᄅᆞ러 악양누(岳陽樓)⁴⁷⁰와 회사뎡(懷沙亭)⁴⁷¹을 보고 고소ᄃᆡ(姑蘇臺)⁴⁷²와 산음(山陰) 우혈(禹

---

468) 회뎡(回程): 회정. 돌아오는 길에 오름. 또는 그런 길이나 과정.

469) 댱사(長沙): 장사. 중국 동정호(洞庭湖) 남쪽 상강(湘江) 하류의 동쪽 기슭에 있는 도시로 호남성(湖南省)의 성도(省都)임.

470) 악양누(岳陽樓): 악양루. 중국 호남성 악양에 있는 누각.

471) 회사뎡(懷沙亭): 중국 호남성(湖南省) 상음현(湘陰縣)의 북쪽에 있는 강인 멱라수(汨羅水) 변에 있는 정자. 전국시대 초(楚)나라 굴원(屈原)이 나라의 장래를 근심하고 회왕(懷王)을 사모하여 노심초사한 끝에 <회사부(懷沙賦)>를 짓고 멱라수에 빠져 죽은 것으로부터 정자 이름이 유래함.

穴)473)을 구경ᄒ고 다시 등왕각(滕王閣)474)으로 가더니, 길히 헐버슨 걸인(乞人)이 족ᄌ(簇子)ᄅᆞᆯ 사라 ᄒ거늘, 싱(生)이 우연(偶然)이 올리라 ᄒ여 보니 ᄒᆞᆫ 미인되(美人圖ㅣ)라. ᄆ광(墨光)이 찬난(燦爛)ᄒ고 싱긔(生氣) 발월(發越)475)ᄒ야 광치(光彩) 두우(斗牛)476)의 ᄡᅩ이ᄂᆞᆫ 듯ᄒ여 얼골의 고으미 양틴진(楊太眞),477) 됴비연(趙飛燕)478)이라도 밋디 못ᄒᆞᆯ 듯 윤틱(潤澤)ᄒ고 풍영(豐盈)479)ᄒ며 쟈약소담(自若--)ᄒᆞᆫ 거동(擧動)이 댱 시(氏) 모친(母親)으로 승(勝)ᄒᆞ미 잇거늘 크게 놀나 그 아래ᄅᆞᆯ 보니 ᄒ여시디,

'쇼더(小姐) 난화ᄂᆞᆫ 옥경(玉京)480) 션지(仙子ㅣ)라. 늘근 아비

---

472) 고소디(姑蘇臺): 고소대. 현재 중국의 강소성 소주시에 있는 누대. 중국 춘추시대에, 오(吳)나라의 왕인 부차(夫差)가 고소산(姑蘇山) 위에 쌓은 대. 부차는 월(越)나라를 무찌르고 얻은 미인 서시(西施) 등 천여 명의 미녀를 이곳에 살게 하였다고 함.

473) 산음(山陰) 우혈(禹穴): 중국 하(夏)나라 우(禹)임금의 장지(葬地). 지금 절강성(浙江省) 소흥(紹興)의 회계산(會稽山)에 있음.

474) 등왕각(滕王閣): 중국 당(唐)나라 태종(太宗)의 아우 등왕(滕王) 이원영(李元嬰)이 강서성(江西省) 남창시(南昌市)의 서남쪽에 세운 누각.

475) 발월(發越): 용모가 깨끗하고 훤칠함.

476) 두우(斗牛): 견우성과 직녀성.

477) 양틴진(楊太眞): 양태진. 중국 당(唐)나라 현종(玄宗)의 후궁 양귀비(楊貴妃)를 가리킴. 태진은 양귀비의 여도사(女道士) 시절 호(號). 본명은 옥환(玉環). 원래 현종의 아들인 수왕(壽王)의 비(妃)였는데 현종이 보고 반해 아들을 변방으로 보내고 며느리를 차지하여 총애함. 안록산(安祿山)의 난 때 현종과 함께 피난하여 마외역(馬嵬驛)에서 목매어 죽었음.

478) 됴비연(趙飛燕): 조비연. 중국 전한(前漢) 때 성제(成帝)의 황후(皇后). 절세의 미인으로 몸이 가볍고 가무(歌舞)에 능해 본명 조선주(趙宜主) 대신 '나는 제비'라는 뜻의 비연(飛燕)으로 불림. 후궁인 여동생 합덕(合德)과 함께 총애를 다투다가 성제가 죽은 후 동생 합덕이 자살하고, 비연도 평제(平帝) 때에 내쳐져 서민으로 강등되자 자살함.

479) 풍영(豐盈): 생김새가 풍만하고 기름짐.

480) 옥경(玉京): 하늘 위에 옥황상제가 산다고 하는 가상적인 서울. 백옥경(白玉京).

샹셔(尙書) 양 공(公)은 그 얼골이 민멸(泯滅)[481] 홀가 앗겨 너의 얼골을 열희 ᄒ나흘 그리노라.'

ᄒ엿더라.

년월(年月) 쓴 거슬 보니 ᄒ여시ᄃᆡ 금년(今年)이어늘 ᄆᆞᆷ의 깃거 혜오ᄃᆡ,

'어ᄂᆞ 곳의 이런 긔특(奇特)ᄒᆞᆫ 슉녜(淑女ㅣ) 잇ᄂᆞᆫ고? 닉 당당(堂堂)이 두로 므러 양 공(公)이란 ᄌᆡ샹(宰相)을 ᄎᆞ자 인연(因緣)을 일우리라.'

인(因)ᄒ야 낭듕(囊中)의 금은(金銀)을 ᄂᆡ여 기인(其人)을 주고 쏘 즐겨 싱각ᄒᆞᄃᆡ,

'다힝(多幸)이 이 그림이 닉 손의 ᄯᅥ러지믈 잘ᄒᆞᆫ도다. 다른 호남ᄌᆡ(豪男子ㅣ) 보더면 양 시(氏) 녀ᄌᆞ(女子)의게 욕(辱)이 비경(非輕)ᄒᆞᆯ낫다.'

이러틋 혜아리며 등왕각(滕王閣)의 니ᄅᆞ러 고젹(古迹)을 볼ᄉᆡ 왕 블(王勃)[482]의 글귀(-句)마다 아담(雅澹)[483]ᄒᆞ며 격됴(格調ㅣ) 경발 (警拔)[484]ᄒᆞ야 고금(古今)의 업슨 줄 죡(足)히 알디라. 싱(生)이 탄왈 (歎曰),

"왕블(王勃)노 ᄒᆞ야곰 삼츈(三春)의 빅화시(百花詩)ᄅᆞᆯ 지으라 ᄒᆞᆯ딘 대 '츄슈공

---

481) 민멸(泯滅): 자취나 흔적이 아주 없어짐.

482) 왕블(王勃): 왕발. 중국 당(唐)나라의 문학가.(650 또는 649~676) 자(字)는 자안(子安). 양형 (楊炯), 노조린(盧照鄰), 낙빈왕(駱賓王)과 함께 초당사걸(初唐四杰) 중의 한 명으로 불림. 대 표작으로 <등왕각서(滕王閣序)>가 있음.

483) 아담(雅澹): 전아하고 담박함.

484) 경발(警拔): 착상 따위가 아주 독특하고 뛰어남.

102면

당텬일식(秋水共長天一色)'[485]이라 ᄒᆞᄂᆞᆫ 글귀(-句)분 아닐낫다."

승흥(乘興)ᄒᆞ야 문방(文房)[486]을 나와 ᄒᆞᆫ 글을 지어 쓰더니, 홀연(忽然) 뎡ᄌᆞ(亭子) 아ᄅᆡ로셔 ᄒᆞᆫ 댱뷔(丈夫ㅣ) ᄌᆞ의(紫衣)[487]를 빗기고 손의 옥주미(玉麈尾)[488]를 들고 금관(金冠)을 쓰고 날호여 오ᄅᆞ니, 풍광(風光)이 표표(飄飄)ᄒᆞ야 샹녜(常例)[489] 사ᄅᆞᆷ이 아니러라.

공지(公子ㅣ) 글 쓰던 거ᄉᆞᆯ 졉어 ᄉᆞ매의 녀코 니러 마자 녜(禮)를 ᄆᆞᄎᆞ매 기인(其人)이 ᄒᆞᆫ번(-番) 눈을 드러 ᄉᆡᆼ(生)의 옥모영풍(玉貌英風)[490]을 보고 상연(爽然)[491]이 놀라 무러 ᄀᆞᆯ오ᄃᆡ,

"귀ᄀᆡᆨ(貴客)은 어ᄂᆞ 싸 사ᄅᆞᆷ이시뇨?"

ᄉᆡᆼ(生)이 ᄃᆡ왈(對曰),

"쇼ᄉᆡᆼ(小生)은 마ᄎᆞᆷ 원방(遠方) 사ᄅᆞᆷ으로 유산(遊山)의 길히 이곳을 디나므로 마ᄎᆞᆷ 고인(古人)의 유젹(遺跡)을 ᄒᆞᆫ번(-番) 보고져 ᄒᆞ미로소이다. 당돌(唐突)ᄒᆞ오나 대인(大人)의 귀(貴)ᄒᆞᆫ 셩명(姓名)을 알고져 ᄒᆞᄂᆞ이다."

기인(其人)이 ᄃᆡ왈(對曰),

---

485) 츄슈공당텬일식(秋水共長天一色): 추수공장천일색. '가을 물빛은 아득한 하늘과 함께 한 가지 색이로다.'의 뜻으로 왕발(王勃)의 <등왕각서(滕王閣序)>에 나오는 구절. 이 앞의 구인 '낙하여고목제비(落霞與孤鶩齊飛)', 즉 '지는 노을은 짝 잃은 기러기와 함께 날고'와 함께 대구를 이룸.

486) 문방(文房): 문방구(文房具).

487) ᄌᆞ의(紫衣): 자의. 자줏빛 옷.

488) 옥주미(玉麈尾): 사슴꼬리에 백옥으로 장식한 자루를 단 것.

489) 샹녜(常例): 상례. 보통 있는 일. 예사.

490) 옥모영풍(玉貌英風): 옥 같은 얼굴과 헌걸찬 풍채.

491) 상연(爽然): 멍한 모양.

"만싱(晚生)은 경됴(京兆) 니부샹셔(吏部尚書) 양셰뎡

••

103면

이니 고향(故鄕)이 남챵(南昌)492)인 고(故)로 가권(家眷)이 이곳의
잇기 요亽이 말민호고 잠간(暫間) 니르러더니 금일(今日) 하힝(何
幸)으로 슈亽(秀才)493)를 만나니 평싱(平生) 본 바 처엄이라 셩명
(姓名)을 알고져 호노라."

싱(生)이 즈시 술펴보니 부친(父親) 친위(親友ㅣ)오, 일즉 조부(祖
父)긔 공亽(公事) 취품(就稟)494)호라 와실 적 여어보미 잇눈디라 거
즛 딕왈(對曰),

"쇼싱(小生)의 셩명(姓名)은 니셩뵈니 금쥐인(錦州人)이로소이다."

양 공(公) 왈(曰),

"아니 경亽(京師) 니(李) 승샹(丞相) 일개(一家ㅣ)시냐?"

싱(生) 왈(曰),

"니(李) 부마(駙馬) 친쳑(親戚)이어니와 대인(大人)은 어이 아르시
누니잇가?"

공(公) 왈(曰),

"노뷔(老夫ㅣ) 경亽(京師)의 이실 적 부마(駙馬)의 형뎨(兄弟)로 교
계(交契)495) 깁흐니 어이 모르리오? 연(然)이나 슈亽(秀才)의 표치(標

---

492) 남챵(南昌): 남창. 명나라 때에는 처음에 홍도부(洪都府)로 불리다가 후에 남창부로 바뀜. 현
   재 중국 강서성의 남창현(南昌縣)과 신건현(新建縣)의 두 현에 해당하였음.

493) 슈亽(秀才): 수재. 미혼 남자를 높여 이르는 말.

494) 취품(就稟): 취품. 웃어른께 나아가 여쭘.

495) 교계(交契): 서로 사귄 정.

致)496)를 보니 당금(當今)의 옥인군지(玉人君子ㅣ)라. 만싱(晚生)의 반싱(半生) 무된 눈이 쾌(快)ᄒ도다. 다만 문방(文房) 졔귀(諸具ㅣ) 압픠 어즈러워시니 필연(必然) 쟉필(作筆)ᄒ미 이실 거시니 음

104면

영(吟詠)을 구경코져 ᄒ노라."

싱(生)이 샤왈(辭曰),

"향곡(鄕曲)의 어린 아ᄒᆡ(兒孩) 엇디 감히(敢-) 시부(詩賦)를 농(弄)ᄒ미 이시리잇고? 부형(父兄)이 일죽 먼니 계신 고(故)로 뵈호미 너르디 못ᄒ야 문ᄌᆞ(文字)를 ᄒᆡ봉(解封)티 못ᄒᄂᆞ이다."

공(公)이 쇼왈(笑曰),

"비록 혹싱(學生)이 두 눈이 붉디 못ᄒ나 슈ᄌᆡ(秀才) 안광(眼光)이 녕형(瑩炯)497)ᄒ고 미우(眉宇) ᄉᆞ이 오치(五彩) 찬난(燦爛)ᄒ니 흉듕(胸中)의 금슈(錦繡)를 장(藏)ᄒ여시믈 엇디 아디 못ᄒ리오? 모ᄅᆞ미 겸손(謙遜)티 말미 엇더뇨?"

싱(生)이 미쇼(微笑)ᄒ고 ᄀᆞᆯ오ᄃᆡ,

"쇼싱(小生)이 니ᄅᆞᆫ바 옥살(玉-)과 금활(金-) ᄀᆞᆺ튀여 ᄂᆞᆾ치 보암 죽ᄒᆞᆫ들 닉ᄌᆡ(內在) 이시믈 대인(大人)이 엇디 아ᄅᆞ시리잇고?"

샹셰(尙書ㅣ) 잠쇼(暫笑) 왈(曰),

"고인(古人)이 운(云)ᄒᄃᆡ, '일견군ᄌᆞ(一見君子)ᄂᆞᆫ 심아ᄒᆞ498)시(尋

---

496) 표치(標致): 얼굴이 매우 아름다움.

497) 녕형(瑩炯): 영형. 밝게 빛남.

498) 아하: 원문에는 '하야'로 되어 있으나 문맥을 고려해 규장각본(1:80)을 따름.

我何時)라.499)’ ᄒ니 혹싱(學生)이 비록 용녈(庸劣)ᄒ나 슈ᄌ(秀才)를 역녀(逆旅)500) 듕(中)의셔 만나미 긔봉(奇逢)이라 엇디 이대도록 매매501) ᄒ

105면

뇨?”

싱(生)이 ᄯ또ᄒᆫ 웃고 글오ᄃᆡ,

“대인(大人)이 쇼혹싱(小學生)의 무디(無知)ᄒᆞᆷ믈 모ᄅᆞ시고 과(過)히 ᄃᆡ졉(待接)ᄒᆞ시니 모ᄉᆡᆨ(茅塞)502)ᄒᆫ 심듕(心中)을 모도아 낙필(落筆)ᄒᆞ려니와 대인(大人)이 몬져 원시(原詩)를 지으실딘대 쇼싱(小生)이 운(韻)을 화(和)ᄒᆞ리이다.”

샹셰(尙書ㅣ) 답(答)ᄒᆞ야 몬져 지필(紙筆)을 나와 낙필(落筆)ᄒᆞ니 그 셰(勢) 풍우(風雨) 갓더라. 쓰기를 ᄆᆞᆺ차 싱(生)을 주어 왈(曰),

“졸(拙)ᄒᆫ 글귀(-句) 무어시 보왐 즉ᄒᆞ리오마ᄂᆞᆫ 그러나 댱뷔(丈夫ㅣ) 셔로 만나 술을 마시고 시(詩)를 을프믄 고금(古今)으로 덧덧ᄒᆞ니 군(君)은 혹싱(學生)의 흉듕(胸中)이 군ᄉᆡᆨ(窘塞)503)ᄒᆞᆷ믈 웃디 말고 문댱(文章)을 토(吐)ᄒᆞ야 어두온 눈을 쾌(快)히 ᄒᆞ라.”

싱(生)이 바다 보니 격됴(格調ㅣ) 쳥신(淸新)ᄒᆞ야 시쇽(時俗)의 드

---

499) 일견군ᄌ(一見君子)ᄂᆞᆫ 심아하시(尋我何時)라: 일견군자는 심아하시라. ‘한 번 군자를 보는 것은 나에게 어느 때일까?’의 뜻으로 보이나 미상임.

500) 역녀(逆旅): 역려. 나그네를 맞이한다는 뜻으로 여관을 이름. 여기에서는 여행 중임을 의미함.

501) 매매: 지나칠 정도로 몹시 심함.

502) 모ᄉᆡᆨ(茅塞): 모색. 길이 띠로 인하여 막힌다는 뜻으로, 마음이 물욕에 가리어 어리석고 무지함을 비유적으로 이르는 말.

503) 군ᄉᆡᆨ(窘塞): 군색. 필요한 것이 없거나 모자라서 딱하고 옹색함.

믄 지죄(才操ㅣ)라. 싱(生)이 칭찬(稱讚)ㅎ야 글오딘,

"대인(大人)의 휘필(揮筆)ㅎ시는 지조(才操)는 소싱(小生)의 본 바 처엄이라 부야흐로 텬하(天下)의 일인(一人)이신 줄 씨닷닉이다. 흑싱(學生)

이 비록 부지둔질(不才鈍質)504)이나 대인(大人)이 긱녀(客旅)의 보시고 ᄉ랑ㅎ시믈 혈심(血心)으로 ㅎ시니 엇디 감은(感恩)ㅎ믈 모로리잇가?"

드디여 프른 옷 ᄉ이로조차 셤슈(纖手)505)를 닉여 산호필(珊瑚筆)을 둘러 회두(回頭)506) ᄉ이의 ᄉ운뉼시(四韻律詩)507)를 지으니 붓긋치 머므는 곳마다 풍운(風雲)이 난낙(亂落)508)ᄒ고 금슈(錦繡)를 ᄲ리는 ᄃᆺㅎ니 공(公)이 믄득 눈이 밤뷔고 졍신(精神)이 어린 ᄃᆺㅎ더니 싱(生)이 쓰기를 ᄆᆺ차 밧드러 드려 왈(曰),

"쇼싱(小生)이 대인(大人)의 권권(拳拳)509)ㅎ시는 ᄯ을 져ᄇ리디 못ㅎ야 평싱(平生) 근력(筋力)을 다 드려 작필(作筆)ㅎ야시나 뼈 곰 글귀(-句) 보실 거시 업서이다."

공(公)이 년망(連忙)이 바다 보니 임의 필법(筆法)은 왕우군(王右

---

504) 부지둔질(不才鈍質): 부재둔질. 재주 없고 둔한 자질.

505) 셤슈(纖手): 섬수. 고운 손.

506) 회두(回頭): 머리를 돌릴 정도의 빠른 시간 또는 잠간의 의미.

507) ᄉ운뉼시(四韻律詩): 사운율시. 네 개의 운각(韻脚)으로 된 율시(律詩).

508) 난낙(亂落): 난락. 어지럽게 떨어짐.

509) 권권(拳拳): 참된 마음으로 정성스럽게 지키는 모양.

軍)510)을 묘시(眇視)511)ᄒ고 문톄(文體)예 빗나믄 곤강(崑岡)512) 치
벽(彩璧)을 흐튼 듯 너른 문댱(文章)은 댱강(長江) 대히(大海)를 헤친
듯ᄒ니 니쳥년(李靑蓮)513)의 디난 문댱(文章)이라

··

107면

공(公)이 실셩(失性) 칭찬(稱讚)ᄒ야 글오ᄃᆡ,

 "만싱(晩生)이 ᄌ쇼(自少)로 열인(閱人)514)ᄒ미 젹디 아니ᄒ고 본
바 ᄌ못 만흐나 이런 긔ᄌ(奇才)는 흔티 아니니 죡(足)히 왕블(王
勃)515)의 등왕각셔(滕王閣序)516)를 귀(貴)타 하리오?"

 ᄯ 오 ᄌ시 보다가 글오ᄃᆡ,

 "당금(當今)의 진짓 ᄌᆡ죄(才操ㅣ) 흔티 아니ᄒ야 홀노 니(李) 승샹
(丞相) 운혜 션싱(先生) 문필(文筆)이 고금(古今)의 독보(獨步)ᄒ고
그 졔ᄌ(諸子) 니(李) 도위(都尉) 오(五) 인(人) 등(等)의 문장(文章)이
쵸셰(超世)ᄒ나 각각(各各) 단쳐(短處)와 댱쳬(長處ㅣ) 이시니 죡하

---

510) 왕우군(王右軍): 중국 동진(東晉)의 서예가인 왕희지(王羲之, 307~365)를 이름. 자는 일소(逸
    少). 그가 우군장군(右軍將軍)의 벼슬을 했으므로 이처럼 불림.

511) 묘시(眇視): 업신여기어 깔봄.

512) 곤강(崑岡): 곤륜산(崑崙山). 중국 전설상의 높은 산으로 중국 서쪽에 있으며 옥이 많이 난다
    고 함.

513) 니쳥년(李靑蓮): 이청련. 이백(李白, 701~762)을 말함. 청련은 이백의 호. 자는 태백(太白).
    젊어서 여러 나라에 만유(漫遊)하고, 뒤에 출사(出仕)하였으나 안녹산의 난으로 유배되는 등
    불우한 만년을 보냄. 칠언절구에 특히 뛰어났으며, 이별과 자연을 제재로 한 작품을 많이 남
    겼음. 시성(詩聖) 두보(杜甫)에 대하여 시선(詩仙)으로 칭하여짐.

514) 열인(閱人): 사람을 많이 겪어 봄.

515) 왕블(王勃): 왕발. 중국 당(唐)나라의 문학가.(650 또는 649~676) 자(字)는 자안(子安). 양형
    (楊炯), 노조린(盧照鄰), 낙빈왕(駱賓王)과 함께 초당사걸(初唐四杰) 중의 한 명으로 불림. 대
    표작으로 <등왕각서(滕王閣序)>가 있음.

516) 등왕각셔(滕王閣序): 등왕각서. 중국 당(唐)나라의 왕발(王勃)이 지은 작품.

(足下)의 체법(體法)이 만히 니(李) 도위(都尉) ᄀᆞ투니 ᄯᅩ 아니 ᄲᅡᆯ와 빗호미 잇ᄂᆞ냐? 요ᄉᆞ이 빅뇨(百僚) 듕(中) 니(李) 도위(都尉) 오(五)인(人)을 ᄶᅩᆯ와 미출 재(者ㅣ) 업거늘 죡해(足下ㅣ) 약관(弱冠)의 이런 대ᄌᆡ(大才) 이시믄 고금(古今)의 드믄디라. 만ᄉᆡᆼ(晚生)이 이제야 텬하(天下)의 ᄌᆡ죄(才操ㅣ) 만흐믈 아ᄂᆞ니 사ᄅᆞᆷ이 닐오ᄃᆡ, '시금(時今)의 ᄒᆞᆫ 군ᄌᆡ(君子ㅣ) 쵸야(草野)의 이셔 문댱(文章)이 죵왕(鍾王)517)과 니두(李杜)518)를 압두(壓頭)ᄒᆞ야 월하(月下)의 글을 을프매

108면

빅연(白燕)이 ᄂᆞ려와 곡됴(曲調)를 마쵸아 춤춘다.' ᄒᆞ더니 죡해(足下ㅣ) 아니 그 사ᄅᆞᆷ인가? 죵셕519)의 칼히 비록 년진(延津)520)의 무쳐시나 그 빗츨 금초디 못ᄒᆞ니 만ᄉᆡᆼ(晚生)이 ᄒᆞᆫ번(-番) 범안(凡眼)521)의 보매 얼골 풍ᄎᆡ(風采) 텬디건곤(天地乾坤)의 쳥명지긔(淸明之氣)를 졈득(占得)522)ᄒᆞ야시니 그 ᄂᆡᄌᆡ(內在) 용샹(庸常)523)티 아닌 줄 아랏거니와 이대도록 ᄒᆞᆫ믄 의외(意外)라. 일노조차 만ᄉᆡᆼ

---

517) 죵왕(鍾王): 종왕. 종요(鍾繇)와 왕희지(王羲之). 종요는 중국 삼국시대 위(魏)나라의 대신·서예가(151~230). 자는 원상(元常). 조조를 도운 공으로 위나라 건국 후 태위(太尉)가 됨. 해서(楷書)에 뛰어나 후세에 종법(鍾法)으로 일컬어짐. 왕희지는 중국 동진(東晉)의 서예가(307~365)로 자는 일소(逸少)이고 우군 장군(右軍將軍)을 지냈으며 해서·행서·초서의 3체를 예술적 완성의 영역까지 끌어올려 서성(書聖)이라고 불림.

518) 니두(李杜): 이두. 이백(李白, 701~762)과 두보(杜甫, 712~770). 모두 중국 성당(盛唐) 때의 시인. 중국의 최고 시인들로 꼽히며 이백은 시선(詩仙)으로, 두보는 시성(詩聖)으로 칭하여짐.

519) 죵셕: 종석. 사람의 이름으로 보이나 미상임.

520) 년진(延津): 연진. 연평진(延平津). 명검인 용천검(龍泉劍)과 태아검(太阿劍)이 빠진 것으로 전해지는 나루. 『진서(晉書)』, <장화열전(張華列傳)>.

521) 범안(凡眼): 평범한 사람의 안목.

522) 졈득(占得): 점득. 차지하여 얻음.

523) 용샹(庸常): 용상. 용렬하고 평범함.

(晩生)이 채524)를 잡아 셤525)기믈 원(願)ᄒᆞᄂᆞ니 죡해(足下 ㅣ) 능히(能-) 용납(容納)ᄒᆞᆯ다?"

싱(生)이 공슈(拱手)ᄒᆞ야 샤례(謝禮) 왈(曰),

"쳔(賤)ᄒᆞᆫ 아히(兒孩) 대인(大人)의 ᄌᆡ삼(再三) 권면(勸勉)526)ᄒᆞ시믈 져ᄇᆞ리디 못ᄒᆞ야 두어 귀(句) 운(韻) 지으미 ᄌᆞ못 쳔박(淺薄)ᄒᆞ거ᄂᆞᆯ 대인(大人)이 숑듁(松竹) ᄀᆞᆺᄐᆞᆫ 긔샹(氣像)으로 한원(翰苑)527) 딕각(臺閣)528)과 ᄌᆞ렬(宰列) 춍ᄌᆡ(冢宰)529)를 ᄃᆞ니야 수풀 ᄀᆞᄐᆞᆫ 흑ᄉᆞ(學士) 가온ᄃᆡ 쇼싱(小生)만 ᄒᆞᆫ 용녈(庸劣)ᄒᆞᆫ 위인(爲人)이 업슬 거시라 이대도록 과찬(過讚)530)ᄒᆞ샤

··

109면

체면(體面)을 손샹(損傷)ᄒᆞ시ᄂᆞ니잇고?"

샹셰(尚書 ㅣ) 다시음 일ᄏᆞᄅᆞ며 글오ᄃᆡ,

"만싱(晩生)이 비록 인믈(人物)의 근신(謹愼)531)ᄒᆞ미 업스나 브졀업슨 일의 죡하(足下)를 소기리오? 호인(豪人)은 ᄒᆞᆫ 말을 베프고 지긔(知己) 샹합(相合)ᄒᆞᆫ다 ᄒᆞ거늘 죡해(足下 ㅣ) 이러틋 너기니 아니

---

524) 채: [교] 원문에는 '쩌'로 되어 있으나 오기로 보이므로 규장각본(1:84)을 따름.

525) 셤: [교] 원문에는 '셔'로 되어 있으나 문맥을 고려하여 규장각본(1:84)을 따름.

526) 권면(勸勉): 알아듣도록 권하고 격려하여 힘쓰게 함.

527) 한원(翰苑): 한림원(翰林院)의 별칭. 당나라 초에 설치되어 명나라 때에는 저작(著作), 사서 편수, 도서 등의 사무를 맡아 함. 여기에서는 조정을 이름.

528) 딕각(臺閣): 대각. 원래 한나라 때 상서(尚書)의 칭호였으나, 후세에 또한 태학사를 칭하는 말로 쓰임. 여기에서는 대신(大臣)의 의미로 쓰임.

529) 춍ᄌᆡ(冢宰): 총재. 상서(尚書)를 이름.

530) 과찬(過讚): 지나치게 칭찬함.

531) 근신(謹愼): 삼감.

늣게 너기미냐? 만싱(晚生)이 비록 흑문(學問)이 너르디 못호고 의긔
(義氣) 젼샹국(田相國)532)의 밋디 못호나 그러나 현ᄉ(賢士) ᄉ랑ᄒ
ᄂ 무음은 무챵(武昌)의 셕(石)533)이 되리니 힝혀(幸-) 죡하(足下)ᄂ
슬피라."

인(因)ᄒ야 동ᄌ(童子)ᄅ 블러 본부(本府)의 가 차과(茶菓)ᄅ 가져
오라 ᄒ니 미긔(未幾)534)예 여러535) 동ᄌ(童子ㅣ) 머리ᄅ 고이 ᄲ고
다 각각(各各) 프른 오ᄉ 닙어 셩찬호쥬(盛饌好酒)536)ᄅ 메여 와 알
픽 일시(一時)의 버리니 샹셰(尙書ㅣ) ᄀᆯ오딕,

"마츰 집이 갓갑고 ᄡ 술이 닉어시매 이에 가져다가 의졍(誼
情)537)을 만분(萬分)의 ᄒ나히나 표(表)코져 ᄒᄂ

∴

110면

니 죡하(足下)ᄂ 믈니치디 말라."

싱(生)이 손샤(遜辭) 왈(曰),

---

532) 젼샹국(田相國): 전상국. 중국 전국시대 제(齊)나라와 위(魏)나라 재상을 지낸 전문(田文, ?∼
   B.C.279)을 이름. 진(秦)나라에 가 상국(相國) 벼슬을 했으므로 이와 같이 불림. 아버지 전영
   (田嬰)의 봉지를 이어받아 설(薛) 땅의 제후가 되었으므로 설공(薛公)이라 칭해짐. 시호는 맹
   상군(孟嘗君)으로 조(趙)나라 평원군 조승(趙勝), 위(魏)나라 신릉군 무기(無忌), 초(楚)나라 춘
   신군 황헐(黃歇)과 함께 전국사공자(戰國四公子)로 불림. 빈객을 좋아하여 귀천을 가리지 않
   고 불러들여 빈객이 3천 명까지 있었음. 계명구도(鷄鳴狗盜)와 교토삼굴(狡兎三窟) 고사의 주
   인공. 사마천(司馬遷), 『사기(史記)』, <맹상군열전(孟嘗君列傳)>.
533) 무챵(武昌)의 셕(石): 무창의 석. 망부석(望夫石)을 이름. 중국 무창 지방에서 멀리 간 남편을
   산에서 기다리다 돌이 되었다는 여인의 고사에서 유래함.
534) 미긔(未幾): 미기. 동안이 얼마 오래지 아니함.
535) 예 여러: [교] 원문에는 '애러'에 먹으로 지운 표시가 있고 이 글자들 뒤에 '러'가 써 있으나
   의미를 명확히 하기 위해 규장각본(1:85)을 따름.
536) 셩찬호쥬(盛饌好酒): 성찬호주. 풍성하게 잘 차린 음식과 좋은 술.
537) 의졍(誼情): 의정. 호의와 정.

"대인(大人)이 져근 아히(兒孩)를 이러툿 후딕(厚待)ᄒ시니 ᄒ믈며 산듕(山中) 초식(草食)을 년명(延命)ᄒ던 빅속(輩屬)538)이 어이 ᄉ양(辭讓)ᄒ리잇가?"

셜파(說罷)의 쥬빅(酒杯)를 나호여 디엿 잔(盞)을 거후르니 옥면(玉面)의 븕은 긔운이 ᄀ득이 오르니 이 졍(正)히 왕모궁(王母宮)539) 도화(桃花) 일(一) 쳔540)(千) 졈(點)이 븕엇ᄂ 듯, 별 ᄀ튼 눈찌 잠간(暫間) ᄂ죽ᄒ고 망건(網巾)이 잠간(暫間) 기울매 졀승(絕勝)ᄒ 풍신(風神)이 이목(耳目)을 놀닉고 발월호상(發越豪爽)541)한 긔운이 삼츈(三春) 양뉘(楊柳ㅣ) 휘듯ᄂ 듯ᄒ니 양 공(公)이 더욱 ᄉ랑ᄒ믈 이긔디 못ᄒ야 칭찬(稱讚) 왈(曰),

"넷날 반악(潘岳)542)이 곱기로 유명(有名)ᄒ나 엇디 그딕과 갓트리오? 아디 못게라, 금년(今年)이 몃치나 ᄒ며 취쳐(娶妻)를 ᄒ얏ᄂ냐?"

ᄉᆼ(生)이 공슈(拱手) 딕왈(對曰),

"쳔(賤)ᄒ 나히 헛도이 십뉵(十六) 셰(歲)를 디닉엿고 취쳐(娶妻)

ᄂ 못 ᄒ엿ᄂ이다."

---

538) 빅속(輩屬): 배속. 무리.

539) 왕모궁(王母宮): 왕모가 사는 궁. 왕모(王母)는 요지(瑤池)에 산다는 서왕모(西王母)를 가리킴. 서왕모는 『산해경(山海經)』에서는 곤륜산에 사는 인면(人面)·호치(虎齒)·표미(豹尾)의 신인(神人)이라고 하나, 일반적으로는 불사(不死)의 약을 가지고 있는 아름다운 선녀로 전해짐.

540) 쳔: [교] 원문에는 '참'으로 되어 있으나 오기로 보이므로 규장각본(1:85)을 따름.

541) 발월호상(發越豪爽): 발월호상. 용모가 깨끗하고 훤칠하며 호탕하고 시원시원함.

542) 반악(潘岳): 중국 서진(西晉)의 문인(247~300)으로 자는 안인(安仁). 하남성(河南省) 중모(中牟) 출생. 용모가 아름다워 낙양의 길에 나가면 여자들이 몰려와 그를 향해 과일을 던졌다는 고사가 있음.

양 공(公)이 슷쳐 므르딕,

"피츠(彼此ㅣ) 반일(半日) 슈작(酬酌)의 심교(心交)의 비최니 아디 못게라, 뎌런 풍도(風度) 긔골(氣骨)노 엇던 녀즈(女子)를 마즈려 ᄒ관딕 약관(弱冠)이 넘도록 홍ᄉ(紅絲)543)를 믜자미 업ᄂᆞ뇨?"

싱(生)이 취흥(醉興)이 비양(飛揚)ᄒ야 웃고 딕왈(對曰),

"가인(佳人)은 직ᄉ(才士)의 호귀(好逑ㅣ)니 쇼싱(小生)이 블민(不敏)ᄒᆷ믄 싱각디 못ᄒ고 문왕(文王)의 을프신 글귀(-句)544)를 싱각ᄒᆞ이다."

공(公)이 쇼왈(笑曰),

"족하(足下)의 말이 성쟈(聖者)의 말이어니와 니른바 슉녀(淑女)ᄂᆞᆫ 딕(代)마다 쉽디 아니ᄒ니 져컨딕 ᄯᆺ긋디 못홀가 두리노라."

싱(生)이 딕왈(對曰),

"대인(大人) 말ᄉᆷ도 유리(有理)ᄒ시나 텬해(天下ㅣ) 너르니 쇼싱(小生)을 위(爲)ᄒᆫ ᄒᆫ 낫 슉녜(淑女ㅣ) 업스리잇가?"

이러틋 말ᄒ더니 ᄇᆞᆯ셔 낙일(落日)이 셔산(西山)의 ᄂᆞ리고 옥퇴(玉兎ㅣ)545) 동녕(東嶺)의 비최며 셔늘ᄒᆫ ᄇᆞ람이 ᄆᆡ이 부니 공(公) 왈(曰),

"집이 누추(陋醜)ᄒ나 족해(足下ㅣ)

---

543) 홍ᄉ(紅絲): 홍사. 붉은 실이라는 뜻으로 부부의 인연을 맺는 것을 말함. 월하노인(月下老人)이 포대에 붉은 끈을 가지고 다녔는데 그가 이 끈으로 혼인의 인연이 있는 남녀의 손발을 묶으면 그 남녀는 혼인할 운명에서 벗어나지 못한다고 함. 중국 당나라의 이복언(李復言)이 지은 『속현괴록(續玄怪錄)』에 나오는 이야기.

544) 문왕(文王)의~글귀(-句): 문왕이 읊으신 글귀. 『시경(詩經)』, <관저(關雎)>를 이름.

545) 옥퇴(玉兎ㅣ): 옥토끼. 옥토끼가 산다는 달을 이름.

뎡(定)흔 쥬인(主人)546)이 업손가 시브니 잠간(暫間) 한가지로 가미 엇더뇨?”

싱(生)이 수양(辭讓)티 아니코 공(公)을 쭐와 십여(十餘) 보(步)는 가니 큰 집이 길흘 님(臨)ᄒ야 크기 궁궐(宮闕) ᄀ더라. 샹셰(尚書) 져근 초당(草堂)의 니르러 좌(坐)ᄒ고 동ᄌ(童子)를 블러 셕식(夕食)을 올547)니라 ᄒ야 싱(生)을 권(勸)ᄒ고 글오디,

“만싱(晚生)이 마춤 병(病)이 잇고 두 ᄌ식(子息)이 경수(京師)의 이시니 뫼셔 자디 못ᄒ믈 흔(恨)ᄒ노라.”

인(因)ᄒ야 다엿 동ᄌ(童子)를 명(命)ᄒ야 뫼시라 ᄒ고 안ᄒ로 드러가더라.

원니(元來) 양 공(公)은 본됴인(本朝人)이라. 조년등과(무年登科)548)ᄒ야 벼슬이 직녈(宰列)의 올랏더니, 경태(景泰)549) 즉위(卽位)흔 후(後) 인(印)550)을 ᄇ리고 이곳의 도라와 복거(卜居)551)ᄒ야 갈건포의(葛巾布衣)552)로 흐린 술과 산ᄂᆞ믈(山--)을 키야 스스로 즐기

---

546) 쥬인(主人): 주인. 잠시 머물 곳.

547) 올: [교] 원문에는 '올'로 되어 있으나 오기로 보이므로 규장각본(1:87)을 따름.

548) 조년등과(무年登科): 어린 나이에 과거에 급제함.

549) 경태(景泰): 중국 명나라 제7대 황제인 대종(代宗)의 연호(1449~1457). 이름은 주기옥(朱祁鈺). 제5대 황제인 선종(宣宗) 선덕제(宣德帝, 1425~1435)의 아들이며 제6대 황제인 영종(英宗) 정통제(正統帝, 1435~1449)의 이복아우임. 1449년에 오이라트족의 침략으로 정통제가 직접 친정을 나가 포로로 잡힌, 이른바 토목(土木)의 변(變)으로, 황제로 추대됨. 정통제가 풀려나 돌아온 뒤에도 황위를 물려주지 않다가 정통제를 옹립하려는 세력이 일으킨 정변으로 폐위되고 폐위된 지 한 달 후에 급사함.

550) 인(印): 관직의 표시로 차고 다니던 쇠나 돌로 된 조각물.

551) 복거(卜居): 살 만한 곳을 가려서 정함.

552) 갈건포의(葛巾布衣): 갈포(葛布)로 만든 두건과 베옷.

더니 황샹(皇上)553)이 즉위(卽位)ᄒᆞ신 후(後) 니부샹셔(吏部尙書)를
승탁(陞擢)554)ᄒᆞ시니 양 공(公)이 소(疏)를

. .

113면

올녀 ᄉᆞ양(辭讓)타가 못 ᄒᆞ야 경ᄉᆞ(京師)의 니르러 샤은(謝恩)ᄒᆞ고
졔555)ᄎᆞ(第次)556)를 보아 믈너가고져 ᄒᆞ니 승샹(丞相) 니(李) 공
(公)이 힘뼈 막아 됴뎡(朝廷)의 직신(直臣)이 업ᄉᆞ니 벼슬을 ᄇᆞ리
디 못할 줄 기유(開諭)ᄒᆞ니 양 공(公)이 그 지셩(至誠)을 보고 쏘
튱셩(忠誠)이 지극(至極)ᄒᆞ므로 잠간(暫間) 말미ᄒᆞ믈 고(告)ᄒᆞ고
ᄂᆞ려와 가권(家眷)557)을 드리고 왓다 ᄒᆞ더라.

이ᄌᆞ이녜(二子二女ㅣ) 이시니 댱ᄌᆞ(長子) 텰과 ᄎᆞᄌᆞ(次子) 션이 다
등과(登科)ᄒᆞ야 한님혹ᄉᆞ(翰林學士)로 경ᄉᆞ(京師)의 잇고 댱녀(長女)
요화ᄂᆞᆫ 션ᄇᆡ 두싱의 쳬(妻ㅣ) 되고 ᄎᆞ녀(次女) 난화 쇼졔(小姐ㅣ) 년
(年)이 십오(十五) 셰(歲)의 니르니, 셜부옥골(雪膚玉骨)558)이 표연
(飄然)559)이 진셰(塵世)560) 사ᄅᆞᆷ이 아냐 옥경(玉京) 션ᄌᆡ(仙子ㅣ) 하
강(下降)홈 ᄀᆞᆺ투니 이 굿투여 고은 거시 아니라 ᄌᆞ연(自然)ᄒᆞᆫ 안식
(顔色)이 쳥공(靑空) 소월(素月)과 향슈(香水) 옥년(玉蓮) ᄀᆞᆺ투여 범

---

553) 황샹(皇上): 황상. 복위한 영종(英宗)을 이름. 영종은 복위해 천순(天順, 1457~1464) 연호
   를 씀.

554) 승탁(陞擢): 승진시켜 발탁함.

555) 졔: [교] 원문에는 '셰'로 되어 있으나 문맥을 고려해 규장각본(1:87)을 따름.

556) 졔ᄎᆞ(第次): 제차. 차례.

557) 가권(家眷): 호주나 가구주에게 딸린 식구.

558) 셜부옥골(雪膚玉骨): 설부옥골. 눈처럼 하얀 피부와 옥처럼 매끈한 골격.

559) 표연(飄然): 가뿐한 바람에 나부끼는 모양이 가벼움.

560) 진셰(塵世): 진세. 속세.

연(凡然)호 미식(美色)으로 비(比)티 못호며 셩힝(性行)이 빙쳥(氷淸)[561] ▽트여 옥(玉)의 틔 이시믈 우

으니 양 공(公)이 크게 ᄉ랑호야 십(十) 셰(歲) 너므며브터 ▽튼 ᄬᆼ(雙)을 구(求)호디 일(一) 인(人)도 눈의 드ᄂ니 업스니 미양 탄왈(歎曰),

"ᄌ고(自古)로 홍안(紅顔)이 박명(薄命)호다 호니 너의 고은 식(色)이 팔ᄌ(八字)의 해(害)로올가 호노라."

호더라.

공(公)이 경ᄉ(京師)의 가니 공ᄌ(公子) 셰문을 보고 ᄌ못 유의(留意)호디 그 위인(爲人)이 너모 ᄎ고 됴됴(躁躁)[562]호믈 어려이 너기고 쇼져(小姐)의 ᄒᆞ 히 아래믈 혐의(嫌疑)[563]호더니,

당초(當初) 화 부인(夫人)[564]이 남챵(南昌)의 이실 적 어려셔 보고 긔특(奇特)이 너겨 부마(駙馬)긔 고(告)호니 부매(駙馬ㅣ) 양 공(公)의 쳥망(淸望)[565]호믈 됴히 너기ᄂ 고(故)로 구친(求親)[566]호니 양 공(公)이 공쥬(公主) 며ᄂ리 되여 위의(威儀) 톄〃[567](棣棣)[568]호며

---

561) 빙쳥(氷淸): 빙청. 얼음처럼 맑음.

562) 됴됴(躁躁): 조조. 성질 따위가 몹시 조급함.

563) 혐의(嫌疑): 꺼리고 미워함.

564) 화 부인(夫人): 이몽현의 동생 이몽상의 아내.

565) 쳥망(淸望): 청망. 명망이 맑고 높음.

566) 구친(求親): 혼인하기를 청함.

567) 톄〃: [교] 원문에는 '태태'로 되어 있으나 문맥을 고려하여 규장각본(1:89)을 따름.

568) 톄〃(棣棣): 체체. 위의(威義)가 성함.

궁인(宮人)이 복수(服事)569)ᄒᆞ믈 괴로이 너겨 뎡혼(定婚)ᄒᆞᆫ 딕 이시믈 칭탁(稱託)570)ᄒᆞ고,

이리 ᄂᆞ려와 등왕각(滕王閣)은 텬하(天下) 직ᄌᆞ(才子) 못ᄂᆞᆫ 고지므로 날마다 분분(紛紛)이 가셔 왕ᄂᆡ(往來)ᄒᆞᄂᆞᆫ 쇼년(少年)을 보딕 일(一) 인(人)도 얼골

· ● ●

115면

과 경인(驚人)571)ᄒᆞᆯ 직죄(才操ㅣ) 업스니 ᄆᆞᄋᆞᆷ의 ᄌᆞ못 즐기디 아냐,

일일(一日)은 술을572) 췌(醉)ᄒᆞ고 녀ᄋᆞ(女兒)를 블러 알픽 안치고 ᄀᆞᆯ오딕,

"녀ᄌᆞ(女子ㅣ) 사ᄅᆞᆷ을 조차 편(便)히 살믜 열의 ᄒᆞ나히니 네 혹(或) 어려온 싀집(媤-)의 드러가 ᄆᆞᄋᆞᆷ을 허비(虛費)ᄒᆞᆯ딘대 네 즉금(即今) 얼골이 업스리니 노뷔(老父ㅣ) 서어(鉏鋙)573)ᄒᆞᆫ 직조(才操)로 그려 민멸(泯滅)티 아니ᄒᆞ리라."

ᄒᆞ고 치화(彩畫) 믁(墨)을 농난(濃爛)574)이 ᄀᆞ라 쇼져(小姐)의 얼골을 그리니 호발(毫髮)도 다ᄅᆞ디 아닌디라. 쇼졔(小姐ㅣ) ᄭᅮ러 샤례(謝禮)ᄒᆞ고 ᄀᆞᆯ오딕,

"야얘(爺爺ㅣ) 어린 ᄌᆞ식(子息)을 과(過)히 ᄉᆞ랑ᄒᆞ시믄 감은(感恩)

---

569) 복수(服事): 복사. 좇아서 섬김.

570) 칭탁(稱託): 사정이 어떠하다고 핑계를 댐.

571) 경인(驚人): 사람을 놀라게 함.

572) 을: [교] 원문에는 이 부분이 먹물에 지워져 보이지 않아 규장각본(1:89)을 참고해 보충함.

573) 서어(鉏鋙): 익숙하지 아니하여 서름서름함.

574) 농난(濃爛): 농란. 짙음.

ᄒᆞ오나 이 그림을 외인(外人)이 볼 쟉시면 됴티 아닐가 ᄒᆞᄂᆞ이다.”

공(公)이 쇼왈(笑曰),

“부듕(府中)이 깁흐니 뉘 드러오리오575)?”

드듸여 ᄌᆞ가(自家) ᄌᆞᄂᆞ 방(房)의 거러 두고 시시(時時)로 ᄇᆞ라보고 차탄(嗟歎)ᄒᆞ더니,

셔동(書童) 춘희 겨유 열 ᄉᆞᆯ이라. 그 고으믈 보고 ᄒᆞᆫ번(-番) ᄌᆞ시 보고져

· ●●

116면

ᄒᆞ여 일일(一日)은 양 공(公)이 간 째를 타 도적(盜賊)ᄒᆞ야 가지고 밧긔 와 보더니 홀연(忽然) 제 어미 급(急)히 부르니 무심(無心)코 노하 ᄇᆞ리고 드러갓다가 나오니 족ᄌᆞ(簇子ㅣ) 업ᄂᆞᆫ이다. 크게 놀라 문딕(門直)ᄃᆞ려 무르니 문딕(門直)이 놀나 왈(曰),

“닉 앗가 자다가 ᄭᆡ니 엇던 걸인(乞人)이 족ᄌᆞ(簇子) ᄀᆞᆺᄐᆞᆫ 거슬 들고 알플 디나ᄃᆡ 안히 드러가 ᄂᆡ여 온 줄은 ᄉᆡᆼ각디 못ᄒᆞ고 와 급(急)히 ᄶᆞᆯ오ᄃᆡ 간 곳을 모를너라.”

춘희, 초조(焦燥)ᄒᆞ야 죽기로 마련ᄒᆞ더니 양 공(公)이 도라와 그 그림 업ᄉᆞᄆᆞᆯ 보고 대경(大驚)ᄒᆞ여 춘희를 블러 므르니 춘희 크게 울고 ᄯᅥᆯ며 곡절(曲折)을 ᄌᆞ시 고(告)ᄒᆞ니 공(公)이 어히업서 ᄎᆡᆨ(責)디 아니ᄒᆞ고 문딕이(門直-)를 블러 잡사름(雜--) 드려 보닉믈 즁ᄎᆡᆨ(重責)ᄒᆞ고 그 걸인(乞人)을 어디 드리라 ᄒᆞᆫ 후(後), ᄆᆞᄋᆞᆷ의 ᄀᆞ장 뉘우쳐 아모

---

575) 오: [교] 원문에는 ‘고’로 되어 있으나 의미를 명확히 하기 위해 규장각본(1:89)을 따름.

손의 가 써러지믈 아디 못ᄒ야 근본(根本) 쁜 줄을 더옥 후회(後悔)ᄒ며 쇼져(小姐)ᄂ 만심(萬心)이 다 측(測)⁵⁷⁶⁾ᄒ야 식음(食飮)을 믈리치고 번뇌(煩惱)ᄒ믈 마디아니ᄒ더라.

---

576) 측(測): 망측. 정상적인 상태에서 어그러져 어이가 없거나 차마 보기가 어려움.

니시셰딕록(李氏世代錄) 권지이(卷之二)

∙∙

1면

어시(於時)의 양 공(公)이 등왕각(滕王閣)의 갓다가 니싱(李生)을 만나 그 풍신지화(風神才華)[1]를 흠익(欽愛)[2]하여 드리고 집의 와 긱실(客室)의 머므르고 드러와 부인(夫人) 윤 시(氏)를 딕(對)ᄒ여 굴오딕,

"난화의 용모(容貌)를 텬하(天下)의 딕(對)ᄒ리 업슬가 ᄒ더니 오늘 우연(偶然)이 일(一) 개(個) 유싱(儒生)을 등왕각(滕王閣)의셔 만나니 얼골은 반악(潘岳)[3]을 녹녹(錄錄)[4]히 너기고 글은 니청년(李靑蓮),[5] 왕ᄌ안[6](王子安)[7]의 디나며 ᄒ믈며 골격(骨格)이 비샹(非常)ᄒ야 댱닉(將來) 큰 그릇시 되리니 ᄎ인(此人)을 ᄇᆞ리고 눌노써 난화의 빅필(配匹)을 삼으리오? 이제야 닉 녀익(女兒ㅣ) 다복(多福)ᄒ믈

---

1) 풍신지화(風神才華): 풍신재화. 풍채와 재주.

2) 흠익(欽愛); 흠애. 흠모하며 사랑함.

3) 반악(潘岳): 중국 서진(西晉)의 문인(247~300)으로 자는 안인(安仁), 하남성(河南省) 중모(中牟) 출생. 용모가 아름다워 낙양의 길에 나가면 여자들이 몰려와 그를 향해 과일을 던졌다는 고사가 있음.

4) 녹녹(錄錄): 녹록. 평범하고 보잘것없음.

5) 니청년(李靑蓮): 이청련. 이백(李白, 701~762)을 말함. 청련은 이백의 호. 자는 태백(太白). 젊어서 여러 나라에 만유(漫遊)하고, 뒤에 출사(出仕)하였으나 안녹산의 난으로 유배되는 등 불우한 만년을 보냄. 칠언절구에 특히 뛰어났으며, 이별과 자연을 제재로 한 작품을 많이 남겼음. 시성(詩聖) 두보(杜甫)에 대하여 시선(詩仙)으로 칭하여짐.

6) 안: [교] 원문에는 '진'으로 되어 있으나 문맥을 고려하여 규장각본(2:1)을 따름.

7) 왕ᄌ안(王子安); 왕자안. 중국 당(唐)나라의 문학가(650 또는 649~676)인 왕발(王勃)을 이름. 자안(子安)은 그의 자(字). 양형(楊炯), 노조린(盧照鄰), 낙빈왕(駱賓王)과 함께 초당사걸(初唐四杰) 중의 한 명으로 불림. 대표작으로 <등왕각서(滕王閣序)>가 있음.

알과라.”

부인(夫人)이 크게 깃거 딕왈(對曰),

“이 말숨 굿틀딘딕 첩(妾)이 보디 아녀 그 긔특(奇特)ᄒ믈 알거니와 셩명(姓名)이 므어시며 혼ᄉ(婚事)를 뇌뎡(牢定)[8]ᄒ시니잇가?”

공(公) 왈(曰).

“아

••

2면

직 발셜(發說)티 아녓거니와 ᄯᅩ 엇디 ᄇ리리오?”

언미필(言未畢)의 시녜(侍女ㅣ) 보왈(報曰),

“밧긔 그림 가져간 걸인(乞人)을 잡아 딕령(待令)ᄒ엿ᄂ이다.”

공(公)이 즉시 셔헌(書軒)의 안고 기인(其人)을 미야 꿀니고 둔 딕를 무르니 기인(其人)이 썰며 딕왈(對曰),

“쇼인(小人)이 갓다가 쇼년(少年)을 만나 노새 우희셔 금돈(金-)을 주고 사 가시니 오히려 남은 금돈(金-)이 더러 줌치[9] 속의 잇ᄂ이다.”

공(公)이 즉시(卽時) 하리(下吏)를 분부(分付)ᄒ여 드리고 든니며 그 셔싱(書生)을 ᄎ자오라 ᄒ다.

이째 흥문이 양부(-府) 초당(草堂)의셔 밤을 디닐ᄉ 촉하(燭下)의셔 다시 미인도(美人圖)를 펴 보니 가지록 오치(五彩) 찬난(燦爛)ᄒ여 고으미 ᄡᅡᆼ(雙)이 업거늘 혼자 차탄(嗟歎)[10] 왈(曰),

---

8) 뇌뎡(牢定): 뇌정. 자리를 잡아서 확실하게 정함.
9) 줌치: 주머니.

"어느 곳의 양 시(氏) 녀진(女子ㅣ) 이셔 진랑(才郞)의 마음을 괴롭게 하느뇨?"

홀연(忽然) 시흥(詩興)이 발(發)하야 부슬 드러 족진(簇子)¹¹⁾의 두어 슈(首)를 쓰고 음영(吟詠)하며 차탄(嗟歎)하믈 마디아니하더니,

평명(平明)¹²⁾의 양 공(公)이

‥

3면

나와 웃고 왈(曰),

"귀긱(貴客)이 필연(必然) 뇨적(寥寂)¹³⁾한 딕셔 밤을 디닉시니 무류(無聊)¹⁴⁾호노다."

한가지로 안자 말하며 됴식(朝食)을 파(罷)하니 공(公) 왈(曰),

"닉 즈쇼(自少)로 바독 두기를 됴히 너기더니 족하(足下)로 더브러 승부(勝負)를 닷토고져 하노라."

싱(生)이 샤례(謝禮) 왈(曰),

"쇼싱(小生)이 본딕(本-) 이런 일의 능(能)티 못하나 존명(尊命)이 계시니 삼가 밧들리이다."

공(公)이 깃거 동진(童子)로 판(板)을 가져오라 하고 우연(偶然)이 눈을 드러 보니 싱(生)의 겨틱 족진(簇子) 일(一) 복(幅)이 노혓거늘 의심(疑心)하야 무르딕,

---

10) 차탄(嗟歎): 단식하고 한탄함.

11) 족진(簇子): 족자. 그림이나 글씨 따위를 벽에 걸거나 말아 둘 수 있도록 양 끝에 가름대를 대고 표구한 물건.

12) 평명(平明): 해가 뜨는 시각. 또는 해가 돋아 밝아질 때.

13) 뇨적(寥寂): 요적. 고요하고 적적함.

14) 무류(無聊): 무료. 흥미 있는 일이 없어 심심하고 지루함.

"죡하(足下)의 힝듕(行中)15)의 어인 죡직(簇子ㅣ) 잇느뇨?"

싱(生)이 딕왈(對曰),

"마춤 셔울 가 줄 사름이 이셔 가져가느이다."

공(公) 왈(曰),

"ᄒᆞ번(-番) 보고져 ᄒᆞ노라."

싱(生)이 츄ᄉᆞ(推辭)16) 왈(曰),

"구틔여 볼 거시 업느이다."

공(公)이 더옥 의려(疑慮)17)ᄒᆞ딕 강청(强請)하미 슈상(殊常)ᄒᆞ야 팀음(沈吟)18)ᄒᆞᆯ ᄉᆞ이의 동직(童子ㅣ) 홍빅(紅白) 바독과 판(板)을 가져왓거늘 공(公)이 싱(生)으

· ·

4면

로 더브러 작판(作板)19)ᄒᆞ니 홍문이 옥쉬(玉手ㅣ) 브람의 브티ᄂᆞᆫ 듯ᄒᆞ야 슌식(瞬息) ᄉᆞ이의 대텹(大捷)20)ᄒᆞ니 공(公)이 크게 칭찬(稱讚) 왈(曰),

"죡해(足下ㅣ) 일21)마다 이러틋 긔특(奇特)ᄒᆞ니 고금(古今)의 업ᄉᆞᆫ 위인(爲人)이로다."

언미필(言未畢)의 그 걸인(乞人)이 알픠 와 울며 ᄀᆞᆯ오딕,

---

15) 힝듕(行中): 행중. 행낭(行囊) 속.

16) 츄ᄉᆞ(推辭): 추사. 물러나며 사양함.

17) 의려(疑慮): 의심하고 염려함.

18) 팀음(沈吟): 침음. 속으로 깊이 생각함.

19) 작판(作板): 판을 벌임.

20) 대텹(大捷): 대첩. 크게 이김.

21) 일: [교] 원문에는 이 뒤에 '일'이 더 있으나 부연으로 보아 삭제함.

"이제 쵹주(簇子) 사 간 슈주(秀才)를 두로 므릭니 등왕각(滕王閣)으로 가다 흥딕 죵시(終是) 엇디 못흥니 쇼인(小人)을 이제ᄂᆞᆫ 죽이쇼셔."

공(公)이 팀음(沈吟)ᄒᆞ여 니싱(李生)을 보더니 기인(其人)이 공주(公子)를 치미러보다가 손벽 쳐 쮜노라 왈(曰),

"뎌 슈ᄌᆡ(秀才) 그 쵹주(簇子)를 사더니 엇디 다ᄒᆡᆼ(多幸)이 이에 잇ᄂᆞᆫ뇨? 슈주(秀才)의 은주(銀子)를 쇼인(小人)이 다 녹여 먹어시니 슈ᄌᆡ(秀才) 대주대비(大慈大悲)ᄒᆞ셔 그 쵹자(簇子)를 노야(老爺)긔 드리시면 쇼인(小人)이 사라날가 ᄒᆞᄂᆞ이다."

공ᄌᆡ(公子ㅣ) 미쇼(微笑)ᄒᆞ고 머리를 숙이거늘 양 공(公)이 문왈(問曰),

"쳔인(賤人)의 말이 밋브든 아니나 진실로(眞實-) 쵹해(足下ㅣ) 아ᄅᆞ미 잇ᄂᆞ냐?"

싱(生)이 공슈(拱手)22) 디왈(對曰),

"과연(果然) 쟉일(昨日)

• •

5면

뎌 걸인(乞人)이 ᄒᆞᆫ 낫 쵹주(簇子)를 풀거늘 쇼싱(小生)이 본즉 방외(房外) 남주(男子)의 가질 거시 아니로ᄃᆡ ᄒᆡᆼᄒᆡ(幸-) 협ᄉᆞ(俠士)23)의 손의 가 ᄶᅥ러딜가 일단(一端) 앗기ᄂᆞᆫ 쯧이 이셔 듕가(重價)24)를

---

22) 공슈(拱手): 공수. 절을 하거나 웃어른을 모실 때, 두 손을 앞으로 모아 포개어 잡음. 또는 그 런 자세.

23) 협ᄉᆞ(俠士): 협사. 호방한 선비.

24) 듕가(重價): 중가. 비싼 값.

주고 삿더니 츌체(出處ㅣ) 대강(大綱) 존부(尊府) 긔믈(奇物)이라
소이다."

공(公)이 깃거 티경(致慶)[25]ᄒᆞ야 글오ᄃᆡ,

"족ᄌᆞ(簇子) 일(一) 복(幅)이 블관(不關)[26]ᄒᆞᄃᆡ 시러금 외방(外方)
의 ᄂᆡ여 노흘 거시 아니라. 갑술 건넬 거시니 그 족ᄌᆞ(簇子)를 ᄒᆞᆨᄉᆡᆼ
(學生)을 주어 엇더뇨?"

ᄉᆡᆼ(生)이 샤례(謝禮) 왈(曰),

"대인(大人)이 엇디 쇼ᄉᆡᆼ(小生)을 이러틋 녹녹(錄錄)히 너기시ᄂᆞ니
잇고? ᄒᆞᆫ믈며 쇼ᄉᆡᆼ(小生)의게ᄂᆞᆫ 브졀업고 귀ᄐᆡᆨ(貴宅)의ᄂᆞᆫ 관듕(關
重)[27]ᄒᆞᆫ가 시브니 쾌(快)히 도라보ᄂᆡᄂᆞ이다."

셜파(說罷)의 ᄡᅡᆼ슈(雙手)로 밧드러 드리니 공(公)이 흔연(欣然)이
웃고 기인(其人)을 샹(賞) 주어 보ᄂᆡ고 족ᄌᆞ(簇子)를 가지고 ᄂᆡ당(內
堂)의 드러가 쇼져(小姐)를 블너 그림을 주고 글오ᄃᆡ,

"ᄂᆡ 당초(當初) 브졀업시 ᄒᆞ야 이거슬 일흐니 ᄆᆞᄋᆞᆷ의 심(甚)히

6면

측(惻)ᄒᆞ더니 다ᄒᆡᆼ(多幸)이 외인(外人)의게 뎐파(傳播)티 아니코
니랑(李郎)의 손으로조차 어드니 엇디 깃브디 아니리오?"

쇼졔(小姐ㅣ) ᄆᆞᆨ연(默然) 빈샤(拜謝)ᄒᆞ니 공(公)이 다시 펴 보아 안
ᄉᆡᆨ(顏色)을 칭샹(稱賞)[28]ᄒᆞ더니 ᄎᆞᆾ히 ᄀᆞᄂᆞᆯ게 뼈시ᄃᆡ,

---

25) 티경(致慶): 치경. 경사스럽게 여김.
26) 블관(不關): 불관. 중요하지 않음.
27) 관듕(關重): 관중. 중요함.
28) 칭샹(稱賞): 칭상. 칭찬함.

'목난(木蘭)과 홍년(紅蓮)이 고으믈 니르디 말라. 미인(美人)의 고
으미 ᄭᅩᆺ과 들이 무싴(無色)ᄒ도다. 그림 가온대 헛되이 말홀 길히 업
고 비록 고으나 ᄆᆞᄎᆞᄂᆡ 헛거시로다. 어ᄂᆞ 곳의 이러ᄐᆞᆺ ᄒᆞᆫ 진뫼(才貌
ㅣ) ᄀᆞᄌᆞᆫ 슉녜(淑女ㅣ) 이셔 나의 ᄆᆞ음을 놀너ᄂᆞ뇨? 월하(月下)로 홍
ᄉ(紅絲)를 믹ᄌᆞ믜29) 이시면 ᄆᆞᄎᆞᄂᆡ 니ᄌᆞ(李子)의 빅(百) 년(年) 호귀
(好逑ㅣ)30) 될넌가. 도듕(途中)의셔 그림을 사믜 텬연(天緣)이 잇ᄂᆞᆫ
ᄃᆞᆺᄒᆞ나 가히(可-) 거울 속 그림ᄌᆞ ᄀᆞᆺ도다.'

ᄒᆞᄋᆞᆻ더라.

공이 보기를 뭇고 팀음(沈吟)ᄒᆞ더니 부인(夫人)ᄃᆞ려 왈(曰),

"니ᄌᆞ(李子)의 긔샹(氣像)이 이러

ᄐᆞᆺ 범남(氾濫)31)ᄒᆞ니 타일(他日)이 근심 되나 셜워32) 결혼(結婚)ᄒᆞ
리라."

부인(夫人) 왈(曰),

"그러티 아니ᄒᆞ이다. 어ᄂᆞ 남ᄌᆞ(男子ㅣ) 난화 ᄀᆞᆮᄐᆞᆫ 싴(色)을 보
고 무심(無心)ᄒᆞ리오? 이 가히(可-) ᄯᅴ와 칙망(責望)티 못홀가 ᄒᆞᄂᆞ
이다."

---

29) 월하(月下)로~믹ᄌᆞ믜; 월하로 홍사를 맺음이. 월하노인으로 붉은 실을 맺음이. 부부의 인연을
　　맺는 것을 이름. 월하노인(月下老人)이 포대에 붉은 끈을 가지고 다녔는데 그가 이 끈으로 혼
　　인의 인연이 있는 남녀의 손발을 묶으면 그 남녀는 혼인할 운명에서 벗어나지 못한다고 함.
　　중국 당나라의 이복언(李復言)이 지은 『속현괴록(續玄怪錄)』에 나오는 이야기.

30) 호귀(好逑ㅣ): 좋은 짝.

31) 범남(氾濫): 범람. 제 분수에 넘침.

32) 셜워: 수습하여.

공(公)이 웃고 밧긔 나와 싱(生)으로 더브러 말ᄒ더니 이에 무르되,

"앗가 족ᄌ(簇子)의 족해(足下ㅣ) 휘필(揮筆)흔 시귀(詩句)를 보니 직죄(才操ㅣ) 아름답고 ᄉ에(辭語ㅣ) 풍아(風雅)33)의 조목(條目)이 되얌 죽ᄒ니 만싱(晚生)이 위(爲)ᄒ야 듕미(仲媒) 되여 족하(足下)의 원(願)을 좃고져 ᄒᄂ니 가히(可-) 엇더ᄒᄂ뇨?"

싱(生)이 미우(眉宇)34)의 미(微)흔 우음을 씌여 손을 곳고 되왈(對曰),

"미친 광싱(狂生)이 그림 가온대 션아(仙娥)를 보고 능히(能-) 참디 못ᄒ야 무심듕(無心中) 더러온 글귀(-句)를 쓰고 능히(能-) 창졸(倉卒)35)의 업시티 못ᄒ야 대인(大人)이 구버슬피시믈 보니 블승참괴(不勝慙愧)36)ᄒ이다. 다만 근본(根本)이 하인(何人)이완되 대인(大人)이 이런 쉬온 말ᄉᆷ을 ᄒ시ᄂ니잇가?"

공(公)이 쇼왈(笑曰),

"슉

∴

8면

녀(淑女)를 ᄉ모(思慕)ᄒ믄 군ᄌ(君子)의 녜ᄉ(例事ㅣ)오, 족하(足下)의 쟉시(作詩)ᄒ믄 이 곳 쇼년(少年)의 샹ᄉ(常事ㅣ)니 엇디 쓸와 허믈ᄒ리오? 그림 가온되 녀ᄌ(女子)는 곳 만싱(晚生)의 져근ᄌ식(--子息)이라. 좀ᄌ식(-子息)37)이 이신들 또 엇디 족하(足下)의

---

33) 풍아(風雅): 민요와 아악이라는 뜻으로 『시경(詩經)』을 말함. 『시경』이 크게 풍(風), 아(雅), 송(頌)으로 나뉜 데서 유래함. 풍(風)은 민요, 아(雅)는 궁중 음악인 아악, 송(頌)은 제사 음악임.

34) 미우(眉宇): 이마의 눈썹 근처.

35) 창졸(倉卒): 미처 어찌할 사이 없이 매우 급작스러움.

36) 블승참괴(不勝慙愧): 불승참괴. 부끄러움을 이기지 못함.

37) 좀ᄌ식(-子息): 좀자식. 좀스러운 자식이라는 뜻으로 자기 자식을 낮추어 부르는 말.

고안(高眼)의 들기 쉬오리오마는 죡하(足下)의 작시(作詩)를 보매 거의 그 뜻을 짐쟉(斟酌)홀 거시오, 만싱(晚生)이 모음의 그딕를 ᄉᆞ랑ᄒᆞ연 디 오래니 녀ᄋᆞ(女兒)를 밧드러 군(君)의게 속현(續絃)[38] ᄒᆞᄂᆞ니 놉흔 뜻이 엇더뇨?"

싱(生)이 ᄎᆞ언(此言)을 드ᄅᆞ매 깃브미 심듕(心中)의 ᄀᆞ득ᄒᆞ여 년망(連忙)이 샤례(謝禮) 왈(曰),

"딕인(大人)이 쇼싱(小生) ᄀᆞ튼 미몰(埋沒)흔 풍도(風度)[39]를 보시고 규리(閨裏) 옥녀(玉女)로 허(許)코져 ᄒᆞ시니 손복(損福)[40]홀가 두릴디언뎡 엇디 틱명(台命)[41]을 밧드디 아니ᄒᆞ리잇고마는 우흐로 부뫼(父母ㅣ) 계시니 쇼싱(小生)이 ᄌᆞ젼(自專)[42]티 못ᄒᆞᄂᆞ이다."

공(公) 왈(曰),

"원ᄂᆡ(元來) 영친(令親)[43] 휘ᄌᆞ(諱字ㅣ)[44] 무어시냐?"

싱(生)이 유유(儒儒)[45]ᄒᆞ다가 딕

••

9면

왈(對曰),

"휘ᄌᆞ(諱字)는 문졍공(--公) 등(等) 일홈과 ᄀᆞ트시고 즉금(卽今) 금

---

38) 속현(續絃): 속현. 거문고와 비파의 끊어진 줄을 다시 잇는다는 뜻으로, 아내를 여읜 뒤에 다시 새 아내를 맞는 일을 비유적으로 이르는 말. 여기에서는 아내를 맞아들임을 뜻함.

39) 풍도(風度): 풍채와 태도.

40) 손복(損福): 복이 없어짐.

41) 틱명(台命): 태명. 지체 높은 사람의 명령.

42) ᄌᆞ젼(自專): 자전. 자기 마음대로 결정하여 처리함.

43) 영친(令親): 상대의 아버지를 높여 부르는 말.

44) 휘ᄌᆞ(諱字ㅣ): 휘자. 돌아가신 어른이나 높은 어른의 이름자.

45) 유유(儒儒): 모든 일에 딱 잘라 결정을 내리지 못하고 어물어물한 데가 있음.

쥐(錦州) 계시니이다."

공(公) 왈(曰),

"그럴진대 쟝챗(將次ㅅ) 엇디코져 ᄒᄂ뇨?"

싱(生)이 ᄀ마니 싱각ᄒ되,

'닉 임의 고(告)티 아니코 나오미 죄(罪)를 닙을 거시니 이리ᄒ나 뎌리ᄒ나 ᄒ 번(番) 맛기는 ᄒ가지라. 일시(一時) 슈칙(受責)⁴⁶⁾은 관계(關係)티 아니ᄒ고 닉 죵신딕ᄉ(終身大事)⁴⁷⁾를 ᄎ마 그런 흉믈(凶物)을 짝ᄒ리오? 임의 취쳐(娶妻)ᄒ 후는 부모(父母)도 다시 노가(-家)를 뉴렴(留念)티 못ᄒ시리니 쾌(快)히 취(娶)ᄒ미 묘(妙)타.'

ᄒ고 이에 딕왈(對曰),

"가친(家親)이 과연(果然) 님힝(臨行)의 ᄒ시되 경ᄉ(京師)의 가 니(李) 승상(丞相)긔 뵈고 너비 구혼(求婚)ᄒ야 아름다온 쳐직(處子ㅣ) 잇거든 임의(任意)로 취(娶)ᄒ라 ᄒ야 계시니 쇼싱(小生)이 듕도(中途)의 와 대인(大人)의 후은(厚恩)을 닙ᄉ오믄 싱각디 아니ᄒ온 배라. 가친(家親) 명(命)이 그러ᄒ시고 대인(大人)이 이러틋 쇼ᄌ(小子)를 권권(拳拳)⁴⁸⁾이 이휼(愛恤)⁴⁹⁾ᄒ시니 그 명(命)을 역(逆)

· ·

10면

ᄒ미 가(可)티 아닌디라 권도(權道)⁵⁰⁾로 존명(尊命)을 밧들고져 ᄒ

---

46) 슈칙(受責): 수책. 책망을 들음.

47) 죵신딕ᄉ(終身大事): 종신대사. 평생에 관계되는 큰일이라는 뜻으로, '결혼'을 이르는 말.

48) 권권(拳拳): 참된 마음으로 정성스럽게 지키는 모양.

49) 이휼(愛恤): 애휼. 불쌍히 여기어 은혜를 베풂.

50) 권도(權道): 목적 달성을 위하여 그때그때의 형편에 따라 임기응변으로 일을 처리하는 방도.

ᄂᆞ이다.”

공(公)이 크게 깃거 왈(曰),

“군(君)의 쾌단(快斷)51)ᄒᆞ미 여ᄎᆞ(如此)ᄒᆞ니 희ᄒᆡᆼ(喜幸)ᄒᆞᆷ을 이긔디 못ᄒᆞᄂᆞ니 만ᄉᆡ(萬事ㅣ) 됴흔 일이 마댱(魔障)52)이 만ᄒᆞ니 긔특(奇特)ᄒᆞᆫ 조각을 일티 말고 ᄲᆞᆯ리 길일(吉日)을 ᄐᆡᆨ(擇)ᄒᆞ야 ᄃᆡ례(大禮)를 일우미 엇더뇨?”

ᄉᆡᆼ(生)이 흔연(欣然)이 허락(許諾)ᄒᆞ니 공(公)이 깃브믈 이긔디 못ᄒᆞ야 즉시(卽時) ᄐᆡᆨ일(擇日)ᄒᆞ고 ᄀᆞᆯ오ᄃᆡ,

“군(君)이 긱탁(客託)53)의 기친 거시 업ᄉᆞ리니 ᄂᆡ 집의셔 빙녜(聘禮)54)를 출히리라.”

ᄉᆡᆼ(生)이 주머니를 만뎌 어드며 웃고 ᄃᆡ왈(對曰),

“어려신 적 우연(偶然)이 ᄌᆞ친(慈親)55) 쟝념(粧奩)56)의 거슬 가졋더니 지금(只今)ᄭᆞ디 이에 머므러시니 일노ᄡᅥ 녜단(禮單)57)을 삼으미 됴토소이다.”

셜파(說罷)의 옥져비(玉--) ᄒᆞᆫ ᄲᅡᆼ(雙)을 ᄂᆡ여 노ᄒᆞ니 공(公)이 보고 더옥 깃거 왈(曰),

“ᄎᆞ믈(此物)이 비록 져그나 본(本)은 듕(重)ᄒᆞᆫ 보비니 더옥 엇디 못ᄒᆞᆯ 긔

---

51) 쾌단(快斷): 시원스레 처단함.

52) 마댱(魔障): 마장. 귀신의 장난이라는 뜻으로, 일의 진행에 나타나는 뜻밖의 방해나 헤살을 이르는 말.

53) 긱탁(客託): 객탁. 집 밖에서 지냄.

54) 빙녜(聘禮): 빙례. 빙채(聘采)의 예의. 빙채는 빙물(聘物)과 채단(采緞)으로, 빙물은 결혼할 때 신랑이 신부의 친정에 주던 재물이고, 채단은 신랑 집에서 신부 집으로 미리 보내는 푸른색과 붉은색의 비단임.

55) ᄌᆞ친(慈親): 자친. 남에게 자기 어머니를 높여 이르는 말.

56) 쟝념(粧奩): 장렴. 몸을 치장하는 데 쓰는 갖가지 물건.

57) 녜단(禮單): 예단. 예물을 적은 단자(單子).

봉(奇逢)이로다."

드디여 혼구(婚具)를 출혀 길일(吉日)이 다드르니, 싱(生)이 햐쳐(下處)를 잡아 길복(吉服)을 닙고 양부(-府)의 니르러 뎐안(奠雁)[58]을 못고 닉당(內堂)의 드러가 교비(交拜)를 못츤 후 동방(洞房)의 니르니, 포진(鋪陳)[59]이 화려(華麗)ᄒ야 거디(居地) 부셩(富盛)[60]ᄒ믈 죡(足)히 알니러라.

수플 ᄀᆞᆺᄐᆞᆫ 시녜(侍女ㅣ) 별이 흐르며 가야미 뭉긔듯이 홍쵹(紅燭)을 붉히고 쇼져(小姐)를 붓드러 좌(座)의 니르니 싱(生)이 니러 마자 좌(座)를 밀매 시녜(侍女ㅣ) 다 믈너나고 홀노 냥인(兩人)이 쵹하(燭下)의 디(對)ᄒ야시니 일(一) 쌍(雙) 명월(明月)이 쩌러진 듯, 고은 광치(光彩) 휘황(輝煌)ᄒ며 녕농(玲瓏)ᄒ야 셔긔(瑞氣)[61] 어린 듯ᄒ니 샹셔(尙書)와 부인(夫人)이 ᄀᆞ마니 여어보고 두굿기믈 이긔디 못ᄒ더라.

싱(生)이 눈을 드러 신부(新婦)를 보매 그림 가온디 얼골도 채 형용(形容)티 못ᄒ엿ᄂᆞᆫ디라. 싱(生)이 놀나고 의심(疑心)ᄒ야 쏘 요힝(僥倖)ᄒ믈 이

---

58) 뎐안(奠雁): 전안. 혼인 때 신랑이 신부 집에 기러기를 가져가서 상위에 놓고 절하는 예.

59) 포진(鋪陳): 바닥에 깔아 놓는 방석, 요, 돗자리 따위를 통틀어 이르는 말.

60) 부셩(富盛): 부성. 크고 성함.

61) 셔긔(瑞氣): 서기. 상서로운 기운.

괴디 못ᄒ니 눈을 ᄌ로 드러 보고 미우(眉宇)의 영농(玲瓏)ᄒ 화긔
(和氣) 니러나니 쾌락(快樂)ᄒ 풍신(風神)이 표표(飄飄)[62]히 학우
(鶴羽) 신션(神仙) ᄀᆺ더라.

야심(夜深)ᄒ매 댱(帳)을 디우고 의ᄃᆡ(衣帶)ᄅᆞᆯ 글너 침금(寢衾)의
나아가며 양 시(氏)의 견고(堅固)ᄒᄆᆞᆯ 슬피려 ᄒ야 투목(投目)[63]으로
보니 쇼졔(小姐ㅣ) 박힌 ᄃᆞ시 안자 냥목(兩目)이 ᄀᆞᆷ은 듯ᄒ고 숨소ᄅᆡ
도 업ᄉ니 싱(生)이 반밤(半-)이 되도록 고요히 보더니 그 ᄒᆡᆼᄉᆞ(行事)
ᄅᆞᆯ 긔특(奇特)이 너겨 가연이[64] 나아가 안셔(安舒)[65]이 붓드러 상
(牀)의 오르니 쇼졔(小姐ㅣ) 만면(滿面)의 홍광(紅光)이 취디(聚之)[66]
ᄒ여 ᄆᆞ음이 썰니ᄂᆞᆫ 듯ᄒ니 운신(運身)티 못ᄒ거ᄂᆞᆯ 싱(生)이 ᄀᆞ마니
다래여 글오ᄃᆡ,

"빅(百) 년(年)을 ᄒᆞᆫᄃᆡ 이실 거시니 무어시 두리워 이러ᄐᆞᆺ 슈습(收
拾)ᄒᄂᆞ뇨?"

인(因)ᄒ야 친근(親近)ᄒ고 금슬지락(琴瑟之樂)[67]을 일우니 쇼졔
(小姐ㅣ) 실로(實-) 셰쇽(世俗) 녀ᄌᆞ(女子)의 것ᄎ로 슈괴(羞愧)ᄒ미
아냐 본셩(本性)이 부부(夫婦) 은졍(恩情)을 모ᄅᆞᄂᆞᆫ디라 싱(生)의 닐

---

62) 표표(飄飄): 가볍게 날아오르는 모양.

63) 투목(投目): 눈길을 던짐.

64) 가연이: 선뜻.

65) 안셔(安舒): 안서. 편안하고 조용함.

66) 취디(聚之): 취지. 모임.

67) 금슬지락(琴瑟之樂): 부부 관계를 이루는 즐거움. 금과 슬은 악기의 이름으로 서로 잘 어울리
므로, 부부의 화락을 이 악기들로 비유하는 경우가 있음. 『시경(詩經)』, <관저(關雎)>.

압(昵狎)[68]호믈 놀나기를 마디아냐 졍신(精神)을 슈습(收拾)디 못
호거늘 싱(生)이 더옥 어엿비 너겨 위로 왈(曰),

"이러호믄 텬디(天地) 이후(以後)로 덧덧호니 직(子])엇디 아디
못호리오?"

이러툿 권면(勸勉)호며 진듕(珍重)호야 밤이 져르믈 흔(恨)호더라.

명일(明日) 부뷔(夫婦]) 소셰(梳洗)를 뭇고 빵빵(雙雙)이 드러와
양 공(公) 부쳐(夫妻)긔 문안(問安)호니 샹셰(尙書]) 크게 두굿겨 냥
(兩) 슬하(膝下)의 가로안치고 등을 두드리고 글오딕,

"오늘날 녀ᄋ(女兒)의 텬뎡호구(天定好逑)[69]를 뎡(定)호니 깃브믈
이긔여 어딕 비(比)호리오? 현셔(賢壻)는 ᄆᆞᄎᆞ녀 조강(糟糠)의 졍
(情)[70]을 오로디호라."

싱(生)이 흔연(欣然)[71] 빅샤(拜謝)호더라.

싱(生)이 이날 져므도록 샹셔(尙書)를 뫼셔 바독도 두며 글도 지어
희쇼(喜笑)호미 일딕호걸(一代豪傑)[72]이라 샹셰(尙書]) 더옥 듕(重)
히 너기고 ᄉᆞ랑호야 만ᄉ(萬事)를 다 닛더라.

ᄎᆞ야(此夜)의 침쇼(寢所)의 드러가니 쇼졔(小姐]) 셔안(書案)의
디혓다가 니러 마즈니 셤외(纖腰])[73] 것

---

68) 닐압(昵狎): 일압. 친근하게 대하며 태도가 가벼움.

69) 텬뎡호구(天定好逑): 천정호구. 하늘이 정해 준 좋은 짝.

70) 조강(糟糠)의 졍(情): 조강의 정. 아내와 함께 술찌게미를 먹고 살 정도로 가난하게 살 때의 정.

71) 흔연(欣然): 기뻐하는 모양.

72) 일딕호걸(一代豪傑): 일대호걸. 당대에 이름을 날린 호걸.

73) 셤외(纖腰]): 섬요. 가냘픈 허리라는 뜻으로, 허리가 늘씬한 미인을 비유적으로 이르는 말.

거딜 둣ᄒ고 풍되(風度) 실듕(室中)의 ᄇᆡ이니 싱(生)이 ᄉᆡ로이 놀나 쵹(燭)을 드러 쇼져(小姐) 겨ᄐᆡ 노코 ᄌᆞ시 보매 긔골(氣骨)이 더옥 긔특(奇特)ᄒ더라 ᄆᆞᄋᆞᆷ이 어린 듯ᄒ야 냥구(良久)히 보다가 블너안ᄌᆞ며 닐오ᄃᆡ,

"너모 일쪽 자미 ᄒᆡᆼ실(行實)의 휴손(虧損)74)ᄒ니 닉『녜긔(禮記)』를 슬피고져 ᄒᆞᄂᆞ니 그ᄃᆡ 블을 드러 셔안(書案) 머리에 노흐라."

쇼제(小姐ㅣ) 븟그려 응(應)티 아니ᄒᆞ거늘 두어 번(番) 지쵹ᄒ니 마디못ᄒ야 쵹(燭)을 가져와 알픠 니ᄅᆞ거늘, 싱(生)이 그 안셔(安舒)ᄒᆞᆫ 거디(擧止)를 더옥 긔이(奇異)히 너겨 믄득 그 옥슈(玉手)를 잡아 좌(座)를 나오고 블빗치 ᄌᆞ시 보고 므ᄅᆞᄃᆡ,

"그ᄃᆡ 긔골(氣骨)이 이러툿 약(弱)ᄒ니 아모커나 니ᄅᆞ라. 나히 몃 치나 ᄒᆞ뇨?"

쇼제(小姐ㅣ) ᄂᆞᆺ빗치 변(變)ᄒ야 답(答)디 못ᄒᆞ거늘, 싱(生)이 졍ᄉᆡᆨ(正色) 왈(曰),

"닉 ᄯᅩ 사ᄅᆞᆷ이니 그ᄃᆡ 눈의 흑싱(學生)이 사ᄅᆞᆷ ᄀᆞ디 아냐 뵈ᄂᆞ냐?"

쇼제(小姐ㅣ) 옥면(玉面)이 블거 유유(儒儒)ᄒ기를

오래 ᄒᆞ다가 날호여 되왈(對曰),

---

74) 휴손(虧損): 기준에 미치지 못함.

"첩(妾)이 십오(十五) 셴(歲ㄴ) 줄 군짓(君子ㅣ) 엇지 모르시리잇가?"

싱(生)이 그 옥셩(玉聲)이 낭낭(朗朗)ᄒᆞ믈 더옥 혹(惑)ᄒᆞ여 웃고 므
르듸,

"닉 또 드러시나 금일(今日) 그듸 손을 보건듸 ᄀᆞ늘기 뉴(類)다
르고 ᄆᆞᆰ기 어름 ᄀᆞᄐᆞ니 나흘 혜아리건듸 샹반(相反)ᄒᆞ미 고이(怪
異)토다."

쇼제(小姐ㅣ) 감히(敢-) 답(答)디 못ᄒᆞ더라. 싱(生)이 또 문왈(問曰),

"그듸 잇다감 ᄂᆞᆺ치 블근 긔운이 오르니 신샹(身上)의 므슴 병(病)
이 잇ᄂᆞ냐? 혹싱(學生)을 듸(對)하여 니르미 해(害)롭디 아니니라."

쇼제(小姐ㅣ) 더옥 민망(憫惘)ᄒᆞ야 말을 못 ᄒᆞ거늘 싱(生)이 보채
여 ᄌᆡ삼(再三) 무른듸 계유 듸왈(對曰),

"쳥년(靑年)의 므슨 병(病)이 이시리잇가? 본듸(本-) 존빈(尊賓)을
뫼셔 말ᄉᆞᆷᄒᆞ미 업스므로 그러ᄒᆞᆫ가 시브이다."

싱(生)이 쇼왈(笑曰),

"첫 말은 올커니와 닉 그듸의게 손이 아냐 친(親)ᄒᆞ미 그듸 부모
(父母)의셔 더ᄒᆞ니 ᄀᆞ장 그릇 아랏

· ·

16면

도다. 녀ᄌᆞ(女子ㅣ) 지아비를 듸(對)ᄒᆞ매 ᄉᆞ쉭(辭色)이 변(變)ᄒᆞ미
가(可)티 아니ᄒᆞ니 그듸 일즉 『녜긔(禮記)』를 넑디 아냣도다."

쇼제(小姐ㅣ) 손샤(遜謝)[75] 왈(曰),

"텬셩(天性)이 우졸(愚拙)[76]ᄒᆞ야 아디 못ᄒᆞ엿더니 ᄇᆞᆰ히 ᄀᆞᄅᆞ치시

---

75) 손샤(遜謝): 손사. 겸손하게 사양함.

믈 밧들ᄂᆞ이다."

이윽고 유뫼(乳母ㅣ) 야찬(夜餐)을 밧드러 냥인(兩人)의 압픠 ᄂᆞ호니 ᄉᆡᆼ(生)이 져(箸)를 드러 햐져(下箸)ᄒᆞ며 쇼져(小姐)를 향(向)ᄒᆞ야 권(勸)ᄒᆞ야 ᄀᆞᆯ오ᄃᆡ,

"ᄉᆡᆼ(生)의 이시미 관겨(關係)티 아니ᄒᆞ니 모ᄅᆞ미 먹으라."

쇼제(小姐ㅣ) ᄃᆡ왈(對曰),

"본ᄃᆡ(本-) 음식(飮食)이 실티 아니ᄃᆡ 군ᄌᆞ(君子)긔 나오매 녜(禮)를 츌혀 가져와시나 셕식(夕食)을 ᄀᆞᆺ ᄒᆞ여시니 먹을 틈이 업ᄂᆞ이다."

ᄉᆡᆼ(生)이 쇼왈(笑曰),

"비록 셕식(夕食)을 ᄀᆞᆺ ᄒᆞ여신들 가ᄇᆞ야온 과실(果實)이야 못 먹으리오? 이ᄂᆞᆫ 츄ᄉᆞ(推辭)[77]ᄒᆞ미라. 날이 새기의 니ᄅᆞ도록 그ᄃᆡ 먹ᄂᆞᆫ 양(樣)을 보고 상(床)을 닉리라."

쇼제(小姐ㅣ) 민망(憫惘)ᄒᆞ여 마디못ᄒᆞ야 옥슈(玉手)로 두어 낫츨

••

17면

집어 입의 녀ᄒᆞ니 블근 입 ᄉᆞ이로 흰 니 잇다감 비최매 졀세[78](絕世)ᄒᆞᆫ 거동(擧動)이 만고(萬古)를 의논(議論)ᄒᆞ나 방블(彷彿)ᄒᆞ니 업더라. ᄉᆡᆼ(生)이 어린 ᄃᆞ시 우럴며 견권(繾綣)[79]ᄒᆞᆫ ᄯᅳᆺ이 안ᄉᆡᆨ(顔色)의 나타나니 윤 부인(夫人)과 유뫼(乳母ㅣ) 서로 ᄀᆞᄅᆞ쳐 이련(愛戀)[80]ᄒᆞᄆᆞᆯ 이긔디 못ᄒᆞ더라. ᄉᆡᆼ(生)이 상(床)을 믈니고 쇼져(小

---

76) 우졸(愚拙): 어리석고 졸렬함.

77) 츄ᄉᆞ(推辭): 추사. 물러나며 사양함.

78) 세: [교] 원문에는 '쇄'로 되어 있으나 오기로 보임. 참고로 규장각본(2:14)에도 '쇄'로 되어 있음.

79) 견권(繾綣): 생각하는 정이 두터움.

姐)를 잇그러 상상(牀上)의 나아가니 새로온 은익(恩愛) 비길 딕 업더라.

싱(生)이 십여(十餘) 일(日)을 이에 이셔 쇼져(小姐)로 연낙(宴樂)[81]ᄒ매 노가(-家) 길일(吉日)이 임의 디나시믈 짐쟉(斟酌)ᄒ고 양공(公)긔 하딕(下直)ᄒ믈 고(告)ᄒ니, 공(公)이 놀나 왈(曰),

"군(君)이 경ᄉ(京師)로 가려 ᄒ면 닉 수일(數日) 후(後) 거가(車駕)[82]를 츌혀 경ᄉ(京師)로 가려 ᄒᄂ니 ᄒᆫ가지로 가미 엇더뇨?"

싱(生)이 딕왈(對曰),

"당쵸(當初) 경ᄉ(京師)로 가 니(李) 승샹(丞相)긔 뵈고 취쳐(娶妻)ᄒ려 ᄒ더니 이제 취실(娶室)ᄒ엿고 ᄯ 드릭니 니(李) 승샹(丞相)이 츌졍(出征)[83]ᄒ엿다 ᄒ니 도로 금쥐(錦州)로 가 니(李)

· ·

18면

공(公)이 도라온 후(後) 경ᄉ(京師)로 가려 ᄒᄂ이다."

공(公)이 ᄀ장 결연(缺然)[84]ᄒ나 ᄯ 능히(能-) 만뉴(挽留)티 못ᄒ야 손을 ᄂᆞᄒᆞᆯᄉᆡ 공(公) 왈(曰),

"현셰(賢壻ㅣ) 이번(-番) 금쥐(錦州)로 가 훗슌(後巡)[85] 경ᄉ(京師)로 갈 제 녕친(令親)을 뫼시고 가려 ᄒᄂ다?"

---

80) 익련(愛戀): 애련. 사랑함.

81) 연낙(宴樂): 연락. 잔치하며 즐김.

82) 거가(車駕): 원래 임금이 타던 수레를 뜻하나 여기에서는 일반적인 수레의 의미로 쓰임.

83) 츌졍(出征): 출정. 싸움터에 나감.

84) 결연(缺然): 비어 있는 듯한 모양.

85) 훗슌(後巡): 후순. 다음번.

싱(生)이 디왈(對曰),

"그리홀소이다."

공(公)이 셔간(書簡)을 뻐 주고 지삼(再三) 년년(戀戀)ᄒ더라.

침소(寢所)의 니ᄅ러 쇼져(小姐)로 더브러 니별(離別)홀시 싱(生)이 옥슈(玉手)ᄅᆯ 잡아 무양(無恙)[86]ᄒ믈 당부(當付)ᄒ고 닐오ᄃᆡ,

"신졍(新情)이 비록 차아(嗟訝)[87]ᄒ나 니별(離別)이 오라디 아니리니 그ᄃᆡᄂᆞᆫ 싱(生)을 념녀(念慮) 말고 방신(芳身)[88]을 보듕(保重)ᄒ라."

쇼졔(小姐ㅣ) 손샤(遜謝)ᄒ고 유랑(乳娘)이 여러 벌 오슬 봉(封)ᄒ야 온대 싱(生) 왈(曰),

"너 ᄆᆞᆯ이 ᄒ로 쳔(千) 니(里)ᄅᆯ 가니 여러 것 가져가 브졀업고 너 집이 빈군(貧窘)[89]티 아니ᄒ니 먼 길히 슈고로이 가져가리오?"

드듸여 쇼져(小姐)ᄅᆯ 향(向)ᄒ야 읍(揖)ᄒ고 나와 윤 부인(夫人)긔 하

. .

19면

딕(下直)ᄒ니 부인(夫人)이 ᄌᆞ못 쩌나믈 앗기더라.

양 공(公)이 여러 노복(奴僕)을 명(命)ᄒ야 뫼셔 가라 ᄒ니 싱(生)이 ᄃ리고 오(五) 리(里)ᄂᆞᆫ 가다가 닐오ᄃᆡ,

"너 ᄆᆞᆯ이 ᄲᆞ른 거름을 너히 밋디 못홀 거시니 갓다가 죠용이 ᄎᆞ자 오라."

---

86) 무양(無恙): 몸에 병이나 탈이 없음.

87) 차아(嗟訝): 슬프고 놀라움.

88) 방신(芳身): 꽃다운 몸이라는 뜻으로, 귀하고 아름다운 여자의 몸을 높여 이르는 말.

89) 빈군(貧窘): 가난하고 궁함.

호고 채룰 쳐 경소(京師)의 니르니,

급(急)히 돌녀오므로 정신(精神)이 갓브믈 이긔디 못호야 모친(母親)이 죄(罪)룰 주실 줄 혜아리매 쉬여 닙고져 호야 フ만니 텰부(-府)의 니르러 믹져(妹姐)룰 보니 쇼졔(小姐ㅣ) 놀라 왈(曰),

"아이 어딕룰 고(告)티 아니코 갓던다?"

공직(公子ㅣ) 딕왈(對曰),

"노가(-家) 녀ᄌ(女子)룰 통회(痛駭)호매 남ᄉ(濫事ㅣ)[90] 되믈 모ᄅ미 아니로딕 ᄎ마 죵신대ᄉ(終身大事)룰 그릇게 못호야 거쳐(去處) 업시 갓더니 혜아리니 길긔(吉期) 디나실디라 드러오과이다."

쇼졔(小姐ㅣ) 졍ᄉ(正色) 왈(曰),

"군직(君子ㅣ) 되야 ᄉ(色)을 남으라고 부뫼(父母ㅣ) 계시믈 아디 못호야 힝젹(行蹟)이 표

 ●●

20면

홀(飆忽)[91]호니 이 무슴 도리(道理)뇨? 네 노가(-家) 길긔(吉期)룰 이번(-番)의 피(避)호야 가므로 못될가 너기ᄂ냐? 이 진짓 연쟉(燕雀)[92]이 챠일딕(遮日臺)[93]의 집 디어 오라디[94] 아니홀 줄 모름과 ᄀ도다. 녀직(女子ㅣ) ᄉ(色)이 업스나 덕(德)이 귀(貴)호니 너의 이번(-番) 죄(罪) 등한(等閑)혼 죄(罪) 아니라 부뫼(父母ㅣ) 너룰 어

---

90) 남ᄉ(濫事ㅣ): 남사. 외람한 일.

91) 표홀(飆忽): 표홀. 홀연히 나타났다 사라지는 모양이 빠름.

92) 연쟉(燕雀): 연작. 제비와 참새를 아울러 이르는 말.

93) 챠일딕(遮日臺): 차일대. 해를 가린 누대.

94) 디: [교] 원문에는 '다'로 되어 있으나 문맥을 고려하여 규장각본(2:16)을 따름.

이 용납(容納)ᄒ시리오?"

공ᄌᆡ(公子ㅣ) 쇼왈(笑曰),

"져져(姐姐)ᄂᆞᆫ 녀ᄌᆡ(女子ㅣ)오, 형(兄)이 용뫼(容貌ㅣ) 미여관옥(美如冠玉)[95]이라도 ᄯᅳᆺ의 맛디 아니ᄒ여 그 조ᄎᆞᆫ 후(後) 언어(言語) 샹통(相通)을 지금(至今) 아니며 쇼뎨(小弟)ᄅᆞᆯ 칙(責)ᄒ시ᄂᆞ냐? 니문(李門)이 ᄌᆡ취(再娶)ᄅᆞᆯ 허(許)티 아니ᄒ고 ᄯᅩ 그런 망녕(妄靈)의 거슬 어더 쇼뎨(小弟) 긴 날의 괴로오믈 어이 견ᄃᆡ리오? 져져(姐姐)ᄂᆞᆫ 노녀(-女)ᄅᆞᆯ 보디 아녀 계시니 말ᄉᆞᆷ이 쾌(快)ᄒ거니와 그 흉뫼(凶貌ㅣ) 괴악(怪惡)[96]ᄒᆞᆯ 분 아냐 형샹(形狀)이 여ᄎᆞ여ᄎᆞ(如此如此)ᄒ니 ᄎᆞ마 목도(目睹)[97]ᄒ고 어드리오?"

텰ᄉᆡᆼ(-生)이 쇼왈(笑曰),

"셩보의 말이 진실로(眞實-) 딕언(直言)이

로다. 네 누의 괴망(怪妄)[98]ᄒ미 너를 올타 ᄒᆞᆯ가 너기ᄂᆞ냐? 지금(只今)ᄀᆞ디 그 말ᄒᆞᆷ믈 나ᄂᆞᆫ 듯디 못ᄒ니 잇다감 분뇌(忿怒ㅣ) 격발(激發)[99]ᄒ되 악모(岳母)의 ᄂᆞᆺ츨 보와 머므러 두엇노라."

쇼졔(小姐ㅣ) 졍ᄉᆡᆨ(正色)고 다시 ᄉᆡᆼ(生)ᄃᆞ려 왈(曰),

"현뎨(賢弟) 임의 와실 쟉시면 궁(宮)으로 가디 아니ᄒ고 이에 몬

---

95) 미여관옥(美如冠玉): 아름답기가 관옥(冠玉)과 같음. 관옥은 관(冠)의 앞을 꾸미는 옥으로 남자의 아름다운 얼굴을 비유적으로 이르는 말.

96) 괴악(怪惡): 괴이하고 모짊.

97) 목도(目睹): 눈으로 직접 봄.

98) 괴망(怪妄): 괴이하고 망령됨.

99) 격발(激發): 기쁨이나 분노 따위의 감정이 격렬히 일어남.

져 오믄 엇디뇨?"

공지(公子ㅣ) 되왈(對曰),

"실노(實-) 져져(姐姐)를 긔이디 아니누니 존당(尊堂)의 엄(嚴)ᄒ시미 쇼뎨(小弟)를 보시는 날은 듕댱(重杖)[100]을 더으실디라. 쇼뎨(小弟) 일싱(一生) 귀골(貴骨)로 노염(老炎)[101]을 당(當)ᄒ야 뽈니 길히 둘녀오니 몸이 곤(困)ᄒ믈 이긔디 못ᄒ야 ᄒ로밤 쉬여 죄(罪)를 닙고져 ᄒ누이다."

쇼졔(小姐ㅣ) 왈(曰),

"네 임의 ᄉ긋가이 알딘대 듕죄(重罪)를 어이 저즐리오? 모친(母親)의 셩덕(盛德)이 너의게 이저디믈 흔(恨)ᄒ노라."

공지(公子ㅣ) 쇼왈(笑曰),

"쇼뎨(小弟)는 블효(不肖)ᄒ미 져져(姐姐) 말ᄉ 굿거니와

22면

모친(母親) 뒤흘 이어 니시(李氏) 대종(大宗) 밧들 사름이 잇더이다."

쇼졔(小姐ㅣ) 경아(驚訝)[102]ᄒ야 문왈(問曰),

"네 아니 문정 슉부(叔父)의 힝ᄉ(行事)를 힝(行)ᄒ냐?"

싱(生)이 쇼이디왈(笑而對曰),

"희롱(戲弄)이로소이다. 쇼뎨(小弟) 어듸 가 안해를 어드리오?"

인(因)ᄒ야 셕식(夕食)을 어더먹고 ᄀ마니 샹부(相府)의 니ᄅ러 셔

---

100) 듕댱(重杖): 중장. 몹시 치던 장형(杖刑).

101) 노염(老炎): 늦더위.

102) 경아(驚訝): 놀라고 의아해함.

당(書堂)의 드러가니 셰문이 셩문, 긔문, 듕문 등(等)을 거느려 시ᄉ
(詩詞)를 의논(議論)ᄒ다가 흥문을 보고 크게 놀라 마자 절ᄒ고 셰문
왈(曰),

"형댱(兄丈)이 어듸 가 계시더니잇가?"

흥문 왈(曰),

"우형(愚兄)이 ᄆᆞ음이 블평(不平)ᄒ야 두 모친(母親)긔 방소(方所)
를 고(告)티 못ᄒ고 졍쳐(定處) 업시 나갓더니 노가(-家) 길긔(吉期)
디나믈 혜아리고 이에 드러왓거니와 존당(尊堂)과 모부인(母夫人)
긔운이 엇더ᄒ시뇨?"

셰문 왈(曰),

"아직 무ᄉ(無事)ᄒ시거니와 노가(-家) 혼ᄉ(婚事ㅣ) 어이 블러디
리잇가? 디강(大綱) 형(兄)의 보신 바ᄂᆞ

23면

진짓 노가(-家) 쳐ᄌ(處子ㅣ) 아냐 근본(根本)이 이러이러ᄒ다 ᄒ
니 존당(尊堂)과 모친(母親)이 완뎡(完定)[103]ᄒ샤 납ᄎ(納采)[104]를
보ᄂᆡ시니 형(兄)이 공연(空然)이 도로(道路)의 구치(驅馳)[105]ᄒ셔
이다."

ᄉᆡᆼ(生)이 놀나 왈(曰),

---

103) 완뎡(完定): 완정. 완전히 정함.

104) 납ᄎ(納采): 납채. 원래 주자가례(朱子家禮)에 따른 혼례인 육례(六禮) 중의 하나로 신랑 집에
서 청혼을 하고 신부 집에서 허혼(許婚)하는 의례를 뜻하나 여기에서는 빙채(聘采)와 같은 의
미로 쓰임. 빙채는 빙물(聘物)과 채단(采緞)으로, 빙물은 결혼할 때 신랑이 신부의 친정에 주
던 재물이고, 채단은 신랑 집에서 신부 집으로 미리 보내는 푸른색과 붉은색의 비단임.

105) 구치(驅馳): 몹시 바삐 돌아다님.

"노가(-家)의 빙칙(聘采)를 보뇌엿다 ᄒ니 이를 어이ᄒ리오? 닉 이번(-番) 가 취쳐(娶妻)ᄒ고 왓노라."

제(諸) 공지(公子ㅣ) 대경(大驚) 왈(曰),

"형(兄)이 부모(父母)긔 고(告)티 아니ᄒ고 츌유(出遊)흠도 남식(濫事ㅣ)어늘 엇디 대ᄉ(大事)를 스ᄉ로 쥬댱(主掌)ᄒ야 죄(罪) 우히 죄(罪)를 디어 계시뇨? 딕강(大綱) 엇던 집과 결혼(結婚)ᄒ시뇨?"

공지(公子ㅣ) 왈(曰),

"신임(新任) 니부샹셔(吏部尙書) 양셰뎡106)이 등왕각(滕王閣)의셔 날을 보고 깁히 ᄉ랑ᄒ야 사회를 삼으니 닉 과연(果然) 싱각ᄒ매 이러틋 아니코는 노녀(-女)를 셜칠 길 업서 죽기를 ᄀ을삼고 어드니 대강(大綱) 양 시(氏)의 긔특(奇特)ᄒ미 범셰속(凡世俗) 녀지(女子ㅣ) 아니라 부뫼(父母ㅣ) 보실딘대 현마 닉 죄(罪)를 쇽(贖)디 아니시랴?"

· ·

24면

셩문이 믁연(默然)ᄒ다가 ᄀ로딕,

"형(兄)이 그릇 아라 계시이다. 대뷔(大父ㅣ) 평싱(平生)에 이런 일을 ᄭ리시고 슉부(叔父)의 강밍(剛猛)107)ᄒ미 호발(毫髮)도 인졍(人情)이 업ᄉ시니 양수(-嫂)의 현미(賢美)ᄒ시믈 요딕(饒貸)108)ᄒ실 길히 업ᄉ시니이다."

싱(生) 왈(曰),

---

106) 뎡: [교] 원문에는 '졍'으로 되어 있으나 앞의 예를 따라 이와 같이 수정함.

107) 강밍(剛猛): 강맹. 굳세고 맹렬함.

108) 요딕(饒貸): 요대. 너그러이 용서함.

"인싱셰간(人生世間)의 흔 번(番) 즐기고 흔 번(番) 죽다 무슴 흔 (恨)이 이시리오? 닉 비록 죽으나 양 시(氏)의 현미(賢美)ᄒᆞ미 나의 넉슬 위로(慰勞)ᄒᆞ리니 부뫼(父母ㅣ) 블효ᄋᆞ(不肖兒)를 죽이셔도 근심이 업노라."

셩문이 졍식(正色) 왈(曰),

"쇼뎨(小弟) 당돌(唐突)ᄒᆞ나 형(兄)의 단쳐(短處)를 고(告)ᄒᆞ리니 인ᄌᆡ(人子ㅣ) 되여 경듕졀목(輕重節目)[109]을 부뫼(父母ㅣ) 명(命)ᄒᆞ신 대로 ᄒᆞ미 올코 ᄉᆞ심(私心)의 깃브디 아니나 부뫼(父母ㅣ) 맛당이 너기시면 조ᄎᆞᆫ 무왕(武王),[110] 쥬공(周公)[111]의 경계(警戒)라. 부뫼 (父母ㅣ) 그릇 인도(引導)ᄒᆞ셔도 그 명(命)을 역(逆)디 못ᄒᆞ거늘 빅부 (伯父)와 빅모(伯母)의 셩덕(盛德)이 호호(浩浩)[112]ᄒᆞ시며 양양(洋 洋)[113]ᄒᆞ샤 호발(毫髮)도 용납(容納)디 아니시믈 형(兄)이 아ᄅᆞ

• •

25면

시며 짐줏 죄(罪)를 범(犯)ᄒᆞ샤 부뫼(父母ㅣ) 명(命)ᄒᆞ신 혼인(婚 姻)을 스스로 역(逆)ᄒᆞ고 ᄯᅩ 츌유(出遊)ᄒᆞ샤 긔관(奇觀)[114]을 일우

---

109) 경듕졀목(輕重節目): 경중절목. 가볍고 무거운 조목.

110) 무왕(武王): 중국 주나라의 제1대 왕(?~?). 성은 희(姬). 이름은 발(發). 은 왕조를 무너뜨리고 주 왕조를 창건하여, 호경(鎬京)에 도읍하고 중국 봉건 제도를 창설함.

111) 쥬공(周公): 주공. 중국 주나라의 정치가(?~?). 문왕(文王)의 아들이자 무왕(武王)의 동생이며 성왕(成王)의 숙부로 성은 희(姬), 이름은 단(旦). 형인 무왕을 도와 은나라를 멸하였고, 조카 인 성왕을 도와 주나라의 기초를 튼튼히 함. 예악 제도(禮樂制度)를 정비하였으며, 『주례(周 禮)』를 지었다고 알려져 있음.

112) 호호(浩浩): 한없이 넓고 큼.

113) 양양(洋洋): 바다처럼 한없이 넓음.

114) 긔관(奇觀): 기관. 기이한 일.

고 도라오시니 슉뷔(叔父ㅣ) 엇디 죄(罪)를 등한(等閑)이 느리오시리오? 형(兄)이 십뉵(十六) 년(年) 셩니(性理)를 늙으샤 부뫼(父母ㅣ) 죽이셔도 근심 업고 무음의 즐거오믈 힝(行)ᄒ샤 깃거라 ᄒ시니 이 엇디 인즈(人子)의 홀 말ᄉ믈이리오? ᄒ믈며 빅뷔(伯父ㅣ) 쳔(千) 니(里) 시외(塞外)예 츌졍(出征)ᄒ샤 승패(勝敗)를 아디 못ᄒ시니 근심과 념녜(念慮ㅣ) 졍(正)히 ᄂ홀 듸 업거늘 쳐즈(妻子)를 위(爲)ᄒ야 이러틋 분주(奔走)ᄒ시니 형(兄)의 효셩(孝誠)이 브죡(不足)ᄒ시미 아니라 톄면(體面)의 가(可)티 아니토소이다."

홍문이 크게 씩둑라 눈믈을 흘니고 셩문의 손을 잡고 골오듸,

"늬 엇디 소견(所見)이 업스리오마ᄂ 본듸(本-) 풍신지화(風神才華ㅣ)[115] 늠의 아래 아니오, 부귀(富貴) 호치(豪侈) 공즈(公子)로 눈의 고은 빗과 귀예 됴흔 소릭

· ● ●

26면

를 듯다가 노녀(-女)의 흉샹(凶相)[116]을 보고 편싴(偏塞)[117]흔 소견(所見)의 압뒤흘 싱각디 못ᄒ야 분결(憤-)의 큰 죄(罪)를 저즈니 뉘우츠나 밋디 못ᄒ리로다."

셩문 왈(曰),

"임의 믈이 업침 궃투니 현마 엇디ᄒ리잇가? 형(兄)의 젼후싴(前後事ㅣ) 큰 근심이 되얏ᄂ이다."

---

115) 풍신지화(風神才華ㅣ): 풍신재화. 풍채와 재주.

116) 흉샹(凶相): 흉상. 흉한 모습.

117) 편싴(偏塞): 편색. 치우치고 막힘.

홍문이 다시 말을 아니ᄒ고 자리의 누어 괴로이 신음(呻吟)ᄒ니 긔문은 머리ᄅᆞᆯ 집고 셰문은 손을 ᄆᆞ디며 셩문은 발을 쥐므ᄅᆞ며 듕문은 다리ᄅᆞᆯ 두드려 네[118] 아ᄒᆡ(兒孩) 새도록 ᄌᆞᆷ을 아니 자고 구호(救護)ᄒᆞᆷ믈 극진(極盡)이 ᄒ니 엇디 ᄉᆞ촌(四寸)과 동ᄉᆡᆼ(同生)을 분변(分辨)ᄒ리오.

평명(平明)의 니ᄅᆞ매 대공ᄌᆡ(大公子ㅣ) 능히(能-) 움ᄌᆞ기디 못ᄒ야 제뎨(諸弟)ᄃᆞ려 왈(曰),

"늬 올 제 바로 텰부(-府)로 가 믜져(妹姐)ᄅᆞᆯ 보고 와시니 필연(必然) 모친(母親)ᄭᅴ 고(告)ᄒᆞᆯ디라. 너희 ᄒᆞ나히 가 당부(當付)ᄒ라."

셩문이 즉시(卽時) 텰부(-府)의 가 쇼져(小姐)ᄅᆞᆯ ᄃᆡ(對)ᄒ야 형(兄)의

병(病)이 듕(重)ᄒᆞᆷ과 경셜(輕說)티 아니믈 니ᄅᆞ니 쇼졔(小姐ㅣ) 왈(曰),

"모친(母親)ᄭᅴ 고(告)ᄒᆞ던 아니려니와 제 ᄋᆞ시(兒時)로브터 고당(高堂)의셔 더움과 치오믈 모ᄅᆞ다가 일시(一時) 도로(道路) 풍상(風霜)을 겻거거든 엇디 병(病)이 아니 나리오? 온갖[119] 일이 다 제 그ᄅᆞᆺᄒ야시니 어엿브디 아니ᄒ도다."

텰ᄉᆡᆼ(-生)이 이에 잇다가 웃고 왈(曰),

"니시(李氏) 문듕(門中)이 본ᄃᆡ(本-) 블고이취(不告而娶)[120]ᄒᆞᄂᆞᆫ도다. 산응(山應)[121]이 그러ᄒᆞᆫ가? 양 시(氏)ᄂᆞᆫ 셩보로 인(因)ᄒ야 언마

---

118) 네: [교] 원문에는 '셰'로 되어 있으나 문맥을 고려하여 이와 같이 수정함.

119) 갖: [교] 원문에는 '가'로 되어 있으나 오기로 보임.

120) 블고이취(不告而娶): 불고이취. 아버지에게 고하지 않고 아내를 취함.

121) 산응(山應): 좋은 묏자리를 씀으로써 자손이 받는다는 복.

나 참변(慘變)[122]을 만나리오?"

공지(公子ㅣ) 아라듯고 블연(勃然) 변식(變色) 왈(曰),

"형(兄)이 년셰(年歲) 언마나 고심(高深)ᄒ관ᄃᆡ 야야(爺爺)를 긔롱(譏弄)ᄒ며 비쇼(誹笑)[123]ᄒᄂᆞ뇨? 인ᄉᆡ(人事ㅣ) 여ᄎᆞ(如此) 황당(荒唐)[124]ᄒ니 젼일(前日) 형(兄)으로 ᄃᆡ졉(待接)ᄒ던 줄 뉘웃노라."

텰생(-生)이 우어 왈(曰),

"닉 디어닌 말이냐? 그러ᄒ거든 엇디ᄒ리오?"

공지(公子ㅣ) 그 허랑(虛浪)[125]ᄒᆞᆷ믈 통히(痛駭)[126]ᄒ야 ᄉ매를 썰치고 도라가니 싱(生)이 대쇼(大笑)ᄒ고 쇼져(小姐)의

28면

손을 잡아 왈(曰),

"문졍공(--公)이 당쵸(當初)ᄂᆞᆫ 힝ᄉᆞ(行事ㅣ) 가쇼(可笑)롭더니 이제ᄂᆞᆫ 팀믁(沈默)ᄒᆞᆫ 군지(君子ㅣ) 되여시며 그 아ᄃᆞᆯ이 뎌러ᄐᆞᆺ 긔특(奇特)ᄒ니 이 다 소 부인(夫人)의 덕이니라."

쇼졔(小姐ㅣ) 변식(變色)고 썰쳐 믈너안ᄌᆞ니 싱(生)이 노왈(怒曰),

"그ᄃᆡ 셩녜(成禮)ᄒᆫ 칠팔(七八) 삭(朔)의 싱(生)의 말을 답(答)디 아니ᄒ고 이러ᄐᆞᆺ 블통(不通)ᄒ니 당ᄎᆞ(將次ㅅ) 필경(畢竟)을 엇디코져 ᄒᆞᄂᆞ뇨?"

---

122) 참변(慘變): 참혹한 변.
123) 비쇼(誹笑): 비소. 헐뜯고 비웃음.
124) 황당(荒唐): 말이나 행동 따위가 참되지 않고 터무니없음.
125) 허랑(虛浪): 언행이나 상황 따위가 허황하고 착실하지 못함.
126) 통히(痛駭): 통해. 몹시 이상스러워 놀람.

쇼졔(小姐ㅣ) 또한 답(答)디 아니ᄒᆞ더라. 싱(生)이 더옥 믜이 너겨 풀흘 잡고 홍슈(紅袖)127)를 거더 ᄀᆞᄅᆞ쳐 왈(曰),

"싱(生)을 더러이 너겨 ᄃᆡ(對)키를 괴로이 너기고 말ᄃᆡ답(-對答)ᄒᆞ믈 측(測)히128) 너기나 싱혈(生血)129)은 눌로 ᄒᆞ야 업섯ᄂᆞ뇨? 이곳의 다ᄃᆞ라 엇디 결부(潔婦)130)를 효측(效則)131)디 못ᄒᆞᄂᆞ뇨?"

쇼졔(小姐ㅣ) 또흔 동(動)티 아니ᄒᆞᄃᆡ 싱(生)이 홀일업서 무릅히 누으며 왈(曰),

"아직 신졍(新情)이 미흡(未洽)132)ᄒᆞ니 그ᄃᆡ를 죡가133) 아니ᄒᆞ거니와 댱ᄂᆡ(將來) 급뎨(及第)ᄒᆞ야

흔 낫 가인(佳人)을 엇고 그ᄃᆡ를 미러 ᄂᆞ칠 적 뉘웃ᄎᆞ리라."

쇼졔(小姐ㅣ) 그 거동(擧動)을 더옥 증흔(憎恨)134)ᄒᆞ야 안ᄉᆡᆨ(顔色)

---

127) 홍슈(紅袖): 홍수. 붉은 옷의 소매.

128) 측(測)히: 망측히. 정상적인 상태에서 어그러져 어이가 없거나 차마 보기가 어렵게.

129) 싱혈(生血): 생혈. 앵혈(鶯血)을 이름. 장화(張華)의 『박물지』에서 그 출처를 찾을 수 있음. 근세 이전에 나이 어린 처녀의 팔뚝에 찍던 처녀성의 표시를 말하는 것으로 도마뱀에게 주사(朱沙)를 먹여 죽이고 말린 다음 그것을 찧어 어린 처녀의 팔뚝에 찍으면 첫날밤에 남자와 잠자리를 할 때에 없어진다고 함.

130) 결부(潔婦): 노(魯)나라 추호자(秋胡子)의 아내를 이름. 추호자는 혼인한 지 닷새 만에 진(陣)나라에 벼슬하러 가서 오 년이 지나 돌아옴. 집에 가까이 와 길에서 뽕을 따는 아름다운 부인을 보고 금을 줄 테니 자신의 부인이 되어 달라고 하나 거절당함. 추호자가 집에 돌아가서 보니 뽕을 따던 여인이 곧 자신의 아내였으므로 부끄러워함. 이에 아내가 추호자에게 오 년 만에 집에 돌아왔는데 길가의 부인을 보고 좋아하고 금을 주려 한 것은 어머니를 잊은 불효라 하고 자신은 불효한 사람을 보고 싶지 않다며 집을 떠나 강에 빠져 죽음. 유향(劉向), 『열녀전(列女傳)』, <노추결부(魯秋潔婦)>. 여기에서는 철수가 이미주에게 왜 고결한 결부를 본받아 죽지 않느냐며 조롱한 것임.

131) 효측(效則): 효칙. 본받음.

132) 미흡(未洽): 흡족하지 않음.

133) 죡가: 다그침.

을 정(正)히 ᄒ고 딕(對)치 아니ᄒ더라.

이째 셩문 공ᄌᆡ(公子ㅣ) 쥬비(朱妃)와 댱 부[135]인(夫人)을 긔이고 ᄀ마니 소 부인(夫人)긔 드러가 흥문의 전후ᄉ(前後事)를 고(告)ᄒ고 쥭음(粥飮)[136]을 구(求)ᄒ니 소 부인(夫人)이 양 시(氏) 취(娶)ᄒ믈 듯고 놀나며 어히업서 왈[137](曰),

"이 아히(兒孩) 이러틋 넘난 노ᄅᆞᆺ슬 ᄒ여시니 필경(畢竟)이 무ᄉ(無事)티 못ᄒ리로다."

인(因)ᄒ여 탄왈(歎曰),

"흥ᄋᆞ(-兒)의 ᄒᆡᆼ시(行事ㅣ) 네 부친(父親)과 ᄀᆞᆺ도다.[138] 이제 닉 비록 몸이 무ᄉ(無事)ᄒ나 당년(當年) 비원(悲怨)[139]을 싱각ᄒᆞᆯ딘대 ᄆᆞ음이 엇디 서늘티 아니리오?"

공ᄌᆡ(公子ㅣ) ᄯᅩ흔 감샹(感傷)[140]ᄒ더라.

소 부인(夫人)이 즉시(卽時) 쥭음(粥飮)을 ᄀ초와 셔당(書堂)으로 보닉니 ᄉ(四) 공ᄌᆡ(公子ㅣ) 흔가지로 븟드러 구호(救護)ᄒ더니,

ᄎ시(此時), 노 부ᄉᆡ(府使ㅣ) 날마다 사ᄅᆞᆷ 브려 공ᄌᆞ(公子)의 와시믈 뭇더니 이날 ᄯᅩ 문니(門吏)

---

134) 증흔(憎恨): 증한. 미워하고 한스러워함.

135) 부: [교] 원문에는 '분'이라 되어 있으나 오기로 보임.

136) 쥭음(粥飮): 죽음. 묽은 죽.

137) 왈: [교] 원문에는 '말'로 되어 있으나 문맥을 고려하여 이와 같이 수정함.

138) 흥ᄋᆞ(-兒)의~ᄀᆞᆺ도다: 흥아의 행사가 네 부친과 같도다. 흥문의 행동이 네 부친과 같도다. 이 성문의 부친인 이몽창이 젊었을 적에 아버지 이관성에게 고하지 않고 마음대로 소월혜와 혼인한 것을 이름. <쌍천기봉>(7:114~121)에 이 이야기가 나옴.

139) 비원(悲怨): 슬픔과 원한.

140) 감샹(感傷): 감상. 슬퍼져서 마음이 상함.

의게 므러 와시믈 듯고 크게 깃거 이에 니ᄅ러 통명(通名)ᄒ니 공
직(公子ㅣ) 괴로이 너겨 셰문ᄃ려 왈(曰),

"닉 몸이 심(甚)히 알파 운동(運動)티 못ᄒ니 너희 나가 보고 연고
(緣故)를 니ᄅ라."

셰문이 난간(欄干) ᄀᆞ의 나가 노 공(公)을 마자 녜필(禮畢)ᄒ매, 노
공(公) 왈(曰),

"녕형(令兄)이 어딕 잇ᄂᆞ뇨?"

공직(公子ㅣ) 딕왈(對曰),

"원노(遠路)의 구치(驅馳)ᄒ야 신샹(身上)이 블평(不平)ᄒ매 상요
(牀-)의 팀[141]면(沈綿)[142]ᄒ므로 노 대인(大人) 귀가(貴駕)[143]를 영졉
(迎接)디 못ᄒ니 블승미안(不勝未安)[144]ᄒ야 쇼싱(小生)으로 이 ᄯᅳᆺ을
고(告)ᄒ라 ᄒ더이다."

노 공(公)이 ᄀᆞ쟝 근심ᄒ야 굴오딕,

"녕형(令兄)이 임의 날로 더브러 반즈지의(半子之義)[145] 이시니
병(病)드러 맛디 못ᄒᆞᆷ믈 허믈ᄒ리오? 닉 드러가 보리라."

드딕여 문(門)을 열고 드러가니 공직(公子ㅣ) 슬히 너겨 짐즛 니블
을 취(取)ᄒ혀 덥고 눈을 감아 자ᄂᆞ 톄ᄒ니, 셩문 등(等)이 일시(一時)
의 니러 마자 졀ᄒ고 뫼셔 안즈니 노 공(公)이 그 풍치(風采)

---

141) 팀: [교] 원문에는 '친'으로 되어 있으나 오기로 보이므로 규장각본(2:23)을 따름.

142) 팀면(沈綿): 침면. 병이 오랫동안 낫지 않음.

143) 귀가(貴駕): 귀한 수레.

144) 블승미안(不勝未安): 불승미안. 미안함을 이기지 못함.

145) 반즈지의(半子之義): 반자지의. 장인과 사위의 의리. 반자(半子)는 '반자식'의 뜻으로 사위를
말함.

흔글ᄀ티 동탕(動蕩)¹⁴⁶)ᄒ야 녜뫼(禮貌ㅣ) 정슉(整肅)ᄒ믈 흠앙(欽
仰)¹⁴⁷)ᄒ야 각각(各各) 셩명(姓名) 년치(年齒)를 므르니 긔문이 일
일히(一一-) 딕답(對答)ᄒ고 형(兄)의 뜻을 맛쳐 딕왈(對曰),

"가형(家兄)이 죵야(終夜)토록 신긔(神氣) 블안(不安)ᄒ야 줌을 자
디 못ᄒ야더니 이제야 잠간(暫間) 면시(眠始)¹⁴⁸)ᄒ미 잇습ᄂᆞᆫ 고(故)
로 씌오디 못ᄒ옵ᄂᆞ니 훗날(後ㅅ-) 와셔 보시믈 ᄇᆞ라ᄂᆞ이다."

노 공(公)이 ᄀᆞ장 셥셥이 너기나 홀일업서 도라가다.

공ᄌᆞ(公子ㅣ) 눈을 써 보고 웃고 왈(曰),

"제 비록 이리 오나 늬 엇지 제 사회 되리오? 늬 임의 듕심(中心)
의 밍셰(盟誓)ᄒ야 양 시(氏)로 빅년화락(百年和樂)ᄒ고 죽어 동혈
(同穴)ᄒ고져 ᄒᄂᆞ니 노 시(氏) 비록 월궁(月宮) 션녜(仙女ㅣ) ᄌᆞ하의
(紫霞衣)¹⁴⁹)를 붓쳐 ᄂᆞ려와시나 졍(情)은 옴기디 못ᄒᆞᆯ노다."

셰문 왈(曰),

"형(兄)의 거동(擧動)이 ᄆᆞᄎᆞᆷ늬 필경(畢竟)이 이실소이다. 홍션은
엇디려 ᄒ시ᄂᆞ니잇고?"

공ᄌᆞ(公子ㅣ) 쇼왈(笑曰),

"이 쏘 늬 ᄋᆞ시(兒時)의 그릇ᄒ야 제 졀(節)이 긔특(奇特)ᄒ야

---

146) 동탕(動蕩): 활달하고 호탕함.
147) 흠앙(欽仰): 공경하여 우러러 사모함.
148) 면시(眠始): 비로소 잠을 잚.
149) ᄌᆞ하의(紫霞衣): 자하의. 가볍고 부드러우며 매우 아름다운 옷. 선녀의 옷으로 전해짐.

와시니 침셕(寢席)150) ᄀ의 머므러 두미 해(害)롭디 아니ᄒ도다. 닉 평싱(平生) ᄆᄋᆷ의 쳐쳡(妻妾)을 쳔만(千萬)이라도 거ᄂᆞ리고져 ᄒ더니 ᄒᆞ번(-番) 양 공(公)의 의긔(義氣)와 양 시(氏)의 아듕(雅重)151)ᄒᆞᆫ 힝ᄉᆞ(行事)ᄅᆞᆯ 보매 ᄆᄋᆷ이 기울고 ᄯᆺ이 도라져시니 군뷔(君父ㅣ) 비록 권(勸)ᄒᆞ시나 ᄇᆞ리기 어려올가 ᄒ노라.”

셩문이 잠쇼(暫笑) 왈(曰),

“쳐ᄌᆞ(妻子ㅣ) 무어시 뎌대도록 관듕(關重)ᄒ리오? 무염(無鹽)152)이라도 위인(爲人)이 질슌(質淳)153)ᄒᆞᆫ 거ᄉᆞᆯ 어더 가ᄉᆞ(家事)ᄅᆞᆯ 법(法)디로 다ᄉᆞ리고 ᄌᆞ손(子孫)이나 두ᄂᆞᆫ 거시 올ᄒ니 얼골이 고ᄋᆞᆫ 블관(不關)ᄒᆞ니이다.”

싱(生)이 쇼왈(笑曰),

“너ᄀᆞ티 놉고 너른 군ᄌᆞ(君子)ᄂᆞᆫ ᄯᆯ와 비호디 못ᄒ느니 우리ᄂᆞᆫ ᄉᆡᆨ덕(色德)이 ᄀᆞ즌 슉녀(淑女)ᄅᆞᆯ 구(求)ᄒᆞ매 사름이 못 되엿노라.”

제(諸) 공ᄌᆞ(公子ㅣ) 다 웃더라.

삼(三) 일(日)을 됴리(調理)ᄒ니 흠질(欠疾)154)이 소셩(蘇醒)155)ᄒᆞᆫ다라. 드듸여 쇼셰(梳洗)ᄅᆞᆯ 일우고 몬져 존당(尊堂)의 니ᄅᆞ러 와시믈

---

150) 침셕(寢席): 침석. 잠자리.

151) 아듕(雅重): 아중. 전아하고 진중함.

152) 무염(無鹽): 제(齊)나라 무염 출신의 여자인 종리춘(鍾離春)을 이름. 모습이 추하여 나이 30이 지나도 아무도 받아주지 않자, 직접 제(齊) 선왕(宣王)에게 가 후궁으로 받아달라고 청하며 나라를 구할 방법을 말하니 선왕이 그녀를 정후(正后)로 삼음. 유향(劉向), 『열녀전(列女傳)』, <제종리춘(齊鍾離春)>.

153) 질슌(質淳): 질순. 꾸민 데가 없이 수수하며 온순하고 인정이 두터움.

154) 흠질(欠疾): 병.

155) 소셩(蘇醒): 소성. 중병을 치르고 난 뒤에 다시 회복함.

고(告)ᄒ니 뎡 부인(夫人)이 놀

33면

나고 통히(痛駭)ᄒ야 뉴 부인(夫人)긔 고왈(告曰),

"홍ᄋᆞ(-兒ㅣ) 어룬을 업슨 것ᄀᆞᆺ티 아라 은연(隱然)이 우156)흘 두리디 아니ᄒ니 후일(後日)을 딩계(懲戒)티 아니티 못ᄒᆯ디라 드러오믈 허(許)티 마ᄉᆞ이다."

부인(夫人)이 올타 ᄒ니, 뎡 부인(夫人)이 뎐어(傳語) 왈(曰),

"노뫼(老母ㅣ) 블쵸(不肖)ᄒ나 널로 혤쟉시면 아븨 어미니 혹(或) 네게 어룬이라 ᄒᆯ다라. 네 힝식(行色)이 오며 가믈 임의(任意)로 ᄒ니 네 힝식(行事ㅣ) 극(極)히 통히(痛駭)ᄒ디라 어ᄂᆞ ᄂᆞᆺᄎᆞ로 감히(敢-) 보기를 구(求)ᄒᆞᄂᆞ뇨? 노뫼(老母ㅣ) 스ᄉᆞ로 붓그려 보믈 원(願)티 아니ᄒ노라."

ᄉᆞᆼ(生)이 듯기를 뭇고 황공(惶恐)ᄒ야 고(告)ᄒ디,

"쇼손(小孫)의 죄(罪)ᄂᆞ 스ᄉᆞ로 아옵거니와 오래 니측(離側)157)ᄒ여ᄉᆞ다가 영모지졍(永慕之情)158)이 간졀(懇切)ᄒ니 잠간(暫間) 빅알(拜謁)159)ᄒᆞ오믈 허(許)ᄒ쇼셔."

부인(夫人)이 ᄯ 뎐어(傳語) 왈(曰),

"네 만일(萬一) 영모지졍(永慕之情)이 이실딘대 아이의 가디 아닐 거시니 믈너가 허믈을 고

___

156) 우: [교] 원문에는 '눌'로 되어 있으나 문맥을 고려하여 규장각본(2:25)을 따름.
157) 니측(離側): 이측. 곁을 떠남.
158) 영모지졍(永慕之情): 영모지정. 길이 사모하는 마음.
159) 빅알(拜謁): 배알. 지위가 높거나 존경하는 사람을 찾아가 뵘.

쳐 노모(老母)를 볼디어다."

싱(生)이 텽파(聽罷)의 다시 쳥(請)티 못ᄒ고 계양궁(--宮)의 니ᄅ러 궁관(宮官)으로 와시믈 고(告)ᄒ니, 공쥬(公主ㅣ) 듯기를 뭇디 못ᄒ야셔 난두(欄頭)의 나와 사창(紗窓)160)을 반기(半開)ᄒ고 좌우(左右)를 명(命)ᄒ야 공ᄌ(公子)를 미야 듕계(中階)예 ᄭ리고 소ᄅᆡ를 ᄀ 다듬아 무러 ᄀᆞᆯ오ᄃᆡ,

"블쵸ᄌᆡ(不肖子ㅣ) 쟝ᄎᆞᆺ(將次ㅅ) 어ᄃᆡ 갓더뇨?"

공ᄌ(公子ㅣ) 슈연(愁然)161)이 ᄭᅮ러 ᄃᆡ왈(對曰),

"모비(母妃) 히ᄋ(孩兒)를 풍되(風度ㅣ) 일셰(一世)예 툐츌(超出)162)케 싱휵(生畜)163)ᄒ샤 일시(一時) 고이(怪異)ᄒᆞᆫ 죵뉴(種類)의 취실(娶室)코져 ᄒ시니 히ᄋ(孩兒ㅣ) 간(諫)ᄒ야 엇디 못ᄒ고 마디못ᄒ야 하딕(下直)디 못ᄒ여 부듕(府中)을 써나 두로 ᄃᆞ니다가 과연(果然) 어던 안해를 엇고 오이다."

셜파(說罷)의 쇼옥 등(等)이 다 좌우(左右)의 셔셔 우음을 ᄎᆞᆷ디 못ᄒ고 공쥬(公主ㅣ) 그 거동(擧動)을 어히업서 다시 문왈(問曰),

"어ᄃᆡ를 가 엇더케 어던 안해를 어든다? 근본(根本)을 ᄌᆞ시

---

160) 사창(紗窓): 사붙이나 깁으로 바른 창.

161) 슈연(愁然): 수연. 시름이나 걱정에 잠겨 있음.

162) 툐츌(超出): 초출. 다른 사람에 비하여 두드러지게 뛰어남.

163) 싱휵(生畜): 생휵. 낳아 기름.

고(告)ᄒ라."

공ᄌᆡ(公子ㅣ) 듕심(中心)을 숨기디 아냐 고왈(告曰),

"쇼ᄌᆡ(小子ㅣ) 심ᄉᆞ(心思ㅣ) 울울(鬱鬱)ᄒᆞ야 동뎡호(洞庭湖) 악양누(岳陽樓)를 다 구경ᄒᆞ고 다시 등왕각(滕王閣)의 니ᄅᆞ럿더니 신임(新任) 니부샹셔(吏部尙書) 양셰뎡을 만나니 ᄉᆞ랑ᄒᆞ믈 지극(至極)히 ᄒᆞ고 인(因)ᄒᆞ야 구혼(求婚)ᄒᆞ믈 근절(懇切)이 ᄒᆞᄂᆞᆫ 고(故)로 쇼ᄌᆡ(小子ㅣ) 양 공(公)의 위인(爲人)을 보니 결연(決然)이 시쇽(時俗) 범샹(凡常)ᄒᆞᆫ 사ᄅᆞᆷ이 아니라 그 위풍(威風)을 흠앙(欽仰)[164]ᄒᆞ야 허락(許諾)고 셩친(成親)ᄒᆞ니 양 시(氏)의 긔특(奇特)ᄒᆞ미 모비(母妃)의 후(後)를 니을디라 쇼ᄌᆡ(小子ㅣ) 계하(階下)의셔 죽어도 근심이 업ᄂᆞ이다."

공쥬(公主ㅣ) 쳥파(聽罷)의 소ᄅᆡ를 년(連)ᄒᆞ야 수죄(數罪)[165] 왈(曰),

"블쵸ᄌᆡ(不肖子ㅣ) ᄋᆞ시(兒時)로브터 경셔(經書)를 넑어 통(通)티 아닌 고디 업스니 네 뼈 ᄒᆞ되 만(萬)의 ᄒᆞ나히나 효측(效則)홀가 ᄒᆞ더니 도금(到今)[166]ᄒᆞ야 녀ᄌᆞ(女子)의 ᄉᆡᆨ(色)을 나무라고 어버이ᄃᆞ려 방소(方所)[167]를 고(告)ᄒᆞ미 업셔 두로 헤디르다가 스스로

---

164) 흠앙(欽仰): 공경하여 우러러 사모함.
165) 수죄(數罪): 범죄 행위를 들추어 세어 냄.
166) 도금(到今): 지금에 이름.
167) 방소(方所): 위치.

안해를 어더 은연(隱然)이 우흘 두리 일이 업스니 그 죄(罪) 쟝
(將次人) 어디 미첫뇨? 연(然)이나 우흐로 존고(尊姑)와 가군
(家君)이 계시니 닉 너의 죄(罪)를 다스릴 배 아니라 네 또 그 아
다?"

셜파(說罷)의 공(公子)를 미러 후뎡(後庭)의 가도라 니 공쥬
(公主) 부(師傅) 진 샹궁(尚宮)이 나아가 간왈(諫曰),

"공(公子) 귀(貴) 시미 슈샹보옥(手上寶玉)168) 거늘 엇딘
고(故)로 대죄슈(大罪囚)를 삼으시뇨잇가?"

공쥐(公主ㅣ) 팀음(沈吟) 다가 답왈(答曰),

"법(法)이 식(私ㅣ) 업스니 엇디 일편된 랑을 인(因) 야 저
의 죄(罪)를 샤(赦) 리오?"

인(因) 야 듯디 아니 더라.

이후(以後) 두어 달 만의 승샹(丞相)이 하람공(--公) 등(等)으로 더
브러 도적(盜賊)을 멸(滅) 고 도라오니, 텬(天子ㅣ) 크게 깃그샤
다 각각(各各) 봉왕(封王) 시되 졔인(諸人)이 혈심(血心)으로 고
(固辭) 매 니부(李府) 문(門)의 여 문(門)을 셰우고 각각(各各) 공
덕(功德)을 긔록(記錄) 샤 어필(御筆)노 뎨명(題名) 시니라.

---

168) 슈샹보옥(手上寶玉): 수상보옥. 손 위의 보배와 옥.

이러틋 깃븐 가온대 승샹(丞相) ᄎ뎨(次弟) 무평빅(--伯)[169]이 기셰(棄世)[170]ᄒ매 하람공(--公) 등(等) 형뎨(兄弟) 여ᄂ 번화(繁華)ᄒ 곳의 념(念)이 업셔 장ᄉ(葬事)를 디닌 후(後),

부매(駙馬ㅣ) 뷔야흐로 궁(宮)의 니르러 공쥬(公主)로 셔로 보고 별회(別懷)를 니르더니 흥문의 거쳐(居處)를 무른대, 공쥬(公主ㅣ) 미쇼(微笑)ᄒ고 젼후(前後) ᄉ연(事緣)을 종두지미(從頭至尾)[171]히 고(告)ᄒ니 부매(駙馬ㅣ) 텽파(聽罷)의 어히업서 도로혀 웃고 ᄀᆞᆯ오듸,

"흥문을 어이 그르다 ᄒ리오? 흑싱(學生)과 옥쥬(玉主ㅣ) 블쵸(不肖)ᄒ야 ᄌ식(子息)이 이리 블쵸(不肖)ᄒ니 ᄂᆞᆷ의 타ᄉᆞᆯ 삼으미 가쇼(可笑ㅣ)어니와 양셰졍이 엇디 샤회ᄅᆞᆯ 어드매 그 부모(父母)를 뭇디 아니ᄒ고 호방(豪放)ᄒ 아ᄒᆡ를 달닉여 ᄯᆞᆯ노ᄡᅥ 맛디미 그 녜(禮)를 모ᄅᆞ미 짐즛 흥문의 악댱(岳丈)이 되엿 즉ᄒ도다. 혼인(婚姻)ᄒ미 그처로 신속(迅速)ᄒᆞᆯ 거시면 뉘 근심ᄒ리오? 니시(李氏) 딕딕(代代)로 도덕(道德) 가문(家門)인 줄 옥쥬(玉主ㅣ)

아ᄅᆞ실디라. 이런 광패음난지인(狂悖淫亂之人)[172]으로 결연(決然)

---

169) 무평빅(--伯): 무평백. 이관성의 아우 이한성을 이름.

170) 기셰(棄世): 기세. 세상을 떠남. 이한성이 북흉노와의 전투에서 전사한 것을 이름. <쌍천기봉>(17:24~67)에 이 이야기가 등장함.

171) 종두지미(從頭至尾): 종두지미. 처음부터 끝까지.

172) 광패음난지인(狂悖淫亂之人): 광패음란지인. 도리에 어긋난 짓을 하며 음란한 사람.

이 대종(大宗)을 밧드디 못호리니 옥쥐(玉主ㅣ) 모로미 흔(恨)티 마로쇼셔."

공쥐(公主ㅣ) 정금(整襟)173) 샤례(謝禮) 왈(曰),

"흥♀(-兒)의 무상(無狀)호미 다 쳡(妾)의 죄(罪)라. 흔가지로 죄(罪)예 나아가믈 브라옵ᄂᆞ니 그 폐(廢)호믈 놀라리오?"

공(公)이 정식(正色)고 니러 나가더라.

공(公)이 샹부(相府)로 가 승샹(丞相)긔 슈말(首末)을 조시 고(告)호고 쳐티(處置)홀 도리(道理)를 뭇조오니, 이째 승샹(丞相)이 무평빅(--伯)을 상(喪)호고 만식(萬事ㅣ) 부운(浮雲) ᄀᆞ투여 호ᄂᆞ 고(故)로 다만 답왈(答曰),

"쇼♀(小兒)의 넘나미 이실딘대 쾌(快)히 다ᄉᆞ릴디어늘 엇디 날ᄃᆞ려 번거로이 뭇ᄂᆞᆫ다?"

공(公)이 빗샤(拜謝)호고 이에 궁(宮)의 도라와 좌우(左右)로 문정공(--公) 등(等)을 블러 이의 니로매 공(公)이 골오디,

"네 집의 이제 큰일이 이시니 현뎨(賢弟) 등(等)을 모화 의논(議論)코져 호노라."

문정공(--公) 등(等)이 흔연(欣然)이 디왈(對曰),

"무ᄉᆞ 일이니잇가?"

· ● ●

39면

도위(都尉) 왈(曰),

"다른 일이 아니라 우리 가문(家門)이 공신(功臣) 묘예(苗裔)174)로

---

173) 정금(整襟): 정금. 옷깃을 여미어 모양을 바로잡음.

훈척(勳戚)175) 대신(大臣)의 집이라. 션조(先祖) 젹덕(積德)이 듕(重)
ᄒᆞ샤 조부(祖父)와 야야(爺爺) ᄀᆞᆺᄐᆞᆫ 셩덕(盛德)이 년(連)ᄒᆞ야 나샤
가문(家門)을 흥(興)ᄒᆞ시되 우형(愚兄)의 블쵸(不肖)ᄒᆞ미 그 후(後)를
니으미 ᄌᆞ못 가(可)티 아닌디라 슉야(夙夜) 긍긍업업(兢兢業業)176)ᄒᆞ
야 조션(祖先)의 죄(罪)를 어들가 두리더니 과연(果然) 블쵸ᄋᆞ(不肖
兒) 흥문의 죄목(罪目) 소실(所失)이 여ᄎᆞ(如此)ᄒᆞ야 죄악(罪惡)이 크
게 챵누(彰漏)177)ᄒᆞ여시니 일노뻐 대종(大宗)을 밧들미 가문(家門)의
욕(辱)이 니ᄅᆞ고 조종(祖宗) 신녕(神靈)이 블평(不平)ᄒᆞ실디라 이제
폐(廢)ᄒᆞ고져 ᄒᆞ노라."

제인(諸人)이 듯기를 ᄆᆞᆺ고 홀연(忽然) 신ᄉᆡᆨ(神色)이 변(變)ᄒᆞ더니
문졍공(--公)이 이에 관(冠)을 바르게 ᄒᆞ고 줌(簪)을 고쳐 ᄭᅩ자 ᄆᆞ릅
흘 ᄭᅮᆯ고 졍ᄉᆡᆨ(正色) 왈(曰),

"ᄌᆞ고(自古)로 폐댱지ᄉᆞ(廢長之事)178)ᄂᆞᆫ 강상(綱常)의 죄(罪) 아닌즉
아닛ᄂᆞ니 흥문이 년쇼(年少) 호승(豪勝)179)을 삼가디 못ᄒᆞᆫ 허믈이 이

··

40면

시나 대단티 아니ᄒᆞ고 풍신ᄌᆡ화(風神才華ㅣ) 일시(一時) 걸ᄉᆞ(傑士
ㅣ)라. 이런 대단ᄒᆞᆫ 말ᄉᆞᆷ을 ᄒᆞ샤 부ᄌᆞ(父子) 텬뉸(天倫)을 손샹(損

---

174) 묘예(苗裔): 먼 후대의 자손.
175) 훈척(勳戚): 훈척. 나라를 위하여 드러나게 세운 공로가 있는 임금의 친척.
176) 긍긍업업(兢兢業業): 항상 조심하여 삼감. 또는 그런 모양.
177) 챵누(彰漏): 창루. 드러나 퍼짐.
178) 폐댱지ᄉᆞ(廢長之事): 폐장지사. 적장자(嫡長子)를 폐하는 일.
179) 호승(豪勝): 호방함.

傷)ᄒ시ᄂ니잇고?"

하람공(--公)이 역시(亦是) 정식(正色) 왈(曰),

"현뎨(賢弟) 그릇 아랏도다. ᄒ갓 얼골과 문쟝(文章)이 유여(裕餘)[180]ᄒ미 아ᄅᆷ곳가? 눈샹(倫常) 대관(大關)으로 부ᄌᆞ(父子ㅣ) 크고 ᄌ식(子息)이 부모(父母)의 말을 ᄉ디(死地)라도 거ᄉ리미 업고 제 ᄆᆞᄋᆷ의 맛당티 아니ᄒ나 부뫼(父母ㅣ) 맛당이 너기거든 조ᄎ라 ᄒ미 회암(晦庵)[181] 션싱(先生) 지극(至極)ᄒ 말ᄉᆷ이라. 우형(愚兄)이 블민(不敏)ᄒ나 이를 밧드러 힝(行)코져 ᄒ며 ᄌ식(子息)을 디(對)ᄒ야 경계(警戒)ᄒ미 슉야(夙夜) 게으ᄅᆞ디 아니믄 현뎨(賢弟) 등(等)의 소공디(所共知)[182]어늘 홍문은 인면슈심(人面獸心)[183]이라 ᄒ갓 얼골이 고으믈 밋고 슌식(瞬息) ᄉ이 븟ᄭᅳ치 ᄂ리믈 ᄌ부(自負)ᄒ야 부뫼(父母ㅣ) 뎡혼(定婚)ᄒ 녀ᄌ(女子)ᄂ 남으라 ᄇ리고 존당(尊堂)과 어믜게 니ᄅᆞ미 업시 외방(外方)의 나

··

41면

아가 안해를 엇고 오니 그 죄(罪) 엇디 등한(等閑)ᄒ리오? 현뎨(賢弟)ᄂ 알기를 대단이 아니나 ᄂᆡ ᄆᆞᄋᆷ은 쟝ᄎ(將次ㅅ) 통한(痛恨)홈과 븟그러오미 겸젼(兼全)ᄒ야 ᄂᆞᄎᆞᆯ 드러 사ᄅᆷ 보믈 븟그리ᄂ

---

180) 유여(裕餘): 넉넉함.

181) 회암(晦庵): 중국 송나라의 유학자인 주희(朱熹, 1130~1200)의 호. 자(字)는 원회(元晦)·중회(仲晦). 도학(道學)과 이학(理學)을 합친 이른바 송학(宋學)을 집대성함. '주자(朱子)'라고 높여 이르며, 그 학문을 주자학이라고 함. 주요 저서에 『시전(詩傳)』, 『사서집주(四書集註)』, 『근사록(近思錄)』, 『자치통감강목(資治通鑑綱目)』 등이 있음.

182) 소공디(所共知): 소공지. 다 아는 바.

183) 인면슈심(人面獸心): 인면수심. 사람의 얼굴에 짐승의 마음.

니 너히 등(等)은 놈의 일이라 헐(歇)히[184] 드러 말이 여ᄎ(如此)
ᄒ도다."

문명공(--公)이 ᄭ러 듯기ᄅ 뭇고 ᄂᆞᆺ빗ᄎᆞᆯ 고텨 다시 간왈(諫曰),

"홍문의 죄(罪) 그러ᄒᆞ믄 쇼뎨(小弟) 등(等)이 엇디 모ᄅ리잇고?
형댱(兄丈)이 다만 듕벌(重罰)을 주시믄 올커니와 폐(廢)ᄒᆞ믄 만만
(萬萬) 가(可)티 아닐 분 아니라 대인(大人)이 엇디 허락(許諾)ᄒᆞ시며
아래로 여러 아히(兒孩) 다 인ᄌ효뎨(仁慈孝悌)[185]ᄒᆞ니 엇디 ᄎᆞ마 형
(兄)의 자리ᄅ 웅거(雄據)[186]코져 ᄒᆞ리잇고? 형댱(兄丈)이 일시(一時)
분긔(憤氣)ᄅ 격발(激發)ᄒᆞ샤 말ᄉᆞᆷ이 여ᄎ(如此)ᄒᆞ시나 이ᄂ 되디 못
ᄒᆞᆯ 일이니 브졀업시 슌셜(脣舌)[187]을 허비(虛費)티 마ᄅ시고 약간(若
干) 칙(責)ᄒᆞ샤 후일(後日)을 경계(警戒)ᄒᆞ쇼셔."

부매(駙馬ㅣ) 왈(曰),

• •

42면

"대인(大人)이 임의 쳐치(處置)ᄒᆞ라 ᄒᆞ여 계시고 우형(愚兄)이 비
록 성결[188]이나 되디 못ᄒᆞᆯ 말을 ᄒᆞ리오? ᄯᅩ 나의 여러 아히(兒孩)ᄂ
다 블쵸(不肖)ᄒᆞ니 블쵸ᄋ(不肖兒)ᄅ 폐(廢)ᄒᆞᆫ 후 문듕(門中)의 고
(告)ᄒᆞ고 성문을 셰우려 ᄒᆞ노라."

공(公)이 믄득 불연(勃然) 변ᄉᆞᆨ(變色) 쇼왈(笑曰),

---

184) 헐(歇)히: 대수롭지 아니하거나 만만하게.
185) 인ᄌ효뎨(仁慈孝悌): 인자효제. 어질고 효성스러우며 형제에게 우애가 있음.
186) 웅거(雄據): 일정한 지역을 차지하고 굳게 막아 지킴.
187) 슌셜(脣舌): 순설. 입술과 혀.
188) 성결: 성결. 화가 난 상태.

"쇼뎨(小弟) 비록 디식(知識)이 쳔박(淺薄)ᄒ나 형댱(兄丈)긔 그릇ᄒᅟᅳᆷ디 아니홀 거시어ᄂᆞᆯ 유리(有理)히 너기시ᄂᆞᆫ 긔ᄉᆡᆨ(氣色)이 업셔 이런 난언(赧言)[189]을 ᄒ시니 쇼뎨(小弟) 심담(心膽)이 셔ᄂᆞᆯᄒᆞᆯ 이긔디 못ᄒᆞᆯ소이다. 쇼뎨(小弟) 샹(上)이 아니니 형(兄)의 위(位)를 앗디 아니홀 거시오, 셩문은 더옥 엇던 아히(兒孩)라 대죵(大宗)을 밧들리오? ᄎᆞ언(此言)은 쇼뎨(小弟) 부ᄌᆞ(父子)로 ᄒᆞ여금 텬ᄃᆡ(千代)의 벗디 못ᄒᆞᆯ 누명(陋名)[190]을 어더 주려 ᄒᆞ시ᄂᆞ니잇고?"

셜파(說罷)의 ᄉᆞ매를 ᄯᅥᆯ티고 도라가니 아래로 긔국공(--公) 등(等)이 일시(一時)의 ᄀᆞᆯ오ᄃᆡ,

"홍문은 인듕긔린(人中麒麟)[191]이라 일가(一家)의 ᄇᆞ라

　　　　　　　• •

43면

ᄂᆞᆫ 배어ᄂᆞᆯ 일됴(一朝)의 죄인(罪人)을 ᄆᆡᆫ들고져 ᄒᆞ시ᄂᆞ뇨? 쇼뎨(小弟) 등(等)이 안안(晏晏)[192]이 듯디 못ᄒᆞᆯ소이다."

인(因)ᄒᆞ야 ᄎᆞᄎᆞ(次次)로 니러 도라가니,

부마(駙馬ㅣ) 심긔(心氣)를 이긔디 못ᄒᆞ야 좌우(左右)로 공ᄌᆞ(公子)를 잡아다가 티고져 ᄒᆞ더니 홀연(忽然) 샹부(相府)로조차 하관(下官)이 니ᄅᆞ러 승샹(丞相) 명(命)을 뎐(傳)ᄒᆞ니 부마(駙馬ㅣ) 년[193]망(連忙)이 승명(承命)ᄒᆞ야 나아가매,

---

189) 난언(赧言): 얼굴 붉히는 말.

190) 누명(陋名): 더러운 이름.

191) 인듕긔린(人中麒麟): 인중기린. 사람 중에서 빼어난 이.

192) 안안(晏晏): 편안한 모양.

193) 년: [교] 원문에는 '녕'으로 되어 있으나 오기로 보이므로 규장각본(2:33)을 따름.

원뉘(元來) 문정공(--公)이 도라가 승상(丞相)긔 고(告)ㅎ되,

"대인(大人)이 형(兄)을 명(命)ㅎ샤 홍문을 폐(廢)ㅎ라 ㅎ시니잇가?"

승샹(丞相) 왈(曰),

"늬 엇디 이러툿 니ᄅ미 이시리오?"

공(公)이 궤슬(跪膝)[194]ㅎ야 고왈(告曰),

"인가(人家)의 폐댱(廢長)ㅎ믄 희한(稀罕)ᄒ 변괴(變故ㅣ)어늘 형(兄)이 이제 홍문의 년쇼(年少) 삼가디 못ㅎ믈 큰 허믈을 삼아 폐(廢)ㅎ믈 뎡(定)ㅎ거늘 히ᄋ(孩兒) 등(等)이 아모리 히유(解諭)ㅎ야도 듯디 아니ㅎ니 대인(大人)은 형(兄)을 브ᄅ샤 경계(警戒)ㅎ시믈 브라ᄂ이다."

승

• • •

44면

샹(丞相)이 텽파(聽罷)의 미우(眉宇)를 뻥긔고 ᄀᆯ오되,

"이 아ᄒᆡ(兒孩) 온가 일의 엇디 이대도록 망녕(妄靈)되뇨?"

드듸여 부마(駙馬)를 블너 알픽 니르러 승샹(丞相)이 ᄀᆯ오되,

"여뷔(汝父ㅣ) 지금(只今)의 아의 샹ᄉ(喪事)를 만나 만ᄉ(萬事ㅣ) 여몽(如夢)ㅎ거늘 네 엇디 브졀업ᄉ 일의조차 심녀(心慮)를 쓰게 ᄒᄂ다? 폐댱지ᄉ(廢長之事ㅣ) 엇던 일이라 입 밧긔 경(輕)히 발(發)ㅎᄂ뇨? 홍문을 틱쟝(笞杖) 삼십(三十)만 쳐 닉티라."

부매(駙馬ㅣ) 텽파(聽罷)의 돈슈(頓首) 왈(曰),

"홍문의 죄(罪) 극뉼(極律)[195]의 가(可)ㅎ니 폐댱(廢長)은 셜ᄉ(設

___
194) 궤슬(跪膝): 무릎을 꿇음.

使) 그치온들 엇디 삼십(三十)을 치리잇가?"

승샹(丞相)이 정식(正色) 왈(曰),

"네 이제 ᄌᆞ식(子息)이 말 아니 듯ᄂᆞᆫ 죄목(罪目)으로 다ᄉᆞ리랴 ᄒᆞ며 네 ᄯᅩ 니 말을 역(逆)고져 ᄒᆞᄂᆞ냐? 아모라나 ᄒᆞᆯ디어다."

부매(駙馬]) 감히(敢-) 다토디 못ᄒᆞ야 쥰슌(逡巡)¹⁹⁶ᄒᆞ고 믈너나니,

븍쥐빅(--伯)이 겨ᄐᆡ 잇다가 ᄀᆞᆯ오ᄃᆡ,

"당년(當年)의

● ●

45면

형댱(兄丈)이 몽챵을 죄(罪)ᄒᆞ미 태듕(泰重)ᄒᆞ시더니 흥문의게 다ᄃᆞ라ᄂᆞᆫ 엇디 프러딘 말ᄉᆞᆷ을 ᄒᆞ시ᄂᆞ니잇가?"

승샹(丞相)이 답왈(答曰),

"니 ᄯᅩ 아ᄂᆞᆫ 배로ᄃᆡ 몽현이 ᄌᆞ쇼(自少)로 사ᄅᆞᆷ을 티매 피 나도록 고찰(考察)ᄒᆞᄂᆞ니 그 삼십(三十)을 티미 빅(百) 댱(杖) 마ᄌᆞ미니라."

소ᄇᆔ(少傅]) 왈(曰),

"몽현이 ᄃᆡ인(對人)ᄒᆞ야 겸손(謙遜)ᄒᆞ고 어디ᄅᆞ미 지극(至極)ᄒᆞᄃᆡ 셩품(性品)이 고집(固執)ᄒᆞ고 독(毒)ᄒᆞ야 인졍(人情)이 호발(毫髮)도 업ᄉᆞ니 이거시 흠(欠)이니이다."

승샹(丞相)이 잠쇼(暫笑) 왈(曰),

"ᄎᆞ이(此兒]) 텬셩(天性)이 본ᄃᆡ(本-) 그러ᄒᆞ니 일시(一時)의 고티미 쉬오리오?"

---

195) 극늌(極律): 극률. 사형과 같은 극한 형벌에 해당하는 죄를 정한 법률.

196) 쥰슌(逡巡): 준순. 뒤로 멈칫멈칫 물러남.

호더라.

이째, 부매(駙馬ㅣ) 궁(宮)의 도라와 외헌(外軒)의 좌(座)를 일우고 종고(鍾鼓)를 울려 일(一) 만(萬) 궁노(宮奴)와 일천[197](一千) 궁관(宮官), 태감(太監)을 모화 좌우(左右)로 위의(威儀)를 정슉(整肅)히 베프고 슈예(使隷)[198]를 명(命)호야 블근 매를 단단이 헤티고 큰 노흘 가져 딕령(待令)호니 위의(威儀) 슘엄(森嚴)호미

. .

46면

구츄(九秋)[199] 상풍(霜風)[200]이 뿌리는 듯, 엄동대한(嚴冬大寒)[201]의 삭풍(朔風)이 늠녈(凜烈)[202]홈 깃거늘 공(公)의 미온 노긔(怒氣) 안광(眼光)의 대발(大發)호야 묽은 눈을 놉히 뜨고 명(命)호야 후명(後庭)의 가 공즈(公子)를 잡아오라 호야 알픠 니르매,

공즈(公子ㅣ) 여러 둘 심당(深堂)의셔 고초(苦楚)를 겻그니 옥(玉) 깃튼 안싴(顔色)이 잠간(暫間) 쵸체(憔悴)[203]호고 봉목(鳳目)이 프러뎌시니 어엿븐 티되(態度ㅣ) 졀딕미인(絶代美人)이 수싴(愁色)홈 ㄱ 튼니, 인인(人人)이 새로이 이경(愛敬)호딕, 공(公)이 노긔(怒氣) 더옥 븍바텨 크게 소릭 딜러 듕(重)히 결박(結縛)호야 꿀리니 읏듬태감(--太監) 졍양이 크게 놀라 사모(紗帽)를 벗고 꾸러 굴오딕,

---

197) 천: [교] 원문에는 '청'으로 되어 있으나 오기로 보이므로 규장각본(2:35)을 따름.

198) 슈예(使隷): 사예. 종.

199) 구츄(九秋): 구추. 음력 9월.

200) 상풍(霜風): 서릿바람.

201) 엄동대한(嚴冬大寒): 겨울의 매우 심한 추위.

202) 늠녈(凜烈): 늠렬. 추위가 살을 엘 듯이 심함.

203) 쵸체(憔悴): 초췌. 병, 근심, 고생 따위로 얼굴이나 몸이 여위고 파리함.

"공주(公子)는 태후(太后) 낭낭(娘娘) 손익(孫兒ㅣ)오, 하람비(--妃)의 싱휵(生畜)ᄒ신 바로 귀(貴)ᄒ미 금옥(金玉)으로 비(比)티 못ᄒ거늘 비록 ᄌ젼(自專)204)ᄒ 죄(罪) 이시나 이러틋 쳔누(賤陋)205)히 미야 졔노(諸奴) 다ᄉ리는 법(法)을 쓰시믄 가(可)티 아니토소이다."

공(公)이 노

· ·

47면

목(怒目)을 미이 ᄡ고 봉미(鳳眉)를 거ᄉ려 디즐(大叱) 왈(曰),

"나롯 업슨 져근 죵뉴(種類ㅣ) 엇디 감히(敢-) 나의 노(怒)를 도도ᄂ뇨? 닉 욕ᄌ(辱子)를 다ᄉ리고 몸을 미야 미양궁(--宮)의 가 쳥죄(請罪)ᄒ리니 너의 알 배 아니니라."

셜파(說罷)의 미러 닉티고 ᄉ문(四門)을 줌가 건댱(健壯)ᄒ 노ᄌ(奴子)로 딕히워,

"만일(萬一) 닉 녕(令) 업시 열딘딕 머리를 버히리라."

ᄒ고 드딕여 공ᄌ(公子)를 계하(階下)의 ᄭ울리고 소릭를 ᄀ다듬아 수죄(數罪) 왈(曰),

"블효이(不肖兒ㅣ) 〇시(兒時)로브터 방탕태만(放蕩怠慢)206)ᄒ미 아니 미츨 고디 업셔 셕년(昔年)의 네 아ᄌ비 나라히 죄(罪)를 어더 혈혈유ᄌ(孑孑幼子)207)로 더브러 남(南)으로 도라가매 네 아비 동긔(同氣) 위(爲)ᄒ 일단(一端) 구구(區區)208)ᄒ ᄯᆺ을 ᄎᆷ디 못ᄒ고 ᄌ식

---

204) ᄌ젼(自專): 자전. 자기 마음대로 결정하여 처리함.

205) 쳔누(賤陋): 천루. 천하고 더러움.

206) 방탕태만(放蕩怠慢): 방탕하고 게으름.

207) 혈혈유ᄌ(孑孑幼子): 혈혈유자. 외로운 어린 아이.

(子息)의 블민무상(不敏無狀)209)ᄒᆞ믈 아디 못ᄒᆞ야 ᄯᆞ라보ᄂᆞᆫ여 그 회포(懷抱)를 만(萬)의 ᄒᆞ나히나 위로(慰勞)ᄒᆞᆯ가 ᄒᆞ더니 믄득 미녀셩ᄉᆡᆨ(美女聲色)210)을 유의(留意)ᄒᆞ야 션비

• • •

48면

ᄒᆡᆼ실(行實)을 이저ᄇᆞ리고 ᄒᆞᆯ므며 네 아비 적듕(敵衆)과 교봉(交鋒)ᄒᆞ야 ᄉᆡᆼᄉᆞ(生死)를 긔필(期必)211)티 못ᄒᆞ거늘 네 그 ᄌᆞ식(子息)이 되야 젼연(全然)이 ᄉᆡᆼ각ᄒᆞ야 뉴렴(留念)ᄒᆞ미 업고 의ᄉᆞ(意思ㅣ) 미인(美人) 낫고기의 결을티 못ᄒᆞ야 방ᄌᆞ(放恣)히 ᄂᆞᆷ의 녀ᄌᆞ(女子)를 쳠관(覘觀)212)ᄒᆞ야 죄(罪)를 명교(名敎)213)의 엇고 부모(父母) 이시믈 아디 못ᄒᆞ야 방소(方所)를 존당(尊堂)의 고(告)ᄒᆞ미 업서 반심(叛心)214)을 품어 외쳐(外處)로 나가 스스로 쳐ᄌᆞ(妻子)를 엇고 부뫼(父母ㅣ) 졍혼(定婚)ᄒᆞᆫ 바를 믈리치며 안해를 몬져 ᄒᆞ고 아비를 념녀(念慮)티 아니ᄒᆞ니 ᄂᆡ 굿ᄐᆞ여 너를 ᄃᆡ(對)ᄒᆞ야 업ᄉᆞᆫ 졍(情)을 이시라 ᄒᆞᄂᆞᆫ 것 아니라 일가(一家)의 디시(指視)215)ᄒᆞᆫ 배 되고 죄(罪)를 조종(祖宗)의 어더시니 쾌(快)히 폐(廢)ᄒᆞ야 년곡(輦轂)216)

---

208) 구구(區區): 잘고 많음.

209) 블민무상(不敏無狀): 불민무상. 어리석고 둔하며 사리에 밝지 못함.

210) 미녀셩ᄉᆡᆨ(美女聲色): 미녀성색. 미인의 아름답고 고운 얼굴.

211) 긔필(期必): 기필. 꼭 이루어지기를 기약함.

212) 쳠관(覘觀): 첨관. 엿봄.

213) 명교(名敎): 유교(儒敎)를 달리 이르는 말.

214) 반심(叛心): 배반하려는 마음.

215) 디시(指視): 지시. 지목해 바라봄.

216) 년곡(輦轂): 연곡. 임금이 타는 수레를 뜻하는 말로, 도성을 가리킴.

의 두디 아닐 거시로디 네 여러 아즈비 네 허믈을 채 아디 못ᄒ고
대인(大人)이 ᄯᅩ흔 그러히 아르샤 허(許)티 아니실시 잠간(暫間)
틱벌217)(笞罰)ᄒ야 너의 죄(罪)ᄅᆞᆯ

。。

49면

빅(百)의 ᄒ나흘 쇽(贖)게 ᄒᄂᆞ니 네 ᄎᆞ후(此後) 양셰뎡의 집의 가
늘거 귀신(鬼神)이라도 니시(李氏) 션산(先山)을 ᄇᆞ라디 말디어다."

셜파(說罷)의 ᄉᆞ예(使隷)ᄅᆞᆯ 명(命)ᄒ야 티기ᄅᆞᆯ 지쵹ᄒ니 홍문이 부
친(父親)의 말ᄉᆞᆷ을 드ᄅᆞ매 ᄌᆞᄌᆞ(字字)히 제 죄(罪) 올흔디라 뉘웃고
붓그려 일언(一言)을 못 ᄒ고 고두(叩頭) 쳥죄(請罪)분이라. 부매(駙
馬ㅣ) 다시 말 아니ᄒ고 낫낫치 고찰(考察)ᄒ야 일(一) 댱(杖)의 술히
ᄶᅵ러디게 호령(號令)ᄒ더니,

이때 뎡양이 구튝(驅逐)ᄒ야 밧긔 나가 공ᄌᆞ(公子)의 연(軟)ᄒ고
보도라온 술의 듕(重)ᄒ 매 ᄂᆞ려지믈 ᄎᆞ마 목도(目睹)티 못ᄒ야 ᄲᆞ니
궐ᄂᆡ(闕內)의 니르러 쇼환(小宦)218)으로ᄡᅥ 이 ᄉᆞ연(事緣)을 웃듬샹궁
(--尙宮) 임 시(氏)긔 고(告)ᄒ니, 태휘(太后ㅣ) 드ᄅᆞ시고 대경(大驚)
왈(曰),

"홍문은 나의 ᄉᆞ랑ᄒᄂᆞᆫ 손이(孫兒ㅣ)라 그 듕ᄎᆡᆨ(重責) 닙으믈 알고
구(救)티 아니ᄒ리오?"

즉시(卽時) 어필(御筆)노 틱셔(勅書)219)ᄒ샤 ᄉᆞ디태감(事知太監)220) 허

---

217) 벌: [교] 원문에는 '별'로 되어 있으나 오기로 보이므로 규장각본(2:38)을 따름.

218) 쇼환(小宦): 소환. 어린 내시.

219) 틱셔(勅書): 칙서. 임금이 특정인에게 훈계하거나 알릴 내용을 적은 글이나 문서.

220) ᄉᆞ디태감(事知太監): 사지태감. 일을 맡은 태감.

국으로 봉지(奉旨)[221]ᄒ야 급급(急急)히 하람궁(--宮)으로 보닉시
니 허국이 믈을 둘녀 궁문(宮門)의 다ᄃ르니 구디 줌으고 텰통(鐵
桶)ᄀ티 빳ᄂ디라 문(門)을 두ᄃ려 웨여 굴오딕,

"미양궁(--宮) 금ᄌ틱셰(金字勅書]) 남공(-公) 노야(老爺)긔 ᄂ려
시니 쌜리 슬오라."

슈문재(守門者]) 급(急)히 드러가 고(告)ᄒ니 공(公)이 비록 노긔
(怒氣) 흉히(胸海)[222]를 움즉이나 마디못ᄒ야 문(門)을 열고 쓸히 ᄂ
려 향안(香案)[223]을 빅셜(排設)ᄒ고 됴셔(詔書)를 드릴식, 허 태감(太
監)이 누른 보(袱)를 밧드러 드러가 피봉(皮封)[224]을 쩌이고 놉히 넑
으니 왈(曰),

'황손(皇孫) 흥문은 년쇼(年少) 약질(弱質)이라 딤(朕)이 ᄀ장 앗기
고 두려ᄒᄂ 배라. 경(卿)이 비록 그 아비나 엇디 일시(一時)의 듕벌
(重罰)을 주엄 즉ᄒ리오? 유죄무죄(有罪無罪) 간(間) 샤(赦)ᄒ디어다.'

부매(駙馬]) 듯기를 뭇고 능히(能-) 홀일업서 공ᄌ(公子)를 쓰어
닉티니 계유 이십여(二十餘) 댱(杖)은 마자시나 피육(皮肉)이 후란

---

221) 봉지(奉旨): 교지를 받듦.

222) 흉히(胸海): 흉해. 가슴.

223) 향안(香案): 제사 때 향로나 향합을 올려놓는 상.

224) 피봉(皮封): 봉투의 겉면.

(朽爛)225)ᄒ엿더라.

부매(駙馬ㅣ) 허국을 디(對)ᄒ야 ᄀᆞᆯ오ᄃᆡ,

"군명(君命)을 일즉이 아디 못ᄒ야 불셔 티미 이시니 ᄂᆡ 이제 드러가 죄(罪)ᄅᆞᆯ 청(請)ᄒ리라."

즉시(卽時) 됴복(朝服)을 ᄀᆞ초고 미양궁(--宮)의 드러가 궁문(宮門)의셔 면관히의ᄃᆡ(免冠解衣帶)226)ᄒ고 궁녀(宮女)로 말ᄉᆞᆷ을 고(告)ᄒ야 역명(逆命)ᄒᆞᆯ 청죄(請罪)ᄒ니 태휘(太后ㅣ) 인견(引見)ᄒᆞ샤 연고(緣故)ᄅᆞᆯ 므르실ᄉᆡ, 공(公)이 뎐폐(殿陛)의 나아가 돈슈(頓首) 빅샤(拜謝)ᄒ야 ᄀᆞᆯ오ᄃᆡ,

"신ᄌᆞ(臣子) 흥문의 죄악(罪惡)이 여ᄎᆞ(如此)ᄒ야 신(臣)의 가문(家門)을 크게 욕(辱)먹이옵ᄂᆞᆫ 고(故)로 듕심(中心)의 격분(激憤)ᄒ오믈 춤디 못ᄒ와 미쳐 셩의(聖意)ᄅᆞᆯ 탁냥(度量)227)티 못ᄒ와 티기ᄅᆞᆯ 시작(始作)ᄒᆞᆫ 후(後) 셩디(聖旨) 니ᄅᆞ러시니 블쵸ᄌᆞ(不肖子)의 산ᄒᆡ(山海) 비(比)티 못홀 죄목(罪目)의 이십여(二十餘) 틱(笞) 져의 죄(罪)ᄅᆞᆯ

• •

52면

일분(一分)도 속(贖)ᄒᆞᆯ 배 아니오나 은지(恩旨)228)ᄅᆞᆯ 거역(拒逆)ᄒᆞᆫ 죄(罪) 만ᄉᆞ유경(萬死猶輕)229)이로소이다."

태휘(太后ㅣ) 청파(聽罷)의 우어 ᄀᆞᆯ오샤ᄃᆡ,

---

225) 후란(朽爛): 썩고 문드러짐.

226) 면관히의ᄃᆡ(免冠解衣帶): 관관해의대. 관(冠)을 벗고 옷과 띠를 품.

227) 탁냥(度量): 탁량. 헤아림.

228) 은지(恩旨): 임금의 뜻.

229) 만ᄉᆞ유경(萬死猶輕): 만사유경. 만 번 죽어도 오히려 가벼움.

"쇼ᄋ(小兒)의 허랑(虛浪)ᄒ미 여ᄎ(如此)ᄒ니 칙(責)ᄒ미 고이(怪異)티 아니ᄒ고 딤(朕)의 ᄉ정(私情)으로 말ᄂ미도 그ᄅ디 아니ᄒ니 슈고로이 죄(罪)를 일ᄏ르리오? 안심(安心)ᄒ야 믈너가 부ᄌ(父子) 텬뉸(天倫)을 손상(損傷)티 말라."

드듸여 태의원(太醫院)으로 간병(看病)ᄒ시고 궁환(宮宦)과 ᄂ시(內侍) 낙230)역(絡繹)231)ᄒ야 문후(問候)ᄒ시니 부매(駙馬ㅣ) 이러ᄒ믈 더옥 깃거 아냐 다만 텬은(天恩)을 ᄉ비(四拜) 슉샤(肅謝)ᄒ고 퇴됴(退朝)ᄒ야 도라와 셔당(書堂)의셔 제뎨(諸弟)로 더브러 담논(談論)ᄒ더니 시동(侍童)이 양 샹셰(尙書ㅣ) 니ᄅ러시믈 고(告)ᄒ니,

원ᄂ(元來) 양 공(公)이 니ᄉᆡᆼ(李生)을 보ᄂ고 수일(數日) 후(後) 가권(家眷)232)을 거ᄂ려 경ᄉ(京師)의 와 넷집을 슈리(修理)ᄒ야 안헐(安歇)233)ᄒ고 즉시(卽時) 챵두(蒼頭)234)를 금쥐(錦州) 보ᄂ여 니ᄉᆡᆼ(李生)의 평부(平否)를 아라오라 ᄒ니, 창뒤(蒼頭ㅣ) 금

..

53면

쥐(錦州) 가 일삭(一朔)이 딘(盡)토록 니(李) 공ᄌ(公子) 부듕(府中)을 ᄎᄌ되 니(李) 승샹(丞相) 문족(門族)이 더러 이시나 다 니(李) 공ᄌ(公子) 집이 아니니 홀일업서 도라와 이대로 고(告)ᄒ니, 양 공(公)이 크게 놀라 혹(或) 협ᄀᆡᆨ(俠客)의게 속은가 너기되 그 위인

---

230) 낙: [교] 원문에는 '나'로 되어 있으나 오기로 보임.
231) 낙역(絡繹): 왕래가 끊임이 없음.
232) 가권(家眷): 집안의 식솔.
233) 안헐(安歇): 편히 쉼.
234) 챵두(蒼頭): 창두. 사내종.

(爲人)을 참쟉(參酌)홀딘대 결연(決然)이 그런 뉴(類)는 아니나 아모리 홀 줄 몰나 문졍공(--公)ᄃ려 뭇고져 ᄒᆞ딕 제 슉당(叔堂)의 샹ᄉᆞ(喪事)를 만나 두로 분주(奔走)ᄒᆞ매 뭇디 못ᄒᆞ엿더니,

ᄯᅩ 이날 니르니 제공(諸公)이 쳥(請)ᄒᆞ야 마자 한훤녜필(寒暄禮畢)235)의 죠용이 말ᄉᆞᆷᄒᆞ더니 양 공(公)이 인(因)ᄒᆞ야 무르딕,

"현형(賢兄-) 일가(一家)의 니셩뵈란 족딜(族姪)이 잇ᄂᆞ냐?"

하람공(--公)은 ᄎᆞ언(此言)을 듯고 졍ᄉᆡᆨ(正色)ᄒᆞ고 심하(心下)의 의심(疑心)ᄒᆞ더니 문졍공(--公)이 흔연(欣然) 왈(曰),

"션친(先親) 족당(族黨)이 만커니와 그런 일홈 가지니는 업ᄂᆞ니라. 형(兄)이 무르믄 엇디오?"

양 공(公)

54면

왈(曰),

"쇼뎨(小弟) 이 말 니오미 실노(實-) 소탈(疏脫)ᄒᆞᆫ 취졸(取拙)236)이 나믈 면(免)티 못ᄒᆞ거니와 뎌즈음긔 쇼뎨(小弟) 남챵(南昌)의 귀향(歸鄕)ᄒᆞ야 두어 둘 잇더니 ᄒᆞ로는 등왕각(滕王閣)의 가 ᄒᆞᆫ 쇼년(少年)을 만나니 용모(容貌) 거디(擧止) 벅벅이237) 옥쳥(玉淸) 션인(仙人)이 하강(下降)ᄒᆞᆫ 듯ᄒᆞ고 문댱(文章) 지홰(才華ㅣ) 일셰(一世)예 쵸츌(超出)ᄒᆞ야 본 바 처엄이라. 쇼뎨(小弟) 심복(心服)ᄒᆞ믈 이긔디 못

---

235) 한훤녜필(寒暄禮畢): 한훤예필. 날이 찬지 따뜻한지 여부 등의 인사를 하며 예를 마침.

236) 취졸(取拙): 취졸. 졸렬한 행동을 취함.

237) 벅벅이: 반드시.

ᄒ야 셩명(姓名) 거쥬(居住)를 무른즉 금쥐(錦州) 니(李) 쳐ᄉ(處士)

댱ᄌ(長子ㅣ)오, 일홈은 셩뵈오, 존퇵(尊宅) 죡딜(族姪)이로라 ᄒ거늘

소제(小弟ㅣ) 진실노(眞實-) 흠이(欽愛)ᄒᄂ 쯧을 편시간(片時間)²³⁸⁾

주리디 못ᄒ야 어린 쭐노 구혼(求婚)ᄒ매 제 여ᄎ여ᄎ(如此如此) 니

ᄅ고 쾌허(快許)ᄒ야 옥져비(玉--) 일(一) ᄡᅡᆼ(雙)으로 빙녜(聘禮)²³⁹⁾ᄒ

고 아녀(我女)를 취(娶)ᄒ 십여(十餘) 일(日) 후(後) 도라가며 닐오디,

존녕대인(尊令大人)이 츌ᄉ(出師)ᄒ야 계시니 도라오셔든 즉시(卽時)

샹경(上京)ᄒ마 ᄒ거늘 쇼데(小弟) 경ᄉ(京師)로 도라와 사ᄅᆷ을 금쥐

(錦州)

···

55면

로 보닉여 거쳐(居處)를 츄심(推尋)²⁴⁰⁾ᄒ디 죵시(終始) 춧디 못ᄒ

니 녀ᄋ(女兒)를 ᄇ린 쟉시 아니니잇가?”

문졍공(--公)이 텽파(聽罷)의 웃고 글오디,

“형(兄)이 진실로(眞實-) 여오의게 홀린 사ᄅᆷ ᄀᆺ도다. 니셩보의 근

본(根本)을 니ᄅ려 ᄒ매 셜홰(說話ㅣ) 길고 소단(所端)²⁴¹⁾이 범샹(凡

常)티 아니ᄒ니 도ᄎ(到此)²⁴²⁾의 다 못홀디라. 형(兄)이 편(便)히 안

자 드ᄅᆯ디어다. 형(兄)의 니ᄅᆫ바 니셩보ᄂ 가형(家兄)의 댱ᄌ(長子ㅣ)

---

238) 편시간(片時間): 매우 짧은 시간.

239) 빙녜(聘禮): 빙례. 빙채(聘采)의 예의. 빙채ᄂ 빙믈(聘物)과 채단(采緞)으로, 빙믈은 결혼할 때
신랑이 신부의 친정에 주던 재물이고, 채단은 신랑 집에서 신부 집으로 미리 보내는 푸른색
과 붉은색의 비단임.

240) 츄심(推尋): 추심. 찾아냄.

241) 소단(所端): 일의 실마리.

242) 도ᄎ(到此): 도차. 이에 이름.

라, 우리 등(等)이 가친(家親)을 뫼셔 츌졍(出征)홀 적 츄밀부스(樞密府使) 노 공(公) 집의 뎡혼(定婚)ᄒ고 틱일(擇日)ᄒ야 ᄌ당(慈堂)²⁴³⁾과 가수(家嫂)²⁴⁴⁾긔 길녜(吉禮)를 쥬댱(主掌)ᄒ여 디닉쇼셔 ᄒ고 갓더니 이제 도라와 드른즉 딜ᄋ(姪兒ㅣ) 노 시(氏)를 남으라 ᄇ리고 저의 ᄌ당(慈堂)의 하딕(下直)ᄒ미 업시셔 두로 나가 ᄃ니다가 형(兄)의 녀ᄌ(女子)를 취(娶)ᄒ다 ᄒ매 가형(家兄)이 그 넘나믈 칙(責)ᄒ니 즉금(卽今) 죄²⁴⁵⁾즁(罪中)의 잇ᄂ니 쟝ᄎ(將次ㅅ) 이제나 ᄲ듯롤소냐? 연(然)이나 젼

56면

일(前日) 딜ᄋ(姪兒)로 구혼(求婚)ᄒ니 뎡(定)ᄒᆫ 곳이 잇다 ᄒ더니 엇디 구틱여 딜ᄋ(姪兒)를 어드뇨?"

양 공(公)이 텽파(聽罷)의 대경(大驚) 왈(曰),

"원간(元間) 기간(其間) 스에 ᄉ어(辭語ㅣ) 여ᄎ(如此)ᄒ다소이다. 젼일(前日)의 과연(果然) 허(許)티 아니믄 다른 연괴(緣故ㅣ) 아니라 오녜(吾女ㅣ) 긔딜(氣質)이 심(甚)히 쳥약(淸弱)²⁴⁶⁾ᄒ니 존문(尊門) 대종(大宗) 밧들기 감당(堪當)티 못홀 거시므로 허락(許諾)디 못ᄒ엿더니 인연(因緣)이 긔괴(奇怪)ᄒ야 죵시(終始) 이에 쇽(屬)홀 줄 어이 알리오? 부마(駙馬) 샹공(相公)이 쟝ᄎ(將次ㅅ) 녀ᄋ(女兒)를 엇디코져 ᄒ

---

243) ᄌ당(慈堂): 자당. 어머니. 이몽창의 어머니 정몽홍을 이름.

244) 가수(家嫂): 집안의 형수나 제수. 여기에서는 이몽창의 형수이며 이흥문의 어머니인 계양 공주를 이름.

245) 죄: [교] 원문에는 '외'로 되어 있으나 문맥을 고려하여 규장각본(2:43)을 따름.

246) 쳥약(淸弱): 청약. 기질이 맑고 연약함.

제2부 | 주석 및 교감 329

시느니잇고?"

도위(都尉) 졍식(正色) 냥구(良久)의 골오디,

"돈ㅇ(豚兒)의 무상(無狀)ᄒᆞᄆᆡ 여ᄎᆞ(如此) 패악(悖惡)[247]ᄒᆞ니 다시 의논(議論)ᄒᆞ야 치아(齒牙)의 올넘 족ᄒᆞ리오? 당초(當初) 존형(尊兄)이 그런 광패지인(狂悖之人)[248]을 일안(一眼)의 허(許)ᄒᆞ야 듀슈옥님(珠樹玉林)[249]의 ᄋᆡ녀(愛女)로 허혼(許婚)ᄒᆞᄆᆞᆯ 그리 수이 ᄒᆞ시뇨? 이곳의ᄂᆞᆫ 잠간(暫間) 차실(差失)[250]ᄒᆞᄆᆡ 잇ᄂᆞᆫ가 ᄒᆞᄂᆞ이다. 당초(當初) 노 공(公)의 집과 졍혼(定婚)ᄒᆞ야 빙ᄎᆡ(聘綵)ᄅᆞᆯ 보ᄂᆡ여

시니 뎌 집 쇼식(消息)을 아라 결단(決斷)ᄒᆞᄆᆡ 이시리니 현형(賢兄)은 미리 술필디어다."

양 공(公)이 구연(懼然)[251]ᄒᆞ야 골오디,

"쇼뎨[252](小弟) 본ᄃᆡ(本-) 포의한ᄉᆞ(布衣寒士)[253]ᄅᆞᆯ 어더 녀ᄋᆞ(女兒)의 비우(配偶)ᄅᆞᆯ 삼고져 ᄒᆞ더니 ᄆᆞᄎᆞᆷᄂᆡ 이리될 줄 알리오? ᄎᆞ시(此時)ᄅᆞᆯ 당(當)ᄒᆞ여ᄂᆞᆫ 니ᄌᆞ(李子)ᄅᆞᆯ 흔(恨)ᄒᆞᄂᆞ니 군ᄌᆡ(君子ㅣ) 신의(信義) 웃듬이라 ᄲᅡᆯ리 노가(-家)의 여ᄌᆞ(女子)ᄅᆞᆯ 취(娶)ᄒᆞ야 녕낭(令郞)의 비우(配偶)ᄅᆞᆯ 삼으시고 양ᄋᆞ(-兒)ᄅᆞᆯ 뉴렴(留念)티 마ᄅᆞ쇼셔."

---

247) 패악(悖惡): 도리에 어긋나고 악함.

248) 광패지인(狂悖之人): 미친 것처럼 말이나 행동이 사납고 막된 사람.

249) 듀슈옥님(珠樹玉林): 주수옥림. 주옥과 같은 수풀이라는 뜻으로 자식들을 이름.

250) 차실(差失): 어긋남.

251) 구연(懼然): 근심하는 모양.

252) 뎨: [교] 원문에는 '녜'로 되어 있으나 오기로 보이므로 규장각본(2:44)을 따름.

253) 포의한ᄉᆞ(布衣寒士): 포의한사. 베옷을 입은 가난한 선비.

부매(駙馬ㅣ) 화긔(和氣) 이열(怡悅)[254] ᄒᆞ야 ᄀᆞᆯ오ᄃᆡ,

"족해(足下ㅣ) 엇디 이러ᄐᆞᆺ 블통(不通)ᄒᆞᆫ 말을 ᄒᆞᄂᆞ뇨? ᄋᆞ지(兒子ㅣ) 블민(不敏)ᄒᆞ야 녕녀(令女)의 일ᄉᆡᆼ(一生)이 쾌(快)튼 못ᄒᆞ려니와 ᄯᅩᄒᆞᆫ 무고(無故)히 ᄇᆞ릴 녜(禮) 이시리오? 조만(早晚)의 권실(眷室)[255] ᄒᆞ미 이시리라."

양 공(公)이 샤왈(辭曰),

"쇼뎨(小弟) 엇디 블통(不通)ᄒᆞ리오? 일이 이에 니ᄅᆞᆫ 후(後)ᄂᆞᆫ ᄒᆞᆫ(恨)ᄒᆞ며 원(怨)ᄒᆞ야 ᄡᅳᆯᄃᆡ없고 그 분(分)을 딕희미 올ᄒᆞ니 녀ᄋᆡ(女兒ㅣ) 본ᄃᆡ(本-) 셰(世)예 드믄 약질(弱質)

58면

이오 다병(多病)ᄒᆞ며 동셔(東西)ᄅᆞᆯ 모ᄅᆞ니 젹국(敵國)[256] 춍듕(叢中)의 보젼(保全)티 못ᄒᆞ미 반ᄃᆞᆺᄒᆞ니이다."

문졍공(--公)이 쇼왈(笑曰),

"형(兄)의 투긔(妬忌)ᄂᆞᆫ 어렵도다. 가형(家兄)의 셩딜(性質)이 ᄒᆞ나ᄒᆞᆯ ᄉᆞ랑ᄒᆞ고 ᄒᆞ나ᄒᆞᆯ 외ᄃᆡ(外待)ᄒᆞᆯ 배 아니오, 노 시(氏) 녀ᄌᆞ(女子ㅣ) 현미(賢美)ᄒᆞᆯ딘대 ᄯᅩ 엇디 징투(爭妬)[257] ᄒᆞᄂᆞᆫ 환(患)이 이시리오?"

양 공(公)이 역쇼(亦笑) 왈(曰),

"쇼졔(小弟) 투긔(妬忌)ᄒᆞᄂᆞᆫ 말이 아냐 방금(方今)의 녀영(女英)[258]

---

254) 이열(怡悅): 편안한 모양.

255) 권실(眷室): 아내로 둠.

256) 젹국(敵國): 적국. 남편의 다른 아내를 이름.

257) 징투(爭妬): 쟁투. 다투어 투기함.

258) 녀영(女英): 여영. 중국 고대 요(堯)임금의 딸이자, 순(舜)임금의 왕비. 언니인 아황(娥皇)과 함께 순임금의 비가 되어 우애 있게 지낸 것으로 유명함.

의 온슌(溫順)ᄒ미 업슬가 근심이 심두(心頭)의 밍얼(萌孼)259)ᄒ디언
뎡 녀ᄋ(女兒ㅣ) 용둔잔미(庸鈍孱微)260)ᄒ나 투긔(妬忌)예ᄂ 크게 버
서나니이다."

문정공(--公)이 다시 우어 왈(曰),

"이러나뎌러나 이제ᄂ 물이 업침 ᄀᄐ니 쇼쇼(小小) 곡졀(曲折)ᄒ
야 무엇ᄒ리오? 됴히 ᄒ미 올흘가 ᄒ노라."

양 공(公)이 그 관인(寬仁)ᄒᆫ 의ᄉ(意思)ᄅᆯ 항복(降服)ᄒ고 샤례(謝
禮)ᄒ야 도라가니,

하람공(--公)이 팀음(沈吟)ᄒ야 싱각기ᄅᆯ 오래 ᄒ다가 디셔헌(大書軒)

의 나아가 승샹(丞相)긔 이 일노 취품(就稟)ᄒ니 승샹(丞相)이 ᄀᆯ
오디,

"인가(人家)의 ᄒᆫ 안히 어드믄 덧덧ᄒ니 흥이(-兒ㅣ) 비록 자젼(自
專)ᄒ여시나 몬져 친연(親緣)ᄒ여시니 양 시(氏) 샹원(上元)261)이 될
디라. 이 ᄯᆺ을 노가(-家)의 긔별(奇別)ᄒ야 제 퇴혼(退婚)ᄒᆯ딘대 만젼
(萬全)ᄒᆯ 거시오, 뎌 녀지(女子ㅣ) 졀(節)을 딕힐딘대 셜워262) 지실(再
室)로 취(娶)ᄒ려니와 ᄆᆞᄎᆞᄂᆡ 깃븐 일이 아니오, 전후(前後)ᄅᆯ 싱각
ᄒ니 참황(慘惶)263)ᄒ미 박빙(薄氷)264) ᄀᆺ도다."

---

259) 밍얼(萌孼): 맹얼. 싹틈. 생겨남.

260) 용둔잔미(庸鈍孱微): 용렬하고 둔하며 가냘프고 약함.

261) 샹원(上元): 상원. 정실.

262) 셜워: 거두어.

263) 참황(慘惶): 참혹하고 두려움.

부매(駙馬]) 부명(父命)을 드르매 더옥 블열(不悅)ᄒ야 믈너나 사름으로 ᄒ여곰 연고(緣故)를 긔별(奇別)ᄒ고 퇴혼(退婚)ᄒ믈 쳥(請)ᄒ니 노 부ᄉᆡ²⁶⁵⁾(府使]) 대로(大怒)ᄒ야 쾌(快)히 봉치(封采)²⁶⁶⁾를 보ᄂᆡ고져 ᄒ더니 몽화 쇼뎨(小姐]) 일즉 셔뎨(庶弟) 취옥의 젼어(傳語)를 조차 니ᄉᆡᆼ(李生)의 옥골영풍(玉骨英風)²⁶⁷⁾을 ᄌᆞ시 드럿ᄂᆞᆫ디라 ᄀᆞ마니 ᄉᆡᆼ각ᄒᄃᆡ,

'나의 ᄌᆞᄉᆡᆨ(姿色)이 일셰(一世)에 딕두(對頭)ᄒ리 업ᄉᆞ

60면

니 양 시(氏) 비록 현미(賢美)타 ᄒ나 너게 엇디 미ᄎᆞ리오. 너 이제 니ᄉᆡᆼ(李生)을 노흔 후(後) 어딕 가 옥인미랑(玉人美郞)²⁶⁸⁾을 어드리오. 뎨 비록 샹원(上元)을 쳔ᄌᆞ(擅恣)²⁶⁹⁾ᄒ나 너 부용(芙蓉) 일지(一枝) 도화(桃花) 츈ᄉᆡᆨ(春色)으로 져를 낫고아 툥(寵)을 오ᄅᆞ디ᄒ고 세셰(細細)히 묘(妙)ᄒᆫ 계교(計巧)를 베퍼 양녀(-女)를 업시ᄒᄆᆡ 샹ᄎᆡᆨ(上策)이라.'

쥬의(主義)를 뎡(定)ᄒ고 부젼(父前)의 나아가 ᄭᅮ러 울며 ᄀᆞᆯ오ᄃᆡ,

"쇼녜²⁷⁰⁾(小女]) ᄌᆞ고(自古)로 『녜긔(禮記)』를 보아 녈녀(烈女)ᄂᆞᆫ

---

264) 박빙(薄氷): 엷은 얼음이라는 뜻으로 엷은 얼음을 밟듯 조심스럽다는 말임.

265) ᄉᆡ: [교] 원문에는 '지'로 되어 있으나 오기로 보이므로 규장각본(2:47)을 따름.

266) 봉치(封采): 봉채. 봉치의 원말. 봉치는 혼인 전에 신랑 집에서 신부 집으로 보낸 채단(采緞)과 예장(禮狀).

267) 옥골영풍(玉骨英風): 옥 같은 골격과 헌걸찬 풍채.

268) 옥인미랑(玉人美郞): 아름다운 남자.

269) 쳔ᄌᆞ(擅恣): 천자. 제 마음대로 하여 조금도 꺼림이 없음.

270) 녜: [교] 원문에는 '뎨'로 되어 있으나 문맥을 고려하여 규장각본(2:47)을 따름.

두 남진을 아니 셤기믈 아옵ᄂᆞ니 야애(爺爺ㅣ) 니가(李家) 혼셔(婚
書)ᄅᆞᆯ 바다 쇼녀(小女)ᄅᆞᆯ 주시며 네 니시(李氏) 집 사람이라 ᄒᆞ시니
쇼녀(小女)ᄂᆞᆫ 죽어 빅골(白骨)이라도 니시(李氏) 귀신(鬼神)이 되믈
ᄆᆞᄋᆞᆷ의 뎡(定)ᄒᆞ엿거ᄂᆞᆯ 뎌 집이 ᄇᆞ리니 쇼녀(小女)ᄂᆞᆫ 심규(深閨)의
늘그믈 원(願)ᄒᆞ고 야애(爺爺ㅣ) 쇼녀(小女)의 ᄠᅳᆺ을 아ᅀᆞ려 ᄒᆞ실딘대
세 치 칼과 세 자 슈건(手巾)으로 명(命)을 ᄆᆞᆾ고져 ᄒᆞᄂᆞ이다.”

노 공(公)이 텽파(聽罷)

61면

의 크게 어디리 너겨 즉시(卽時) 군쥬(郡主) 부듕(府中)의 나아가
이 일노ᄡᅥ 의논(議論)ᄒᆞ고 ᄀᆞᆯ오ᄃᆡ,

“녀ᄋᆞ(女兒)의 용모(容貌) ᄒᆡᆼ지(行止)ᄂᆞᆫ 수쉬(嫂嫂ㅣ) 보시ᄂᆞᆫ 배어
ᄂᆞᆯ 니진(李子ㅣ) 어ᄃᆡ로조차 뉘 말을 듯고 ᄇᆞ리믈 초기(草芥)[271] ᄀᆞ티
ᄒᆞ고 부모(父母)ᄅᆞᆯ 몰ᄂᆡ여 스스로 쳐ᄌᆞ(妻子)ᄅᆞᆯ 어드니잇고?”

군쥬(郡主ㅣ) 념용(斂容)[272]ᄒᆞ야 ᄀᆞᆯ오ᄃᆡ,

“과연(果然) 니가(李家) 딜ᄋᆞ(姪兒ㅣ) 취옥을 슉슉(叔叔)의 동쟝(東
莊)의 가 보고 딜ᄋᆞ(姪兒)만 너겨 저의 모친(母親)을 ᄃᆡ(對)ᄒᆞ야 퇴혼
(退婚)ᄒᆞ여디라 ᄒᆞ니 쥬비(朱妃) 듯디 아니시매 고(告)티 아니코 나
가 안해를 엇고 와시니 니(李) 도위(都尉) 죄(罪)ᄅᆞᆯ 듕(重)히 주나 시
러곰 임의 어든 거슬 ᄇᆞ리디 못ᄒᆞ야 이러ᄐᆞᆺ ᄒᆞ나 몽홰 슈졀(守節)ᄒᆞ
려 홀딘대 니문(李門)은 의긔(義氣)옛 사람이라 ᄯᅩ 엇디 ᄇᆞ리리오?

---

271) 초기(草芥): 초개. 풀과 티끌이라는 뜻으로 쓸모없고 하찮은 것을 비유적으로 이르는 말.
272) 념용(斂容): 염용. 얼굴을 단정히 가다듬음.

이는 호의(狐疑)²⁷³⁾ᄒᆞ실 배 아니니이다."

부ᄉᆡ(府使ㅣ) 과연(果然)ᄒᆞ야 이에 긔별(奇別)ᄒᆞ디,

"녀ᄋᆞ(女兒ㅣ) 니시(李氏)를 딕희여 심규(深閨)의 늙으려 ᄒᆞ니 빙폐(聘幣)²⁷⁴⁾

••

62면

를 ᄎᆞᆺ디 마ᄅᆞ쇼셔."

하람공(--公)이 듯기를 못고 훌일업서 다시 통(通)ᄒᆞ야 ᄀᆞᆯ오디,

"당초(當初) 공(公)의 구혼(求婚)ᄒᆞ믈 조차 돈ᄋᆞ(豚兒)의 블쵸(不肖)ᄒᆞ믈 모ᄅᆞ고 묘히 듀진(朱陳)의 호연(好緣)²⁷⁵⁾을 믿고져 ᄒᆞ거늘 ᄌᆞ식(子息)이 무상(無狀)ᄒᆞ야 이에 니ᄅᆞ니 므슴 ᄂᆞᆺ치 이시리오? 믈이 업침 ᄀᆞᆺᄐᆞ야 양 시(氏) 녀ᄌᆞ(女子ㅣ) 돈ᄋᆞ(豚兒)의 홍ᄉᆞ(紅絲)²⁷⁶⁾를 몬져 ᄆᆡ자시니 서로 위차(位次)를 밧고디 못ᄒᆞ리라. 둘재로 취(娶)ᄒᆞ리니 길일(吉日)을 퇵(擇)ᄒᆞ쇼셔."

노 부ᄉᆡ(府使ㅣ) 깃거 사ᄅᆞᆷ으로 ᄒᆞ여곰 샤례(謝禮)ᄒᆞ고 퇵일(擇日)ᄒᆞ니 삼(三) 삭(朔)이 ᄀᆞ려더라.

부매(駙馬ㅣ) ᄯᅩ 양 공(公) 집의 사ᄅᆞᆷ 브려 신ᄒᆡᆼ(新行)을 지쵹ᄒᆞ니

---

273) 호의(狐疑): 여우의 의심이라는 뜻으로 자잘한 의심을 말함.

274) 빙폐(聘幣): 결혼할 때 신랑이 신부의 친정에 주던 재물. 빙물(聘物).

275) 듀진(朱陳)의 호연(好緣): 주진의 호연. 주씨와 진씨 집안의 좋은 인연이라는 뜻으로 두 집안이 통혼함을 이르는 말. 당나라 때 서주(徐州) 고풍현의 주진이라는 마을에 주씨와 진씨 두 성씨만 살면서 대대로 혼인을 하며 화목하게 지냈다고 한 데서 유래함. 『백씨장경집(白氏長慶集)』, 「주진촌(朱陳村)」.

276) 홍ᄉᆞ(紅絲): 홍사. 붉은 실이라는 뜻으로 부부의 인연을 맺는 것을 말함. 월하노인(月下老人)이 포대에 붉은 끈을 가지고 다녔는데 그가 이 끈으로 혼인의 인연이 있는 남녀의 손발을 묶으면 그 남녀는 혼인할 운명에서 벗어나지 못한다고 함. 중국 당나라의 이복언(李復言)이 지은 『속현괴록(續玄怪錄)』에 나오는 이야기.

양 샹셔(尙書ㅣ) 능히(能-) 츄스(推辭)[277]티 못ᄒᆞ야 허락(許諾)고 날을 굴히여 쇼져(小姐)를 니부(李府)로 보닉려 ᄒᆞ더라.

ᄎᆞ시(此時), 흥문이 듕칙(重責)을 닙고 셔실(書室)의 도라와 십여(十餘) 일(日) 됴리(調理)ᄒᆞ야 샹쳐(傷處ㅣ) 완합(完合)ᄒᆞ거ᄂᆞᆯ 의관(衣冠)

을 슈습(收拾)ᄒᆞ야 샹부(相府)로 가 셔당(書堂)의 드러가 부친(父親)긔 청죄(請罪)ᄒᆞ니 공(公)이 안ᄉᆡᆨ(顔色)을 엄졀(嚴切)[278]이 ᄒᆞ야 수죄(數罪) 왈(曰),

"네 아비 엇디ᄒᆞ야 쳐시며 언제 너ᄃᆞ려 맛당ᄒᆞ니 잇거든 스스로 안해 어드라 ᄒᆞ더뇨? 사ᄅᆞᆷ의 ᄌᆞ식(子息)이 언죡이식비(言足以飾非)[279]로 어버이 셩명(姓名)을 변(變)ᄒᆞ며 존당(尊堂)을 ᄀᆞᄅᆞ쳐 겨레라 ᄒᆞ야 무식무례(無識無禮)ᄒᆞ미 샹한쳔뉴(常漢賤類)[280]도 너의 힝ᄉᆞ(行事ㅣ) 업스리니 네 과연(果然) 니ᄅᆞ라. 여ᄎᆞ지ᄉᆞ(如此之事)를 ᄒᆞ고 다시 아비를 아니 보려 ᄒᆞ던다?"

ᄉᆡᆼ(生)이 안ᄉᆡᆨ(顔色)을 화(和)히 ᄒᆞ고 두 번(番) 졀ᄒᆞ야 샤죄(謝罪) 왈(曰),

---

277) 츄ᄉᆞ(推辭): 추사. 물러나 사양함.

278) 엄졀(嚴切): 엄절. 태도가 매우 엄격함.

279) 언죡이식비(言足以飾非): 언족이식비. 말솜씨는 자기 잘못을 꾸밀 수 있을 정도임. 사마천이 은(殷)나라의 폭군 주(紂)의 능력을 말하면서 "지식은 남의 말을 듣지 않을 정도로 충분했고, 말솜씨는 자기 잘못을 꾸며 감출 수 있었다. 知足以距諫, 言足以飾非."고 평한 바 있음. 사마천, 『사기(史記)』, 「은본기(殷本紀)」.

280) 샹한쳔뉴(常漢賤類): 상한천류. 상놈의 천한 무리.

"욕저(辱子ㅣ) 비록 무상(無狀)ᄒ고 식견(識見)이 업ᄉ나 이ᄅᆞᆯ 싱각디 못ᄒᆞ여시리잇고? 당초(當初) 노녀(-女)ᄅᆞᆯ 보매 그 얼골을 과(過)히 나므라미 아냐 그 집 양낭(養娘)의 말이 여ᄎ여ᄎ(如此如此)ᄒ고 그 녀ᄌᆞ(女子)의 거지(擧止) 진실노(眞實-) 규녀(閨女)의 틱(態) 업ᄉ니 결연(決然)이 니시(李氏) 봉졔(奉祭)[281]ᄅᆞᆯ 밧드

· ·

64면

디 못ᄒᆞᆯ 거시매 ᄒᆡ이(孩兒ㅣ) 미쳐 기간(其間) 연고(緣故)ᄅᆞᆯ 슬피디 못ᄒᆞᆫ 죄(罪) 만ᄉᆞ유경(萬死猶輕)이나 그ᄶᅥᆨ ᄆᆞ음은 ᄎᆞ마 목도(目睹)ᄒᆞ야 보고 췌(娶)ᄒᆞ디 못ᄒᆞ야 모비(母妃)와 조모(祖母)긔 졍유(情由)[282]ᄅᆞᆯ 고(告)ᄒᆞ매 모비(母妃) 듕댱(重杖)을 더으시고 조뫼(祖母ㅣ) 쥰칙(峻責)[283]ᄒᆞ샤 듯디 아니시니 ᄒᆞᆯ일업서 고향(故鄕)의 잇다가 야얘(爺爺ㅣ) 오시거든 오고져 ᄯᅳ시러니 양셰명을 만나니 그 위인(爲人)이 시쇽(時俗) 혼박(昏薄)[284]ᄒᆞᆫ 쟈(者)와 다ᄅᆞᆫ디라 ᄯᅩ 본 셩명(本姓名)을 니ᄅᆞᆯ딘대 그 연고(緣故)ᄅᆞᆯ 무ᄅᆞᆯ 거시니 비편(非便)[285]ᄒᆞ온디라 일시(一時)예 일이 블가(不可)ᄒᆞᄆᆞᆯ 싱각디 못ᄒᆞ고 변셩명(變姓名)ᄒᆞ미 ᄉᆞ죄(死罪)라 엄하(嚴下)의 죽으믈 싱각ᄒᆞ옵ᄂᆞ니 죄(罪) 엇디 업ᄉ롸 ᄒᆞ리잇가?"

말ᄉᆞᆷ을 다ᄒᆞ매 화(和)ᄒᆞᆫ 안식(顏色)이 츈홰(春花ㅣ) 만발(滿發)ᄒᆞᆫ

---

281) 봉제(奉祭): 봉제. 제사를 받듦.

282) 졍유(情由): 정유. 까닭.

283) 쥰칙(峻責): 준책. 준엄하게 꾸짖음.

284) 혼박(昏薄): 어리석고 경박함.

285) 비편(非便): 편하지 않음.

듯ᄒᆞᄃᆡ 공(公)이 ᄆᆞᄎᆞᆷᄂᆡ 안ᄉᆡᆨ(顏色)을 허(許)티 아냐 ᄀᆞᆯ오ᄃᆡ,

"아름답디 아닌 소ᄅᆡ 다시 뎨긔(提起)티 말고 ᄂᆡ

눈의 다시 뵈디 말디어다."

공ᄌᆞ(公子ㅣ) 피셕(避席) 빈ᄉᆞ(拜謝) 왈(曰),

"쇼ᄌᆞ(小子)의 죄(罪)를 아옵ᄂᆞ니 다시 빅여(百餘) 댱(杖) 칙(責)을 닙습고 안젼(案前)의 용납(容納)ᄒᆞ여지이다. 부ᄌᆞ(父子)ᄂᆞᆫ 고요ᄒᆞ미 귀(貴)ᄒᆞ니 이러틋 견집(堅執)286)ᄒᆞ시믄 올티 아닌가 ᄒᆞᄂᆞ이다."

부매(駙馬ㅣ) 어히업서 왈(曰),

"네 큰 죄(罪)를 짓고 의구(依舊)히 ᄂᆞᆺ출 드러 날을 봄도 ᄂᆡ 약(弱)ᄒᆞ거늘 네 날을 당돌(唐突)이 긔걸(冀乞)287)ᄒᆞᄂᆞᆫ다?"

문졍공(--公) 등(等) ᄉᆞ(四) 인(人)이 일시(一時)의 대쇼(大笑)ᄒᆞ기를 그치디 못ᄒᆞ더니 냥구(良久) 후(後) 문졍공(--公)이 웃고 ᄀᆞᆯ오ᄃᆡ,

"쇼뎨(小弟)ᄂᆞᆫ 셕일(昔日) 부형(父兄)을 너모 긔이기로 죄(罪) 우ᄒᆡ 죄(罪)를 ᄯᅩ 어덧거니와 홍문은 당초(當初)브터 바른 대로 딕고(直告)ᄒᆞ니 죄(罪)를 샤(赦)홀 ᄆᆞ딕니이다. 원ᄂᆡ(元來) 문이 셩품(性品)이 너모 활연(豁然)288)ᄒᆞ야 죽을 일이라도 긔이려키를 아니코 ᄆᆡᄉᆞ(每事ㅣ) ᄯᅳᆺ의 마ᄌᆞᆫ 일을 일우니 구ᄐᆡ여 제

---

286) 견집(堅執): 뜻을 굳게 지킴.

287) 긔걸(冀乞): 기걸. 바라고 애걸함.

288) 활연(豁然): 환하게 터져 시원한 모양.

부형(父兄)을 업슈이 너기미 아니니이다."

하람공(--公) 왈(曰),

"웃디 말라. 그 일이 더 용녈(庸劣)ᄒᆞ니라."

문정공(--公)이 다시 웃고 근절(懇切)이 녁권(力勸)ᄒᆞ야 안젼(案前)의 신임(身任)[289]케 ᄒᆞ더니,

ᄎᆞ야(此夜)의 기국공(--公)과 강음후(--侯)ᄂᆞᆫ 셔헌(書軒)의 샹딕(上直)ᄒᆞ고 안두후(--侯)ᄂᆞᆫ 닉당(內堂)의 들고 냥(兩) 공(公)이 몬져 누어 쵹(燭)을 나오혀 노코 서로 『녜긔(禮記)』를 의논(議論)ᄒᆞ고 두 공ᄌᆞ(公子)ᄂᆞᆫ 겨틱셔 ᄌᆞᆷ을 몬져 드럿더니 이윽고 흥문이 잇다감 통셩(痛聲)이 미미(微微)ᄒᆞ거늘 문정공(--公)이 놀라 글오ᄃᆡ,

"이 아희(兒孩) 어듸를 알는가 시브이다."

하람공(--公)이 미쇼(微笑) 왈(曰),

"창흔(瘡痕)[290]이 채 아무디 못ᄒᆞ엿도다."

문정공(--公)이 밋디 아녀 왈(曰),

"형댱(兄丈)이 이십(二十)을 첫노라 ᄒᆞ시니 그대도록 ᄒᆞ리오?"

친(親)히 쵹(燭)을 들고 볼식, 어그러온[291] 안광(顔光)이 ᄌᆞᆷ의 뇌듕(惱重)[292]ᄒᆞ야 홍광(紅光)이 ᄎᆔ(聚)ᄒᆞ이니 졀승(絕勝)ᄒᆞᆫ 풍치(風采) 더옥 긔특(奇特)ᄒᆞ니 공(公)

---

289) 신임(身任): 곁에서 모심. 시측(侍側).

290) 창흔(瘡痕): 부스럼이 났던 자국이나, 칼에 다친 흉터.

291) 어그러온: 너그러운.

292) 뇌듕(惱重): 뇌중. '피곤하여 잠이 깊음'의 뜻으로 보이나 미상임.

이 등을 두드리고 입을 쌈의 다혀 년이(戀愛)ᄒ며 그 샹쳐(傷處)를 보니 오히려 프르기 쳥화(靑華)[293] ᄀᆞᆺ고 굼기 채 아모디 못ᄒᆞ엿ᄂᆞᆫ디라 공(公)이 실ᄉᆡᆨ(失色) 왈(曰),

"형댱(兄丈)이 실로(實-) 모디르시이다. 이십여(二十餘) 댱(杖)을 텻노라 ᄒᆞ신 거시 지금(只今)의 니르히 이러ᄒᆞ니잇고? 엇던 몸이라 이딕도록 앗기디 아니시니잇가?"

공(公)이 웃고 쏘ᄒᆞᆫ 나아가 보고 ᄀᆞᆯ오ᄃᆡ,

"산 술이 ᄌᆞ연(自然) 아니 셩홀 거시라 과도(過度)히 구ᄂᆞᆫ다?"

공(公)이 다시음 어ᄅᆞᆫ만뎌 앗기며 블샹이 너겨 ᄀᆞᆯ오ᄃᆡ,

"이러ᄒᆞ야 가[294]지고 형댱(兄丈)을 두려 소셩(蘇醒)[295]ᄒᆞᆫ 톄ᄒᆞ고 니러나시니 아니 어엿브니잇가? 그딕도록 인졍(人情)이 업ᄉᆞ니잇가?"

공(公) 왈(曰),

"너ᄂᆞᆫ 셩문이 ᄇᆡᆨᄉᆞ(百事ㅣ) 미진(未盡)ᄒᆞᆷ이 업ᄉᆞ매 말[296]을 더러 텻 ᄒᆞ거니와 진실노(眞實-) 흥문의 소ᄒᆡᆼ(所行) ᄀᆞᆺ틀딘대 다ᄉᆞ리미 업ᄉᆞ리오?"

공(公)

---

293) 쳥화(靑華): 청화. 중국에서 나는 푸른 물감의 하나. 복숭아꽃 빛깔과 섞어 나뭇잎과 풀을 그리는 데 많이 씀.

294) 가: [교] 원문에는 '어'로 되어 있으나 문맥을 고려해 규장각본(2:55)을 따름.

295) 소셩(蘇醒): 소성. 중병을 치르고 난 뒤에 다시 회복함.

296) 말: [교] 원문에는 '날'로 되어 있으나 문맥을 고려하여 이와 같이 수정함. 참고로 규장각본 (2:53)에도 '날'로 되어 있음.

이 딕왈(對曰),

"닉 압히 다듯디 아녀시니 긔디(期知)²⁹⁷)티 못ᄒ나 형댱(兄丈)이 인졍(人情)은 ᄆ춤닉 업스이다."

공(公)이 미쇼(微笑)ᄒ더라.

ᄎ후(此後) 다시 그ᄅ며 올흐믈 시비(是非) 아니코 녜대로 안젼(案前)의 두엇더라.

일일(一日)은 공직(公子ㅣ) 양 샹셔(尙書) 부듕(府中)의 니ᄅ니 공(公)이 화풍셩운(華風盛運)²⁹⁸)이 새로오믈 보고 반가오미 심듕(心中)의 뉴츌(流出)ᄒ야 우음을 먹음고 마자 닐오딕,

"별닉(別來) 칠팔(七八) 삭(朔)의 음신(音信)²⁹⁹)이 요원(遙遠)ᄒ더니 그ᄉ이 조홰(造化ㅣ) 엇디 그대도록 ᄒ리오?"

싱(生)이 웃고 샤례(謝禮) 왈(曰),

"인연(因緣)이 듕(重)ᄒ매 귀신(鬼神)이 조화(造化)를 브려 그러틋 ᄒ니 악댱(岳丈)은 노(怒)티 마ᄅ쇼셔. 악댱(岳丈)의 디인(知人)ᄒ시미 그ᄅ니 뉘 타시리오?"

공(公)이 골오딕,

"닉 엇디 노(怒)ᄒ 일이 이시리오? 녀ᄋ(女兒)의 연고(緣故)로 그딕 듕칙(重責)을 닙으니 닉 졍(正)히 샤죄(謝罪)코져 ᄒ더니라."

싱(生)이 쇼왈(笑曰),

---

297) 긔디(期知): 기지. 앞날을 미리 앎.

298) 화풍셩운(華風盛運): 화풍셩운. '화려한 풍모'의 뜻으로 보이나 미상임.

299) 음신(音信): 소식.

"ᄌᆞ뎐(自專)ᄒᆞᆫ 죄(罪)로

마ᄌᆞ니 가친(家親)이 양 시(氏)를 믜이 넉이샤 쇼ᄌᆞ(小子)를 틱시니잇가?"

샹셰(尙書ㅣ) 그 말을 더옥 깃거 웃고 ᄉᆞ매를 잇그러 닉당(內堂)의 드러가 부인(夫人)을 뵈니 부인(夫人)이 크게 반기고 ᄉᆞ랑ᄒᆞᆷ믈 이긔디 못ᄒᆞ야 호쥬셩찬(好酒盛饌)³⁰⁰⁾을 닉여 딕졉(待接)ᄒᆞ며 공(公)이 좌우(左右)로 녀ᄋᆞ(女兒)를 블러와 좌(座)의 안ᄌᆞ매 싱(生)이 니러 읍(揖)ᄒᆞ니 쇼졔(小姐ㅣ) 답녜(答禮)ᄒᆞ고 좌(座)의 안ᄌᆞ매 싱(生)이 눈을 드러 보매 연연(軟軟)ᄒᆞ던 술이 ᄀᆞ장 윤퇵(潤澤)ᄒᆞ고 신댱(身長)이 더 ᄌᆞ라시니 이 진짓 츄퇵(秋澤) 부용(芙蓉)이 이슬을 마시며 망월(望月)이 옥뉸(玉輪)³⁰¹⁾ ᄉᆞ이에 도든 듯, 슈려(秀麗)ᄒᆞᆫ 골격(骨格)이 표표(飄飄)히 샹쳔(上天)³⁰²⁾ ᄀᆞᆺᄒᆞ야시니 싱(生)이 반가오미 흠뚝ᄒᆞ고 깃거ᄒᆞᄂᆞᆫ 졍(情)이 옥면(玉面)을 움즉이니 ᄌᆞ로 눈을 보닉며 미(微)ᄒᆞᆫ 우음이 옥치(玉齒)를 드러닉여 졀승(絶勝)ᄒᆞᆫ 풍광(風光)이 쇼져(小姐)긔 디디 아니ᄒᆞ

---

300) 호쥬셩찬(好酒盛饌): 호주성찬. 맛있는 술과 풍성하게 잘 차린 음식.
301) 옥뉸(玉輪): 옥륜. 옥으로 만든 수레바퀴라는 뜻으로, '달'을 아름답게 이르는 말.
302) 샹쳔(上天): 상천. 하늘에 오름.

니 양 공(公) 부뷔(夫婦ㅣ) 대락(大樂)ᄒ야 녀셔(女壻)를 좌우(左右)의 안텨 등을 두ᄃ려 ᄉ랑ᄒ더니,

양싱(-生) 형뎨(兄弟) 마을노셔 도라와 싱(生)을 보고 놀나 글오ᄃᆡ,

"이 엇던 사름이니잇가?"

"이 곳 난화의 셔방(書房)이라."

싱(生)이 ᄇ야흐로 알고 서로 녜필(禮畢) 후(後) 이(二) 싱(生) 왈(曰),

"그ᄃᆡ 민ᄌ(妹子)의 가위(佳偶ㅣ) 되연 디 오라ᄃᆡ 이제야 보니 인친지졍(姻親之情)303)이 박(薄)다 ᄒ리로다."

싱(生)이 ᄯᅩᄒ 흔연(欣然)이 응ᄃᆡ(應對) 츄양(推讓)304)ᄒ고 눈을 드러 보매 긔위(氣宇ㅣ)305) 쳥강(淸剛)306)ᄒ고 미목(眉目)이 눕하 일ᄃᆡ직ᄉ(一代才士ㅣ)307)라. 싱(生)이 그윽이 심복(心服)ᄒ고 양싱(-生) 등(等)도 흥문의 풍치(風采)를 보고 놀라 칭찬(稱讚)ᄒ믈 마디아니터라.

양 공(公)이 져므도록 이(二) ᄌ(子)와 녀셔(女壻)로 더브러 한담(閑談)ᄒ며 셕식(夕食)을 ᄒᆫ가지로 ᄒ고 밤이 되매 니싱(李生)과 쇼져(小姐)를 침실(寢室)노 보ᄂ니 싱(生)이 쵹하(燭下)의 ᄃᆡ(對)ᄒ매 은졍(恩情)

---

303) 인친지졍(姻親之情): 인친지정. 사돈 사이의 정.

304) 츄양(推讓): 추양. 겸손히 사양함.

305) 긔위(氣宇ㅣ): 기우. 기개와 도량을 아울러 이르는 말.

306) 쳥강(淸剛): 청강. 맑고 강직함.

307) 일ᄃᆡ직ᄉ(一代才士ㅣ): 일대재사. 당대에 이름을 날린 재주 있는 선비.

이 더옥 급(急)ᄒ야 웃고 무ᄅᄃᆡ,

"신댱(身長)은 그ᄉ이 슉셩(熟成)ᄒ야시ᄃᆡ 인ᄉᆞ(人事ㅣ) ᄂᆞ디 못ᄒ야 오래 ᄲᅥ나던 댱부(丈夫)ᄅᆞᆯ 보ᄃᆡ 일언(一言)을 토(吐)ᄒ미 업ᄂᆞ뇨?"

쇼제(小姐ㅣ) 미쇼(微笑)ᄒ고 날호여 ᄃᆡ왈(對曰),

"본ᄃᆡ(本-) 셩졍(性情)이 암ᄆᆡ(暗昧)³⁰⁸ᄒ니 미처 ᄉᆡᆼ각디 못ᄒ와이다."

ᄉᆡᆼ(生)이 ᄯᅩ 쇼왈(笑曰),

"그럴딘대 니시(李氏) 무수(無數)ᄒᆞᆫ 일가(一家)와 우리 궁(宮) 무수(無數) 샹궁(尙宮)을 엇디 격그려 ᄒᆞᄂᆞ뇨?"

쇼제(小姐ㅣ) 잠쇼(暫笑) 브답(不答)이러라. ᄉᆡᆼ(生)이 문왈(問曰),

"나의 젼후(前後) 일홈이 다ᄅᆞ고 그ᄃᆡ 젼일(前日)은 유ᄉᆡᆼ(儒生)의 체(妻ㅣ)오, 즉금(卽今)은 니시(李氏) 왕부(王府) 통뷔(冢婦ㅣ) 되여시니 ᄆᆞ음의 어ᄂᆞ 나으뇨?"

양 시(氏) 유유(儒儒)ᄒ야 답(答)디 아닌ᄃᆡ ᄉᆡᆼ(生)이 핍박(逼迫)ᄒ야 므ᄅᆞᆫ대, 쇼제(小姐ㅣ) ᄃᆡ왈(對曰),

"녀ᄌᆡ(女子ㅣ) 되야 ᄒᆞᆫ 번(番) 댱부(丈夫)ᄅᆞᆯ 조ᄎᆞ매 쳔(賤)ᄒ야도 ᄒᆞᆯ일업고 귀(貴)ᄒ야든 깃븟 일 이시리오?"

ᄉᆡᆼ(生)이 웃고 왈(曰),

"올커니와

---

308) 암ᄆᆡ(暗昧): 암매. 어리석어 생각이 어두움.

싱(生)의 전후(前後) 쳐시(處事]) 엇더뇨? 소견(所見)을 긔이디 말라.”

쇼졔(小姐]) 듸왈(對曰),

“쳡(妾)이 앗가 군(君)의게 고(告)흔 말솜이 잇누니 인시(人事])
암미(暗昧)ᄒ야 쳡(妾)의 허믈을 스스로 아디 못ᄒ거든 더욱 군ᄌ(君
子)와 힝ᄉ(行事)를 시비(是非)ᄒ리오?”

싱(生)이 나아가 손을 잡고 글오듸,

“고어(古語)의 붕우(朋友)는 칙션(責善)309)이라 ᄒ니 그듸와 닉 오
륜(五倫)의 둘흘 겸(兼)ᄒ야시니 모ᄅ미 ᄌ시 논폄(論貶)310)ᄒ라.”

쇼졔(小姐]) 슈습(收拾)ᄒ다가 듸왈(對曰),

“군ᄌ(君子]) 임의 블고이취(不告而娶)ᄒ미 계시니 존귀(尊舅])
경계(警戒)ᄒ시미 올ᄒ신디라 다시 말솜이 업ᄂ이다.”

싱(生)이 크게 웃고 왈(曰),

“그리면 싱(生)을 그ᄅ다 말가?”

쇼졔(小姐]) 미쇼(微笑) 왈(曰),

“올ᄒ며 그ᄅ믈 군ᄌ(君子]) ᄯ 아ᄅ실 거시니 쳡(妾)의 소견(所
見)이 ᄒᆫ가지라 다시 므러 무엇ᄒ리잇고?”

싱(生)이 대쇼(大笑)ᄒ고 ᄉ매를 잇그러 침상(寢牀)의 나아가니 새
로온 은졍(恩情)

---

309) 붕우(朋友)는 칙션(責善): 붕우는 책선. 벗은 착한 일을 하도록 권함. 『맹자(孟子)』, 「이루(離
婁) 하(下)」에 나오는 말로, 원문에는 “착한 일을 하도록 권하는 것은 벗의 도리이다. 責善朋
友之道也.”라 되어 있음.

310) 논폄(論貶): 논하여 평가함.

이 비길 곳 업더라.

이히 봄의 알셩(謁聖)311)이 이셔 흥문이 과거(科擧)의 나아가 장
원(壯元)ᄒ고 텰싱(-生)은 둘재 ᄒ니 텰니(-李) 냥문(兩門)의 영홰(榮
華ㅣ) 거록ᄒ나 승샹(丞相)이 무평빅(--伯) 쇼긔(小朞)312) 디나디 못
ᄒ여시므로 ᄌ인(才人)313)을 금(禁)ᄒ고 노리를 허(許)티 아니ᄒ니
공ᄌ(公子ㅣ) 다만 계지(桂枝)를 곳고 추종(騶從)314)을 거ᄂ려 삼일
유가(三日遊街)315)ᄒᆯ 분이로ᄃᆡ 텰부(-府)의셔 크게 경연(慶宴)316)을
베퍼 만됴(滿朝) 대쇼빅관(大小百官)을 다 쳥(請)ᄒ고 즐기니 그 긔
구(器具)317)의 장(壯)ᄒ미 니로 긔록(記錄)디 못ᄒᆞ너라.

하람공(--公) 등(等)이 몸의 듕복(重服)318)이 잇ᄂᆞᆫ 고(故)로 가디
못ᄒ니 텰 샹셰(尙書ㅣ) ᄀ장 셥셥이 너겨 일흥(一興)이 ᄉ연(捨
然)319)ᄒ나 ᄒᆞᆯ일업서 부친(父親)을 뫼셔 화ᄌ320)의 노름을 볼ᄉᆡ 교

---

311) 알셩(謁聖): 알성. 황제가 문묘에 참배한 뒤 실시하던 비정규적인 과거 시험. 알성과(謁聖科).

312) 쇼긔(小朞): 소기. 사람이 죽은 지 1년 만에 지내는 제사.

313) ᄌ인(才人): 재인. 광대.

314) 추종(騶從): 추종. 윗사람을 따라다니는 종.

315) 삼일유가(三日遊街): 과거에 급제한 사람이 사흘 동안 시험관과 선배 급제자와 친척을 방문
하던 일.

316) 경연(慶宴): 경사를 축하하는 잔치.

317) 긔구(器具): 기구. 예법에 필요한 것이 골고루 갖추어져 있는 형세.

318) 듕복(重服): 중복. 사촌이나 고모 또는 고종사촌 등 대공친(大功親)의 상사 때에 아홉 달 동안
입던 복제. 그런데 이는 이몽현과 그 숙부 이한성의 관계를 고려하면 오복(五服) 제도에 어긋
난 서술임. 숙부모의 상에는 대공(大功)이 아닌 자최(齊衰) 1년, 장기(杖朞: 지팡이를 짚음)를
해야 함. 『경국대전(經國大典)』, 「예전(禮典)」, '오복(五服)'.

319) ᄉ연(捨然): 사연. 사라짐.

320) 화ᄌ: 화자. 나이 70에도 부모를 기쁘게 하기 위해 색동옷을 입고 춤을 추었다는, 중국 춘추
시대의 효자 노래자(老萊子)인 듯하나 미상임.

방(敎坊)321) 악공(樂工) 챵기(娼妓) 곳 수플이 되엿ᄂᆞᄃᆡ, 텰싱(-生)이 옥면뉴풍(玉面柳風)322)이 하안(何晏),323) 반악(潘岳)324)을 우스니 모다 칭찬(稱讚)ᄒᆞᄆᆞᆯ

••

74면

마디아니ᄒᆞ고 뎐하(殿下)의 ᄂᆞ리와 진퇴(進退)325)ᄒᆞ매 ᄀᆞ초 긔이(奇異)ᄒᆞᆫ 노롬이 형용(形容)티 못ᄒᆞᆯ너라.

셕양(夕陽)의 파연(罷宴)ᄒᆞ고 싱(生)이 대취(大醉)ᄒᆞ야 붓들녀 침소(寢所)의 드러가니 쇼제(小姐ㅣ) 니러 마자 ᄇᆞ야흐로 입을 여러 등뇽(登龍)326)ᄒᆞᆷᄅᆞᆯ 티하(致賀)ᄒᆞ니 옥셩(玉聲)이 낭낭(朗朗)ᄒᆞ고 안ᄉᆡᆨ(顔色)이 쳔연(天然)ᄒᆞ야 깃거ᄒᆞᄂᆞᆫ 긔ᄉᆡᆨ(氣色)도 업ᄉᆞᄃᆡ 영양부모(榮養父母)327)ᄒᆞᆷᄅᆞᆯ 일ᄏᆞᆺ더라. 싱(生)이 놀나고 깃거 이에 흔연(欣然) 딘왈(對曰),

"ᄆᆞᄎᆞᆷ 뇽계(龍階)328)ᄅᆞᆯ 넓329)으니 부모(父母)긔 영화(榮華)ᄅᆞᆯ 뵈오

---

321) 교방(敎坊): 가무(歌舞)를 가르치는 관아(官衙).

322) 옥면뉴풍(玉面柳風): 옥면유풍. 옥 같은 얼굴과 버들 같은 풍채라는 뜻으로 남자의 아름다운 외모를 비유한 말.

323) 하안(何晏): 중국 삼국시대 위(魏)나라 사람(196~249)으로 자(字)는 평숙(平叔). 조조(曹操)의 의붓아들이자 사위. 반하(潘何)라 하여 서진(西晉)의 반악(潘岳)과 함께 잘생긴 남자의 대명사로 불림.

324) 반악(潘岳): 중국 서진(西晉)의 문인(247~300)으로 자는 안인(安仁), 하남성(河南省) 중모(中牟) 출생. 용모가 아름다워 낙양의 길에 나가면 여자들이 몰려와 그를 향해 과일을 던졌다는 고사가 있음.

325) 진퇴(進退): 과거급제자를 축하하기 위해 과거에 먼저 급제한 사람이 과거급제자에게 세 번 앞으로 나오고 세 번 뒤로 물러가게 했던 일.

326) 등뇽(登龍): 등룡. 용문(龍門)에 오른다는 뜻으로, 어려운 관문을 통과하여 크게 출세하게 됨. 또는 그 관문을 이르는 말. 보통 과거에 급제함을 이름. 잉어가 중국 황하(黃河) 중류의 급류인 용문을 오르면 용이 된다는 전설에서 유래함. 등용문(登龍門).

327) 영양부모(榮養父母): 지위가 높아지고 명망을 얻어 부모를 영화롭게 잘 모심.

미 깃브나 쏘 경시(慶事ㅣ) 잇도다. 부인(夫人)이 엇디 흑싱(學生)두 려 말을 ᄒᆞᄂᆞ뇨?"

쇼졔(小姐ㅣ) 냥구(良久)의 ᄃᆡ왈(對曰),

"쳡(妾)이 군(君)을 ᄋᆞ시(兒時)로브터 거거(哥哥)로 아다가 군(君) 이 무상(無狀)ᄒᆞ야 반계곡경(盤溪曲徑)330)으로 췌(娶)ᄒᆞ니 ᄆᆞᄋᆞᆷ의 흔 (恨)이 ᄆᆡ치고 원(怨)이 빠혀 말홀 의ᄉᆞ(意思ㅣ) 업더니 금일(今日)은 존당(尊堂) 구괴(舅姑ㅣ) 큰 경ᄉᆞ(慶事)를 당(當)ᄒᆞ야 과도(過度)히

75면

깃거ᄒᆞ실ᄉᆡ 인ᄉᆞ(人事)를 출혀 군(君)을 향(向)ᄒᆞ여 말을 ᄒᆞ나 깃 거ᄒᆞ미 아니로다."

싱(生)이 텽파(聽罷)의 희연(喜然)이 웃고 ᄀᆞ로ᄃᆡ,

"내 쏘 그ᄃᆡ 쯧을 알고 네 그른 줄 알매 능히(能-) 그ᄃᆡ를 그르다 못 ᄒᆞ더니 이제 그ᄃᆡ 유신(有娠)331)ᄒᆞ미 잇고 네 쏘 텬은(天恩)을 닙 ᄉᆞ와 몸이 녜와 다르니 그 ᄂᆡ상(內相)332)이 ᄆᆡ양 믁믁(默默)고 엇디 ᄒᆞ리오? 그ᄃᆡ ᄀᆞ장 쇼통(疏通)333)ᄒᆞᆫ 사ᄅᆞᆷ이로다."

쇼졔(小姐ㅣ) 졍식(正色) 브답(不答)ᄒᆞ니 싱(生)이 크게 웃고 ᄀᆞ장 쾌(快)ᄒᆞ여 ᄒᆞ더라.

---

328) 뇽계(龍階): 용계. 궁궐의 섬돌. 급제함을 이름.

329) 붏: [교] 원문에는 '붐'으로 되어 있으나 오기로 보임.

330) 반계곡경(盤溪曲徑): 서려 있는 계곡과 구불구불한 길이라는 뜻으로, 일을 순서대로 정당하게 하지 아니하고 그릇된 수단을 써서 억지로 함을 이르는 말.

331) 유신(有娠): 임신함.

332) ᄂᆡ상(內相): 내상. 아내.

333) 쇼통(疏通): 소통. 막히지 않고 잘 통함.

이튿날 니부(李府)의 나아가 모든 뒤 뵈매 일개(一家ㅣ) 흔 당(堂)의 모다 뉴 부인(夫人) 이해(以下ㅣ) 좌(座)룰 일우고 텰 시랑(侍郎)이 ᄋᆞᄌᆞ(兒子)로 더브러 이에 와 좌(座)의 드니 모다 일시(一時)의 시랑(侍郎)을 향(向)ᄒᆞ야 티하(致賀)ᄒᆞ고 시랑(侍郎)은 흥문의 등졔(登第)ᄒᆞ믈 하례(賀禮)ᄒᆞ더니 하람공(--公)이 이날이야 잠간(暫間) 두 굿겨 챵딩의 손을 잡고

옥면(玉面)의 희ᄉᆡᆨ(喜色)이 ᄀᆞ득ᄒᆞ니 문졍공(--公)이 쇼왈(笑曰),

"형댱(兄丈)이 젼일(前日) 그대도록 미안(未安)ᄒᆞ시던 ᄆᆞ음이 어딘 가시고 이졔 뎌리 ᄉᆞ랑ᄒᆞ시ᄂᆞ니잇가?"

공(公)이 잠쇼(暫笑) 왈(曰),

"현뎨(賢弟)ᄂᆞᆫ 과연(果然) 다ᄉᆞ(多事)334)ᄒᆞ도다. 닉 사회 아니 되여시나 텰형(-兄)의 아들이 등졔(登第)ᄒᆞ니 이만티 못 깃브랴?"

텰 시랑(侍郎)이 쇼왈(笑曰),

"빅달이 믹양 딕언(直言)을 ᄒᆞ니 다샤(多謝)335)ᄒᆞ도다. 쉬 내 아들노 잇고 사회 아니면 뎌대도록 깃거홀 인졍(人情)이 어딘 이시리오?"

하람공(--公)이 미쇼(微笑) 왈(曰),

"쇼뎨(小弟) 젼일(前日) 슈 등(等)을 흥문 등(等)으로 층등(層等)336)ᄒᆞ야 혜더니잇가? 형댱(兄丈)이 쇼뎨(小弟)룰 고이(怪異)ᄒᆞᆫ 딘

---

334) 다ᄉᆞ(多事): 다사. 보기에 쓸데없는 일에 간섭을 잘하는 데가 있음.

335) 다샤(多謝): 다사. 감사함이 많음.

336) 층등(層等): 서로 구별되는 층과 등급.

로 미뢰시니 원통(冤痛)ᄒᆞ도소이다."

일좨(一座ㅣ) 웃더라.

텬ᄌᆡ(天子ㅣ) 특별(特別)이 흥문을 바로 입각(入閣)ᄒᆞ샤 태흑ᄉᆞ(太學士)ᄅᆞᆯ 호이시고 텰싱(-生)을 한님슈찬(翰林修撰)을 ᄒᆞ이시니 냥인(兩人)이 일셰(一世)

●●●

77면

풍뉴(風流) 흑ᄉᆞ(學士)로 묘년(妙年) 아망(雅望)337)이 ᄉᆞ셔(士庶)338)의 진동(震動)ᄒᆞ더라.

이러구러 양 시(氏)의 ᄇᆡ현(拜見)ᄒᆞᆯ 날이 다ᄃᆞᄅᆞ니 니부(李府)로셔 진 샹궁(尙宮)과 위 샹궁(尙宮)이 시녀(侍女) ᄇᆡᆨ여(百餘) 명(名)을 거ᄂᆞ려 이에 니ᄅᆞ러 쇼져(小姐)ᄅᆞᆯ 단장(丹粧)ᄒᆞᆯᄉᆡ, 양 공(公)이 이러ᄒᆞ믈 처음브터 ᄭᅵ리던 배라 이날 더옥 블쾌(不快)ᄒᆞ야ᄒᆞ더니 진 샹궁(尙宮)이 소져(小姐)의 의복(衣服)을 술펴보매 다 검박(儉朴)ᄒᆞ고 갈냑(簡略)ᄒᆞ야 츄호(秋毫)도 금슈(錦繡) 칠보(七寶)ᄅᆞᆯ 더은 거시 업고 녜복(禮服)이 ᄯᅩᄒᆞᆫ 무식(無色)ᄒᆞ미 심(甚)ᄒᆞ거ᄂᆞᆯ 진 샹궁(尙宮)이 ᄀᆞᆯ오ᄃᆡ,

"쇼져(小姐)ᄂᆞᆫ 하람비(--妃) 통뷔(冢婦ㅣ)339)시라 엇디 복식(服色)이 이러ᄒᆞ리오? 본궁(本宮)의셔 가져온 직쥐월나삼(織翠越羅衫)340)과 홍금뎍의(紅錦翟衣)341)와 ᄇᆡᆨ화슈라상(百花繡羅裳)342)을 읏듬으로

---

337) 아망(雅望): 훌륭한 인망.

338) ᄉᆞ셔(士庶): 사서. 선비 무리.

339) 통뷔(冢婦ㅣ): 총부. 종자(宗子)나 종손(宗孫)의 아내. 곧 종가(宗家)의 맏며느리를 이름.

340) 직쥐월나삼(織翠越羅衫): 직쥐월나삼. 월나라 비단으로 만든 비췻빛 적삼.

가져와시니 이거슬 닙히사이다."

양 공(公) 왈(曰),

"궁희(宮姬) 말이 올흔 둧ᄒᄂ나 샤티(奢侈)ᄒᄆ믄 가(可)티 아니ᄒᄂ니

••

78면

녀ᄋᆡ(女兒ㅣ) 한쳔(寒賤)[343]흔 가문(家門)의 나 비록 왕부(王府) 툥뷔(冢婦ㅣ) 되나 일편도이 휘황(輝煌)흔 거슬 더오믄 블가(不可)ᄒᄂ니 다만 녜(禮)로 ᄒᄒ라."

진 샹궁(尙宮)이 빈왈(拜曰),

"노야(老爺) 말슴이 금옥(金玉) 긋ᄐ시니 봉ᄒᆡᆼ(奉行)ᄒᄒ염 죽ᄒᄒ나 뎨왕가(帝王家) 녜법(禮法)이 처엄 뵈ᄂ 날 마디못ᄒᄒ야 이거슬 닙으니 쳡(妾)이 스스로 지어ᄂᆡᆫ 일이 아니로소이다."

양 공(公)이 블열(不悅)ᄒᄒ며 브답(不答)ᄒᄒ고 나가더라.

진 샹궁(尙宮)이 드듸여 슌금쇄약(純金鎖鑰)[344]을 열고 칠보함(七寶函)을 여러 두 가지 오슬 밧드러 믜오고 닙히며 머리의 쥬취(珠翠)[345]를 더으니 뉴지(柳枝)[346] 셤셤(纖纖)ᄒᄒ야 ᄯ허딜 둧ᄒᄒ고 연연(軟軟)흔 몸이 운동(運動)티 못ᄒᄒᆞ너라.

모든 궁인(宮人)이 븟드러 덩의 너코 호위(護衛)ᄒᄒ야 도라와 막ᄎ

---

341) 홍금뎍의(紅錦翟衣): 홍금적의. 붉은 비단에 청색의 꿩을 수놓아 만든 의복으로 중요한 예식 때 황후나 귀부인이 입던 예복.

342) 빅화슈라샹(百花繡羅裳): 백화수라상. 비단에 온갖 꽃을 수놓은 치마.

343) 한쳔(寒賤): 한천. 한미하고 천함.

344) 슌금쇄약(純金鎖鑰): 순금쇄약. 순금으로 만든 자물쇠.

345) 쥬취(珠翠): 주취. 구슬과 비취.

346) 뉴지(柳枝): 유지. 버들가지 같은 허리.

(幕次)의 드러 잠간(暫間) 쉬여 폐빅(幣帛)을 밧드러 존당(尊堂) 구고
(舅姑)긔 뵐식 승상(丞相)이 무평빅(--伯) 쇼긔(小朞) 젼(前)이믈 구애
(拘礙)ᄒ

야 빈긱(賓客)을 모흐디 아니ᄒ고 일개(一家ㅣ) 흔 당(當)의 모다
시니 그 쉬(數ㅣ) ᄯ흔 젹디 아니ᄒ더라.

신뷔(新婦ㅣ) 긴 단장(丹粧)을 쓰을고 면젼(面前)의 진퇴(進退)ᄒ
매 옥(玉) ᄀᆞᆺ튼 안식(顔色)은 빅셜(白雪)로 다듬은 둧 프른 눈셥은
산쳔(山川)의 조화(造化)를 아오르고 두 눈의 졍치(精彩) 믈근 거울
을 뒤(對)ᄒ 둧, 두 ᄲᅡᆨ 냥협(兩頰)은 홍년(紅蓮)이 셰우(細雨)를 마신
둧, 븕은 입시욹은 단사(丹沙)를 뎜(點) 친 둧, 뇨뇨뎡뎡(窈窈貞
靜)347)흔 틱되(態度ㅣ) 이목(耳目)의 홀란(焜爛)348)ᄒ고 슈려쇄락(秀
麗灑落)349)흔 용치(容采)350) 소월(素月)이 쳥듕(靑中)351)의 븕은 둧,
긔질(氣質)이 셤셤(纖纖)ᄒ야 오ᄉᆞᆯ 이긔디 못홀 둧ᄒ나 빅읍(拜揖)
ᄒᄂᆞᆫ 형상(形狀)이 규구(規矩)352)의 마자 일호(一毫) 착난(錯亂)353)
티 아니ᄒ니 일좌(一座ㅣ) 크게 놀라 일시(一時)의 칭찬(稱讚)ᄒᄂᆞᆫ
소릭 귀를 어즈러이고 구고(舅姑) 존당(尊堂)이 역시(亦是) 희열(喜

---

347) 뇨뇨뎡뎡(窈窈貞靜): 요요정정. 그윽하고 깨끗하며 조용함.
348) 홀란(焜爛): 혼란. 어른어른하는 빛이 눈부시게 아름다움.
349) 슈려쇄락(秀麗灑落): 수려쇄락. 빼어나게 곱고 시원스럽게 생김.
350) 용치(容采): 용채. 얼굴과 풍채.
351) 쳥듕(靑中): 청중. 푸른 하늘.
352) 규구(規矩): 그림쇠와 곱자라는 뜻으로 법도를 말함.
353) 착난(錯亂): 착란. 어지럽고 어수선함.

悅)ᄒᄆᆯ 이긔디 못ᄒ니 다 각각(各各) 슬픈 ᄆᆞᆷ이 뉴동(流動)ᄒᄂ
디라. 뉴

••

80면

부인(夫人)이 톄뤼(涕淚ㅣ) 비 ᄀᆞᆺᄐᆞ야 ᄀᆞᆯ오딕,

"인싱(人生)이 모딜미 심(甚)ᄒ야 손ᄋᆞ(孫兒)의 이 ᄀᆞᆺ튼 영효(榮
孝)354)ᄅᆞᆯ 보니 새로이 간댱(肝腸)이 ᄉᆞᆺᄂ 듯ᄒ도다."

승샹(丞相)이 더옥 심간(心肝)이 붕졀(崩絶)355)ᄒ야 손을 ᄆᆞᆺ고 머
리ᄅᆞᆯ 수겨 눈믈이 방셕(方席)의 저저 강잉(强仍)ᄒ야 부인(夫人)을
위로(慰勞)ᄒ고 신부(新婦)ᄅᆞᆯ 인도(引導)ᄒ야 ᄉᆞ당(祠堂)의 올라 묘
문(廟門)을 열고 문정공(--公) 등(等) 오(五) 인(人)과 승샹(丞相) 형뎨
(兄弟) 좌우(左右)의 느러셔 흑ᄉᆞ(學士) 부부(夫婦)ᄅᆞᆯ ᄡᅡᆼ(雙)으로 진
쟉(進爵)356)ᄒ고 츅문(祝文)을 지어 고(告)ᄒ며 향(香)을 픠오고 지뎐
(紙錢)을 ᄉᆞᆯ오니 부부(夫婦) 냥인(兩人)이 진퇴(進退)ᄒ야 비례(拜禮)
ᄒᄂ 형샹(形狀)이 만일(萬一) 태ᄉᆞ(太師ㅣ) 사라실딘대 두굿거오믈
엇디 이긔여 니ᄅᆞ리오. 승샹(丞相)과 쇼뷔(少傅ㅣ) 눈믈이 하슈(河水)
ᄀᆞᆺᄐᆞ니 하람공(--公) 등(等) 오(五) 인(人)이 역시(亦是) 조부(祖父) 은
퇴(恩澤)을 싱각ᄒ야 눈믈 두어 줄식 상연(傷然)357)이 ᄻᅥ러치더라.

녜파(禮罷)의 모다 ᄂᆞ려와 다시 좌(座)ᄅᆞᆯ 일우고 졔

---

354) 영효(榮孝): 부모를 영화롭게 하는 효도.

355) 붕졀(崩絶): 붕절. 무너지고 끊어짐.

356) 진쟉(進爵): 진작. 술잔을 올림.

357) 상연(傷然): 슬퍼하는 모양.

인(諸人)이 신부(新婦)를 기려 즈약(自若)히 담쇼(談笑)호야 뉴 부인(夫人)을 위로(慰勞)호딕 뉴 부인(夫人)이 슬픈 눈물을 금(禁)티 못호야 골오딕,

"종손(宗孫)의 긔이(奇異)호미 이러호니 션군(先君)358)의 자최 묘연(杳然)359)호믄 니륵도 말고 츠은(次兒)360)의 쳥년(靑年) 아스(餓死)361)호야 늘근 노모(老母)는 죽디 못호고 이런 영화(榮華)를 보니 모음이 목셕(木石)이 아니라 셜우믈 이긔여 춤으리오?"

승샹(丞相) 형뎨(兄弟) 민망(憫惘)362)호야 직삼(再三) 관회(寬懷)363)호더라.

모다 일흥(一興)이 스연(捨然)호야 일즉 파(罷)호야 쳐소(處所)로 도라가고 쥬비(朱妃) 신부(新婦)를 드려 궁(宮)의 도라와 신명(神明)훈 혜아림의 그 용모(容貌)를 과(過)히 깃거호미 아니로딕 닉직(內在)를 숫치고 이연(愛戀)364)호미 극(極)호야 미우(眉宇)의 화긔(和氣) 츈풍(春風) 굿호야 언쇼(言笑ㅣ) 낭낭(朗朗)호니, 진 샹궁(尙宮) 등(等)이 더옥 두굿기고 깃거 티하(致賀)호믈 마디아니호더라.

이윽고 흥문 공직(公子ㅣ) 모든 아을 거느려 드러와 혼

---

358) 션군(先君): 선군. 죽은 남편. 여기에서는 태사 이현을 이름.

359) 묘연(杳然): 소식이나 행방 따위를 알 길이 없음.

360) 츠은(次兒): 차아. 둘째아들. 북흉노와의 전쟁에서 죽은 이한성을 이름.

361) 아스(餓死): 아사. 굶어 죽음. <쌍천기봉>에서 이한성은 북흉노와 전투하다가 군량미가 늦게 도착해 더 버티지 못하고 적진에 들어가 싸우다 죽음.

362) 민망(憫惘): 근심함.

363) 관회(寬懷): 슬픈 마음을 누그러뜨림.

364) 이연(愛戀): 애련. 사랑함.

졍(昏定)ᄒ니 진·위 냥인(兩人)이 흑ᄉ(學士)를 미러 양 쇼져(小姐)로 ᄀᆞ티 안ᄌᆞ믈 쳥(請)ᄒ고 우어 ᄀᆞᆯ오ᄃᆡ,

"우리 등(等)이 옥쥬(玉主)를 길러 그 싱(生)ᄒ신 배 어ᄂᆞ ᄉ이 등뎨(登第)ᄒ야 부인(夫人)을 어더 이러ᄐᆞᆺ 아름다오시니 엇디 두굿겁디 아니ᄒ리오? 쇼제(小姐ㅣ) 이러ᄒ시거든 샹공(相公)이 발분망식(發憤忘食)365)ᄒ야 아니 어더 계시랴? 모ᄅᆞ미 쳥담미어(淸談美語)366)를 여ᄅᆞ소셔. 귀경ᄒᆞ사이다."

흑ᄉ(學士ㅣ) 그 ᄉ연(事緣)을 듯고 눈을 드러 모비(母妃)를 보니 공쥬(公主ㅣ) ᄉᆞᆨ(辭色)367)이 흔연(欣然)ᄒ야 반뎜(半點) 미온(未穩)368)ᄒᆞ미 업스니 심하(心下)의 영힝(榮幸)369)ᄒ야 웃고 ᄀᆞᆯ오ᄃᆡ,

"궁희(宮姬)ᄂ 미친 말도 ᄒᆞᄂ도다. 니 양 시(氏)를 뎌만이나 흔 줄 언졔 보왓관ᄃᆡ 발분망식(發憤忘食)ᄒ랴?"

진 샹궁(尙宮)이 대쇼(大笑)ᄒ고 쇼져(小姐)를 침소(寢所) 쇼화각(--閣)의 니ᄅᆞ니 방듕(房中)이 화려(華麗)ᄒ고 금벽(金壁)이 휘황(輝煌)ᄒᆞᄃᆡ 무수(無數)흔 궁애(宮娥ㅣ) 홍초(紅-)를 잡으며 열 겹 비단 댱(帳)

---

365) 발분망식(發憤忘食): 어떤 일에 열중하여 끼니까지 잊고 힘씀.

366) 쳥담미어(淸談美語): 청담미어. 맑고 아름다운 이야기.

367) ᄉᆞᆨ(辭色): 사색. 말과 낯빛.

368) 미온(未穩): 평온하지 않음.

369) 영힝(榮幸): 영행. 기쁘고 다행스럽게 여김.

을 것고 쇼져(小姐)를 마자 산호상(珊瑚牀)의 올니니 향연(香煙)[370]이 애애(靄靄)[371]ᄒ고 버린 거시 눈이 황홀(恍惚)ᄒ니 쇼제(小姐ㅣ) ᄌ못 깃거 아냐 눈을 드디 아니ᄒ고 슈연(愁然)[372]이 좌(座)ᄒ엿더니 이윽고 혹ᄉᆡ(學士ㅣ) 드러와 쇼져(小姐)를 보고 우음을 먹음어 닐오ᄃᆡ,

"부인(夫人)이 엇디 ᄉᆞᆨ(辭色)이 블호(不好)ᄒ뇨? 혹ᄉᆡᆼ(學生)을 ᄃᆡ(對)ᄒ야 연고(緣故)를 니ᄅᆞ미 엇더ᄒ뇨?"

쇼제(小姐ㅣ) 념슈(斂手)[373] ᄃᆡ왈(對曰),

"부모(父母)를 일시(一時)의 ᄯᅥ나니 듕심(中心)의 결연(缺然)ᄒ미 잇ᄂᆞᆫ 고(故)로 밧그로 발(發)ᄒ미 잇도소이다."

혹ᄉᆡ(學士ㅣ) 쇼왈(笑曰),

"부인(夫人)이 ᄉᆡᆼ(生)을 어둡게 넉이ᄂᆞᆫ도다. 부인(夫人)이 만일(萬一) 부모(父母)를 ᄉᆞ렴(思念)ᄒᆞᆯ딘대 슬픈 긔ᄉᆡᆨ(氣色)이 이시려니와 ᄉᆡᆼ(生)이 그윽이 보건대 미우(眉宇)를 간간(間間)이 ᄲᅥᆼ긔고 염고(厭苦)[374]ᄒᄂᆞᆫ 비치 이시니 이 아니 방듕(房中) 긔구(器具)를 블평(不平)ᄒ미 잇ᄂᆞ냐?"

쇼제(小姐ㅣ) 뎌의 아ᄅᆞ미 ᄉᆞ뭇ᄎᆞ믈 놀[375]나 유유(儒儒)

---

370) 향연(香煙): 향의 연기.

371) 애애(靄靄): 안개나 구름, 아지랑이 따위가 짙게 끼어 자욱함.

372) 슈연(愁然): 수연. 근심스러운 모양.

373) 념슈(斂手): 염수. 두 손을 마주 잡고 공손히 서 있음.

374) 염고(厭苦): 싫어하고 괴롭게 여김.

375) 놀: [교] 원문에는 '몰'로 되어 있으나 오기로 보이므로 규장각본(2:65)을 따름.

ㅎ되 싱(生)이 말되답(-對答)을 직쵹ᄒ대, 쇼졔(小姐ㅣ) 팀음(沈吟)
ᄒ다가 되왈(對曰),

"과연(果然) 한미(寒微)ᄒᆫ 되서 ᄌ라나 본 빅 업ᄂᆫ 고(故)로 방듕
(房中) 졔구(諸具)ᄅᆯ ᄒ나흔 놀나고 ᄒ나흔 몸이 손복(損福)ᄒᆯ가 두
리나 이 ᄯᅩ 궁듕(宮中) 범졔(範制)376)라 쳡(妾)이 엇디 시비(是非)ᄒ
리잇가?"

혹시(學士ㅣ) 더옥 검소(儉素)ᄒᆫ ᄯᅳᆺ을 항복(降服)ᄒ야 왈(曰),

"우리 모비(母妃) ᄌ쇼(自少)로 슝검(崇儉)377)하샤 져근 일이라도
검박(儉朴)378)기ᄅᆯ 슝샹(崇尚)ᄒ시니 여ᄂᆞ 왕궁(王宮)과 닉도(乃
倒)379)ᄒ되 그러나 법(法)을 다 ᄇ리디 못ᄒ야 약간(若干) 샤티(奢侈)
ᄒᆯ 면(免)티 못ᄒ야 이러ᄒ나 그되 스스로 먼니ᄒᆯ 분이면 덕(德)이
놉고 힝실(行實)이 휴손(虧損)380)ᄒ미 업스리니 므드러 빅화 이후(以
後)의 더으기ᄅᆯ 말라."

쇼졔(小姐ㅣ) 기리 손샤(遜謝)ᄒ더라.

양 시(氏) 이후(以後) 머므러 존당(尊堂) 시봉(侍奉)381)ᄒᄂᆫ 녜(禮)
와 구고(舅姑) 셥기ᄂᆫ 도리(道理) 흡흡(洽洽)382)히 셩녀(聖女)의 풍
(風)이 이시니 쥬비(朱妃) 크게

---

376) 범졔(範制): 범제. 규범과 제도.
377) 슝검(崇儉): 숭검. 검소함을 숭상함.
378) 검박(儉朴): 검소하고 소박함.
379) 닉도(乃倒): 내도. 큰 차이가 남.
380) 휴손(虧損): 어그러뜨림.
381) 시봉(侍奉): 모시어 받듦.
382) 흡흡(洽洽): 넘치는 모양.

스랑ᄒ며 경복(慶福)383)ᄒ미 비길 ᄃᆡ 업더라.

이러구러 노가(-家) 길일(吉日)이 다ᄃᆞ르니 싱(生)이 블열(不悅)ᄒ믈 이긔디 못ᄒ야 ᄒ나 능히(能-) 홀일업서 ᄒ고 존당(尊堂) 부뫼(父母ㅣ) 역시(亦是) 번요384)385)ᄒ믈 깃거 아니ᄒ나 마디못ᄒ야 길일(吉日)의 위의(威儀)를 ᄀ초와 싱(生)을 보닐ᄉᆡ 임의 샹원(上元)이 아니므로 삼(三) 일(日) 후(後) 현구고(見舅姑)ᄒ니, 노부(-府)의셔 블쾌(不快)ᄒ나 ᄃᆞ토디 못ᄒ야 다만 크게 잔치ᄅᆞᆯ 비셜(排設)ᄒ고 신낭(新郎)을 마자 뎐안(奠雁)386)을 뭇ᄎᆞ매 노 공(公)이 그 풍치(風采)를 크게 스랑ᄒ야 웃고 ᄀᆞᆯ오ᄃᆡ,

"신낭(新郎)의 최장시(催裝詩)387)ᄂᆞᆫ ᄌᆞ고(自古)로 덧덧ᄒ니 그ᄃᆡᄂᆞᆫ 져근덧 투필(投筆)388)ᄒ야 좌듕(座中) 눈을 쾌(快)히 ᄒ미 엇더ᄒᄂᆈ?"

싱(生)이 미쇼(微笑) 딕왈(對曰),

"쇼싱(小生)이 본ᄃᆡ(本-) 용녈(庸劣)ᄒ야 가구ᄉᆞ댱(佳句詞章)389)을 니기디 아녀시니 훗날(後ㅅ-) 죠용이 빗화 존명(尊命)을 밧들니이다."

부ᄉᆡ(府使ㅣ) 무류(無聊)ᄒ야 ᄃᆞ리고

---

383) 경복(慶福): 경사스럽고 복됨.

384) 요: [교] 원문에는 '오'로 되어 있으나 오기로 보임.

385) 번요(煩擾): 번거롭고 요란스러움.

386) 뎐안(奠雁): 전안. 혼례 때, 신랑이 기러기를 가지고 신부 집에 가서 상 위에 놓고 절함. 또는 그런 예(禮).

387) 최장시(催裝詩): 신부에게 옷을 입기를 재촉하는 시.

388) 투필(投筆): 붓을 던진다는 뜻으로 글을 씀을 이름.

389) 가구ᄉᆞ댱(佳句詞章): 가구사장. 아름다운 글귀와 문장.

ᄂᆡ당(內堂)의 드러가 교ᄇᆡ(交拜)를 필(畢)ᄒᆞᆫ 후(後) 동방(洞房)의 니ᄅᆞ니 포진(鋪陳)이 화려(華麗)ᄒᆞ더라.

밤이 깁흔 후(後) 신부(新婦ㅣ) 나와 쵹하(燭下)의 안ᄌᆞ니 교용념ᄐᆡ(嬌容艶態)390) 셔ᄌᆞ(西子),391) 왕쟝(王嬙)392)이라도 밋디 못ᄒᆞᆯ 둣ᄒᆞᄃᆡ 미우(眉宇) ᄉᆞ이 블길(不吉)ᄒᆞᆫ 긔운이 등등(騰騰)ᄒᆞ야시니 ᄉᆡᆼ(生)이 블쾌(不快)ᄒᆞ여 믁연(默然)이 안잣더니 밤든 후(後) 강잉(强仍)ᄒᆞ야 ᄒᆞᆫ가지로 상샹(牀上)의 나아가 친압(親狎)393)ᄒᆞ매 놀나 젼혀(全-) 슈습(收拾)ᄒᆞᄂᆞᆫ ᄐᆡ(態) 업고 졍욕(情慾)을 도도미 심(甚)ᄒᆞ거늘 ᄉᆡᆼ(生)이 크게 우이 너기고 더러이 너겨 홀연(忽然) 양 시(氏)의 빙쳥(氷淸)394) ᄀᆞᆺᄐᆞᆫ 힝ᄉᆞ(行事)를 ᄉᆡᆼ각ᄒᆞ니 그 ᄆᆞ음이 편(便)ᄒᆞ며 편(便)티 아니믈 ᄉᆡᆼ각디 못ᄒᆞ야 ᄉᆞ샹(思相)ᄒᆞᄂᆞᆫ ᄆᆞ음이 급(急)ᄒᆞ여 한ᄌᆞᆷ을 일우디 못ᄒᆞ고,

이튼날 니러 도라오니 일개(一家ㅣ) 셩녈(成列)ᄒᆞ엿더라. 문졍공(--公)이 몬져 현부(賢否)를 무ᄅᆞᆫᄃᆡ 흑ᄉᆞ(學士ㅣ) 미

---

390) 교용념ᄐᆡ(嬌容艶態): 교용염태. 아리따운 얼굴과 고운 자태.

391) 셔ᄌᆞ(西子): 서자. 중국 춘추시대 월(越)나라의 미인 서시(西施)를 가리킴. 완사녀(浣紗女)로도 불림. 월왕 구천(句踐)이 오(吳)나라 부차(夫差)에게 패하자 미녀로써 오나라 정치를 혼란하게 하기 위해 범려(范蠡)를 시켜 서시를 오나라에 바침. 오왕 부차(夫差)가 서시를 좋아해 정사에 소홀하자 구천이 전쟁을 벌여 부차에게 승리하고 부차는 이에 자결함.

392) 왕쟝(王嬙): 왕장. 중국 전한 원제(元帝)의 후궁(?~?). 자는 소군(昭君). 기원전 33년 흉노와의 화친 정책으로 흉노의 호한야선우(呼韓邪單于)와 정략결혼을 하였으나 자살함.

393) 친압(親狎): 정을 맺음.

394) 빙쳥(氷淸): 빙청. 얼음처럼 맑음.

미(微微)히 웃고 골오디,

"ㅈ시 보디 아녀시니 아디 못홀너이다."

공(公)이 쇼왈(笑曰),

"일실(一室)의셔 아디 못ᄒ리오? 이ᄂᆞᆫ 긔망(欺罔)395)ᄒᄂ 말이라."

흑ᄉ(學士ㅣ) 웃고 이윽이 줌줌(潛潛)ᄒ엿다가 골오디,

"보시면 쇼딜(小姪)의 ᄯᅳᆺ을 아니 아ᄅ시리잇가? 집을 망(亡)ᄒ올 자ᄂᆞᆫ 추인(此人)이러이다."

언미파(言未罷)의 하람공(--公)이 눈을 ᄆ이 쓰고 골오디,

"탕즈(蕩子ㅣ) ᄯᅩ 엇디 이런 대단ᄒᆫ 말을 ᄒᄂ뇨?"

싱(生)이 참괴(慙愧)ᄒ야 복디(伏地) 무언(無言)이어늘 뎡 부인(夫人)이 골오디,

"너ᄂ 과도(過度)히 구디 말라. 흥ᄋᆡ(-兒ㅣ)야, 다시 뭇ᄂ니 됴 시(氏)과 엇더ᄒ더뇨?"

흑ᄉ(學士ㅣ) 부친(父親) 긔ᄉᆡ(氣色)을 두려 답(答)디 아니ᄒ니 공(公)이 ᄯᅩ 역명(逆命)396)ᄒᆞᆯ 칙(責)ᄒᆫ대 흑ᄉ(學士ㅣ) 마디못ᄒ야 디왈(對曰),

"됴 슉모(叔母)ᄂ 대악(大惡)이시나 것ᄎ로 사오나오미 나타나시디 추인(此人)은 구밀복검(口蜜腹劍)397)이러이다."

문졍공(--公)이 탄왈(歎曰),

---

395) 긔망(欺罔): 기망. 남을 속여 넘김.
396) 역명(逆命): 웃어른의 명을 거역함.
397) 구밀복검(口蜜腹劍): 입에는 꿀이 있고 배 속에는 칼이 있다는 뜻으로, 말로는 친한 듯하나 속으로는 해칠 생각이 있음을 이르는 말.

"닉 됴 시(氏)를 디닉고는 사룸 어드믈 극(極)

히 어려이 넉398)엿더니 흥문이 본듸(本-) 총명(聰明)ᄒ미 뉴(類)다
ᄅ니 그 아라보미 그릭리오? 연즉(然則) 네 양 시(氏) 어드믈 잘ᄒ
도다."

부매(駙馬ㅣ) 스싁(辭色)을 닝엄(冷嚴)히 ᄒ야 굴오듸,

"이러나뎌러나 닉 알 배 아니니 다시 존젼(尊前)의 어즈러온 소릭
를 그치고 믈러가라."

싱(生)이 무언(無言)ᄒ고 퇴(退)ᄒ야 궁(宮)으로 도라와 침소(寢所)
의 니릭니, 양 시(氏) 고요히 단좌(端坐)ᄒ야 침션(針線)을 다스리거
늘 싱(生)이 웃고 닐오듸,

"싱(生)의 죄(罪) 지으미 등한(等閑)티 아니ᄒ니 힝혀(幸-) 그듸는
용샤(容赦)ᄒ라."

쇼제(小姐ㅣ) 잠쇼(暫笑)ᄒ고 답(答)디 아니ᄒ듸, 흑싀(學士ㅣ) 우
왈(又曰),

"그듸 블평(不平)ᄒ야 말디어다. 빅년화락(百年和樂)은 그듸긔 잇
ᄂ니라."

쇼제(小姐ㅣ) 날호여 듸왈(對曰),

"첩(妾)의 혼암용둔(昏闇庸鈍)399)ᄒ믄 군직(君子ㅣ) 아릭시니 샤듕
(舍中)의 어딘 부인(夫人)을 어드시면 쫄와 빅화 거의 그릭미 업슬가

---

398) 넉: [교] 원문에는 '녀'로 되어 있으나 문맥을 고려하여 규장각본(2:68)을 따름.
399) 혼암용둔(昏闇庸鈍): 어리석고 재주가 둔함.

ᄒᆞᄂ이다.”

싱(生)이 웃고 왈(曰),

“이 말은 간사(奸詐)ᄒᆞᆫ

말이라. 그ᄃᆡ 놈을 ᄀᆞᄅᆞ치리니 눔이 어이 그ᄃᆡ를 ᄀᆞᄅᆞ치리오?”

인(因)ᄒᆞ여 우ᄉᆞ며 듁침(竹枕)의 누어 ᄀᆞᆯ오ᄃᆡ,

“일야(一夜)를 새와나니 신긔(神氣) 혼곤(昏困)400)ᄒᆞ야 견ᄃᆡ디 못ᄒᆞᆯ다라. 아모나 ᄎᆞᆺ거든 자ᄂᆞᆫ 줄 니ᄅᆞ고 씨오디 말라.”

셜파(說罷)의 ᄉᆞ매로 ᄂᆞᆺ출 덥고 자더니,

이재, 양 샹셰(尚書ㅣ) 흥문이 ᄌᆡ취(再娶)ᄒᆞᆷ믈 알고 녀ᄋᆞ(女兒)를 잔잉ᄒᆞ야 이날 니ᄅᆞ니, 하람공(--公)은 마ᄎᆞᆷ 업고 문졍공(--公)이 이에 잇다가 마자 한훤녜필(寒暄禮畢)401) 후(後) 양 공(公) 왈(曰),

“녕딜(令姪)이 금일(今日) 진누(秦樓)의 봉쇼(鳳簫)402) 부르ᄂᆞᆫ 경ᄉᆞ(慶事)를 당(當)ᄒᆞ야 그 ᄯᅳᆺ을 층냥(測量)티 못ᄒᆞ리니 이제 보아 치하(致賀)코져 ᄒᆞᄂᆞ니 장ᄎᆞᆺ(將次ㅅ) 노가(-家)의 가니잇가?”

문졍공(--公)이 웃고 ᄀᆞᆯ오ᄃᆡ,

“형(兄)은 진실노(眞實-) 투긔(妬忌)ᄒᆞᄂᆞᆫ 남ᄌᆡ(男子ㅣ)로다. 노가(-

---

400) 혼곤(昏困): 정신이 흐릿하고 고달픔.

401) 한훤녜필(寒暄禮畢): 한훤예필. 날씨의 춥고 더움을 말하는 예를 마침.

402) 진누(秦樓)의 봉쇼(鳳簫): 진루의 봉소. 진(秦)나라 봉대(鳳臺)에서 연주한 봉황 퉁소라는 뜻으로 부부로 맺어진 것 또는 부부의 사이가 좋음을 이름. 진(秦)나라 목공(穆公) 때 소사(蕭史)가 퉁소를 잘 불었는데 목공의 딸 농옥(弄玉)이 그를 좋아하자 목공이 두 사람을 혼인시킴. 소사가 농옥에게 퉁소로 봉황 울음소리 내는 법을 가르쳤는데 몇 년 뒤 봉황이 그 소리를 듣고 날아오자 목공이 그들 부부를 위해 봉대(鳳臺)를 지어줌. 부부가 봉대에 머물면서 내려가지 않다가 봉황을 타고 날아가 버림. 유향(劉向), 『열선전(列仙傳)』, <소사(蕭史)>.

家)의셔 삼(三) 일(日) 안 신낭(新郞)을 잠시(暫時)나 이에 두리오? 앗
가 굿 드려가니라."

양 공(公)이 역쇼(亦笑)

왈(曰),

"이거시 인졍(人情)의 녜식(例事ㅣ)니 닉 엇디 투긔(妬忌)ᄒ리오?
녀ᄋ(女兒)나 보고 가사이다."

공(公)이 흔연(欣然)이 드리고 협문(夾門)으로조차 궁(宮)의 니르
러 쇼화403)당(--堂)의 드러가니 흑ᄉ(學士)는 쇼져(小姐) 샹샹(牀上)
의 올나 누어 돈줌이 부야히오, 양 시(氏) ᄒ ᄀ의 안자 침션(針線)ᄒ
다가 놀나 년망(連忙)이 니러 마자 녜필(禮畢)ᄒ고 뫼셔 안ᄌ니 문공
(-公)이 거줏 놀나 왈(曰),

"딜ᄋ(姪兒ㅣ) 어이 이에 잇ᄂ뇨?"

양 공(公)이 그 거동(擧動)을 두굿겨 우서 굴오디,

"옥404)누향실(玉樓香室)405)의 션연(鮮妍)406)ᄒ 돈줌이 무어시 낫
바 쏘 자ᄂ뇨?"

공(公) 왈(曰),

"존형(尊兄)은 이리 니르디 말라. 딜ᄋ(姪兒)의 듕졍(重情)407)을

---

403) 화: [교] 원문에는 '하'로 되어 있으나 뒷부분에 계속 '화'로 나오므로 이와 같이 수정함.

404) 옥: [교] 원문에는 '우'로 되어 있으나 오기로 보이므로 규장각본(2:70)을 따름.

405) 옥누향실(玉樓香室): 옥으로 만든 집과 향기 나는 방.

406) 션연(鮮妍): 선연. 산뜻하고 아름다움.

407) 듕졍(重情): 중정. 깊은 정.

뉘 능히(能-) 알리오? 빅년화락(百年和樂)이 양 시(氏)긔 변(變)티 아 닐 줄 알리이다."

공(公) 왈(曰),

"원늬(元來) 독통(獨寵)408)이 므어시 됴흐리오? 고로로 은혜(恩惠) 를 기치미 군증(君子)의 졔가(齊家)409)흐는 도리(道理)니이다."

흐고 나아가 흔드러 씨오매, 혹식(學士ㅣ) 눈을 잠간(暫間) 쩌 보고

91면

기지게 혀며 도라누어 굴오딕,

"잠간(暫間) 안자 계시면 죠금 더 자고 씨리이다."

문졍공(--公)이 졍쉭(正色) 왈(曰),

"딜익(姪兒ㅣ) 방년(芳年)이 유치(幼稚) 쇼익(小兒ㅣ) 아니로딕 웃 사름 존(尊)흐믈 아디 못흐느뇨?"

혹식(學士ㅣ) 이 소릭를 듯고 크게 놀나 이에 관(冠)을 쓰고 씌를 녀믜여 상(牀)의 누려 샤죄(謝罪) 왈(曰),

"좀의 취(醉)흐여 슉뷔(叔父ㅣ) 와 계신 줄 모르도소이다."

공(公) 왈(曰),

"너나 양 형(兄)이나 네게 존듕(尊重)키는 흔가지라. 양 형(兄)이 씨오셔든 흐는 말이 므슴 녜(禮)뇨?"

싱(生)이 머리를 숙이고 감히(敢-) 답(答)디 못흐거늘, 양 공(公)이 쇼왈(笑曰),

---

408) 독통(獨寵): 독총. 총애를 독차지함.
409) 졔가(齊家): 제가. 집안을 가지런히 함.

"셩보410)를 향(向)ᄒ야 티하(致賀)홀 말이 업거니와 동방(洞房) 향긱(香客)이 되야 무엇ᄒ라 좀을 낫비 자뇨?"

흑시(學士ㅣ) 잠쇼(暫笑) 왈(曰),

"졍담미어(情談美語)411)를 ᄒ노라 ᄒ니 주연(自然) 밤이 새더이다."

양 공(公)이 박쟝대쇼(拍掌大笑)412) 왈(曰),

"군언(君言)이 유리(有理)ᄒ도다. 쏘 능히(能-) 그듸 말을

∙∙

92면

니어 듸(對)ᄒ더냐?"

싱(生)이 쇼왈(笑曰),

"답(答)디 아니면 소셰(小壻ㅣ) 혼자 어두온 밤의 눌ᄃ려 ᄒ리오?"

공(公)이 더옥 대쇼(大笑)ᄒ고 문졍공(--公)이 쏘흔 간간(間間)이 미쇼(微笑)ᄒ더라. 양 공(公)이 녀ᄋ(女兒)를 위로(慰勞)ᄒ미 너모 주졉드러 흔연(欣然)이 말슘ᄒ다가 가니,

흑시(學士ㅣ) 져므도록 예 잇더니 셕양(夕陽)의 노부(-府)의셔 사ᄅᆷ으로 쳥(請)ᄒ거늘 싱(生)이 가디 아닐 쇠를 ᄒ야 홀연(忽然) 토(吐)ᄒ고 알ᄂᆞᆫ 쳬ᄒ야 난간(欄干)의 것구러져시니, 진 샹궁(尙宮)이 급(急)히 부마(駙馬)긔 고(告)ᄒ니 부매(駙馬ㅣ) 놀나 노부(-府) 사ᄅᆷ을 블러 블의(不意)예 유병(有病)ᄒᄆᆞᆯ 닐러 도라보ᄂᆡ고 쏘 사ᄅᆷ으로 병(病)을 무ᄅᆞ니 싱(生)이 듸왈(對曰),

---

410) 셩보: 성보. 이흥문의 자(字).

411) 졍담미어(情談美語): 정담미어. 정다운 이야기와 아름다운 말.

412) 박쟝대쇼(拍掌大笑): 박장대소. 손뼉을 치며 크게 웃음.

"앗가 긔운이 블평(不平)ᄒ더니 즉금(卽今)은 나아ᄉᆞᆫ디라 셩녀(盛慮)를 더으디 마ᄅᆞ쇼셔."

셜파(說罷)의 방듕(房中)으로 드러가니 양 쇼졔(小姐ㅣ) 그 거동(擧動)을 실티 아니케 넉여 안ᄉᆡᆨ(顔色)을 졍(正)히 ᄒᆞ고 말

_●●_

93면

을 아니ᄒᆞ니 혹ᄉᆡ(學士ㅣ) 아라보고 심하(心下)의 우으나 뭇디 아니ᄒᆞ고 상요(牀-)의 나아갓더니,

명일(明日)의 노 시(氏) 위의(威儀)를 출혀 이에 니르러 구고(舅姑) 존당(尊堂)의 뵈매 얼골의 뇨라(嫋娜)[413]ᄒᆞ미 삼ᄉᆡᆨ(三色) 도홰(桃花) 이슬을 마신 ᄃᆞᆺ, 황홀(恍惚)이 어엿브미 극진(極盡)ᄒᆞ나 블션(不善)ᄒᆞ미 미우(眉宇) ᄉᆞ이의 은은(隱隱)ᄒᆞ고 초독(楚毒)[414]ᄒᆞ고 밍녈(猛烈)ᄒᆞ니 범안(凡眼)은 모ᄅᆞ나 니문(李門) 모든 됴심경(照心鏡)[415]이야 어이 몰나보리오. 다 각각(各各) 블열(不悅)ᄒᆞ되 좌(座)의 노 시랑(侍郎) 부인(夫人)이 이시니 ᄉᆞᄉᆡᆨ(辭色)디 못ᄒᆞ고 흔연(欣然)ᄒᆞ되,

부매(駙馬ㅣ) 명(命)ᄒᆞ야 양 시(氏)긔 ᄉᆞ비(四拜)ᄒᆞ야 존비(尊卑)를 뎡(定)ᄒᆞ니 노 쇼졔(小姐ㅣ) 만심(萬心)이 더 블쾌(不快)ᄒᆞ야 졀홀 제 일(一) 빵(雙) 눈을 잠간(暫間) 치떠 양 시(氏)를 보니 독긔(毒氣) ᄂᆞᆺ치 ᄡᅩ이ᄂᆞᆫ ᄃᆞᆺᄒᆞ니 양 시(氏) 잠간(暫間) 스쳐보고 블안(不安)ᄒᆞ나 나타ᄂᆡ디 아니ᄒᆞ고 화긔(和氣) ᄌᆞ약(自若)ᄒᆞ니 인인(人人)이 항복(降服)

---

413) 뇨라(嫋娜): 요나. 부드럽고 가냘픔.

414) 초독(楚毒): 맵고 독함.

415) 됴심경(照心鏡): 조심경. 마음을 비추어 보는 거울.

이경(愛敬)[416] 후더라.

이러구러 날이

· ·

94면

어두오매 신부(新婦)를 궁(宮)으로 인도(引導) 후야 니르러 쇼원각
(--閣)의 드리고 궁비(宮婢)를 명(命) 후야 뫼셧게 후다.

혹시(學士]) 이날 신방(新房)을 도라보도 아니코 화각(-閣)의 니르
니 양 시(氏) 듕심(中心)의 미온(未穩) 후나 시비(是非)의 참예(參預)티
아니려 후야 무춤니 아른 톄 아니후니 필경(畢竟)[417]이 엇디홀고.

화셜(話說). 니(李) 혹시(學士]) 노 쇼져(小姐)를 직취(再娶) 후매
노 시(氏) 용뫼(容貌]) 삼춘(三春)의 이슬 마존 홍도(紅桃) 일지(一
枝) 굿후나 은졍(恩情)이 믹믹[418] 후고 의식(意思]) 춘 지 굿투여 자
최 쇼화각(--閣)을 써나디 아니후고 쇼원각(--閣)의 자최 묘연(杳然)
후니 니른바 노 시(氏) 용뫼(容貌]) 무빵(無雙) 후나 심디(心地) 크게
어디지 못후야 안흐로 수미고 밧그로 공슌(恭順) 후미 이시니 니(李)
혹시(學士]) 일디영걸(一代英傑)이라 이런 줄 조못 빈척(排斥) 후는
고(故)로 더욱 블쾌(不快) 후야 셩녜(成禮) 수월(數月)의 드리미러 보
디 아니후니,

공쥐(公主]) 또훈 양 시(氏)를

---

416) 이경(愛敬): 애경. 사랑하고 공경함.

417) 필경(畢竟): 끝. 결과.

418) 믹믹: 맥맥. 기운이 막혀 갑갑함.

어엿비 너기고 노 시(氏)의 위인(爲人)을 붉히 디긔(知機)[419] 후나 범시(凡事ㅣ) 순편(順便)[420] 후기를 취(取) 후고 뎌의 원망(怨望)을 업시후려 후야 일일(一日)은 흑스(學士)를 블러 칙(責) 후야 굴오디,

"노 시(氏)는 빙녜(聘禮)[421]를 몬져 힝(行) 후야 네게 고인(故人)이라. 엇딘 고(故)로 후나히 팀혹(沈惑)[422] 후야 녀즈(女子)의 원(怨)을 깃치는다? 네 미시(每事ㅣ) 너르믈 쥬(主) 후노라 후더니 요스이 힝스(行事)는 즈못 젼(前)과 다르니 가히(可-) 알고져 후노라."

흑시(學士ㅣ) 흔연(欣然)이 비샤(拜謝) 왈(曰),

"무음의 슬희믈 강잉(强仍)티 못후여숩더니 즈괴(慈敎ㅣ) 이러후시니 엇디 봉힝(奉行)티 아니리잇가?"

쥬비(朱妃) 지삼(再三) 경계(警戒) 후니 싱(生)이 응명(應命) 후고 믈너나 이후(以後)는 은연(隱然)이 흔연(欣然) 후게 나드러돈니디 부부(夫婦)의 지극(至極) 훈 졍(情)은 펴디 아니후니, 노 시(氏) 훈(恨) 후미 날로 깁허 듀스야탁(晝思夜度)[423] 후매 계귀(稽揆ㅣ)[424] 궁극(窮極) 디 아닌 디 업더라.

---

419) 디긔(知機): 지기. 기미를 앎.

420) 슌편(順便): 순편. 마음이나 일의 진행 따위가 거침새가 없고 편함.

421) 빙녜(聘禮): 빙례. 빙채(聘采)의 예의. 빙채는 빙물(聘物)과 채단(采緞)으로, 빙물은 결혼할 때 신랑이 신부의 친정에 주던 재물이고, 채단은 신랑 집에서 신부 집으로 미리 보내는 푸른색과 붉은색의 비단임.

422) 팀혹(沈惑): 침혹. 무엇을 몹시 좋아하여 정신을 잃고 거기에 빠짐.

423) 듀스야탁(晝思夜度): 주사야탁. 밤낮으로 생각하고 헤아림.

424) 계귀(稽揆ㅣ): 살피고 헤아림.

96면

흑식(學士ㅣ) 일일(一日)은 소원각(--閣)의 드러가니, 노 시(氏), 침션(針線) 궁비(宮婢)를 칙(責)ᄒ야 의복(衣服)이 무식(無色)ᄒᄆᆯ 고찰(考察)ᄒ거늘 싱(生)이 드러가 보니 옷 우히ᄂᆞᆫ 그림이 곳치 어린 듯ᄒ고 비치 고으미 찬난(燦爛)ᄒ거늘 싱(生)이 문왈(問曰),

"흑싱(學生)은 궁뎐(宮殿)의 싱쟝(生長)ᄒ나 이거슬 보매 눈이 붉은 듯ᄒ되 그듸ᄂᆞᆫ 어이 나므라ᄂᆞᆫ다?"

노 시(氏) 졍싴(正色) 왈(曰),

"인싱(人生)이 빅구(白駒)의 틈 디남425) ᄀᆞᆺᄒ니 언마ᄒ야 귀미채 빅발(白髮)이 쇼쇼(炤炤)426)ᄒᆯ 줄 알리오? 이러므로 쳡(妾)의 집이 빈한(貧寒)ᄒ나 의복(衣服)은 타인(他人)과 ᄀᆞᆺ티ᄒ야 닙더니 존문(尊門)의 드러오매 여ᄎᆞ(如此) 무식(無色)ᄒ니 침션(針線) 비ᄌᆞ(婢子)ᄅᆞᆯ 칙(責)ᄒᄆᆡ로소이다."

싱(生)이 쳥파(聽罷)의 말을 아니코 심하(心下)의 양 시(氏)ᄅᆞᆯ 더 긔특(奇特)이 너기더라.

노 시(氏) 믄득 ᄒᆞᆫ 계교(計巧)ᄅᆞᆯ 싱각ᄒ고 이튼날 쇼화각(--閣)의 니ᄅᆞ니 양 시(氏) 흔연(欣然)이

---

425) 빅구(白駒)의 틈 디남: 백구의 틈 지남. 흰 망아지가 달리는 것을 문틈으로 보듯이 인생이나 세월이 덧없이 짧음을 이르는 말. 백구과극(白駒過隙).

426) 쇼쇼(炤炤): 소소. 밝고 환함.

마자 좌(座)를 뎡(定)ᄒ니 노 시(氏) 글오듸,

"쳡(妾)이 셩문(盛門)의 니르와 일싱(一生) 우러는 배 부인(夫人)을 밋ᄌᆸᄂ니 어엿비 너기쇼셔."

양 시(氏) 졍금(整襟) 칭샤(稱謝) 왈(曰),

"쳡(妾)이 본ᄂᆡ(本來) 블능누질(不能陋質)[427]노 셰ᄉᆞ(世事)를 아디 못ᄒ니 부인(夫人)긔 비호믈 원(願)ᄒᄂ니 엇디 이런 말ᄉᆞᆷ을 ᄒ시ᄂ니잇고?"

노 시(氏) ᄯᅩᄒᆞᆫ 웃고 인(因)ᄒ여 식경(食頃)이나 되도록 이시니 노 시(氏) 시녀(侍女) 옥괴 그 쥬인(主人)을 위(爲)ᄒ야 튱셩(忠誠)이 ᄶᅡᆨ이 업고 위인(爲人)이 혜힐(慧黠)[428]ᄒᆞ며 간샤(奸詐)ᄒ미 극(極)ᄒ디라. 이날 ᄯᆞ라 니르러 댱ᄂᆡ(帳內)예 셔시니 양 시(氏) 시녀(侍女) 등(等)이 다 무심(無心)이 보와 난간(欄干)의셔 침션(針線)을 다ᄉᆞ릴 ᄲᅮᆫ이러니, 옥괴 노 시(氏) 계교(計巧)대로 작일(昨日) 싱(生)의 본 바 오ᄉᆞᆯ 양 시(氏) 샹협(箱匧)을 열고 녀흐니, 원ᄂᆡ(元來) 댱(帳)을 겹겹이 치고 무수(無數)ᄒᆞᆫ 함(函)을 간간(間間)이 ᄲᅡ핫ᄂᆞᆫ 고(故)로 옥괴 계교(計巧)를 힝(行)ᄒᆞᆫ 후(後) 노 시(氏) 하딕(下直)

고 도라가니, 양 쇼졔(小姐ㅣ) 이 일을 쳔만무심(千萬無心)[429]ᄒᆞ고

---

427) 블능누질(不能陋質): 불능누질. 능력이 없고 자질이 비루함.

428) 혜힐(慧黠): 말을 잘 둘러대고 교묘히 함.

인스(人事)의 마디못ᄒ여 이튼날 회샤(回謝)[430]ᄒ고 침소(寢所)의 왓더니,

이윽고 노 시(氏) 스ᄉ로 혼동(混同)ᄒ고 모든 궁비(宮婢)ᄅ 블러 작일(昨日) 의복(衣服)이 업다 ᄒ야 츌쳐(出處)ᄅ 구문(究問)[431]ᄒ니 제비(諸婢) 다 슈죡(手足)을 썰고 몰닉라 ᄒ고 노 시(氏) 유모(乳母) 취향이 동동 구르고 ᄀᆞᆯ오ᄃᆡ,

"일흔 오ᄉ 귀(貴)티 아니ᄒᆞᄃᆡ 이 필연(必然) 쇼져(小姐)와 한님(翰林) 샹공(相公) 은이(恩愛)ᄅ 엊츠랴 ᄒ고 작법(作法)ᄒ라 가져가시니 양 부인(夫人)이 와 계시더니 필연(必然) 가져가시도다."

졍언간(停言間)[432]의 흑ᄉᆡ(學士ㅣ) 드러오다가 ᄎᆞ언(此言)을 듯고 임의 괘심이 너겨 드러와 무러ᄃᆡ,

"므어슬 일허ᄂᆞ냐? 방듕(房中)이 어이 이리 요란(擾亂)ᄒᆞ뇨?"

노 시(氏) ᄀᆞᆯ오ᄃᆡ,

"쟉일(昨日) 샹공(相公)이 보시던 의복(衣服)을 이곳의 두엇더니 홀연(欻然)[433]이 간 고디 업ᄉ니 필연(必然) 원슈(怨讎)의 사ᄅᆞᆷ이 첩(妾)을 져

●●

99면

주(咀呪)ᄒ려 가져갓ᄂᆞ이다."

___

429) 쳔만무심(千萬無心): 천만무심. 전혀 생각지 못함.

430) 회샤(回謝): 회사. 사례하는 뜻을 표함.

431) 구문(究問): 충분히 알 때까지 캐어물음.

432) 졍언간(停言間): 정언간. 말이 잠시 멈춘 사이.

433) 홀연(欻然): 어떤 일이 생각할 겨를도 없이 급히 일어나는 모양.

흑시(學士ㅣ) ᄌᆞ긔(自己) 쁫을 도도는 줄 더옥 믜이 너겨 쇼화각(--閣)의 도라와 양 시(氏)ᄃ려 문왈(問曰),

"부인(夫人)이 앗가 쇼원각(--閣)의 갓더냐?"

양 시(氏) 딕왈(對曰),

"갓거니와 므릇믄 어인 일이니잇가?"

ᄉᆡᆼ(生) 왈(曰),

"므ᄉᆞᆷᄒᆞ라 브졀업시 갓더뇨? 이후(以後)란 일졀(一切) 가디 말라. 여ᄎᆞ여ᄎᆞ(如此如此)ᄒᆞᆫ 일이 이시니 그딕 필연(必然) 누명(陋名)을 어드리라."

셜파(說罷)의 취향을 브ᄅᆞ라 ᄒᆞ야 알픽 셰오고 다시 션업으로 ᄒᆞ여곰 양 시(氏)와 우의 잇ᄂᆞᆫ 옷 너흔 그ᄅᆞ슬 뒤라 ᄒᆞ니 과연(果然) 노 시(氏) 일흔 오시 잇ᄂᆞᆫ디라. 흑시(學士ㅣ) 좌우(左右)를 블러 쟉일(昨日) 노 시(氏)를 뫼셔 왓던 시녀(侍女)를 츄문(推問)ᄒᆞ니 노 시(氏), 옥교의게 죄(罪) 갈가 두려 시녀(侍女) 슌년을 보닌딕 흑시(學士ㅣ) 시노(侍奴)를 블러 동혀 지우고 져(罪)주어 실상(實狀)을 므른대, 슌년이 죽기로 몰닌라 ᄒᆞ니 ᄉᆡᆼ(生)이 대로(大怒)

···

100면

ᄒᆞ야 듕(重)히 다ᄉᆞ리고져 ᄒᆞ얏더니, 홀연(忽然) 보니 양 시(氏) 긴 단장(丹粧)을 벗고 합닌(閣內)로조차 나와 ᄭᅮ러 쳥죄(請罪) 왈(曰),

"첩(妾)이 무샹(無狀)ᄒᆞ야 ᄌᆡ보(財寶)의 욕심(慾心) 닉미 듕(重)ᄒᆞ니 신명(神明)이 겨틱셔 보ᄂᆞᆫ디라 엇디 샤(赦)ᄒᆞ리오? 일이 발각(發覺)ᄒᆞ야 첩(妾)의 죄(罪) 명빅(明白)ᄒᆞ거ᄂᆞᆯ 무죄(無罪)ᄒᆞᆫ 시녀(侍女)

룰 죄칙(罪責)ᄒ시니 쳡(妾)의 몸의 누덕(累德)434)이 더을디라 죽으믈 원(願)ᄒᄂ이다."

말을 ᄆᆞᄎᆞ매 근심ᄒᄂ는 안식(顏色)이 낙홰(落花ㅣ) 광풍(狂風)을 만난 듯ᄒ야 이원(哀怨)ᄒᆫ 틱되(態度ㅣ) 더옥 절승(絶勝)ᄒ니 흑식(學士ㅣ) 더옥 앗기고 흔(恨)ᄒ야 년망(連忙)이 위로(慰勞) 왈(曰),

"부인(夫人)은 말을 그치고 드러가쇼셔. ᄎᆞ녀(此女)룰 샤(赦)ᄒ리이다."

드듸여 슌년을 글러 노코 밧그로 나가 취향을 잡아 오라 ᄒ여 시비곡졀(是非曲折)을 뭇디 아니ᄒ고 칠십여(七十餘) 댱(杖)을 듕타(重打)ᄒ야 ᄭᅳ어 닉치고 쇼원각(--閣)의 니르니,

노 시(氏) 눈믈이

101면

만면(滿面)ᄒ야 가슴을 두ᄃᆞ리고 앙텬호읍(仰天號泣)435) 왈(曰),

"창텬(蒼天)이 말을 아니시니 엇디 애둛디 아니ᄒ리오? 쳡(妾)이 비록 비쳔(卑賤)ᄒ나 ᄉᆞ족지녀(士族之女)로 녯 글을 닑어 적국(敵國)436) 화우(和友)ᄒᆯ 줄을 알거늘 엇딘 고(故)로 ᄌᆞ긔(自己) 오ᄉᆞᆯ 어ᄂᆞ 틈의 ᄂᆞᆷ의 그릇시 녀코 죄(罪)룰 미뤄리오? 나의 죄(罪)룰 유모(乳母)의게 쓰이니 출하리 낭군(郎君) 알픠셔 ᄌᆞ결(自決)코져 ᄒ노라."

---

434) 누덕(累德): 덕을 욕되게 함. 또는 그런 행위.

435) 앙텬호읍(仰天號泣): 앙천호읍. 하늘을 우러러 부르짖음.

436) 적국(敵國): 적국. 남편의 다른 아내. 여기에서는 남편 이흥문의 정실인 양난화를 이름.

흑시(學士ㅣ) 듯기를 및고 날호여 쇼왈(笑曰),

"닉 본딕(本-) 이런 요망(妖妄)흔 일을 웃느니 그딕 날을 어둡게 너겨 요괴(妖怪)로온 일을 일워 닉여 속이나 나 니흥문이 사름 아는 흔 빵(雙) 눈이 붉으니 아룸이 깁흐딕 고요쾌져 ᄒ야 부모(父母)긔 고(告)티 아니ᄒ거니와 그딕 추후(此後)나 그칠디어다. 취향은 우흘 범(犯)ᄒ야 말숨이 패만(悖慢)437)ᄒ니 쾌(快)히 다ᄉ리고 그딕드려 니르려 ᄒ더

••

102면

니라."

셜파(說罷)의 크게 흔 번(番) 웃고 ᄉ매를 썰쳐 쇼화각(--閣)의 니르니, 양 시(氏) 옥안(玉顏)의 수흔(愁恨)438)이 텹텹(疊疊)439)ᄒ야 셔안(書案)의 업딕여다가 싱(生)을 보고 니러 마자 흔편의 안자 슈괴(羞愧)ᄒ여ᄒᄂ 긔식(氣色)이 몸 둘 곳을 업서ᄒ거늘, 싱(生)이 흔연(欣然) 쇼왈(笑曰),

"그딕를 그리 아니 아랏더니 대강(大綱) 조협(躁狹)440)ᄒ도다. 싱(生)이 비록 블명(不明)ᄒ나 그런 긔괴(奇怪)흔 일의 고디드르리오? 쳔(千) 인(人)이 그르다 ᄒ고 빅(百) 인(人)의 죄(罪)를 주나 부모(父母)와 닉 동(動)티 아닌 젼(前)은 무익(無益)흔 심녀(心慮)를 쓰디 말라. 흑싱(學生)이 녯 사름의 디긔(知己)를 쫄오디 못ᄒ나 흔 조각 그

---

437) 패만(悖慢): 사람됨이 온화하지 못하고 거칠며 거만함.
438) 수흔(愁恨): 수한. 시름과 한.
439) 텹텹(疊疊): 첩첩. 중첩.
440) 조협(躁狹): 성미가 너그럽지 못하고 좁음.

되 위(爲)혼 무음은 털골밍심(徹骨銘心)441)흐야 태산(泰山)이 문허디
고 하히(河海) 무르나 변(變)티 아니리니 쇼려(銷慮)442)홀디어다.”

양 시(氏) 믁연(默然) 브답(不答)고 기리 탄식(歎息)흐거늘 싱(生)
이 졍식(正色) 왈(曰),

“네 임의 니해(利害)룰

닐럿거든 므슴 쯧으로 프디 아닛느뇨? 반다시 소견(所見)이 이실
거시니 그이디 말라.”

양 시(氏) 참연(慘然) 냥구(良久)의 글오되,

“임의 네 그곳의 둔녀오며 업슨 거슬 쳡(妾)의 그릇식 이시니 입
이 열히 이셔도 발명(發明)을 못 홀 거슬 엇딘 고(故)로 무죄(無罪)
혼 시비(侍婢)룰 듕댱(重杖)을 더으시고 일편도이 쳡(妾)을 올타 흐
시니 념치(廉恥)의 므어시 평안(平安)흐리잇고?”

혹식(學士ㅣ) 웃고 왈(曰),

“그되 말도 올커니와 사룸은 붓그러오나 신기(神祇)443)는 외오
너기디 아니미 다힝(多幸)흐니 브졀업시 수흔(愁恨)을 다시 뵈디
말라.”

양 시(氏) 샤례(謝禮)흐고 다시 말을 아니흐니 싱(生)이 더옥 이감
(哀感)444)흐고 이셕(愛惜)흐는 졍(情)이 동(動)흐야 빅단(百端) 위로

---

441) 털골밍심(徹骨銘心): 철골명심. 뼈에 사무치고 마음에 새김.

442) 쇼려(銷慮): 소려. 근심을 없앰.

443) 신기(神祇): 천신과 지기를 아울러 이르는 말. 곧 하늘의 신령과 땅의 신령을 이름.

444) 이감(哀感): 애감. 구슬프게 느끼는 데가 있음.

(위로(慰勞)ᄒ고 평안(平安)이 자기를 권(勸)ᄒ여 지극(至極)ᄒ 은이(恩愛)
틱산(泰山) 북히(北海) ᄀᆺ더라.

이째, 노 시(氏) 져근 계교(計巧)로 싱(生)을 시험(試驗)ᄒ딕 죠

104면

곰도 고디드ᄅ미 업고 ᄌ가(自家)를 의심(疑心)ᄒ믈 보니 황겁(惶
怯)445)ᄒ야 서어(鉏鋙)446)ᄒ 의ᄉ(意思)를 발뵈디 못ᄒᆯ 줄 디긔(知
機)ᄒ고 셰셰(細細)히 도모(圖謀)코져 ᄒ야 다시 모계(謀計)ᄒ기를
그티고 ᄂᆺ빗츨 ᄂ초아 공슌(恭順)ᄒ기를 일삼고 양 시(氏)ᄂ 심듕
(心中)의 셜우믈 품어실디언뎡 더옥 ᄉᆡᆨ(辭色)ᄒ야 폭빅(暴白)447)
ᄒ미 업고 흑ᄉᆡ(學士ㅣ) ᄯᅩᄒ 거드디 아니ᄒ니 궁듕인(宮中人)이
아모도 알 리 업더라.

ᄎ시(此時), 텰 한님(翰林) 부인(夫人)이 히만(解娩)448)ᄒ고 긔운이
블평(不平)ᄒ야 둘포 신고(辛苦)ᄒ므로 이에 오디 못ᄒ엿더니, 그 유
ᄌ(乳子)를 거ᄂ려 이에 와 쥬비(朱妃)긔 뵈고 노 시(氏)로 셔로 볼
ᄉᆡ 그 외뫼(外貌ㅣ) 비록 염녀(艶麗)449)ᄒ나 그 ᄂᆡ직(內在)를 ᄌᆞ못
아라보고 블힝(不幸)ᄒ믈 이긔디 못ᄒ야 즉시(即時) 믈러와 가마니
공쥬(公主)긔 고(告)ᄒ딕,

"양·노 이(二) 인(人)이 어늬 나으니잇고?"

---

445) 황겁(惶怯): 겁이 나서 얼떨떨함.
446) 서어(鉏鋙): 익숙하지 아니하여 서름서름함.
447) 폭빅(暴白): 폭백. 드러냄.
448) 히만(解娩): 해만. 아이를 낳음.
449) 염녀(艶麗): 염려. 곱고 아름다움.

쥬비(朱妃) 쇼왈(笑曰),

"여뫼(汝母ㅣ) 본듸(本-) 지인(知人)ᄒ

기를 못ᄒ니 녀ᄋ이(女兒ㅣ) 스스로 논폄(論貶)450)ᄒ라."

쇼졔(小姐ㅣ) 우어 ᄃᆡ왈(對曰),

"쇼녜(小女ㅣ) 모친(母親) 신명(神明)ᄒ신 소견(所見)을 듯ᄌᆞᆸ고져 ᄒ오미라 쇼녜(小女ㅣ) 므슴 소견(所見)이 이시리잇가?"

쥬비(朱妃) 팀음(沈吟)ᄒ다가 굴오ᄃᆡ,

"나으나 못ᄒ나 필경(畢竟)을 볼 ᄯᆞᄅᆞᆷ이라 웃사ᄅᆞᆷ이 되여 시비(是非)ᄒ여 므엇ᄒ리오?"

쇼졔(小姐ㅣ) ᄀᆞ장 유리(有理)히 듯ᄌᆞᆸ고 샤례(謝禮)ᄒ고 다시 말을 아니ᄒ니 그 영오(穎悟)451)ᄒ미 이러ᄐᆞᆺ ᄒ더라.

기시(其時) 듕하(仲夏)452) 쵸슌(初旬)이라. 일긔(日氣) 덥고 첫 여름이 졍(正)히 닉어시니 미쥬 쇼졔(小姐ㅣ) 뒷 난간(欄干)의 가 돗글 열고 ᄌᆞ긔(自己) 네 아ᄋᆞ와 양·노 이(二) 인(人)을 쳥(請)ᄒ야 좌(座)를 일우고 진 샹궁(尙宮)을 쵹(促)ᄒ야 쥬찬(酒饌)을 딩ᄉᆞᆨ(徵索)453)ᄒ며 즐기더니 미쥬 쇼졔(小姐ㅣ) 다시 문졍공(--公) 댱녀(長女) 일쥬 쇼져(小姐)를 쳥(請)ᄒ니,

일쥬 쇼졔(小姐ㅣ) 이윽고 홍아 등(等)으로 더브러 니ᄅᆞ니, 녕농(玲瓏)

---

450) 논폄(論貶): 논하여 평함.

451) 영오(穎悟): 남보다 뛰어나게 영리하고 슬기로움.

452) 듕하(仲夏): 중하. 여름이 한창인 때라는 뜻으로, 음력 5월을 달리 이르는 말.

453) 딩ᄉᆞᆨ(徵索): 징색. 세금 따위를 내놓으라고 요구함.

흔 광치(光彩)와 황홀(恍惚)흔 긔질(氣質)이 됴일(朝日)의 비최는
듯 텬하(天下) 경국식(傾國色)이라. 좌듕(座中) 홍안(紅顔)이 비치
업스니 미쥬 쇼제(小姐ㅣ) 등을 두드려 굴오디,

"슉모(叔母) 홍복(洪福)이 듕(重)ㅎ샤 너 ᄀᆞᄐᆞᆫ 녀ᄋᆞ(女兒)를 두시니
가문(家門)을 흥(興)ㅎ리로다."

쇼제(小姐ㅣ) ᄉᆞ샤(謝辭)ㅎ고 좌(座)의 안자 말슴ᄒᆞᆯ시 일쥬 쇼제
(小姐ㅣ) 양 시(氏)의 안졍(安靜)ㅎ고 단일(端一)454)ㅎ믈 심복(心服)
ㅎ야 이경(愛敬)ㅎ미 지극(至極)ㅎ고 노 시(氏)의 브졍간힐(不貞奸
黠)455)ㅎ믈 디긔(知機)ㅎ여 뭇는 말밧긔 졉담(接談)티 아니ㅎ니 노
시(氏), 그 용모(容貌)를 ᄌᆞ로 보디 아냣다가 이날 보고 크게 아쳐ᄒᆞ
야 혜오디,

'니 ᄌᆞ쇼(自少)로 디두(對頭)홀 식(色)이 업서 양 시(氏) 비록 아름
다오나 니게 과(過)히 더ᄒᆞ디 못ᄒᆞ디 ᄎᆞ인(此人)이 이러틋 긔이(奇
異)ᄒᆞ니 나의 안식(顔色)이 무광(無光)ㅎ고 양 시(氏)로 우익(羽
翼)456)이 되여시니 니 맛당이 해(害)ㅎ리라.'

ㅎ고 ᄀᆞ마니

---

454) 단일(端一): 단정하고 한결같음.

455) 브졍간힐(不貞奸黠): 부정간힐. 정숙하지 못하고 간사함.

456) 우익(羽翼): 보좌하는 일. 또는 그 일을 하는 사람.

니러나 옥교드려 두어 말을 니르니 일쥬 쇼져(小姐) 먹는 음식(飲
食)의 독(毒)을 두니,

쇼제(小姐ㅣ) 무심듕(無心中) 햐져(下箸)ᄒ더니 홀연(忽然) 신식
(神色)이 츤 ᄌ 굿ᄐ야 좌(座)의 구러디니 좌위(左右ㅣ) 대경(大驚)ᄒ
고 홍애 넉시 몸의 븟디 아니ᄒ여 아모리 홀 줄 몰라 급(急)히 밧긔
가 고급(告急)457)ᄒ려 ᄒ더니,

성문을 만나 급(急)히 고(告)ᄒ니 성문이 놀라 년망(連忙)이 궁(宮)
의 니르니 미쥬 쇼제(小姐ㅣ) 미즈(妹子)를 븟들고 눈믈을 무수(無
數)히 흘리고 아모리 홀 줄 모르거ᄂᆞᆯ 공지(公子ㅣ) 전도(顚倒)458)히
나아가 무르딕,

"엇딘 연고(緣故)로 불의(不意)예 엄식(掩塞)459)ᄒ니잇고?"

미쥬 쇼제(小姐ㅣ) 음식(飲食) 먹다가 긔졀(氣絕)ᄒᆫ 연고(緣故)를
니르니 공지(公子ㅣ) 즉시(卽時) 음식(飲食)을 짜히 먼니 ᄇᆞ리니 프
른 블이 니러나니 좌위(左右ㅣ) 더옥 놀라더니,

문정공(--公)이 홍아의 말을 듯고 급(急)히 이에 니르다

가 ᄎᆞ경(此景)을 보고 대경(大驚)ᄒ야 연고(緣故)를 무른대, 미쥬

---

457) 고급(告急): 급히 고함.

458) 젼도(顚倒): 전도. 엎어지고 거꾸러진다는 뜻으로 정신이 없는 모양을 이름.

459) 엄식(掩塞): 엄색. 막힘.

쇼제(小姐ㅣ) 슈말(首末)을 즈시 고(告)흔대 공(公)이 밧비 녀ᄋ(女兒)를 나호혀 안고 그 엄엄(奄奄)460)흔 긔운을 보고 ᄎ마 보디 못흐야 문공(-公)의 대량(大量)이나 미위(眉宇ㅣ) 수집(愁集)461)흐믈 면(免)티 못흐야 급(急)히 히독약(解毒藥)을 낭듕(囊中)의셔 닉여 타 쇼져(小姐) 입의 흘니니 이윽고 몸을 움죽이며 입으로조차 무수(無數)흔 독(毒)을 토(吐)흐고 인ᄉ(人事)를 출히니 모다 대희(大喜)흐고 문졍공(--公)의 다힝(多幸)흐미 어이 이긔여 니ᄅ리오. 브야흐로 골오딕,

"닉 아히(兒孩) 이 궁(宮)의 즈로 든니나 본딕(本-) 결원(結怨)462)흔 사람이 업ᄉ니 엇던 재(者ㅣ) 식(色)을 싀긔(猜忌)흐야 빅디(白地)463)의 사ᄅ믈 죽이믈 능ᄉ(能事)로 아ᄂ뇨?"

공쥬(公主ㅣ) 좌(座)를 써나 쳥죄(請罪)흐고 골오딕,

"쳡(妾)이 무상(無狀)흐야 어하(御下)464)흐기를 잘못흐기로 여러 궁비(宮婢) 인심(人心)이 흔골ᄀ디

못흐야 이런 대단흔 일이 이시니 슉슉(叔叔)긔 뵈올 ᄂ치 업도소이다."

문졍공(--公)이 분명(分明)이 노 시(氏)의 작ᄉ(作事)를 아ᄂ디라

---

460) 엄엄(奄奄): 숨이 곧 끊어지려 하거나 매우 약한 상태에 있음.

461) 수집(愁集): 근심 어림.

462) 결원(結怨): 원한을 맺음.

463) 빅디(白地): 백지. 까닭 없음.

464) 어하(御下): 아랫사람을 다스림.

다만 웃고 듸왈(對曰),

"요얼(妖孽)⁴⁶⁵)이 궁듕(宮中)의 편만(遍滿)⁴⁶⁶)ᄒ니 이 엇디 인녁(人力)이리오? 도시(都是) 텬쉬(天數ㅣ)⁴⁶⁷)라. 녀ᄋ(女兒ㅣ) 이곳의 오기를 블힝(不幸)이 ᄒ엿ᄂ디라 무익(無益)ᄒᆫ 궁비(宮婢)를 져조리오⁴⁶⁸)?"

드듸여 녀ᄋ(女兒)를 드리고 부듕(府中)의 니르러 부인(夫人)으로 더브러 앗가 위티(危殆)롭던 말을 니르고 차악(嗟愕)⁴⁶⁹)ᄒᆷ믈 마디아니ᄒ니 부인(夫人)이 일언(一言)을 아니ᄒ다가 쇼져(小姐)를 졀칙(切責) 왈(曰),

"네 혼암(昏闇)ᄒ야 술피디 못ᄒ야 화(禍)를 스스로 어드니 뉘 타슬 삼으리오? 슉슉(叔叔)이 셩품(性品)이 고샹(高尙)ᄒ시고 ᄌ긔(自己) 사라난 후(後)ᄂ 이미ᄒᆫ 궁인(宮人)을 져조미⁴⁷⁰) 무익(無益)ᄒ거ᄂᆯ 샹공(相公)이 어이 말리디 아니ᄒ시고 이에 도라와 계시뇨?"

당

••

110면

당초(當初)⁴⁷¹) 만금(萬金)으로 비(比)티 못ᄒᆯ 녀ᄋ(女兒)를 ᄒ마 그릇 밍글 번ᄒ니 비록 관대(寬大)ᄒᆫ 도량(度量)이나 ᄀ장 통ᄒ(痛

---

465) 요얼(妖孽): 요악한 귀신의 재앙. 또는 재앙의 징조.

466) 편만(遍滿): 두루 가득함.

467) 텬쉬(天數ㅣ): 천수. 하늘이 정한 운명.

468) 져조리오: 신문(訊問)하리오.

469) 차악(嗟愕): 매우 놀람.

470) 져조미: 신문(訊問)함이.

471) 당초ᄂ: [교] 원문에는 이 앞에 '공 왈 닉'가 있으나 뒤에 말하는 부분이 끊기는 부분이 없으므로 삭제함. 참고로 규장각본(2:86)에는 장서각본의 '공 왈 닉 당ᄎᄂ' 가운데 앞부분은 흐릿하여 보이지 않고 뒤에는 '초ᄂ'으로 되어 있음.

恨)하야 비록 져조기를 돕디 아니나 말리디 아냣더니 추언(此言)을 듯고 ᄀ장 올히 너겨 글오딕,

"부인(夫人)의 말이 올흐니 진실노(眞實-) 셩인(聖人)이 믈(物)을 앗기고 싱(生)을 호(好)ᄒᄂ 현심(賢心)이 부인(夫人)의게 잇도다."

즉시(卽時) 몸을 니러 궁(宮)의 니ᄅ니, 부매(駙馬ㅣ) 위의(威儀)를 엄(嚴)히 ᄀ초고 궁인(宮人)을 져조어 실상(實狀)을 무를식 ᄒᄀ티 몰래라 ᄒ거늘 공(公)이 밧비 나아가 말려 글오딕,

"티독(置毒)472) ᄒ미 뎌 뉴(類)의 일이라도 녀이(女兒ㅣ) 회싱(回生) 흔 후(後)ᄂ 져조미 블관(不關)473) ᄒ거든 뎌 뉴(類ㅣ) 보매 악재(惡者ㅣ) 아니니 형댱(兄丈)의 총명(聰明)ᄒ시므로 엇디 아디 못ᄒ시리오?"

공(公)이 글오딕,

"일쥐 블의(不意)예 듕독(中毒)ᄒ니 셜워 음식(飮食) 가음아던

· · ·

111면

비ᄌ(婢子)를 져조미 일의 올커늘 현뎨(賢弟) 엇디 말리ᄂ다? 만일(萬一) 아니라 ᄉ릴딘대 엇던 사름이 ᄒ엿다 ᄒᄂ뇨?"

공(公)이 쇼이딕왈(笑而對曰),

"굿ᄐ여 무ᄅ실 배 아니니 필경(畢竟)을 보시고 즈레 알려 마ᄅ쇼셔."

부매(駙馬ㅣ) 팀음(沈吟)ᄒ다가 홀연(忽然) 씩ᄃ라 즉시(卽時) 궁녀(宮女)를 샤(赦)ᄒ고 ᄯ흔 줌줌(潛潛)ᄒ여 시비(是非)를 아니나 크게 요괴(妖怪)로이 너겨 나종을 근심ᄒ더라.

---

472) 티독(置毒): 치독. 독을 넣음.
473) 블관(不關): 불관. 중요하지 않음.

부매(駙馬ㅣ) 몸소 듁각(-閣)의 니르러 쇼져(小姐)의 병(病)을 무를
시 소 부인(夫人)이 쇼져(小姐)로 더브러 마자 대단티 아니믈 고(告)
ᄒᆞ니 부매(駙馬ㅣ) 나아오라 ᄒᆞ여 손을 잡고 년인(戀愛)ᄒᆞ여 글오ᄃᆡ,

"미쥐 브졀업시 어린 아히(兒孩)를 드려다가 낙미지익(落眉之
厄)[474]을 만나니 엇디 놀납디 아니ᄒᆞ리오? 혹싱(學生)이 수수(嫂嫂)
긔 뵈오미 더옥 참괴(慙愧)ᄒᆞ도소이다."

소 부인(夫人)이 념용(斂容)[475] 샤

。。

112면

례(謝禮) 왈(曰),

"녀인(女兒ㅣ) 나히 어리고 인시(人事ㅣ) 미거(未擧)[476]ᄒᆞ야 음식
(飮食)을 글히디 못ᄒᆞᆫ 허믈이라 슉슉(叔叔)이 과(過)히 일ᄏᆞᄅᆞ시니
참괴(慙愧)ᄒᆞ이다."

부매(駙馬ㅣ) 손샤(遜謝)ᄒᆞ고 도라가니, 문정공(--公)이 부인(夫人)
을 ᄃᆡ(對)ᄒᆞ야 글오ᄃᆡ,

"혹싱(學生)은 녀ᄋᆞ(女兒)를 잔잉ᄒᆞ야 겨룰티 못ᄒᆞ거ᄂᆞᆯ 부인(夫人)
은 화긔(和氣) 온젼(穩全)ᄒᆞ니 그 ᄯᅳᆺ이 어ᄃᆡ 쥬(主)ᄒᆞ엿ᄂᆞ뇨?"

부인(夫人)이 글오ᄃᆡ,

"임의 복(福)이 깁허 사라나고 티독(置毒)ᄒᆞ니를 아디 못ᄒᆞ며 브졀
업시 시비(是非)ᄒᆞ리오?"

---

474) 낙미지익(落眉之厄): 낙미지액. 눈썹에 떨어진 액운이란 뜻으로 눈앞에 닥친 재앙을 이름.

475) 념용(斂容): 염용. 자숙하여 몸가짐을 조심하고 용모를 단정히 함.

476) 미거(未擧): 철이 없고 사리에 어두움.

공(公)이 그 의논(議論)을 항복(降服)ㅎ여 또흔 다시 제긔(提起)티 아니코 녀ᄋ(女兒)를 보호(保護)ㅎ야 여샹(如常)[477]ㅎ매 다시 궁(宮)의 보닉디 아니ㅎ더라.

쥬비(朱妃), 일쥬의 홀연(忽然)이 듕독(中毒)ㅎ믈 크게 놀라며 블셔 노 시(氏)의 슈단(手段)인 줄 알오ᄃᆡ 나타나디 아닌 일의 즈레 짐쟉(斟酌)ㅎ미 가(可)티 아냐 모르ᄂᆞᆫ 듯ㅎ고 닉외(內外) 각(各) 당(堂)

. . .

113면

시비(侍婢)를 새로이 격졀(隔絕)[478]케 ㅎ야 샹궁(尙宮)을 뎡(定)ㅎ야 의심(疑心)저으니를 잡게 홀 분이니 노 시(氏) 그윽이 두려 잠간(暫間) 몸을 ᄂᆞ초아 악ᄉᆞ(惡事)를 ㅎ디 아니ㅎ고 고요히 잇더라.

이젹의 하람공(--公) ᄎᆞᄌᆞ(次子) 셰문의 ᄌᆞ(字)ᄂᆞᆫ ᄎᆞ뵈니 댱 부인(夫人) 소ᄉᆡᆼ(所生)이라. 얼골은 옥계(玉階)의 옥난(玉蘭) ᄀᆞᆺ고 풍되(風度ㅣ) 요양(嘹亮)[479]ㅎ며 쳥슈(淸秀)ㅎ야 만히 모친(母親) ᄀᆞᆺ고 셩품(性品)이 단엄(端嚴)ㅎ며 미몰ㅎ야 마치 부친(父親) ᄀᆞᆺ트니 공(公)이 ᄉᆞ랑ㅎ야 졔ᄌᆞ(諸子) 듕(中) 심허(心許)[480]ㅎ더라. 방년(芳年)이 십오(十五) 셰(歲)라. 태샹경(太常卿) 뉴즘의 ᄋᆡ셰(愛壻ㅣ) 되니 뉴 시(氏) 긔질(氣質)이 난초(蘭草) ᄀᆞᆺ고 용뫼(容貌ㅣ) 히월(海月) ᄀᆞᆺ트여 진짓 공ᄌᆞ(公子)의 텬뎡가위(天定佳偶ㅣ)[481]라. 부모(父母) 존당

---

477) 여샹(如常): 여상. 예전과 같아짐.

478) 격졀(隔絕): 격절. 서로 사이가 떨어져서 연락이 끊어짐.

479) 요양(嘹亮): 요량. 맑고 시원함.

480) 심허(心許): 마음으로 허여함.

481) 텬뎡가위(天定佳偶ㅣ): 천정가우. 하늘이 정해 준 좋은 짝.

(尊堂)이 깃거ᄒ고 더옥 희열(喜悅)ᄒ미 이긔여 형용(形容)티 못홀너라. 뉴 시(氏), 양 시(氏)로 더브러 ᄆᆡᄉᆞ(每事)를 글와 죠곰도 어긔미 업ᄉᆞ니 일개(一家ㅣ)

••

114면

칭찬(稱讚)ᄒ더라.

이ᄯᆡ, 니(李) 혹ᄉᆞ(學士ㅣ) ᄉᆞ됴(事朝)[482] 여가(餘暇)의 양 시(氏)로 화락(和樂)ᄒ며 홍션을 별실(別室)의 두어 잇다감 침셕(寢席) ᄀᆞᆺ의 머므러 지극(至極)ᄒᆫ 은졍(恩情)이 엿디 아니ᄒᆞᄃᆡ, 노 시(氏)ᄂᆞᆫ 그 ᄒᆡᆼᄉᆞ(行事)를 브죡(不足)ᄒ고 일쥬 쇼져(小姐) 듕독(中毒)ᄒ믈도 노 시(氏)로 지목(指目)ᄒᆞ야 더옥 소ᄃᆡ(疏待)[483]ᄒ더니,

일일(一日)은 노 시(氏) 근친(覲親)[484]ᄒᆞ야 친당(親堂)의 니ᄅᆞ매 부뫼(父母ㅣ) 그 ᄉᆡᆼ혈(生血)[485]이 의연(依然)[486]ᄒ믈 보고 크게 놀나 니ᄉᆡᆼ(李生)을 흔(恨)ᄒ며 녀ᄋᆞ(女兒)를 잔잉ᄒᆞ야 원(怨)ᄒᄂᆞᆫ 말이 노 시랑(侍郞) 귀예 니음ᄎᆞ니,

노 시랑(侍郞) 부인(夫人)이 이후(以後) 니부(李府)의 니ᄅᆞ러 조모(祖母)와 졔(諸) 슉당(叔堂)의 뵈고 궁(宮)의 니ᄅᆞ러 쥬비(朱妃)로 더브러 한담(閑談)ᄒ더니 군쥐(郡主ㅣ) 슷쳐 ᄆᆞᄅᆞᄃᆡ,

---

482) ᄉᆞ됴(事朝): 사조. 조정을 섬김.

483) 소ᄃᆡ(疏待): 소대. 소원하게 대함.

484) 근친(覲親): 시집간 딸이 친정에 가 부모를 뵘.

485) ᄉᆡᆼ혈(生血): 생혈. 앵혈(鶯血)을 이름. 앵혈은 장화(張華)의 『박물지』에서 그 출처를 찾을 수 있음. 근세 이전에 나이 어린 처녀의 팔뚝에 찍던 처녀성의 표시를 말하는 것으로 도마뱀에게 주사(朱沙)를 먹여 죽이고 말린 다음 그것을 찧어 어린 처녀의 팔뚝에 찍으면 첫날밤에 남자와 잠자리를 할 때에 없어진다고 함.

486) 의연(依然): 여전히 있는 모양.

"옥쥐(玉主ㅣ) 노 시(氏)를 압히 두시매 그 인물(人物)이 엇더ᄒᆞ더니잇가?"

쥬비(朱妃) 잠쇼(暫笑) 뒤왈(對曰),

"첩(妾)이 본뒤(本-) 우둔(愚鈍)[487]ᄒᆞ야 디인(知人)ᄒᆞ미 업거니와 ᄯᅩ 타인(他人)과

115면

다른 일이 이시리오?"

군쥐(郡主ㅣ) 쇼이뒤왈(笑而對曰),

"옥쥬(玉主) 고안(高眼)의 브족(不足)ᄒᆞᆯ 줄 당초(當初)브터 아라시나 흥문의 뒤졉(待接)이 크게 층등(層等)[488]ᄒᆞ니 뎌 집 원망(怨望)이 ᄌᆞ못 됴티 아닌디라. 옥쥬(玉主) 셩덕(盛德)으로 엇디 니ᄅᆞ시미 업ᄂᆞ니잇가?"

쥬비(朱妃) ᄉᆞ식(辭色)이 화열(和悅)ᄒᆞ야 ᄀᆞᆯ오뒤,

"녀ᄌᆞ(女子)ᄂᆞᆫ 덕(德)이 귀(貴)ᄒᆞ고 식(色)이 블관(不關)ᄒᆞ니 엇디 노 시(氏) 얼골을 나므라미 이시리오? 첩(妾)이 비록 블민(不敏)ᄒᆞ나 웃사ᄅᆞᆷ이 되야 ᄌᆞ식(子息)의 금슬(琴瑟)이 블화(不和)ᄒᆞᆷ믈 깃거ᄒᆞᆯ 배 아니라. ᄋᆞᄌᆞ(兒子)를 경계(警戒)ᄒᆞ매 무샹(無常)[489] 왕닉(往來)ᄒᆞ야 박(薄)ᄒᆞ미 업ᄂᆞᆫ가 ᄒᆞ더니, 군쥬(郡主) 말ᄉᆞᆷ을 듯ᄌᆞ오매 ᄇᆞ야흐로 씨ᄃᆞᆯ소이다."

---

487) 우둔(愚鈍): 어리석고 둔함.

488) 층등(層等): 서로 구별되는 층과 등급.

489) 무샹(無常): 무상. 일정한 때가 없음. 무상시(無常時).

군쥐(郡主ㅣ) 쥬비(朱妃) 언근(言根)490)이 노 시(氏) 심디(心地)를 브죡(不足)히 너기는 줄 알고 말을 아니ᄒᆞ더니,

이윽고 도라오다가 듕당(中堂)의 니ᄅᆞ러 흥문을 만나니 군쥐(郡主ㅣ) 웃고 글

오ᄃᆡ,

"현딜(賢姪)을 만나 죠용이 므를 말이 잇더니 금일(今日) 마춤 이 고ᄃᆡ 고요ᄒᆞ니 소회(所懷)를 드르리라. 현딜(賢姪)이 냥쳐(兩妻)를 두어 후박(厚薄)이 고ᄅᆞ디 아니타 ᄒᆞ니 그 쥬의(主義)를 듯고져 ᄒᆞ노라."

ᄒᆞᆨ시(學士ㅣ) 즉시(卽時) ᄃᆡ왈(對曰),

"슉뫼(叔母ㅣ) 무러 무엇ᄒᆞ려 ᄒᆞ시ᄂᆞ니잇가?"

군쥐(郡主ㅣ) 왈(曰),

"현딜(賢姪)이 ᄒᆞ나흘 위(爲)ᄒᆞ야 ᄒᆞ나흘 박ᄃᆡ(薄待)ᄒᆞ미 ᄌᆞ못 군ᄌᆞ(君子)의 도(道)를 일헛고 부ᄉᆞ(府使) 슉슉(叔叔)의 부뷔(夫婦ㅣ) 과도(過度)히 흔(恨)ᄒᆞᆯ시 현딜(賢姪)ᄃᆞ려 뭇ᄂᆞ니 노 시(氏) 비록 양 시(氏)의게 밋디 못ᄒᆞ나 ᄯᅩ한 하등(下等)이 아니어늘 현딜(賢姪)의 소ᄃᆡ(疏待)ᄒᆞ미 인졍(人情)이 아니니 그 ᄯᅳᆺ이 어ᄃᆡ 쇽(屬)ᄒᆞ엿ᄂᆞ뇨?"

ᄒᆞᆨ시(學士ㅣ) 웃고 날호여 ᄃᆡ왈(對曰),

"슉뫼(叔母ㅣ) 쇼딜(小姪)의 ᄯᅳᆺ을 므르시니 잠간(暫間) 알외리이다. 노 시(氏) 얼골이 삼츈(三春) 미ᄀᆡ화(未開花)491) ᄀᆞᆺ고 ᄒᆡᆼ시(行事

---

490) 언근(言根): 말의 근원.

ㅣ) 영오(穎悟)ᄒ니 남ᄌ(男子)의 ᄆᄋᆷ이 겨를티 못홀 거시로ᄃᆡ

· ● ●

117면

그 심디(心地) 블현(不賢)ᄒ니 쇼딜(小姪)의 ᄯᅳᆺ의 블합(不合)ᄒ야 강잉(强仍)티 못ᄒᆯ너이다.”

군쥬(郡主ㅣ) 놀나 왈(曰),

“노가(-家) 딜이(姪兒ㅣ) 영민소통(穎敏疏通)⁴⁹²⁾ᄒᆫ 아ᄒᆡ(兒孩)니 현딜(賢姪)의 제⁴⁹³⁾가(齊家)ᄒ미 고로로 ᄒ야 편협(偏狹)ᄒᆫ 녀ᄌ(女子)의 비상(飛霜)⁴⁹⁴⁾의 원(怨)이 니러나디 아니ᄒᆞ면 므슴 환난(患難)이 이시며 드러난 허믈이 업시 이증(愛憎)을 두어 냥쳐(兩妻)ᄅᆞᆯ 화(和)티 못ᄒ면 이ᄂᆞᆫ 너의 허믈이니라.”

혹ᄉᆞ(學士ㅣ) 쇼왈(笑曰),

“쇼딜(小姪)의 말을 밋디 아니시거든 나죵을 보쇼셔. 증험(證驗)⁴⁹⁵⁾이 이시리이다.”

군쥬(郡主ㅣ) ᄀᆞ장 놀나 고이(怪異)ᄒ야 다시 말을 아니코 니러나니 혹ᄉᆞ(學士ㅣ) 하당(下堂)ᄒ야 보ᄂᆡ고,

쇼화각(--閣)의 니ᄅᆞ니, 양 시(氏) 미우(眉宇)의 근심이 ᄆᆡ쳐 난간(欄干)의 지혀 안잣다가 니러 맛거ᄂᆞᆯ 혹ᄉᆞ(學士ㅣ) 짐즛 졍ᄉᆞᆨ(正色) 왈(曰),

---

491) 미ᄀᆡ화(未開花): 미개화. 채 피지 않은 꽃.

492) 영민소통(穎敏疏通): 영특하고 민첩하며 사리에 밝음.

493) 제: [교] 원문에는 ‘게’로 되어 있으나 오기로 보이므로 규장각본(2:91)을 따름.

494) 비상(飛霜): 서리가 내림. 여자가 한을 품으면 5월에도 서리가 내린다는 말. 오월비상(五月飛霜).

495) 증험(證驗): 증거로 삼을 만한 경험.

"부인(夫人)이 근닉(近來)의 수안(愁顔)⁴⁹⁶⁾이 ㄱ득ㅎ야 화란(禍亂) 만난 사룸 ㄱᄐ니 아디 못게라, 연

· ·

118면

고(緣故)를 니ᄅ라. 부뫼(父母ㅣ) 직당(在堂)ᄒ샤 반셕(盤石)ㄱ티 평안(平安)ᄒ시고 버거 그딕 부모(父母)와 닉 무양(無恙)⁴⁹⁷⁾커늘 긔 므슴 도리(道理)뇨?"

양 시(氏) 믁믁(默默)ᄒ야 답(答)디 아닌대 싱(生)이 직촉ᄒ야 무ᄅ니 마디못ᄒ야 딕왈(對曰),

"ᄌ연(自然) 심식(心思ㅣ) 블평(不平)ᄒ미라 딕단ᄒ 연괴(緣故ㅣ) 업서이다."

흑식(學士ㅣ) 그윽이 그 심ᄉ(心思)를 디긔(知機)ᄒ고 이련(哀憐)ᄒ믈 이긔디 못ᄒ나 긔식(氣色)을 다시 지어 닐오딕,

"봉친시하(奉親侍下)⁴⁹⁸⁾의 영홰(榮華ㅣ) 졔미(齊美)⁴⁹⁹⁾ᄒ거늘 근심ᄒᄂ 안식(顔色)과 괴로온 말로 다시 닉 녕(令)을 범(犯)ᄒ딘대 용샤(容赦)ᄒ기 어려오리라."

양 시(氏) 졍금(整襟) 샤례(謝禮)ᄒ고 말을 아니ᄒ니, 흑식(學士ㅣ) 더옥 의식(意思ㅣ) 흔연(欣然)ᄒ나 다시 뭇디 아니ᄒ고 나가더라.

ᄎ시(此時), 하람공(--公) 졔삼ᄌ(第三子) 긔문의 ᄌ(字)ᄂ 경뵈니 공쥬(公主) 소싱(生)이라. 시년(時年)이 십ᄉ(十四) 셰(歲)니 풍도(風

---

496) 수안(愁顔): 근심스러운 얼굴.

497) 무양(無恙): 몸에 병이나 탈이 없음.

498) 봉친시하(奉親侍下): 어버이를 모시고 있는 처지.

499) 졔미(齊美): 제미. 모두 아름다움. 모두 좋음.

度) 긔골(氣骨)이 늠늠쥰슈(凜凜俊秀)ㅎ야

일딕호걸(一代豪傑)이라. 니부시랑(吏部侍郎) 교샹이 일녀(一女)로
쇽현(續絃)500)ㅎ니 교 시(氏) 얼골과 힝실(行實)이 ᄀ자 뉴 시(氏)
의게 디지 아니ㅎ니 모다 깃거ㅎ고 문졍공(--公)이 쇼왈(笑曰),

"형댱(兄丈)은 세 며ᄂ리를 뎌러툿 신쇽(迅速)히 어드시나 쇼뎨(小
弟)ᄂ 흔 며ᄂ리를 못 어더시니 엇디 탄(嘆)홉디 아니리오?"

ᄒ더라.

---

500) 쇽현(續絃): 속현. 거문고와 비파의 끊어진 줄을 다시 잇는다는 뜻으로, 아내를 여읜 뒤에 다
시 새 아내를 맞는 일을 비유적으로 이르는 말. 여기에서는 아내를 맞아들임을 뜻함.

역자 해제

1. 머리말

<이씨세대록>은 18세기에 창작된 것으로 추정되는 작가 미상의
국문 대하소설로, <쌍천기봉>[1]의 후편에 해당하는 연작형 소설이다.
'이씨세대록(李氏世代錄)'이라는 제목은 '이씨 가문 사람들의 세대별
기록'이라는 뜻인데, 실제로는 이관성의 손자 세대, 즉 이씨 집안의
4대째 인물들인 이홍문·이성문·이경문·이백문 등과 그 배우자의
이야기에 서사가 집중되어 있다. 이는 전편인 <쌍천기봉>에서 이
현[2](이관성의 아버지), 이관성, 이관성의 자식들인 이몽현과 이몽창
등 1대에서 3대에 걸쳐 서사가 고루 분포된 것과 대비되는 모습이
다. 또한 <쌍천기봉>에서는 중국 명나라 초기의 역사적 사건, 예컨
대 정난지변(靖難之變)[3] 등이 비중 있게 서술되고 <삼국지연의>의
영향을 받은 군담이 흥미롭게 묘사되는 가운데 가문 내적으로 혼인
담, 부부 갈등, 처첩 갈등 등이 배치되어 있다면, <이씨세대록>에서
는 역사적 사건과 군담이 대폭 축소되고 가문 내적인 갈등 위주로

---

1) 필자가 18권 18책의 장서각본을 대상으로 번역 출간한 바 있다. 장시광 옮김,『팔찌의 인연, 쌍
   천기봉』1-9, 이담북스, 2017-2020.
2) <쌍천기봉>에서 이현의 아버지로 이명이 설정되어 있으나 실체적 인물이 등장하지 않고 서술
   자의 요약 서술로 짧게 언급되어 있으므로 필자는 이현을 1대로 설정하였다.
3) 중국 명나라의 연왕 주체가 제위를 건문제(재위 1399-1402)로부터 탈취해 영락제(재위 1402-1424)
   에 오른 사건을 이른다. 1399년부터 1402년까지 지속되었다.

서사가 전개된다는 점에서 큰 차이가 있다.

2. 창작 시기 및 작가, 이본

<이씨세대록>의 정확한 창작 연도는 알 수 없고, 다만 18세기의
초중반에 창작되었을 것으로 추정된다. 온양 정씨가 정조 10년
(1786)부터 정조 14년(1790) 사이에 필사한 것으로 추정되는 규장
각 소장 <옥원재합기연>의 권14 표지 안쪽에 온양 정씨와 그 시가
인 전주 이씨 집안에서 읽었을 것으로 보이는 소설의 목록이 적혀
있다. 그중에 <이씨세대록>의 제명이 보인다.4) 이 기록을 토대로
보면 <이씨세대록>은 적어도 1786년 이전에 창작된 것으로 추측할
수 있다. 또, 대하소설 가운데 초기본인 <소현성록> 연작(15권 15
책, 이화여대 소장본)이 17세기 말 이전에 창작된바,5) 그보다 분량
과 등장인물의 수가 훨씬 많은 <이씨세대록>은 <소현성록> 연작보
다는 후대의 작품일 가능성이 높다. 요컨대 <이씨세대록>은 18세기
초중반에 창작된 작품으로, 대하소설 중에서는 비교적 이른 시기의
창작물이다.

<이씨세대록>의 작가는 알려져 있지 않다. 다만 작품의 문체와 서
술시각을 고려하면 전편인 <쌍천기봉>과 마찬가지로 경서와 역사서,
소설을 두루 섭렵한 지식인이며, 신분의식이 강한 사대부가의 일원
으로 추정할 수 있다. <이씨세대록>은 여느 대하소설과 마찬가지로
국문으로 표기되어 있으나 문장이 조사나 어미를 제외하면 대개 한
자어로 구성되어 있고, 전고(典故)의 인용이 빈번하다. 비록 대하소

---

4) 심경호, 「樂善齋本 小說의 先行本에 관한 一考察 -온양정씨 필사본 <옥원재합기연>과 낙선재본
   <옥원중회연>의 관계를 중심으로-」, 『정신문화연구』 38, 한국정신문화연구원, 1990.
5) 박영희, 「소현성록 연작 연구」, 이화여대 박사논문, 1994 참조.

설 <완월회맹연>(180권 180책)의 수준에는 미치지 못하지만, 다른 유형의 고전소설에 비하면 작가의 지식 수준이 매우 높은 편이다. <이씨세대록>에는 또한 강한 신분의식이 드러나 있다. 집안에서 주인과 종의 차이가 부각되어 있고 사대부와 비사대부의 구별짓기가 매우 강하다. 이처럼 <이씨세대록>의 작가는 학문적 소양을 갖추고 강한 신분의식을 지닌 사대부가의 남성 혹은 여성으로 추정되며, 온양 정씨의 필사본 기록을 통해 유추할 수 있듯이 사대부가에서 주로 향유된 것으로 보인다.

<이씨세대록>의 이본은 현재 2종이 알려져 있다. 한국학중앙연구원의 장서각에 소장된 26권 26책본과 서울대학교 규장각에 소장된 26권 26책본이 그것이다. 장서각본과 규장각본 모두 표제는 '李氏世代錄', 내제는 '니시셰딕록'으로 되어 있고 분량도 대동소이하다. 두 이본은 문장이나 어휘 단위에서 매우 흡사하고 오탈자(誤脫字)도 두 이본에 고루 있어 어느 이본이 선본(善本) 혹은 선본(先本)이라 단언할 수 없다.

4. 서사의 특징

<이씨세대록>에는 가문의 마지막 세대로 등장하는 4대째의 여러 인물이 병렬적으로 구성되어 있다는 서사적 특징이 있다. 인물과 그 사건이 대개 순차적으로 등장하지만 여러 인물의 사건이 교직되어 설정되기도 하여 서사에 다채로움을 더하고 있다. 이에 비해 <쌍천기봉>에서는 1대부터 3대까지 1명, 3명, 5명으로 남성주동인물의 수가 점차 확대되어 가고 서사의 양도 그에 비례해 세대가 내려갈수록 확장되어 있다. 곧, <쌍천기봉>에서는 1대인 이현, 2대인 이관성·

이한성·이연성, 3대인 이몽현·이몽창·이몽원·이몽상·이몽필 서사가 고루 등장한다는 점에서 <이씨세대록>과 차이가 난다. <이씨세대록>에도 물론 2대와 3대의 인물이 등장하기는 하나 그들은 집안의 어른 역할을 수행할 뿐이고 서사는 4대의 인물 중심으로 전개된다. 이를 보면, '세대록'은 인물의 서사적 비중과는 무관하게 2대에서 4대까지의 인물을 등장시켰다는 점에서 붙인 제목으로 이해할 필요가 있다.

이처럼 <이씨세대록>에 가문의 마지막 세대 인물이 주로 활약한다는 설정은 초기 대하소설로 분류되는 삼대록계 소설 연작[6]과 유사한 면이다. <소씨삼대록>에서는 소씨 집안의 3대째[7] 인물인 소운성 형제 위주로, <임씨삼대록>에서는 임씨 집안의 3대째 인물인 임창홍 형제 위주로, <유씨삼대록>에서는 유씨 집안의 4대째 인물인 유세형 형제 위주로 서사가 전개된다.[8] <이씨세대록>이 18세기 초중반에 창작된 초기 대하소설임을 감안하면 인물 배치가 이처럼 삼대록계 소설과 유사한 것은 이상하지 않다.

한편, <쌍천기봉>에서는 군담, 토목(土木)의 변(變)과 같은 역사적 사건, 인물 갈등 등이 고루 배치되어 있다. 구체적으로, 작품의 앞과 뒤에 역사적 사건을 배치하고 중간에 부부 갈등, 부자 갈등, 처첩(처처) 갈등 등 가문에서 벌어질 수 있는 다양한 갈등을 배치하였다. 이에 반해 <이씨세대록>에는 군담 장면과 역사적 사건이 거의 보이지

---

6) 후편의 제목이 '삼대록'으로 끝나는 일군의 소설을 지칭한다. <소현성록>·<소씨삼대록> 연작, <현몽쌍룡기>·<조씨삼대록> 연작, <성현공숙렬기>·<임씨삼대록> 연작, <유효공선행록>·<유씨삼대록> 연작이 이에 해당한다.

7) 소운성의 할아버지인 소광이 전편 <소현성록>의 권1에서 바로 죽는 것으로 설정되어 있어 1대로 보기 어려운 면이 있으나 제명을 존중해 1대로 보았다.

8) 다만 <조씨삼대록>에서는 3대와 4대의 인물인 조기현, 조명윤 등이 활약한다는 점에서 차이가 난다.

않는다. 군담은 전편 <쌍천기봉>에 이미 등장했던 장면을 요약 서술하는 데 그쳤고, 역사적 사건도 <쌍천기봉>에 설정된 사건을 환기하는 정도이고 새로운 사건은 보이지 않는다. <쌍천기봉>이 역사적 사실에 허구를 가미한 전형적인 연의류 작품인 반면, <이씨세대록>은 가문에서 발생할 수 있는 다양한 갈등, 예컨대 처처(처첩) 갈등, 부부 갈등, 부자 갈등 위주로 서사를 구성한 작품으로, <이씨세대록>은 <쌍천기봉>과는 다른 측면에서 대중에게 흥미를 유발할 만한 요소로 구성되어 있음을 알 수 있다.

여느 대하소설과 마찬가지로 <이씨세대록>에도 혼사장애 모티프, 요약 모티프 등 다양한 모티프가 등장해 서사 구성의 한 축을 이루고 있다. 이 가운데 가장 눈에 띄는 것은 기아(棄兒) 모티프이다. 대표적으로는 이경문의 경우를 들 수 있는데 기아 모티프가 매우 길게 서술되어 있다. <쌍천기봉>의 서사를 이은 것으로 <쌍천기봉>에서 간간이 등장했던 이경문의 기아 모티프를 본격적으로 다루고 있다. 즉, <쌍천기봉>에서 유영걸의 아내 김 씨가 어린 이경문을 사서 자기 아들인 것처럼 꾸미는 장면, 이관성과 이몽현, 이몽창이 우연히 이경문을 만나는 장면, 이경문이 등문고를 쳐 양부 유영걸을 구하는 장면이 나오는데, <이씨세대록>에서는 그 장면들을 모두 보여주면서 여기에 덧붙여 이경문이 유영걸과 그 첩 각정에게 박대당하지만 유영걸을 효성으로써 섬기는 모습이 강렬하게 나타나 있다. 이경문이 등문고를 쳐 유영걸을 구하는 장면은 효성의 정점에 해당한다. 이경문은 후에 친형인 이성문에 의해 발견돼 이씨 가문에 편입된다. 이때 이경문과 가족들과의 만남 장면은 매우 감동적으로 그려져 있다. 이처럼 이경문이 가족과 헤어졌다가 만나는 과정은 연작의 전후편에 걸쳐 등장하며 연작의 핵심적인 모티프 중의 하나로 기능하고 있고, 특히 <이씨세대록>에서는 결합에 초점이 맞춰져 있어 그 감동이 배가되어 있다.

5. 인물의 갈등

<이씨세대록>에는 다양한 갈등이 등장하는데 이 가운데 핵심은 부부 갈등이다. 대표적으로 이몽창의 장자인 이성문과 임옥형, 차자인 이경문과 위홍소, 삼자인 이백문과 화채옥의 갈등을 들 수 있다. 이성문과 이경문 부부의 경우는 반동인물이 개입되지 않은, 주동인물 사이의 갈등이라는 공통점이 있다. 이성문의 아내 임옥형은 투기 때문에 이성문의 옷을 불지르기까지 하는 인물이다. 이성문이 때로는 온화하게 때로는 엄격하게 대하나 임옥형의 투기가 가시지 않자, 그 시어머니 소월혜가 나서서 임옥형을 타이르니 비로소 그 투기가 사라진다. 이경문과 위홍소는 모두 효를 중시하는 인물인데 바로 그러한 이념 때문에 혹독한 부부 갈등을 벌인다. 이경문은 어려서 부모와 헤어져 양부(養父) 유영걸에게 길러지는데 이 유영걸은 벼슬은 높으나 품행이 바르지 못해 쫓겨나 수자리를 사는데 위홍소의 아버지인 위공부가 상관일 때 유영걸을 매우 치는 일이 발생한다. 이 때문에 이경문은 위공부를 원수로 치부하는데 아내로 맞은 위홍소가 위공부의 딸인 줄을 알고는 위홍소를 박대한다. 위홍소 역시 이경문이 자신의 아버지를 욕하자 이경문과 심각한 갈등을 벌인다. 효라는 이념이 두 사람의 갈등을 촉발시킨 원인이 된 것이다. 두 사람은 비록 주동인물로 설정되어 있지만, 이들을 통해 경직된 이념이 주는 부작용이 만만치 않음을 보여준다.

이백문 부부의 경우에는 변신한 노몽화(이흥문의 아내였던 여자)

가 반동인물의 역할을 해 갈등을 벌인다는 특징이 있다. 이백문은 반동인물의 계략으로 정실인 화채옥을 박대하고 죽이려 한다. 애초에 이백문은 화채옥을 마음에 들어하지 않았는데 이유는 화채옥이 자신을 단명하게 할 상(相)이라는 것 때문이었다. 화채옥에게는 잘못이 없는데 남편으로부터 박대를 받는다는 설정은 가부장제의 질곡을 드러내 보이는 장면이다. 여기에 이흥문의 아내였다가 쫓겨난 노몽화가 화채옥의 시녀가 되어 이백문에게 화채옥을 모함하고 이백문이 곧이들어 화채옥을 끝내 죽이려고까지 하는 데 이른다. 이러한 이백문의 모습은 이몽현의 장자 이흥문과 대비된다. 이흥문은 양난화와 혼인하는데 재실인 반동인물 노몽화가 양난화를 모함한다. 이런 경우 대개 이백문처럼 남성이 반동인물의 계략에 속아 부부 갈등이 벌어지지만 이흥문은 노몽화의 계교에 속지 않고 오히려 노몽화의 술수를 발각함으로써 정실을 보호한다. <이씨세대록>에는 이처럼 상반되는 사례를 설정함으로써 흥미를 배가하는 동시에 가부장제의 문제점을 드러내고 있다.

6. 서술자의 의식

<이씨세대록>의 신분의식은 이중적이다. 사대부와 비사대부 사이의 구별짓기는 여느 대하소설과 마찬가지지만 사대부 내에서 장자와 차자의 구분은 표면적으로는 존재하나 서술의 실상은 그렇지 않다. 사대부로서 그렇지 않은 신분의 사람을 차별하는 모습은 경직된 효의 구현자인 이경문의 일화에서 두드러진다. 예컨대, 이경문은 자기 친구 왕기가 적적하게 있자 아내 위홍소의 시비인 난섬을 주어 정을 맺도록 하는데(권11) 천한 신분의 여성에게는 정절을 전혀 배

려하지 않는 것을 엿볼 수 있다. 또한 이경문이 양부 유영걸의 첩 각정의 조카 각 씨와 혼인하게 되자 천한 집안과 혼인한 것을 분하게 여겨 각 씨에게 매정하게 구는 것(권8)도 그러한 신분의식이 여실히 드러나는 장면이다. 기실 이는 <이씨세대록>이 창작되던 당시의 사회적 모습이 반영된 것이라 추측할 수 있는 장면들이다.

사대부와 비사대부 사이의 구별짓기는 이처럼 엄격하나 사대부 내에서의 구분은 꼭 그렇지만은 않다. 서사적으로 등장인물들은 장자와 비장자의 구분을 하고 있고, 서술의 순서도 그러한 구분을 따르려 하고 있다. 서술의 순서를 예로 들면, <이씨세대록>은 이관성의 장손녀, 즉 이몽현 장녀 이미주의 서사부터 시작된다. 이미주가 서사적 비중이 그리 크지 않음에도 이미주부터 이야기가 시작되는 것은 그만큼 자식들 사이의 차례를 중시한다는 점을 의미한다. 다만, 특기할 만한 것은 남자부터 먼저 시작하지 않았다는 점이다. 여자든 남자든 순서대로 서술했다는 점이 중요하다. 이미주의 뒤로는 이몽현의 장자 이흥문, 이몽창의 장자인 이성문, 이몽창의 차자 이경문, 이몽창의 장녀 이일주, 이몽원의 장자 이원문, 이몽창의 삼자 이백문, 이몽현의 삼녀 이효주 등의 서사가 이어진다. 자식들의 순서대로 서술하려 하는 강박증이 있다고 생각될 정도로 서술자는 순서에 집착한다. 이원문이나 이효주 같은 인물은 서사적 비중이 매우 미미하지만 혼인했다는 사실을 서술하고 있는 것이다. 그런데 이러한 순서 집착에도 불구하고 서사 내에서의 비중을 보면 장자 위주로 서술되어 있지 않음을 알 수 있다. 전편 <쌍천기봉>의 주인공이 이관성의 차자 이몽창이었던 것과 마찬가지로 후편에서도 주인공은 이성문, 이경문, 이백문 등 이몽창의 자식들로 설정되어 있다. 이몽현의 자식들인 이미주와 이흥문의 서사는 그들에 비하면 미미한 편이다.

이처럼 가문의 인물에 대한 서술 순서와 서사적 비중의 괴리는 <이씨세대록>을 특징짓는 한 단면이다.

<이씨세대록>에는 꿈이나 도사 등 초월계가 빈번하게 등장해 사건을 진행시키고 해결한다. 특히 사건이나 갈등의 해소 단계에 초월계가 유독 많이 보인다. 예를 들어 이경문이 부모와 만나기 전에 그 죽은 양모 김 씨가 꿈에 나타나 이경문의 정체를 말하고 그 직후에 이경문이 부모를 찾게 되는 장면(권9), 형부상서 장옥지의 꿈에 현아(이경문의 서제)에게 죽은 자객들이 나타나 현아의 죄를 말하고 이성문과 이경문의 누명을 벗겨 주는 장면(권9-10), 화채옥이 강물에 빠졌을 때 화채옥을 호위해 가던 이몽평의 꿈에 법사가 나타나 화채옥의 운명에 대해 말해 주는 장면(권17) 등이 있다. 이러한 초월계의 빈번한 등장은 이 세계의 질서가 현실적 국면으로는 해결할 수 없을 정도로 질곡에 빠져 있음을 의미한다. 현실계의 인물들은 얽히고설킨 사건들을 해결할 능력이 되지 않고 이는 오로지 초월계가 개입되어야만 해소될 수 있는 성질의 것임을 보여주고 있는 것이다.

7. 맺음말

<이씨세대록>은 조선 후기의 역동적인 사회에서 산생된 소설이다. 양반을 돈으로 살 수 있을 정도로 양반에 대한 권위가 땅에 떨어지고 양반과 중인 이하의 신분 이동이 이루어지던 때에 생겨났다. 설화 등 민중이 향유하던 문학에 그러한 면이 잘 드러나 있다. 그러나 이 작품에는 그러한 시대적 변동에 맞서 기득권을 유지하려는 사대부 계층의 의식이 강하게 드러나 있다. 사대부와 사대부 이하의 계층을 구별짓는 강고한 신분의식은 그 한 단면이다.

그렇지만 한편으로는 가부장제의 질곡에 신음하는 여성들의 목소리가 드러나 있기도 하다. 까닭 없이 남편에게 박대당하는 여성, 효라는 이데올로기 때문에 남편과 갈등하는 여성 들을 통해 유교적 가부장제가 여성에게 가하는 억압적 모습이 서술의 이면에 흐르고 있다. <이씨세대록>이 주는 흥미와 그 서사적 의미는 바로 이러한 데에서 찾을 수 있지 않을까 한다.

장시광

서울대 강사, 아주대 강의교수 등을 거쳐 현재 경상국립대학교 국어국문학과 교수로 재직 중이다. 논문으로 「대하소설의 여성반동인물 연구」(박사학위논문), 「여성영웅소설에 나타난 여화위남의 의미」, 「대하소설 갈등담의 구조 시론」, 「운명과 초월의 서사」 등이 있고, 저서로 『한국 고전소설과 여성인물』이 있으며, 번역서로 『조선시대 동성혼 이야기 방한림전』, 『여성영웅소설 홍계월전』, 『심청전: 눈먼 아비 홀로 두고 어딜 간단 말이냐』, 『팔찌의 인연: 쌍천기봉 1-9』 등이 있다.

(이씨 집안 이야기) 이씨세대록 1

초판인쇄 2021년 12월 24일
초판발행 2021년 12월 24일

지은이 장시광
펴낸이 채종준
펴낸곳 한국학술정보㈜
주   소 경기도 파주시 회동길 230(문발동)
전   화 031) 908-3181(대표)
팩   스 031) 908-3189
홈페이지 http://ebook.kstudy.com
E-mail 출판사업부 publish@kstudy.com
출판신고 2003년 9월 25일 제406-2003-000012호

ISBN 979-11-6801-228-8 04810
       979-11-6801-227-1 (전 13권)